【臺灣現當代作家
研究資料彙編】75

# 向　明

國立台灣文學館
出版

# 部長序

從歷史的角度檢視特定時代的文學表現，當代作家及作品往往是研究的重心；而完整的臺灣文學史之建構，更有賴全面與紮實的作家及作品研究。臺灣文學自荷蘭時代、明鄭、清領、日治、及至戰後，行過漫長的時光甬道，在諸多文學先輩和前行者的耕耘之下，其所累積的成果和能量實已相當可觀；而白話文學運動所造就的新文學萌芽，更讓現當代文學作品源源不絕地誕生，作家們的精彩表現有目共睹。相應於此，如何盤整研究資源、提升無論是專業學者或一般大眾資料查找的便利性，也就格外重要。

由國立臺灣文學館規畫、籌編的《臺灣現當代作家研究資料彙編》，即可說是對上述問題的最好回應。本計畫自 2010 年開始啟動，五年多來，已然為臺灣文學史及相關研究打下厚重扎實的基礎。臺文館不僅細心詳實地為作家編選創作生涯中的重要紀錄，在每一冊圖書中收錄豐富的作家照片、手稿影像，並編寫小傳、年表，再由學有專精的學者撰寫研究綜述、選刊重要評論文章，最後還附有評論資料目錄。經過長久的累積和努力，今年，已進入第六個年頭，即將完成總共 80 位作家的研究資料彙編。在本階段所出版的作家，包括詹冰、高陽、子敏、齊邦媛、趙滋蕃、蕭白、彭歌、杜潘芳格、錦連、蓉子、向明、張默、於梨華、葉笛、葉維廉、東方白共 16 位，俱為夙負盛名的重量級作者，相信必能有助於臺灣文學的推廣與研究的深化。

　　這套全方位的臺灣現當代文學工具書，完整呈現了臺灣作家的存在樣貌、歷史地位與影響及截至目前的相關研究成果，同時也清晰地勾勒出臺灣文學一路走來的變貌與軌跡，不但極具概覽性，亦能揭示當下的臺灣文學研究現況並指引未來研究路徑，可說是認識臺灣作家與臺灣文學發展的重要讀本依據，相信必能為臺灣文學研究奠定益加厚實的根基；懇請海內外關心及研究臺灣文學之各界方家不吝指正，以匯聚更多參與及持續前行的能量。

文化部部長　

# 館長序

　　時光荏苒，「臺灣現當代作家研究資料彙編」第五階段已接近尾聲，16 冊圖書的出版，意味著這個深耕多年的計畫，又往前邁進一步，締造了新的里程碑。

　　「臺灣現當代作家研究資料彙編計畫」乃是以「臺灣現當代作家評論資料目錄」（2004～2009 年）為基礎，由其中所收錄的 310 位作家、十餘萬筆研究評論資料延展而來。為了厚實臺灣文學史料的根基，國立臺灣文學館組織了精實的顧問群與編輯團隊，從作家的出生年代、創作數量、研究現況……等元素進行綜合考量，精選出 100 位作家，聘請最適合的專家學者替每位作家完成一本研究資料彙編。圖書內容包括作家生平重要影像、文學活動照片、手稿或文物影像、作家小傳、作品目錄和提要、文學年表；另有主編撰寫的作家研究綜述，再從龐雜的評論資料中挑選具有代表性的評論文章，並附上完整的作家評論資料目錄。這套叢書不僅對文學研究者而言是詳實齊全的文獻寶庫，同時也為一般讀者開啟平易可親的文學之窗，讓大家可以從不同角度、多面向地認識一位作家的創作、生平與歷史地位。

　　本計畫自 2010 年啟動，截至目前為止，以將近六年的時間，完成了 80 位臺灣重量級作家的研究資料彙編，在本階段將與讀者見面的有詹冰、高陽、子敏、齊邦媛、趙滋蕃、蕭白、彭歌、杜潘芳格、

錦連、蓉子、向明、張默、於梨華、葉笛、葉維廉、東方白共 16
人。這是一場充滿挑戰的馬拉松，過程漫長艱辛，卻也積聚並見證
了臺灣文學創作與研究的能量。為了將這部優質的出版品推介給廣
大的讀者，發揮其更大的影響力，臺文館於 2015 年 8 月接續推動
「臺灣文學開講——臺灣現當代作家研究資料彙編行銷推廣閱讀計
畫」，透過講座與踏查，結合文學閱讀、專家講述、土地探訪，以
顯影作家創作與生活的痕跡，歡迎所有的朋友與我們一同認識作
家、樂讀文學、親炙臺灣的土地，也請各界不吝給予我們批評、指
教。

國立臺灣文學館館長　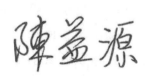

# 編序

◎封德屏

## 緣起

　　1995 年 10 月 25 日，在臺灣師範大學教育大樓的 201 室，一場以「面對臺灣文學」為題的座談會，在座諸位學者分別就臺灣文學的定義、發展、研究，以及文學史的寫法等，提出宏文高論，而時任國家圖書館編纂張錦郎的「臺灣文學需要什麼樣的工具書」，輕鬆幽默的言詞，鞭辟入裡的思維，更贏得在座者的共鳴。

　　張先生以一個圖書館工作人員自謙，認真專業地為臺灣這幾十年來究竟出版了多少有關臺灣文學的工具書，做地毯式的調查和多方面的訪問。同時條理分明地針對研究者、學生，列出了十項工具書的類型，哪些是現在亟需的，哪些是現在就可以做的，哪些是未來一步一步累積可以達成的，分別做了專業的建議及討論。

　　當時的文建會二處科長游淑靜，參與了整個座談會，會後她劍及履及的開始了文學工具書的委託工作，從 1996 年的《臺灣文學年鑑》起始，一年一本的編下去，一直到現在，保存延續了臺灣文學發展的基本樣貌。接著是《中華民國作家作品目錄》的新編，《臺灣文壇大事紀要》的續編，補助國家圖書館「當代文學史料影像全文系統」的建置，這些工具書、資料庫的接續完成，至少在當時對臺灣文學的研究，做到一些輔助的功能。

　　2003 年 10 月，籌備多年的「臺灣文學館」正式開幕運轉。同年五月《文訊》改隸「財團法人台灣文學發展基金會」，為了發揮更大的動能，開

始更積極、更有效率地將過去累積至今持續在做的文學史料整理出來，讓豐厚的文藝資源與更多人共享。

於是再次的請教張錦郎先生，張先生認為文學書目、作家作品目錄、文學年鑑、文學辭典皆已完成或正在進行，現在重點應該放在有關「臺灣現當代作家評論資料目錄」的編輯工作上。

很幸運的，這個計畫的發想得到當時臺灣文學館林瑞明館長的支持，於是緊鑼密鼓的展開一切準備工作：籌組編輯團隊、召開顧問會議、擬定工作手冊、撰寫計畫書等等。

張錦郎先生花了許多時間編訂工作手冊，每一位作家的評論資料目錄分為：

（一）生平資料：可分作者自述，旁人論述及訪談，文學獎的紀錄。

（二）作品評論資料：可分作品綜論，單行本作品評論，其他作品（包括單篇作品）評論，與其他作家比較等。

此外，對重要評論加以摘要解說，譬如專書、專輯、學術會議論文集或學位論文等，凡臺灣以外地區之報刊及出版社，於書名或報刊後加註，如中國大陸、香港、新加坡等。此外，資料蒐集範圍除臺灣外，也兼及中國大陸、香港、新加坡、日本、韓國及歐美等地資料，除利用國內蒐集管道外，同時委託當地學者或研究者，擔任資料蒐集工作。

清楚記得，時任顧問的學者專家們，都十分高興這個專案的啟動，但確定收錄哪些作家名單時，也有不同的思考及看法。經過充分的討論後，終於取得基本的共識：除以一般的「文學成就」為觀察及考量作家的標準外，並以研究的迫切性與資料獲得之難易度為綜合考量。譬如說，在第一階段時，作家的選擇除文學成就外，先考量迫切性及研究性，迫切性是指已故又是日治時期臺籍作家為優先，研究性是指作品已出土或已譯成中文為優先。若是作品不少而評論少，或作品評論皆少，可暫時不考慮。此外，還要稍微顧及文類的均衡等等。基本的共識達成後，顧問群共同挑選出 310 位作家，從鄭坤五、賴和、陳虛谷以降，一直到吳錦發、陳黎、蘇

偉貞，共分三個階段進行。

　　「臺灣現當代作家評論資料目錄」專案計畫，自 2004 年 4 月開始，至 2009 年 10 月結束，分三個階段歷時五年六個月，共發現、搜尋、記錄了十餘萬筆作家評論資料。共經歷了三位專職研究助理，近三十位兼任研究助理。這些研究助理從開始熟悉體例，到學習如何尋找資料，是一條漫長卻實用的學習過程。

## 接續

　　「臺灣現當代作家評論資料目錄」的專案完成，當代重要作家的研究，更可以在這個基礎上，開出亮麗的花朵。於是就有了「臺灣現當代作家研究資料彙編暨資料庫建置計畫」的誕生。為了便於查詢與應用，資料庫的完成勢在必行，而除了資料庫的建置外，這個計畫再從 310 位作家中精選 50 位，每人彙編一本研究資料，內容有作家圖片集，包括生平重要影像、文學活動照片、手稿及文物，小傳、作品目錄及提要、文學年表。另外每本書分別聘請一位最適當的學者或研究者負責編選，除了負責撰寫八千至一萬字的作家研究綜述外，再從龐雜的評論資料中挑選具有代表性的評論文章，平均 12～14 萬字，最後再附該作家的評論資料目錄，以期完整呈現該作家的生平、創作、研究概況，其歷史地位與影響。

　　第一部分除資料庫的建置外，50 位作家 50 本資料彙編（平均頁數 400～500 頁），分三個階段完成，自 2010 年 3 月開始至 2013 年 12 月，共費時 3 年 9 個月。因為內容充實，體例完整，各界反應俱佳，第二部分的 50 位作家，接著在 2014 年元月展開，第一階段出版了 14 本，此次第二階段計畫出版 16 本，預計在 2016 年 3 月完成。

　　首先，工作小組必須掌握每位編選者進度這件事，就是極大的挑戰。於是編輯小組在等待編選者閱讀選文的同時，開始蒐集整理作家生平照片、手稿，重編作家年表，重寫作家小傳，尋找作家出版品的正確版本、版次，重新撰寫提要。這是一個極其複雜的工程。還好這些年培養訓練出

幾位日漸成熟的專案助理，在《文訊》編輯部同仁的協助之下，讓整個專案延續了一貫的品質及進度。

## 成果

　　雖然過程是如此艱辛，如此一言難盡，可是終究看到豐美的成果。每位編選者雖然忙碌，但面對自己負責的作家資料彙編，卻是一貫地認真堅持。他們每人必須面對上千或數百筆作家評論資料，挑選重要或關鍵性的評論文章，全面閱讀，然後依照編選原則，挑選評論文章。助理們此時不僅提供老師們所需要的支援，統計字數，最重要的是得找到各篇選文作者，取得同意轉載的授權。在起初進度流程初估時，我們錯估了此項工作的難度，因為許多評論文章，發表至今已有數十年的光景，部分作者行蹤難查，還得輾轉透過出版社、學校、服務單位，尋得蛛絲馬跡，再鍥而不捨地追蹤。有了前面的血淚教訓，日後關於授權方面，我們更是如臨深淵、如履薄冰，希望不要重蹈覆轍，在面對授權作業時更是戰戰兢兢，不敢懈怠。

　　除了挑選評論文章煞費苦心外，每個作家生平重要照片，我們也是採高標準的方式去蒐集，過世作家家屬、友人、研究者或是當初出版著作的出版社，都是我們徵詢的對象。認真誠懇而禮貌的態度，讓我們獲得許多從未出土的資料及照片，也贏得了許多珍貴的友誼。許多作家都協助提供照片手稿等相關資料，已不在世的作家，其家屬及友人在編輯過程中，也給予我們許多協助及鼓勵，藉由這個機會，與他們一起回憶、欣賞他們親人或父祖、前輩，可敬可愛的文學人生。此外，還有許多作家及研究者，熱心地幫忙我們尋找難以聯繫的授權者，辨識因年代久遠而難以記錄年代、地點、事件的作家照片，釐清文學年表資料及作家作品的版本問題，我們從他們身上學習到更多史料研究可貴的精神及經驗。

　　但如何在規定的時間內，完成每個階段資料彙編的編輯出版工作，對工作小組來說，確實是一大考驗。每一冊的主編老師，都是目前國內現當

代臺灣文學教學及研究的重要人物，因此都十分忙碌。每一本的責任編輯，必須在這一年多的時間內，與他們所負責資料彙編的主角——傳主及主編老師，共生共榮。從作家作品的收集及整理開始，必須要掌握該作家所有出版的作品，以及盡量收集不同出版社的版本；整理作家年表，除了作家、研究者已撰述好的年表外，也必須再從訪談、自傳、評論目錄，從作品出版等線索，再作比對及增刪。再來就是緊盯每位把「研究綜述」放在所有進度最後一關的主編們，每隔一段時間提醒他們，或順便把新增的評論目錄寄給他們（每隔一段時間就有新的相關論文或學位論文出現），讓他們隨時與他們所主編的這本書，產生聯想，希望有助於「研究綜述」撰寫的進度。

在每個艱辛漫長的歲月中，因等待、因其他人力無法抗拒的因素，衍伸出來的問題，層出不窮，更有許多是始料未及的。譬如，每本書的選文，主編老師本來已經選好了，也經過授權了，為了抓緊時間，負責編輯的助理們甚至連順序、頁碼都排好了，就等主編老師的大作了，這時主編突然發現有新的文章、新的資料產生：再增加兩三篇選文吧！為了達到更好更完備的目標，工作小組當然全力以赴，聯絡，授權，打字，校對，重編順序等等工作，再度展開。

此次第二部分第二階段共需完成的 16 位作家研究資料彙編，年齡層較上兩個階段已年輕許多，因此到最後的疑難雜症，還有連主編或研究者都不太清楚的部分，譬如年表中的某一件事、某一個年代、某一篇文章、某一個得獎記錄，作家本人絕對是一個最好的諮詢對象，對解決某些問題來說，這是一個好的線索，但既然看了，關心了，參與了，就可能有不同的看法，選文、年表、照片，甚至是我們整本書的體例，於是又是一場翻天覆地的大更動，對整本書的品質來說，應該是好的，但對經過多次琢磨、修改已進入完稿階段的編輯團隊來說，這不啻是一大挑戰。

1990 年開始，各地縣市文化中心（文化局），對在地作家作品集的整理出版，以及臺灣文學館成立後對日治時期作家以迄當代重要作家全集的

編纂，對臺灣文學之作家研究，也有了很好的促進作用。如《楊逵全集》、《林亨泰全集》、《鍾肇政全集》、《張文環全集》、《呂赫若日記》、《張秀亞全集》、《葉石濤全集》、《龍瑛宗全集》、《葉笛全集》、《鍾理和全集》、《錦連全集》、《楊雲萍全集》、《鍾鐵民全集》等，如雨後春筍般持續展開。

經過近二十年的努力，臺灣文學的研究與出版，也到了可以驗收或檢討成果的階段。這個說法，當然不是要停下腳步，而是可以從「臺灣現當代作家評論資料目錄」所呈現的 310 位作家、10 萬筆資料中去檢視。檢視的標的，除了從作家作品的質量、時代意義及代表性去衡量外、也可以從作家的世代、性別、文類中，去挖掘有待開墾及努力之處。因此這套「臺灣現當代作家研究資料彙編」，大部分的編選者除了概述作家的研究面向外，均有些觀察與建議。希望就已然的研究成果中，去發現不足與缺憾，研究者可以在這些不足與缺憾之處下功夫，而盡量避免在相同議題上重複。當然這都需要經過一段時間去發現、去彌補、去重建，因此，有關臺灣文學的調查、研究與論述，就格外顯得重要了。

## 期待

感謝臺灣文學館持續推動這兩個專案的進行。「臺灣現當代作家評論資料目錄」的完成，呈現的是臺灣文學研究的總體成果；「臺灣現當代作家研究資料彙編」的出版，則是呈現成果中最精華最優質的一面，同時對未來臺灣文學的研究面向與路徑，作最好的建議。我們可以很清楚的體會，這是一條綿長優美的臺灣文學接力賽，我們十分榮幸能參與其中，更珍惜在傳承接力的過程，與我們相遇的每一個人，每一件讓我們真心感動的事。我們更期待這個接力賽，能有更多人加入。誠如張恆豪所說「從高音獨唱到多元交響」，這是每一個人所期待的。

# 編輯體例

一、本書編選之目的，為呈現向明生平、著作及研究成果，以作為臺灣文學相關研究、教學之參考資料。

二、全書共五輯，各輯內容及體例說明如下：

輯一：圖片集。選刊作家各個時期的生活或參與文學活動的照片、著作書影、手稿（包括創作、日記、書信）、文物。

輯二：生平及作品，包括三部分：

1.小傳：主要內容包括作家本名、重要筆名，生卒年月日，籍貫，及創作風格、文學成就等。

2.作品目錄及提要：依照作品文類（論述、詩、散文、小說、劇本、報導文學、傳記、日記、書信、兒童文學、合集）及出版順序，並撰寫提要。不收錄作家翻譯或編選之作品。

3.文學年表：考訂作家生平所進行的文學創作、文學活動相關之記要，依年月順序繫之。

輯三：研究綜述。綜論作家作品研究的概況，並展現研究成果與價值的論文。

輯四：重要文章選刊。選收國內外具代表性的相關研究論文及報導。

輯五：研究評論資料目錄。收錄至 2016 年 1 月底止，有關研究、論述臺灣現當代作家生平和作品評論文獻。語文以中文為主，兼及日文和英文資料。所收文獻資料，以臺灣出版為主，酌收中國大陸、香港、日本和歐美國家的出版品。內容包含三部分：

1.「作家生平、作品評論專書與學位論文」下分為專書與學位論文。

2.「作家生平資料篇目」下分為「自述」、「他述」、「訪談」、「年表」、「其他」。

3.「作品評論篇目」下分為「綜論」、「分論」、「作品評論目錄、索引」、「其他」。

# 目次

## 【輯五】研究評論資料目錄

# 輯一◎圖片集

影像◎手稿◎文物

1944年4月4日，就讀湖南廣雅中學的向明（前排左一），於春假返鄉時
與同窗友人聚首，攝於湖南長沙。（向明提供）

1949年1月12日，行軍至陝西留侯祠，向明（後排左一）與同袍合影。
（向明提供）

1949年9月，向明（前排中）與中央空防學校第九期同學，來臺前夕於四川
成都合影。（向明提供）

1951年，時為空軍下士三級通信士
官的向明。（向明提供）

1953年，向明（前排右）與貴州貴陽中央防空學校在臺同學合影。（向明提供）

1959年，與文友至國立臺灣藝術館（今國立臺灣藝術教育館），觀賞陳庭詩、秦松、施
驊、江漢東、楊英風、李錫奇等人展出的「現代版畫展」。左起：周鼎、向明、余光中、
曹介直。（向明提供）

1961年春，於美國研習電子科技時的向明。（向明提供）

1962年3月30日，與藍星詩社同仁宴請菲律賓文藝訪問團，攝於臺北中國觀光飯店。前排左起：覃子豪、蓉子、范我存；後排左起：周夢蝶、羅門、余光中、向明。（文訊文藝資料中心）

1962年，與妻子穆雲鳳於臺北景美新居前合影。（向明提供）

1970年代前期，時為空軍上校的向明，攝於臺北自宅。（向明提供）

1970年代中期，與文友合影於臺北自宅。前排左起：長女董心如、子董克偉、次女董心怡；後排左起：妻穆雲鳳、周夢蝶、向明（後）、蜀弓、陳庭詩（後）、翁文嫻。（向明提供）

1975年，與子女合影於臺北植物園。左起：向明、長女董心如、次女董心怡、子董克偉。（向明提供）

1977年12月30日，藍星詩社與汪其楣合作《現代詩之舞臺搬演》，攝於臺北幼獅藝廊。
右起：解致璋、陳慧中、向明、汪其楣、夐虹、林舉嫻、楊英利。（向明提供）

1978年6月10日，應邀出席《聯合報》主辦「中國詩人的道路座談會」，詩人們合影於
南投溪頭。前排左起：碧果、向明、洛夫、梅新、趙玉明、羅門；後排左起：商禽、
辛鬱。（文訊文藝資料中心）

1983年3月，爾雅年度詩選編委雅集，攝於臺北二二八和平紀念公園。前排右起：向明、隱地、張默；後排右起：張漢良、李瑞騰、向陽、蕭蕭。（文訊文藝資料中心）

1986年8月，與訪臺的比利時詩人杰曼‧卓根布魯特（Germain Droogenbroodt）餐敘，商討臺灣詩外譯問題。左起：向明、張默、洛夫、杰曼‧卓根布魯特、余光中、羅青、白萩。（創世紀詩雜誌社提供／徐少時攝）

1980年代中期，與「創世紀」詩人應中央廣播電臺之邀，參加「詩人節詩朗誦」的節目錄製。前排右起：向明、瘂弦、羊令野；後排右起：張默、辛鬱、管管。（文訊文藝資料中心）

1988年10月10日，向明與辛鬱（右）合影於覃子豪墳地銅像前。（向明提供）

1991年10月，向明（左）獲頒大陸「全國第三屆報紙副刊好作品」評比一等獎，攝於湖南長沙。（向明提供）

1992年3月6日，應聯合報社之邀，與文友於新竹南園餐敘。右起：向明、彭歌、辛鬱。（向明提供）

1993年3月23日，與洛夫、張默、梅新、管管、葉維廉赴美國各地進行詩歌巡迴朗誦期間，於紐約「張張畫廊」吟誦詩作。左為美國詩人史華茲（Leonard Schwartz）。（向明提供）

1995年7月13日，詩集《隨身的糾纏》獲行政院文建會頒贈第20屆國家文藝獎，攝於臺北晶華酒店。（向明提供）

1995年8月27日，出席由臺灣筆會、《笠》詩社主辦的1995亞洲詩人會議，與文友合影於南投埔里蛇窯。右起：蜀弓、向明、詹冰、張默。（創世紀詩雜誌社提供）

1996年秋，與文友雅集，合影於美國紐約。前排右起：向明、妻穆雲鳳、方思、彭邦禎。（向明提供）

2000年5月，張默集議於新世紀之始，交接「年度詩選」的主編工作予中生代詩人。左起：焦桐、向明、余光中、辛鬱、張默、白靈。（文訊文藝資料中心）

2002年12月27日，應邀出席第七屆國際華文詩人筆會，與詩友合影於南京周庄。左起：簡政珍、向明、丁文智、潘郁琦、林子。（文訊文藝資料中心）

2005年10月，向明赴安徽參加第一屆中國詩歌節，與妻子穆雲鳳合影於當塗采石磯畔李白墓前。（向明提供）

2007年6月3日，應邀出席臺灣詩學季刊雜誌社、臺北教育大學語文與創作學系、明道大學中國文學系主辦之「儒家美學的躬行者——向明詩作學術研討會」，於開幕式中致詞。左起：陳維德、向明、李瑞騰。（向明提供）

2010年7月28日，向明與周夢蝶（左）合影，手持1962年藍星詩社宴請菲律賓文藝訪問團之合照。（向明提供）

2011年9月11日，向明應人間衛視「知道」之邀，受節目主持人黃議震（右）專訪，暢談詩集《閒愁》。（向明提供）

2012年，參觀臺北市立美術館主辦之「非形之形──臺灣抽象藝術展」，
於楊柏林作品前留影。（向明提供）

2013年1月19日，應邀於臺北胡思書店進行講座活動，主講「KUSO李白」。（向明提供）

2013年，與文友聚餐小敘，攝於臺北榮榮園浙寧餐廳。左起：曾進豐、張拓蕪、向明、周夢蝶、曹介直、楊昌年。（向明提供）

2015年4月12日，向明應邀出席由鳳凰網讀書會、中央編譯出版
社為其詩集《外面的風很冷：向明世紀詩選》主辦之新書發表
會，攝於北京庫布里克書店。（向明提供）

1946年，向明隨軍隊轉赴西北時，每日以詩文紀錄內心感懷。（向明提供）

1955年，向明「臺灣大學補習班夜間部」上課證。（向明提供）

1953年，向明「中華文藝函授學校」學生證。（向明提供）

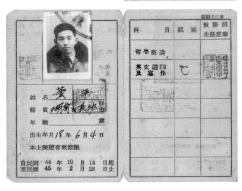

優曇花
——To unknown

生命只一程疤
又有誰認識那旅者
当遠喪的星火
痛在永寂
萎在永寂之

有誰認識那旅者
向被泥封
而無投向
当儲涸沉沉的顧盼于双眸

遂親生命以淺嘗了
誰說路太長
二千年亦有一次美的展現
我渴是於一笑間的
緣 少殷

——1959.11.8——

1959年11月8日，向明詩作〈優曇花〉手稿。（向明提供）

異鄉人
——偈青
向明

無數個哈拉領在你的眼睫裡
在這年代的帽與衣領的蕭地間
呵！異鄉人，你不要祈求笑的雨水

你不要祈求笑的雨水
異鄉四女子的退陽金撐得很低
異縮地隙一枝的小薔園
只為，你的異瞼理感得太多異鄉的歌
只為，你的不張紫理不來異鄉的曲調
而且，只為你是一個落拓的異鄉人

呵！異鄉人，笑一個奈何的笑吧
異鄉的義是如此相連場
枯迎到降不上一滴笑的雨水來為你洗塵
信讀後有感，

六月廿六日匣，詩人楚風來

1960年，向明詩作〈異鄉人〉手稿。（向明提供）

百年來中國文學學術研討會《專用稿紙》　　百年來中國文學學術研討會《專用稿紙》

（二）　　　　　　　　　　　　　　　　　　（一）

詩的奧義與典範
——溫習覃子豪先生的五本詩集

向明

1998年10月，向明發表於《文訊》第156期〈詩的奧義與典範——
溫習覃子豪先生的五本詩集〉手稿。（文訊文藝資料中心）

第一次吃到自己手抓的魚　　向明

第一次吃到自己手抓的魚
這才發現
活著真辛苦，捕詩難於捕魚

聶魯達寫了一輩子的詩
最后卻說
我是寫詩很久以后
才知道我寫的是詩

卞之琳寫到後來必說
我不到一個詩字
找不到一個詩字

他們都很謙虛，卻怎不智
不知道魚有時必要睡覺
也會老邁昏庸
而詩總是滑溜勝過任何一條魚

難怪，魚市總是不會缺魚
而書難
遍尋找不到詩

2001年，向明詩作〈第一次吃到自己手抓的魚〉手稿。（向明提供）

你的眼睛
　　──體檢周公

牙齒、終究是要脫落的

嚼過太多太多啃不動的艱困以後

即使那一顆頑固在你體內不斷作怪的

小小結石、也難免遭破腹取出

時間那隨侍你左右的劊子手

那管你夢蝶不夢蝶

詩或者不詩

唯一奈何它不得的是

你的眼睛、始終炯炯有光

從來不曾老花、也從來不會近視

　　　　　弱弟　向明　敬書
　　　　　甲午年五月十三日

2014年5月13日，向明於周夢蝶告別式上，發表之〈你的眼睛──體檢周公〉手稿。
（文訊文藝資料中心）

向明手抄詩作與剪報，自繪封面、題字並線裝成集。「星沙集」以故鄉長沙別
名星沙命名，「沙草」為早期發表於報刊之作品剪輯，「雨天書」為向明第一
本詩集，於1959年6月由臺北藍星詩社出版印行。（向明提供）

# 輯二◎生平及作品

## 小傳◎作品◎年表

# 小傳

向明（1928～）

向明，男，本名董仲元，「董平」為在大陸服兵役時所取之名，後兵籍與戶口名簿上皆以此載錄，另有筆名仲弟、仲哥、冬也。籍貫湖南長沙，1928 年 7 月 20 日（農曆 6 月 4 日）生，1949 年來臺。

空軍通訊電子學校、美國空軍電子學校畢業，1988 年獲美國世界藝術與文化學院（World Academy of Arts and Culture）授與榮譽文學博士學位。曾任電子工程師、空軍上校。在文學方面，為藍星詩社資深社員，曾任《藍星詩頁》與《藍星詩刊》主編、《臺灣詩學》季刊社社長、《中華日報》副刊編輯、爾雅年度詩選主編、文協及新詩學會理事、國際筆會（International PEN）會員、國際華文詩人筆會主席團委員。曾獲國軍文化康樂大競賽新詩首獎、全國優秀青年詩人獎、中國文藝獎章、國家文藝獎、中山文藝新詩獎、中國當代詩魂金獎、大陸全國第三屆報紙副刊好作品評比一等獎。

向明創作文類以詩為主，兼及論述、散文、兒童文學。詩作方面，其「以生活入詩，更以精鍊的生活語言來表現詩」，喜從生活摘取素材，語言質樸、文字溫柔敦厚，亦能針砭入時、見微知著。創作風格可分作四期：1951 至 1969 年作品多體現離鄉背井的孤獨感，如〈家〉、〈簷滴〉，時代苦悶與厭戰思想盈滿詩中；1970 至 1987 年對於生活與自然描繪展延深入，

如〈妻說〉、〈巍峨〉，表現出生活安頓及反戰思維，詩風愈趨達練圓熟；1988 至 1994 年，以《水的回想》為界，展現出詩人在自我追尋中另一境界的生命省思與閒情；1995 年後逐漸嶄露對現實的批判與社會關懷，如〈掌〉、〈八掌溪現場〉，在冷眼之中燭照現實社會的血絲與對世界的溫情關懷。詩人蕭蕭稱向明為「臺灣詩壇的儒者」，在其文學風格體現了儒者美學，展現「儒家仁者靜而智者動，主客諧和天人合一的境界」，文字趨向「由生活中提煉詩的質素，向平凡裡索求詩的偉岸。」李豐楙亦認為「向明的語言清澈、瘦硬，不是古典詩語的雍容采華，也不是現代派的新訛造語，而是日常語言的提煉，明朗而不淺淡。」熊國華對向明詩作特質，指出文字平實卻包裹著辛辣的諷刺：「嘗自謂怯弱得只剩扶筆之力，卻仍堅持以筆為劍，寫作『輕型武俠詩』，憑以『上打昏君，下壓饞臣』。」

　　散文方面，多描寫緬懷親情、友情、生活心得與時事體悟等感觸。1989 年，向明受邀執筆《中華日報‧青春天地》的「詩餘箚記」專欄，內容以分享寫詩、讀詩體悟與詩的軼聞雜史為主，內容皆鞭辟入裡並反映現實。論述方面，1992 年，向明與白靈、尹玲、李瑞騰、渡也、游喚、蘇紹連、蕭蕭合辦《臺灣詩學季刊》，受推為第一任社長。《臺灣詩學季刊》創刊精神以臺灣土地為中心建構現代詩學，不僅收錄詩作亦刊登評論、討論詩壇動態等，成為詩人、評論家、詩友互動的重要園地。1980 至 1990 年代亦於各大報開闢詩話專欄，尤《臺灣新聞報‧西子灣副刊》開闢「新詩一百問」專欄，以散文式的筆法，深入淺出地解答現代人對「詩」的疑問，深受讀者喜愛。兒童文學方面，則是撰寫兒童詩，或改寫世界民俗、傳說及童話，文字淺顯易懂且咀嚼有味。

　　「右手創作、左手撰評，讀詩、寫詩、評詩半世紀」，向明至今仍持續創作，詩作、評論常見於各大新詩報刊。向明的文學精神「不僅是個人情志的抒發，而是臺灣歷史壯闊波瀾裡的浪花。」不論別人對他怎樣的界定和品頭論足，向明還是向明，在「眾裡尋他千百度」裡，他依然不疾不徐，在蒼茫的時代中，以詩壇前行者的步履從容而行。

# 作品目錄及提要

## 【詩】

### 雨天書
臺北：藍星詩社
1959 年 6 月，15x17.5 公分，53 頁
藍星詩叢

本書為作者首部詩集，收錄 1957 年以前詩作，內容呈現遊子思鄉之情，反映當代文化背景。全書收錄〈簷滴〉、〈日子〉、〈鄉愁〉、〈等待〉等 45 首。正文後有向明〈誌謝〉。

### 五弦琴（與彭捷、楚風、鄭林、蜀弓合著）
臺北：藍星詩社
1967 年 10 月，15x17.5 公分，88 頁
藍星詩叢

本書為詩人覃子豪逝世五週年紀念詩集，詩集名五弦取自五位師承覃子豪而結的五股弦之意。全書收錄〈乾癟的眼〉、〈聲音〉、〈坐於斯〉、〈優曇花〉、〈日安憂鬱〉等 50 首。正文前有〈五弦琴代序〉。

### 狼煙
臺北：純文學出版社
1969 年 11 月，32 開，90 頁
藍星叢書之八

本書集結 1959 至 1969 年詩作。全書收錄〈狼煙〉、〈視之野〉、〈含羞草〉、〈一幕〉等 40 首。正文後有向明〈後記〉。

### 青春的臉

臺北：九歌出版社
1982 年 11 月，32 開，215 頁
九歌文庫 106

本書集結 1973 至 1982 年詩作，內容反映生活與心境寫照，文字語言深入淺出。全書收錄〈老者——遊覽車上之一〉、〈少婦——遊覽車上之二〉、〈染色體〉、〈窗外〉、〈門外的樹〉等 70 首。正文後有向明〈後記〉、李豐楙〈賞析向明的〈巍峨〉〉、蕭蕭〈一首哲思類的詩〉。

### 水的回想

臺北：九歌出版社
1988 年 1 月，32 開，178 頁
九歌文庫 241

本書收錄作者退伍前後詩作，內容呈現面對人生新階段的心態轉換與適應。全書收錄〈生活六帖〉、〈鷹的獨白〉、〈檻內之獅〉、〈水的回想〉、〈封面女郎〉等 70 首。正文後有向明〈後記〉。

### 向明的詩

臺北：自印
1988 年 11 月，14.9x20.8 公分，26 頁

本書為作者參加世界詩人大會及各項國際會議而自印之中英、中法對照詩集。全書收錄〈野地上〉、〈井〉、〈煙囪〉等 12 首。正文前有〈作者簡介〉、陳庭〈向明的畫像〉，封面由董心如設計。

### 向明自選詩集

貴州：貴州人民出版社
1993 年 10 月，10.9×18.4 公分，112 頁
中國當代詩叢

本書集結 1964 至 1988 年詩作。全書收錄〈簷滴〉、〈鄉愁〉、〈等待〉、〈歸途〉、〈渴〉等 86 首。

### 隨身的糾纏

臺北：爾雅出版社
1994 年 3 月，32 開，195 頁
爾雅叢書 212

本書集結 1988 至 1994 年詩作，全書收錄〈鷹擊——許正賜畫作配詩〉、〈夏日〉、〈看一條魚被吃〉、〈還鄉的短草〉、〈蟬聲中〉等 58 首。正文後有向明〈永不服輸——後記〉、余光中〈簡評〈隔海稍來一隻風箏〉、余光中〈虹口公園遇魯迅〉〉、蕭蕭〈即使只是一根針，地球也知道——速寫向明〉、〈向明寫作年表〉。

### 碎葉聲聲——向明詩選

臺北：自印
1997 年 7 月，14.5×21 公分，39 頁

本書為作者自印之中英對照詩集，全書收錄〈啊！引力，昇起吧！〉、〈井〉、〈野地上〉等 21 首。正文前有〈作者簡介〉，封面由董心如設計。

爾雅出版社 2000

中央編譯出版社
2015

## 向明・世紀詩選

臺北：爾雅出版社
2000 年 4 月，25 開，152 頁
爾雅叢書 503

北京：中央編譯出版社
2015 年 1 月，14.5x21.5 公分，191 頁

全書分「《雨天書》」、「《狼煙》」、「《青春的臉》」、「《水的回
想》」、「《隨身的糾纏》」、「《陽光顆粒》」六卷，收錄〈簷滴〉、
〈門〉、〈燈〉、〈車〉、〈窗〉等 65 首。正文前有作家手跡及蕭
蕭〈「世紀詩選」編輯弁言〉、〈向明小傳〉、〈向明詩觀〉。正文
後有〈向明著譯選書目〉、〈向明詩評索引〉。

2015 年中央編譯版：更名為《外面的風很冷：向明世紀詩
選》。正文新增「《低調之歌》」一卷，收錄〈修指甲〉、〈菩提
讖〉、〈非分抒情〉等 8 首。正文前新增作家照片與蕭蕭〈向明
的詩與生活美學〉，正文後新增「附錄」，收錄邵燕祥〈雪晴窗
下遠人詩——讀向明詩集《陽光顆粒》〉、隱地〈詩的糾纏〉、
紫鵑〈網路詩世界的最老優遊者——專訪前輩詩人向明先
生〉、曾進豐〈愁非等閒——序向明詩集《閒愁》〉。

## 向明短詩選／余光中等譯

香港：銀河出版社
2001 年 8 月，12.5x18 公分，85 頁
中外現代詩名家集萃・詩世界叢書系列 9

本書為中英對照詩集，由余光中、葉維廉等譯。全書收錄
〈啊，引力，升起吧！〉、〈井〉、〈野地上〉等 26 首。正文前
有〈出版前言〉、〈作者簡介〉。

## 陽光顆粒

臺北：爾雅出版社
2004 年 12 月，25 開，295 頁
爾雅叢書 428

本書集結作者 1994 至 2005 年間詩作。全書分「存在」、「人
我」、「集粹」、「旅次」四輯，收錄〈窗外的加德麗雅〉、〈賭徒
之死〉、〈安全島〉、〈長廊〉、〈水的自殺──觀瀑有感〉等 115
首。正文前有向明〈為詩奮起為詩狂（代序）〉，正文後有〈向
明小傳〉、〈向明著譯選書目〉。

## 食餘飲後集（與曹介直、一信、朵思、艾農、鍾雲如、張國治合著）

臺中：財團法人瑪利亞社會福利基金會
2007 年 6 月，14.7x20.8 公分，103 頁

本書為七位詩人煮酒談詩集結之詩合集。全書分「向明」、「曹
介直」、「一信」、「朵思」、「艾農」、「鍾雲如」、「張國治」七部
分，收錄〈不忍之詩三首〉、〈放下〉、〈日記一則──2005 .3 .
17〉、〈日記一則──2005 .4 .24〉、〈十大消耗〉等 70 首。正文
前有向明〈水泥叢林的七「閒」人──《食餘飲後集》（代
序）〉，各部分前有詩人〈簡介〉及〈詩觀〉，文中有張國治攝
影圖輯，封面由周夢蝶題字。

## 地水火風

臺北：唐山出版社
2007 年 12 月，14x23 公分，96 頁
《臺灣詩學》15 週年詩叢 1

全書分「元素論」、「三才篇」、「詩觀篇」、「隨詩隨想」、「詩在
農曆節氣」五卷，收錄〈地〉、〈水〉、〈火〉、〈風〉、〈天〉等
57 首。正文前有李瑞騰〈與時潮相呼應──臺灣詩學季刊社十
五週年慶（總序）〉、向明〈有詩為證（代序）〉。

### 向明集／丁旭輝主編

*臺南：國立臺灣文學館*
*2008 年 12 月，25 開，142 頁*
*臺灣詩人選集 13*

本書為有別於《向明·世紀詩選》，內容多選錄向明後期詩作。全書收錄〈如此而已〉、〈妻說〉、〈冷〉、〈夜宿溪頭〉等37 首。正文前有作家照片與黃碧端〈主委序〉、鄭邦鎮〈騷動，轉成運動〉、彭瑞金〈「臺灣詩人選集」編序〉、〈臺灣詩人選集編輯體例說明〉、〈向明小傳〉，正文後有丁旭輝〈解說〉、〈向明寫作生平簡表〉、〈閱讀進階指引〉、〈向明已出版詩集要目〉。

### 生態靜觀／董心如畫

*新北：印刻文學生活雜誌出版公司*
*2008 年 12 月，18x23.5 公分，245 頁*

本書為詩畫集，以生態為創作主題，集結六行詩與女兒董心如畫作，表達對生態的關懷。全書分「晴朗的詩」、「生態靜觀」兩部分，收錄向明〈晴朗的詩〉六首、〈生態靜觀〉100 首，董心如畫作 46 幅。正文後有〈作者簡介〉、〈出版書目〉。

### 七絃──食餘飲後集二（與曹介直、朵思、艾農、鍾雲如、張國治、須文蔚合著）

*臺中：財團法人瑪利亞社會福利基金會*
*2009 年 3 月，14.9x21.1 公分，183 頁*

本書為七位詩人煮酒談詩集結之詩合集。全書分「向明」、「曹介直」、「朵思」、「艾農」、「鍾雲如」、「張國治」、「須文蔚」七部分，收錄〈扶桑花〉、〈不忙早說〉、〈輪迴〉、〈明天〉、〈相對論〉等 123 首。正文前有朵思〈《七弦》──序〉，各部分前有詩人〈簡介〉及〈詩觀〉，文中有張國治攝影及詩人手稿圖輯，封面由周夢蝶題字。

### 眾聲——食餘飲後集三（與曹介直、朵思、艾農、鍾雲如、張國治、須文蔚合著）

臺中：財團法人瑪利亞社會福利基金會
2011 年 5 月，14.8x20.8公分，159 頁

本書為七位詩人煮酒談詩集結之詩合集。全書分「向明」、「曹介直」、「朵思」、「艾農」、「鍾雲如」、「張國治」、「須文蔚」七部分，收錄〈非分抒情〉、〈她們的談話〉、〈他們的氣味〉、〈一桶釘子——參加詩會我見〉、〈尷尬〉等 81 首。正文前有曹介直〈開卷漫談〉，各部分前有詩人〈簡介〉及〈詩觀〉，文中有張國治畫作，封面由周夢蝶題字。

### 閒愁——向明詩集

臺北：釀出版
2011 年 7 月，25 開，164 頁
閱讀大書 04

本書內容取自信手拈來的日常生活，以一貫質樸的語言創作，並嘗試探索多種詩體。全書分「眾生合十」、「就詩論詩十四題」、「革命後段」、「把整座森林牽了出來」四卷，收錄〈眾生合十〉、〈二寫「地、水、火、風」〉、〈譚「天」的詩六首〉等 27 首。正文前有曾進豐〈愁非等閒——序向明詩集《閒愁》〉，正文後附錄「惠我的涼涼暖流」，收錄綠原〈為詩奮起為詩狂——向明詩集《陽光顆粒》讀後〉、邵燕祥〈雪晴窗下遠人詩——讀向明《陽光顆粒》〉、蕭蕭〈即使只是一根針，地球也知道——速寫向明〉。

### 低調之歌——向明詩集

臺北：釀出版
2012 年 12 月，25 開，139 頁
閱讀大書 17

本書集結作者 2006 至 2012 年詩作，內容除思考時光的命題之外，並持續以現實為題材，關懷世情，兼懷友人。全書收錄〈菩提識〉、〈在李白墓前〉、〈詩零碎〉、〈沒有歌〉等 34 首。正文前有蕭蕭〈跨世紀與跨領域的詩學詩藝——臺灣詩學季刊社 20 周年慶〉、李進文〈向時光說分明——序向明詩集《低調之歌》〉，正文後有向明〈低調也有歌（代後記）〉、李林〈倨傲的靈光——向明詩〈軒轅〉賞析〉、辛鬱〈一首隱喻式反戰詩——向明詩〈靶場那邊〉賞析〉、洛夫〈滿紙都是閒愁——來信告知詩集《閒愁》讀後〉、余光中〈奔向永恆——向明詩〈私心〉讀後〉。

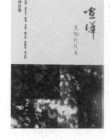

### 喧嘩──食餘飲後集（四）（與曹介直、朵思、艾農、鍾雲如、張國治、須文蔚合著）

臺中：財團法人瑪利亞社會福利基金會
2013 年 2 月，14.8x20.8 公分，133 頁

本書為七位詩人煮酒談詩集結之詩合集。全書分「向明」、「曹介直」、「朵思」、「艾農」、「鍾雲如」、「張國治」、「須文蔚」七部分，收錄〈觀浪〉、〈瞥見〉、〈我看重九〉、〈背光〉、〈不甩〉等 81 首。正文前有艾農《〈喧嘩〉序》，各部分前有詩人〈簡介〉及〈詩觀〉，正文後有文友照片，文中有張國治畫作，封面由周夢蝶題字。

### 早起的頭髮

臺北：爾雅出版社
2014 年 12 月，25 開，215 頁
爾雅叢書 612

本書取材社會觀察與日常生活細節，以諧謔的筆法，提出尖銳的針砭，以此抒發個人情志。全書分「慰周公」、「早起的頭髮」、「一九五七年前作品」三輯，收錄〈慰周公〉、〈真還不夠老〉、〈孤挺花〉、〈你的眼睛〉、〈撿骨〉等 84 首。正文前有蕭蕭〈比人早起的頭髮──我讀向明近期的詩〉，正文後附錄「詩論三家」，收錄文曉村〈《陽光顆粒》中的麻辣味──漫說向明的另一面〉、鴻鴻〈棒棒糖的盡頭──讀向明的《低調之歌》〉、熊國華〈向晚愈明，低調發聲──析向明詩集《低調之歌》〉、〈向明小傳〉。

### 詩・INFINITE：向明詩集・永不止息

臺北：新世紀美學
2015 年 11 月，17.3x23.6 公分，190 頁

本書集結 1957 至 2015 年詩作，為作者對詩之追求的觀照與自省。全書分「一葉蓮」、「沉沒」、「超文本創作」三部，第一部與第二部收錄〈雨天書〉、〈盤據〉、〈井〉、〈異鄉人〉、〈靶場那邊〉等 94 首，第三部收錄以俯拾廢棄物材料構成之「詩小人」創作圖像共 16 幅。正文前有向明簡序〈永恆〉、〈孤鳥〉、〈真聲〉，正文後附錄曾琮琇〈雞鳴不已：向明詩集《早起的頭髮》的晚期風格〉、向陽〈讀向明詩集《早起的頭髮》〉、吳亞順〈詩人向明：綿裡藏針，終成「儒俠」〉、〈作者簡介〉。

# 【散文】

**耀文圖書公司 1993**

**詩藝文出版社 2004**

## 客子光陰詩卷裏

臺北：耀文圖書公司
1993 年 5 月，新 25 開，231 頁
創作書坊 03

臺北：詩藝文出版社
2004 年 12 月，25 開，251 頁
文化書坊 19

本書集結發表於《中華日報‧青春天地》「詩餘箚記」的專欄文章，內容包括多年讀詩、寫詩的領悟與感想，以及與詩相關的軼聞。全書收錄〈靈虛一點是吾詩〉、〈善學者還從規矩〉、〈萬金家書〉、〈男兒須讀五車書〉、〈小‧也是我的小〉等 77 篇。正文前有瘂弦〈新詩話——序老友向明的箚記〉，正文後有向明〈客子光陰詩卷裏（代後記）〉。

2004 年詩藝文版：更名為《和你輕鬆談詩：向明新詩話》，分「靈虛一點是吾詩」、「一泓海水杯中洩」、「間關千里寄詩思」、「舊詩一讀一番新」、「千峰故隔一簾珠」、「萬里寫入胸懷間」、「百無一用是詩囊」七輯，刪去〈遠天的風雪〉、〈一切的偉大都要失重〉二篇，新增〈詩人這個頭銜〉、〈詩是未知的探索〉、〈一首詩主義〉等 14 篇，改〈客子光陰詩卷裏（代後記）〉篇名為〈和你促膝談詩（增訂版後記）〉，內容略有增刪。

## 甜鹹酸梅

臺北：三民書局
1994 年 1 月，新 25 開，271 頁
三民叢刊 70

本書為作者首部散文集，書寫生活中領略的感懷、親情友情，與旅行所見所聞與心得。全書分三輯，收錄〈找尾巴的熊〉、〈臉〉、〈從一條狗洗澡談起〉、〈吃「鴿鬆」記〉、〈談死〉等 55 篇。正文前有向明〈寫在《甜鹹酸梅》之前〉。

### 春天該去布拉格（與余光中、沈臨彬、隱地合著）

臺北：爾雅出版社
1994 年 5 月，32 開，132 頁
爾雅叢書 144

本書為四位作家行旅布拉格之散文合集，以照片搭配的方式，書寫旅行記憶及感觸。全書收錄余光中〈橋跨黃金城——記布拉格〉、向明〈藝文之旅——布拉格〉、沈臨彬〈春天該去布拉格〉等 6 篇。正文後有〈本書作者簡介〉。

### 新詩 50 問

臺北：爾雅出版社
1997 年 2 月，32 開，208 頁
爾雅叢書 314

本書為連載於《臺灣新聞報・西子灣副刊》「新詩一百問」專欄前半部文章集結，內容以問答方式，探討新詩的本質與創作。全書收錄〈詩・是風信子花和餅乾的合成體？〉、〈詩人還是詩匠〉、〈跳舞與走路〉、〈妾身未明散文詩〉、〈收他腐臭，還我神奇〉等 50 篇。正文前有李瑞騰〈百問而千萬答〉，正文後有向明〈後記〉、〈向明書目〉。

### 新詩　後 50 問

臺北：爾雅出版社
1998 年 4 月，32 開，204 頁
爾雅叢書 334

本書為連載於《臺灣新聞報・西子灣副刊》「新詩一百問」專欄後半部文章集結。全書收錄〈何不偷閒學寫詩〉、〈詩後面的尾巴〉、〈自作應聲之蟲〉、〈性愛的謳歌〉、〈戴著腳鐐手銬跳舞〉等 50 篇。正文前有洛夫〈讀向明的《新詩一百問》〉，正文後有〈向明書目〉。

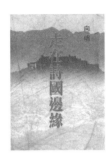

### 走在詩國邊緣

臺北：爾雅出版社
2002 年 11 月，32 開，179 頁
爾雅叢書 394

本書集結發表於報章之隨筆散論。全書收錄〈我家藏有「酒
鬼」〉、〈名片〉、〈循「序」漸進，還是迷途徬徨——我的讀序
心得〉等 27 篇。正文前有向明〈詩外另一出口〉，正文後有
〈關於本書作者〉、〈向明著譯選書目〉。

### 窺詩手記

臺北：禹臨圖書公司
2002 年 12 月，25 開，155 頁
心靈補手 04

本書集結發表於《青年日報》的專欄文章，描寫日常生活中
管窺與觀察詩的雜感，並談述當代詩壇、詩人動態。全書分
「詩餘雜感」、「話說詩人」二輯，收錄〈行行出詩人〉、〈找
一扇窗〉、〈詩書的樂趣〉、〈寫詩究竟是怎麼回事？〉等 40
篇。正文前有陳介人〈緣起〉、向明〈窺詩者言〉。

### 詩來詩往

臺北：三民書局
2003 年 6 月，新 25 開，237 頁
三民叢刊 240

本書集結《臺灣新聞報・西子灣副刊》「詩來詩往」專欄文
章，內容網羅古今中外詩壇掌故與詩評。全書分「布衣亦可
傲王侯」、「浣花溪的天寶年流法」、「高過亞歷山大石柱」、
「沒有意象・詩會異樣」四輯，收錄〈屈原的委屈〉、〈君有
奇才我不貧——鄭板橋寫真〉、〈哪個蟲兒敢作聲〉、〈布衣亦
可傲王侯〉等 42 篇。正文前有瘂弦〈鉤稽沉珠，闡舊闢新
——序向明詩話集《詩來詩往》〉。

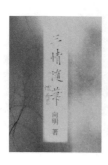

### 三情隨筆

臺北:秀威資訊科技公司
2004 年 8 月,25 開,202 頁

本書收錄發表於報章專欄之隨筆,內容有探究世情、緬懷親
情友情與寫詩為文的心得。全書分「世情篇」、「人情篇」、
「詩情篇」三輯,收錄〈誰來搬開那塊石頭〉、〈仰天長
嘯〉、〈演什麼像什麼〉、〈小東西〉、〈鄭板橋談讀書〉等 54
篇。正文前有向明〈百無一用是詩囊(代序)〉。

### 我為詩狂

臺北:三民書局
2005 年 1 月,新 25 開,233 頁
三民叢刊 296

本書集結專欄與報刊發表文章,內容以評論、解析、比較詩
學為主。全書分「詩宜出自機杼」、「我為詩狂」、「詩的奮
鬥」三輯,收錄〈冰心的零碎思想〉、〈無名氏寫詩〉、〈詩的
濃與淡〉、〈新詩應傳統與現代聯姻——以余光中詩法為例〉
等 38 首。正文前有向陽〈補魚入網,補詩入書——序《我
為詩狂》〉。

### 詩中天地寬

臺北:臺灣商務印書館
2006 年 3 月,25 開,315 頁
博雅文庫

本書集結作者數十年讀詩之心得及評論。全書分「詩的探
索」、「好詩共賞」、「詩題趣談」、「記憶開挖——輝煌的五〇
年代現代詩」四輯,收錄〈獻給詩人的種種話語〉、〈Who is
A Poet?〉、〈寫詩難得一字穩〉、〈幸與不幸話詩踪〉、〈談詩文
寫景〉等 59 篇。正文前有王學哲〈「博雅文庫」序〉。

**新詩百問**

臺北：爾雅出版社
2008 年 7 月，25 開，264 頁
爾雅叢書 489

本書為《新詩 50 問》、《新詩 後 50 問》二書合訂本。正文前有洛夫〈序〉、李瑞騰〈百問而千萬答〉、向明〈一本詩的參考書——改版補記〉，正文後有向明〈後記〉、〈向明小傳〉、〈向明著譯編書目〉。

**無邊光景在詩中——向明談詩**

臺北：秀威資訊科技公司
2011 年 7 月，25 開，266 頁

本書集結作者長期發表於各報刊之讀詩與評詩心得。全書分「詩的花花世界」、「詩的視野大而無外」、「詩的美麗與莊嚴」三卷，收錄〈詩人難為——聞歐巴馬就職頌詩被嗆〉、〈張愛玲與新詩〉、〈詩之困「惑」——早年新詩論戰的一件公案〉、〈艾略特詩中譯之商榷〉等 44 篇。

**尋詩 V. S. 尋思‧向明談詩**

臺北：秀威資訊科技公司
2015 年 6 月，25 開，357 頁
文學視界 78

本書集結發表於報刊專欄與尚未發表之評詩心得。全書收錄〈詩是一股軟實力〉、〈但肯尋詩便有詩——為鼎公《有詩》作序〉、〈誰是詩性人物〉、〈我的詩‧你的夢——胡適談做詩的經驗〉、〈尋找詩的美感〉等 66 篇。

## 【民間故事】

### 走出阿富汗——看中亞及周邊國家民間趣事

臺北：未來書城公司
2001 年 12 月，25 開，181 頁
文學書 19

本書為改寫中亞及其周邊國家的民間故事。全書收錄〈一山的寶石〉、〈掉了一隻駱駝〉、〈草原上的趣事〉、〈誰最大〉、〈一千個銀幣〉、〈石頭煮湯〉、〈父子英雄〉、〈金杯〉、〈月亮擄人記〉、〈寒冷小子〉、〈雷神的教訓〉、〈最長的噴嚏〉、〈皮利普卡歷險記〉、〈尾巴的故事〉、〈騙吃記〉、〈狼、狗、貓〉、〈掘金記〉、〈兔子的機智〉、〈分食的教訓〉、〈粉筆圈的啞謎〉、〈閒又懶的結局〉、〈小胡狼與老鱷魚〉、〈一根蠟燭〉、〈淘氣弟弟〉共 24 篇。正文前有趙竹成〈一個充滿魔法的奇幻世界〉、向明〈天真如夢・焯燦如花〉。

## 【兒童文學】

### 香味口袋／孫密德圖

臺北：九歌出版社
1983 年 8 月，32 開，144 頁
九歌兒童書房 5

本書取材自世界各地民間傳說，以寫詩手法改寫成兒童文學著作。全書收錄〈吉運船長〉、〈擺渡人〉、〈鏡子與公主〉等 16 篇。

### 糖果樹／孫密德圖

臺北：九歌出版社
1984 年 2 月，32 開，154 頁
九歌兒童書房 10

本書取材自世界民間傳說與文學名著，以寫詩手法改寫成兒童文學著作。全書收錄〈雨神的故事〉、〈長鼻伯伯〉、〈白蛇的祕密〉等 19 篇。

### 螢火蟲／董心如圖

臺北：三民書局
1997 年 4 月，21.4x24.2 公分，53 頁
兒童文學叢書・小詩人系列

本書選自作者 1956 至 1997 年創作之詩作，以圖文搭配的方式重新詮釋詩的童心。全書收錄〈家〉、〈窗〉、〈種子〉等 20首。正文前有〈詩心・童心──出版的話〉、謝輝煌〈輕提燈籠照詩心──讀向明先生的童詩〉，正文後附錄向明〈寫詩的人〉、董心如〈畫畫的人〉。

# 【合集】

### 向明自選集

臺北：黎明文化公司
1988 年 5 月，32 開，266 頁
中國新文學叢刊 160

本書為向明詩、散文自選集。全書分五卷，「選自詩集《雨天書》」收錄詩作〈簷滴〉、〈鄉愁〉、〈等待〉等 25 首；「選自詩集《狼煙》」收錄詩〈狼煙〉、〈含羞草〉、〈遲暮〉等 16首；「選自詩集《青春的臉》」收錄詩〈老者〉、〈少婦〉、〈染色體〉等 26 首；「選自輯外集」收錄詩〈憤怒的鐵〉、〈狂瀾篇〉等 5 首；「選自《詩餘札記》」收錄〈阿 B 與徐廷柱〉、〈拜倫與雪萊〉、〈傑佛斯的一首抗暴詩〉、〈印度夜鶯・奈都夫人〉等 30 篇。正文前有素描、生活照片、手跡、〈小傳〉、向明〈平淡後面的執著（代序）〉，正文後有〈作品評論〉、李豐楙〈賞析向明的〈巍峨〉〉、蕭蕭〈一首哲思類的詩〉、洛夫〈試論向明的詩〉、〈作品書目〉、〈作品評論引得〉。

# 文學年表

1928 年　7 月　　20 日（農曆 6 月 4 日），生於湖南長沙梟後街天利亨剪刀店。
　　　　　　　　本名董仲元。父胡炳桂，母胡氏，為家中長子。

1935 年　9 月　　就讀長沙市基督教信義會所創辦之私立信義小學。

1937 年　11 月　　國民政府對日抗戰施行焦土政策，長沙大火，全家遷居位於
　　　　　　　　長沙東鄉董家沖老家，入私塾就讀。

1940 年　本年　　就讀湖南長沙太平青雲兩鄉聯立高小。

1943 年　9 月　　就讀湖南私立廣雅中學，開始對文藝產生興趣。

1944 年　5 月　　長衡會戰爆發，學校遭困，與同學十餘人乘湘桂鐵路逃亡。

1945 年　本年　　於貴州貴陽中央防空學校通信學兵隊學習通信技術。「董平」
　　　　　　　　為服兵役時所取，後兵籍與戶口名簿上皆以此載錄。

1946 年　本年　　分發至西北地區，轉戰陝北、延安、清澗、榆林等地。

1949 年　4 月　　行軍至陝西漢中往安康途中發生車禍，左腿骨折，於西安西
　　　　　　　　北大學附屬醫院治療。

　　　　　10 月　　隨軍隊抵達臺灣。

1951 年　本年　　於補習班學習英文。

1952 年　本年　　派駐舟山群島，配合海上突擊總隊隨機巡查各小島。後撤退
　　　　　　　　回臺，歸建空軍通信部隊。
　　　　　　　　開始新詩創作，作品陸續發表於《軍友報》、《新生報》、《野
　　　　　　　　風》。

1953 年　10 月　　參加中華文藝函授學校詩歌班，師從詩人覃子豪。第一期同
　　　　　　　　學有瘂弦、小民、麥穗等。

1954 年　6 月　　24 日，詩作〈小樹〉以本名「董平」發表於《公論報》6 版，「藍星週刊」第 2 期。

　　　　　8 月　　5 日，詩作〈燈籠花〉發表於《公論報》6 版，「藍星週刊」第 8 期。

　　　　　　　　　12 日，詩作〈風之歌〉發表於《公論報》6 版，「藍星週刊」第 9 期。

　　　　　　　　　19 日，詩作〈月夜的默契〉發表於《公論報》6 版，「藍星週刊」第 10 期。

　　　　　9 月　　16 日，詩作〈夜〉發表於《公論報》6 版，「藍星週刊」第 14 期。

　　　　　　　　　22 日，詩作〈鐵地憤怒〉發表於《公論報》6 版，「藍星週刊」第 15 期。

　　　　　10 月　　28 日，詩作〈拾荒者〉發表於《公論報》6 版，「藍星週刊」第 20 期。

　　　　　11 月　　25 日，詩作〈駱駝〉發表於《公論報》6 版，「藍星週刊」第 24 期。

　　　　　12 月　　9 日，詩作〈蝙蝠和燈〉發表於《公論報》6 版，「藍星週刊」第 26 期。

　　　　　　　　　23 日，詩作〈靈魂〉發表於《公論報》6 版，「藍星週刊」第 28 期。

　　　　　　　　　30 日，詩作〈晨曦小唱〉發表於《公論報》6 版，「藍星週刊」第 29 期。

1955 年　1 月　　6 日，詩作〈祈求〉發表於《公論報》6 版，「藍星週刊」第 30 期。

　　　　　2 月　　3 日，以「星‧外一章」為題，詩作〈星〉、〈雨〉發表於《公論報》6 版，「藍星週刊」第 34 期。

　　　　　3 月　　3 日，詩作〈春〉發表於《公論報》6 版，「藍星週刊」第

38 期。

31 日，以「距離」為題，詩作〈距離〉、〈壓縮的夢〉發表於《公論報》6 版，「藍星週刊」第 42 期。

4 月　7 日，以「散弦」為題，詩作〈噴泉〉、〈不眠夜〉發表於《公論報》6 版，「藍星週刊」第 43 期。

5 月　5 日，詩作〈瀑布〉、〈簷滴〉發表於《公論報》6 版，「藍星週刊」第 47 期。

6 月　2 日，以「五月詩草」為題，詩作〈醒來〉、〈椰樹的悲哀〉發表於《公論報》6 版，「藍星週刊」第 50 期。

12 日，詩作〈日子〉發表於《公論報》6 版，「藍星週刊」第 53 期。

30 日，詩作〈寂寞〉發表於《公論報》6 版，「藍星週刊」第 55 期。

7 月　7 日，詩作〈鄉愁〉發表於《公論報》6 版，「藍星週刊」第 56 期。同年 9 月 16 日發表於《正氣中華》3 版。

詩作〈等待〉發表於《現代詩》第 11 期。

8 月　4 日，以「塞上詩草」為題，詩作〈遠方〉、〈生日〉、〈贖〉、〈渴〉、〈老牧人〉發表於《公論報》6 版，「藍星週刊」第 60 期。

18 日，以「散弦兩章」為題，詩作〈探詢〉、〈認識〉發表於《公論報》6 版，「藍星週刊」第 62 期。

9 月　16 日，詩作〈淚〉發表於《公論報》6 版，「藍星週刊」第 66 期。

23 日，詩作〈歸途〉發表於《公論報》6 版，「藍星週刊」第 67 期。

30 日，詩作〈黃昏〉發表於《公論報》6 版，「藍星週刊」第 68 期。

| | | |
|---|---|---|
| 10 月 | | 7 日，詩作〈靜〉發表於《公論報》6 版，「藍星週刊」第 69 期。 |
| | | 於臺灣大學夜間部選修英文、寫作與選讀、哲學概論。 |
| 11 月 | | 25 日，詩作〈碎石〉發表於《公論報》6 版，「藍星週刊」第 75 期。 |
| 12 月 | | 16 日，詩作〈雪線上〉發表於《公論報》6 版，「藍星週刊」第 78 期。 |
| | | 詩作〈陰天〉發表於《幼獅文藝》第 17 期。 |
| 1956 年 | 1 月 | 6 日，詩作〈十二月〉發表於《公論報》6 版，「藍星週刊」第 81 期。 |
| | 2 月 | 3 日，以「沙草輯」為題，詩作〈門〉、〈燈〉、〈雨聲〉、〈風〉、〈給 F〉發表於《公論報》6 版，「藍星週刊」第 85 期。 |
| | | 22 日，以「沙草輯」為題，詩作〈家〉、〈車〉、〈窗〉、〈筆〉、〈溪〉發表於《公論報》6 版，「藍星週刊」第 87 期。 |
| | 3 月 | 9 日，以「沙草輯」為題，詩作〈三月七日〉、〈音樂〉、〈釋〉、〈橋〉、〈牆〉發表於《公論報》6 版，「藍星週刊」第 90 期。 |
| | 5 月 | 4 日，以「沙草輯」為題，詩作〈塞上書〉、〈遠眺〉發表於《公論報》6 版，「藍星週刊」第 98 期。 |
| | | 18 日，詩作〈星群——為藍星一百期而作〉發表於《公論報》6 版，「藍星週刊」第 100 期。 |
| | 6 月 | 22 日，以「沙草輯」為題，詩作〈安魂曲〉、〈小店〉、〈山與雲〉、〈悼 Y〉發表於《公論報》6 版，「藍星週刊」第 105 期。 |
| | 7 月 | 3 日，詩作〈螢〉發表於《公論報》6 版，「藍星週刊」第 |

110 期。

10 月　12 日，以「海上詩」為題，詩作〈孤島〉、〈海上〉發表於《公論報》6 版，「藍星週刊」第 121 期。

本年　獲國軍文康競賽士兵級詩歌第一名。

1957 年　1 月　18 日，以「星沙輯」為題，詩作〈雨天書〉、〈一月的喟嘆〉發表於《公論報》6 版，「藍星週刊」第 133 期。

2 月　22 日，以「臨海輯」為題，詩作〈沙灘〉、〈畫〉發表於《公論報》6 版，「藍星週刊」第 137 期。

詩作〈海上書〉發表於《今日新詩》第 2 期。

3 月　8 日，詩作〈海的憂煩〉發表於《公論報》6 版，「藍星週刊」第 139 期。

詩作〈生命中的生命〉發表於《藍星宜蘭分版》第 3 期。

詩作〈命運〉發表於《今日新詩》第 3 期。

4 月　獲軍官深造機會，一年後升少尉軍官。

5 月　詩作〈啊！引力，昇起吧！〉、〈三月〉發表於《藍星宜蘭分版》第 5 期。

6 月　2 日，以詩作〈啊！引力，昇起吧！〉獲中國文藝協會頒贈詩人節優秀詩獎。

詩作〈室內繪〉發表於《今日新詩》第 6 期。1999 年 4 月發表於《乾坤詩刊》第 10 期。

8 月　以「冷目集」為題，詩作〈聯想〉、〈山邊〉、〈結局〉發表於《藍星詩選》第 1 輯。

9 月　10 日，〈中秋懷大陸〉發表於《正氣中華》3 版。

13 日，詩作〈城〉發表於《公論報》6 版，「藍星週刊」第 166 期。

10 月　以「守成輯」為題，詩作〈井〉、〈同在〉發表於《藍星詩選》第 2 輯。

| | | |
|---|---|---|
| | 11 月 | 22 日，詩作〈埃佛勒斯峯〉發表於《公論報》6 版，「藍星週刊」第 175 期。 |
| | 12 月 | 20 日，詩作〈落日〉發表於《公論報》6 版，「藍星週刊」第 179 期。 |
| 1958 年 | 3 月 | 23 日，詩作〈燭焰〉發表於《公論報》6 版，「藍星週刊」第 191 期。 |
| | | 28 日，詩作〈圍城〉發表於《公論報》6 版，「藍星週刊」第 192 期。 |
| | 4 月 | 詩作〈年〉發表於《文星》第 6 期。 |
| | 5 月 | 4 日，詩作〈搗星者──致楚風〉發表於《公論報》6 版，「藍星週刊」第 197 期。 |
| | | 詩作〈溫情〉發表於《自由青年》第 19 卷第 10 期。 |
| | 6 月 | 1 日，詩作〈藍星──為《藍星》兩百期而作〉發表於《公論報》6 版，「藍星週刊」第 200 期。 |
| | | 15 日，詩作〈野地上〉發表於《公論報》6 版，「藍星週刊」第 202 期。 |
| | | 20 日，詩作〈長廊〉發表於《公論報》6 版，「藍星週刊」第 203 期。 |
| | 8 月 | 15 日，詩作〈七月〉發表於《公論報》6 版，「藍星週刊」第 209 期。 |
| | 12 月 | 詩作〈深秋〉發表於《文星》第 14 期。 |
| 1959 年 | 2 月 | 詩作〈狼煙〉發表於《藍星詩頁》第 3 期。 |
| | 4 月 | 詩作〈含羞草〉、〈一幕〉發表於《文學雜誌》第 6 卷第 2 期。 |
| | | 詩作〈視之野〉發表於《藍星詩頁》第 5 期。 |
| | 6 月 | 詩集《雨天書》由臺北藍星詩社出版。 |
| | | 詩作〈不等式〉發表於《藍星詩頁》第 7 期。 |

| | | |
|---|---|---|
| 7 月 | | 詩作〈虹逝〉、〈空白〉、〈你之羅馬〉發表於《創世紀》第 12 期。 |
| 8 月 | | 10 日，詩作〈今天的故事——兼覆阮囊〉發表於《藍星詩頁》第 9 期。 |
| 10 月 | | 19 日，詩作〈晨光——富貴角生活之一〉發表於《聯合報》6 版。 |
| | | 詩作〈惑〉、〈現代〉發表於《文星》第 24 期。 |
| 11 月 | | 詩作〈遲暮——一枚菓子想〉發表於《文學雜誌》第 7 卷第 3 期。 |
| | | 短論〈懂與不懂〉發表於《藍星詩頁》第 12 期。 |
| 12 月 | | 14 日，詩作〈秋歌——富貴角生活之二〉發表於《聯合報》6 版。 |
| | | 詩作〈願望與祝福〉發表於《藍星詩頁》第 13 期。 |
| 1960 年 | 3 月 | 詩作〈或人的憂鬱〉發表於《藍星詩頁》第 16 期。 |
| | 5 月 | 詩作〈微醺〉發表於《現代文學》第 2 期。 |
| | 8 月 | 詩作〈異鄉人〉發表於《藍星詩頁》第 21 期。 |
| | 9 月 | 詩作〈窗外〉發表於《文學雜誌》第 8 卷第 6 期。 |
| | 11 月 | 赴美國密西西比州接受航空電子訓練，至翌年 10 月返臺。 |
| 1961 年 | 6 月 | 以「百日祭和五月」為題，詩作〈百日祭〉、〈五月〉發表於《藍星季刊》創刊號。 |
| | 12 月 | 以「第七日及其遊記」為題，詩作〈第七日〉、〈遊記〉發表於《藍星季刊》第 2 號。 |
| 1962 年 | 3 月 | 30 日，與藍星詩社同仁覃子豪、羅門、蓉子、余光中、范我存、周夢蝶於臺北中國觀光飯店宴請菲律賓文藝訪問團。 |
| | 5 月 | 以「植物兩題」為題，詩作〈野菠蘿〉、〈馬尾松〉發表於《藍星季刊》第 3 號。 |
| | 7 月 | 詩作〈坐於斯〉發表於《葡萄園》創刊號。 |

| | | |
|---|---|---|
| | 10 月 | 14 日，與穆雲鳳女士結婚。 |
| | | 詩作〈聲音〉發表於《葡萄園》第 2 期。 |
| 1963 年 | 1 月 | 10 日，詩作〈我心不忹〉發表於《藍星詩頁》第 50 期。 |
| | | 詩作〈日安・憂鬱〉發表於《葡萄園》第 3 期。 |
| | 4 月 | 以「詩兩首」為題，詩作〈散髮者〉、〈粧臺〉發表於《葡萄園》第 4 期。 |
| | 6 月 | 調任馬祖。 |
| | | 〈遙遠的祝福──給《葡萄園》週年紀念〉發表於《葡萄園》第 5 期。 |
| | 10 月 | 詩作〈向南的路上〉發表於《文星》第 72 期。 |
| 1964 年 | 1 月 | 詩作〈優曇花──寄或人〉發表於《葡萄園》第 7 期。 |
| | 5 月 | 23 日，〈飛行北極的空中小姐〉以筆名「仲弟」發表於《聯合報》7 版。 |
| | 12 月 | 長女董心如出生。 |
| 1965 年 | 4 月 | 詩作〈粧臺篇〉發表於《葡萄園》第 12 期。 |
| 1966 年 | 7 月 | 次女董心怡出生。 |
| | 10 月 | 15 日，〈小丑露露〉以筆名「仲哥」發表於《聯合報・聯合周刊》15 版。 |
| | 11 月 | 26 日，〈大恐龍的金馬車〉以筆名「仲哥」發表於《聯合報・聯合周刊》15 版。 |
| | 12 月 | 24 日，〈聖誕老人的故事〉以筆名「仲哥」發表於《聯合報・聯合周刊》15 版。 |
| 1967 年 | 1 月 | 28 日，〈國王和貓〉以筆名「仲哥」發表於《聯合報・聯合周刊》15 版。 |
| | 2 月 | 25 日，〈世界上最貴的酒〉以筆名「仲弟」發表於《聯合報・聯合周刊》2 版。 |
| | 3 月 | 25 日，〈西洋水煙袋〉以筆名「仲弟」發表於《聯合報・聯 |

合周刊》2 版。

4 月　1 日，〈最大的心願〉以筆名「仲哥」發表於《聯合報・聯合周刊》16 版。

10 月　與楚風、蜀弓、彭捷、鄭林合著詩集《五弦琴》，由臺北藍星詩社出版。

本年　以筆名「仲哥」於《中華日報・世界兒童》執筆兒童及傳說故事，後集結成《走出阿富汗——看中亞及周邊國家民間趣事》出版。

1968 年　2 月　21 日，〈睡眠與美容〉以筆名「仲弟」發表於《聯合報》9 版。

28 日，翻譯〈孩子的睡眠與智商〉以筆名「仲弟」發表於《聯合報》9 版。

本年　子董克偉出生。

1969 年　1 月　24 日，〈力爭上游〉以筆名「仲弟」發表於《經濟日報》10 版，「大都會」專欄。

2 月　23 日，〈征服垃圾〉以筆名「仲弟」發表於《經濟日報》7 版，「大都會」專欄。

詩作〈旱〉發表於《笠》第 29 期。

3 月　7 日，〈原子能咖啡壺〉以本名「董平」發表於《經濟日報》10 版，「大都會」專欄。

詩作〈一株自己〉發表於《現代文學》第 37 期。

4 月　17 日，〈籃球的誕生〉以筆名「仲弟」發表於《經濟日報》10 版，「大都會」專欄。

23 日，〈他的衣櫥〉以筆名「仲弟」發表於《經濟日報》10 版，「大都會」專欄。

5 月　6 日，〈冷氣小史〉以筆名「仲弟」發表於《經濟日報》9 版，「大都會」專欄。

| | | |
|---|---|---|
| | 11 月 | 詩集《狼煙》由臺北純文學出版社出版。 |
| 1970 年 | 3 月 | 5 日，〈你每天走多遠？〉以本名「董平」發表於《經濟日報》10 版。 |
| | 4 月 | 25 日，〈慣用左手的人〉以筆名「仲弟」發表於《經濟日報》10 版。 |
| | 5 月 | 20 日，〈心跳知多少？〉以筆名「仲弟」發表於《經濟日報》10 版。 |
| | | 24 日，翻譯〈辦公室裡的健身操〉以筆名「仲弟」發表於《經濟日報》10 版。 |
| | 6 月 | 詩作〈短歌三章〉發表於《中央月刊》第 2 卷第 8 期。 |
| | | 詩作〈吳興街組曲〉發表於《笠》第 37 期。 |
| | | 開始大量改寫與翻譯世界童話故事。 |
| | 11 月 | 詩作〈向南的路上〉入選《華麗島詩集》，由日本東京若樹書房出版。 |
| 1972 年 | 2 月 | 詩作〈下午〉發表於《笠》第 47 期。 |
| 1973 年 | 2 月 | 詩作〈舞之什〉發表於《笠》第 53 期。 |
| | 4 月 | 21 日，詩作〈望〉發表於《青年戰士報》7 版。 |
| | 11 月 | 應邀出席國際桂冠詩人聯盟於臺北圓山飯店舉辦的「第二屆世界詩人大會」，與會者有鍾鼎文、洛夫、瘂弦、張默、羅門、蓉子、陳秀喜、白萩、林宗源、詹冰等。 |
| 1974 年 | 1 月 | 詩作〈靶場那邊〉、〈夜的來歷〉發表於《秋水》創刊號。 |
| | 4 月 | 詩作〈五張嘴〉、〈我歌掃帚〉、〈妻說〉發表於《秋水》第 2 期。 |
| | 7 月 | 30 日，〈口吸汽油 危害健康〉以筆名「仲弟」發表於《聯合報》6 版。 |
| | | 詩作〈如此而已〉、〈腳步聲〉發表於《秋水》第 3 期。 |
| | 8 月 | 2 日，〈高樓失火求生之道〉以筆名「仲弟」發表於《聯合 |

報》6 版。

26 日，翻譯〈冷凍牛奶十天內不會壞〉以筆名「仲弟」發表於《聯合報》6 版。

27 日，翻譯〈作息配合心情　培養良好嗜好〉以筆名「仲弟」發表於《聯合報》8 版。

以筆名「仲哥」執筆《軍民一家》「兒童故事」、「兒童園地」、「兒童童話」專欄，自 1974 年 8 月至 1981 年 12 月止，後集結成《香味口袋》、《糖果樹》出版。

9 月　14 日，詩作〈力之讚〉發表於《中國時報》12 版。

10 月　8 日，翻譯〈心部疼痛和心跳雜音　是不是病需醫師檢定〉以筆名「仲弟」發表於《聯合報》6 版。

25 日，〈洗衣存疑解答〉以筆名「仲弟」發表於《聯合報》6 版。

詩作〈充耳篇〉發表於《秋水》第 4 期。

11 月　15 日，翻譯〈老年人發生意外　急救時注意事項〉以筆名「仲弟」發表於《聯合報》6 版。

12 月　詩作〈門外的樹〉、〈燈的印象〉發表於《藍星季刊》新 1 號。

1975 年　1 月　1 日，〈吃蔬菜的幾項誤解〉以筆名「仲弟」發表於《聯合報》6 版，「家庭」專欄。

詩作〈在霧中〉、〈閣樓上面〉發表於《秋水》第 5 期。

3 月　詩作〈煙囪〉、〈電視天線〉發表於《藍星季刊》新 2 號。

4 月　詩作〈鞋的種種〉發表於《秋水》第 6 期。

5 月　9 日，詩作〈巍峨〉發表於《中華日報》9 版。同年 7 月發表於《秋水》第 7 期。

6 月　詩作〈瘤〉發表於《藍星季刊》新 3 號。

7 月　〈兩首與眾不同的詩〉發表於《秋水》第 7 期。

9月　　18 日，翻譯〈保持汽車輪胎耐用五訣〉以筆名「仲弟」發表於《聯合報》6 版。

詩作〈夜讀〉發表於《藍星季刊》新 4 號。

10月　　5 日，〈冰塊澆花〉以筆名「仲弟」發表於《聯合報》6 版。

14 日，翻譯〈如何免於恐懼？〉以筆名「仲弟」發表於《聯合報》6 版，「家庭」專欄。

21 日，翻譯〈家事科學常識〉以筆名「仲弟」發表於《聯合報》6 版。

12月　　詩作〈星沙集〉發表於《藍星季刊》新 5 號。

主編《藍星季刊》第 5～8 期，至 1977 年 12 月止。

1976 年　1月　　詩作〈小蜂鳥〉、〈小精靈〉、〈小蜻蜓〉發表於《秋水》第 9 期。

3月　　5 日，翻譯〈珍惜雙腳・好好保養〉以筆名「仲弟」發表於《聯合報》6 版。

4月　　22 日，〈如何幫助害羞的孩子〉以筆名「仲弟」發表於《聯合報》6 版。

詩作〈樹的語言〉發表於《秋水》第 10 期。

6月　　詩作〈失眠記〉發表於《藍星季刊》新 6 號。

7月　　30 日，翻譯〈如何選購太陽眼鏡〉以筆名「仲弟」發表於《聯合報》9 版。

詩作〈晨間的紀事〉發表於《秋水》第 11 期。

9月　　詩作〈詩人〉發表於《幼獅文藝》第 273 期。

10月　　詩作〈戰士〉、〈歌鳥——致彭捷〉發表於《秋水》第 12 期。

1977 年　1月　　〈三年・卅年・三百年〉發表於《秋水》第 13 期。

3月　　〈數字化的手錶〉發表於《拾穗》第 311 期。

4月　　詩作〈四重奏〉發表於《秋水》第 14 期。

5月　　〈政治與基因〉發表於《拾穗》第 313 期。

6 月　　詩作〈過星見橋〉發表於《中華文藝》第 76 期。

7 月　　詩作〈蔦蘿〉發表於《秋水》第 15 期。

　　　　詩作〈水花〉發表於《藍星季刊》新 7 號。

9 月　　詩作〈詩人〉發表於《幼獅文藝》第 273 期。

10 月　　〈憶詩壇前輩覃子豪先生〉，詩作〈書〉發表於《秋水》第 16 期。

1979 年 1 月　　28 日，詩作〈上樓・下樓〉發表於《中國時報》12 版。

　　　　〈詩人需要鼓勵〉發表於《秋水》第 17 期。

　　　　與夐虹合編《藍星季刊》第 9～10 期，至 1978 年 12 月止。

4 月　　17 日，詩作〈牆〉發表於《中央日報》10 版。

　　　　18 日，詩作〈青空〉發表於《中國時報・人間副刊》12 版。

　　　　詩作〈完成〉、〈冷〉發表於《秋水》第 18 期。

6 月　　10 日，應邀出席《聯合報》於南投溪頭主辦的「中國詩人的道路」座談會，與會者有羊令野、商禽、張默、蓉子、羅門、高大鵬、蘇紹連、桓夫、管管、吳望堯、羅行、向陽等。會後紀錄刊載於 8 月 11～13 日《聯合報》12 版。

7 月　　〈讀朱陵的小詩〉、〈譯詩兩首〉發表於《秋水》第 19 期。

8 月　　應聘擔任國軍第 14 屆文藝金像獎評審委員。

9 月　　8 日，詩作〈夜宿溪頭〉發表於《中央日報》10 版。同年 10 月發表於《秋水》第 20 期。

10 月　　〈詩的代價〉發表於《秋水》第 20 期。

12 月　　詩作〈春燈〉發表於《藍星季刊》新 10 號。

　　　　詩作〈畫〉發表於《大海洋詩刊》第 10 期。

1979 年 1 月　　4 日，詩作〈憤怒的鐵〉發表於《中國時報・人間副刊》12 版。

　　　　7 日，詩作〈釘〉發表於《臺灣時報》9 版。同年 1 月發表於《秋水》第 21 期。

〈詩與哲學〉發表於《秋水》第 21 期。

3 月　19 日，〈飛出鐵幕的鳳凰──愛沙尼亞女詩人烏麗白訪華側記〉發表於《聯合報》12 版。同年 5 月發表於《創世紀》第 50 期。

4 月　詩作〈復行視事──從結冰到開花〉發表於《聯合報》15 版。

〈拜倫與雪萊〉發表於《秋水》第 22 期。

5 月　翻譯 Richard Hover〈海的流浪者〉於《大海洋詩刊》第 11 期。

7 月　14 日，詩作〈感覺中──詩人覃子豪先生歸葬有感〉發表於《聯合報》12 版。

〈傑佛思的一首抗暴詩〉，詩作〈春〉發表於《秋水》第 23 期。

10 月　〈黃鍾大呂的惠特曼〉發表於《秋水》第 24 期。

〈從懷念出發〉發表於《大海洋詩刊》第 12 期。

11 月　24 日，詩作〈野獸，野獸──驚聞同事開良兄車禍驟死有感〉發表於《聯合報》8 版。

12 月　2 日，詩作〈偶謁歌德像〉發表於《中央日報》10 版。

以「歐遊五首」為題，詩作〈傷口之問〉、〈萊茵河〉、〈歌贈瑪麗亞〉、〈巴黎印象〉、〈夜訪阿姆斯特丹〉發表於《中華文藝》第 106 期。

1980 年　1 月　詩作〈外雙溪聽鳥〉發表於《幼獅文藝》第 313 期。

〈印度夜鶯──奈都夫人〉、〈隱形的翅膀──懷楚風〉發表於《秋水》第 25 期。

3 月　〈驚喜悲憤看〈皺紋〉〉發表於《創世紀》第 51 期。

〈新歲讀宋譯〈荒原〉〉發表於《秋水》第 26 期。

5 月　應《民族晚報》之邀與辛鬱、大荒寫「三人行」專欄。

6 月　詩作〈燃燒三首〉發表於《創世紀》第 52 期。

8 月　　4 日，〈青少年讀詩〉（文曉村編《新詩評析一百首》）以筆名「冬也」發表於《聯合報》8 版。

9 月　　5 日，〈島嶼城市〉發表於《聯合報》8 版。

詩作〈南下車上〉發表於《創世紀》第 53 期。

10 月　　24 日，〈死海記遊〉發表於《中央日報》10 版。

12 月　　詩作〈苦楝樹〉發表於《創世紀》第 54 期。1981 年 1 月 28 日發表於《聯合報》8 版。

1981 年　1 月　　詩作〈狂瀾篇〉發表於《藍星季刊》新 12 號。

2 月　　〈爾後切磋誰與共——悼同學古丁兄〉發表於《秋水》第 29 期。

3 月　　〈我讀《收穫季》〉發表於《創世紀》第 55 期。

〈爾後與誰共？——悼詩人古丁兄〉發表於《陽光小集》第 5 期。

5 月　　3 日，詩作〈守拙歸田園〉發表於《聯合報》8 版，「詩與畫聯展」專題。

23 日，詩作〈登第特利斯峯〉發表於《聯合報》8 版。

〈談「談詩小聚」〉發表於《民族晚報》11 版。

6 月　　12 日，詩作〈青春的臉〉發表於《臺灣新聞報・西子灣副刊》12 版。

〈哭詩人古丁兄〉，詩作〈爭奪〉發表於《藍星季刊》新 13 號。

7 月　　應聘擔任國軍第 17 屆文藝金像獎評審委員。

9 月　　11 日，詩作〈咳嗽〉發表於《聯合報》8 版。

10 月　　10 日，詩作〈拚頭顱作基石——劉復基烈士〉發表於《聯合報》8 版。

〈不愁無廟只愁無道〉、〈讀〈無詩有感〉〉，詩作〈菩提樹〉發表於《秋水》第 32 期。

12 月　14 日，〈找尾巴的熊〉發表於《聯合報》8 版。

詩作〈紅塵書簡──寄名畫家陳庭詩兄〉發表於《創世紀》第 57 期。

詩作〈時間〉發表於《葡萄園》第 76 期。

1982 年　1 月　15 日，應邀出席臺中市立文化中心於臺北國軍英雄館主辦的「中日韓現代詩人會議」，會中通過「亞洲現代詩人聯盟」組織草案。與會者有高橋喜久晴、北原政吉、巫永福、白萩、鍾鼎文、洛夫、張默、蓉子等。

〈第一本書〉、〈風格與模仿〉發表於《秋水》第 33 期。

3 月　23 日，詩作〈翻書〉發表於《聯合報》8 版。

31 日，〈一枚精緻的貝殼〉發表於《中央日報》10 版。同年 4 月發表於《秋水》第 34 期。

〈淺談商略的〈街心〉〉發表於《中華文藝》第 133 期。

4 月　〈獨來獨往一詩隱──淺談孫家駿的〈今夏山居〉〉發表於《中華文藝》第 134 期。

5 月　24 日，翻譯 Ada Aharoni 詩作〈西奈的女孩〉於《中央日報》10 版。

27 日，〈我的詩人老師〉發表於《中央日報》12 版。

6 月　19 日，詩作〈黃昏醉了〉發表於《中央日報》10 版。

24 日，〈簡介幾本詩刊〉發表於《中央日報》10 版。

〈在無限的時空裏流動──與辛鬱談現代詩〉發表於《中華文藝》第 136 期。

〈詩人也需考照？〉發表於《秋水》第 35 期。

翻譯 Ada Aharoni 詩作〈四隻瘋狗〉、〈感情的移植〉、〈心靈的追求〉、〈掌紋〉、〈你的家〉、〈從海法到咫尺天涯的開羅〉於《創世紀》第 58 期。

詩作〈想必〉發表於《現代詩》復刊號。

7 月　　19 日，〈茶泡飯〉發表於《中央日報》10 版。

8 月　　3 日，詩作〈妻的手〉發表於《中央日報》10 版。

9 月　　18 日，應邀參加現代詩社於臺北太陽飯店九樓星星餐廳主辦的「詩句織就的星圖——林泠作品討論」座談，與會者有瘂弦、羅行、季紅、商禽、辛鬱、羅門、張默、羊令野、張漢良、梅新、碧果等。會後紀錄刊載於《現代詩》復刊第 2 期。

24 日，詩作〈車馳勝興〉發表於《中央日報》10 版。

10 月　　10 日，主編《藍星詩頁》第 64～73 期，至 1984 年 6 月 10 日止。

詩作〈九重葛〉、〈傷口〉發表於《創世紀》第 59 期。

〈拉近詩和散文距離的傳人——淺談魯蛟的〈鳥事三首〉〉發表於《中華文藝》第 140 期。

〈閒話長沙小吃〉發表於《湖南文獻季刊》第 40 號。

詩作〈鼓〉發表於《秋水》第 36 期。

11 月　　詩集《青春的臉》由臺北九歌出版社出版。

詩作〈讀〉發表於《藍星詩頁》第 65 期。

〈僅止於想想的詩人——淺談喬林的「一九八二年紀事」〉發表於《中華文藝》第 142 期。

12 月　　29 日，詩作〈四短章〉（四首）發表於《聯合報》8 版。

應邀出席於臺北圓山飯店舉辦的全國第三次文藝座談，與會者有寧可等。

1983 年　1 月　　1 日，詩作〈希望之歌〉發表於《中央日報》10 版。

22 日，〈訪《少女日記》作者故居〉發表於《中央日報》10 版。

〈隱藏的星體——淺談曠中玉的〈斷虹〉〉，詩作〈吸淚的手帕——寄古丁〉發表於《秋水》第 37 期。

〈《青春的臉》後記〉，詩作〈生活六帖〉發表於《藍星詩

刊》新 15 期。

〈太陽還是血？淺釋朵思的〈盆栽石榴〉〉發表於《中華文藝》第 143 期。

3 月　27 日，〈詩人的散文——讀沙穗、張拓蕪、彩羽三人的散文集〉發表於《中央日報》10 版。

〈紀弦先生的第一本詩集行過之生命〉發表於《現代詩》第 3 期。

〈鏡子的最深處——淺談馮青的〈手鐲〉〉發表於《中華文藝》第 145 期。

4 月　12 日，應中央大學大風車詩社之邀，於桃園中央大學發表演說「從詩的題目談起」。

24 日，〈蘇拉克洞窟記遊〉發表於《中央日報》10 版。

26 日，詩作〈檻內之獅〉發表於《自立晚報》10 版。

30 日，〈臉〉發表於《聯合報》8 版。

〈跌出一種絕美之姿——淺談連水淼的〈落楓〉〉發表於《中華文藝》第 146 期。

5 月　1 日，應邀出席笠詩社、自立晚報副刊於臺北四季餐廳合辦之「藍星・創世紀詩刊・笠三角討論會」，探討現代派之後的詩壇演進與社團運動的影響。與會者有羅門、張健、張默、辛鬱、管管、張漢良、林亨泰、白萩、陳明台、李魁賢、李敏勇、向陽等。會後紀錄刊載於《笠》第 115 期。

應邀出席笠詩社於臺北中國大飯店主辦的「非情之歌——《林亨泰詩集》研討會」，與會者有林亨泰、洛夫、辛鬱、瘂弦、商禽、白萩、劉克襄、陳克華、羅行、梅新等。會後紀錄刊載於《現代詩》復刊第 6 期。

〈平淡後面的執著〉發表於《創世紀》第 61 期。

詩作〈時間的十四行〉發表於《秋水》第 38 期。

〈默守山林的詩人——淺談麥穗的〈雨遊日光東照宮〉〉發表於《中華文藝》第 147 期。

6 月　14 日，〈活潑蓬勃的現代詩〉發表於《中央日報》10 版；〈並非偶然——讀涂靜怡的《我心深處》〉發表於《中央日報》12 版。

15 日，獲中國新詩學會頒贈「詩運獎」。

16 日，詩作〈水的回想——懷屈原〉發表於《聯合報》8 版。

〈詩貴精鍊〉發表於《藍星詩頁》第 68 期。

詩作〈封面女郎〉、〈聞歌〉發表於《藍星詩刊》新 16 期。

〈現代詩史與藍星詩刊〉發表於《笠》第 115 期。

〈即物抒情的詩人——淺談桓夫的《媽祖生》〉發表於《中華文藝》第 148 期。

翻譯 Gina LabrioLa 詩作〈月亮死了〉、〈我要種植我的一雙手〉、〈蝸牛〉於《臺灣詩季刊》創刊號。

7 月　詩作〈夜到這裡〉發表於《現代詩》復刊第 4 期。

8 月　25 日，〈詩的副產品〉發表於《中央日報》10 版。

兒童文學《香味口袋》由臺北九歌出版社出版。

〈斜斜的裙擺——淺談梅新的〈春風〉〉發表於《中華文藝》第 150 期。

〈曝曬生命的浪子——淺談彩羽的〈旅雁〉〉發表於《秋水》第 39 期。

9 月　26 日，〈聆賞樂音憶當年〉發表於《聯合報》8 版。

應聘擔任國軍第 19 屆文藝金像獎評審委員。

翻譯 Georgina Herrear 詩作〈快樂的痕跡〉、〈孩子又睡了〉於《臺灣詩季刊》第 2 號。

〈永遠的青鳥〉發表於《文訊》第 3 期。

10 月　6 日，翻譯 Ada Aharoni〈忙碌的女性〉於《中央日報》10 版。

18 日,〈誰是別人?在那裡?〉發表於《中央日報》12 版。

詩作〈綠色的入侵〉,〈我的詩人老師——覃子豪先生〉發表於《藍星詩刊》第 17 期。

〈關於成人寫兒童詩〉發表於《笠》第 123 期。

〈覃子豪年表〉發表於《文訊》第 14 期。

〈拉近詩和散文距離的偉人——淺談魯蛟的〈鳥事三首〉〉,詩作〈鳥聲〉發表於《秋水》第 40 期。

翻譯 Joyce Mansour 詩作〈不要吃〉、〈我種植了一隻手〉、〈亞馬遜〉、〈盲目的陰謀〉,並有詩作〈黃昏醉了〉發表於《創世紀》第 62 期。

11 月　〈覃子豪先生逝世廿週年紀念——三項紀念活動紀實〉發表於《藍星詩頁》第 70 期。

12 月　2 日,詩作〈超高〉發表於《中央日報》10 版。同年 12 月發表於《臺灣詩季刊》第 3 號。

7 日,詩作〈行過花市〉發表於《聯合報》8 版。

14 日,詩作〈排行榜——選舉所見〉發表於《自立晚報》10 版。

24 日,〈耶誕老人是如何發胖的?〉發表於《聯合報‧萬象》20 版。

28 日,藍星同仁於臺灣師範大學餐廳聚會,餐後赴羅門寓所討論藍星編務及藍星詩刊成立 30 週年活動,與會者有余光中夫婦、羅門、蓉子、周夢蝶、敻虹、張健、張效愚、洪兆鉞、香港詩人黃德偉等。

詩作〈室內〉發表於《現代詩》復刊第 5 期。

〈覃子豪先生逝世二十週年紀念活動紀實〉發表於《葡萄園》第 85 期。

1984 年　1 月　〈秋水十年〉發表於《秋水》第 41 期。

以空軍上校軍階身分退伍，結束 40 年的軍旅生涯，後應聘中興電機公司管理師。

2 月　翻譯 Louise Gareau Debois 詩作〈游蕩〉、〈你的名字〉、〈再造〉、〈以空洞的眼審判〉於《創世紀》第 63 期。

兒童文學《糖果樹》由臺北九歌出版社出版。

3 月　〈讀〈夢〉印象〉發表於《心臟詩刊》第 5 期。

詩作〈讓你看見──給神〉發表於《臺灣詩季刊》第 4 號。

4 月　18 日，翻譯 Ada Aharoni 詩作〈含羞草的平等〉於《中央日報》10 版。

〈愛的乳汁──為天下的賢妻畫像〉發表於《秋水》第 42 期。

5 月　14 日，詩作〈吊籃植物〉發表於《自立晚報》10 版。同年 7 月發表於《秋水》第 43 期。

21 日，詩作〈雨中的木棉〉發表於《中央日報》10 版。

6 月　8 日，翻譯 Ada Aharoni 詩作〈雲霧中的銀杏〉於《中央日報》10 版。

11 日，詩作〈第一課〉發表於《聯合報》8 版。

詩作〈夢訪草堂〉發表於《創世紀》第 64 期。

8 月　22 日，詩作〈敞開的書〉發表於《中央日報》12 版。

應聘擔任時報文學獎評審委員。

9 月　29 日，〈毛芋頭和蘿蔔纓子〉發表於《中央日報》10 版。

10 月　6 日，〈舊路青山在──介紹現代詩三十年展〉發表於《聯合報》8 版。

7 日，應邀參加現代詩社於臺北菡影家樓頂書齋舉辦的「白萩詩集《詩廣場》討論會」。與會者有林亨泰、梅新、季紅、彭邦楨、洛夫、商禽、瘂弦、羅行、趙天儀、侯吉諒、菡影等。

〈中外詩人作家看「創世紀詩刊」〉、〈談「談詩小聚」〉，
詩作〈上帝戰士──報載，伊朗徵兵年齡已降至十二歲，並稱
此輩幼年兵為上帝戰士〉發表於《創世紀》第 65 期。

〈關於成人寫兒童詩〉發表於《笠》123 期。

〈讓我們各自爭奇鬥艷〉，詩作〈雨中的木棉〉、〈嶄新的
世界〉發表於《藍星詩刊》第 1 號。

11 月　16 日，詩作〈鍋巴的回味〉發表於《中央日報》10 版。

24 日，詩作〈風波〉發表於《自立晚報》10 版。

1985 年　1 月　5 日，主編《藍星詩刊》第 2～32 期，至 1992 年 7 月止。

21 日，詩作〈蒲公英〉發表於《中央日報》11 版。

以「一九八四殘稿」為題，集結詩作〈舊軍帽〉、〈破軍氈〉、
〈未知〉、〈風波〉，並有〈艾略特和他的「荒原」〉發表於
《藍星詩刊》第 2 號。

2 月　〈重頭歌韻響琤琮──《七十三年詩選》導言〉發表於《文
訊》第 16 期。

3 月　主編《七十三年詩選》，由臺北爾雅出版社出版。

4 月　6 號，詩作〈大地的歌〉發表於《中央日報》12 版。

18 日，〈雨天的故事〉發表於《聯合報》8 版。

以「五行誌」為題，詩作〈金〉、〈木〉、〈水〉、〈火〉、
〈土〉發表於《藍星詩刊》第 3 號。

翻譯 Ada Aharoni 詩作〈更有趣的人生〉、〈在你的博物
館〉、〈假如從耶路撒冷來一匹白馬〉、〈鬼〉於《創世
紀》第 66 期。

5 月　11 日，詩作〈懷念媽媽〉[1]發表於《中央日報》12 版。2002 年
12 月發表於《臺灣詩學季刊》第 40 期。

---

[1]編按：按向明原詩稿及詩作內容，本詩另有題名〈告訴媽媽〉。

與蓉子共同當選中華民國新詩學會理事。

7月　5日，以「激情四首」為題，詩作〈風〉、〈花〉、〈雪〉、〈月〉發表於《藍星詩刊》第4號。

9日，詩作〈寫夜三帖〉發表於《自立晚報》10版。

8月　應聘擔任時報文學獎評審委員。

〈瘦而有力的詩──讀非馬短詩的一點心得〉發表於《文學界》第15期。

〈永遠挺立的「檳榔樹」〉發表於《文訊》第19期。

詩作〈諧星之死〉發表於《秋水》第47期。

9月　應聘擔任臺灣省第一屆巡迴文藝營指導教授。

應聘擔任國軍第21屆文藝金像獎評審委員。

10月　29日，〈忘年〉發表於《聯合報》8版。

以「晨起二三事」為題，詩作〈出恭〉、〈洗臉〉、〈讀報〉發表於《藍星詩刊》第5號。

〈祇是一陣風──試管嬰兒有感〉發表於《秋水》第48期。

11月　25日，以「比利時詩人──拙根布魯特情詩選譯」為題，翻譯Germain Droogenbroodt詩作〈愛〉、〈等待〉、〈希望〉於《中央日報》11版。

12月　詩作〈風雲──題張默水墨畫〉發表於《創世紀》第67期。

1986年　1月　4日，〈雙打〉發表於《中國時報‧人間副刊》8版。

以「晨起二三事（續）」為題，詩作〈晨跑〉、〈早餐〉、〈出門〉發表於《藍星詩刊》第6號。

2月　自中興電機公司離職，轉任《防衛科技》雜誌主編。

4月　〈疚痛懷沙牧〉發表於《藍星詩刊》第7號。

翻譯 Germain Droogenbroodt〈愛〉、〈等待〉、〈希望〉、〈夜晚〉、〈情緒〉、〈夏‧夜〉於《大海洋詩刊》第24期。

5月　31日，〈我為什麼要寫作〉發表於《聯合報》8版。

　　　　　　自《防衛科技》雜誌離職。

6 月　　8 日，詩作〈米羅走了〉發表於《中央日報》12 版。

7 月　　詩作〈蝴蝶夢〉、〈晚餐時間〉、〈隨風而去〉發表於《藍星詩刊》第 8 號。

　　　　詩作〈另一座大煉鋼廠〉發表於《大海洋詩刊》第 25 期。

　　　　〈不同流俗的詩人──詩集《飲水思源》讀後〉發表於《秋水》第 51 期。

　　　　應聘擔任耕莘文教基金會耕莘寫作班教授。

8 月　　8 日，〈豆與豬〉發表於《中國時報・人間副刊》8 版。

　　　　應聘擔任臺灣省第二屆巡迴文藝營指導教授。

　　　　〈詩的俱樂部〉發表於《文訊》第 25 期。

9 月　　15 日，〈結〉發表於《中國時報・人間副刊》8 版。

　　　　21 日，〈簡潔凝鍊的詩──讀和權詩集《橘子的話》〉發表於《中央日報》12 版。

10 月　　25 日，詩作〈黃昏八行〉發表於《中國時報・人間副刊》8 版。

　　　　27 日，詩作〈困居〉發表於《自立晚報》10 版。1987 年 1 月發表於《藍星詩刊》第 10 號。

　　　　詩作〈石榴──有寄〉發表於《藍星詩刊》第 9 號。

　　　　〈詩人書柬〉發表於《大海洋詩刊》第 26 期。

　　　　應聘擔任中華文學獎評審委員。

　　　　詩作〈太陽花〉發表於《秋水》第 52 期。

12 月　　31 日，詩作〈月夜八行〉發表於《聯合報》8 版。

　　　　詩作〈讀詩〉發表於《文星》第 102 期。

　　　　翻譯 Ada Aharoni 詩作〈難題〉、〈長袍〉、〈是樹枝，不是玫瑰〉，並有詩作〈擁舞〉發表於《創世紀》第 69 期。

1987 年　1 月　　19 日，詩作〈冬日的樹〉發表於《中央日報》10 版。

翻譯 Germain Droogenbroodt〈比利時詩人——拙根布魯特詩兩首〉於《藍星詩刊》第 10 號。

詩作〈山中觀日〉發表於《秋水》第 53 期。

2 月　1 日，應邀出席菲律賓千島詩社、辛墾文藝社、耕園文藝社、王國棟文藝基金會聯合主辦之「菲華現代詩學會議」，與會者有洛夫夫婦、管管、張默夫婦、辛鬱、白萩夫婦、張香華、許露麟、蕭蕭等。

4 月　15 日，詩作〈冬日八行〉發表於《中央日報》10 版。

21 日，詩作〈馬尼拉灣的落日〉發表於《聯合報》8 版。

詩作〈過馬拉坎焉宮〉、〈善釀——賦碧瑤詩酒之夜〉發表於《創世紀》第 70 期。

詩作〈室內〉發表於《藍星詩刊》第 11 號。

5 月　4 日，獲中國文藝協會頒贈第 28 屆文藝獎章詩歌創作獎。

6 月　5 日，接受幼獅廣播電臺「美哉中華」節目訪問，由王友蘭主持。

8 日，〈彈片文化下的詩人〉發表於《中央日報》10 版。

應聘擔任耕莘文教基金會耕莘寫作班教授。

7 月　10 日，詩作〈血寫的控狀〉發表於《青年日報》10 版。

12 日，詩作〈午夜聽蛙〉發表於《聯合報》8 版。

24 日，〈明珠和匕首〉發表於《中央日報》10 版。

〈迎接小詩時代的來臨——讀張默編著的《小詩選讀》〉，詩作〈落翅〉發表於《藍星詩刊》第 12 期。

8 月　18 日，詩作〈湘繡被面——寄細毛妹〉發表於《聯合報》8 版。

應聘擔任臺灣省第三屆巡迴文藝營指導教授。

9 月　應明德基金會邀請擔任歌詞徵選諮議並創作舉例。

10 月　7 日，〈現代詩中的月亮〉發表於《中央日報》10 版。

詩作〈飲之餘事〉發表於《藍星詩刊》第 13 號。

應聘擔任《中央日報》副刊抗戰爭徵文評審。

〈浩浩詩恩〉發表於《秋水》第 56 期。

11 月　11 日，詩作〈後現代的困惑〉發表於《中央日報》10 版。

12 月　以「花鳥十行詩」為題，集結詩作〈勿忘我〉、〈乾枝梅〉、〈鴿子〉、〈鷹〉、〈鸚鵡〉、〈開燈之後〉，並有〈找一扇窗〉發表於《創世紀》第 72 期。

〈百折不撓〉發表於《葡萄園》第 100 期。

應邀出席香港《文學世界》創刊號發行典禮。

1988 年　1 月　16 日，〈附識〉發表於《聯合報》23 版。

詩作〈看海〉發表於《藍星詩刊》第 14 號。

應聘擔任《中華日報》副刊編輯工作。

詩集《水的回想》由臺北九歌出版社出版。

〈古今多少詩，盡付笑談中！——五〇年代現代詩的回顧與省思〉發表於《文星》第 115 期。後以〈五〇年代現代詩的回顧與省思〉為題，同年 4 月發表於《藍星詩刊》第 15 號。

2 月　5 日，〈好詩永不寂寞——紀弦《狼之獨步》〉發表於《中央日報》18 版。

3 月　1 日，〈朱淑真鬧上元〉發表於《聯合報》23 版。

26 日，〈詩人自求多福〉發表於《中國時報・人間副刊》23 版。

31 日，應邀出席於臺北社教館舉辦「因為風的緣故——洛夫詩作新曲演唱會」，該會發表 12 首詩作入譜的藝術歌曲，由盧炎、游昌發、錢南章作曲。參加詩朗誦者有洛夫、瘂弦、辛鬱、管管、碧果、張默、白靈、侯吉諒、江中明等。

4 月　5 日，詩作〈龍的形象〉發表於《中央日報》16 版。

詩作〈鷹擊——許正賜畫作配詩〉發表於《文訊》第 34 期。

| 5 月 | 13 日，〈白髮少年〉發表於《中央日報》16 版。 |
| | 17 日，〈間關千里寄詩思〉發表於《聯合報》21 版。 |
| | 《向明自選集》由臺北黎明文化公司出版。 |
| 7 月 | 11 日，詩作〈還鄉〉發表於《中央日報》16 版。 |
| | 詩作〈夏日〉、〈看一條魚被吃〉發表於《藍星詩刊》第 16 號。 |
| | 應聘擔任耕莘文教基金會耕莘青年寫作會「副刊及文藝雜誌的互動」座談會主講人。 |
| 9 月 | 20 日，〈釅茶泡飯〉發表於《聯合報》16 版。 |
| | 25 日，詩作〈蟬聲中〉、〈心情〉發表於《聯合報》21 版。 |
| 10 月 | 20 日，詩作〈墜葉〉發表於《中國時報・人間副刊》18 版。 |
| | 〈方莘的〈沙時計〉〉發表於《藍星詩刊》第 17 號。 |
| 11 月 | 2 日，〈喜見後浪展新姿——賞析兩首新人詩作〉發表於《中央日報》16 版。 |
| | 7 日，抵臺 40 年後首次返故鄉湖南長沙，始知雙親已逝。 |
| | 12 日，詩集《水的回想》獲第 23 屆中山文藝創作獎新詩獎。 |
| | 14～18 日，應邀出席於泰國曼谷主辦的「第十屆世界詩人大會」，與余光中、瘂弦、席慕蓉、王祿松、文曉村於會中同獲世界藝術與文化學院頒贈榮譽文學博士，並發表英文演說「詩即是愛」。 |
| | 中英、中法對照詩集《向明的詩》由作者自印出版，為參加世界詩人大會及各項國際會議而準備的詩集。 |
| 12 月 | 詩作〈門外的樹〉、〈井〉發表於《光華》第 13 卷第 12 期。 |
| 1989 年　1 月 | 22 日，詩作〈登摩天樓——寄天虹、小華〉發表於《聯合報》21 版。 |
| | 〈「秋水」正年輕〉發表於《秋水》第 60 期。 |
| 2 月 | 11 日，〈幾卷詩一桿筆〉發表於《中央日報》16 版。 |

〈巧思・真趣——評商禽《用腳思想》〉發表於《聯合文學》第 52 期。

3 月　8 日，〈她是一首詩〉發表於《中央日報》16 版。

26 日，〈詩人自求多福〉發表於《中國時報・人間副刊》23 版。

4 月　以「詩寄仲儒弟」為題，詩作〈一方鐵砧〉、〈井〉發表於《藍星詩刊》第 19 號。

5 月　13 日，於《中華日報・青春天地》執筆「詩餘箚記」專欄，每週連載一篇，後集結為《客子光陰詩卷裏》出版。

6 月　5 日，詩作〈他們手無寸鐵躺在血泊中……〉發表於《中央日報》16 版。

26 日，〈白靈鳥〉發表於《中央日報》16 版。

〈現代詩壇的困境〉發表於《文訊》第 44 期。同年 7 月發表於《藍星詩刊》第 20 號。

7 月　24 日，詩作〈八種佔領〉發表於《中央日報》16 版。同年 10 月發表於《藍星詩刊》第 21 號。

27 日，詩作〈四十年〉發表於《聯合報》27 版。

詩作〈觀景窗〉發表於《藍星詩刊》第 20 號。

詩作〈還鄉〉（四首）發表於《秋水》第 62 期。

8 月　18 日，詩作〈八種情緒〉發表於《聯合報》27 版。

9 月　應聘擔任國軍第 25 屆文藝金像獎評審委員。

11 月　23 日，詩作〈七孔新笛〉發表於《中央日報》16 版。1990 年 1 月發表於《藍星詩刊》第 22 號。

12 月　1 日，〈水渡河〉發表於《聯合報》29 版。

1990 年　1 月　8 日，詩作〈冬景〉（二首）發表於《聯合報》29 版。

2 月　8 日，詩作〈跳房子〉、〈自省——兼致某詩人〉發表於《中央日報》16 版。同年 3 月發表於《創世紀》第 78 期。

4月　〈安娜‧愛克瑪托娃詩選譯〉發表於《藍星詩刊》第 23 號。

5月　6 日，以「詩兩首」為題，詩作〈山中回來〉、〈下午茶〉發表於《聯合報》29 版。

　　28 日，〈詩心‧詩魂〉發表於《中央日報》16 版。

6月　11 日，〈餵魚〉、〈吐痰〉發表於《中央日報》16 版。同年 7 月發表於《創世紀》第 79 期。

7月　25 日～8 月 31 日，應邀參加臺灣太平洋文化基金會舉辦的「中華民國學人作家蘇聯、東歐文化訪問團」，先後參訪莫斯科、列寧格勒、華沙、東西柏林、德勒斯登、布拉格、布達佩斯、波斯多娜、維也納等城市。同行者有袁暌九、黃文範、丹扉、蓉子、洛夫、林鈴蘭、張麟徵、黃秀日、楊平等。

　　詩作〈雛舞孃〉、〈將軍令〉發表於《藍星詩刊》第 24 號。

　　應聘擔任耕莘文教基金會耕莘寫作班教授。

8月　應聘擔任臺灣省第六屆巡迴文藝營指導教授。

9月　應聘擔任國軍第 26 屆文藝金像獎評審委員。

10月　27 日，詩作〈結石〉發表於《自立早報》19 版。1991 年 1 月發表於《藍星詩刊》第 26 號。

　　29 日，詩作〈過國父紀念館〉發表於《聯合報》29 版。

　　詩作〈渡夏〉、〈摩天樓小飲——寄天虹〉發表於《藍星詩刊》第 25 號。

11月　30 日，〈我正在讀的書〉發表於《聯合報》29 版。

12月　28 日，〈請再供給我們所需的食物〉發表於《中央日報》18 版。

1991 年　1月　15 日，詩作〈可能〉發表於《聯合報》25 版。同年 4 月發表於《藍星詩刊》第 27 號。

　　詩作〈火焙魚〉發表於《藍星詩刊》第 26 號。

2月　5～6 日，〈智慧的爍爍靈光——《七十九年詩選》導言〉連

　　　　載於《中央日報》16 版。

　　　　21 日，〈《臺港暨海外華文文學論文選》出版〉以筆名「冬
　　　　也」發表於《聯合報》25 版。

　　　　主編《七十九年詩選》，由臺北爾雅出版社出版。

3 月　　17 日，詩作〈去過莫斯科〉發表於《中國時報‧人間副刊》
　　　　31 版。同年 4 月發表於《藍星詩刊》第 27 號。

4 月　　28 日，〈超乎悲喜，超越尋常〉發表於《民生報》29 版。

　　　　詩作〈革命樣版〉發表於《藍星詩刊》第 27 號。同年 5 月
　　　　20 日發表於《中國時報‧人間副刊》27 版。

5 月　　〈水渡河〉於 1990 年 1 月經湖南《長沙晚報》轉載，獲大
　　　　陸「全國第三屆報紙副刊好作品」評比一等獎。

6 月　　17 日，〈人淡如菊交淡如水的君子〉發表於《中央日報》16
　　　　版。

7 月　　5 日，〈豈有一條腿的鴨子？〉發表於《中央日報》16 版。

　　　　為鼓勵優秀年輕詩人，與余光中、蔡文甫等人決議創設「屈
　　　　原詩獎」。

　　　　詩作〈東勢林場紀遊〉發表於《藍星詩刊》第 28 號。

8 月　　〈向古人借火──淺談洛夫的幾首用典詩〉發表於《文訊》
　　　　第 70 期。

9 月　　3 日，詩作〈滾鐵環〉發表於《中國時報‧人間副刊》27 版；
　　　　詩作〈漂水花──致光中‧羅門〉發表於《聯合報》25 版。

　　　　應聘擔任國軍第 27 屆文藝金像獎評審委員。

10 月　17 日，〈趙蘿蕤完成《草葉集》中譯〉以筆名「冬也」發表
　　　　於《聯合報》25 版。

　　　　赴湖南長沙領取大陸「全國第三屆報紙副刊好作品」評比一
　　　　等獎，獲獎狀一紙，獎金人民幣 240 元，於領獎後自添同樣
　　　　數額，由《長沙晚報》代收捐作賑濟華東水災之用。後取道

北京拜訪詩人卞之琳、馮至，31 日至 11 月 3 日轉道上海，詩人黎煥頤接待，與上海作家協會成員及詩人白樺會面。

| | | |
|---|---|---|
| 11 月 | 24 日，〈向明赴大陸領獎〉以筆名「冬也」發表於《聯合報》25 版。 |
| 12 月 | 24 日，詩作〈登天安門〉發表於《中國時報・人間副刊》31 版。 |
| 1992 年 1 月 | 20 日，〈峭壁上的一棵樹〉發表於《聯合報》25 版。 |
| | 23 日，詩作〈降旗──看克里姆林宮易幟〉發表於《青年日報》14 版。 |
| 2 月 | 應邀擔任行政院文化建設委員會策劃、臺中縣立文化中心舉辦的「臺灣區現代詩研習營」授課詩人，參與者有林亨泰、蕭蕭、瘂弦等。 |
| 4 月 | 1 日，詩作〈深處見一棵櫻桃尚在──仿李商隱詩題〉（二首）發表於《聯合報》25 版。同年 4 月發表於《藍星詩刊》第 31 號。 |
| 6 月 | 10 日，詩作〈隔海捎來一隻風箏〉發表於《聯合報》25 版。 |
| 7 月 | 3 日，以「童玩二首」為題，兒童詩〈踢毽子〉、〈跳繩〉發表於《中國時報・人間副刊》35 版。 |
| | 27 日，〈詩人如果自殺〉發表於《民生報・文化新聞》18 版。 |
| 8 月 | 應聘擔任聯合報新詩獎決審委員。 |
| 9 月 | 4 日，與白萩擔任第二次「詩的星期五」活動主持人，朗誦及講解「關懷」和「親情」系列詩作。 |
| 11 月 | 1 日，詩作〈虹口公園遇魯迅〉發表於《中國時報・人間副刊》43 版。 |
| 12 月 | 3 日，〈塞在膝蓋裡的東西〉發表於《聯合報》25 版。 |
| | 20 日，出席臺灣詩學季刊社於中國文藝協會道藩廳主辦之 |

「大陸的臺灣詩學研討會」，並發表演說〈不朦朧，也朦朧
——評古遠清的《臺灣朦朧詩賞析》〉，後刊於《臺灣詩學
季刊》創刊號，與會者有白靈、游喚、蕭蕭、呂正惠、李魁
賢、洛夫、劉登翰等。

與白靈、尹玲、李瑞騰、渡也、游喚、蘇紹連、蕭蕭合辦《臺
灣詩學季刊》，被推為第一任社長。

以「童玩二首」為題，兒童詩〈打彈珠〉、〈抽陀螺〉發表
於《臺灣詩學季刊》創刊號。

應香港廣大學院中國文學研究所邀請，主持研究生蘇瑞儀碩
士論文口試。

1993 年　1 月　詩作〈光景〉、〈熄燈〉發表於《中國詩刊》創刊號。

2 月　22 日，〈一塊銀元〉發表於《中國時報‧人間副刊》27 版。

3 月　10 日，〈裏子老生〉發表於《聯合報》31 版。

11～25 日，受葉維廉之邀，與臺灣詩人洛夫、張默、管管、梅
新共六位詩人在美國巡迴雙語朗誦，朗誦詩作〈瘤〉、〈生活
六帖〉、〈過國父紀念館〉等。臺北創世紀詩社同月出版詩集
《旅美巡迴朗誦詩集》一冊。

詩作〈在三萬尺高空〉發表於《臺灣詩學季刊》第 2 期。

4 月　3～7 日，應邀出席《華夏詩報》與惠州市合辦的「南國西湖
之春」首屆國際詩會，與會者有洛夫、管管、綠原、張默、
犁青、杜國清等。

5 月　6 日，應聘擔任第 21 屆鳳凰樹文學獎現代詩評審委員。

19 日，兒童詩〈翹翹板〉發表於《中國時報‧人間副刊》27
版。

30 日，兒童詩〈盪秋千〉發表於《聯合報》37 版。

應邀擔任爾雅出版社之「八十一年詩選」及「年度詩獎」編輯
評審委員，其他編輯委員為洛夫、林亨泰、余光中、商禽、張

默、瘂弦、梅新等。

《客子光陰詩卷裏》由臺北耀文圖書公司出版。

6 月　　與張默合編《八十一年詩選》，由臺北現代詩季刊社出版。

7 月　　4 日，出席中國詩刊社於中國文藝協會道藩廳舉辦之「向明新詩作品座談會」，與會者有鍾鼎文、楊平、張默、李瑞騰、蕭蕭、麥穗、文曉村、劉菲等，由周伯乃主持，一信引言。座談會紀錄刊載於《中國詩刊》第 3 期。

　　　　15 日，〈石頭的機遇〉發表於《聯合報》43 版。

　　　　17 日，〈水和土的對話〉發表於《青年日報》10 版，〈河的約會〉發表於《聯合報》37 版。

　　　　辭去《中華日報》副刊編輯工作。

　　　　應聘擔任耕莘文教基金會耕莘寫作會新詩組導師。

8 月　　10 日，應文訊雜誌社之邀，與洛夫、向陽、白靈、蕭蕭、陳信元、李瑞騰隨來臺參訪的李元洛以「臺灣文學在大陸」為題進行座談。

9 月　　14 日，詩作〈捉迷藏〉發表於《中國時報・人間副刊》27 版。並以「捉迷藏・外一章」為題，集結詩作〈捉迷藏〉、〈水和土的對話〉發表於《臺灣詩學季刊》第 4 期。

　　　　18 日，〈「挑戰詩人」：蕭蕭 VS . 羅門〉以筆名「冬也」發表於《聯合報》37 版。

　　　　出席詩人覃子豪逝世 30 週年紀念活動，舉行「詩人覃子豪先生作品研討會」，與會者有瘂弦、辛鬱、麥穗、羅門、蓉子、周夢蝶、管管、蕭蕭、張健、洛夫等。

　　　　應聘擔任耕莘文教基金會耕莘寫作班教授。

10 月　　11 日，詩作〈碎葉聲聲〉（六首）發表於《聯合報》37 版。

　　　　23 日，〈李瑞騰「挑戰」瘂弦〉以筆名「冬也」發表於《聯合報》37 版。

詩集《向明自選詩集》由貴州貴州人民出版社出版。

應聘擔任國軍第 29 屆文藝金像獎評審委員。

11 月　〈五○年代臺灣詩壇〉發表於《文訊》第 97 期。

12 月　12 日，〈我家藏有「酒鬼」〉發表於《聯合報》37 版。

〈詩的詮釋與教化〉，詩作〈碎葉聲聲〉（16 首）發表於《臺灣詩學季刊》第 5 期。

1994 年　1 月　7 日，以「歲末短章」為題，詩作〈曇花〉、〈登梯〉發表於《中國時報・人間副刊》39 版。

8 日，應邀出席第 18 次「詩的星期五」活動，與會者有向陽、辛鬱等，由洛夫主持。

18 日，詩作〈臺北冬夜〉發表於《自由時報》25 版。

《甜鹹酸梅》由臺北三民書局出版。

2 月　4 日，與杜十三擔任第 19 次「詩的星期五」活動主持人。

3 月　19 日，〈詩人的綽號〉發表於《聯合報》37 版。

26 日，接受邱婷訪問，訪問文章〈四十載詩海浮沉筆未輟，十幾年深入淺出寫散文──向明的《甜鹹酸梅》平實真摯〉發表於《民生報》29 版，游輝弘攝影。

詩集《隨身的糾纏》由臺北爾雅出版社出版。

以「短章三題」為題，集結詩作〈曇花〉、〈登梯〉、〈黑手套──戲題夏卡爾的一幅畫〉，以「以色列女詩人阿哈羅麗（Ada Aharoni）詩選譯」為題，翻譯 Ada Aharoni 詩作〈正直〉、〈掌紋〉、〈你的名字〉、〈如何消滅你──戰爭？〉，並有〈民主詩選〉發表於《臺灣詩學季刊》第 6 期。

4 月　5 日，詩作〈清明懷人〉發表於《自由時報》25 版。

29 日，詩作〈賭徒之死〉發表於《中國時報・人間副刊》39 版。

5 月　26 日，詩作〈窗外的加德麗亞〉發表於《聯合報》37 版。

與余光中、沈臨彬、隱地合著《春天該去布拉格》，由臺北爾雅出版社出版。

6 月　　1 日，「詩的星期五」獲文訊雜誌社主辦「九〇年代前期臺灣十件詩事」票選活動第一。後〈詩人與詩評家走向大眾，朗誦及詮釋詩作「詩的星期五」、「現代名詩講座」〉發表於《文訊》第 104 期。

以「春日散章」為題，集結詩作〈清名懷人〉、〈賭徒之死〉、〈早稻〉，並翻譯 Ada Aharoni 詩作〈以色列女詩人——阿哈羅麗詩選譯〉發表於《臺灣詩學季刊》第 7 期。

7 月　　28 日，詩作〈安全島〉發表於《中國時報・人間副刊》39 版。

詩作〈愛情捷運〉發表於《幼獅文藝》第 487 期。

8 月　　27～31 日，應邀出席中華民國新詩學會、世界藝術文化學院於臺北環亞大飯店國際會議廳舉辦的「第 15 屆世界詩人大會」，與會者有羊令野、余光中、胡品清等。

28 日，應邀參加《現代詩》季刊於臺北誠品書店世貿店會議廳舉辦的「現代詩發展 40 年研討會」，與會者有鄭愁予、楊牧、商禽、瘂弦等。

9 月　　〈認識尹玲〉、〈阿哈羅麗詩選譯〉發表於《臺灣詩學季刊》第 8 期。

〈臺灣現代詩發展的特異現象——賀「創世紀」40 週年〉，翻譯 Victor di Suvero 詩作〈秋歌〉、〈我們的詩〉、〈空洞的語言〉於《創世紀》第 100 期。

10 月　　18 日，詩作〈水的自殺——觀瀑有感〉發表於《中國時報・人間副刊》39 版。

12 月　　3 日，〈「當夜綻開如花」——越南來的「新秀」〉發表於《中央日報》16 版。

16 日，詩作〈可憐一棵樹〉發表於《聯合報》37 版。

19～23 日，應邀出席於廣東深圳舉辦的「第一屆國際華文詩人筆會」成立大會，由犁青、野曼主持，討論主題為「華文詩歌的整合與發展，以及在世界詩壇之地位」，並於會中受推為主席團委員。與會者有張默、洛夫、管管、張香華等。

〈關於詩與性愛的幾點注釋〉，翻譯 Germain Droogenbroodt 詩作〈喬曼‧拙根布魯特詩選譯〉，詩作〈拇指山下——寄夏菁〉發表於《臺灣詩學季刊》第 9 期。

應聘擔任國軍第 30 屆文藝金像獎決審委員。

1995 年　3 月　　26 日，〈迷失在十字街頭的作家〉發表於《聯合報》37 版，「中華民國筆會「文學座談會」特輯——重測文學版圖」。

以「影子（外一首）」為題，集結詩作〈影子〉、〈蓋章有感〉，並有〈前言——關於「挑戰詩人」專輯〉發表於《臺灣詩學季刊》第 10 期。

　　　　　4 月　　7 日，以「詩二首」為題，詩作〈山城燈火〉、〈烏來瀑布〉發表於《青年日報‧人間副刊》15 版。

27 日，〈夢境樂園希拉格〉發表於《中央日報》18 版。

28 日，應邀出席於彰化師範大學舉辦的「詩學中心的建構與詩學經驗的傳承」座談會，與會者有張默、洛夫、白萩、康原等。

〈一生耿介與忠誠〉發表於《大海洋詩雜誌》第 46 期。

　　　　　5 月　　26 日，〈狂熱與冷感——站在九〇年代時間的中線上看詩〉發表於《中央日報》18 版。

　　　　　6 月　　翻譯 Yehuda Amichai〈上帝‧祢賜我以靈魂〉於《臺灣詩學季刊》第 11 期。

　　　　　7 月　　6 日，以「無聊檔案」為題，詩作〈掌〉、〈戒〉發表於《中國時報‧人間副刊》39 版。

13 日，以《隨身的糾纏》一書獲頒第 20 屆國家文藝獎詩歌

類新體詩最優獎。

〈馬祖島上的醫生詩人——介紹謝昭華和他的詩〉發表於《文訊》第 117 期。

8 月　　24～27 日，應邀出席臺灣筆會、《笠》詩社於日月潭教師會館舉辦的第五屆亞洲詩人會議，與會者有陳千武、巫永福、杜潘芳格、李魁賢、葉笛、莊柏林、趙天儀、莫渝、張默、管管、高橋喜久晴、津坂治男、堀池郁男、權宅明等。

25 日，〈蘿蔔纓子煮毛芋頭〉發表於《中央日報》18 版。

〈沒有褲子穿的女人〉發表於《葡萄園》第 127 期。

9 月　　以「無聊檔案」為題，集結詩作〈藤〉、〈高腳杯〉、〈雪天〉，並有〈詩獎衍生出的問題〉發表於《臺灣詩學季刊》第 12 期。

10 月　　10 日，〈詩的牧野——讀一信的《來時路》〉發表於《中央日報》18 版。

29 日，應邀擔任中華民國新詩學會於中國文藝協會舉辦的「詩學研討會」主講人，發表演說「小論詩中的意象」，由鍾雷主持，鍾鼎文講評。

詩作〈一枚子彈〉發表於《大海洋詩雜誌》第 64 期。

應《臺灣新聞報·西子灣副刊》鄭春鴻之邀，執筆「新詩一百問」專欄，自 1995 年 12 月 13 日至 1997 年 12 月 17 日止。

11 月　　10～20 日，與程國強、鄧文來、洛夫等人應湖南作家協會邀請，赴該省訪問。

17 日，詩作〈馳〉發表於《聯合報》37 版。

〈逆勢操作——小論葉紅〉發表於《幼獅文藝》第 503 期。

12 月　　13 日，〈詩·是風信子花和餅乾的合成體？〉發表於《臺灣新聞報·西子灣副刊》18 版，「新詩一百問」專欄。

20 日，〈詩人與詩匠〉發表於《臺灣新聞報・西子灣副刊》
18 版，「新詩一百問」專欄。同年 12 月發表於《臺灣詩學
季刊》第 13 期。

27 日，〈跳舞與走路〉發表於《臺灣新聞報・西子灣副刊》
18 版，「新詩一百問」專欄。

應聘擔任國軍第 31 屆文藝金像獎決審委員。

1996 年　1 月　3 日，〈妾身未明　散文詩〉發表於《臺灣新聞報・西子灣副
刊》15 版，「新詩一百問」專欄。

4 日，〈人在圖畫中〉發表於《中華日報・婦女專刊》15 版。

10 日，〈收他臭腐，還我神奇〉發表於《臺灣新聞報・西子
灣副刊》19 版，「新詩一百問」專欄。

11 日，〈真是一個天才〉發表於《中央日報》18 版，專題
「文壇奇才林燿德猝逝」。

17 日，〈片言明百意〉發表於《臺灣新聞報・西子灣副刊》
19 版，「新詩一百問」專欄。

18 日，〈鳳凰遊踪〉發表於《中華日報・婦女專刊》15 版。

24 日，〈刺到眼睛的枝枒〉發表於《臺灣新聞報・西子灣副
刊》19 版，「新詩一百問」專欄。

於《中華日報》執筆「雜談集」專欄，自 1996 年 1 月 4 日
至 1996 年 4 月 18 日止。

2 月　1 日，〈垃圾大戰何時了〉發表於《中華日報・婦女專刊》15
版。

7 日，〈我們應該懂得等候〉發表於《臺灣新聞報・西子灣
副刊》19 版，「新詩一百問」專欄。

10 日，詩作〈臼砲〉發表於《自由時報》34 版。

14 日，〈詩無新舊・衹有好壞〉發表於《臺灣新聞報・西子
灣副刊》19 版，「新詩一百問」專欄。

15 日，〈淺近流暢談易理〉發表於《中華日報‧婦女專刊》15 版。

18 日，〈五福臨門〉發表於《中央日報》18 版，專題「年菜大展」。

28 日，〈你泥中有我 我泥中有你〉發表於《臺灣新聞報‧西子灣副刊》19 版，「新詩一百問」專欄。

3 月　6 日，〈詩在灞橋風雨中〉發表於《臺灣新聞報‧西子灣副刊》19 版，「新詩一百問」專欄。

7 日，〈人不如狗〉發表於《中華日報‧婦女專刊》15 版。

13 日，〈詩是語言的藝術〉發表於《臺灣新聞報‧西子灣副刊》19 版，「新詩一百問」專欄。

20 日，〈詩是詩‧歌是歌〉發表於《臺灣新聞報‧西子灣副刊》19 版，「新詩一百問」專欄。

21 日，〈痴痴的等〉發表於《中華日報‧婦女專刊》15 版。

27 日，〈毛骨悚然朗誦詩〉發表於《臺灣新聞報‧西子灣副刊》19 版，「新詩一百問」專欄。

29 日，詩作〈捷運愛情〉發表於《中國時報‧人間副刊》35 版。

以「無聊檔案」為題，詩作〈臼砲〉、〈旗正飄飄〉發表於《臺灣詩學季刊》第 14 期。

應聘擔任耕莘文教基金會耕莘寫作研習班「跟文學大師握手」主講人。

4 月　3 日，〈內含深思‧外創天趣〉發表於《臺灣新聞報‧西子灣副刊》19 版，「新詩一百問」專欄。

4 日，〈大詩人和小郵差〉發表於《中華日報‧婦女專刊》15 版。

10 日，〈用腦也用眼〉發表於《臺灣新聞報‧西子灣副刊》

19 版，「新詩一百問」專欄。

17 日，〈題好一半詩〉發表於《臺灣新聞報・西子灣副刊》
19 版，「新詩一百問」專欄。

18 日，〈小事幾樁〉發表於《中華日報・婦女專刊》15 版。

24 日，〈藏頭不露尾〉發表於《臺灣新聞報・西子灣副刊》
19 版，「新詩一百問」專欄。

5 月　1 日，〈萬物靜觀皆是詩〉發表於《臺灣新聞報・西子灣副
刊》19 版，「新詩一百問」專欄。

8 日，〈詩無定行・行無定字〉發表於《臺灣新聞報・西子
灣副刊》19 版，「新詩一百問」專欄。

22 日，〈標點的困惑〉發表於《臺灣新聞報・西子灣副刊》
19 版，「新詩一百問」專欄。

29 日，〈詩的超現實〉發表於《臺灣新聞報・西子灣副刊》
19 版，「新詩一百問」專欄。

6 月　5 日，〈韻律與節奏〉發表於《臺灣新聞報・西子灣副刊》
19 版，「新詩一百問」專欄。

12 日，〈小行數・大意境〉發表於《臺灣新聞報・西子灣副
刊》19 版，「新詩一百問」專欄。

7 月　3 日，〈好詩好意象〉發表於《臺灣新聞報・西子灣副刊》
19 版，「新詩一百問」專欄。

10 日，〈源頭活水〉發表於《臺灣新聞報・西子灣副刊》19
版，「新詩一百問」專欄。

17 日，〈朦朧詩的誕生〉發表於《臺灣新聞報・西子灣副
刊》19 版，「新詩一百問」專欄。

20 日，詩作〈天葬臺集景〉發表於《自由時報》34 版。

24 日，〈概念能否成詩〉發表於《臺灣新聞報・西子灣副
刊》19 版，「新詩一百問」專欄。

8月　6日，詩作〈天葬的哀歌〉發表於《中央日報》18版。

7日，〈神秘的美感──象徵〉發表於《臺灣新聞報‧西子灣副刊》19版，「新詩一百問」專欄。

21日，〈象徵派的始末〉發表於《臺灣新聞報‧西子灣副刊》13版，「新詩一百問」專欄。

28日，〈怪癖刺激靈感〉發表於《臺灣新聞報‧西子灣副刊》13版，「新詩一百問」專欄。

31日，獲中國詩歌藝術學會頒贈「第一屆中國詩歌藝術獎詩歌編輯獎」。

9月　4日，〈魯迅的詩藝〉發表於《臺灣新聞報‧西子灣副刊》13版，「新詩一百問」專欄。

11日，〈風格的誕生〉發表於《臺灣新聞報‧西子灣副刊》13版，「新詩一百問」專欄。

18日，〈泡沫還是鑽石？〉發表於《臺灣新聞報‧西子灣副刊》13版，「新詩一百問」專欄。

23日，詩作〈秤〉發表於《自由時報》34版。同年9月發表於《臺灣詩學季刊》第16期。

25日，以「四行詩兩首」為題，詩作〈火把〉、〈地震〉發表於《臺灣日報》23版；〈電腦也會寫詩？〉發表於《臺灣新聞報‧西子灣副刊》13版，「新詩一百問」專欄。

〈魯迅的詩人資格和擬情詩風波〉發表於《臺灣詩學季刊》第16期。

10月　2日，〈獨白抑關懷〉發表於《臺灣新聞報‧西子灣副刊》13版，「新詩一百問」專欄。

7日，詩作〈阿土去釣魚〉發表於《聯合報》37版。

9日，〈典故入詩‧更耐尋思〉發表於《臺灣新聞報‧西子灣副刊》13版，「新詩一百問」專欄。

16 日，〈後現代風潮的反省〉發表於《臺灣新聞報・西子灣副刊》13 版，「新詩一百問」專欄。

23 日，〈剛性詩與柔性詩〉發表於《臺灣新聞報・西子灣副刊》13 版，「新詩一百問」專欄。

27 日，〈七旬老漢五十肩〉發表於《聯合報》37 版。

27 日～11 月 2 日，應邀出席國際華文詩人筆會於廣東佛山舉辦之「第三屆國際華文詩人筆會」，與會者有犁青、非馬、蓉子、張香華、張默、管管、白靈、尹玲、彭邦楨等。

30 日，〈誰來教詩？〉發表於《臺灣新聞報・西子灣副刊》13 版，「新詩一百問」專欄。

獲國軍文藝獎金像獎特別貢獻獎。

11 月　6 日，〈認識艾略特〉發表於《臺灣新聞報・西子灣副刊》13 版，「新詩一百問」專欄。

13 日，〈詩和歷史〉發表於《臺灣新聞報・西子灣副刊》14 版，「新詩一百問」專欄。

20 日，〈朗誦有媽媽味道的詩〉發表於《臺灣新聞報・西子灣副刊》13 版，「新詩一百問」專欄。

27 日，〈詩的另類呈現：詩的聲光〉發表於《臺灣新聞報・西子灣副刊》13 版，「新詩一百問」專欄。

12 月　4 日，〈詩寫都市文明〉發表於《臺灣新聞報・西子灣副刊》13 版，「新詩一百問」專欄。

11 日，〈意境反映心境〉發表於《臺灣新聞報・西子灣副刊》13 版，「新詩一百問」專欄。

14 日，〈在時間改造中變年輕的城市（南北作家會師高雄之五）〉發表於《中央日報》18 版。

18 日，〈多元社會多樣詩〉發表於《臺灣新聞報・西子灣副刊》13 版，「新詩一百問」專欄。

19 日，詩作〈玻璃說〉發表於《自由時報》34 版。同年 12 月發表於《臺灣詩學季刊》第 17 期。

25 日，〈女性詩解答〉發表於《臺灣新聞報・西子灣副刊》13 版，「新詩一百問」專欄。同年 12 月發表於《臺灣詩學季刊》第 17 期。

〈西方女詩人詩選譯〉發表於《臺灣詩學季刊》第 17 期。

翻譯 Ada Aharoni〈何謂和平？〉、〈卡邁爾山上的石榴樹〉、〈科學和詩聯姻〉於《創世紀》第 109 期。

1997 年　1 月　1 日，〈詩後面的尾巴〉發表於《臺灣新聞報・西子灣副刊》13 版，「新詩一百問」專欄。

8 日，〈何不偷閒學寫詩〉發表於《臺灣新聞報・西子灣副刊》13 版，「新詩一百問」專欄。

15 日，〈性愛的謳歌〉發表於《臺灣新聞報・西子灣副刊》13 版，「新詩一百問」專欄。

22 日，〈自作應聲之蟲〉發表於《臺灣新聞報・西子灣副刊》13 版，「新詩一百問」專欄。

29 日，〈戴著腳鐐手銬跳舞〉發表於《臺灣新聞報・西子灣副刊》13 版，「新詩一百問」專欄。

以「四行詩」為題，詩作〈火把〉、〈地震〉發表於《乾坤詩刊》第 1 期。

2 月　5 日，〈腹有詩書氣自華〉發表於《臺灣新聞報・西子灣副刊》13 版，「新詩一百問」專欄。

12 日，〈新寓言故事——銅像〉發表於《中國時報》31 版。

19 日，〈不論長短・祇論好壞〉發表於《臺灣新聞報・西子灣副刊》13 版，「新詩一百問」專欄。

26 日，〈言在此而意在彼〉發表於《臺灣新聞報・西子灣副刊》13 版，「新詩一百問」專欄。

《新詩 50 問》由臺北爾雅出版社出版。

3 月　　2 日，詩作〈或人的回憶〉發表於《臺灣日報》23 版。

　　　　5 日，〈波特萊爾何許人？〉發表於《臺灣新聞報‧西子灣副刊》13 版，「新詩一百問」專欄。

　　　　12 日，〈詩死了嗎？〉發表於《臺灣新聞報‧西子灣副刊》13 版，「新詩一百問」專欄。

　　　　19 日，〈無事輒愁苦？〉發表於《臺灣新聞報‧西子灣副刊》13 版，「新詩一百問」專欄。

　　　　26 日，〈白髮三千丈？〉發表於《臺灣新聞報‧西子灣副刊》13 版，「新詩一百問」專欄。

　　　　與白靈合編《可愛小詩選》，由臺北爾雅出版社出版。

　　　　〈卵生或胎生──《新詩一百問》第 65 問〉、〈一行也是詩？──《新詩一百問》第 66 問〉發表於《臺灣詩學季刊》第 18 期。

4 月　　2 日，〈詩寫新聞？〉發表於《臺灣新聞報‧西子灣副刊》13 版，「新詩一百問」專欄。

　　　　9 日，〈卵生或胎生〉發表於《臺灣新聞報‧西子灣副刊》13 版，「新詩一百問」專欄。

　　　　16 日，〈一行也是詩？〉發表於《臺灣新聞報‧西子灣副刊》13 版，「新詩一百問」專欄。

　　　　23 日，〈蘋果派‧APPLE PIE！〉發表於《臺灣新聞報‧西子灣副刊》13 版，「新詩一百問」專欄。

　　　　26 日，詩作〈革石篇〉發表於《聯合報》41 版。

　　　　30 日，〈雜與純〉發表於《臺灣新聞報‧西子灣副刊》13 版，「新詩一百問」專欄。

　　　　兒童文學《螢火蟲》由臺北三民書局出版。

5 月　　7 日，〈情動於中始有詩〉發表於《臺灣新聞報‧西子灣副

刊》13 版,「新詩一百問」專欄。

14 日,〈高中課本上的新詩〉發表於《臺灣新聞報・西子灣副刊》13 版,「新詩一百問」專欄。

21 日,〈印度夜鶯〉發表於《臺灣新聞報・西子灣副刊》13 版,「新詩一百問」專欄。

28 日,〈認識俳句〉發表於《臺灣新聞報・西子灣副刊》13 版,「新詩一百問」專欄。

6月　4 日,〈詩中有畫　畫中有詩〉發表於《臺灣新聞報・西子灣副刊》13 版,「新詩一百問」專欄。

11 日,〈新詩人寫舊詩〉發表於《臺灣新聞報・西子灣副刊》13 版,「新詩一百問」專欄。

18 日,〈《八十五年詩選》〉（余光中、蕭蕭主編）以筆名「冬也」發表於《中央日報》18 版;〈詩與大眾傳媒〉發表於《臺灣新聞報・西子灣副刊》13 版,「新詩一百問」專欄。

25 日,〈意象詩派〉發表於《臺灣新聞報・西子灣副刊》13 版,「新詩一百問」專欄。

詩作〈傳真機文化〉發表於《臺灣詩學季刊》第 19 期。

7月　2 日,〈好壞 ABC〉發表於《臺灣新聞報・西子灣副刊》13 版,「新詩一百問」專欄。

9 日,〈歸真與歸宗〉發表於《臺灣新聞報・西子灣副刊》13 版,「新詩一百問」專欄。

16 日,〈詩與詩評之間〉發表於《臺灣新聞報・西子灣副刊》13 版,「新詩一百問」專欄。

23 日,〈夢與現實之間〉發表於《臺灣新聞報・西子灣副刊》13 版,「新詩一百問」專欄。

28 日,詩作〈居高〉發表於《中央日報》18 版。

30 日，〈詩是無聲畫〉發表於《臺灣新聞報・西子灣副刊》13 版，「新詩一百問」專欄。

中英對照詩集《碎葉聲聲》由作者自印出版。

8月　6 日，〈詩法自然〉發表於《臺灣新聞報・西子灣副刊》13 版，「新詩一百問」專欄。

13 日，〈譯詩三難信達雅〉發表於《臺灣新聞報・西子灣副刊》13 版，「新詩一百問」專欄。

20 日，〈詩心與童心〉發表於《臺灣新聞報・西子灣副刊》13 版，「新詩一百問」專欄。

20～24 日，應邀出席於韓國首爾舉辦的「第 17 屆世界詩人大會」，與會者有許世旭、向陽、金良植、林景怡、羅絲瑪麗・C・威爾金森（Rosemary C.Wilkinson）、楊允達、米蘭・瑞契特（Milan Richter）、杰曼・卓根布魯特（Germain Droogenbroodt）等。

27 日，〈詩人上網路〉發表於《臺灣新聞報・西子灣副刊》13 版，「新詩一百問」專欄。

〈葡萄園憶往〉發表於《葡萄園》第 135 期。

9月　3 日，〈妙悟與善學〉發表於《臺灣新聞報・西子灣副刊》13 版，「新詩一百問」專欄。

10 日，〈詩讓旁人說短長〉發表於《臺灣新聞報・西子灣副刊》13 版，「新詩一百問」專欄。

17 日，〈即物與詠物〉發表於《臺灣新聞報・西子灣副刊》13 版，「新詩一百問」專欄。

24 日，〈大氣・小氣〉發表於《臺灣新聞報・西子灣副刊》13 版，「新詩一百問」專欄。

〈「新詩一百問」——小談詩社詩選〉、〈司洛伐克詩兩首〉，詩作〈後視鏡〉發表於《臺灣詩學季刊》第 20 期。

10 月　1 日，〈詩應恢復秩序〉發表於《臺灣新聞報‧西子灣副刊》13 版，「新詩一百問」專欄。

8 日，〈從容不迫的詩社詩選〉發表於《臺灣新聞報‧西子灣副刊》13 版，「新詩一百問」專欄。

12 日，〈地球的眼睛〉發表於《中央日報》18 版，梅新紀念專輯「月光下他站成一株永恆的梅」。

18 日，詩作〈丹頂鶴──盤錦歸來〉發表於《自由時報》37 版。

22 日，〈童詩與兒童詩〉發表於《臺灣新聞報‧西子灣副刊》13 版，「新詩一百問」專欄。

29 日，〈旅遊的刺激〉發表於《臺灣新聞報‧西子灣副刊》13 版，「新詩一百問」專欄。

〈踏著詩的跳板拓夢〉，詩作〈秋收一束〉發表於《創世紀》第 112 期。

11 月　2 日，詩作〈茶與同情〉發表於《中國時報‧人間副刊》27 版。

5 日，〈為大眾選詩〉發表於《臺灣新聞報‧西子灣副刊》13 版，「新詩一百問」專欄。

8 日，應邀參加「國際視覺意象展」，參展詩作〈秋天〉發表於《聯合報》41 版，Mario Cresci 攝影。

12 日，〈好奇務新談通感〉發表於《臺灣新聞報‧西子灣副刊》13 版，「新詩一百問」專欄。

19 日，〈詩人筆下的人物〉發表於《臺灣新聞報‧西子灣副刊》13 版，「新詩一百問」專欄。

26 日，〈橫豎不一樣〉發表於《臺灣新聞報‧西子灣副刊》13 版，「新詩一百問」專欄。

12 月　2 日，〈佛教現代詩──觀音菩薩摩訶薩〉發表於《中央日

報》18 版。

3 日，〈詩與政治〉發表於《臺灣新聞報・西子灣副刊》13 版，「新詩一百問」專欄。

10 日，〈詩是吾家好？〉發表於《臺灣新聞報・西子灣副刊》13 版，「新詩一百問」專欄。

12 日，詩作〈斷頭頌〉發表於《聯合報》41 版，專題「南京大屠殺六十周年詩輯：痛惜被動物活埋的人」。

17 日，〈推陳出新創未來〉發表於《臺灣新聞報・西子灣副刊》13 版，「新詩一百問」專欄。

〈詩人筆下的人物〉，詩作〈轉世的摩西〉發表於《臺灣詩學季刊》第 21 期。

| | | |
|---|---|---|
| 1998 年 | 1 月 | 20 日，〈名片〉發表於《中央日報》22 版。 |

以「詩兩首」為題，詩作〈丹頂鶴——盤錦歸來〉、〈航〉發表於《乾坤詩刊》第 5 期。

2 月　24 日，詩作〈偶然十四行——和耳公鐵彤作品〈偶〉〉發表於《中國時報・人間副刊》27 版。

26 日，詩作〈履歷表〉發表於《中國時報・人間副刊》42 版。

3 月　4 日，〈詩味精純道真情——我讀《情思・情絲》〉發表於《中央日報》22 版。

28 日，應國際華文詩人筆會邀請，出席於海南三亞舉辦的「第四屆國際華文詩人筆會」。

〈鼓勵・鼓勵・加倍鼓勵・脫國王新衣——評析羅門〈大峽谷奏鳴曲〉及其他〉、〈譯詩三難信達雅〉，翻譯 Ausuas March 詩作〈奧西亞・馬區〈無題〉詩中譯〉發表於《臺灣詩學季刊》第 22 期。

4 月　22 日，〈錯字不停的落著〉發表於《中國時報・人間副刊》

37 版。

〈賞析〈聽雨〉〉發表於《乾坤詩刊》第 6 期。

《新詩　後 50 問》由臺北爾雅出版社出版。

5 月　　1 日，詩作〈向陽門第〉發表於《臺灣日報》27 版。

　　　　21 日，詩作〈三亞的海〉發表於《中央日報》22 版。

6 月　　1 日，詩作〈激情〉發表於《自由時報》41 版。

　　　　8 日，詩作〈地雷十四行〉發表於《臺灣日報》27 版。

　　　　8～13 日，應國際華文詩人筆會邀請，出席於中國文化名山西岳華山、西安舉辦的「世紀之握：兩岸詩人華山詩會」，與會者有鄭愁予、瘂弦、商禽、張默、大荒、管管、辛鬱、碧果、朵思、席慕容、隱地等。

　　　　17 日，〈詩的體驗和觀察〉發表於《聯合報》37 版。

　　　　以「無聊檔案」為題，詩作〈向陽門第〉、〈登嶺記〉發表於《臺灣詩學季刊》第 23 期。

　　　　詩作〈偶然十四行——和陳庭詩鐵雕作品〈偶〉〉發表於《創世紀》第 115 期。

7 月　　11 日，〈寫詩究竟是怎麼回事？〉發表於《中央日報》22 版。1999 年 6 月發表於《藍星詩學》第 2 期，2000 年 8 月發表於《葡萄園》第 147 期。

　　　　20 日，詩作〈臺灣雲豹〉發表於《臺灣日報》27 版。

　　　　〈賞析〈懈慢界哀歌〉〉發表於《乾坤詩刊》第 7 期。

　　　　〈遠近高低各不同——讀張默的詩和人〉發表於《大海洋詩雜誌》詩畫展特刊。

8 月　　4 日，詩作〈賣老〉發表於《臺灣日報》27 版。同年 9 月發表於《臺灣詩學季刊》第 24 期。

　　　　12 日，〈公開洩密〉發表於《聯合報》37 版。

　　　　19～23 日，應邀出席於斯洛伐克布拉提斯拉瓦（Bratislava）舉

辦的「第 18 屆世界詩人大會」。由斯洛伐克詩人兼作家米蘭・瑞契特（Milan Richter）主持，與會者有向陽等。

24 日，參加維也納作家協會舉辦之詩朗誦活動。

9 月　17 日，詩作〈太師椅〉發表於《中國時報・人間副刊》37 版。並發表於同年 9 月《創世紀》第 116 期。

28 日，詩作〈化石魚——在東歐・曉凡送我魚化石〉發表於《臺灣新聞報・西子灣副刊》13 版。

29 日，詩作〈外面的風很冷〉發表於《中央日報》22 版。

以「無聊檔案」為題，詩作〈臺灣雲豹〉、〈激情〉、〈三亞的海〉發表於《臺灣詩學季刊》第 24 期。

〈從浪跡天涯到承歡大地——讀彩羽的詩和人〉、〈彩羽的詩座談發言〉發表於《創世紀》第 116 期。

10 月　11 日，〈詩的認識和表現〉發表於《中央日報》18 版。

26 日，詩作〈行過七十——賀光中七十華誕兼自壽〉發表於《中央日報》22 版。

〈詩的奧義與典範——溫習覃子豪先生的五本詩集〉發表於《文訊》第 156 期。

詩作〈相思樹傳奇〉發表於《乾坤詩刊》第 8 期。

11 月　14 日，〈潤水淙淙流日月——讀夏菁的詩和人〉發表於《中央日報》22 版。1999 年 3 月發表於《藍星詩學》創刊號。

29 日，詩作〈陽光顆粒——謝瘂弦〉發表於《聯合報》37 版。

12 月　〈講評莫渝〈笠下的一群〉〉發表於《笠》第 208 期。

本年　與辛鬱聯合發起活動，與文友至三峽「龍泉墓園」悼念藍星詩人創辦人之一的覃子豪，參與者有周夢蝶等。

1999 年　1 月　3 日，〈但肯尋詩便有詩〉發表於《中央日報》18 版。

29 日，應邀出席中華民國新詩學會於臺北市臺灣藝術教育館演奏廳主辦的「迎向八八詩歌朗誦會」，由綠蒂主持，與會

者有張默、向陽、辛鬱、鍾鼎文、張香華、楊允達、林宗源等。

30 日，詩作〈北京冬日〉發表於《聯合報》37 版。

〈何處是爾家——賞析尹凡的〈家〉〉，詩作〈或人的輓歌〉、〈想起你那一雙手——悼魏端兄〉發表於《乾坤詩刊》第 9 期。

3 月　6 日，〈我為你寫了一首小詩〉發表於《中央日報》22 版。

19 日，組詩「廚餘三味」：〈菜屑〉、〈砧板上〉、〈餿桶〉發表於《中國時報・人間副刊》37 版。

詩作〈石獅軼事（試作散文詩）〉發表於《藍星詩學》創刊號。

詩作〈爆竹〉發表於《臺灣詩學季刊》第 25 期。

〈網路詩人或將獨領風騷〉發表於《創世紀》第 118 期。

4 月　14 日，詩作〈判決〉發表於《聯合報》37 版。

〈眾生安樂——賞析楊平的〈叢林道場〉〉發表於《乾坤詩刊》第 10 期。

5 月　1 日，〈守候流星雨〉發表於《中華日報》16 版。

5～7 日，〈走出泥沼，迎向明天——一九九八年臺灣文學傳播現象觀察〉連載於《中央日報》18 版。

24 日，詩作〈拖板鞋〉發表於《臺灣日報》35 版。

25 日，〈簡單素樸輕型詩——讀詩集《寂寞萬花筒》〉發表於《中華日報》16 版。同年 5 月發表於《葡萄園》第 142 期。

28 日，詩作〈螢〉、〈緣溪行〉發表於《聯合報》37 版。

6 月　8 日，詩作〈蛙鳴〉發表於《自由時報》41 版。

18 日，〈詩人總多情〉發表於《中華日報》16 版。

22 日，詩作〈造像〉發表於《中國時報・人間副刊》37 版。

30 日,詩作〈日子〉、〈黃昏〉發表於《中華日報》16 版。

以「無聊檔案」為題,集結詩作〈蛙鳴〉、〈金銀花〉、〈外面的風很冷〉,並有〈分外顯眼的個性詩人──讀游永福的詩集《花邊剪刀》〉發表於《藍星詩學》第 2 期。〈金銀花〉同年 6 月發表於《臺灣詩學季刊》第 27 期。

以「禪與非禪」為題,集結詩作〈花語〉、〈音符〉、〈螢〉,並有〈真空妙有──賞析蕭蕭的〈空與有〉〉、〈篝火中的禪意〉發表於《臺灣詩學季刊》第 27 期。〈音符〉、〈花語〉同年 7 月 5 日、8 日發表於《中央日報》18 版。

〈散文詩的新發現〉發表於《創世紀》第 119 期。

7 月　1 日,詩作〈雕神記〉發表於《臺灣日報》23 版。同年 9 月發表於《臺灣詩學季刊》第 28 期。

27 日,以「聲音二帖」為題,詩作〈蟬鳴〉、〈晨鳥〉發表於《中國時報・人間副刊》37 版。

31 日,〈天利亨〉發表於《中央日報》18 版。

以「詩零碎」為題,集結詩作〈日子〉、〈拖板鞋〉、〈收穫〉、〈黃昏〉,並有〈走向山林的啟示──賞析如斌法師〈山之旅〉〉發表於《乾坤詩刊》第 11 期。

8 月　4 日,〈周公趣事〉發表於《中華日報》16 版。

19 日,詩作〈背後〉發表於《聯合報》37 版。

24 日,〈啄破世界這隻籠子──觀董心如的「形域」個展〉發表於《中華日報・藝文新象》15 版。後以〈啄破世界這隻籠子〉為題,同年 9 月發表於《藝術家》第 292 期。

28 日,〈唱戲〉發表於《中華日報》16 版。

〈美和溫馨〉發表於《葡萄園》第 143 期。

9 月　10 日,〈詩在斯洛伐克〉發表於《中國時報・人間副刊》37 版。2000 年 3 月發表於《藍星詩刊》第 5 號。

19 日，〈現代桑榆晚景〉發表於《中央日報》18 版。

24 日，〈月餅的故事〉發表於《中華日報》16 版。

〈周公趣事〉、〈但肯尋詩便有詩——斗膽談鼎公寫詩〉，詩作〈背後〉發表於《藍星詩學》第 3 期。

〈流浪截詩——我讀《流浪玫瑰》〉發表於《臺灣詩學季刊》第 28 期。

翻譯金良植詩作〈祖國〉、〈歸去來辭〉、〈讓樹成長〉、〈愛〉、〈哲人之死〉、〈想念〉、〈夢之三〉、〈思母曲〉於《創世紀》第 120 期。

10 月　〈文學價值取決於文學本身——有感臺灣泛濫的文學獎〉發表於《文訊》第 168 期。

〈詩人總多情〉發表於《乾坤詩刊》第 12 期。

應聘擔任國軍第 35 屆文藝金像獎決審委員。

11 月　6 日，〈大難見真情〉發表於《中華日報》19 版。

11 日，詩作〈仰首天子峰〉發表於《臺灣日報》31 版。

於《臺灣新聞報‧西子灣副刊》執筆「詩來詩往」專欄，自 1999 年 11 月 12 日至 2001 年 4 月 11 日止，後集結成《詩來詩往》出版。

12 月　11 日，〈何以解憂〉發表於《中華日報》19 版。

13 日，〈乾坤寫得數行多〉發表於《臺灣新聞報‧西子灣副刊》13 版，「詩來詩往」專欄。2000 年 7 月發表於《乾坤詩刊》第 15 期。

24 日，詩作〈雲的記憶——世紀末的告解〉發表於《中國時報‧人間副刊》37 版。2000 年 3 月發表於《藍星詩刊》第 5 號。

〈我有一個寫詩的弟弟——管窺向陽的詩和人〉發表於《文訊》第 170 期。

〈《臺灣現代女詩人作品中的語言實踐》講評〉、〈非溫柔的生命整理——讀張芳慈的《紅色漩渦》發表於《臺灣詩學季刊》第 29 期。

〈終身追她不悔改——夏菁答八問〉發表於《藍星詩學》第 4 號。

2000 年　1 月　　13 日,〈魯迅與商禽〉發表於《勁報》24 版。同年 3 月發表於《藍星詩刊》第 5 號。

27 日,詩作〈DM〉發表於《中國時報・人間副刊》37 版。

〈回首過往夢幻泡影——賞析黃朝和的〈彼岸〉〉,詩作〈仰首天子峰〉發表於《乾坤詩刊》第 13 期。

2 月　　21 日,〈相思欲寄從何寄〉發表於《臺灣新聞報・西子灣副刊》B8 版,「詩來詩往」專欄。

詩作〈六根詩——從張家界九寨溝歸來〉發表於《聯合文學》第 184 期。

〈災難的見證〉發表於《葡萄園》第 145 期。

3 月　　27 日,詩作〈抱孫心得〉發表於《中央日報》22 版。同年 6 月發表於《藍星詩學》第 6 期。

〈很「詩」的一天〉發表於《藍星詩刊》第 5 號。同年 3 月發表於《創世紀》第 122 期。

4 月　　11 日,詩作〈新五官論〉發表於《聯合報》37 版。

21 日,〈偷窺墓誌銘〉發表於《中國時報・人間副刊》37 版。

26 日,詩作〈問題〉發表於《中國時報・人間副刊》37 版。

〈大家來驚艷——劉小梅詩集讀後〉、〈布衣亦可傲王侯〉,詩作〈某人看兒子跳傘〉發表於《乾坤詩刊》第 14 期。

詩集《向明・世紀詩選》由臺北爾雅出版社出版。

5 月　　8 日,〈京口瓜州一水間〉發表於《臺灣新聞報・西子灣副

刊》B8 版,「詩來詩往」專欄。

14 日,行政院新聞局於臺北車站新光三越入口處舉辦「向資深作家致敬—— 資深作家作品回顧展」,向明的著作及手稿與羅門、蓉子、王藍、余光中、巫永福、杜潘芳格、周夢蝶、林海音等 35 位作家共同展出。

19 日,〈道斤說兩寫自傳〉發表於《中華日報》19 版。

〈努力不努力〉發表於《葡萄園》第 146 期。

6 月　6 日,詩作〈音容俱杳說新詩〉發表於《中央日報》22 版;〈屈原的委屈〉發表於《中華日報》19 版。〈音容俱杳說新詩〉同年 9 月發表於《藍星詩學》第 7 期專題「向明特輯」。

11 日,詩作〈雄雞〉發表於《聯合報》37 版。

13 日,詩作〈白色螞蟻〉發表於《中國時報‧人間副刊》37 版。

20 日,〈幾句寒酸話〉發表於《臺灣新聞報‧西子灣副刊》B10 版。

〈向明詩話〉發表於《臺灣詩學季刊》第 31 期。

〈誰識徐志摩〉發表於《藍星詩學》第 6 期。

〈只好由他去〉,詩作〈東區有雨〉發表於《創世紀》第 123 期。

7 月　8 日,〈君有奇才我不貧——鄭板橋寫真〉發表於《中華日報》19 版。

8 月　4 日,〈韓國女詩人金良植詩選譯——祖國〉發表於《中華日報》19 版。

8 日,〈酷爸‧辣爸〉發表於《中華日報》19 版。

24 日,詩作〈八掌溪現場〉發表於《自由時報》39 版。同年 9 月發表於《藍星詩學》第 7 期專題「向明特輯」。

29 日,詩作〈飲金門高粱〉發表於《自由時報》39 版。

30 日，詩作〈莫高窟隨想〉發表於《中央日報》22 版。

9 月　6 日，詩作〈說與秦俑〉發表於《中國時報・人間副刊》37 版。同年 9 月發表於《藍星詩學》第 7 期專題「向明特輯」。

9 日，詩作〈大雁塔〉發表於《聯合報》37 版。

9～14 日，應邀出席於廣西桂林舉辦的「第五屆國際華文詩人筆會」，與會者有洛夫、賀敬之、柯岩夫婦、犁青、野曼等。

詩作〈白色螞蟻〉發表於《藍星詩學》第 7 期專題「向明特輯」。

以「無聊檔案」為題，集結詩作〈問題〉、〈DM〉、〈找我〉、〈命運〉，並有〈哪個蟲兒敢作聲〉發表於《臺灣詩學季刊》第 32 期。

〈力不如人豈肯休〉發表於《乾坤詩刊》第 16 期。

〈幾句寒酸話──籲請愛詩人踴躍訂閱新詩刊〉，詩作〈莫高窟隨想〉發表於《創世紀》第 124 期。

10 月　2 日，詩作〈憑弔玉門關〉發表於《中華日報》19 版。

9 日，詩作〈大戈壁〉發表於《中國時報・人間副刊》37 版。

〈向陽《向陽詩選 1974～1996》〉發表於《文訊》第 180 期。

11 月　3 日，接受林德俊訪問，訪問文章〈年度詩選的推手──訪詩人向明〉發表於《聯合報》37 版。

9 日，詩作〈好水的桂林〉發表於《中央日報》20 版。

18 日，〈一上星輅始展顏〉發表於《臺灣新聞報・西子灣副刊》B8 版，「詩來詩往」專欄。

23 日，應邀出席「高雄網際網路暨書香博覽會」，與會者有葉石濤、無名氏、張拓蕪、管管及新聞局顧問丘秀芷等。

應邀出席於廣東梅州當地文化局舉辦之「李金髮百年誕辰」，發表演說「李金髮在臺灣」。後以〈李金髮在臺灣〉為題，同

年 11 月發表於《文訊》第 181 期， 2001 年 7 月《詩探索》第 41、42 輯。

12 月　　3 日，詩作〈無字碑——謁武則天墓〉發表於《聯合報》37 版。同年 12 月發表於《創世紀》第 125 期。

30 日，〈赤裸裸的白卷〉發表於《臺灣新聞報‧西子灣副刊》B8 版，「詩來詩往」專欄。

以「有詩」為題，詩作〈詩趣〉、〈秦俑說〉發表於《臺灣詩學季刊》第 33 期。

〈憤怒出詩人〉、〈我對詩史書寫的零碎意見〉發表於《藍星詩學》第 8 期。

〈詩人應大膽自剖〉發表於《創世紀》第 125 期。

2001 年　1 月　　13 日，詩作〈痣〉發表於《中國時報‧人間副刊》23 版。

22 日，〈蘇東坡遊戲筆墨〉發表於《中華日報》19 版。

29 日，詩作〈草堂謁杜甫〉發表於《中央日報》4 版。同年 3 月發表於《創世紀》第 126 期。

〈吾師吾友兩詩人〉發表於《秋水》第 108 期。

詩作〈媚登峰〉發表於《乾坤詩刊》第 17 期。

3 月　　1 日，〈入木三分罵亦精〉發表於《臺灣新聞報‧西子灣副刊》19 版，「詩來詩往」專欄。同年 8 月發表於《葡萄園》第 151 期。

4 日，〈觀徐志摩《月下待杜鵑不來》〉發表於《中華日報》19 版。

18 日，詩作〈藍波的一雙眼〉發表於《聯合報》37 版，〈愛上煩惱絲〉發表於《中國時報‧人間副刊》23 版。

〈巴雷其人‧奇詩〉，詩作〈秦俑兩寫〉、〈聽蟬〉發表於《藍星詩學》第 9 期。

〈《年度詩選》二十年〉發表於《臺灣詩學季刊》第 34 期。

4 月　10 日，〈等你深情的翻閱〉發表於《中華日報》19 版。

21 日，詩作〈負──驚聞周公得五十肩〉發表於《中央日報》18 版。同年 6 月發表於《藍星詩學》第 10 期。

應邀出席於臺北金橋圖書公司舉辦的「年度詩選」出版茶會，會中並舉行「年度詩獎」及「年度詩選觀察座談會」。與會者有商禽、管管、辛鬱、焦桐、張默、隱地、羅門、周夢蝶、李元貞、方群、李瑞騰、向陽、唐捐、鄭慧如、白靈、蕭蕭、楊佳嫻等。

〈相思欲寄從何寄〉發表於《乾坤詩刊》第 18 期。

5 月　4 日，〈爛泥巴與維納斯〉發表於《中華日報》19 版。

〈一吟雙淚流〉發表於《葡萄園》第 150 期。

應邀擔任第 20 屆全國學生文學獎大專詩組決審委員。

6 月　25 日，〈出軌異樣寫新詩〉發表於《中華日報》19 版。

27 日，〈只緣身在此山中──卡夫卡談詩〉發表於《中央日報》18 版。

〈豪華落盡見真情〉，詩作〈反斗城〉發表於《臺灣詩學季刊》第 35 期。

〈猶記得彼當時──寫在洪淑苓〈預約的幸福〉〉、〈把詩寫在大海上〉發表於《藍星詩學》第 10 期。

7 月　17 日，詩作〈飲茶〉發表於《中央日報》18 版。

〈青草池中聽蛙鳴〉，詩作〈航行感覺〉發表於《乾坤詩刊》第 19 期。

8 月　7 日，詩作〈悲猥詩〉發表於《中國時報・人間副刊》39 版。

13 日，以「江南歸來兩題」為題，詩作〈遊懸空寺〉、〈咸亨酒店〉發表於《自由時報》33 版。

14 日，應邀參加洛夫長詩《漂木》新書發表會，與會者有張默、辛鬱、簡政珍、管管、白靈、杜十三等。

20～23 日，應邀出席於大連市舉辦的「第六屆國際華文詩人筆會」，與會者有綠原、牛漢、賀敬之、柯巖、犁青、洛夫、鄭愁予等。

24 日，〈銀妝刀啊！銀妝刀〉發表於《中央日報》20 版。

29 日，詩作〈樓外樓〉發表於《中國時報・人間副刊》39 版。

《向明短詩選》由香港銀河出版社出版。

9 月　16 日，〈詩的隱喻〉發表於《中華日報》19 版。

〈《漂木》的啟示〉、〈等你深情的翻閱──讀薛莉詩集《詩花盒子》，詩作〈悲猥篇〉發表於《臺灣詩學季刊》第 36 期。

以「江南歸來漫成」為題，集結詩作〈遊懸空寺〉、〈咸亨酒店〉、〈樓外樓〉，並有〈以詩為本的臺灣散文詩〉發表於《藍星詩學》第 11 期。

10 月　22 日，〈因魯迅之名〉發表於《中華日報》19 版。

26 日，詩作〈別看我・阿富汗女郎〉發表於《中國時報・人間副刊》39 版。

〈詩的隱喻〉發表於《乾坤詩刊》第 20 期。

11 月　18 日，應邀出席於浙江海寧舉辦之「詩人徐志摩逝世七十周年紀念國際性學術研討會」，發表演說「徐志摩在臺灣」。後發表於同年 12 月 8 日《中華日報》19 版。

22 日，〈烈酒和白水──小談詩的語言〉發表於《中央日報》18 版。

26 日，〈詩・音樂・黃豆湯〉發表於《中國時報・人間副刊》39 版。

28 日，詩作〈謁玉山〉發表於《臺灣日報》25 版。

詩作〈草原哀歌──內蒙歸來〉發表於《臺灣詩學季刊》第

37 期。

12 月　15 日，〈瓦缽瓦罐・變肉變酒──聖誕老師人的故事〉以筆名「仲哥」發表於《中華日報・兒童世界》18 版。

20 日，〈詩壇保母──難忘林海音先生〉發表於《聯合報》37 版。

26 日，〈雲彩長留徐志摩〉發表於《中央日報》18 版。

《走出阿富汗──看中亞及周邊國家民間趣事》由臺北未來書城公司出版。

2002 年　1 月　8 日，〈完成一座雕像──讀劉小梅的第四本詩集〉發表於《中華日報・藝文新象》18 版。同年 3 月發表於《創世紀》第 130 期。

28 日，詩作〈驚蜇〉發表於《中國時報・人間副刊》39 版。後以〈驚蟄〉為題，同年 3 月發表於《臺灣詩學季刊》第 38 期。

2 月　詩作〈飲茶〉發表於《乾坤詩刊》第 21 期。

〈錢鍾書楊絳互寫「情詩」〉發表於《詩網絡》創刊號。

3 月　2 日，〈遁走詩人之國〉發表於《中華日報》19 版。

15 日，〈從路易士到紀弦〉發表於《中央日報》18 版。

〈有感於《一隻鳥在想方向》〉發表於《文訊》第 197 期。

〈小論朗誦詩兩首〉，詩作〈芒種〉、〈雨水〉發表於《臺灣詩學季刊》第 38 期。〈雨水〉2012 年 1 月發表於《乾坤詩刊》第 61 期。

〈馬雅可夫斯基和他的抗稅詩〉，詩作〈大家都要走了〉發表於《藍星詩學》第 13 期。〈大家都要走了〉同年 6 月 25 日發表於《中國時報・人間副刊》39 版。

〈老有創意的一群──從簽名式寫三為詩畫名家〉發表於《幼獅文藝》第 579 期。同年 6 月發表於《藍星詩學》第 14

期。

| 4 月 | 5 日，〈字字珍貴的傳記書〉發表於《中華日報》19 版。 |
|---|---|

19 日，詩作〈曾經寫詩〉發表於《中央日報》18 版。

詩作〈望春風〉發表於《乾坤詩刊》第 22 期。

〈兩首哀悼徐志摩的詩〉發表於《詩網絡》第 2 期。

5 月　15 日，〈情詩之必要〉發表於《青年日報》10 版。

25 日，〈百無一用是詩囊〉發表於《中華日報》19 版。

27 日，〈九重天上的詩歌舖子〉發表於《中央日報》14 版。

28 日，〈養生經驗・保健箴言〉發表於《中華日報・中華醫藥》12 版。

〈祠堂的記憶〉發表於《幼獅文藝》第 581 期。

應聘擔任第 21 屆全國學生文學獎大專詩組決審委員。

6 月　〈詩刊評鑑・回歸學術〉，詩作〈H against V——911 真相後設〉發表於《臺灣詩學季刊》第 39 期。

以「越南歸來」為題，集結詩作〈除草劑〉、〈虎籠〉，並有〈讀《愛心集》〉發表於《藍星詩學》第 14 期。

〈詩刊評鑑，文本為主〉發表於《詩網絡》第 3 期。

7 月　15 日，〈多元豐富，詩人靈視——讀六月「臺灣日日報」〉發表於《臺灣日報》19 版。

22 日，詩作〈除草劑〉發表於《中央日報》14 版。同年 8 月發表於《詩網絡》第 4 期。

26 日，詩作〈隱喻〉發表於《自由時報》39 版。2003 年 5 月發表於《臺灣詩學學刊》第 1 號。

30 日，〈標點的妙用〉發表於《中央日報》14 版。

〈有感於《一隻鳥在想方向》〉發表於《乾坤詩刊》第 23 期。

8 月　25 日，〈欲不老〉發表於《中華日報》19 版。

26 日，〈詩的妙用〉發表於《中央日報》14 版。

　　　　　〈一本「正」字標記的詩刊〉發表於《葡萄園》第 155 期。

　　　　　〈詩與散文的糾纏〉，詩作〈虎籠〉發表於《詩網絡》第 4 期。

9 月　　6 日，詩作〈悲傷十四行〉發表於《臺灣日報》25 版。同年
　　　　　12 月發表於《臺灣詩學季刊》第 40 期。

　　　　　以「節氣詩」為題，集結詩作〈大暑〉、〈秋分〉，並有
　　　　　〈燦發的春心〉、〈窺詩手記〉發表於《藍星詩學》第 15
　　　　　期。〈大暑〉同年 10 月 3 日發表於《中央日報》14 版。

10 月　　於《人間福報》執筆「詩探索」專欄，自 2002 年 10 月 23
　　　　　日至 2004 年 12 月 23 日止。

　　　　　25 日，以「元素論」為題，集結詩作〈地〉、〈水〉、〈火〉、
　　　　　〈風〉發表於《聯合報》39 版。

　　　　　〈詩的濃與淡——我登臨在塔上〉發表於《乾坤詩刊》第 24
　　　　　期。

　　　　　〈意象是詩的一切〉發表於《詩網絡》第 5 期。

　　　　　〈老舍趣事二三〉發表於《幼獅文藝》第 586 期。

11 月　　2 日，〈我們虧欠無名氏〉發表於《青年日報》10 版。

　　　　　16 日，〈詩外另一出口——關於《走在詩國邊緣》〉發表於
　　　　　《青年日報》10 版，「窺詩手記」專欄。

　　　　　19 日，〈詩應與人同悲喜——聽外勞詩會有感〉發表於《中
　　　　　央日報》16 版。同年 12 月發表於《藍星詩學》第 16 期。

　　　　　《走在詩國邊緣》由臺北爾雅出版社出版。

12 月　　23～28 日，應邀出席於南京舉辦的「第七屆國際華文詩人筆
　　　　　會」，與會者有林子、簡政珍、丁文智、潘郁琦、艾青、臧克
　　　　　家、賀敬之、郭小川等。

　　　　　25 日，詩作〈小雪〉發表於《中央日報》16 版。

　　　　　〈詩人也要靠行嗎？〉發表於《臺灣詩學季刊》第 40 期。

　　　　　〈詩是未知的探求〉發表於《詩探索》第 47、48 合輯。

〈談天洛的〈書法〉〉，詩作〈寒露〉、〈霜降〉、〈立冬〉、〈大雪〉發表於《藍星詩學》第 16 期。

〈抓著詩意，發揮詩藝〉發表於《詩網絡》第 6 期。

《窺詩手記》由臺北禹臨圖書公司出版。

翻譯 Ada Aharoni 詩集《阿達·阿哈羅麗短詩選》，由香港銀河出版社出版。

| | | |
|---|---|---|
| 2003 年 | 1 月 | 15 日，詩作〈大雪〉發表於《聯合報》39 版。 |

15 日，詩作〈大雪〉發表於《聯合報》39 版。

23 日，詩作〈謁中山陵〉發表於《中央日報》16 版。

27 日，詩作〈感恩〉發表於《自由時報》35 版。

詩作〈相信〉發表於《秋水》第 116 期。同年 3 月 1 日發表於《自由時報》35 版。

〈天才的標幟〉發表於《乾坤》第 25 期。

2 月　13 日，〈三寫夕陽〉發表於《人間福報》11 版，「詩探索」專欄。

21 日，〈詩本出自天然〉發表於《中央日報》17 版。

3 月　2 日，詩作〈你走在前面〉發表於《更生日報》23 版，「四方文學週刊」第 503 期。

5 日，詩作〈空與有〉發表於《中華日報》19 版。

20 日，詩作〈天國近了〉發表於《中央日報》17 版。

〈說《猛虎與玫瑰》〉、〈新詩應傳統與現代聯姻——以余光中詩法為例〉、〈小說家寫的詩——感念無名氏〉，詩作〈春分〉、〈清明〉發表於《藍星詩學》第 17 期。〈清明〉同年 4 月 6 日發表於《中華日報》19 版。

4 月　11 日，詩作〈走過大屠殺現場〉發表於《聯合報》E7 版。

14 日，詩作〈故事〉發表於《臺灣日報》23 版。

23 日，詩作〈鹿回頭〉、〈望夫石〉發表於《臺灣新聞報·西子灣副刊》16 版。同年 7 月發表於《乾坤詩刊》第 27 期。

25 日，〈詩好全在火候夠〉發表於《中央日報》17 版。

〈謹記忠言為鍾老師壽〉、〈七拼八湊打油詩〉、〈詩人這個頭銜〉發表於《乾坤詩刊》第 26 期。

〈詩與蒲公英〉發表於《詩網絡》第 8 期。

5 月　　8 日，詩作〈老來〉發表於《自由時報》43 版。

11 日，〈母親·世上和平的保護神──讀兩首寫給母親的反戰詩〉發表於《中華日報》19 版。

〈事實俱在，豈容否認──也是回應〉發表於《葡萄園》第 158 期。

詩作〈晝與夜〉發表於《臺灣詩學學刊》第 1 號。

應聘擔任第 22 屆全國學生文學獎大專詩組決審委員。

6 月　　2 日，詩作〈忍術〉發表於《中央日報》17 版。

22 日，〈SARS 為患以後〉發表於《中華日報》19 版。

〈破題而出──發現《保險箱裡的星星》〉發表於《幼獅文藝》第 594 期。

詩作〈故事〉發表於《創世紀》第 135 期。

《詩來詩往》由臺北三民書局出版。

〈禪詩可悟而難說──兼談《八月雪》中傳法的一幕〉、〈卡菊亞和阿哈羅麗〉發表於《藍星詩學》第 18 期。

7 月　　1 日，詩作〈天使的定義〉發表於《聯合報》E7 版。

16 日，〈哈代的反戰詩〉發表於《中央日報》17 版。同年 9 月發表於《藍星詩學》第 19 期。

25 日，詩作〈多多問天〉發表於《自由時報》43 版。

〈給小數點臺灣〉、〈詩本出自天然〉發表於《乾坤詩刊》第 27 期。

詩作〈隔海捎來一隻風箏〉、〈藍蝴蝶──擬童詩：再貽鷟子〉發表於《幼獅文藝》第 595 期。

8 月　26 日，詩作〈一条呼吸〉發表於《中央日報》17 版。同年 9 月發表於《藍星詩學》第 19 期。

〈冰心的零碎思想〉發表於《詩網絡》第 10 期。

9 月　13 日，詩作〈吳興街組曲〉發表於《中華日報》19 版。

15 日，〈對稱〉發表於《自由時報》39 版。同年 12 月發表於《藍星詩學》第 20 期。

15～20 日，應邀出席於珠海舉辦的「第八屆國際華文詩人筆會」，與會者有犁青、非馬、綠蒂、張默、尹玲、麥穗、落蒂等。

26 日，〈詩具普世的價值〉發表於《中央日報》17 版。

與蘇蘭、顏艾琳合編《讓詩飛揚起來》，由臺北幼獅文化公司出版。

10 月　10 日，〈向石頭看齊──讀犁青的〈南臺灣的船帆石〉〉發表於《中華日報》19 版。同年 11 月發表於《葡萄園》第 160 期。

18～30 日，應邀參加 2003 年臺北國際詩歌節，並於 9 月 8 日擔任揭展人，與會者有陳黎、廖咸浩、白靈、南方朔等。

20 日，詩作〈時間十四行詩──悲大荒〉發表於《聯合報》E7 版。

於《中華日報》執筆「好詩共賞」專欄，自 2003 年 10 月 10 日至 2004 年 9 月 5 日止。

〈談詩的「個人話語」〉發表於《文訊》第 216 期。

11 月　1～4 日，〈詩的奮鬥〉連載於《中華日報》19 版。

12 日，詩作〈PRETENDING〉發表於《中央日報》17 版。

19 日，〈評審的話──獨孤的心靈〉發表於《中華日報》19 版。

〈論詩中的意向〉發表於《臺灣詩學學刊》第 2 號。

12 月　3 日，〈從新月到現代〉發表於《中央日報》17 版。

15 日，〈樹也要展翅飛翔——讀曾卓〈懸崖邊的樹〉〉發表於《中華日報》19 版。2004 年 2 月發表於《詩網絡》第 13 期。

20 日，獲中國詩歌藝術學會頒贈「第八屆中國詩歌藝術貢獻獎」。

翻譯 Marion Darrell〈呵！無盡的時間——剛過世詩人彭邦楨的美籍夫人梅茵女士寫給彭先生的詩〉，並有〈詩的播種者——覃子豪〉，詩作〈事故〉發表於《藍星詩學》第 20 期。

〈詩人的魯迅印象〉發表於《詩網絡》第 12 期。

2004 年　1 月　21 日，〈年獸與年關〉發表於《中央日報》17 版。

2 月　〈學詩偶得〉發表於《葡萄園》第 161 期。

3 月　4 日，詩作〈成為風景‧成為傳奇——讀舒婷的〈暴風雨過去之後〉〉發表於《中華日報》23 版。

〈詩宜出自機杼——老詩人綠原對詩的祝願〉、〈曹介直的〈黑色的勝利〉及其他〉發表於《藍星詩學》第 21 期。

4 月　1 日，詩作〈靜觀自得三首〉發表於《中央日報》17 版。

〈善變的史芬克斯——讀白萩的〈廣場〉〉發表於《詩網絡》第 14 期。

〈楊喚與米爾恩——中西兩位童詩能手〉發表於《乾坤詩刊》第 30 期。

5 月　8 日，詩作〈老去〉發表於《臺灣日報》17 版。

11 日，詩作〈靜觀五則〉發表於《中央日報》17 版。

〈詩，是一隻能言鳥——懷念楊喚〉發表於《葡萄園》第 162 期。

6 月　7 日，詩作〈天候三題〉發表於《青年日報》10 版。

20～21 日，〈跨國同過「端午節」〉連載於《聯合報》E7

版。

22 日,詩作〈詩人三題〉發表於《中央日報》17 版。

詩作〈生態靜觀〉發表於《臺灣詩學學刊》第 3 號。

〈唯一的童年照〉發表於《文訊》第 224 期。

詩作〈十大消耗〉發表於《創世紀》第 139 期。

〈北島驚人的〈回答〉〉發表於《詩網絡》第 15 期。

| | |
|---|---|
| 7 月 | 2 日,詩作〈天使的定義〉發表於《中央日報》E7 版。 |
| | 28 日,〈艾略特的貓兒們〉發表於《中央日報》17 版。 |
| 8 月 | 〈詩題趣談(初編)〉發表於《詩網絡》第 16 期。 |
| | 《三情隨筆》由臺北秀威資訊科技公司出版。 |
| 9 月 | 28 日,〈做月餅的父親〉發表於《中央日報》17 版。 |
| 10 月 | 7 日,以「懷親二則」為題,詩作〈父親〉、〈母親〉發表於《中央日報》17 版。 |
| | 18 日,於中國大陸網站「詩生活」執筆「向明詩文看板」專欄,並發表詩作〈放下〉。 |
| | 30 日,〈現代版的癡情詩〉發表於《中央日報》17 版。 |
| | 〈深化抑淡化〉發表於《創世紀》第 140、141 期。 |
| | 〈詩題趣談(續一)──沒有題目的詩〉發表於《詩網絡》第 17 期。 |
| 11 月 | 詩作〈不要〉,〈詩的現代性與古典詩〉發表於《臺灣詩學學刊》第 4 號。 |
| 12 月 | 9 日,〈談詩文寫景〉發表於《自由時報》47 版。 |
| | 10 日,詩作〈而已〉發表於《自由時報》47 版。 |
| | 〈詩題趣談(續三)──題目有時祇是詩的裝飾品〉發表於《詩網絡》第 18 期。 |
| | 《和你輕鬆談詩:向明新詩話》由臺北詩藝文出版社出版。 |
| | 詩集《陽光顆粒》由臺北爾雅出版社出版。 |

2005 年　1 月　　4 日，詩作〈天空——聞洛夫回臺〉發表於《中央日報》17
　　　　　　　　版。

　　　　　　　　27 日，〈詩人也要撒嬌——認識「撒嬌詩派」〉發表於《中
　　　　　　　　央日報》17 版。

　　　　　　　　《我為詩狂》由臺北三民書局出版。

　　　　2 月　　16 日，詩作〈修指甲〉發表於《臺灣日報》E7 版。同年 8
　　　　　　　　月 24 日發表於《自由時報》E7 版。

　　　　　　　　〈詩題趣談（續四）〉發表於《詩網絡》第 19 期。

　　　　3 月　　18 日，〈我寧為我〉發表於《中央日報》17 版。

　　　　　　　　24～27 日，應邀出席 2005 年高雄市政府舉辦「高雄世界詩
　　　　　　　　歌節」，並於會中發表〈浪尖上搏鬥的詩——讀汪啟疆的
　　　　　　　　《人魚海岸》〉，與會者有李魁賢、鄭愁予、錦連、向陽、
　　　　　　　　趙天儀、杜國清、李敏勇、白萩、葉迪、岩上、杜文靖、許
　　　　　　　　悔之、陳義芝、焦桐、路寒袖、黃勁連、汪啟疆、楊平、林
　　　　　　　　梵、鄭烱明、曾貴海、鍾順文、陳坤崙等。

　　　　4 月　　4 日，詩作〈廣場上的佛陀〉發表於《自由時報》47 版。

　　　　　　　　13 日，詩作〈日記一則——三月十七日〉發表於《聯合報》
　　　　　　　　E7 版。

　　　　　　　　〈詩題趣談（續五）——題好一半詩〉發表於《詩網絡》第
　　　　　　　　20 期。

　　　　5 月　　10 日，〈現代情趣的煽情詩〉發表於《中央日報》17 版。

　　　　　　　　應聘擔任第 24 屆全國學生文學獎大專詩組決審委員並撰總
　　　　　　　　評。

　　　　6 月　　11 日，〈詩人的世界〉發表於《中央日報》17 版。

　　　　　　　　18 日，詩作〈棉花糖〉發表於《自由時報》E7 版。

　　　　　　　　29 日，〈詩的記憶〉發表於《中央日報》17 版。

　　　　　　　　〈詩題趣談（續六）——詩到無題是化工〉發表於《詩網

絡》第 21 期。

7 月　1 日，詩作〈癖事——呼應碧果〉發表於《聯合報》E7 版。

8 月　3 日，〈詩人詩世界〉發表於《中央日報》17 版。

於《中華日報》執筆「詩海微波」專欄，自 2005 年 8 月 19 日至 2007 年 1 月 11 日止。

〈詩題趣談（續七）——題高則詩高，題矮則詩矮〉發表於《詩網絡》第 22 期。

9 月　4 日，〈臺北也聽得到〈卡秋莎〉〉發表於《中央日報》17 版。

5 日，〈北島寫了一本《失敗之書》〉、〈周鼎詩讚潘金蓮為最純的女人〉發表於《中央日報》17 版。

9 日，〈臺灣出現　《詩人布洛格》〉發表於《中央日報》17 版。

13 日，〈寫〈墜落的聲音〉的于堅說「詩是存在之舌」〉發表於《中央日報》17 版。

14 日，〈記第一次寫歌詞〉發表於《中華日報》23 版，「詩海微波」專欄。

20 日，詩作〈立秋〉發表於《自由時報》E7 版。

25 日，〈周夢蝶手書〈不負如來不負卿〉〉發表於《中央日報》17 版。

以「藏詩一束」為題，詩作〈小寒〉、〈大寒〉、〈立春〉、〈立夏〉、〈夏至〉、〈記憶〉發表於《臺灣詩學吹鼓吹詩論壇》第 1 號。

〈鼎公的記憶〉發表於《明道文藝》第 354 期。

10 月　1 日，詩作〈無非〉發表於《中央日報》17 版。

5 日，〈詩將進入太空〉發表於《中央日報》17 版。

10 日，與劉正偉合編《新詩播種者——覃子豪詩文選》，由

臺北爾雅出版社出版。

23 日～11 月 12 日，應邀出席由臺北市政府文化局主辦的臺北詩歌節，並擔任「2005 台北詩歌節閉幕 Party」活動演出者，朗誦詩作〈妻的手〉、覃子豪〈追求〉、洛夫〈雨中獨行〉、余光中〈昨夜你對我一笑〉，與會者有張默、管管、向陽、白靈等，由須文蔚主持。

27 日，〈到自動販賣機買罪惡的聖書──《惡之華》〉發表於《中央日報》17 版。

以「藏詩一束」為題，詩作〈風車〉、〈時間〉、〈努力〉發表於《秋水》第 127 期。

11 月　4 日，〈洛夫獲「詩壇天王」稱號〉發表於《中央日報》17 版。

6 日，詩作〈革命後段〉（二行體 20 節）發表於《中央日報》17 版。

7 日，〈手機傳詩大賽──首獎一輛轎車〉發表於《中央日報》17 版。

17 日，詩作〈詩人也瘋狂〉發表於《中央日報》17 版。

29 日，應高雄師範大學國文學系之邀，接受訪問並發表演說「超現實不如超習慣」。後發表於 2006 年 12 月《詩網絡》第 30 期。

〈詩題趣談（續八）──現代詩題無奇不有〉發表於《詩網絡》第 23 期。

〈大與小〉發表於《臺灣詩學學刊》第 6 號。

12 月　21 日，〈傳統詩的威脅感受沉重〉發表於《中央日報》17 版。

〈〈斷章〉和〈距離的組織〉──讀卞之琳的兩首名詩〉發表於《詩網絡》第 24 期。

〈詩的傳播者：覃子豪──劉正偉著《覃子豪詩研究》〉發

表於《藍星詩學》第 22 期。

2006 年　1 月　4 日，詩作〈空房間〉（五行體八節）發表於《聯合報》E7
版。

17 日，〈詩人與愛情的問與答〉發表於《中華日報》23 版，
「詩海微波」專欄。

24 日，詩作〈三氣周瑜〉發表於《中國時報・人間副刊》E7
版。

2 月　21 日，詩作〈在風中〉發表於《青年日報》10 版。

〈詩題趣談（續九）──算筆劃決詩題〉發表於《詩網絡》
第 25 期。

3 月　11 日，詩作〈天燈〉發表於《中國時報》E7 版。

23 日，〈從「身體詩」到沈從文的〈頌〉〉發表於《中華日
報》19 版。後以〈從「身體詩」談到沈從文的〈頌〉〉為
題，同年 6 月發表於《詩網絡》第 27 期。

24 日，詩作〈現況〉發表於《聯合報》E7 版。

以「藏詩一束」為題，集結詩作〈在偉大之前〉、〈再輕一
次〉、〈山徑〉、〈修指甲〉，並有〈詩相聲〉發表於《臺
灣詩學吹鼓吹詩論壇》第 2 號。

《詩中天地寬》由臺北臺灣商務印書館出版。

應聘擔任香港 2006 年度詩網絡詩獎新詩推廣活動評審。

4 月　〈假如詩是遊樂場──談詩與常識〉發表於《詩網絡》第 26
期。

5 月　19 日，〈〈雨巷〉背後的悲情〉發表於《中華日報》19 版。

29 日，詩作〈詩的記憶〉發表於《聯合報》E7 版。

主編《曖・情詩：情趣小詩選》，由臺北聯經出版公司出版。

主編《覃子豪短詩選》，由香港銀河出版社出版。

〈艾略特〈普魯夫洛克戀歌〉中譯之商榷〉發表於《臺灣詩

學學刊》第 7 號。

6 月　6 日，詩作〈支架〉發表於《聯合報》E7 版。

詩作〈來者見招──輕型武俠詩，共七招〉發表於《幼獅文藝》第 630 期。

7 月　9 日，〈碧果的二大爺哲學〉發表於《中華日報》32 版。同年 10 月發表於《詩網絡》第 29 期。

18 日，應邀出席於廣州舉辦的「第 11 屆國際華文詩人筆會」，並獲頒「中國當代詩魂金獎」，其他獲頒者有鄒荻帆、柯岩，並題詩作〈詩人〉於國際詩碑上。

30 日，〈煙茶兩種論商略──淺談商略詩的兩段歷程〉發表於《更生日報》9 版，「四方文學週刊」第 680 期。同年 9 月發表於《藍星詩學》第 23 期。

8 月　〈詩人‧上帝‧是一個名字──懷彩羽和他的詩版圖〉發表於《詩網絡》第 28 期。

11 月　3 日，應邀出席 2006 年臺北詩歌節「送詩人進校園」活動，赴臺北市中正社區大學演講主題「你為什麼寫詩？」。

4 日，與白靈應邀擔任「乾坤詩生活講座」對談人，於會中共談詩刊發展經驗及轉型之道。

25 日，應邀出席中山大學文學院舉辦的「當代詩人系列──秋興動詩興」，於會中朗誦詩作〈來者見招〉，與會者有向陽、白靈等。

12 月　3 日，〈抒情與敘事聯姻──讀朵思長詩〈曦日〉的發現〉發表於《更生日報》9 版，「四方文學週刊」第 698 期。

19 日，詩作〈雄雞〉發表於《人間福報》15 版。

29～30 日，〈石榴像苦瓜〉發表於《國語日報‧少年文藝》5 版。

詩作〈不忍之詩〉發表於《詩網絡》第 30 期。

以「隨詩隨想」為題，詩作〈野百合〉、〈青衣〉、〈厚度〉、〈風車〉、〈重要〉、〈漂流〉、〈課子十講〉、〈陰〉、〈陽〉、〈充氣娃娃〉、〈獨立戰爭〉發表於《創世紀》第 149 期。

2007 年　1 月　　4 日，詩作〈菩提識〉發表於《聯合報》E7 版。

10～11 日，〈詩海微波──超現實不如超習慣〉連載於《中華日報》C5 版。

30 日，〈逆光中的妙悟〉發表於《中華日報》C5 版。

〈賀乾坤十年有成〉發表於《乾坤詩刊》第 41 期。

　　2 月　　10 日，詩作〈蝙蝠〉發表於《人間福報》15 版。

〈載著歌的詩人──金筑〉發表於《葡萄園》第 173 期。

　　3 月　　9～12 日，應邀出席北京師範大學珠海分校舉辦的「兩岸中生代詩學高層論壇暨簡政珍作品研討會」，於會中演講主題「臺灣中生代詩人之成長及簡政珍作品研究」，與會者有白靈、沈奇、章亞昕、鄭慧如等。

13 日，詩作〈豬的祕密〉發表於《中華日報》C5 版。

24 日，〈花生總統《永久的思慮》〉發表於《中華日報》C6 版。

25 日，詩作〈三才篇〉發表於《人間福報》15 版。同年 3 月發表於《臺灣詩學吹鼓吹詩論壇》第 4 號。

詩作〈有我〉發表於《臺灣詩學吹鼓吹詩論壇》第 4 號。

詩作〈把整座森林牽了出來〉發表於《幼獅文藝》第 639 期。

　　4 月　　7 日，〈回聲不會瘖瘂──讀姚風的《遠方之歌》〉發表於《人間福報》15 版。

30 日，〈豬事頻傳〉發表於《中華日報》C5 版。

〈我的同學──小民〉發表於《文訊》第 258 期。

詩作〈三神篇〉發表於《明道文藝》第 373 期、《乾坤詩刊》第 42 期。

5 月　3 日，詩作〈不可聲張——聽說要為我做生日〉發表於《人間福報》15 版。

23 日，詩作〈私心〉發表於《聯合報》E7 版。

30 日，〈老妻的十大「是」蹟〉發表於《中華日報》C5 版。

6 月　3 日，應邀出席臺灣詩學季刊雜誌社、臺北教育大學語文與創作學系、明道大學中國文學系於臺北教育大學主辦的「儒家美學的躬行者——向明詩作學術研討會」，與會者有林明德、方群、向陽、尹玲、何金蘭、白靈、孟樊、簡政珍、李瑞騰、李癸雲、蕭蕭、郭楓、丁旭輝、唐捐等。會後於同年 12 月由白靈、蕭蕭主編，臺北萬卷樓圖書公司集結出版，。

24 日，〈龍種自與常人殊〈下〉——談簡政珍作品特色〉發表於《更生日報》24 版，「四方文學週刊」第 726 期。

詩作〈一桶釘子——參加詩會我見〉、〈她們的談話〉、〈他們的氣味〉發表於《創世紀》第 151 期。〈她們的談話〉、〈他們的氣味〉同年 9 月發表於《臺灣詩學吹鼓吹詩論壇》第 5 號。

與曹介直、一信、朵思、艾農、鍾雲如、張國治合著《食餘飲後集》，由臺中財團法人瑪利亞社會福利基金會出版。

7 月　8 日，〈被遺忘的苦澀記憶——讀黃克全的詩集《兩百個玩笑》〉發表於《中華日報》C6 版。

20 日，詩作〈牆〉發表於《中國時報》C5 版。

8 月　7～10 日，應邀出席青海省人民政府、中國詩歌學會於中國西寧主辦的「首屆青海湖國際詩歌節」，與會者有鄭愁予、文曉村、綠蒂、簡政珍、尹玲、犁青、非馬、章亞昕等。

17 日，〈遲開的花，不凋的奇葩——聞《廢名詩集》在臺出

版〉發表於《中華日報》C5 版。

21 日，詩作〈空有〉發表於《聯合報》E7 版。

9 月　16 日，〈誰證明，你是詩人？〉發表於《中華日報》C5 版。

詩作〈詩零碎〉、〈牆上的黑手印〉、〈上帝戰士〉發表於《臺灣詩學吹鼓吹詩論壇》第 5 號。

〈看似站在圓中，其實立於方外──痛失老友秦松〉發表於《創世紀》第 152 期。

10 月　14 日，〈到老・談老〉發表於《中華日報》C5 版。

22 日，詩作〈前後〉發表於《聯合報》E7 版。

〈龍種自與常人殊──談簡政珍作品特色〉發表於《文訊》第 264 期。

11 月　16 日，詩作〈觀浪〉發表於《人間福報》15 版。

22 日，詩作〈烏鴉〉發表於《中華日報》C5 版。

27 日，〈講詩記趣〉發表於《聯合報》E7 版。

〈超現實不如超習慣〉發表於《臺灣詩學學刊》第 10 號。

12 月　〈詩的掙扎〉發表於《明道文藝》第 381 期。

〈為詩奮起為詩狂〉發表於《藍星詩學》第 24 期。

詩集《地水火風》由臺北唐山出版社出版。

2008 年　1 月　13 日，詩作〈沉默〉發表於《聯合報》E7 版。

16 日，〈送窮與頌窮〉發表於《中華日報》C5 版。

28 日，〈落葉〉發表於《自由時報》D15 版。

2 月　3 日，〈來自青海的尕娃〉發表於《中華日報》C5 版。

26 日，〈原稿何價？〉發表於《中華日報》C5 版。

〈面朝大海・春暖花開──從大陸選入高中課本的一首新詩談起〉，詩作〈詩的掌燈人──送曉村兄〉發表於《葡萄園》第 177 期。

3 月　7 日，詩作〈變變變〉發表於《聯合報》E3 版。

18 日，詩作〈輪迴〉發表於《中華日報》C5 版。

詩作〈陰暗一下──有人奇怪我的名字〉、〈野心〉，〈有詩為證──《地水火風》代序〉發表於《臺灣詩學吹鼓吹詩論壇》第 6 號。

詩作〈抉擇〉、〈早起的頭髮〉發表於《幼獅文藝》第 651 期。

4 月　　4 日，〈MTVU 的桂冠詩人──約翰·阿什伯利〉發表於《中華日報》C5 版。同年 7 月發表於《乾坤詩刊》第 47 期。

13 日，詩作〈天問十則〉發表於《更生日報》9 版，「四方文學週刊」第 768 期。同年 7 月發表於《乾坤詩刊》第 47 期。

23 日，〈五千元加一條溪流和一方山林的詩獎〉發表於《中華日報》C5 版。

於《中華日報》執筆「詩的花花世界」專欄，自 2008 年 4 月 4 日至 2009 年 3 月 28 日止。

詩作〈軒轅〉發表於《乾坤詩刊》第 46 期。

5 月　　14 日，〈菜單也是一首偉大的詩〉發表於《中華日報》C5 版。

27 日，詩作〈詩無能〉發表於《中華日報》C5 版。

6 月　　7 日，詩作〈常見〉發表於《中國時報·人間副刊》E7 版。

8 日，〈也算減炭計畫──也算藏頭詩〉發表於《中華日報》C5 版。2010 年 1 月發表於《衛生紙詩刊＋》第 6 期。

11 日，詩作〈慷慨〉發表於《聯合報》E3 版。

22 日，〈藏頭詩也 KUSO〉發表於《聯合報》E3 版。

詩作〈凹凸的詩〉發表於《創世紀》第 155 期。

7 月　　13 日，詩作〈在李白墓前〉發表於《更生日報》9 版，「四方文學週刊」第 781 期。

14 日，詩作〈在星巴克〉發表於《自由時報》D13 版。

16 日，〈阿巴斯的詩與地震〉發表於《中華日報》C5 版。

《新詩百問》由臺北爾雅出版社出版。

〈版圖無限寬廣〉發表於《文訊》第 273 期。

8 月　　8 日，〈影星湯唯冊封為「詩性人物」〉發表於《中華日報》C5 版。

　　　　23 日，〈詩被解構成了漂流木──讀余光中入選《2007 臺灣詩選》的〈臺東〉一詩〉發表於《中華日報》C5 版。

9 月　　9 日，詩作〈詩難〉發表於《中國時報・人間副刊》E4 版。

　　　　21 日，詩作〈得詩〉發表於《更生日報》9 版，「四方文學週刊」第 791 期。

　　　　23 日，〈鼾聲趣味〉發表於《中華日報》C5 版。

　　　　27 日，詩作〈陰影〉發表於《聯合報》E3 版。

　　　　以「向明作品三首」為題，集結詩作〈如何是好〉、〈我沒有辦法〉、〈弱點〉，並有詩作〈不久〉發表於《臺灣詩學吹鼓吹詩論壇》第 7 號。

10 月　　19 日，詩作〈寫詩〉發表於《更生日報》9 版，「四方文學週刊」第 795 期。

　　　　〈「手」在詩人手中〉發表於《明道文藝》第 391 期。

11 月　　4 日，〈詩的花花世界──多面出沒詩中的「霧」〉發表於《中華日報》B7 版。

　　　　23 日，以「天堂詩人二型」為題，詩作〈雷〉、〈電〉發表於《更生日報》9 版，「四方文學週刊」第 800 期。

　　　　詩作〈風雨中的旗〉，以「老來懷親」為題，詩作〈父親〉、〈母親〉發表於《葡萄園》第 180 期。

12 月　　丁旭輝編《向明集》，由臺南國立臺灣文學館出版。

　　　　詩集《生態靜觀》由臺北印刻文學出版社出版。

　　　　〈重見淹沒的輝煌──發現朱英誕和他的《冬葉冬花集》〉發表於《文訊》第 278 期。

2009 年　1 月　　1 日，詩作〈風雨中的旗〉發表於《中華日報》B7 版。

10 日，詩作〈魚〉發表於《聯合報》E3 版。

19 日，〈她為歐巴馬就職獻詩〉發表於《聯合報》E3 版。

詩作〈減重遊戲〉（五行體十節）發表於《文訊》第 279 期。

詩作〈吞吐〉、〈有無之間〉發表於《衛生紙詩刊+》[2]第 2 期。

〈從《刺蝟歌》想起我們的詩〉發表於《聯合文學》第 291 期。同年 9 月發表於《臺灣詩學吹鼓吹詩論壇》第 9 號。

　　　　　2 月　　20 日，〈「亂」而詩記之〉發表於《中華日報》B7 版。同年 3 月發表於《臺灣詩學吹鼓吹詩論壇》第 8 號。

　　　　　3 月　　24 日，詩作〈詩老〉發表於《自由時報》D13 版。

28 日，詩作〈牛年代言〉發表於《聯合報》E3 版，〈詩性總統歐巴馬〉發表於《中華日報》B7 版。

與曹介直、朵思、艾農、鍾雲如、張國治、須文蔚合著《七弦——食餘飲後集二》，由臺中財團法人瑪利亞社會福利基金會出版。

詩作〈有我〉發表於《衛生紙詩刊+》第 3 期。

〈幾件小事懷孫老〉發表於《文訊》第 281 期。

詩作〈堅持黑暗是正常〉、〈盡頭〉，〈「霧」在詩人手中多面出沒〉發表於《臺灣詩學吹鼓吹詩論壇》第 8 號。

　　　　　4 月　　4 日，應邀參加臺北縣政府、新店市圖書館、印刻文學雜誌於臺北縣碧潭舉辦的新店水岸文化節，與羅門、蓉子、管管、劉克襄等詩人分別於開幕活動朗誦詩作。

　　　　　5 月　　17 日，應邀參加「遇見臺灣詩人一百」於臺北當代藝術館舉行的詩人誦詩座談會，與會者有張默、周夢蝶、管管、朵思、辛鬱、麥穗等，由許悔之主持。

23～28 日，應邀出席於中國陝西西安市舉辦的第二屆中國詩

---

[2]編按：《衛生紙詩刊+》於 2008 年 10 月創刊，自第 12 期（2011 年 7 月）起更名為《衛生紙+》。

歌節，與會者有鄭愁予、尹玲、綠蒂等。

〈向經典借火──讀黃漢隆《詩寫易經》〉發表於《明道文藝》第 398 期。

6 月　　21 日，詩作〈不甩〉發表於《更生日報》9 版，「四方文學週刊」第 829 期。

22 日，詩作〈北京行〉發表於《聯合報》E3 版。

28 日，〈最傷的詩人，策蘭〉發表於《更生日報》9 版，「四方文學週刊」第 830 期。

〈五四人物的新詩〉發表於《文訊》第 284 期。

7 月　　30 日，詩作〈瓶中信〉發表於《人間福報》15 版。

詩作〈學些叛逆〉發表於《衛生紙詩刊+》第 4 期。

8 月　　5 日，詩作〈虎〉發表於《自由時報》D11 版。

14 日，〈詩之「惑」〉發表於《中華日報》B7 版。

15 日，〈躲進詩中避難──拜訪蘇紹連的「私立小詩院」〉發表於《聯合報》D3 版。

9 月　　12 日，詩作〈靜〉發表於《聯合報》D3 版。

以「勵志詩」為題，詩作〈詩人〉、〈對等〉、〈自畫像〉、〈龍〉、〈虎〉發表於《臺灣詩學吹鼓吹詩論壇》第 9 號。

〈專業與學院之間的例外──談須文蔚和他的詩〉，詩作〈嘔吐〉發表於《創世紀》第 160 期。

10 月　　25 日，〈從善導寺到筆架山──懷念覃子豪先生〉發表於《更生日報》9 版，「四方文學週刊」第 847 期。

詩作〈手在詩人手中〉、〈沒有歌〉發表於《衛生紙詩刊+》第 5 期。

11 月　　4 日，開始使用社群網站（Facebook）發表詩作，與詩友互動。

12 日，詩作〈水位〉發表於《聯合報》D3 版。

28 日，詩作〈結果〉發表於《聯合報》D3 版。

29 日，詩作〈誰發給我的匿名信〉發表於《更生日報》9 版，「四方文學週刊」第 852 期。

詩作〈豹〉發表於《幼獅文藝》第 671 期。

12 月　20 日，應邀參加由中國武漢大學、徐州師範大學、香港大學、臺灣明道大學主辦的「周夢蝶與二十世紀華文文學兩岸三地學術研討會」，與會者有蕭蕭、白靈、曾進豐、沈玲等。29 日與張拓蕪等為周夢蝶舉辦「90 嵩壽」。

28 日，〈人間如何閒日月？——念已故詩人季野〉發表於《人間福報》15 版。

〈林德俊真〈樂善好詩〉——順便談詩的越界表現〉發表於《創世紀》第 161 期。

〈「藍星」輝映「南北笛」——懷念覃子豪、羊令野兩位前輩詩人〉發表於《文訊》第 290 期。

2010 年　1 月　1～15 日，〈滄桑我的 1949——說與小友 PK 聽〉連載於《中華日報》B7 版，本文內容後略有調整，並更題為〈滄桑一千天：我的一九四九——說給小友 PK 聽〉，同年 4 月發表於《湖南文獻季刊》第 150 號。

〈大家一起來玩詩——談發展中的詩的越界表現〉發表於《明道文藝》第 406 期。

2 月　24 日，詩作〈愛恨別裁〉發表於《聯合報》D3 版。

3 月　詩作〈漂流木〉、〈ONvs．OFF〉，〈人間如何閒日月？——讀季野的詩集《人間閒日月》〉發表於《臺灣詩學吹鼓吹詩論壇》第 10 號。〈ONvs．OFF〉2015 年 5 月發表於《秋水》第 163 期。

4 月　11 日，〈春風過耳馬如聾〉發表於《聯合報》D3 版。

5 月　2 日，〈五四詩人聞一多——讀他的新詩處女作〈西岸〉〉

發表於《人間福報》B4 版。同年 9 月發表於《臺灣詩學吹鼓吹詩論壇》第 11 號。

6 月　　8 日，詩作〈催詩〉發表於《聯合報》D3 版。

26～27 日，應邀出席北京大學新詩研究所與首都師範大學中國詩歌研究中心於北京合辦的「中國新詩：新世紀十年的回顧與反思──兩岸四地第三屆當代詩學論壇」，與會者有黃維梁、朱壽桐、傅天虹、簡政珍、白靈、蕭蕭、孟樊、王潤華、陳仲義、古遠清、沈奇、丁旭輝、鄭慧如、翁文嫻、夏婉雲等。

以「四元素素描」為題，詩作〈地〉、〈水〉、〈火〉、〈風〉發表於《創世紀》第 163 期。

7 月　　詩作〈有人給我的惹名信〉發表於《衛生紙詩刊+》第 8 期。

8 月　　5 日，詩作〈冰雕〉發表於《聯合報》D3 版。

25 日，詩作〈龍紋筆筒──文房特助之四〉發表於《中國時報》E4 版。

9 月　　25 日，〈「老」公最好〉發表於《聯合報》D3 版。

27 日，〈張愛玲與新詩〉發表於《中國時報・人間副刊》E4 版。

詩作〈朝花夕拾〉發表於《臺灣詩學吹鼓吹詩論壇》第 11 號。

10 月　　詩作〈只要〉、〈二人轉〉發表於《衛生紙詩刊+》第 9 期。

〈阮囊並不羞澀──被遺忘的「藍星」詩人〉發表於《文訊》第 300 期。

詩作〈家有老妻〉、〈繪事〉發表於《秋水》第 147 期。

11 月　　6 日，詩作〈文房特助三帖──紙鎮・裁紙刀・水注〉發表於《聯合報》D3 版。

2011 年　1 月　　4 日，〈我在粉碎「一切」障礙──從巴爾札克的豪語說起〉發表於《中華日報》D4 版。

〈聆聽《隱約的鳥聲》──讀和權的詩〉發表於《乾坤詩刊》
第 57 期。

2 月　10 日，詩作〈早熟的棗子〉發表於《聯合報》D3 版。

17 日，詩作〈床頭詩〉發表於《聯合報》D3 版。

20 日，詩作〈烏雲〉、〈前輩〉發表於《更生日報》9 版，
「四方文學週刊」第 913 期。

3 月　〈給小數點臺灣──懷念獨創「數學詩」的詩人曹開〉，詩作
〈蝦米世界〉發表於《臺灣詩學吹鼓吹詩論壇》第 12 號。

4 月　1 日，詩作〈傳聞〉發表於《聯合報》D3 版。

詩作〈天堂〉發表於《乾坤詩刊》第 58 期。

5 月　11 日，詩作〈三人行〉發表於《人間福報》15 版。

15 日，〈差點成了「聯副」人〉發表於《聯合報》D3 版。

31 日，詩作〈陶俑〉發表於《聯合報》D3 版。

與曹介直、朵思、艾農、鍾雲如、張國治、須文蔚合著《眾
聲──食餘飲後集三》，由臺中財團法人瑪利亞社會福利基
金會出版。

〈可怕的詩的空隙及其它〉發表於《時代評論》創刊號。

7 月　《無邊光景在詩中》由臺北秀威資訊科技公司出版。

詩集《閒愁──向明詩集》，由臺北釀出版出版。

詩作〈洪荒狀態〉發表於《衛生紙＋》第 12 期。

〈青年導師的誤導──有感於讀網路文章會變笨〉發表於
《時代評論》第 2 期。

8 月　20 日，〈托爾斯泰也要平反〉發表於《聯合報》D3 版。

9 月　11 日，接受人間衛視「知道」節目專訪，暢談詩集《閒愁》；
〈我寫異類災難詩──並作 911 事件的後設揣測〉發表於
《中華日報》B7 版。

〈詩的新主意──拾意象，親口語〉，詩作〈換日線──參

加小友送別會後〉發表於《臺灣詩學吹鼓吹詩論壇》第 13 號。

〈詩乃美麗而莊嚴的掙扎〉發表於《海星詩刊》創刊號。

10 月　15～20 日，應邀出席於中國福建廈門市舉辦的第三屆中國詩歌節，與會者有白瑪娜珍、成幼殊、林峰、林恭祖、鄭欣淼、楊逸明、星漢、周興俊、馮傾城、犁青等。

詩作〈收據〉、〈紛擾〉發表於《衛生紙＋》第 13 期。

12 月　24 日，〈歲尾結算談稿費〉發表於《聯合報》D3 版。

〈里爾克的忠言——讀他給青年詩人的第一封信〉，詩作〈立志〉發表於《海星詩刊》第 2 期。

2012 年　1 月　15 日，詩作〈綠紗窗外〉發表於《聯合報》D3 版。同年 3 月發表於《臺灣詩學吹鼓吹詩論壇》第 14 號。

〈詩人與阿 Q——越界試寫輕型武俠詩的心境〉發表於《文訊》第 315 期。

以「濫情一束」為題，詩作〈暗示〉、〈敲門〉、〈穀雨〉發表於《乾坤詩刊》第 61 期。

2 月　25 日，〈周公三願〉發表於《聯合報》D3 版。

3 月　4 日，〈一只藤箱〉發表於網站「今天論壇」。

19 日，詩作〈久雨〉發表於《聯合報》D3 版。

詩作〈一隻腳走進夜間〉發表於《創世紀》第 170 期。同年 3 月發表於《海星詩刊》第 3 期。

〈胡適之談做詩的經驗〉發表於《海星詩刊》第 3 期。

4 月　詩作〈瘋言語〉發表於《衛生紙＋》第 15 期。

〈與時間較勁的詩人藍雲——讀他的《日誌詩》〉發表於《乾坤詩刊》第 62 期。

5 月　15 日，詩作〈寂寞〉發表於《聯合報》D3 版。

〈寫詩必從零開始——讀子青的《詩想起》〉發表於《葡萄園》第 194 期。

6 月　　〈尋找詩的美感〉，詩作〈定要〉、〈兩可〉發表於《海星詩刊》第 4 期。

7 月　　9 日，詩作〈後現代殺機〉發表於網站「今天論壇」。

詩作〈瞻望〉發表於《乾坤詩刊》第 63 期。

〈完成一座雕像：讀女詩人劉小梅的詩〉發表於《全國新書資訊月刊》第 163 期。

8 月　　11 日，〈為《青田七六》解密〉發表於《聯合報》D3 版。

23 日，〈含淚讀詩懷鍾老〉發表於《聯合報》D3 版。

〈我的祝賀〉發表於《葡萄園》第 195 期。

9 月　　23 日，詩作〈我家外面〉發表於《更生日報》9 版，「四方文學週刊」第 996 期。

〈現代詩與高速公路〉，詩作〈詩零碎〉發表於《海星詩刊》第 5 期。

〈悼國之耆老、百齡詩人鍾鼎文老師〉發表於《文訊》第 323 期。

〈向明糊塗詩話十則〉，詩作〈詩人與上帝〉、〈多聲道〉發表於《臺灣吹鼓吹詩論壇》第 15 號。

10 月　　25 日，詩作〈活著〉發表於《聯合報》D3 版。

〈寫一首比生命還稍長的詩——謹記鍾鼎文老師的叮嚀〉發表於《乾坤詩刊》第 64 期。

〈須文蔚詩集《魔術方塊》賞析〉發表於《全國新書資訊月刊》第 178 期。

12 月　　詩作〈我家外面〉發表於《海星詩刊》第 6 期。

詩作〈全是因為〉發表於《創世紀》第 173 期。

詩集《低調之歌》由臺北釀出版出版。

2013 年　1 月　　1 日，詩作〈去汙——新年祈願〉發表於《聯合報》D3 版。

19 日，應邀擔任臺北胡思書店講座活動主講人，主講「KUSO

李白」。

25 日，詩作〈慰周公〉五首發表於《聯合報》D3 版。

31 日，詩作〈走進大賣場〉發表於《中國時報・人間副刊》
E4 版。同年 7 月發表於《新文壇》第 32 期。

詩作〈天棚上的響動〉發表於《衛生紙+》第 18 期。

〈捕詩難於捕魚──記寫〈第一次吃到自己手抓的魚〉〉發
表於《文訊》第 327 期。

〈「三民」助我成長〉，詩作〈憶嫦娥〉、〈異想世界〉發
表於《新文壇》第 30 期。〈異想世界〉同年 7 月 15 日發表
於《中華日報》B4 版。

2 月　〈不堪春解手──談幾首「逐臭之詩」〉，詩作〈十二破碎
──回味 2012〉發表於《臺灣詩學吹鼓吹詩論壇》第 16 號。

與曹介直、朵思、艾農、鍾雲如、張國治、須文蔚合著《喧
嘩──食餘飲後集四》，由臺中財團法人瑪利亞社會福利基
金會出版。

3 月　〈吃水果的各種方法〉發表於《詩探索》（理論卷）2012 年
第 4 輯。

〈讀白樺的名詩〈嘆息也有回聲〉〉，以「晨起二三事」為
題，詩作〈晨跑〉、〈早餐〉、〈出門〉發表於《海星詩刊》
第 7 期。

4 月　11 日，詩作〈虧欠〉發表於《聯合報》D3 版。

5 月　9 日，詩作〈過清水斷崖〉發表於《中國時報・人間副刊》
E4 版。

18 日，應邀出席由中華民國筆會主辦之「我的文學因緣」系
列講座，與白靈對談「我為詩人純屬意外」。後以〈意外出
詩人〉為題，同年 6 月發表於《文訊》第 332 期。

6 月　14 日，詩作〈自我感覺〉發表於《聯合報》D3 版。

24 日，〈內在星空的深耕——畫家董心如的心路歷程〉發表於中國南方藝術網。

〈陪周公飆「未來」——未來主義笑談〉發表於《海星詩刊》第 8 期。

7 月　　20 日，出席於嘉義市檜意森活村農業精品館舉辦的《森林詩語——阿里山詩集》新書發表會，並於活動中朗誦詩作〈春遊阿里山〉。與會者有余光中、鄭愁予、趙天儀、李魁賢、岩上、林煥彰、陳填、蕭蕭、路寒袖、白靈、鄭烱明、朵思等。

詩作〈「反」彈頭〉發表於《衛生紙＋》第 20 期。

〈一條冒火的喉嚨——聞王道人賞析〈煙囪〉一詩〉發表於《乾坤詩刊》第 67 期。後以〈沒有聲音、一條冒火的喉嚨——謝王道人賞析〈煙囪〉一詩〉為題，同年 9 月發表於《臺灣詩學吹鼓吹詩論壇》第 17 號。

〈KUSO 李白〉、〈喧嘩一片——《食餘飲後詩合集》之四〉發表於《新文壇》第 32 期。

8 月　　25 日，詩作〈難道你是〉發表於《中華日報》B4 版。

9 月　　7 日，〈諾獎詩人希尼詩的一生〉發表於《聯合報》D3 版。

19 日，詩作〈答蘇軾〈水調頭歌〉〉發表於《聯合報》D3 版。

詩作〈聞笛〉發表於《臺灣詩學吹鼓吹詩論壇》第 17 號。

〈高天厚地一異端——悼紀老讀他的詩〈異端辭〉〉發表於《文訊》第 335 期。

詩作〈天人之患〉發表於《創世紀》第 176 期。

〈純詩難求〉發表於《海星詩刊》第 9 期。

10 月　　7 日，詩作〈詩之來也〉發表於《中華日報》B4 版。

8 日，詩作〈微軟〉發表於《人間福報》15 版。

23 日，詩作〈完稿之後〉發表於《聯合報》D3 版。

31 日，詩作〈持久的記憶——觀達利名畫〉發表於《聯合報》
D3 版。

詩作〈側風〉發表於《衛生紙+》第 21 期。

〈懷念愛跳方塊舞的王璞〉發表於《文訊》第 336 期。

〈獨來獨往的一匹狼——悼殞落的現代詩旗手紀弦老師〉，
詩作〈四菓冰〉發表於《乾坤詩刊》第 68 期。

〈KUSO 李白之二〉、〈永遠有共鳴的小詩一首〉發表於
《新文壇》第 33 期。

11 月　28 日，〈最高覺悟，至高感受〉發表於《聯合報》D3 版。

詩作〈三段論法——談我的詩國王道〉發表於《文訊》第
337 期。

12 月　詩作〈「讀石系列」的唱和——向老畫家楊震夷致敬〉發表
於《創世紀》第 177 期。

〈我對新詩的認知——回答一位研究生的問題〉，詩作〈他
不知道〉發表於《海星詩刊》第 10 期。〈他不知道〉2014
年 1 月 1 日發表於《自由時報》D15 版。

2014 年　1 月　3 日，詩作〈錯覺〉發表於《中國時報・人間副刊》D4 版。
同年 3 月發表於《臺灣詩學吹鼓吹詩論壇》第 18 號。

10 日，詩作〈觀棋〉發表於《聯合報》D3 版。

11 日，〈書中之書〉發表於《聯合報》D3 版。

14 日，因病緊急住院，期間完成詩作〈點滴瓶下〉、〈條
碼〉、〈來了如何〉。

詩作〈侈談功用〉發表於《衛生紙+》第 22 期。

2 月　12 日，詩作〈同在〉發表於《中華日報》B4 版。

接受紅袖藏雲訪問，訪問文章〈姆指山下的巨流——向明先
生〉發表於《有荷》第 6 期，紅袖藏雲攝影，訪問影片由喜
菡文學網發行。

〈現代商場如戰場之見證——讀方艮〈三十「躬命」塵與土〉〉發表於《文訊》第 340 期。

詩作〈十了歌〉發表於《葡萄園》第 201 期。

3 月　27 日，詩作〈九份歸來〉發表於《聯合報》D3 版。

詩作〈自我診斷〉發表於《臺灣詩學吹鼓吹詩論壇》第 18 號。

〈一條河，在魚的眼睛裡〉，詩作〈設若——題楚戈水墨畫《守拙歸田園》〉、〈包袱〉發表於《海星詩刊》第 11 期。

4 月　6 日，詩作〈夢醒的時候〉發表於《更生日報》9 版，「四方文學週刊」第 1074 期。

〈懸空的島嶼——《發現臺灣》觀後〉發表於《文訊》第 342 期。

5 月　8 日，詩作〈孤挺花——看夢蝶著上紅裝〉發表於《聯合報》D3 版。

13 日，於周夢蝶告別式中朗誦詩作〈你的眼睛——體檢周公〉。次日發表詩作〈體檢十行——紀念周公〉於《自由時報》D11 版。

20 日，〈撿骨——送周公〉發表於《中國時報‧人間副刊》D4 版。

6 月　26 日，詩作〈真還不夠老〉發表於《聯合報》D3 版。

〈周公賜我的厚重〉發表於《文訊》第 344 期。

詩作〈條碼〉發表於《創世紀》第 179 期。

〈現代詩近況的問與答〉發表於《海星詩刊》第 12 期。

7 月　詩作〈自殘之歌〉發表於《衛生紙+》第 24 期。

〈零碎思想談小詩〉發表於《文訊》第 345 期。

以「詩二首」為題，詩作〈題一隻貝殼提包〉、〈題彩繪孔雀〉發表於《大海洋詩雜誌》第 89 期。

8 月　10 日，詩作〈綿長十行〉發表於《更生日報》9 版，「四方

文學週刊」第 1092 期。

〈《雨天書》的故事〉發表於《葡萄園》第 203 期。

9 月　26 日，詩作〈灑淨〉發表於《聯合報》D3 版。

〈讀林燿德的十行小詩〉，詩作〈造神〉發表於《臺灣詩學吹鼓吹詩論壇》第 19 號。

〈向明讀詩筆記〉發表於《海星詩刊》第 13 期。

10 月　詩作〈起乩〉發表於《衛生紙＋》第 25 期。

詩作〈長城之惑〉發表於《秋水》第 161 期。

11 月　19～22 日，應邀出席大陸國務院僑務辦公室於廣州鳳凰城酒店主辦的「首屆世界華文文學大會」，與會者有張炯、饒芃子、嚴歌苓、吉狄馬加、陳若曦等。

〈在周夢蝶告別大典上——幾句話說給我的大兄聽〉發表於《葡萄園》第 204 期。

12 月　詩集《早起的頭髮》由臺北爾雅出版社出版。

〈向明讀詩〉發表於《海星詩刊》第 14 期。

2015 年　1 月　8 日，詩作〈客滿〉發表於《聯合報》D3 版。

11 日，〈後現代狀況下解構詩人李白〉發表於《更生日報》9 版，「四方文學週刊」第 1114 期。

詩作〈孤島不孤〉發表於《大海洋詩雜誌》第 90 期。

詩集《外面的風很冷：向明世紀詩選》由北京中央編譯出版社出版。

2 月　17 日，以「歲末兩詠」為題，詩作〈日子〉、〈收穫〉發表於《聯合報》D3 版。

〈耶誕聲中懷女詩人彭捷大姐〉發表於《葡萄園》第 205 期。

〈王憲陽很陽光——懷念他對「藍星」的深情〉發表於《鹽分地帶文學》第 56 期。

3 月　〈向明讀小詩〉發表於《海星詩刊》第 15 期。

〈賞析世界名詩〈都會地鐵車站〉〉，詩作〈詩的因果〉發表於《臺灣詩學吹鼓吹詩論壇》第 20 號。

4 月　11 日，應邀出席鳳凰網讀書會、中央編譯出版社於北京庫布里克書店舉辦之「約會孤獨國——周夢蝶、向明詩歌分享會」，與會者有唐曉渡、高興、吳思敬等。次日舉行「周夢蝶《鳥道》、向明《外面的風很冷：向明世紀詩選》新書發表會」。

16 日，〈詩的幸福度量——從讀〈海棉的重量〉想起〉發表於《中華日報》B4 版。同年 5 月發表於《秋水》第 163 期。

5 月　1 日，詩作〈不語的蝶——周公走後一年〉發表於《聯合報》D3 版。

29 日，〈讀詩知蘇東坡曾來臺〉發表於《聯合報》D3 版。

詩作〈鳥人〉發表於《華文現代詩》第 5 期。

6 月　19 日，應邀擔任文化部主辦的「端午詩人節：耆老憶詩講座」講師，於齊東詩舍演講〈風浪與滄桑〉。

〈冷臉後面的那一把烈火——冷公辛鬱驟逝有感〉發表於《文訊》第 356 期。

《尋詩ＶＳ尋思・向明談詩》由臺北秀威資訊科技公司出版。

7 月　12 日，應邀參加「爾雅不惑・詩心無限」作品朗讀會，與會者有陳芳明、席慕蓉、劉靜娟、陳義芝、郭強生、蕭蕭、愛亞、張曉風等。

〈感謝爾雅・使我向晚愈明〉發表於《文訊》第 357 期。

8 月　〈難得找到的一夫存在主義作品〉發表於《文訊》第 358 期。

〈詩與文糾纏的風景〉發表於《華文現代詩》第 6 期。

〈詩歌發展的突破與自律——成長中臺灣現代詩的特色〉發表於《藝文論壇》第 12 期。

詩作〈自由行走——別辛鬱〉、〈我要努力做個好人〉發表於《秋水》第 164 期。

〈向明讀詩〉，詩作〈小三〉、〈這是一定的〉發表於美國
《新大陸詩刊》149 期。

9 月　〈詩的歷練與發現——一次詩獎評審的發言整理〉發表於〈海
星詩刊〉第 17 期。

詩作〈而已〉發表於《臺灣詩學吹鼓吹詩論壇》第 22 號。

11 月　6 日，〈從「後事指南」到「行前準備」〉發表於《聯合報》
D3 版。

〈異樣的雨景——讀邱洗塵的〈下雨了，流血了〉〉，詩作
〈夏午〉發表於《葡萄園》第 208 期。

詩作〈武媚娘〉發表於《明道文藝》第 462 期。

詩集《詩・INFINITE：向明詩集・永不止息》由臺北新世紀
美學出版。

12 月　7 日，應邀出席新世紀美學於臺北金石堂城中店舉辦的「向
明暨楊風新書發表會」，與會者有羅青、白靈、方群、昨夜
微霜、旅人、陳克華、白志仁等。

20 日，應邀出席中華文化總會於呦呦・荷造場主辦的「聽，
他們在城南讀詩」，朗誦《草叢裡的詩》詩作，與會者有管
管、陳育虹、陳義芝、鴻鴻、須文蔚等，由廖咸浩主持。

28 日，應邀出席「《夢蝶草》新書暨「中華民國周夢蝶詩獎
學會」籌備發表會」，與會者有曾進豐、傅月庵、管管、曹
介直等。

30 日，應邀出席淡江大學中國文學學系舉辦的「現代詩的回
顧與展望——何金蘭教授榮退學術研討會」，於會中擔任講
評，與會者有白靈、林于弘、李癸雲、李翠瑛、楊宗翰等。

詩作〈無敵者〉發表於《臺灣詩學吹鼓吹詩論壇》第 23 號。

〈逼真的大自然反撲速寫〉，詩作〈鄭玲詩集句兩首〉、

〈Team Work〉發表於美國《新大陸詩刊》151 期。

〈詩的追求，永無止境——寫在《詩‧INFINITE》出版之前〉發表於《文訊》第 362 期。

詩作〈任其腐爛〉發表於《野薑花詩集》第 15 期。

詩作〈沉沒〉、〈這是一定的〉、〈政變〉、〈雪〉、〈雨徑〉發表於《兩岸詩》。

2016 年　1 月　1 日，應邀於臺北廣播電臺「早安臺北晨」朗誦詩作〈夜〉及分享其背後創作故事，本詩並入選第 18 屆臺北文學季「捷運公車詩文」推廣詩選。

　　　　　　　21 日，詩作〈尚有〉發表於《中國時報‧人間副刊》D4 版。

　　　　2 月　〈詩的現代性與古典性〉，詩作〈這個時代〉、〈以後〉發表於《華文現代詩》第 8 期。

## 參考資料：

‧白靈、蕭蕭，〈向明（董平）先生履歷〉，《儒家美學的躬行者——向明詩作學術研討會論文集》，臺北：萬卷樓圖書公司，2007 年 12 月，頁 297～311。

‧郭乃菁，「附表一：向明年表」，〈向明詩觀研究〉，高雄師範大學國文教學碩士班碩士論文，2013 年 2 月，頁 203～214。

‧陳政華，「向明年表（1928～）」，〈向明詩學及其實踐〉，高雄師範大學國文學系碩士論文，2014 年 7 月，頁 181～200。

‧陳政華，「向明年詩作編目、編年」，〈向明詩學及其實踐〉，高雄師範大學國文學系碩士論文，2014 年 7 月，頁 201～253。

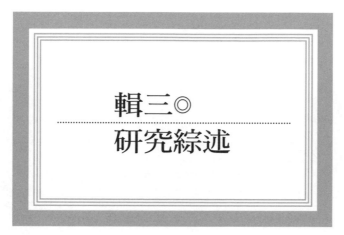

輯三◎
研究綜述

# 生活詩風的拓荒者

向明研究綜述

　　人生很難全然操之在我，「偶然」常常凌駕於「必然」之上，甚至可以說，人生是一連串的偶然所造就。命運永遠不知誰在操弄？年少時往往晃頭晃腦、不知天高地厚地只作了小小一個選擇，就使人不自覺地馳入不可逆轉、結果可能是迥然相左的生命激流之中。側耳聽去，竟然聽得到時代的巨輪赫然就轟轟輾過自己身旁。待到靜止下來，回首前塵，常常半夜會嚇出一身冷汗。這樣的生命歷練，對 1920、1930 年代在大陸出生的前行代詩人群來說，不論其行走過的路徑為何，他們大批地、不自覺地被推落到臺灣這海島的運命和歷經數十年鄉愁折騰的苦痛，都是後世幾代人所難以想像的。向明（1928～）就是其中極顯著的一位，一如他詩中所形容的，那年代人人無不是「斷了脈的小山」（〈十二月〉／《雨天書》）。

## 一、1950、1960 年代「生活詩」的先行者

　　2010 年 1 月 1 日至 15 日，過了高齡八十的向明，才在《中華日報》副刊連載半月，寫下他 16 歲（1944 年）離開湖南長沙老家，流浪、漂泊西南各省、從軍入陝北、隨部隊攻入延安、其後撤退漢中遇險骨斷、輾轉後送就醫、一再在驚險和得遇貴人中得以保全性命、經海南來到臺灣的極其險峻精彩的年少經歷。由文中片斷的：「發現與我相伴而眠一夜的，竟是一具不知已過世多久的死屍」、「途中便染上了瘧疾，隔天一次準時必至的發冷發熱、幾乎使人虛弱到寸步難行」、「破棉絮包住一雙腳走到了貴陽，已經是九死一生、奄奄一息」、「同學因營養不良而歿掉一大群」、「階梯的

兩旁各有一隻竹籮，裡面裝的全是帶血的人耳朵」、「好多婦女小孩都被捲走得無影無蹤」……等節錄的景象可大致理解其遭遇的離奇和艱困。

而根據與他同輩的詩人張默的追蹤，「旁敲側擊」取得「祕辛」，向明在沒來臺前的小通訊兵生涯中，竟然「在大陸西北地區曾經是有名的賭徒，牌九、梭哈、單雙、麻將，無一不精，在陝北榆林時期，他曾聚集了一百多塊袁大頭（銀圓），準備回家好好孝敬父母，結果不幸遇上郎中，一夜輸得精光，從此成了天涯淪落人。來臺前在成都，他賭三公，以金戒指下注，也把滿口袋的金戒指輸掉。經過這兩次血的教訓，來臺後的向明，發誓不碰任何賭具，一心發憤讀書……」[1]，此段文字當然不會是八卦，而其覺悟除了這兩次「血的教訓」外，恐也與其後的嚴重腿傷和時局急轉直下劇烈遷變有關，如此由少不更事及至成長，身歷各式挫折的徹底磨難，才有恍如從灰燼中重新燃起的感受，這樣豐富的不同經歷，自是付與了向明可貴的生活資產。

其後來臺，他又奉命到舟山群島浪盪海上經年。回臺灣上到陸地後，從此努力奮進，由不識 ABC 字母開始、勤習英文到高三程度，「不讓自己的時間有半點荒廢，我們要以現在的努力彌補我們過去能力和機會之不及」，其後外派美國學習電子通信，此番本領，使得他英文能讀能寫能譯，待及近年雖老猶能活躍於網路世界，十指間便能與海內外詩人學子頻繁往來交流，指下鍵盤工夫了得、幾成了前行代詩人中的翹楚，迄今詩作火力依然不熄、求解詩學疑惑者絡繹於網上。加上從少年就滿肚子不合時宜的憤世精神終究壓抑不住、一概傾注於詩文，他恐是兩岸 85 歲以上詩人中晚來火力與火氣最強的一位，這與他壯年之前謙謙君子的外表與個性是極其出人意表的。即以 2009 年這一年為例，他一年內共發表了 64 首詩，居臺灣詩人年度發表作品的首位，其中 29 首發表在 7 種報紙上，35 首詩發表在 11 種期刊裡，比起第二名前中生代詩人李進文的 28 首足足多了一倍有

---

[1] 張默，〈好空白的一方方陷阱──向明的詩生活〉，張默著，《夢從樺樹跌下來：詩壇鉤沉筆記》（臺北：爾雅出版社，1998 年 6 月），頁 43～44。

餘[2]，其已臨老境仍有此強旺的創作火力，令人咋舌、欽敬。

　　也由於向明在命運之神的大掌間被大幅度翻弄撿擇的經驗，恐怕較同齡層的詩人們要驚險、豐碩得多，他歷經的山山水水入海出入的經歷，足以使得他青年時期在創作上發出洪大的聲響。但他在洶湧奔流之後，卻選擇了蘊蓄、沉默、謙遜、和靜止，在 1950、1960 年代同齡詩人們於不同詩社各自發出巨吼之時，向明謙忍儒者的個性使他暫時隱身在眾多明星級的藍星詩人群中，即使短暫地在最早的作品中難免有現代主義的特徵，但很快就擺脫[3]，因此第一本詩集出版（1959 年）即受到覃子豪的重視。然而一直要到 1980 年代主編九歌版《藍星詩刊》後才逐漸嶄露頭角。也因沉潛夠久也夠深，其後發出的光芒和批判時政、不滿社會環境不公不義豈能不發吼聲的真實面貌，即使進入晚境的今日，反而有躍居同時代詩人之上的巨大能量和架式。

　　其實在 1950、1960 年代，藍星詩社創辦人之一的覃子豪早就看出向明詩的特質和潛能。1959 年 10 月覃子豪即在〈現代中國新詩的特質〉一文的第四節中將那年藍星詩社新出版的三本詩集一起拿來討論，一本是周夢蝶的《孤獨國》，一本是白萩的《蛾之死》，另一本即是向明的《雨天書》。覃子豪說周氏「生活的又是冥想的，寧靜與超脫，是其作品的精神」，說白萩「是想像多於生活的感受與體驗，美的追求，是其作品的基調」，而向明「則完全是屬於現實生活的感受，經驗的表現，代表了在中國苦難的現實掙扎著的青年人的精神」。[4]並說：

> 在詩中有顯著的中國新詩的特質的，莫過於向明的作品了。《雨天書》就象徵了中國時代和現實的陰暗與沉悶。[5]

---

[2]林于弘，〈2009 年臺灣新詩發的檢視與省思──兼論年度「十大詩人」〉，《當代詩學》第 8 期（2013 年 2 月），頁 97～102。

[3]朱雙一，〈無憾於隱沒成不化身的蛹──向明論〉，《中華日報》，1999 年 5 月 21 日，16 版。

[4]覃子豪，〈現代中國新詩的特質〉，《文學雜誌》第 7 卷第 2 期（1959 年 10 月），頁 30～34。

[5]同前註，頁 32。

又說他的《雨天書》與周氏的《孤獨國》這兩本詩集均具有下列特質：

> 不僅是遣興，而是需要，是化苦惱為力量的需要，是意志發射的需要。
>
> 因此需要，作品便有了咄咄逼人的生命力。這無疑的是現代中國新詩的特質。這特質在目前詩壇真偽難分的極度混亂的情勢中，是值得重視的。這種特質在過去和現在都比較少見。它的可貴處：就是發掘了生活的本質而訴之於經驗的自覺，且無形的否定了幻想之虛偽。它是以真實否定虛妄；以素樸否定怪誕；以自發否定了造作。它之所以不是寫實，因其能揭示生活與真境中的奧祕。它是作者以新的觀念予現實生活以新的估價。因而，現代中國新詩這種訴之於經驗的自覺，從暴風雨中所磨練出來的一種新鮮、深刻而具有成熟的美這一特質，必然會在混亂的詩壇成為一有力的支柱……[6]

覃子豪尤其說向明的詩，「不是寫實」而是「已深入了現代生活的本質」，這是對早年向明詩作最有力的肯定。同年 1959 年 10 月 2 日的《聯合報》副刊，夏菁也寫了一篇〈詩的悲哀──周夢蝶《孤獨國》及向明《雨天書》讀後感〉一文，推介這兩本詩集，說「都是現實生活淚汗的結晶，也是這時代曠野裡的呼聲。」[7]只可惜那年代現代派及超現實主義前呼後擁，加上明星級詩人閃爍耀眼，向明的光采可說要待到老境乃得以大放光明了。

向明早年受到的或者說自我的「壓抑」，與諸多因素和因緣際會均有關，如書籍的接觸、長年的腿傷、工作、環境、交友圈、和溫和又不隨人起哄的個性等等。比如他早年接觸到姑丈的幾十箱書中的新文學並沒有詩

---

[6]覃子豪，〈現代中國新詩的特質〉，《文學雜誌》第 7 卷第 2 期，頁 34。
[7]夏菁，《窺豹集：夏菁談詩憶往》（臺北：秀威資訊科技公司，2013 年 1 月），頁 65～75。

集，使得他接觸五四新詩、接受西方詩洗禮的機緣向後推遲了很久；他軍中的通訊工作常事涉機密、且行事機動、最多只兩三人一組，使得他活動範圍受到圍限；1950 年代末現代派「如火如荼」時，「朋友都一個個去加盟，我固執的沒有把答覆加盟的回信寄出去」、「那只是我對自己的一種堅持而已」，他誠實的承認當時自己對六大信條第一條所宣稱的「波特萊爾」、「梵樂希」等名字毫無所悉，況且又自認「連縱的繼承都沒有繼承到，如何接受橫的移植？」而對於「後來又來了超現實主義」也有所贊同有所反思，他可以「揚棄一切形式上的因襲」、「贊同求新求變」，但要「把意識心智的活動擺在一邊，去挖掘出下意識裡的那些非理性的東西示人，我懷疑這是創作」。[8]每件事來到他眼前，均得思索、反芻一遍，令他在新思潮的洪流中始終保持清醒，他早年的詩作還略有現代主義的影子，很快他就又重新投入了生活，在生活中找尋詩。

　　向明此種不肯瞎起哄、不願追求「像患了流行性感冒」的時髦思潮、不趕熱鬧去湊上一腳的「保守個性」，使得他一直「走自己的路，寫自己認為的詩」，「堅持以生活入詩，更以精鍊的生活語言來表現詩」。而且一以貫之，堅持了一輩子：

> 　一首詩的完成，準確與新鮮是追求的兩大重點。所謂「語不驚人死不休」也不外乎是求準確求新鮮。光準確不新鮮，只是拾人牙慧，重複別人用過的意象。光新鮮不準確，會使人如入五里霧中，晦澀即由此形成。[9]

　　避免「晦澀」、追求「準確」和「新鮮」，「視理論如敝屣」因此無關於什麼主義或思潮，「尊敬每一位從事詩的創作者」、「主張我們只在詩藝上競爭」，於是也不跟人打筆戰，因此他在現代主義風行的 1950、1960 年代、

---

[8]向明，〈平淡後面的執著（代序）〉，向明著，《向明自選集》（臺北：黎明文化公司，1988 年 5 月），頁 5。
[9]同前註，頁 6。

而後來 1970 年代鄉土文學運動揭起的現實主義還未起轎的年代，不能不備
感孤寂，卻也更突顯了他成為今日前行代詩人群中與流行思潮逆行、早期
就極具有深度自覺力的「生活詩人」，「詩宜自出機杼，不可寄人籬下」是
他追求的方向，他是獨自清醒的「生活詩」的先行者、實踐家。這時前引
覃子豪基於向明第一本詩集《雨天書》所說的話就特顯重要，可以作為後
來寫詩人的標竿之一，因此值得再重述一次，因為他早早（1959 年）就看
見了向明詩中的特質，雖然走的是與周夢蝶不一樣的路線：

> 發掘了生活的本質而訴之於經驗的自覺，且無形的否定了幻想之虛偽。
> 它是以真實否定虛妄；以素樸否定怪誕；以自發否定了造作。它之所以
> 不是寫實，因其能揭示生活與真境中的奧祕。它是作者以新的觀念予現
> 實生活以新的估價。[10]

因此向明的諸多好詩無不是基於生活的現實，卻不是「寫實」的，因
為他「能揭示生活與真境中的奧祕」、「以新的觀念予現實生活以新的估
價」，而這正是對向明詩作最簡明扼要的評價。也呼應了向明一生「力求我
的詩在溫和的後面表達剛健，在平淡的後面有一種執著」[11]的柔中帶剛、外
圓內方的詩觀，而詩觀即他的人生觀。

## 二、向明詩風研究概述

向明堅持以生活現實入詩、又不純粹寫實的詩風，等於預見了 1970、
1980 年代現實主義勃興的風潮，他大步地走在這風潮的前面。正如洛夫在
1980 年代所說「近十年來，臺灣的詩風大變，在所謂『社會寫實』的文風
影響之下，詩的主題性加強，詩人的社會意識重於文學意識。」[12]但向明卻

---

[10]覃子豪，〈現代中國新詩的特質〉，《文學雜誌》第 7 卷第 2 期（1959 年 10 月），頁 35。
[11]向明，〈平淡後面的執著（代序）〉，《向明自選集》，頁 6。
[12]洛夫，〈試論向明的詩〉，《向明自選集》，頁 261。

能在許多詩中做到「使『自我』、『現實』、『詩藝』（包括意象，節奏，結構等）三者融為一體」、「進而介入現實，出而批評人生，兼顧文學使命與社會使命的現代詩人」（洛夫）[13] 的境界。也因他能與所謂「社會寫實」的文風保持一定的距離、又能牢牢掌握自己的文學使命，再度於 1970、1980 年代不追逐潮流，乃能形成自身獨特的風格：

> 整體來說，向明某部分作品既富知性，但不概念化，雖出之象徵手法，其含義並不曖昧。我認為這主要是因為他能從真實人生中取材，成詩之後卻又與人生保持一種若即若離的距離，致使讀者生出一份親切感，但當你準備去接近那種似曾相識的現實時，它又飄然而逝，杳不可即，這就是詩中的味外之旨。試讀〈靶場那邊〉、〈充耳篇〉等，你就會有此體會。深入人生，體驗現實，勢必有所不滿，但向明對情緒的把握頗有分寸，如〈夜話〉、〈晨間的紀事〉等，詩中有抗議，卻聽不到憤怒的喧囂。……
>
> 在少數幾位取法乎上，慣以生活入詩而又能窺得詩之奧祕的現代詩人中，我認為向明是其中最能把持定力，保持清醒，不願隨波逐流的一位。[14]

從「真實人生中取材，成詩之後卻又與人生保持一種若即若離的距離」、「當你準備去接近那種似曾相識的現實時，它又飄然而逝，杳不可即，這就是詩中的味外之旨」，因此可「使讀者生出一份親切感」，洛夫的評論更進一步闡明了向明「生活詩」的內在意涵。且說他能「把持定力，保持清醒，不願隨波逐流」，正是向明從 1950 到 1980 年代在潮流「逆游」，自出機杼，「不寄人籬下」、堅定地保持自己認定的書寫方向，迄今仍是如此，何其難也。洛夫又說：

---

[13]同前註，頁 262。
[14]洛夫，〈試論向明的詩〉，《向明自選集》，頁 256。

由於他的語言雖淺近而富詩趣，在妙手巧織之下，我們往往從他的作品中驚覺到，我們四遭平庸而傖俗的生活竟然如此充滿著美、善意、詭異，以及使人嘆息，激憤，和沉思的東西。……表面上他雖極度審慎而節制地處理詩的語言，以期句構盡量求其單純，求其精鍊，但骨子裡卻蘊藏著一股勃鬱剛毅之氣……。

……而向明詩中多含血絲。這正是他感時憂世的真情反射……。[15]

「淺近而富詩趣極度審慎而節制地處理詩的語言」，說的正是向明的詩創作策略。而「求其單純，求其精鍊」何其不易，若由此而生「一股勃鬱剛毅之氣」，正是向明一生詩風與性格的寫照。由此洛夫直接指出「向明詩中多含血絲。這正是他感時憂世的真情反射」，可說極度切中向明詩風的特質。

瘂弦在〈新詩話──序老友向明的箚記〉一文中談到向明的性格與詩風時即說：

詩人余光中說向明是「大器晚成」，我則說向明有一種沉穩內斂的藝術定力，對自己的文學事業充滿信心，是一個最沉得住氣的人；他不躁進、不逾越，永遠按照自己藝術成長的一貫脈絡，在從容不迫中循序漸進。他早期的詩風格清竣、沖淡洗練，近年作品則兼有雄放、開闊的氣勢，這顯示他文學生命力的雄厚。[16]

性格「沉穩內斂」、「最沉得住氣」，因此才能「永遠按照自己藝術成長的一貫脈絡，在從容不迫中循序漸進」，這是堅定自身、看清「清竣、沖淡、洗練」的創作方向才能有的「從容」，且因「多含血絲」、「感時憂世」

---

[15] 洛夫，〈試論向明的詩〉，《向明自選集》，頁 254。

[16] 瘂弦，〈新詩話──序老友向明的箚記〉，向明著，《客子光陰詩卷裏》（臺北：耀文圖書公司，1993 年 5 月），頁 5。

而又「兼有雄放、開闊的氣勢」。

而早在 1970 年，鍾禮地就在《青年戰士報》發表的〈燃起一株詩的「狼煙」——評介向明《狼煙》詩集〉一文中談到「狼煙」二字在向明詩風格上的意義：

> 他的詩，是以自己營養自己的。他的語言，有他自己的韻律和風貌。雖然在同時代的詩人中，也許有一些相互的和聲，但那也是經過咀嚼了的。或者變奏了的。所以他自許為「以超絕之姿，在花著自己的花，葉著自己的葉。」(〈一株自己〉)在現代中國詩的土壤中，他種植了「一株自己」。……這個不惑之年的詩人展示給我們的「狼煙」……。[17]

在詩的土壤中，鍾禮地看到向明種植了「一株自己」，且「花著自己的花，葉著自己的葉」，不須任何裝飾，因此也免疫於任何病蟲害，「他的詩，是以自己營養自己的」，即向明根本上並不受 1950、1960 年現代詩各種理論、主張的影響，因此也避免了諸多的後遺症。「狼煙」的形象，在古代是戍守邊境的軍隊遇有緊急狀況，即焚燒狼糞燃起烽煙。後比喻戰爭、兵亂。向明此形象一方面是表示主動樹起警示世人的意味，說詩應有自己的面貌，而非人云亦云、盲目跟從；一方面也有自示孤寂獨立、不欲與人同行之意，但世人對此也不見得會予以回應。於是「狼煙」二字暗示了向明一生踽踽走自己選擇的孤寂之路的命運。

因此張默才會說：

> 不論別人對他怎樣的界定和品頭論足，向明還是向明，在「眾裡尋他千百度」裡，他依然不疾不徐，劍及履及走自己的路。[18]

[17]鍾禮地，〈燃起一株詩的「狼煙」——評介向明《狼煙》詩集〉，《青年戰士報》，1970 年 1 月 31 日，8 版。
[18]張默，〈好空白的一方方陷阱——向明的詩生活〉，《夢從樺樹跌下來：詩壇鉤沉筆記》，頁 43。

「不疾不徐」是說他的從容、外在予人的詩儒的形象,「劍及履及」是說他小心翼翼地踏出每一步、寫出每一首詩,指他內在的自我要求。也曾是他通訊兵同僚的古丁就說:

> 他所擁有的好詩,會超過任何一位詩人所擁有的,他是在我們這個時代中真正地走著建造之路的詩人。用他自己的詩來說,他也是一個不需要任何裝飾而又能免於病蟲害的一棵年輕的樹,他的未來是會提供新詩更多貢獻的。[19]

這話寫在 1976 年時,古丁說他「真正地走著建造之路的詩人」,說的正是他選擇的生活語言的道路,因為基於生活,所以「不需要任何裝飾而又能免於病蟲害」,不受各種主義和理論的干擾,這是在鄉土文學運動興起之前,向明早就走上的道路。

即使向明不喜歡理論,卻難攔阻別人使用理論討論他的詩。比如談到向明的語言風格時,游喚即借用了瑞費爾德(Reinfeld)、伯斯坦(Bernstein)、莫索尼(Douglas Messerli)等「語言詩派」的觀點,清晰地指出了向明的詩總是「試圖要把習慣了的語言、可能不是那個語言所要指的那個概念的東西說出來」、「它不該只是被理解為習套的,格式化的訊息系統。語言的作用,應像當下說話一般臨即感。而不是只有被一群人說說而已」。說寫的詩像「當下說話一般臨即感」,卻又「不是只有被一群人說說而已」,因此游喚說:

> 向明的詩,一言以蔽之,亦語言與性情的自證自足而已。[20]

「臨即感」是不隨人說的,是說自己的內心的話、說自己真正想說

---

[19]古丁,〈論向明——一棵免於病蟲害的樹〉,《秋水詩刊》第 9 期(1976 年 1 月),頁 9。
[20]游喚,〈試用語言詩派解讀向明的詩〉,《臺灣詩學季刊》第 11 期(1995 年 6 月),頁 164。

的，因此就非「習套的」，是性情的展示、是自身當下的語言，因此是「自證自足」的。於是游喚說向明選用的是屬於「次流」地位的語言情境，是相對於「主流」的語言霸權（乃至近於語言暴力）之外，是被棄於宰制論述之外，或「反對地位」之外的一種敘述策略。即使如此，此種「體性」與「性情」的堅持，卻使他的詩與其同輩詩人有極大的區隔，他庶民化甚至童趣化的語言：

> 自有一種詩中的意義，與乎向明深沉的「聲音」在詩中，在趣味中，在天地中，然而，卻可能是邊緣。……
> 向明的詩，不去用什麼偉大的敘述，找一些偉大的主題，然而它卻一直在跟偉大敘述，向偉大的主題靠近，它是用日常的、粗鄙的、生活的語言的一種詩，他試圖去表達去追索、去找出那個語言的真正意義，這就是向明詩中的語言作用、語言功能。[21]

也因為向明的詩語言中，「隱藏了私密性，一種語言與境界結合的詩，雖然，這樣的詩，是從孩童式的擬仿寫出來，但是，詩，當其最親和性的一刻，便是赤子，便是孩童」。游喚所舉的例證是《隨身的糾纏》中的〈盪秋千〉一詩，此詩因較易見出向明的親民性的語言風格，故再羅列於下，以供參酌：

> 使力擺盪吧
> 迎風而上
> 仰頭去與雲比高
> 趁勢而下
> 俯首與泥土平行

---

[21]同前註，頁161。

最好橫成中間那條天地線

讓同伴側目

要對手驚心


窄窄的踏板

是落腳的唯一國土

祇要兩手把持得穩

可以竄升為

一柱衝天的圖騰

或是，款擺成

時間滴答的

那支主控


盪得越高

會看得越遠

會發現

牆外的喧嘩

祇是一場虛驚

幾個同齡的頑童

看到一隻鷹掠過高處時

發出豔羨的驚恐


　　「橫成中間那條天地線」是指盪鞦韆盪到與地面貼近，「一隻鷹掠過高
處」是指盪到可與鷹姿貼近，皆有技藝高超之意。而「款擺成／時間滴答
的／那支主控」是換個角度，從側面看去，有如掌控鐘面時針旋轉之下方
的擺錘。此詩寫的是詩人自身不隨俗、有自信的性情和生活方式，詩畫面
清晰，語言平易近人，卻又有予人「語言與境界結合」、讓人深覺生活處世
當如是也的感受。因此盪鞦韆就不只是盪鞦韆，此即簡政珍所說向明的詩

「值得注意」常是「實寫實景，虛指人生」的作品，「詩心與詩作，動機與成品上的反差，是美學上極豐碩的空間」[22]，因為其中充滿了可以令人深思可以讓讀者自我填充的言外之意。

即使到了近年的《低調之歌》（2012 年），向明此「感時憂世」、針砭時事的詩風依然未變，連年輕世代都注意到向明「詩心與詩作，動機與成品上的反差」，蕭蕭即說：

> 更年輕一代的詩人李進文的序（指《低調之歌》）卻看到「叛逆才是向明詩國的王道」，他說：「（向明）詩風於儒雅中潛伏針鞭，文字於簡單處內蘊深意。」鴻鴻的評也發覺「棒棒糖的盡頭」，其實是一個顛覆「儒雅」形象的大逆襲，全書恐怕只有書名「低調」，內容實在是尖銳得不得了、高亢得不得了。[23]

「儒雅中潛伏針鞭」、「簡單處內蘊深意」，以及書名「低調」，內容「尖銳得不得了」，這種語言和內在性情的「叛逆」成了他詩風的「王道」，雖然他採取的是親民的生活語言。

## 三、向明文學研究概述

有關向明文學的研究資料，約略分為三類別：

首先一類是有關向明的生平資料篇目，又可分為「年表」、「詩作編目、編年」、「自述」、「他述」及「訪問、對談」等五種。其中「詩作編目、編年」其實是最煩瑣的一種，除了早年作品發表的原始刊物搜尋得到、出版詩集資料要齊全，還需當事人也同時保留了相關資訊、且有意願配合提供研究者核對校稿，尤其是寫作日期、發表日期不同，甚至以不同

---

[22] 簡政珍，〈人間的意象與想像──以向明詩作為例〉，白靈、蕭蕭主編，《儒家美學的躬行者──向明詩作學術研討會論文集》（臺北：萬卷樓圖書公司，2007 年 12 月），頁 10。

[23] 蕭蕭，〈比人早起的頭髮──我讀向明近期的詩〉，向明著，《早起的頭髮》（臺北：爾雅出版社，2014 年 12 月），頁 4～5。

筆名發表、有些未收入詩集中，或且時間久遠，記憶不一定準確等等，其編目編年實有其高難度。幸好有年輕研究者願意花費大量時間，不懈追索，而得以求出多達五十餘頁、總數近千條的向明「詩作編目、編年」，此項成績是由高雄師範大學國文學系碩士生陳政華所著碩論〈向明詩學及其實踐〉於 2014 年所完成。包括了 1954 至 2014 年向明的詩篇編目、發表刊物期數、日期、以及收入的詩集等等。比如 1954 年向明發表於《藍星週刊》第 2 期（6.24）〈小樹〉，《藍星週刊》第 8 期（8.5）〈燈籠花〉、第 9 期（8.12）〈風之歌〉，以至於到第 29 期當年年底止（12.30），還發表了〈月夜的默契〉、〈夜〉、〈鐵的憤怒〉、〈拾荒者〉、〈駱駝〉、〈蝙蝠和燈〉、〈靈魂〉、〈晨曦小唱〉等，一年內共有 11 首詩，有的還以其本名發表。其他年分也以此類推這樣的資料彌足珍貴，在多數前行代詩人中，如此完整編目編年的甚少，唯因頁數過多，而無法置於此彙編中，僅能於此加以註記。

至於「年表」，稍早較完整的見於白靈、蕭蕭主編的《儒家美學的躬行者——向明詩作研討會論文集》297～311 頁中，其他及後來的研究者大多以此為基砥，再加以擴編。「自述」的部分早期散見於向明的出版物自序或後記中，也包括甚為重要的「詩觀」，比如「一首詩即算不能觸到別人痛處，也要抓到別人癢處，讓人感覺不關痛癢就是失敗」、「我堅持以生活入詩，更以精鍊的生活語言來表現詩」、在生命的意義上有所探索，在嚴肅的問題上有所堅持」等。

至於生平的「自述」則多點到為止，並不詳盡，最詳盡的是他在 2010 年 1 月 1 日至 15 日於《中華日報》副刊連載的自傳文章〈滄桑我的 1949——說與小友 PK 聽〉，長約一萬八千字，相當詳盡地敘述了他少小離鄉、當通訊兵參與抗戰、遇險受傷、艱難來臺的相關過程，也因篇幅所限，未能收入本彙編之中。但更詳細的諸多細節，仍有待一本傳記或評傳的完成。唯仍有不少故事隱藏在背後，如第一節引張默所說向明曾由賭徒日子中幡然悔悟等這樣的真實人生，一定是更為精彩的向明真相，但連他結婚多年的妻子看到卻也是悔悟後才來臺的向明，穆雲鳳口述道：「由於他是學

通信的，不必出操上課，只是每天要輪大夜班、小夜班。因此，枯燥的生活使得袍澤們免不了會小賭一番，然而他卻例外，總是在一旁 K 英文，拚命地 K 英文⋯⋯」，此時若非夫子自道，旁人也看不到真相。因此類似懺悔錄的自述或他述，一定更有可看性。

　　「他述」部分多為他的親人、老友或相交甚久的交友所述，除了張默、還有辛鬱、古丁等。尤其古丁認識他極早：「在所有詩人中，向明要算是我認識最早的一位，可以早到民國卅四年我們同學開始，到現在有整整的 30 年之久；而且有一段相當長的時期，我們在同一個單位工作，雖然不在同一個地方；民國三十六、三十七年他在陝西的榆林和西安，我在寧夏、綏遠一帶。在那個時候，我還不知道向明喜愛文學，直到民國四十一年，我在屏東編一份油印刊物，他在臺北也有一份油印刊物，並且第一次看到的就是他的詩⋯⋯」、「他雖也知道我很早就在寫作，但是他知道我用古丁的筆名寫詩，卻遲到四十六、四十七年以後。由此可見，我們雖然認識頗早，在文學上，卻沒有什麼因緣。甚至於到了現在，我們仍然各有一個門戶；他屬於藍星詩社，我則屬於秋水詩刊。」[24]這就是最令人遺憾的地方，最可以對向明的早年多一些描述的古丁，就這麼幾行就交待了他與向明的關係，而且由於屬不同詩社，而有了分隔，加上古丁 1981 年就過世，許多年輕的向明影像或形象可能就無緣得知了。

　　至於「訪問、對談」部分其實是更親切、更即時、當下、也更真實的詩人說話紀錄、或紀錄者訪談者當場的印象。收在本彙編的有與辛鬱談現代詩、與青年世代女詩人楊佳嫻對話，以及接受紫鵑、也思、郭乃菁，其中有回憶、有期望、有批評、有自述，而由於與人互動得最頻繁不是在平面人間，而是在網路，因此有「網路詩世界的最老悠遊者」的稱號，可以與後起者產生「跨世代的火花」，他的「年輕」、活躍程度和影響力，從訪談和對話中最易見出。

---

[24]古丁，〈論向明──一棵免於病蟲害的樹〉，《秋水詩刊》第 9 期（1976 年 1 月），頁 3。

　　第二類別是有關向明詩作詩學的研究專書及專著。其中最早的專書是2007 年由白靈、蕭蕭主編的《儒家美學的躬行者——向明詩作研討會論文集》一書,乃當年 6 月 3 日由臺灣詩學季刊雜誌社主辦,於臺北教育大學舉行的研討會論文集,收了十篇論文,本彙編輯錄了鄭慧如、簡政珍、蕭蕭、夏婉雲、林於弘等幾篇,留待第四節概述。此外有碩士論文五本,包括:高雄師範大學國文系虞慧貞的〈向明詩的現實關懷研究〉(2007 年)、高雄師範大學國文系郭乃菁的〈向明詩觀研究〉(2013 年)、臺南大學國語文學系黃朝雄的〈向明及其現代詩研究〉(2013 年)、高雄師範大學國文學系洪千淳的〈向明及其詩作研究〉(2013 年)、高雄師範大學國文學系陳政華的〈向明詩學及其實踐〉(2014 年)。最早的虞慧貞論文以向明詩作中的「現實關懷」精神為研究主題,爬梳其中蘊涵現實關懷的詩作部分,歸納鄉愁、民族、社會等類型,以詩人作品為經、詩學論述為緯,剖析其詩作之實踐成效與詩觀之開創精神,展現向明關懷現實的憂患意識。比如第四章民族關懷部分,從向明的人道關懷精神為出發點,就中國的苦難、他國的戰亂、記遊的省思,探討極權國家的不當政策,以及不同民族間的仇恨戰火所帶給人民的傷害和痛苦。呈現出向明身為知識分子的擔當,關注弱勢族群、社會百態,省思解嚴後街頭運動所帶來的衝擊,以及檢視政治人物的行事,乃至對生態汙染的危機意識,進而呼籲國人重視鄉土保育與環境保護,見過向明與其他避現實索居的諸多詩人的區隔,大致頗具全面性關照,將向明關懷層面作了初步的探析。

　　其後黃朝雄的論文則試圖將向明的詩作分期為三:鄉愁苦悶與願戰思想期(1951～1969 年)、生活安頓與反戰思想期(1970～1987 年)、生命思索與自然探索期(1988～1994 年)、諷刺批判與現實關懷期(1995～)。又將向明的詩作依題材共分 12 類:鄉愁親情詩、現實批判詩、社會寫實詩、旅遊省思詩、遊戲哲理詩、題畫詩、詩觀詩、贈答詩、詠史詩、詠物詩、武俠詩及其他題材詩作,皆不離生活現實。最後又得出向明的詩作的五種藝術特色:富於節奏、適合朗誦,結構勻稱、形式諧和,生活取材、善於

自嘲，活用反諷、巧用逆轉，及摻合語言、調和韻味等，對向明詩作的廣度的搜索比虞慧貞的論文更擴拓了些。而郭乃菁〈向明詩觀研究〉則首度以向明詩話為主要研究範圍，將向明的詩學觀點作了系統性的整理研究。就現代詩創作形式即分為詩的長短、詩與散文、詩的現代與古典、詩的排列方式、詩的題目、詩的註解、朗誦詩等七個主題；對於現代詩語言表現的相關論點則分為語言、修辭、意境與意象、濃淡等四個層面，以歸納探究向明的詩學觀點，了解向明在創作一首詩時所堅持的原則。也剛好對較鬆散的詩話作了有梳理作用的整理，有利於後學者參酌。再之後的洪千淳與陳政華的論文因可引證的詩集更多，運用起來就更注重細節和前三本論文未述及的部分加以發揮，比如陳政華將散見於十冊詩話集的向明詩學理論重新建構，歸納整理出向明詩學中的「鑑賞論」、「創作論」、以及「功能論」三大面向。鑑賞論指出要具備「穩、準、狠」三項才是一首好詩，創作論從生活及自然方面取材、萬事萬物無不可入詩，功能論指出詩可以有現實批判、人文關懷，以及心靈寄託三方面的功用。唯這樣的歸納仍不脫一般論詩的通常性看法，似乎並未指出向明詩話的真正內涵、作用、和影響。倒是他將向明所有詩作再作為「錯位失根」、「日常入世」、「比興美刺」、「低調現代」等四期，這要比黃朝雄論文的分期，至少在標題上要簡潔清晰得多。

　　第三類別是向明詩作詩話的評論篇目，主要是作品的單篇分論、與綜合論述，有推介性的、有的是書籍出版後簡評性的、有的是就某類作品或前後相幾本書綜合論述的，有評析性的其長度約一兩千字，有學術性的，可能長達一兩萬字，為讀者閱讀時較為便利，本彙編僅能選取篇幅在一萬多字以內的若干篇，其餘多為幾千字的為主，方便讀者較易進入狀況。其詳情請見下節。

## 四、向明詩作詩話研究概述

　　由於 1970 年以前，向明只由「藍星詩社」出版了《雨天書》與《狼

煙》兩本詩集，在詩壇並未引起「旋風式的喝采」，「較諸同樣出生於 1928
年的詩人管管、羅門、蓉子、洛夫、余光中，向明似乎寂寞了一些」。[25]因
此在他 50 歲以前，相關的評論並不多，即使覃子豪、羊令野、夏菁、古丁
等人早已見出他的能耐。這一方面是個性內斂使然，一方面誠如蕭蕭在
〈臺灣新詩的入世精神——向明的佐證〉一文所指出，既然他「既不在語
言、意象上炫奇」，而要靠「提煉生活成詩」，那就「必待生活的歷練飽
實，才能孕沙成珠」，誠哉斯言，同時是不是也預示了，若是生活經驗不足
或粗淺之人，是不是也不易見到向明詩中的妙處？因為一朝等到他都能在
如「瘤」這樣大家避諱之物內裡找到「詩」的人，什麼樣的「生活」之中
不能發展他的「美學」？[26]這是向明儒者形象、「入世精神」所付出的漫長
歲月的代價，也是他能「晚來俏」、「愈晚愈明」的主因。

　　因此近二、三十年來，隨著他詩作、詩話的大量出爐，他所獲得的掌
聲與評價越來越高，尤其學電子通訊的他，成為兩岸四地唯一八十幾高齡
仍活躍無比的網路高手，除了「在網站上發表評論外，並於 PChome 設
『向明詩文陷阱』網站，以及在大陸最大的詩歌網站開闢專欄『向明詩文
看板』」[27]，他的晚景之活、與躍、與俏亮，顯然遠非其他同時代詩人可以
跟隨。

　　同時間，研究向明詩作的學者往往也想在他的生活語言中看出一些玄
機。除了第二節中提及游喚以「語言詩派」乃至「耳語詩學」討論向明詩
作的當即性語言、以及習語中發現言外之意的重要。尹玲則以文學社會學
中高德曼「發生論結構主義」的文學分析方法分析向明詩作的〈剖析向明
〈門外的樹〉之意涵結構〉、及〈「家鄉／異地」之「內／外」糾葛——剖
析向明〈樓外樓〉〉二文，觀點特殊且細膩，將向明的語言特質作了一番徹

---

[25]蕭蕭，〈臺灣新詩的入世精神——向明的佐證〉，《臺灣新詩美學》（臺北：爾雅出版社，2004 年 2
　月），頁 68。
[26]同前註，頁 82。。
[27]紫鵑，〈網路詩世界的最老悠遊者——專訪前輩詩人向明先生〉，《乾坤詩刊》第 44 期（2007 年
　10 月），頁 9。

底的剖解。比如前者寫到詩中「樹、風」二角色的關係，背後卻是更關鍵
的隱藏之眼：

> 樹是丑角，完全沒有自我，聽從風的號令作出各種可笑的動作。風雖是
> 詩句中的主角，但實際上，全詩真正的主角是門內那雙眼睛，不必露面，
> 不需作聲，批判的眼神無論從旁觀看或從高處俯看，都可以觀察入微、主
> 控全域。這門內的樹（或人）才是整首詩總意涵結構中「外在變動／內在
> 自主」理想的實現者或是想像中的實現者。

「批判的眼神」的存在是向明「感時憂世」詩風的一大特質，卻不明
說，「樹」與「風」可以影射社會上任何關係，因此極富諷喻與歧義。而當
他將自己置身所寫詩中時，卻可能如尹玲〈「家鄉／異地」之「內／外」糾
葛——剖析向明〈樓外樓〉〉一文所寫，處於一種矛盾或困境：

> 全詩的總意涵結構正是由這種「內／外」的碰撞、掙扎、矛盾、衝突、
> 不斷的上演、辯證、逃躲、又再次上演，無法解決、無法言說、無法中
> 斷，更無法結束而形成。「內／外」來而去，去又來的結果，是「家鄉／
> 異地」的辨認困難，最後終於完全陷入一種無法自救，也無法求救的複雜
> 煎熬困境，彷彿整個地球再也無「家鄉」也無「異地」，甚至連日思夜想
> 的「家鄉」美食，竟然會突然之間化為一種「無法下嚥」、「遭到抗拒」
> 的「食物」而已。

向明寫的不是個人，而是一整代人，由尹玲的分析方式也讓我們可以
看到「詩中許多看似普通的字彙事實上都有自己的角色，總意涵結構的掌
握使我們能讀懂一篇作品，而細微的部分結構卻使我們能夠更深入理解詩
句與詩句間或詞與詞間的緊密性和連貫性」。此種結構分析方式最能見出向
明尋常語言的不尋常和言外之意，以及每個看似簡單的字背後的不簡單，

也同時看出同樣用生活語言書寫的向明與一般現實主義詩人重大的區隔。

　　夏婉雲的〈身體、纏繞與互動──從向明的童詩看文學時空的指向〉一文則藉現象學指出向明 1950 年代早年的詩作，竟可藉童詩形式在 1990 年代的童詩集中「還魂」、「復活」。文中指陳，「由於向明離家極早（14 歲），又經戰事多年的折磨，他企圖保有的童年形象、母親的影子、家的感受也極迫切，他是他同時代詩人中除了楊喚外，以童詩形式書寫童年的經驗和感受最多的一位」、「他早期的四行詩後來轉移為童詩，那其中隱含了在那當下的時代悲哀感和對政治檢驗的規避，這與很多成人的童詩往往則是回憶童年、或觀察其他兒童而創作、且與特殊歷史時空經常脫離，有甚大區別」。同時兒童與母親「永不可能完成區分」的糾纏與矛盾，表現兒童的天真在成人依然保有赤子心態，遂能於其一生的時間中在內在意識中持續延伸，因此也成為他不歇地創作的最大動力。他創作於 1990 年代的一系列童玩詩，常能借著童玩建構於「時空」中上天下地的能量，除了指向他們生命中自生的各種生命能力外，也常意有所指、多有歧義，因此不只是童詩而已，而這正是向明在童玩詩上「返老還童」的特殊體現方式。唯此文僅以四首 1950 年代向明的成人詩與 1990 年代的童詩作對比，若能搜索更多例證，將更有殊義。

　　朱雙一的〈無憾於隱沒成不化身的蛹──向明論〉中則不諱言向明早年詩作如〈狼煙〉、〈異鄉人〉等詩的現代派特徵，卻也早早在〈井〉等詩中顯現「走向生活化的特徵」。而之後能「在日常中寓詩趣，平實中顯詩美，一切如自然流出而又深濃的蘊味」，此種境界更需有上乘功夫，「除了所寫真實生活、情感本身的魅力外，還需有嫻熟不露痕跡的技巧，主要是自然潔淨的語言，新鮮恰切的意象，以及勻稱諧和的結構等」。[28]這一切均從容篤定、歡愉向上、擁抱生活的人生態度為基調。朱雙一此文對早年及 1990 年代的向明作了顯明的對比，卻可更顯現向明當年能擺脫潮流影響，

---

[28]朱雙一，〈無憾於隱沒成不化身的蛹──向明論〉，《中華日報》，1999 年 5 月 21 日，16 版。

作「一株自己」的艱難、決心和毅力。

　　章亞昕的〈向明論：無常月，奈何天〉是屬於綜論式的，首先說向明詩的特色是「平中見奇，意在言外，宛若棉裡藏針」，相當形象地指出向明叛逆的性格。然後將向明歷時 1960 年的詩歌創作可分為三個階段：探索期、拉升期、巔峰期。1950 和 1960 年代屬探索期，以早期詩集《雨天書》和《狼煙》為代表。1970 和 1980 年代為拉升期，以中期詩集《青春的臉》和《水的回想》為代表。將 1988 年後視為向明詩歌藝術巔峰期，以《隨身的糾纏》和《陽光顆粒》為代表。同時說「進入巔峰期的標誌，是主持《臺灣詩學季刊》；世代對話的主要內容，是《新詩百問》」。章亞昕也發現向明的長處「在於跨代交流，從而超越了社會轉型期代溝模式的局限」，這是何以中生代為主的《臺灣詩學季刊》會邀他擔任第一任社長的主因。章氏且將 1993 年編《八十一年詩選》（即 1992 年臺灣詩選），視為向明「從事世代對話的起點」，因為由其中頗為受益，此後詩思大進，以意象聚焦能力或如同通訊時的「編碼能力過人」見長，「導致了身世意象、現實意象、歷史意象的深度解讀以及三類意象的融會貫通，並且在聚焦過程中凸顯出人性的幽微之處」。同時章氏也不諱言自己「確實偏愛詩集《青春的臉》」，只因此詩集能「將身世意象、現實意象、歷史意象熔於一爐，發掘人性中深刻的一面，便深入人心、引人入勝」[29]，而《水的回想》則是向明的歷史感表現得更加充分。此文行文親切輕鬆、簡明扼要地指出了向明不同時期的詩作特色。

　　林于弘的〈向明詩作的形式特徵與內容意涵〉是以抽樣的方式，窺探向明詩作在 18 種的諸家詩選中，共被選錄 44 首的原因與奧祕，由此分析向明詩作不同時期、不同類型、不同形式、不同主題的意涵，雖然取樣的數量不多，但由歷來「詩選」反覆錄用的作品，正可見證向明超過近六十年的創作長卷中，如何留下其最醒目的標誌與紀錄。此文觀點特殊，具有

---

[29] 章亞昕，〈向明論：無常月，奈何天〉，吳思敏主編，《詩探索》（理論卷）2012 年第 4 輯（桂林：灕江出版社，2013 年 3 月），頁 58。

一定詩學統計學和文學社會學上的意義。

　　簡政珍的〈人間的意象與想像〉一文，首先指出「想像的展現，比喻與符號的襯托與指涉，要以現場的景象自然呈現，才能顯現真正的創意」，包括超現實技巧在內，若是「刻意為之的技巧意味其技巧有問題」，此乃因「缺乏運用現場的想像力，才需要以凸顯的技巧遮掩」，但創作者與讀者卻還在「崇拜」這類刻意為之的創作，痛切地指出了無法以生活入詩之詩人的弊端和讀者的盲目。後半以向明詩作為例，指出其詩在釋出意義時「在詩行中留下意義的空隙甚至是縫隙」，有「是」與「不是」的雙重傾向和「正反」的糾葛外，還有寬廣的嬉戲空間，這些都是「後現代雙重視野的精神」。「後現代的顯現，並不一定要刻意在詩行中留下有形的空白，也不一定要以隨意的排列組合，耍弄有形的文字遊戲，更不必有意去配合標籤，對號入座，才叫做後現代詩。向明，和其他一些詩人，並非有意當『後現代詩人』，但是後現代的雙重視野已經滲入其意象思維，但一般以明顯的標籤檢視作品的讀者或是評論家，大都視而不見」。[30]此文雖僅以兩首詩為例，卻深刻地指陳了一般學者、評者、詩人、讀者的一窩蜂，輕率地套用潮流思潮的盲從現象。

　　鄭慧如〈論向明的〈生態靜觀〉──兼及小詩的問題〉一文寫在《生態靜觀》（2008 年，印刻文學）出版之前。此系列詩是由 100 首小詩組成的詩組，每首六行。鄭慧如說「無妨看做一首長詩」，且以之與〈無聊檔案〉系列均視為向明「表現了作者外於秩序的潛在質素」，正顯現了向明一生「外於主流」的行徑和特質。本文另舉了羅青、非馬、冰心、廢名、卞之琳的小詩，說「這些以小詩創作著稱的詩人，其用以表現豐富內蘊的零碎思想，卻未必是現世或現實的經驗」，以與向明寫作小詩時：「從現實的釀造到想像的發酵，向明總是自日常生活中取材，以一個意象為焦點，或以一個觀念為主幹，作焦點式而非並列式、主幹式而非層遞式的演出」。而

---

[30]簡政珍，〈人間的意象與想像──以向明詩作為例〉，《儒家美學的躬行者──向明詩作學術研討會論文集》，頁 11。

且表現出「清明的精神力」，少曲筆、不夾纏、少隱喻，沒有煙幕彈，而其「辣」則有「豁出去」的釋然。此文也有批評，既說他「越來越老辣，放懷落筆，也越來越彰顯一個統一的心靈」，但卻也指出「說什麼」在向明的詩中從來不是問題，「會不會說得太多」卻慢慢成為問題。[31]此篇落筆辛辣、文情並茂，展現了作者一貫犀利的評論特質。

在評論向明的詩話部分，本來就不多，除了上節提及的兩篇碩士論文，曾作了一些整理工夫外，僅有少數的評論作過精彩的評析，此彙編僅選錄了洛夫及瘂弦兩篇。瘂弦〈新詩話──序老友向明的箚記〉是一篇序文，是站在一位老友的立場，就向明的人和文作了簡明的刻畫，說他的文字其實一如其人其詩，表面上簡淡、平實，非刻意雕飾、亦非炫才媚人，宛若「旨在記事，不在行文，然細加品味，你會在他文字表象底層，發現一位成熟藝術家的深婉老練，恢宏與圓融，一種溫秀蘊藉的氣質，令人著迷」。這大概是對一位文字工作者最好的讚美了，又說他詩話的特點便是「把議論文的說理和散文的抒情交疊運作，情理並蓄，像促膝而談閒話家常一般，謙沖而從容地表達出自己的詩觀，使讀者在不知不覺中進入他理論的核心，分享他對詩的美學體會」。不過也指出溫文爾雅的向明並非永遠的和風細雨，也有他「忍耐」的極限，對詩壇上一些真偽混雜、菁蕪不分的怪現狀，一樣會加以匡謬，褒其所該褒，貶其所該貶。瘂弦對詩話此番簡評，正可由此見出向明詩人文的統一和一貫。

《新詩百問》是向明詩話中最具規模和影響力的。洛夫〈讀向明的《新詩一百問》〉即是此書序文，洛夫說這些詩話看似漫無體系的即興式「答客問」，但所涉及的有關問題，卻包括了詩的本質層面和技術層面，前者諸如神思、意境、形而上思考、意象、語言、節奏、象徵與超現實的概念等；後者的句構、建行、標點、詩的聲光、詩的朗誦、後現代詩、都市詩、女性詩、隱題詩等，幾乎搜羅殆盡，無所不談，具有詩學手冊、指南

---

[31]鄭慧如，〈論向明的〈生態靜觀〉──兼及小詩的問題〉，《儒家美學的躬行者──向明詩作學術研討會論文集》，頁42。

的效果。洛夫文中並以「主情與主知」為例,指出實為當時的特殊社會背景和文學風尚所致,只是因景從者眾,反而變本加厲,使詩變得如同向明所指責的「冷漠無情,缺少人氣,使得讀者更加不敢接近詩」,諸如此類,洛夫在簡評中一應一和外,也不忘提出自身的經驗和看法,使得向明詩話有了詩壇高手的正面回應。

此外,如李豐楙、鴻鴻、李進文等的評文,或就幾首詩、或就一本詩集,簡要的評析,也皆有可觀。而所收余光中〈奔向永恆──向明詩〈私心〉讀後〉,是體例最為特殊的短文,是因讀詩有感所寫的再創作,性質上接近哲學極短篇,呼應了向明精彩的〈私心〉一詩,兩者讀了均讓人會心一笑,只是余文似乎更深奧了一些。兩位同齡的前輩詩人對時間的警覺和文字的功力,均值得後輩細讀和深思。

## 五、結語

向明不只是詩界的長跑者,他是一位馬拉松健將(章亞昕的比喻),準備在最後階段,全力衝刺。近十年來,他幾乎每年都可出一本詩集或詩話,如前面提過的,2009 年那一年他發表了六十幾首詩,是臺灣詩壇第一名,老當益壯,非說說而已,他是行動者、實踐者。迄今,他仍是 80 歲以上華文詩人中上網功力最強的。他的「年輕」和緊緊握住每一分鐘的精神與毅力,令後起者無不深感慚愧和汗顏。這樣用功和劍及履及的前行代,真可說是後來者不能不欽敬的典範。

而他在「生活詩風」的開創和拓展,他由「體性」與「性情」的堅持,使得他的語言與題材俯拾即是,大大擴展了他寫作關懷的範疇,遂與其同輩詩人有極大的區隔,他庶民化甚至童趣化的語言自有其「深沉的『聲音』在詩中,在趣味中,在天地中,然而,卻可能是邊緣」(游喚)。但向明並不怕「邊緣」,他可說已經「邊緣很久了」,很多所謂的「主流」也不能不回過頭來向他學習。

而由於過去評論界的疏懶,對這樣「邊緣了很久」的詩人,研究得還

不多，也不夠深入，尤其在「綜論」部分，除了年輕的碩士生外，期望學養俱佳者亦能投入，包括向明的詩集和詩話，過去多數屬於點評式，深入的比較和析論仍甚少，這方面就有待來者了。

# 輯四◎
## 重要評論文章選刊

# 《狼煙》後記

◎向明

　　為了將過去十年來的詩作作一整理，同時為了紀念我在富貴角居住的那一段不平凡的日子，我出版了這本集子。

　　過去十年我的詩作並不豐富。工作和家累以及健康的欠佳奪去了我這一生中最寶貴十年的許多時間。但是面對這些至今並未稍減的挑戰，我並沒有退卻。深信有生之年將始終是繆斯的侍奉者。

　　身為現代浪濤中的一粒微塵，我的詩只是在述說一己對這浪潮沖激的一些反應。淺薄似我，力不從心，在所難免，好在我從不以己有得為滿足。我的慾望永不貧乏。

　　末了我要謝謝：光中兄的給我許多協助。沒有他的催生，這本集子恐怕還要等待一個時期才得與大家見面。

——向明於民國 58 年 6 月

——選自向明《狼煙》
臺北：純文學出版社，1969 年 11 月

# 平淡後面的執著（代序）

◎向明

怎麼樣會走進寫詩這條窄路的，而且一走就深入了這麼卅多年，真是做夢也沒有想到的事。有人把自己的一些成就或所長，歸之於所謂家學淵源，而我連這點金也貼不上，因為我出生於一個半商半農的家庭，祖父、父親和幾位叔伯雖然在城裡都各有一處生意在經營，但每到農忙時照樣會回到鄉下去做活。

小時候，家裡在祖父主政的權威下，我的前程是安排去讀幾年舊書然後子襲父業，加上戰火的關係，所以幼年我讀舊書的時間比上小學的時間還多。但也多虧那位老秀才的戒尺逼我背了一些詩書，使我受用了一輩子。

記憶中，我們家唯一與新文化扯得上一點邊的有兩件事。一是一位遠房又遠房當新聞記者的堂哥。印象中，他戴著一幅金絲邊眼鏡，人既斯文又瀟灑。但在我們那個保守的家庭卻一點不受歡迎，甚至把那種職業當成洪水猛獸。另外一件是我那畢業於上海美專的紈絝子弟的姑丈，他能寫、能畫、還會票戲，反正 1930 年代文人藝術家那一套他都行，當然還包括討小老婆。就光是這一點他也不受我們家歡迎。

但是我之能接觸到新文學卻全是我這位姑丈的功勞。戰火打到城裡時，他把幾十箱書全搬到鄉下我們家。他亡命在外，我成了那些書的主人，但那些書中沒有詩集。好像讀到冰心的《春水》、《繁星》都是很久以後的事。

後來我也被戰火趕得亡命在外了。從西北到西南，從塞外到島上，祇

有硝煙，沒有詩。但生活本身卻是一首最真切的詩。

在島上，我開始寫詩時，根本沒有一個寫詩的環境，我沒有接觸過任何外國詩人的作品，也看不到五四時代遺留下來的詩。我寫詩不是因為看到別人的詩而寫，而是出自內心的一種需要；鄉愁，現實的苦悶，成長的慾求，這一切都要找一條發洩的出口，別人找別的方法，我選擇了詩。

我這種從自己出發的寫詩方法，後來受到了我的老師前輩詩人覃子豪先生的鼓勵。他認為我這樣的詩，已深入了現代生活的本質。

直至現在，我仍然堅持這從自己出發寫詩，讓生活作為詩的礦源。當然這期間也經過不少挑戰。

現代派如火如荼的那一陣子，眼看周遭的朋友都一個個去加盟，我固執的沒有把答覆加盟的回信寄出去。後來隱約有人說，那是因為覃先生阻止我。事實上真是天曉得，那衹是我對自己的一種堅持而已。同時我似乎是個不可救藥的保守主義者，而首先是懷疑自己的知的程度，波特萊爾是誰？梵樂希是啥？我連縱的繼承都沒有繼承到，如何接受橫的移植？這一連串高不可攀的問題就已經難倒了我。我還是寫我自己的詩。存在主義在臺灣出現時，詩壇像患了流行性感冒。大概衹有很少幾位朋友知道我進忙去啃了一大堆存在主義的書。但儘管我也深感機器文明所帶來的威脅，儘管我對宗教的懷疑，我仍不敢跟著喊上帝已經死亡，人可單獨面對生命。我仍是拘謹的寫我自己的詩。後來又來了超現實主義，也很時髦了一陣子。我很贊同超現實主義的揚棄一切形式上的因襲。我贊同求新求變，但要我把意識心智的活動擺在一邊，去挖掘出下意識裡的那些非理性的東西示人，我懷疑這是創作。我還是走我自己的路，寫我自己認為的詩。

由於這樣的一直堅持，因之我對詩的範疇有如下自以為是的認識：

· 詩不要讀者是歪理，詩不該故意取悅讀者是真理。

· 在我而言，一首詩即算不能觸到別人痛處，必要抓到別人癢處，讓人感覺不關痛癢就是失敗。

‧在我而言，一首詩的完成，準確與新鮮是追求的兩大重點。所謂「語
　不驚人死不休」也不外乎是求準確求新鮮。光準確不新鮮，祇是拾人
　牙慧，重複別人用過的意象。光新鮮不準確，會使人如入五里霧中，
　晦澀即由此形成。

‧我視理論如敝屣，不敢進一層地去踩它。

‧我堅持以生活入詩，更以精鍊的生活語言來表現詩。

‧我力求我的詩在溫和的後面表達剛健，在平淡的後面有一種執著。

‧我尊敬每一位從事詩的創作者，我主張我們祇在詩藝上競爭。

我就是這樣平平常常的塑造我自己。

——選自向明《向明自選集》<br>
臺北：黎明文化公司，1988 年 5 月

# 詩觀

◎向明

　　詩不要讀者是歪理，詩不該故意取悅讀者是真理。

　　在我而言，一首詩即算不能觸到別人痛處，必要抓到別人癢處，讓人感覺不關痛癢就是失敗。

　　在我而言，一首詩的完成，準確與新鮮是追求的兩大重點。所謂「語不驚人死不休」也不外乎是求準確求新鮮。光準確不新鮮，祇是拾人牙慧。光新鮮不準確，會使人如入五里霧中，晦澀即由此形成。

　　　　　　　　　　　　　　　　　──選自涂靜怡編《秋水詩選》
　　　　　　　　　　　　　　　　　臺北：秋水詩刊社，1989 年 7 月

# 為詩奮起為詩狂（代序）

◎向明

　　老家有一句觀人歇後語：「人看自小，馬看蹄爪」，意思是人有沒有出息，從他自小一舉一動都可以預判。這話應驗得最靈的就是毛澤東。從他 17 歲時寫〈詠蛙〉一詩的口氣，就可看出他後來會成為一代梟雄，並非沒有預警。詩曰：

　　獨坐池塘如虎踞，綠楊樹下養精神。
　　春來我不先開口，那個蟲兒敢作聲。

　　我從小懦弱、愛哭、加上體弱多病，非但從來沒有像毛澤東那樣龍驤虎視之志，還老被罵為「百步大王」，意思是離家百步之外，便會沒有主張。因此小時候，家裡在祖父主政的威權之下，我的前程是安排去讀幾年舊書，曉得記帳打算盤，然後跟著長輩當學徒做生意。我家有三處大生意，祖父是打剪刀出身，後來開了一家全省最大的剪刀供銷店。父親經營的是南貨海味號，供應全省城各大餐館每日的南貨海味。五叔與人合夥的是綢布莊。可惜的是抗戰爆發、日本人打來了，我們政府實行焦土政策以迎敵，全城一把大火，我家的三家生意，一夜之間，燒得精光。我什麼技能也沒學成，便全家被迫逃到鄉下種田。我則安排到一家低矮霉味的老私塾去讀舊書，也多虧那位老秀才的戒尺逼得我生吞活剝讀了些經典文章，誰知竟成了我以後從事文學的最墊底營養。

　　記憶中，我們家唯一與新文明扯得上一丁點邊的有幾件事。一是一位遠

房又遠房當新聞記者的堂哥。那時候能當上無冕王可真是了不起的榮耀，可是大家似乎又敬鬼神而遠之，至少我那保守頑固而又權傾全大家族的老祖父是嗤之以鼻的。另外一位是我那畢業於上海美專的紈絝子弟姑丈，他能寫，能畫，還會票戲，我而今能唱幾句二簧西皮，都是去看姑姑時聽他們家的話匣子，而偷學來的。早些年我還會用水墨畫一樹橫斜的枯梅，也是在姑父揮筆時的心領神會。反正 1930 年代頹廢文人那一套他都在行、當然還包括討小老婆。我之能接觸到新文學就全拜我這位姑丈所賜。戰火威脅到他那城郊的小洋房時，他把幾十箱書和畫全搬到鄉下我們那老屋。他開始亡命在外，我成了那些書的新主人，除了私塾要背的《古文觀止》、四書五經，我總是爬上閣樓去和魯迅、巴金、曹禺、張天翼、張資平等人的作品會面。我從魯迅的小說裡知道用饅頭去蘸剛殺過人頭的鮮血可以治肺癆病；也從曹禺的劇本《原野》學會了唱「初一十五廟門開，牛頭馬面兩邊排」這些北方小調。我總認為我就是巴金《激流三部曲》中那個封建大家庭中的覺民，因為我自個兒的大家庭從城裡撤到鄉下後，兄弟間、祖輩間也開始不和、鬧分家，那些書使得我閉塞的小心靈開了窗，埋下了我今生投入新文學的火種。

後來我也被戰火追趕得亡命在外了。14 歲不到，初中二年級才上了一半便連夜從學校突圍，跟著幾個年長的高中同學，身無分文往大後方流浪。從西南的瘴疫之地到西北的貧瘠高原，從塞外受到海島，從禦外受侮到打內戰，從包抄圍剿到海上突擊，從打擺子到碾斷腿，幾乎無役不與、無一苦難我不親臨。

這便是我打從 14 歲被迫離家後直到 20 歲登上這個島之前，輝煌豐富的一段歲月。雖然一路祇有硝煙、苦難以及驚險，沒有書本，沒有詩、但生活本身即是一首最真切壯烈的詩，都存入腦內資料庫；我把這些常人避之不及的生活經驗作為詩的礦源，開始走我自己的路，寫我自己堅持的詩。

早年隨軍來到島上，孤零零的一人，又窮又沒讀過什麼書，不要說是老遠的前程，就是明天會怎麼活也是茫然。我有一首詩叫做〈今天的故事〉即是描寫那個時候像我這種年輕人的精神情狀，現將詩的前四段錄下，可以看

出當時我們的苦悶：

　　常常被搜捕
　　常常被壓以一巨夜的重量
　　而常常與日神一同越獄
　　有那麼一種精靈

　　有那麼一種精靈
　　總愛在哭夠了的黃昏，去找涅槃
　　或是去數拿撒勒人的鬍子
　　總愛在垃圾堆裡去開發邏輯
　　而讓表妹的裙子失火
　　然後去欣賞欣賞者的笑
　　有時他也死一個上午
　　而把下午捐給獵人

　　有那麼一種精靈
　　他慣於把樹，根植在自身裡
　　讓花開在別人的笑靨上
　　而讓果實去甜美別一個人的心
　　時常他與靈魂那頑固嘔氣
　　結果老是在半夜被揍得半死
　　而在豆漿與饅頭間
　　絕食一個早晨

　　有那麼一種精靈
　　當許多人避風於帝國大廈
　　當許多人湧向巴黎。去叩蒙馬特區的風光

　　當許多的靈魂吸進了薩克斯風的長頸裡

　　當許多軀殼壓注在多變的點子上

　　當沒有人記起上帝、沒有人發現東方失蹤

　　而有那麼一種精靈

　　痛哭國籍，痛哭母親

　　寫此詩是我正式踏入詩的這塊領地後的第五年。那時詩壇的爭霸戰正方興未艾，不加入現代派便被視為保守，而我讀書不多、許多想讀的書均被禁，成為半「詩盲」，委實不知道波特萊爾是何方神聖，更不知道為什麼詩中的知性含量不達百分之六十比重，便不能稱之為詩。我冒大不諱的婉拒成為現代派的一員。而跟著領我進入詩壇禁地的老師覃子豪先生留在「藍星」詩社的陣容。「藍星」是由渡海來臺的前輩詩人覃子豪、鍾鼎文以及當時的青壯詩人鄧禹平、余光中、夏菁等人發起組成，與稍早成立的由紀弦先生帶領的「現代詩社」形成對峙。現代詩社成立現代派，提出六大主張，一夜之間號召了一百二十多位年輕詩人納入其麾下。而「藍星」則既不成為派別，也無任何號召主張，唯一的好處是在當時的《公論報》副刊獲一每週一次的版面，稱之為「藍星週刊」。從此凡能在這份週刊上發表作品的便是「藍星」的一員，既不用填申請表，也無需繳會費、完全以作品來當身分證明，這種所謂的「柔性」詩社自能更吸引詩人參與。但因「藍星」從不設限，來去自如，也從來沒有什麼班底或培植什麼接班人的打算或計畫，所以它的人氣始終不旺、它不曾像其他詩社樣拿出什麼能代表詩社的集體成就來。因此外面對「藍星」的評語是「個人成就」大於詩社成就。對於這樣的評語，就我個人在「藍星」近五十年的經驗和體會、我不認為會對「藍星」全體成員有損，反而應該是一種讚美。認為藍星詩社的成員是當之無愧的。

　　藍星的詩人評為「個人成就」大於詩社成就另有更重要的成因，我認為藍星的成員雖然不以現代相標榜，但幾位主要同仁卻對外國詩家各有心儀，像余光中之對葉慈、佛洛斯特；夏菁一直深愛西方古典，作品每有荻瑾生、

佛洛斯特的嚴謹風味。覃子豪之鐘情法國象徵主義，後期的作品如〈畫廊〉等詩便深具象徵意味，讀之令人總覺幽深織廣。另外黃用之喜愛超現實主義，吳望堯之有惡魔主義傾向，都可獨成一家，令人激賞。其他同仁亦莫不具有溫和的現代主義傾向，是以在新詩論戰時反而能站在維護現代主義部分立場的一邊仗義直言，所向無敵。藍星詩社的另一特色是大家都共守中國詩歌一向保持的抒情傳統、認為過分強調知性入詩只會使詩更枯燥乏味。藍星同仁間似乎一直有一共同默契，即是大家絕不相互推舉吹捧，必須自己努力完成自己，方是成功。以我這麼一個先天既不足，後天又失調的詩的追求者言，處在這麼一個強勢的環境中，想要做出一點個人成就是非常辛苦吃力的。然而真要感謝藍星頗富挑戰性的環境，它只有使我愈戰愈勇，愈加促使我更加努力，縱然不能有突出的個人成就，至少能和他們站在同一等高線上。我現在也已變成藍星詩社的耆老之一，在藍星的光環下共度了 50 年。曾經數度主編藍星各時期的詩刊。我有三本詩集在藍星詩社的名下出版。我從不奢言自己對藍星有什麼貢獻，但我始終以藍星為榮。

　　十年前（1992 年）和中生代詩人共組《臺灣詩學季刊》，是我詩生命的第二度挑戰，因為我大膽的誤入由學院為班底的詩人及詩評家陣營，他們個個都是國內外的文學博士，唯我一人行伍丘八出身，且年歲虛長，我真是有點自不量力。這個詩刊成立的構想是在發行八年的九歌版《藍星詩季刊》和爾雅經營十年的《年度詩選》宣布停刊後，刺激這些中生代的精英而發起的。詩壇及文學界興起一片詩亡之嘆。由於上述出版物都在我手上結束，他們乃要我重起爐灶，加入新的陣營，為危亡的臺灣詩學貢獻一點心力。當時我真像剛從戰場退下來的一個殘兵，幾已無力再披甲上陣，加之每人十萬臺幣的辦刊分攤，也籌措不出，他們竟體諒我的苦衷，只要我擔任一年期的社長，並同意我分期付款繳交會費。我沒有理由再婉拒彼等盛情。乃決定鼓起餘勇和他們齊一陣線打拚。我除了定時供給詩稿外，並在每期的專題撰寫評論，由於火力強、不留情，創刊號的一篇為討論大陸臺灣詩學所寫的〈不朦朧，也朦朧〉，便將大陸的那位專研臺港詩的權威評論得體無完膚，他至今

仍在到處挑釁。《臺灣詩學季刊》已在 40 期後的去年（2003 年）初改版成為《臺灣詩學學報》，並增加網路版，改為半年出版一期，所有投來的評論文字，必須按照學術論文的規格，並經三次外審通過始能發表，因此這本刊物已經不是一般專門發表詩創作的傳統詩刊，而是一份學術性詩刊，發表的論文將可獲得學術承認。就我這麼一個純詩創作者而言，無疑又是一種必須尋求適應的新挑戰。好在我從來不畏懼各種考驗、只求認真投入，總也有發揮機會。十年的《臺灣詩學季刊》，我每期必定有詩有文發表，在所有的八位原始同仁中，我竟成了發表率最高的一位。外面對我的評語常是「向晚愈明」或「大器晚成」，這「晚成」於我，真是啼笑皆非。

由於「大器晚成」，我頻頻被邀請去講詩，去當文學獎的評審或詩會論文講評，更意外的是南部「西子灣副刊」邀請我去開「新詩一百問」的專欄，和葉石濤先生的「小說一百問」及彭瑞金先生的「評論一百問」成鼎足之勢。接下這個任務之後，我才知道外界，尤其從事教新詩的老師和一些對詩有興趣的學生及年輕人對詩的基本認知非常欠缺，誤解也多，難怪新詩總是這麼不受人喜愛。當時我最急切的便是把問題找出來、然後每週一問在專欄作答。乃利用演講或座談的機會及以激勵和獎勵的方式，找來一大堆很多人想問又不敢問的問題，使我順利在兩年之內完成新詩一百問，並隨即由爾雅出版社搶先出書、受到意外的肯定，連在大學教現代文學中新詩這門課的教授也認為這種深入淺出的談詩方法，不是枯燥的學術論著所能達致，我被很多學校的國文老師請去演講過，他們都認為這種解問的方式對他們教學頗為受用。

將這幾十年來寫詩讀詩所得經驗與心得形諸紙上，獲得良好反應。更多人認為我應繼續寫下去，事實上詩的學問浩瀚無邊，絕不是那一百問的解答所能概括。於是我乃以詩話與隨筆的方式，漫談詩的種種切切。詩其實是不能教的，詩者思也，誰能教誰怎麼思想？李白、杜甫、王維、孟浩然的詩能夠永久流傳都不是靠師承，誰也沒有那種本領教出一個大詩人來。詩人是靠天賦的自我發掘，和後天的體會苦練。王維論畫時有兩句箴言：「妙悟者不

在多言，善學者還從規矩」，寫詩者亦何嘗不是如此。我祇能把我讀過或別人難以讀到的詩，或詩的觀點發掘介紹出來，以擴大我們對詩認識了解的眼界。譬如知名的存在主義小說家卡夫卡，我們祇知他的小說《變形記》、《審判》等為曠世名著，卻不知他對詩的認知更是獨到精闢，他對當年流行的「表現主義」的詩指責為語文的破壞者。而且他把法國超現實主義先驅阿波里乃爾批評為「耍把戲的人，為讀者變出娛人的把戲」，主要是阿波里乃爾提倡「圖畫詩」，卡夫卡不喜歡一個匠氣十足的詩人，他反對一切雕琢技巧。我是在讀一本《卡夫卡的故事》中發現的，乃寫了一篇〈只緣身在此山中〉以突顯詩人要走出詩之外抽身到高處，鳥瞰別人對詩的看法。這樣的隨筆式的論詩文章，我已經集成了五本書，分別是《客子光陰詩卷裏》、《走在詩國邊緣》、《窺詩手記》、《詩來詩往》和《我為詩狂》。現在仍在寫的一個專欄「詩探索」也是我廣泛閱讀所獲知的一些成果。

　　曾在「窺詩手記」專欄中寫過一篇短文〈一首詩主義〉，是因 90 高齡的詩壇前輩鍾鼎文老師所說的一句話有感而發的，鍾老師一次在詩人聚會的場合很平靜的對大家說：

　　「我們要寫一首比我們生命稍長的詩。」

　　耆老的鍾先生說這句話可說非常低調，要求也不高，而且幾乎是祇要努力便可達致，會比要超越什麼大家來得容易。我一直把這句極素樸的勉勵奉為圭臬。常見有人在談到自己的文學成就時，誇稱自己出了幾十部書、幾千幾百首詩，把自己的成績像生產線上的產品樣完全量化。但讀者對他的作品卻印象模糊，沒有一首詩會被人記得起，甚至完全不認識。因此一個詩人若能有一首能經久耐看的詩流傳被人記起，便可不辜負詩人這一尊貴的頭銜了。因此我一直不敢宣稱自己有任何文學成就，甚至當有人問起我那一本詩集自認最滿意，要我選出自己認為最好的一首詩時，都會說我要再努力才能把最好的作品寫出來。羅蘭巴特說：「作品完成後，作者即已不存在。」他

的真意是作品完成後解釋權已交出來，要殺要砍作者已使不上救助的忙。我希望我的作品能自行去經歷考驗。

身在詩的這一行當幾近半世紀，當然會有很多心得和體驗。50 歲時，我在那年的母親節寫了一首詩〈懷念媽媽〉，收在第五本詩集《水的回想》。這本詩集裡的詩多半都曾被人品頭論足過，有的甚至已收入一些詩選集裡，只有這首詩直到 13 年後的 1998 年的母親節才入選到了一本名為《親情無價》的選集中。這首詩寫得非常淺白，在一些醉心語不驚人死不休的現代或後現代的詩人眼中，我這首淺白暢達的詩是不夠味的，甚或遭到否定。但很意外的是卻在《親情無價》的序言中，被名詩人瘂弦先生分析出「此詩乍看全係家常話的白描，但細加體會，會發現內蘊豐富，形象飽滿，令人興趣盎然，玩味無窮。」瘂弦這幾句評語無形中非常諳合我一向寫詩所追求的「在溫和的後面表達剛健，在平淡的後面有一種執著」的宗旨。尤其像寫懷念母親這樣的詩，我認為絕對要用非常通俗，卻又極富深情的語言，否則我那不識字的母親哪裡聽得懂？一些平凡的天下母親和兒女們哪能從這首詩得到啟示？如果我用的是現代或後現代那種艱深的語法。

臺灣詩壇一直因語言使用的深淺問題形成一種對立的局面，雖非明火執杖，但詩刊與詩刊之間心裡互相蔑視卻是不爭的事實。因而引起我們必須去重視的癥結是，在這樣分割的局面下，用現代主義承續的高深語言，用意象堆砌出來使人不得其門而入的詩，反而成為詩壇的優勢，就足以代表詩藝的高峰？同樣的，用淺白的抒情語言寫出來的詩，就一定為大眾所喜愛，或足以代表當下詩所應具的本性？顯然，兩方所問得的答案，恐怕都是「倒也未必」為最公允。美國大詩人艾略特的名作〈荒原〉，算是意象最為繁複，結構極為龐雜的巨著了，但是這首複雜多端的詩多少年來也一直是被人爭論的詩。美國有位詩人兼批評家溫特思即曾認為〈荒原〉是以混亂的形式來模仿混亂的時代，艾略特不能以形式來控制詩的材料，反而讓詩的形式屈服於詩的材料。可見凡此種種讓詩背負得這麼沉重的高深語言，仍不足以代表詩藝的高峰。

　　再說到詩語言明朗抒情是否就足以取悅所有的人？最近這幾年來寫長詩的風氣很盛，這些動不動就數千上萬行的長詩，或歌頌、或讚美、或憤慨，論語言的健康明朗、情感充沛恐怕只有無懈可擊可以形容。然而這樣的詩是否就會萬人爭讀，而且不忍釋手呢？答案仍是倒也未必。有人就說這哪裡是長詩？明明是幾千行散文，沒有一行是詩。這種所謂的長詩全係散文的描述手法，完全背離詩應凝鍊含蓄的基本要求。難怪即使明白曉暢如頌歌的長詩仍不認為是大家所要的詩了。

　　詩是否應該環迴曲折，還是明白曉暢，自古以來即爭論不休，但是儘管爭爭吵吵了幾十個世紀，能傳留下來的詩絕對不是偏於哪一方的獲勝，而是不管使用什麼語言寫的詩，讀起來的時候「只要細加體會，會發現它的內蘊豐富，形象飽滿，令人興趣盎然，玩味無窮。」瘂弦那幾句勉勵我的話，應該放乎任何詩的語言表現方式而皆準。條條大路通羅馬，通過各種語言都能找到詩，實在不必自認走的是陽關道，別人必定走向死胡同。李白的〈清平調〉自是環迴曲折、綺麗繁複、意味無窮，但是他的那些大白話的〈靜夜思〉、〈山中問答〉、〈早發白帝城〉，即使再過幾千年，仍會令人念念難忘。我對當今這種對立局面所看到的現象是，主張用高深語言，繁複驚人意象寫詩者，他們認為是詩求新求變求創意的必要手段，也是詩創出新局面的必經過程，他們是詩的探險家，發現新大陸的哥倫布。而主張用淺白抒情語言者，則是自認詩應不脫離社會大眾，不走向晦澀難懂，詩不應誤走偏鋒、而採取的一種穩當作法。由於不想因變異而落為怪異，所以實驗精神闕如，常被人誤為保守。由於雙方抱負不同，因而也就表現各異，不能說誰是誰非，但對詩走向美好的追求應是一致的。一切都待時間來沉澱。

　　詩者，思也。老詩人冰心女士曾稱她寫的小詩，不過是些「零碎思想」至為允當。面對現在詩的呈現多元化，綜藝化，跨界表現，使人懷疑究竟什麼才算是詩的本尊，可能各個詩人會有各個詩人的解釋。在莫可如何的情形下，我認為一首詩其實是由兩部分結合而成，一是由感性而生的「詩意」、一是由理性而構思的「詩藝」，詩意如果能夠透過高超的詩藝充分表達出

來，便可成為一首好詩、詩意是來自詩人生命核心，也就是詩人遇到某種情境或刺激的一種反應，而產生出一種表達的衝動。然而詩意並不等於詩，任何人看這世界有時都會感到有詩意，但詩並不是任何人都寫得出來，只有懂得詩的表現藝術的人才可寫得出詩，而詩藝的涵養靠詩人對萬物觀察的深入敏銳和悟性。袁子才說：「但肯尋詩便有詩，靈犀一點是吾師，夕陽芳草無情物，解用都為絕妙詞。」可見詩是有的，就看會不會「解用」。解用即是詩藝是否精通。

　　自從 1994 年 3 月出版詩集《隨身的糾纏》以後，已有整整十年未出個人詩集。這十年來雖說我投身詩話詩隨筆書寫，出了好幾部書，也出席了好多次有關詩的研究討論會和演講。更有每年無數次的大小詩獎評審，但並未影響我的詩創作。每年平均仍有 25 首詩作發表。作為一個詩人應有的表現上，我始終認為除了把作品交出來接受考驗挑戰，其他任何作為都不能增添詩人光彩，即使忙碌，但我絕不荒廢對詩的精力投注。雖然年歲已高，好多同好已不幸故去，但我對世事的敏銳度，對美醜的分別心，對弱勢的關懷感，一點也未因體能老化而遲鈍，這些仍是我詩意象處理的基本素材。過去長長又短短的十年，正逢兩個世紀交接的當口，已是人生難得的際遇。但新世紀既未飛來預期的和平鴿，更未啣來救世的橄欖枝，反倒資本形成的巴比塔遭到窮無立錐之地的莽漢腰斬，造成新世紀的空前大災難。而立身的臺灣卻恐怖的地底斷層，和愚蠢的心靈斷層同時並舉，造成災難頻頻，裂痕處處，不是短期可以輕易復原。作為一個見證這一切的詩人，他是無力而渺小的，他是幻滅而無助的。要不是他手中有筆，心中有詩，殘生還留給他一截尚未燃盡的時間，他是不會仍然在為詩奮起為詩狂的。謝謝一切助我的諸神諸靈，使我心中仍然充滿愛充滿希望，仍然有這麼厚厚的一本詩篇交出。

——2004 年 11 月 15 日

——選自向明《陽光顆粒》

臺北：爾雅出版社，2004 年 12 月

# 在無限的時空裡流動
## 與辛鬱談現代詩

　　臺灣的現代詩，如果從民國四十二年紀弦先生創辦《現代詩》雜誌開始算起，發展至今已經是整整 30 年了。30 年的歲月，以一個人來說應是已屆成熟而立的年齡，也是一個精力充沛正是大有作為的年齡。臺灣現代詩的 30 年，就我們這些親身經歷的過來人而言，我們曾經摸索過，實驗過，豐繁過，吵過架也作過反省，可說是轟轟烈烈的幹了 30 年。其影響所及不但曾經是中國前衛藝術的催生者，帶動了其他文學的更新創造，而今現代詩的意象語已經廣泛應用到各個層面，一句「把新鮮包裝起來」的廣告詞，就可說明我們這 30 年的光陰沒有白費。30 年的轟然而過，我們當年寫詩的人都已不再年輕，現在我們站在這個過去與未來的分水嶺上，反芻一下，辨味一下，也預測一下未來，想來也是有必要的。為此最近我特別抽空和詩壇上素以冷靜慎思的詩人辛鬱作了如下的一些對話：

## 誤解的包袱

　　**向明**：我們常常聽到有人說「現代詩要向中國文化認同」，或「回歸中國文化傳統」，前者好像是說現代詩是外國詩，後面又像說現代詩是個浪子，現在應該回頭。這種種說法認真的說起來，可以追溯到紀弦在民國 45 年宣布「現代派」的六大信條。很多人以後就一直以此來指責現代詩。尤其其中所謂「橫的移植」成了眾矢之的。現在我們不談過去的對誤，我只想檢討一下這六大信條對我們詩人的影響力是不是真有那麼大？是不是以後所有的詩人都接受了這些信條？再從這 30 年來現代詩的表現上，是不是

真正就是一個浪子？

　　**辛鬱**：中國詩的豐厚傳統，在世界文學史上，是非常特殊而突出的一部分。但是我們必須認清，中國詩在中國文化中只是一個環節，它不是中國文化的全部。所以要談詩人的使命，只能從詩的本質考察，不要把整個文化的承繼與發揚都包攬過來。現代詩的回歸問題，其實並不存在，因為現代詩人並沒有背棄中國詩的傳統。尤其是所謂「詩心」的聯繫，現代詩人中有很多人都十分了解中國詩風「溫柔敦厚」的特質，以及詩人愛國感時，悲天憫人的情懷，而且，就創作本質來說，詩是想像的文學，現代詩人與古詩人在這方面並無二致。甚至，現代詩人在使命的體認上，還遠較部分唐宋詩人詞家要嚴肅，現代詩作品甚少酬酢奉和與樓臺閨情的濫情之作。這是我要說明的一點。其次，當我們一再被誤解，被指責為「崇洋媚外」與「背棄傳統」之時，我曾作過反省。我覺得為了紀弦六大信條中「橫的移植」這個主張，現代詩人背負的包袱實在太重了。紀弦主張的基本缺失，是沒有系統的說出西方詩自波特萊爾以來，在詩創作的藝術經營上所產生的值得學習之處，例如象徵主義的表現手法，超現實主義之對事物的觀察方法等。因此讓人們誤會紀弦是要把頹廢的、幻覺的、病態的世紀末思潮全引進中國。其實紀弦的一些主張中，也有建設性的一面，譬如他主張詩的本質是一個「詩想」，這對我國文學自左翼聯盟大行其道，把文藝淪為政治附庸，新詩創作不求藝術精美，一昧以俚俗的口語式表現寫所謂「民生疾苦」以來，所形成的歪邪風氣，多少具有澄清的作用。「詩想」——紀弦此說是希望大家多用腦，寫有內容的詩，這難道不對嗎？再說，中國現代詩從李金髮、戴望舒那個時代就已經萌芽，只因為當時國家不安定，人們連起碼的生活都成問題，誰來關心詩文學藝術如何如何？李、戴兩位先生都留學法國，他們發現象徵主義的表現手法，可以用來促進中國新詩詩質的提昇，但他們並沒有完全扔棄中國詩傳統的特性。他們發現，所謂的「象徵性」、「超現實性」，在中國傳統詩中，表現得非常透澈。那末，在詩的藝術性經營上運用新的手法，把「象徵性」、「超現實性」更清

晰的呈現出來，應不是一種「浪子」的行動。最後，談到紀弦的六大信條
影響力究竟如何，我覺得「橫的移植」一說，確實造成風潮，但這不是媚
外問題，而且現代詩給人的觀感太壞，直到今天尚未能完全扭轉過來。但
紀弦的「詩想」，我覺得提昇了詩質，使現代詩在內涵上，藝術性經營上，
遠較五四以來用白話為表現工具的新詩高明許多，對此，我感激紀弦。

　　**向明**：談到紀弦的六大信條，大家都只曉得那簡單的六大信條，事實
上不久他還發表過一篇〈現代派信條釋義〉，在這裡面，他對每一條都有較
詳盡的說明，譬如談到波特萊爾以降的一切新興詩派，他就說過是要揚棄
那些「病的，世紀末的傾向」，而其健康的、進步的、向上的部分則為我們
所發揚光大。可見他還是有所選擇，並非照單全收，只是很少人讀到這一
段。這是我要說的第一點。其次是紀弦的這種主張在經過與覃子豪等人的
論戰過後，後來也有了修正。甚至到最後還反過來提倡「自由詩」，並宣稱
要取消「現代詩」。可見他當初的主張也不過是詩改造的許多實驗方法中的
一種。另外我認為在傳播工具以及印刷術日趨發達的時代，吸取外來文化
作為壯大自己文化的營養，是很自然的事，但也是有選擇的吸收而已。我
們可以從現在有成就的詩人去看，就會發現他們各有各的特點，各有各的
詩風，並沒有因吸收外來營養，就完全變成了碧眼黃髮，仍然是道道地地
的中國人，也許髮型參照了一點西式，衣料有幾根英國產的羊毛，但這只
有使他更像一個現代的中國人。

## 談詩的形式

　　**向明**：但我認為一般人誤解現代詩為浪子，主要是他們承襲傳統詩的
影響力太深，而傳統詩是格律整齊，音韻明顯，所以他們一眼就認定沒有
固定形式的現代詩是舶來品，而不去管其內容了。再從傳統上來看，詩似
乎是要落入某種形式才被人認定，譬如古風、騷、樂府、以及各型的格律
詩，以及詞曲。現在現代詩已經發展了 30 年，在寫作技巧上可說各種表現
方法都嘗試過了，唯有在形式上，我們始終是以內容來決定形式的形式。

以你的觀點，如果我們這樣走下去，是不是將會走出一種新的形式？是否有此必要？

　　**辛鬱**：形式問題要從兩方面來說，一是外在形式，譬如一定的分行分段，每行一定的字數，這沒有必要。另一是內在形式，其於表現上的要求，由內容來決定，這是目前大家都採用的。這個由內容來決定的形式，也可以叫做不規則的形式。我相信一首詩如果內容充實，藝術經營完美，人們一定會接受，而且不在接受之際，考慮它的分行分段，排列是否規則化。對於形式，詩人在創作時，並非完全不加考慮。詩的藝術經營，包括如何準確的使用語字，求其音義的協和，與結構的完整，這便是一項形式的構建工程。所以，現代詩已經構建了它的形式。

　　**向明**：對於詩的形式，當初從舊詩的格律中破繭而出，有人譏之為「小腳放大」，待至新月派時期，由於模仿西洋詩的格律，而又有人說這是解掉纏腳布，改穿高跟鞋。所以對於詩的形式，現代詩人們無寧是要一雙不受任何束縛的天足。這在一切都講究自由舒適的今天，如果不死抱舊的觀念不放，現在這個由內容來決定形式的形式，應該是為大家所接受的，至少在詩的表現上有了較寬的天地。當然也有人說過「越有魄力的作家，越是要帶著腳鐐跳舞才跳的痛快，只有不會跳舞的人才會怪腳鐐礙事。」如果今天有人創造出一種新的格律形式，這種形式不但不會影響拘束到詩的表現，而且會使得詩的藝術結構更完美，想必我們都不會反對的吧？

　　**辛鬱**：那當然。這是求之不得的事。不過這不是短時間內能辦到的。

## 談詩的音韻

　　**向明**：前兩年有一位詩人曾經嘗試詩恢復用韻，但是響應的人並不多，後來他自己再也沒有寫有韻的詩。對詩的音韻你的看法如何？這也是關心現代詩的人一再談到的問題。

　　**辛鬱**：現代詩用韻，未嘗不可。但用韻的原則是，不傷害內涵的傳達。硬性的用韻，以音害義，往往一字不妥，使一首詩內容盡失，還是少

用為妙。其次是現代詩每行字數不一，單字句與複字句在用韻上大不相同，如只用腳韻，怎麼樣配合一般誦讀習性，要下一番功夫探究。還有句句用韻或隔句用韻，用頭韻、腰韻、腳韻之別，都得推敲，所以倒不如在語言結構上求其完美，使之節奏感與音樂性自然流露。

　　**向明**：不錯，我們寫現代詩的多半捨棄外在加諸的聲韻，而更重視內在的節奏。讓節奏隨詩思而湧發，猶如呼吸的起伏，脈搏的跳動，順著自然的趨勢而發展，以之切合現代語言開放自由的特性。不過我們寫現代詩的好像有一個觀點，認為用點韻，講究一點外在的音樂性，就不夠現代。這種作法實在是矯枉過正，甚至有點缺乏冒險嘗試的精神，其實韻用得自然，仍有可取之處。

## 時代感和社會性

　　**向明**：時代感和社會性一直是某些批評家對現代詩的要求。我一直不承認我的詩中沒有時代感和社會性。你也一樣，像你的〈順興茶館所見〉就兩者皆俱。但是我們雖然自認沒有脫離時代，也沒與社會脫節，卻一直沒法讓人發現我們這種努力。是我們的表現方法不對？還是看的人用心不夠？

　　**辛鬱**：感情的字眼，往往最能打動讀者的心。尤其是這些字眼與現實生活的表層發生一點關聯，人們更感動了，於是這首詩就被認同為是「大眾的詩」，因為它具有所謂時代感與社會性。其實，一首詩用多了感情的字眼，並不高明，它往往會成為一種麻藥，對讀者產生蒙蔽。時代感與社會性在詩中是否呈現，並不在於感情字眼用得多，而且更不在於將現實生活的表層現象怎樣如實描繪。詩的表現，要求「真實」，因此，時代感與社會性的呈現，在詩中是要透過詩人對現實生活的切身體會與冷靜觀察。感情用事往往形成阻礙，反而使現代感與社會性狹義化。我們今天可以讀到一些拿社會現象為描述對象的詩，看起來似乎非常具有時代感與社會性，但是，這些詩的積極意義在哪裡呢？至於我們經常被指責為喪失社會良心，

不盡社會責任，寫詩只為了自娛，我是不承認的。我覺得我是很努力在親近社會。我的作品中時代感與社會性的呈現，是很明白的，我不認為我的表現方法有什麼錯。相反的，把皮相的社會現象視為唯一表現對象，不僅是錯誤，而且還誤解了時代感與社會性對人生的積極意義。此外，我對時代感與社會性的真正涵義，另有一些體認，我覺得它們應是創作的時空因素，詩的精神應在無限的時間與無限的空間中活動。

　　**向明**：所謂「詩由心生，境由心造」。詩人生於這個時代，生活於這個社會，他的呼吸脈搏與這個時代社會息息相關，他的詩心不屬於這個時代，這個社會，還會是唐代的社會，或幾百年後的社會乎？所以當代任何一個詩人的作品，其實也就是這個時代這個社會的產品。實在並沒有要求他再去強調時代感，社會性的必要。除非是別有所圖。

## 詩人與真正的人

　　**向明**：最近有位藝術家說了一句這個時候非常難得聽到的一句話，他說：在提昇自己成為一個真正的藝術家以前，最難克服的一個難題，就是如何使自己成為一個真正的「人」。我認為這句話也可以加之於對詩人的要求上。我們都處身在這麼一個以功利來衡量一切的社會，一夜致富和一夜成名似乎已成為一種時尚。現在很少有人像我們中年這一代詩人一樣默默追求這麼 30 年，猶毫無怨懟的耐力了。你說，這樣下去，對詩的影響會怎樣？

　　**辛鬱**：社會變遷中，事物的價值觀念時在變易，人們對於自己究竟追求什麼，不僅不易把握，且時感茫然。因此，如何適應，便成為一個基本想法。文學藝術在這個過程中活動，作者們遭遇的不僅使自己眼花撩亂，甚至使自己迷失，因此如何使自己成為一個真正的「人」，是最為迫切的課題，我個人認為，如何使自己成為一個真正的「人」這還不夠，我們還要盡「人」的本分，讓別人在適應過程中找到他自己，讓他覺得做人的尊嚴。這種說法，也許不自盡力，把詩看得太超然。但事實上，一首完美的

詩，確實具有治療精神傷痛的功用。詩的淨化人心的功用，如果充分發揮，也許可以抑制慾望的擴散，使人們在生存競爭中，保持人的尊嚴。至於名利問題，如果詩人也不能擺脫名枷利鎖，那是十分無可奈何的。

## 資訊時代的詩

　　**向明**：現在我們來談談詩在未來的情況。很明顯的，現在的社會結構已經有了很大的變化，而一個讓資訊來支配人類的時代，已經近到可以聽到它的腳步，在個人記憶會因社會記憶的擴大而複雜的時候，詩會有什麼樣的波及？會逼到一個角落去，還是會走到表演臺前來？將來還會有詩這種東西嗎？

　　**辛鬱**：科技文明大行其道，勢所難免。未來的生活全仗按鍵，但每一個鍵怎麼按法，還在於人。所以未來的世界即使不需要詩，但人們在豐衣足食之外，總還要個調劑，那末，也許會有一種「類詩」的玩意，取代了當今的詩，來滿足人們這方面的要求。我想，也許未來的文學藝術，會像當今的燴什錦或綜合果汁，在一個按鍵之下，屈辱的受著任何人的一個手指的支配。到了那個情況，人類也許會回到先民時代，為了反映生活，以最簡潔的方式，重新開始藝文方面的各種活動。

　　**向明**：你對詩的未來多少仍然是樂觀的，我也是，尤其最近我看了埃文‧托佛勒所著《第三波》的預測裡，更增加了我的信心。埃文‧托佛勒認為我們有足夠的理由對將來樂觀──儘管眼前這幾個年頭仍是風雨飄搖，危機重重。他認為第三波的文明（資訊發展到極致的文明）會是一個相對於「烏托邦」的「實托邦」的未來。這個文明能夠容忍個別差異，擁抱各種種族、區域、宗教和交流文化。這個文明以家庭為中心（工作將由工廠和辦公室轉回家中），這個文明能夠將情感注入於藝術之中。像這樣看，詩還是有其地位的。不過任何對未來的預測都是靠不住的。最靠得住的還是從歷史中去求證，過去，歷史沒有把詩淘汰，將來當然也不會，只要人類的歷史能夠繼續。

## 詩人的目光與胸襟

　　**向明**：記得以前有人講過島居過久會使人目光短視，胸境狹窄，證之現代詩的始終聽不到恢宏寬厚的聲音，可說此種看法不無道理。另外一點就是目前的豐厚生活和安定局面也麻痺了部分詩心。再加上功利思想的汙染，就更只見吵嘴流言的氾濫，而鮮有真心向詩的衝動了。試想當去年大陸上長江泛濫這樣歷史上從未有過的大災禍發生，而我們島上詩人卻仍心不動，氣不浮的在冷氣間享受人生時，就可見麻木不仁的一斑了。我們是不是該為自己發動一次擴大視界，關心大鄉土的運動呢？

　　**辛鬱**：地理環境對文學藝術創作的先天性影響，已有很多學者論述。至於像我們中年一代，遷根而來，影響究竟如何，國內還沒有學者加以析論。我覺得中年一代詩人的目光短視，心胸狹窄，基本上，並不是島居過久，嚴格說來，我們除了少數人之外，大部分人一直是目光看不遠，心胸放不寬。這話會得罪很多人，其實我也是目光看不遠，心胸放不寬的一個。只要細想一下，我們不能不承認，我們這幾十年生命，是很脆弱的，試問：我們究竟經識些什麼？對自己國家的文化精神，對世界人類有多少了解？要寫龐大的雄厚的重量感高品質的作品，沒有紮實的根基，辦不到！充其量，我們只能做一個輕量級的詩人。我覺得我們中年一代，還有精神體力再作一番努力。但是，這要排除心中已生根的墮性。這墮性不是生活安定養成的，而是心中自以為是的成就作祟。如果這種還沒有通過考驗的成就感不消除，墮性在心，我們在創作上將難突破。一個作家或詩人的胸襟，應對一切開放，也就是說，要把天地萬物包容在心中。作家與詩人之仁，反映在他們如可以真誠去對待天地萬物。所以，一個真正有意義的文學運動，應是如何喚起作家們誠實做人。

——選自《中華文藝》第 23 卷第 4 期，1982 年 6 月

# 對話
## 向明×楊佳嫻

◎向明
◎楊佳嫻[*]

> 前世可能是一隻書蟲，
>
> 一隻會唱歌的書蟲，
>
> 這一世總是在找書和唱歌。
>
> 長沙的大火，鄉下的逃難，
>
> 政治的壓抑，封關的軍旅，
>
> 都沒能阻止你野草般的觸鬚，
>
> 以及孩子似的天真，
>
> 你依舊歌唱，為了記憶，
>
> 更為了新的世紀。
>
> ——楊渡〈向明素描〉

**楊佳嫻（以下簡稱楊）：**今天請到這位詩人，他的年齡很神祕，根據他的資料感覺起來似乎是一位爺爺，但很快地我們會發現，他所熟悉的東西，做的事情、過生活的方式，很可能跟年輕的聽眾一模一樣。我覺得最酷的一件事情，就是現代年輕的寫作者常使用的部落格、臉書，今天在場的這一位像爺爺一般慈祥的詩人，也擁有這些東西，而且參與的程度很熱烈，同時他相當了解年輕人的世界，歡迎詩人向明先生。

**向　明（以下簡稱向）：**剛剛佳嫻講的是實際情形，我其實是一個老天

*詩人、散文家。清華大學中國文學系助理教授。

真。我始終認為我們這一代人的年齡很大，跟後起這一代，甚至再小一點的一代，有很大的隔閡。我不希望詩人之間有什麼隔閡，尤其自己雖然活了那麼大的年紀，但是心情還很年輕、很輕鬆，所以我覺得我們跟年輕的一代，要有交通，甚至要有共同的語言。

　　楊：向明老師說的「老天真」，其實說得非常好，如果聽眾喜歡看金庸小說，可能很多人都會喜歡一個人物「老頑童周伯通」。不管你是什麼樣年紀的身體，在心中藏著一個永遠的小孩，或是永遠的少年，都能使這個人的生活或思想，變的更有層次。而且就寫詩或藝術創作來說，保持童心或童真是一件非常重要的事。剛剛向明老師說要增加交通，然後減少距離。過去的做法，是認為年輕人應該要知道以前的文學累積，應該要多讀長輩們的作品，但向明老師提出說要互相，所以除了年輕人閱讀長輩的作品外，長輩也要來看看年輕人在做什麼。我覺得有時候不只是看一下而已，而是乾脆就跳進去跟大家一起玩。向明老師自己在這種跟年輕人交通的過程中，有沒有一些觀察，比如說，您真的會覺得現在寫詩的，或對文學有興趣的年輕人，跟你們那一代有很大的差別嗎？

　　向：我不認為有很大的差別，主要我們老年人這一代，講難聽一點的話，已經萎縮了。第一個萎縮是年齡萎縮，第二像我們這一代，幾乎不懂得什麼叫做電腦，甚至於有些人從來不用手機。告訴你有一位很偉大的人物，家裡面連個傳真機都沒有，因為他很偉大，只有人家去找他，他不要傳真給別人，還是用手寫，都還在手工業時代。我民國 60 年就在美國學電子科技，那個時候現在這些東西都還沒有出現，我到那邊去，在美國空軍電子研究中心，學的就是這些還沒有出現的東西，那時候.com 還沒出來、半導體還沒出來，我去的時候就是要學這些東西，所以回來之後，在國防科技上是一個非常重要的人物，現在玩的這些都是小 case。我們老年的一代應該要趕上，而不是需要年輕人來趕我們、來了解我們。我們也應該看看年輕這一代，他們在做什麼？為什麼他們寫的詩，我們會看不懂。因為我一直在擔任現代詩評審，也當了很多年，有些話也不能講，可能裡面的

三個評審，都跟我年齡差不多，我們常常吵吵吵，我會罵他們你現在評的是臺灣的現代詩，你居然一點都不懂，那你何必來擔任評審，弄得很不愉快。所以我認為如果我現在要再寫現代詩的話，不光了解自己這一代，因為我們這一代已經過去了，應該要知道現代詩的發展現在是往哪個方向，到底會走到什麼方向，我們心裡面也應該有個了解。這是我為什麼跟年輕人玩在一起，而且幾乎沒有年齡的限制。

楊：我覺得這是一個永保年輕的方式。回想一下，臺灣戰後現代詩一些很被崇敬或學習的外國詩人，那些現代主義的詩人，他們正是以「我是活在當下，我是現代人，我知道最新、最前衛的美」來標榜自己，所以要有對「新」這個事情的敏感。當然未必要強迫所有人都一定要喜歡最新，但對它敏感應該是很重要的。

向：至少你應該了解他們在玩的東西，跟你玩的已經不一樣了，這就是知己知彼。這中間還有一個重大的原因，就是你還有沒有保持這種興趣，當年那種求知的慾望是不是已經萎縮？已經沒有東西可談了？很多老一代的詩人跟年輕一代的落差很大，是因為不懂年輕人玩的東西，所以就不管了。還有一點就是，他們很怕超現實主義。我不一樣。我當年也批判過超現實主義，事實上，我認為超現實主義是往前走，是一種往前進的主義，所以我寫過一篇文章〈超現實不如超習慣〉，我們現在很多人幾十年前寫的詩是那個樣子，到現在為止、到今天還是那個樣子，就是因為他們沒有超出自己的寫詩習慣，用的詞彙意象的使用還是早年的那一套。我也不是希望他與時俱進，但至少他要了解現在的詩不是當年的那個味道，如果你當初的第一首詩，寫在某個詩刊的創刊號上，寫了五十多年以後還是那樣的東西，那就表示你沒有創新，表示你已經落後了，雖然你還是個有名詩人，有個很大的帽子戴在頭上，這個頭銜是甩不掉了，但是這樣就夠了嗎？是不是感覺到自己有點慚愧呢？這是我的想法，可能也是很自私的想法。

楊：我想這個想法會讓很多年輕的寫作者比較釋懷一點，因為我們常

說「代溝」，好像世代之間的溝通會是不可能的，但我覺得並沒有這麼悲觀，因為有向明老師這樣非常熱心地想去看看年輕人在做什麼。相對而言，我知道老師今天帶來的詩有一首是寫給自己女兒的，可能你跟女兒也是沒有代溝，請老師來談談這首〈小蜂鳥〉。

　　**向：**我的大女兒心如現在已經是師大的教授了，〈小蜂鳥〉是在她還小的時候寫的。在我們家裡，她從小就是喜歡在牆上到處畫，她的性向就在那個地方。因為我自己大概是在初中的時候，就被日本人趕出去，到現在為止也沒有受過什麼正規的教育，所以就很希望我的第二代能夠在好的環境之下，學到一點東西。我的大女兒是學畫畫，受到兒童畫老師的肯定，要我們一直鼓勵她畫下去；二女兒，則是學過一陣子鋼琴，不過後來被跳舞吸引，就沒有再練琴了。〈小蜂鳥〉我寫得很簡單，大家都可以看得出來。

　　（向明朗讀〈小蜂鳥〉）

　　**向：**我覺得小孩子們所看到的東西，我們成年人尤其是老年人根本都不了解，所以我非常喜歡米羅。米羅那樣的年紀，當時已經八十幾歲了，他完全是非常天真、非常兒童思想的人。最近有一位年輕繪本作者寄作品給我看，我說繪本的文字一定要有詩的靈巧，畫面最好要有米羅那種天真在裡面。他連封面都寄給我一起看，裡面的文字非常好，非常具有詩的味道。

　　**楊：**老師在這首詩最後的地方講到說，「凡是這屋裡有空白的地方／妳就在那裡開出一扇窗／教我們大家伸頭向外看」，就好像說繪畫讓人看到另外一個世界，不只是放在那邊裝飾，而是可以讓你看出去的。

　　**向：**心如從紐約回來以後，把原來的中國水墨完全放棄，專畫抽象繪畫。不論是阿米巴也好，什麼微生物也好，甚至於花的開放，都能夠畫出很微細的地方。事實上那裡面有很多豐富的東西在裡面，開一扇窗給我們看，畫應該要有這種作用。

　　**楊：**我想這跟詩也一樣，有些時候看似簡單，但內蘊是很豐富的。那

像是生命的血肉吧，但有時候它又要有老師說的那種靈巧，因為這才有閱讀的趣味。接下來，老師還有兩首詩，我覺得應該可以合在一起看，一首是〈告訴媽媽〉，是您寫給自己母親的詩；另外一首是寫給小蜂鳥的母親，也就是寫給自己太太的詩，兩首詩都是寫給母親。傳統上認為女性當然就是待在家庭，或是在比較動亂的時代，女性常要負擔比較複雜的勞動跟位置。如果這兩首詩我們合在一起看，應該會蠻有意思的。

向：這首詩是我在 50 歲的母親節那年寫的，那時候兩岸還沒有開放，因為我 14 歲就離開家鄉，生死未卜，不知道那邊的情況，也不敢聯繫，我母親就認為我這個兒子一定是到臺灣去了，也因為這個原因，我父母親就被告成是「通匪」，跟蔣幫有關係，兩個人就被鬥死了。我在 50 歲時並不知道這件事，而寫下了這首詩，這首詩寫完之後，好像在《幼獅文藝》還是哪個地方發表我也沒有注意。後來是瘂弦寫了一篇文章，提到這首詩，他說這首詩有非常大的意義在裡面，但我也沒有特別感覺到什麼。這首詩也放了很久，但是 1998 年我到斯洛伐克，去參加世界詩人大會，結束以後，維也納作家協會請我們三位詩人去朗誦，而且要母語跟英文雙語朗誦，當場由我自己翻譯。結果非常受到歡迎，因為西方雖然也很敬愛母親，但沒有像我們那樣的崇敬。

（向明朗讀〈告訴媽媽〉）

向：這首詩今年我特別在網路上刊出來，讓很多人掉了眼淚，因為許多人就想到「我的母親剛剛過世了，我當初為什麼不聽媽媽的話？」這麼一首簡單的詩，有好幾百人回應，說這首詩讓他們掉淚。其實我是寫得很直白，這詩也曾刊登在北島的《今天》、深圳的《詩生活》上面，因為這種溫情主義在大陸上很少，尤其〈妻的手〉。這是寫生過兩個孩子的我的妻子的，這首詩是寫得很早，大概 1982 年寫的。我記得那天早上，準備上班，搭交通車的時候接到張默的電話，他把我一頓罵，我想說你怎麼罵我呢？他說誰叫你寫這首詩，結果被我太太看到了，我太太嫌我從來沒有寫過這樣一首詩給她。另外就是，這首詩在《中央日報》登出來的時候，我的同

學從好遠的地方打電話給我，說：「你還好意思呢！把她的手折磨成那個樣子。」所以我覺得這是一種真實的感情，他就把我一頓罵，說：「你還好意思寫詩，還在那邊賣乖。」後來我到大陸，一下飛機就有人背這首詩給我聽，我說你們怎麼知道啊，他們說我們當然知道啊！就是黎明幫我們出的詩選集，他們都看到了，說「像這種詩，我們這邊是不敢寫的」，因為太溫情主義。其實在我們家，我們都喊我太太是「格格」，因為她是滿洲人正黃旗，當年是很漂亮很漂亮的，她是眷區裡面的，嫁到我這邊來以後，她的手就在生活忙碌裡消磨得骨瘦如柴了。

（向明朗讀〈妻的手〉）

**向：**後面這一段真是神來之筆。

**楊：**這個結尾很可愛，是「罪魁禍首」，但是是她心愛的。

**向：**鯨向海就講這真是太絕了，能夠得到鯨向海的一句話是非常不簡單的，他是你們這一輩的喔。所以我寫的詩，全都是能夠讓年輕朋友接近的詩，我認為如果是太高深的東西，很可能就會有隔閡。

**楊：**我想有時候詩裡面想表達的一種普世的情懷，即使有時候是通過個人的經驗，或者是當代的某一些事物，但其實背後要講的還是這種普世性的東西。比如說對女兒有他自己的愛好的疼愛，或者說對妻子的一種感謝，或者是對媽媽的想念，我覺得這是每個人都會有的情感。

**向：**我的詩就是要讓大家能夠勇於接受，不要讓人家霧嘎嘎的。

**楊：**我知道向明老師寫詩大概在 1950 年代初開始發表作品，那其實是非常早，因為您是 1949 年的時候過來臺灣，也就說在臺灣落腳大概二、三年就開始寫作。那當時您這個寫作的機緣是什麼？還是說當時在大陸就已經對寫作有興趣了呢？

**向：**我們家當年有三個生意，祖父是打剪刀的，父親是做南貨海味，那時候大概才民國三十幾年左右，他就開始準備現在超級市場一樣的店面了。五叔則是開綢緞莊。當時我祖父認為小孩頂多是學家裡生意上要用的知識，管個帳之類的就很了不得了。父親開店的地方，對面就是長老教

會，它們後面有個信義小學，學校的老師到父親店裡買東西時看到我，就問說你這小孩怎麼還不上學？結果我父親就想說好啊，要試試看嗎？我就去那邊讀。其實只讀了兩年。兩年後長沙大火，一把火燒得光光的，所以我們就回到鄉下去。鄉下沒有學校讀書，只好念些舊書，但還好很幸運的是，我有個姑父是上海美專畢業的，他在長沙城外有幾個小洋房，家裡有很多書，自己又會畫畫、寫字，還討了個小老婆，享受得不得了，我就常到他家去看書。後來日本要打進來了，他就把家裡的書都搬到鄉下。我一方面讀舊書，還有讀姑父的書。幾箱子書都擺在那裡，像魯迅、巴金我是從小就讀起，大概就是從那時開始對文學很有興趣。這些作品灌輸我反封建的思想，像巴金那幾本小說，都是反封建。當時就覺得封建主義非常不好，我們那個大家庭在祖父那一輩之後分家，都是因為家裡面一堆亂七八糟的事情，這就是封建思想。後來日本人打進來，我到了西北延安共匪的老巢。我在那個地方學到很多東西。那邊是另外一套，幾乎是在初中的時候就讀了比如高爾基的東西。在西北的時候，我有個同學叫古丁，也是寫詩的，後來被謀殺。那時候他在寧夏，在武威、張掖、河套地方。那時候我們開始寫詩，但是是很幼稚的寫法，發表在《大西洋雜誌》上，因為他跟當地的神父很熟，所以會說英文。後來他到臺灣來，會翻譯英詩。我們到臺灣來以後就繼續寫詩，我寫過一篇文章〈我的 1949〉，那篇文章沒有地方發表。我記得那一年的老人節，有位老先生講：你看看中國大陸建國 50 年，我們建國百年都沒寫什麼東西。結果有人就講，龍應台不是寫了什麼大江大海。我就想，我自己也可以寫啊，這幾百個老兵每個人寫一篇東西出來，絕對比她強得多。我就說我來寫吧！結果有人就說，你寫了誰要登啊？因為我是《中華日報》出身的，後來就刊登在《中華日報》副刊，總共 1 萬 5000 字，它分 1000 字、1000 字登了 15 天。有人看了就說，你這個應該拍成連續劇。我到臺灣來的時候，一條腿是斷的，1949 年我在陝南的漢中，韓信拜將的地方弄斷了腿之後才到臺灣來。那時候兵荒馬亂，斷了一條腿還能平安到臺灣來，是一個奇蹟。我就寫了這些東西，非常非常

感人。很多人說非常精采，我說這是我的親身經歷，絕對要比訪問人家的東西真實多了。我到臺灣來以後，我們部隊上二十歲左右的年輕人，都住在公館附近，有個很大的，以前好像是關馬的地方，裡面擺了很多的雙人床，我們就住在那邊。在那邊每天沒有事做，因為我們都是學通信的，除非上通信班才有事情，年輕人就亂七八糟，每天賭錢，還有常常發現鄰床的人不見了，也不敢問。那時候只要認為你有什麼問題，然後人就不見了。在這樣子的情況之下，我覺得如果我不讀一點書，將來沒辦法過日子，所以從那時候開始，偷偷地從營房跑出去學英文。去中山南路的國語禮拜堂，那是長老教會的老牧師辦的。因為出營門不方便，所以都是晚上偷偷地跑出去這個補習班，老師是從西南聯大逃到臺灣來的一個教授，他就擺兩排桌子教我們英文，我從 ABCD 一直學到高中三年級。那個時候不是用現在的課本，是開明的，是最難的課本了。高中三年讀完課本，後來到臺大夜間部去修學分，就發現臺大一年級的課本，還不如開明高三的英文那麼深。我們那時候就背什麼美國獨立宣言，這位張老師最厲害的一點，就是他不講文法，也不講發音，上課之前你的 homework 一定要做得很好，要把所有的生字都查出來，然後到了課堂，他講一遍，問大家有沒有問題，沒有問題就下次來背。我所有的英文詩都是這樣背出來的。在軍營裡面哪可以背書啊？所以我是每天早上五點鐘起床，到臺大第八校舍後面的亂葬崗，在那墳堆裡面讀英文，讀給死人聽沒人管我。因為你不背熟，他不繼續教，是很嚴格的。那時我連一次五塊錢的學費都繳不起，那是民國四十幾年，就這樣苦讀出來，在臺大夜間部也修了哲學概論、心理學、英文寫作等這些實用的東西，但修完這些也沒有用，我沒有一張高中畢業文憑考大學。另外，我的國文底子不好，所以讀函授班，中華文藝函授學校第一期。

　　楊：在那個非常時代裡面，其實人是更好學的，用盡各種方法要去吸收知識。

　　向：因為你要謀生，去想將來要怎麼活下去，這是很現實的問題。

楊：不過我覺得也是一種，在非常時代對於知識的一種飢渴。

向：很飢渴，我們那時飢渴得不得了。像對於瘂弦的東西，我們總覺得你怎麼比我們還厲害啊？你怎麼曉得巴黎、印度？他都是寫外國的東西。我們那時候很多的書是禁忌，我從大陸來的時候帶了兩本書，一本是沈從文的散文《春燈集》，一本是少年故事《紅燈籠的故事》，到臺灣後被發現，馬上就被沒收了，趕快拿走、燒掉。那是控制非常厲害的時代，這邊的人走掉、那裡的人也走掉，隨便找你麻煩，所以那兩本書很快就被拿走了，這也是我們那時候會那麼飢渴的原因。瘂弦是比我們幸運很多的，因為他在政工幹校，那裡有匪情中心，要看什麼就看什麼，我們什麼都看不到，都禁止了，沒有任何的來源。因為瘂弦在詩前面寫了紀德《地糧》的一句話，我就想說他怎麼這麼厲害啊，所以我們就偷偷去找到這個本子來看，好像就是瘂弦偷出來的，我們就躲在蚊帳把它抄下來，這些手抄本現在都還在，一本一本的，還抄了兩本冰心的書。

楊：我記得聽過很多前輩都講到，家裡還有年輕時很飢渴所抄寫的筆記，包括瘂弦先生，還有吳晟老師特別指給我看，他家裡還有一堆以前抄寫的東西。

向：我們那時候沒有書看、沒有書讀，所有的書都禁光了。

楊：所以在那裡情況底下，寫詩是不是也算是一種苦悶情緒的出口呢？

向：就是這樣子。有人問說，當年你為什麼不寫散文或小說？我說在營房裡面又是睡鋪，沒有桌子可以寫，而且那時不能聽無線電、收音機，所有的東西都禁止，我記得我很喜歡西洋古典音樂，那時候有個很有名的音樂家叫瑪麗亞・安德遜，她來臺灣辦演唱會，沒有收音機給我們聽，我就偷偷跑到政治指導員的窗子下，在窗子底下偷偷聽她演唱，非常大的享受。那時在臺北有很多免費的音樂會，有人在臺北工專的大禮堂裡面弄一個放大器，放古典音樂，然後解釋，所以我到現在為止還是很喜歡古典音樂，都是在那個時候學到的知識。我們是好不容易弄到現在的，我沒有進

過一天大學，甚至連高中都沒讀過。

楊：我覺得在這個變動的年代，就是會變成這樣，讓自己變成自己想要的樣子，變成自己要付出非常多的努力，而不是社會準備好給你。

向：最近周公（周夢蝶）的紀錄片，在大陸盜版得一塌糊塗，他們說臺灣的詩人怎麼會這樣成功，所以後來就找到我，讓我幫忙寫一點周公的東西。他們認為這是很不可思議的事情，一個那麼窮的詩人，可以成為那麼大的典範。我說我們這一輩幾乎都是這樣出來的，對知識的飢渴，加上我們想活下去，很簡單。如果我們不是這樣子的話，要怎麼活下去？沒有這種求知的意志力的話，不可能活到現在。

楊：接下來我們看老師帶來的另外兩首詩。剛剛老師說這一代的詩人都是窮出來的，因為窮的關係，「窮則變，變則通」，就會找到很多吸收知識、吸收美等相關的東西。老師今天帶來的一首詩叫〈我家外面〉，這個名字非常的平實，這裡面好像在告訴大家，我家很窮，很多人家有的東西我家沒有，但是有一些東西我家特別的多，是不是先請老師念一下這首詩。

（向明朗讀〈我家外面〉）

向：這首詩其實寫得不久，我現在住在老公寓的五樓，每天爬上爬下，哪裡有什麼清澈水塘，什麼都沒有。這個「爽朗陽光、光潔月亮、清澈水塘」是指我的老家，就是這樣漂亮的地方，現在也只能回憶了。我們也不是什麼重要人物，也不是總統府，所以當然不要「鐵蒺藜、鐵絲網」，有些是在現實裡面，有些是在現實外面，當然現在想起來，外面還是有一些朋友什麼的會來訪，但是也不會太多，我還是過得很好。我到後面才會合著來說，我們現在已經到這個年齡了，除了一些回憶以外，大概都是很平實在過日子，就是這樣。

楊：寫作這件事情能夠把自己好好地照顧好，把活下去這件事做好，它其實才是最切身、最重要的事情，很多時候寫作是滋補了自己好好活下去，而自己好好活下去這件事情對世界是有幫助的，比如讓愛你的人安心。

向：很多人是因為你活下去，他才能長大、成長，比如一個家庭，如

果做父母的不能夠好好活下去，絕對會影響到下一代，這是一個在前面的榜樣。

　　**楊：**我想讀向明老師的詩，就像老師的筆名一樣，有一種向著光明的感覺，因為長久以來，現代文學裡面有許多反映人性黑暗面的作品，但其實溫暖、光明也是非常重要的。今天非常謝謝向明老師。

──選自蕭仁豪主編《鄉愁與流浪的行板》

臺北：中華文化總會，2014 年 11 月

──2016 年 1 月修訂

# 向明 vs.穆雲鳳
## 相知相許，一條姻緣路

◎穆雲鳳口述[*]
陳冠亞整理[**]

　　午後，一場小雨綿綿絮絮，延續著多日來緊張的情緒。——採訪詩人向明，詩壇上一位重量級的人物，他會不會有著三頭六臂，或令人捉摸不定的脾氣……踩著一路的泥濘，和著種種雜陳的心情，來到吳興街靠近半山腰小徑旁的一棟公寓，我吸了口氣，按下了電鈴……。

　　應門的是一位剪著俏麗短髮，身著輕便休閒服，不施胭脂卻又不失端莊秀麗的女子，我投以微笑並表明來意，她客氣地領我進客廳大門，心想這一定是詩人向明的大女兒吧！念頭在腦子裡極速地轉了一圈，正要開口時，詩人向明徐徐走向客廳，低沉的語調，和緩的態度，介紹著我眼前這位女子：「這是內人——穆雲鳳，穆桂英的穆，雲中鳳凰的雲鳳。」當時詫異的表情不知是否嚇著他們，倒是先嚇了自己一跳！穆女士的開朗、年輕，誤導我的感官知覺，怎麼也看不出她是三個二十來歲孩子的母親。

　　禮貌地寒暄之後，為了方便我們可以盡情談話，向明暫先迴避了我們。他的細心，著實拉近了我與穆女士之間的距離！

　　眼前的這位穆雲鳳女士——正有著雲中鳳凰般的溫柔婉約。談起她及大她 15 歲的詩人向明時，嘴裡直說著：「我們很平凡，跟一般人一樣……」然而，在他們在平凡生活之中，我卻感到一種不平凡的生命力，一如向明對詩的執著。

---

[*]向明妻子。
[**]發表文章時為海風出版社編輯。

　　28 年前，一個涉世不深、不懂柴米油鹽的眷村少女，成了今日向明一家之中修水修電的巧匠及料理全家老小飲食三餐的巧婦，這「妻的手」，可不僅是一雙巧手，而且是向明心中一個得力的助手。談到他給她的第一個印象，「不錯啊！」簡單的三個字夾雜著幾聲淡淡淺淺的笑聲，即使沒有冗長的回應，她的眼神及臉上時時開朗的表情，已慢慢將她拉回 28 年前那個還是眷村鄰家的小女孩。神采奕奕的穆雲鳳回憶起那段隱隱約約彷彿昨日重現的年輕歲月：「認識向明，是由他的同事介紹，認識不多久就結婚了。當時我還不滿 20，而他已屆 35，雖然他大我 15 歲，不過，他看來還是那麼年輕。」

　　談到這兒，我端詳著客廳的兩幅畫，其中一幅頗有抽象畫家之風，少一點匠氣，多一點樸質，正要問是出自何人之手時，她的目光也游到畫上：「這是大女兒畫的。」滿足的表情訴說著母親對兒女的一份成就與榮耀，的確，是一幅好畫，對我這不懂行道的外行人來說，我仍強烈感受到這畫的意義不在於表現，而在他們彼此心中的體驗，對！是體驗，而且是愛的體驗！這種愛的力量，不禁使我好奇向明對孩子的教育方式：「向明對小孩的教育方式是從來不對他們過分期盼，也不強求，但是，期盼仍是免不了，只希望盡量朝他們自己的性向發展。」也許，父母給子女的空間愈寬廣，他們的學習能量更能自由展現。只不過父母相差 15 歲之遙，他們的態度會不會有所偏頗或者衝突呢？「不會。」又是簡單的兩個字，但卻蘊涵了她與向明之間的默契、肯定與支持。她的聲音升了幾個音階，說道：「我是他忠誠的支持者，他的常識各方面都比我豐富，不得不聽他的。」即使是不得不聽他的，卻沒有不得不的勉強語氣，有的只是妻以夫貴的尊重與信賴。

　　身為詩人妻子，說說向明 40 年如一日為詩執意奉獻的心路歷程，是最貼切不過了。

　　「40 年前，當時環境十分清苦，他隻身來臺，又身無長物，由於他是學通信的，不必出操上課，只是每天要輪大夜班、小夜班。因此，枯燥的

生活使得袍澤們免不了會小賭一番，然而他卻例外，總是在一旁 K 英文，拚命地 K 英文。向明有個姑父是大陸 1930 年代的文人，平日在姑父薰陶之下，很小的時候他就閱讀魯迅等大師的作品，也就這樣奠定了他日後的寫作基礎。」

40 年，幾近半百的人生，是漫長、是艱苦、是苦盡甘來的喜悅，過程中總也有不順遂的時候吧！他是如何度過他的高低潮的呢？

「高低潮！」談到這個問題，穆女士停頓了一下，思維在她腦海裡反覆來回探索、尋找，她說：「很少，幾乎沒有，因為他是一個對自己要求很嚴，而對別人從不要求什麼的人，他本身不追求形之於外的物質享受及名、利，所以，結婚近三十年來，他整個人並沒有太大的改變。」崇尚自然就是他的原則，原則不變，自然的生活哲學使得他的心如止水，處處齊平，因此，高低潮的起伏便無從入侵。

談到這裡，我啜了一口茉莉香片，氣氛靜了下來，向明又適時的出現加入了我們的談話，64 歲的他並沒有一幅長者的威嚴，這不禁又使我想去多了解在詩人向明的心目中，妻子所扮演的角色。

「她是我們家的女強人，她什麼都能做，而且她什麼都敢做。」「敢做」二字經他這麼一加重語氣，我立刻感到在嬌弱的穆女士背後更有著強大的後盾推動著她、支持著她，好讓她天不怕地不怕的什麼都敢做。這時，我刻意地注視穆女士臉上表情的變化，她時而會心一笑，時而靜靜聆聽她口中這位「老爺」內心的箴言。

向明語意未盡接著又說：「在她心中就是沒什麼好怕的，她也從來不往壞處去想，又處處照顧我。這對我的寫作生活有非常大的幫助，讓我沒有任何後顧之憂地專心創作。」說到此，他內心的滿足感時時流露於外，無從遁形。他並回想到十幾年前的一些往事：「那時候，軍人的給俸一般都不高，除了生活所需，又要扶養三個未成年的子女，當時，她為了貼補家用，便幫忙帶隔壁鄰居的小孩，那些年，她連續幫人帶了五個孩子，連自己的三個，一共是八個。」天哪，一口氣帶八個小孩，多麼不容易的事，

還要得到每個小孩家長的信任，更需要一番比常人多一點的耐心不可，不僅如此，為了整個家計，她還兼著畫娃娃臉譜的工作，沒有一句抱怨，在艱苦的歲月裡呈現出她為母乃強的艱苦卓絕。

人經過多年的磨難，似乎多少該在臉上留下一些些的滄桑刻痕，何以她仍如此年輕美麗呢？我不懂，內心正納悶之際，向明幾句話解開了我心中的謎。

「她很善良，在她的眼裡天底下沒有壞人，而且她本身沒有很高的需求及慾望，也不去爭什麼。」也許正如古人所言：「無欲則剛，有容乃大。」常保如此心情，何煩惱之有？沒有了煩惱，心靈澄澈明淨，自然年輕。這，我相信。

但她果真沒有煩惱嗎？與其說她沒有煩惱，倒不如說她把煩惱全丟給了她的「老爺」，那麼，向明的煩惱又是什麼呢？

他語重心長地說：「我生活平淡，不憂小節，有一位細心的妻子照顧，根本沒有煩惱憂鬱可言。」真的完全沒有嗎？也不！向明的憂鬱全表現在詩裡了。64 年來，他從不記自己的生日，甚至連結婚週年慶也少有記住的，他關心國家、關心時局，關心社會的脫序遠超過了他自己，想必，這就是暗藏於他心中的煩惱與憂鬱了！

誰說生命一定要有絢爛才夠美麗，平淡的人生也有它專屬的傳奇。告別了詩的午宴，天空依舊廣表渾圓，我來時，它正下著大雨；我走時，卻是萬里無雲萬里晴。我仍踩著一路的泥濘，心中卻不再感到它像來時的又長又遠。因為，我已經看見人世間最長最遠的路，它是條愛人的路，越走下去，越感到幸福。

——選自徐望雲、周家如編《方格子外的甜蜜戰爭——愛人 VS.作家》

臺北：海風出版社，1991 年 11 月

# 新詩話
## 序老友向明的箚記

◎瘂弦*

　　西方文學批評的流派甚多，有所謂裁判批評、科學批評、倫理批評、鑑賞批評、審美批評、型構批評等，如果不從主觀、客觀的角度考量，而從寫作的方式加以歸納，似可簡化為兩大類，系統的批評和印象的批評。

　　在中國傳統文學的批評中，我們也有系統批評如《文心雕龍》（劉勰）以嚴謹的結構、完整的體系，來討論文體類型、創作風格和鑑賞尺度等問題；印象批評如《六一詩話》（歐陽修）、《詩話總龜》（阮閱編）等，這些歷代筆記體詩話，大多是通過短小精萃的斷想談片，或詩人實際創作經驗的隨筆札記，來探尋詩歌創作和品賞的奧祕。

　　可能是因為受到重系統輕印象觀念的影響，今人《文心雕龍》一類的批評典籍，每每給予較高的評論，而對於前人留下來的大量的詩話，卻不大重視，認為它是不科學的，偶有吉光片羽，也只能視作「小慧」，算不上是什麼整本大套的學問。

　　其實詩話與傳統評論章回小說的眉批一樣，是中國文學批評特有的形式，具有很高的學術價值。中國詩話遺產豐富，內涵廣博，其涉及的範圍幾乎涵蓋詩美學的各個層面。那些奇想散論，乍看似乎毫不經心，隨意為之，但仔細咀嚼，其中到處可見創作的玄機，有時寥寥數語，卻閃耀著詩人的真知慧見；這些鱗爪隱藏的洞識，值得爬梳整理，重新加以評估，形成一個大的系統，與現代的文學批評匯流，以收相互發明之效。

---

*本名王慶麟，詩人、評論家、編輯家。發表文章時為《聯合報》副總編輯兼副刊組主任，現為加拿大華人文學學會主任委員兼《世界日報》「華章」文學專版主編。

　　五四新文學運動以來，長篇的詩論大興，短小的詩話卻少之又少，戴望舒的《詩論零札》、艾青的《詩論》、亦門的《詩與現實》（片論）是數得出的幾本現代詩話，不過整個說來，在質量上已難與古人相比。中國詩話的寫作傳統到了現在，似乎有中斷之虞，這是極為可惜的。我認為繼承並發揚中國詩話的寫作傳統，應該是現代詩人責無旁貸的工作。最理想的方式是，每一位寫詩的朋友，除寫詩之外，不管是不是兼治理論，都應該分些精神時間寫寫詩話。我相信大量新詩話的出現，一定可以使目前一些完全脫離創作實際變成空洞理論的現代詩歌批評，得到一種糾正，畢竟，從某種絕對意義來說，詩人才是最有「資格」談詩的人！

　　詩人向明寫的「詩餘箚記」，正是一本現代詩話，它的出現，具有繼承、發揚中國詩話的意義。雖然他在給我的信中謙虛說此書「算不上什麼詩話、詩論，祇是我這些年讀詩、寫詩的心得和領悟，既無計畫，也無章法，見到就寫，同時由於刊出的版面屬《中華日報》的『青春天地』，多少也有些針對年輕人傳授詩法的口氣」，不過我認為「詩餘箚記」雖不是最典型的詩話，但絕對具有詩話的性質。其實中國傳統詩話的內容極為廣泛，形式也多樣，中國詩話中有所謂「辨句法、備古今、紀盛德、錄異事、正訛誤也」（許顗《彥周詩話》），以上數端，向明這本書幾乎都涉及到了。而詩話寫作的章法也並無一定的規範，詩話的好處也就在於行雲流水，信筆為之；宏觀的，微觀的，莊重的，諧趣的，甚至連詩壇的雜史、軼聞，只要不超出詩與詩人的範疇，對詩的創作與探賞能產生啟示作用的，均可納入。

　　至於向明說這輯文章由於遷就「青春天地」的版性，難免有對年輕人傳授詩法的口氣的顧慮，我倒沒有這種感覺，不僅如此，我認為本書具有內行讀者不覺其淺、一般讀者不覺其深的特點，行文親切自然，娓娓道來，引人入勝，呈現一種平易、誠懇、溫煦的敘述風格。在詩歌入口逐漸減少的今天，我可以體會向明之所以採用這樣的形式論詩的苦心。當年朱光潛的《詩論》、《談美》，豐子愷談藝術、話人生的文章，都是在《開明青

年》等青少年雜誌或一般性社會大眾刊物上以專欄的形式連載的，等到載畢輯印成書風行海內，其讀者的特定性已不存在了。向明的文字，表面上簡淡、平實，不刻意雕飾，不炫才媚人，好像旨在記事，不在行文，然細加品味，你會在他文字表象底層，發現一位成熟藝術家的深婉老練，恢宏與圓融，一種溫秀蘊藉的氣質，令人著迷。

常看到一些詩論以冗長為勝，專門術語一大堆，使讀的人一頭霧水，完全迷失在作者「結構」、「解構」的迷魂陣裡。向明論詩則要言不煩、簡明精當，從不故弄玄虛，強作解人，面對任何問題，他都是通過精慎翔實的考證，然後才確定自己的審美判斷，提出他的創見。他也很少用隱晦的曲筆來詮釋一首詩的生僻或幽微之處，總是以引證和匯解的方式，具體地說出自己的看法；有時候還從紛繁的大問題中分出一些小小切片，加以剖析，使讀者以小見大，窺其堂奧。以本書為例，它的特點便是把議論文的說理和散文的抒情交疊運作，情理並蓄，像促膝而談閒話家常一般，謙沖而從容地表達出自己的詩觀，使讀者在不知不覺中進入他理論的核心，分享他對詩的美學體會。不過溫文爾雅的向明並非一成不變，永遠的和風細雨，目前詩壇上一些真偽混雜、菁蕪不分的怪現狀，如果超過了他「忍耐」的極限，他還是會本著一種正直無私的態度，加以匡謬，褒其所該褒，貶其所該貶。他深受中國傳統人文主義的淬礪，懷抱現代知識分子的參與精神，對於詩和詩運，他事事關心，永遠那麼熱情，那麼執著，以宗教般的奉獻精神，為詩傳道，為文學守望，為美服役。數十年如一日，無怨無悔。

與向明相交三十多年了，這些年來，朋輩之中，多少人改弦易轍中輟了寫作，只有向明和少數幾位朋友，永不疲倦地揮舞著手中的健筆，愈老愈奮！這種精神，著實令我敬佩。詩人余光中說向明是「大器晚成」，我則說向明有一種沉穩內斂的藝術定力，對自己的文學事業充滿信心，是一個最沉得住氣的人；他不躁進、不逾越，永遠按照自己藝術成長的一貫脈絡，在從容不迫中循序漸進。他早期的詩風格清竣、沖淡洗鍊，近年作品

則兼有雄放、開闊的氣勢，這顯示他文學生命力的雄厚。近年，我知道他對中國古典文學用力甚勤，對西方詩學也多有涉獵，這本書名叫《客子光陰詩卷裏》，典出南宋詩人陳與義（號簡齋）名句，下句是「杏花消息雨聲中」。從書名可以想像他這些年全力投入文學事業的心情和期許。

算算年齡，我和向明以及早年一起寫詩的朋友們都是六十開外的人了，歲月的鼓聲，令人戰慄！特別是像我這樣荒廢寫作的人，感受特別強烈。而向明是對的，衝刺是必要的。君不見很多老友已經提前熄燈就「寢」，老哥兒們，趁油量夠足燈芯還長的前老年期，再燃燒吧！

──選自向明《客子光陰詩卷裏》

臺北：耀文圖書公司，1993 年 5 月

# 網路詩世界的最老悠遊者
## 專訪前輩詩人向明先生

◎紫鵑[*]

　　**紫鵑（以下簡稱紫）：**向明伯伯是一個用功的詩人，有一顆樂觀又年輕的心，喜歡與時下青年同行，快樂徜徉在網路書寫中，堪稱是前輩詩人裡第一位涉及網路詩的詩人。請您淺談當初如何踏入網路這虛擬世界？以及它怎樣帶給您與以往不同的書寫經驗？

　　**向明（以下簡稱向）：**1960 年我到美國學習電子工程，那時電腦尚剛成形，正處於真空管要轉型成電晶體的積體電路時代。之後我回到臺灣，所從事的工作幾乎都跟電腦及積體電路有關，所以我應該是臺灣最早接觸電腦一批人之一。

　　記得那時從美國回來的同學，他們大都改行去電子公司上班，當經理或總經理，因此現在你所知道的電子業龍頭張忠謀等都還在我們之後。不過由於我堅持寫詩，便把那些所學的東西全部丟掉，尤其是從軍方退役之後，更是放棄了電腦。

　　這幾年我到網路世界來，是因為我發現年輕一代的詩人跟年長一代的詩人中間有非常大的落差。這落差就是年輕一代他們用電腦在網路上寫詩，而老一代卻把電腦當作是洪水猛獸。

　　不過現在投稿報社，他們都喜歡使用電子檔。因為報社的編輯們近幾年來縮編裁員，有些副刊僅剩一兩個人，你用手寫稿給他，等於增加他的負擔，他根本沒有時間幫你打字。你 e-mail 給他，他可以馬上採用，甚至

---

[*]本名許維玲，詩人，發表文章時為《乾坤詩刊》主編，現為《乾坤詩刊》社務委員。

連校對都不用校對，所以樂於接受你給的電子檔投稿。

　　老一輩詩人們沒有使用電腦，只好採取最基本的手工業方式用稿紙寫作。這麼一來，你可發現，現在老一輩的寫手，不論詩人也好或其他散文、小說作家也好，已經很難上得了副刊了！這是沒有辦法的事，時代已經進步到這個程度，雖然電腦只是個工具，但是效率很高，又可隨時修改。如果你用傳統方式書寫，錯了有時還全部重抄，所以手寫註定要被慢慢淘汰。

　　其實我剛開始也是用手寫，然後請打字行或朋友或女兒，幫忙電腦打字，再傳給報社或刊物。不過這實在太麻煩了，我想為什麼自己不下海呢？這對我而言應該不是很困難的事情。所以你說我是詩人前輩中第一個使用電腦的人，這是有可能的。或許到目前為止，恐怕我也是兩岸老一輩詩人中，唯一一位 80 歲使用電腦寫作的人。一次到青海湖去的時候，他們就說：「你這麼大歲數，還敢跑到這空氣稀薄的地方來？」我說這有什麼了不起，你看我不是好好的嗎？我還敢在網路上到處闖哩！你還記得不？去年聖誕節時，我和年輕的你還在網路上與對岸詩人們做了一次深夜網上訪談呢！其實說這些也沒有什麼了不起，只是我希望自己趕得上時代的腳步，否則只有被淘汰的份。

　　紫：您為什麼一定要趕上時代的變遷，不屈就自己年歲已高，而用電腦寫作呢？

　　向：因為我還能寫啊！現在我的創作力依舊旺盛，每天都有新的作品產生，還苦無地方發表。現在每家報社都存有我的作品，電腦裡還有很多存檔，靜靜躺在那裡等我找時機出土。我不知道自己年紀這麼大，居然還能寫，只是很自然地把想要表達的全部寫出來。我頭腦很清楚，身體也沒什麼毛病，走路也還能走，能思想，我為什麼不寫呢？我還有很多東西要寫啊！我認為如果還有能力寫下去，還有興趣寫下去，那就一定要用快速又效率高的電腦寫作，它會帶給你勇氣與穩定。

　　你看，大陸詩人食指年輕時寫過一篇〈當你老了〉，寫的就像現在的我

一樣「你比年輕時更加沉著勇敢」。還有顧城，我們見過面。那年我到香港，顧城夫婦正好要到紐西蘭，他們到旅館來見我跟洛夫，那時他太太還懷孕著。說到顧城，我很感慨，那時輔仁大學要開一個學術會議「詩與超越」請顧城來發表論文，他申請了一年，我也幫他一些忙，但仍無法來臺灣。

我們這邊教育部、外交部拼命找他麻煩，等他證件找好，又找他太太的證件，等到全部齊全了，可以來了，他高興得馬上去買機票，結果我們這邊依舊不能讓他進來臺灣。他氣得告訴我，我是從那邊被趕出來的，你們這邊又不收留我，我是中國人，還是無法回到有中國人的地方，我到底犯了什麼罪？所以他才在最後發生殺妻那樣的事情，如果當時他來臺灣，也許就不會有這種事情發生。

現在我正在看顧城寫的幾首短詩，感覺就像絕命詩。最近我在網路上看到消息，據悉他的姐姐發現他寫了很多古詩還有一些寓言故事。這麼樣一個天才，如果不是受到不公平的待遇，也許就不會這麼不幸。最起碼他在中國人的圈子裡，還有一些生存空間。所以這是什麼世界？整個都不對啊！他被中國大陸流放，你臺灣這邊還不讓他來，難怪他痛苦萬分。我這裡有許多跟他互動的信件跟照片，每一次翻閱，都讓我心痛不已。

　　**紫**：您除了寫網路詩，在網站上發表評論外，並於 PChome 設「向明詩文陷阱」網站，以及在大陸最大的詩歌網站開闢專欄「向明詩文看板」。就您的接觸經驗中，請您談談臺灣詩人與大陸詩人網路詩最大的差異點在哪裡？

　　**向**：我認為臺灣詩人與大陸詩人最大的差異，尤其是老一代的資深詩人，他們每一首詩都寫得很長，敘述性東西太多，不只是網路詩，平面詩也是一樣。臺灣詩人就寫得比較精緻和精鍊，這是最大的特點。

　　**紫**：我以為詩是最精簡的語言。您也曾以讀詩經驗，認為詩的內外應具備八個字為架構基準，那就是「外形凝練、內涵深詠」，這是您對詩作最深切的認知。反觀新世代詩人們的書寫方式，姑且不論字數多寡，但感覺

好像要以大搏小、以量取勝一般，可惜內文卻又顯得空洞無味。請教您當面對這樣的詩作時，您如何建議寫詩者？

　　向：我說過寫詩不能盡興，只能盡意，寫到適可而止，盡量留些空白讓讀的人去想像，把不必要的東西去掉。臺灣詩人就沒有這樣的毛病，所以短詩較多，不過大陸現在的網路詩已經改變很多，進步很快。

　　紫：您對兩岸網路詩的發展趨勢看法為何？

　　向：現階段可以說都在無限量的發展。網路上可以發現大陸詩人幾乎每人都有自己的部落格並設有兩百多個網站，但很多網站都沒設把門人，隨便上、隨便丟、隨便就不見。這件事我在「中國詩歌網」跟他們說過，但是沒有辦法，因為這是開放空間。網路詩淘汰很快，發表的詩不到五分鐘便擠到後面去了，頂多只有三、五個人看到。這當然也有挫折感，很痛苦。但對一個真正有心追求詩的人也是一種考驗、挑戰、或激勵，促使他不信邪的去反省、檢討、修正，繼續努力，反而得到驚人的進步。這是老一輩詩人們怎麼也想不到的事情，他們有時一首詩要等上半年的煎熬，才有發表的機會，才會有人看到你的作品。而恐怕半點反應也得不到，這樣如何能看清自己究竟寫得怎麼樣。網路上還有留言版之設，即是作品發表出來、馬上就會有人在留言版上表示意見。每個真正的網路寫手，莫不企盼他發表的作品會有人出來說兩句話，那怕指正也好，因為這表示有人在看你的詩，而且看得很仔細。這是認真的詩人求之不得的。關於「留言版」，一位網路專家在《臺灣詩學吹鼓吹詩論壇》第五號曾發表〈網路寫手必讀：論回復〉一文，他說：「每一篇文章的背後卻都苦苦守候著一顆渴望共鳴的心靈，回復（即留言）是美的、善的，是兩顆心靈的平等交流。」這是網路時代帶來的效率，也是詩文學發展的新趨勢。

　　紫：就您觀察，您以為將來臺灣與大陸詩歌發展哪一方較占優勢？

　　向：看誰認真。有人說網路詩是在胡搞，我不以為然，我認為都是很認真地在做各種實驗，這邊闖闖，那邊撞撞，看哪一條是正確的路。進步就比守成的人快得多了！所以你沒辦法說兩岸那邊誰會發展較好，雖然臺

灣這邊比較穩紮穩打，但是保守、不敢衝，勇氣不如大陸對岸。不過也有幾個臺灣詩人他們就很棒！例如：陳育虹、鹿苹的詩、還有早期夏宇及陳斐雯，他們的詩都有揚棄慣性思考，作反向追求的趨向。這是一般人已覺得走頭無路，他們另闢新徑的成果，也是受到大家歡迎的原因。大陸有好多位詩人如丁成、蘇蘭朵、江非、一回的詩也是這樣，揚棄舊思維，朝反向思考方向發展受到大家的重視。總之，求創意是任何文學發展的必走途徑。

　　紫：您對於成語入詩的看法為何？而淺白的句子可以入詩嗎？

　　向：記得兩岸剛恢復交流沒有多久，四川一位名詩人流沙河就說典故入詩叫做「典象」，可說是「意象」的另類。成語和典故都是背後有一個故事在支撐。成語或典故入詩有什麼好處呢？那是過去的詩都有格律限制，如果不用典故成語等意象來節省文字，詩就沒有辦法那麼凝練濃縮。詩不像散文，可以盡情的敘述、鋪張、形容。它必須使用節省文字或代替鋪敘的方法，來適應詩受到的限制，這就是詩的含蓄。也就是詩必須使用意象語言來達此目的。

　　意象不過就是譬喻，暗示或象徵等等修辭方法的妙用。你看李商隱的詩，每句詩裡都有一個典故來象徵或暗示。我的詩都是用淺白的句子，我記得我曾說過一句話：「平淡的後面有一種執著。」我用很平淡的句子，把表現的深意滲在裡面，那是一種修養，不是隨隨便便就可以達成。

　　紫：市面上有幾位詩人寫了許多教人如何寫詩的書，您也曾出版過相關的書籍。例如《新詩百問》、《窺詩手記》、《我為詩狂》、《詩中天地寬》等書。前些日子玩詩合作社在南海展覽「布告欄詩物件展」時，有一位參觀者說他看了很多如何學寫詩的相關書籍，並堅持詩就是要不斷的「隱喻」。他認為「隱喻」的詩才是好詩，太淺白的詩不是詩，也不配稱為詩。這人與我相談快一個小時，到後來我實在無能為力，只想趕快結束談話。您認為詩真的要不斷的「隱喻」才能稱為詩嗎？您個人以為怎樣才能稱為好詩？

　　向：隱喻就是暗喻，字面上不說是打比方，而是當作實有其事來表現。不說像什麼，好似什麼。而是直接用「是」連接。例如：余光中的詩，「鐵絲網是帶刺的鄉愁」，他明明白白的肯定什麼就是什麼，所以他的詩很有力，有陽剛的味道。至於詩是不是一定要用喻？那也不見得，像李白的「床前明月光／疑是地上霜／舉頭望明月／低頭思故鄉」，他用的是淺白的比方，你說它不算詩嗎？

　　最近我寫了一篇文章叫做〈詩人愛打比方〉，因為不只是詩人，人跟人在交往的時候，有時解釋不清楚，但是你打個比方，就會一目了然。所以我說比方是詩裡面著重的營養，就像大陸有一齣《梁祝》歌舞劇到巴黎公演，要先打廣告，再怎麼打廣告，票房都沒起色，後來就問當時總理周恩來的意見，周恩來說這不簡單，將戲名改成《東方的羅蜜歐與茱麗葉》就成了。結果票房好的不得了，這就是比方，用「喻」的好處。唐詩三百首有很多版本，其中有一個版本，前面有朱自清好幾萬字對唐詩「喻」的引用。他認為「喻」是天才的標誌，用得好把本來很難解釋的東西，一個比喻就暢通了。

　　每個人都有自己對詩的標準，我有一篇文章〈誰證明，你是詩人〉，有一天有人問我，「你最高興的時候是什麼時候？」我答：「最高興就是我不是詩人的時候。」詩人哪那麼容易分得出來，至少你先要讀過他的詩吧！

　　還有一個故事，有一天臺大古典詩社請我到烏來一個私人俱樂部裡面去演講，我很緊張，因為沒有去過，好不容易找到那個地方，結果一個人都沒有，我就坐在外面的石頭上等。後來學生都上來了，看見我，就問我幾歲，又說：「你大概有 70 歲左右吧？」我說：「對呀！我有 72 歲了。」她高興的喊著說：「喔！那我知道了，你一定是這地方的地主。」我笑著回答：「對！我是地主。」後來他們都進了教室，我隨後也進去了，他們就說地主怎麼跑來上課？奇怪，怎麼沒有老師？你看，如果他們早認識我是詩人，就沒有這種效果了！也不會認為我是地主，更不會在我進教室之後哄堂大笑。那怎樣才能證明誰是詩人呢？別無他法，只有他自己的詩才能證

明他是不是真正的詩人，這句話非常重，也非常要緊。

**紫**：2007 年 6 月 3 日您 80 大壽之日，幾個單位在臺北教育大學為您主辦了一場「儒家美學的躬行者——向明詩作學術研討會」，為此共有十篇論文談論您的詩作，您覺得這場學術研討會最大的意義在哪裡？這會讓你更看清自己未來創作的方向嗎？

**向**：那場會議對我而言，是非常大的意外，完全不可置信。但是居然臨到我的頭上，覺得非常感激。我一直只是寫，卻從來不知道後面竟然有這麼多眼睛在看我。他們像照 X 光片那樣，鉅細靡遺的好壞都找出來，對我而言，是莫大的收穫。像夏婉雲女士她用「現象學」來看我早年寫的只有四行的詩作〈家〉，大約寫了兩萬字。我寫詩從來沒什麼意圖，只是表現當時的一種心情或是感慨。那時我剛離開家，她就從這首詩中，分析出那時的時空背景。這讓我警惕到詩人寫一首詩，後面有很多的原因在驅動你，你本人可能不知道，但在寫時無形中就會透露出來，所以詩絕對無法撒謊，因為這些批評家都會發現。還有尹玲寫我的〈樓外樓〉，那也是很簡單的一首詩，就只為後面那句詩，「原來你們離家太久」，她就用文學社會學的觀點寫出這麼長的分析批評。這讓我感覺到，你絕不能隨隨便便寫一首詩，因為有很多人在看你，不是現在，但就是會有這麼一天，不是被褒、被罵、或被捧。所以詩人下筆時絕對要謹慎，要為自己負責任。

**紫**：您有許多詩作，都有反諷自嘲的況味，例如〈再輕一次〉這首詩作的最後一句「誰會在乎／那些枯乾的落葉呢」其實你是在乎那片枯葉的，卻表現滿不在乎的感覺，讓人感到你的有情乍看恰似無情。您如何自理情感與情緒？或將這些情感與情緒毫無保留釋放在創作上？

**向**：那落葉就像露水或眼淚一樣，但是，誰管你呀？誰會在乎你呀？你自己在那痛苦的要死，又怎麼樣？我不是無情，只是我感覺到有情依舊會有情，無情還是無情。雖然我所見到的是一個有情世界，但事實上也許無情世界比有情世界更長、更遠。很多事情都是這樣，誰在乎你怎麼想？也許現在我有很多政治情緒反應的地方，那是免不了的，我並不想這樣，

可是遇到情況時就會如此反應。

　　紫：您是一個創作力十分旺盛的詩人，詩作大都由生活取材，從生活出發。在這數十年之中，您如何保持源源不絕的創作？您曾遇到挫折嗎？那是什麼？又如何使自己再站起來繼續創作？您對自己有什麼期許？

　　向：在寫作上，我遇不到什麼挫折。如果說有什麼挫折，那就是作品沒有地方發表，但這也不算是挫折。詩到了某一編輯臺，你寫的東西不適合這個人的味口，那也沒有辦法啊！又不是你的錯，因為你不可能討好每一個人。還有一種情形是誤解，就是你作品寄去了，好久沒有下文，以為人家故意不理，或者丟到垃圾桶去了。其實說不定稿擠，寄丟了，或者 e-mail 遺失，都有可能。懊惱是免不了的，但是算不得挫折。現在可好了，如果報章雜誌無法發表，我還有自己的新聞臺，自己的部落格跟無數互聯網站，所以根本不在乎稿無出路。擔心的是詩的品質是不是會更好一些。

　　二十多年前，方群對我說你為什麼什麼都不爭？我說我又不是木頭人，我為什麼不爭？我要爭是跟自己爭，要爭氣。就算你今天寫的詩跟余光中一樣好，但你還是你，你還是爭不過人家，你要爭的是自己。

　　現在我寫詩就像身體上的一種排泄，痛苦時會流淚，太熱會流汗，受寒時會打噴嚏，有傷口會流血，我從不刻意去寫詩，從不說對將來有什麼偉大計畫，我寫詩完全是自然的流露。我始終認為寫詩是詩人自我自由意志的最大發揮。

——選自《乾坤詩刊》第 44 期，2007 年 10 月

# 跨世代的火花
## 專訪詩人向明

◎辛勤等[*]

時間：2012 年 8 月 5 日

地點：紫藤廬（臺北市）

　　**辛勤**：感謝向明老師出席這場座談會，我們倍感榮幸。同時也謝謝各位詩友共襄盛舉，現在就請大家提出問題來請教老師。

　　**也思**：從 1960、1970 年代興起的「後現代主義」詩，至今已五十多年了。如果「後現代主義」竟比「現代主義」的歲數還要長，是否就不適宜再冠以「後」這個字眼，而應該形成另一獨立名稱的主義；否則，目前「後現代」便是正從高峰期開始步向衰落的末期途中。

　　老師的足跡遍及世界各地和大江南北，是否有觀察到「後現代主義」的風潮有什麼質變的情形？它到底是處在繼續前進的路途當中？還是開始有高峰期，成熟期？若是朝結束的路程走的話，那是不是也應該有一個新的風格、新的主義？而現今臺灣詩壇的風氣，似有走向與典雅、易讀的「古典詩」意涵復流的現象。是否詩的時代風格已逐漸產生新的移轉？請

---

[*]本文由辛勤偕也思、子雅、涂沛宗、陳少、林立雄五位海星詩刊社同仁專訪詩人向明，文字稿由莫云整理；辛勤：本名許慶祥，《海星詩刊》發行人；也思：本名何能賢，發表文章時為東海大學音樂學系碩士生，現為海星詩刊社編輯委員；子雅：本名陳彥廷，發表文章時為中國文化大學中國文系學生，現為中國文化大學中國文學系碩士生、海星詩刊社編輯委員；涂沛宗：發表文章時為彰化師範大學國文系碩士生，現為中興高級商工職業教師、海星詩刊社編輯委員；陳少：本名陳亮文，發表文章時為臺北教育大學語文與創作學系碩士生，現為海星詩刊社編輯委員；林立雄：發表文章時為中正大學中國文學系學生，現為清華大學中國文學系碩士生；莫云：本名宋淑芬，《海星詩刊》主編。

教這個問題，是希望讓我們在時代潮流中，可以清楚自己的所在座標，踩穩寫詩的腳步，繼續前進。

　　**向明**：其實這問題，我們一樣很困惑，尤其這個「後」字。有人說現在是後工業時代，反正什麼東西都加一個後字，那什麼是「前」？什麼時候到的「後」，是不是現在？事實上，早在現在主義進行的時候，就已經有後現代了。只是一直到現在，根本都沒有一套理論出來。我們看到的大部分都是所謂「後現代現象」。我記得那時候臺北有些很現代的玻璃帷幕建築上面有個古典的屋頂，他們認為這就是後現代。還有一個笑話，就是看見某個人二隻襪子顏色不同，就認為這也是社會的後現代現象，其實誰也解釋不清這個東西。根據學者周學信先生的研究，他認為後現代主義特徵之一就是它刻意不願使任何事物客觀化，字首的「後」本身就是重要的線索，是指「隨後而來的一條通道」，後現代乃是跟在現代之後，也就是在現代之後的一種新的觀點。

　　老實說，我們這老一代寫詩的人，多半都是從軍伍出來的，沒讀過什麼書，所以你要跟他談這些西方的理論，可能是一竅不通。當年現代主義在紀弦老師成立「現代派」的時候，當時的年輕詩人幾乎都一窩蜂加入，我也接到他給我的邀請卡，但是我一直沒有回覆，因為那時候我已經在「藍星」。我早年是函授學校的學生，那時函授學校的老師都是從大陸來臺有名的教授，他們的學養深厚，但都不曾講過外來的什麼主義流派。

　　我們來臺灣的時候因沒讀過什麼書，什麼都不會，在兵營裡面，連補習班都沒辦法出去讀，唯一的方法就是寫作，因為寫作不需要空間，只要有時間就行。所以我讀函授學校，也沒有去響應「現代派」。事實上，當時的現代派主張要作所謂「橫的移植」，不要走縱的繼承，而且主張知性，要從自波特萊爾以降的一切新興詩派學習。那個時候書都被禁掉了，不要說這些西方的東西，連想讀一本 1930 年代的書都要偷偷用抄的。什麼叫現代？誰懂啊！波特萊爾是誰？誰都不知道。

　　但是現代派在當時的臺灣詩壇是最響亮的牌子，而我不是。我有一種

心理，我要知道你們到底是在做什麼？我在旁邊觀察思考，所以我後來了解的比他們還多。我的文章裡面講到「超現實主義」，那是現代派解散了以後，「創世紀」詩社來接續這個現代主義的發展，我發現所謂超現實主義是一種往前超越進步的主義，就是別再從傳統的現實的東西找靈感，現實裡面的陳詞舊句一再挪用，重複又重複，還不如到那些從來沒有人寫過的地方去找新題材新表現手法，這樣的詩才有新意，是詩所應該走的道路，光明的道路。

臺灣現代詩發展的過程中，那些真正懂得超現實主義的，像洛夫、瘂弦、商禽這幾個人，你不能否認他們的詩確實很好。其他打這些旗幟的人，有的卻是越寫越糟糕。我認為創新的意思是，你要懂得去尋求別人從來沒用過的意象或語法，那你的詩就會寫的更好。現在詩壇，有些詩人他們當年第一首詩是那個樣子，到現在幾十年後寫的還是原來那一套，沒有一點進步，虛頂著一個有名無實的詩人頭銜，其實心裡有愧。如果你真的是追求新境的話，春花秋月這些用舊了的點子，是要放棄的。洛夫為什麼會寫〈石室之死亡〉那首長詩？那個時候金門砲戰，人在戰地隨時會死亡，這就是他經過那種高壓、驚恐，他不知道什麼時候生命會沒有了，再加上對前途的迷茫，這種煎熬之下，他才能夠寫出這些驚人的詩句。意象非常的新，思路非常的奇特，這就是他超現實主義的作法。

**子雅：**在古文運動的時候，常提「文以載道」，我想要請問老師是怎麼看待社會與文學的關係？網路上常常會有人講，作家寫的東西跟社會到底需不需要結合？另外一個問題就是：向明老師，如果您不寫詩的話，您會做什麼？再來就是因為老師也當過很多文學獎的評審，想要請問您如何看待現今文學獎這個體制？還有老師對於「詩人」的想法跟定義是什麼？

**向明：**你的問題好多。淡江大學的何金蘭教授，就是詩人尹玲，她專門研究文學社會學，最近出版了一本書，就是談文學跟社會的關係，書名《法國文學理論與實踐》，她是以「文學發生學為出發點追尋文學作品的原始祕密」。事實上，我們寫一首東西出來，到底跟社會有沒有關係，可能自

己並不會知道，但是這些做研究的人會發現你所寫的每一個字，每一個句子、每一首詩都是事出有因，都和你的生命歷程息息相關。一次研討會上，白靈的夫人夏婉雲教授曾經寫過一篇好幾萬字的論文，評論我在民國43年寫的詩，那首詩只有四行，叫〈家〉。她說雖然這首詩很簡單，卻是我孤身一人來臺灣所遭受的苦難，及整個時代社會背景，都從那首四行詩裡面可以探討得出來；它不是以文學社會學的角度，而是「現象學」，我真的很吃驚，總覺得詩人雖不起眼，後面總有針眼攝影機在偷拍。

尹玲教授這本以文學發生學為起點的研究，曾經以文學社會學的角度分析我寫的兩首詩，這二首詩都是很簡單的，一首是〈門外的樹〉，另一首是〈樓外樓〉，前者發表於1970年代初《藍星季刊》新1號，後者發表於2001年8月中時《人間副刊》，在一味追求意象表現的人看起來，這都不算是好詩。但是她說任何詩研究起來都事出有因，詩人有他必須寫出來的衝動，文學現象學最講究就是要看你的原稿，她可以從這首詩第一個字是怎麼開始，你怎麼把它寫成一句，你後來怎麼修改變成一首詩，整個文學表現是怎麼發展出來的。她從這裡面來作研究，因為你在寫的時候，不知不覺你的思想，你的動機都會出現在裡面，所以她把這些發現寫出這麼厚的一本書。這才是真正在研究詩，更是研究一個詩人。

你問我不寫詩要幹什麼？我在早年自修了一點英文，後來我考取留美，在美國空軍的電子研究中心學最新電子科技，回國後任軍中的電子工程師，但是我最大的興趣還是在寫詩。我幹到上校高參應該退伍，但是軍方一直將我延役不讓我退。那個時候有很多軍火商來找我，要我退役後去幫他們做事，許我以比軍人待遇高多少倍的薪水。我說我根本志不在此，我要回到我的老本行去寫詩，最後我終於退下來，現在已經快三十多年，仍一直在寫詩，雖然艱苦，自得其樂，無怨無悔。

你講到文學獎的體制，我也評過很多個文學獎，我一直是不滿意。不過，臺灣的文學獎有些地方做的很不錯，很公平，投來的作品都是密封的，評審過程的爭論也很激烈，很認真。但是最後的名次採投票方式，作

多數決，就不見得會有滿意的結果，是一種妥協下的產物。同時很多評詩者評了很多年，還是食古不化，拿古詩那一套，一定要講究什麼節奏啊、韻律、意境……每年我都跟他們吵起來。這個時代詩的美學取向是多元的，各種詩潮不斷地自創或引進，有些詩更從傳統中出走（這傳統不是古典，而是 1980 年代以上的那一套。）不屑逗留，筆直前進，更使原來在傳統留戀不前的人不知所措，包括我在內。在寫作上有趣的是抽象化、嘻哈化還有無厘頭，從漫畫、電玩裡面出來非常多元的東西；跨領域、跨界，現在最流行。如果一個評審委員連這些都不知道，他就已經落伍了。但是偏偏一些大文學獎的評審仍然迷信那些保守的教授們，我知道一些年輕的寫手對此很不習慣。

還有一個問題，「詩人」的定義？現在要得到一個詩人頭銜非常非常容易，因為，詩太容易發表了。我也編過詩刊，我很氣的是，很多人剛剛學寫詩的時候，寫的熱情的不得了，來向你請教，等到他寫的詩在詩刊上一發表，好了，再不買詩刊，就等你送，對不對？太容易了。我那年到師大文學社團演講，我要他們提出問題，我解答，發現所有問題都是因為臺灣一直缺少嚴肅的批評。沒有認真的評論，發現問題都沒有人敢去指責，敢去揭發，敢去把它改正。他們問那個什麼文學獎，那麼爛的詩，居然也能得獎？到底問題出在什麼地方？沒有一個人敢去提出檢討。你看這多麼鄉愿，得到一個詩人頭銜，真的太容易了，還自認很得意，對不對？

我沒有教過詩，卻寫《新詩一百問》，從來沒有覺得那本書要拿來做教材，但是現在大學裡面已經有人在用我的書在教詩，因為我把主要的問題都解釋出來了。我那新詩一百問，在印尼一家中文報紙上一直在登，因為那裡實在是缺乏這種教現代詩的資料。我說不要任何代價，你們登，這是一件好事。我這個不是教材，是把我所學到的東西，隨手讓你們知道。譬如最近我寫的這本《無邊光景在詩中》，都是近年我讀書的結果，你會看到我要讀多少東西才寫得出來。

你所謂「詩人」的定位，我沒辦法下定義。「什麼是詩？」T.S.Eliot 有

一次在演講中這樣解釋：「詩可以從以往認為不可能的東西裡面找。就是和超現實主義一樣，從未曾開發的，缺乏詩意的資源裡面創作詩歌。詩人的職業要求他把缺乏詩意的東西變成詩。」這就是現在所謂的要有創意。另外，我的老師覃子豪先生也講過：「詩不僅是情感的書寫，而且詩人已不盡是一個字句的組織者。情感就是詩的引發，當時被發現了以後，情感便成為剩餘的價值，字句只是詩的表現工具，沒有詩，字句就成為無的放矢。詩是遊離於情感和字句以外的東西。這個東西是一個未知，在未被發現以前，像是一個假設，正等待我們去求證。」如果我們能夠做到這個樣子，才真正是一個詩人。

涂沛宗：在老師的詩集《閒愁》裡的詩有很多種型式和體制，在您的上一本創作《生態靜觀》裡面也有六行體，我想請問老師對於這個型式、體制的一些看法。就是這些型式、體制作為被實驗或是被超越的對象，對老師而言，是不是也是重要的？或者說，老師後來有沒有想要繼續挑戰、繼續實驗的型式？

向明：我這裡有一篇文章，其中一段談到詩的型式的問題。自從五四以後，胡適之把詩的所有的規格推翻，詩就成了自由詩。成為自由詩之後，當年首先出來置疑的是聞一多，他認為徐志摩寫的那種詩，其是散文的變體分行，雖然他們都是「新月詩派」的。他覺得詩還是應該有一個規格，他主張詩也要講究建築美，他照他的理想創造一種新格律詩，後來被罵成豆腐乾體，為傳統詩復辟，從此誰也不敢跟隨他的方法寫詩。這是第一個想為新詩創造一種新的型式出來的人，第二個就是從西方把散文詩引進來，可是散文詩更像散文，不但沒有詩的應具規格、型式，內容更難寫出詩的味道，所以散文詩也並沒很成功的普遍被接受。第三個努力就是小詩，小詩是從印度泰戈爾那裡學來的；還有人學日本的俳句，俳句是五七五，也是有個形式。可是，這三個形式的實驗，到現在為止，沒一個成功。大陸西南師大新詩研究中心，近年開了三次研討會想作新詩標準化的推行，那就跟古詩一樣了。我說這是開倒車！現在要回復到一個定格的體

制，或是五言、七言樣子，都已經不太可能了。

　　但是，每個詩人自己心中都應該有一個規律在。我常常講我只有八個字「外型凝練，內涵深詠。」詩的外形要緊凝簡練，而內裡要含蘊有張力，利用各種修辭的方法，使詩不致於像散文一樣鬆散，可以用象徵，用比喻、對比的方法，讓詩以意象來代言，避免一堆廢話，比散文還囉嗦，這是外形凝練。那詩的內部，它是很深沉的，如果你意象用的好，還會有很大的張力在，這張力是你看不見的，但是大家會感受得到。我這八個字可以讓詩不至於那麼氾濫，不至於那麼自由，我追求的詩的形式就是如此。我以各種行體來作實驗。

　　關於意象這問題，自從五四以來，我們的詩就被現代主張所薰陶，被美國現代派大師龐德所發現的「意象」一詞所強調。早年，我也曾經寫過一篇「詩沒意象，即會異樣」的警語，其實早在《周易》繫詞中，孔子就說過：「書不盡言，言不盡意，聖人立象以盡意。」也就是說，既然說不完也道不盡，那就不如找一個相應可感的畫面來代言，這樣盡在不言中，就是使用意象的成就。你看曹植的七步詩，如果有時間的話，他可以寫萬言書，但他沒有時間，在七步之內他必須用一首詩來說服他哥哥，他很快就找到一個「煮豆燃萁」的畫面，暗示兄弟之間不可同室操戈，這樣會有違親情倫理，結果點醒他哥哥沒再要殺他，還放他一個小官來做。這首詩僅20 個字，這就是意象的妙用。就是讓你的語言簡練，讓你的詩在一個很簡單的比喻內發揮極大語意傳達功能。

　　**涂沛宗**：老師寫了許多詩話、詩評，叫好又叫座。如果我們也想學習嘗試的話，是否有什麼地方需要特別留意呢？

　　**向明**：你想搶我的飯碗啊？其實，人家以為我好為人師，我根本沒這個意思。我寫《新詩百問》，是因為我有個時候在《臺灣新聞報》寫詩和文章，那個主編有一天打電話給我說：「向明老師，你來幫我們寫個專欄好不好？」我也不能不接受，因為他既然找上我，當然是看中我。我就說：「我到哪兒去找 100 個問題？給我一點時間。」那時候各學校常常請我去演

講，我最後總是留下 20 分鐘請同學發問，可是沒有一個人提出問題。我想這還得了，我每個禮拜三一定要有一篇文章出來。到第二個地方，我就講：「你們不敢問沒關係，寫在小紙條上面，我也不說是誰的名字。」也沒有人發問，我想完蛋了，我這個專欄總不能開天窗。第三次我就講：「這樣好不好？你們誰問我問題，最好能把我問倒，什麼問題都可以，不要顧忌，我送你們一本我的詩集。」重賞之下，任何問題馬上都來了。就這樣開始，寫了 50 問，爾雅出版社看了覺得很好，就先出了《新詩五十問》，一年以後，才是後 50 問，所以當年是兩本書。

其實一開始我就講，我不是來教人家寫詩的，我是把我讀寫的一些心得告訴大家，你們可以少走一點冤枉路。我為了寫這 50 問，不曉得要找多少東西來看，每個問題都要找根據出來，找出來之後都要經得起考驗。一直到現在為止，沒有任何提出質疑的，只有質疑這些太簡短，那是因為他們限制了字數，只有 1000 字。其實詩話、詩評每個人都能寫，但是，是很痛苦的工作，如果你很認真，不怕得罪人。

我後來還是接了《人間福報》的專欄。我寫什麼？寫詩的「題目」。大家總認為詩的題目很簡單，隨便取一名字即可，其實這裡面學問很大，有「不題」、有「缺題」，有根本沒有題目的，還有是用編號的，有個詩人為詩取題目，還要算筆畫。我為什麼寫這個東西？是那一年，那時候還沒解嚴，愛莎尼亞一個女詩人來，她拿詩給我們看。一看，怎麼回事啊，詩上面都沒有題目？她問我：「詩，一定要有題目嗎？」她又說：「你真的要題目嗎？第一行就是。」後來我去找，發現我們的古詩裡面就有這種例子。杜甫有一首寫給李白的詩「不見李生久」，他就用「不見」二個字作為題目。所以你可以從詩的題目裡面發現各種花樣，無奇不有。你的發現如果你要找出任何問題，非得要去找好多資料看個究竟，王國維的《人間詞話》裡面，還有錢鍾書的《談藝錄》都是寶藏，就講到很多東西。你得去找來看，所以要寫詩話也不是那麼簡單。

陳少：一般對於創作者來說，就是為了持續進步或是接下來寫什麼？

其實我們都知道要多讀、勤寫，還有就是去體驗人生。可是我們常常讀到的都是臺灣或是大陸詩人的作品，那國外的，尤其是比較年輕的詩人，通常在寫什麼？關注什麼議題？我們得知的比較有限，可能要等到他們得到諾貝爾或什麼大的文學獎，才會認識這些國外詩人。那我們能夠透過什麼方法或管道閱讀世界的詩，他們的詩觀又是什麼？

**向明**：其實，我們跟國外，尤其是英、美這些地方，以前接觸過很多。我記得有一年，我們到美國大學去朗誦，我發現他們的詩人很可憐。有些是很好的詩人，卻沒有名；他們作品也沒地方發表，沒像臺灣這麼多詩刊。我們到 San Diego 加州大學分校，那學校裡面有好幾個詩人都很有名氣，也都很寂寞。有一個黑人詩人，他寫創意十足的靈魂歌曲，一場朗誦會基本可以拿到 5000 美金。我們請他朗誦給我們聽，結果一個字都聽不懂。他說就是聽他的韻味。另外一個專門研究印地安人的詩歌，他拿著印弟安人的權杖咚啊咚啊的敲地，嘴裡唸唸有詞，也是聽不懂，就像我們的少數民族一樣，歌頌他們的祖靈，他也不要你懂這些東西。

至於年輕詩人，那是五花八門都有。我們在紐約的時候，跟我一起朗誦的詩人隆納德・史華綏，他朗誦我的英譯作品，我朗誦他作品的中譯。他編有一本美國年輕人詩選，作品的內容各有取向。他們沒有詩社，不像我們臺灣這樣。他們沒有幾本詩雜誌，有也很難上得去。他們很羨慕我們有副刊可以發表詩，拿稿費，出書的時候還可以拿版稅。

現在大陸的詩，我也很熟悉。過去我們總認為我們的詩超越他們，如果按照當時剛開放的話，他們是比我們落後，可是他們追趕起來，比我們快很多的。他們什麼都敢寫，至少不會是過去那種要為政治服務。他們還經常請到國外去參加各種比賽，得外國的大獎。我們已經落伍了。

**陳少**：我們以前去聽演講，最後大家都會發問說希望給我們年輕人什麼期許，最常聽到的就是「莫忘初衷」這幾個字。就是說希望大家在創作的路上，不要因為社會的眼光、評論或是利祿，矇蔽了當初我們愛上創作的初衷。所以想要請教老師，當初您愛上寫詩的「初衷」機緣是什麼？

向明：我不曉得誰會講「莫忘初衷」？我是沒有講過。其實這句話並無惡意，就是要你不畏艱難，堅持到底。我們剛到臺灣，沒有親人，又無一技之長，可以說是又窮又沒前途。那我為什麼會寫詩？那是因為我們在家裡讀過幾天古書，可以借詩來寄託，尤其那時候想家，不知道何時才能回去，我的第一本書《雨天書》，其實都是在思念過去家鄉的東西。我們那時候沒有什麼「初衷」，就只能夠把所有的想法藉詩表現出來，也不見得寫的很好。記得那時候，覃子豪老師說：一首詩寫好後，至少要放三天以後，再拿出來看。你自己深入思考以後，你會發現並沒有寫好，還可以再修改。我們當初就是這樣過來的，退稿無數次。後來寫也是，現在報社還是一樣會退稿。

我想你們寫詩，一方面是喜歡；另外一方面就是，詩能夠讓你有一種發洩。我認為寫詩，在我這種年齡而言，也像流淚、出汗一樣，都是一些排泄。我有一篇文章〈寫詩的理由〉，有人問一個外國詩人為什麼寫詩？他說：「你去問，為什麼會有海嘯？為什麼會有地震？這些天災是什麼原因？其實是積壓的能量要釋放而已。」寫詩也是一樣，心裡面有種衝動，有些能量要釋放，所以才有一首一首詩出來，這也告訴我們詩不是無的放矢，或無病呻吟。

林立雄：我把想要問的問題全部濃縮在一起問好了，因為剛才有一些重複。其實我是想問：現在有些人，在看待我們這些七、八年級後寫作的年輕人，都會覺得我們好像不太關心社會，所以就把我們冠上了「極端自私」這四個字的形容詞，我是在一本雜誌上看到的，請問老師的看法。

向明：我從來不敢講這種話，誰有資格講這個話！我剛剛還在講「後浪來了，來勢淘淘！」確實如此。這也就是為什麼，我們每次評審的時候，我對那些同輩的老先生們說，我覺得我們落伍了。

前幾年，我們到北京去開一個中生代詩人的詩學研討會，是北大和首都師大合辦的，我們《臺灣詩學》的蕭蕭、白靈等八位中生代精英教授全都去了。隨後我就問主辦人：這些人都是研究詩的教授身分，只有我這麼一個純寫詩的人？那個主辦的教授說：本來就不是專為寫詩的人而舉辦，因為只有

你這個詩人還敢寫論文發表。那次研討會有位我們臺灣教授居然把某一年文學獎評審的經過拿去當論文發表，而且鉅細無遺的公開出來。在那麼大的場合把評審記錄當論文發表，簡直有違學術道德。結果他唸完之後，一個年輕的大陸學者當場批評我們根本不懂詩，我們也沒辦法去辯解，因為沒有立場可以自圓其說。

我每天在網路上找很多詩來看，只要是好的東西，我都把它收集。事實上，我們也在學習。在詩這個行業裡面，沒有年齡，沒有人是老大，什麼叫「自私」？除了詩以外，其他都是 nothing，一個寫詩的人，應該追求如何使你的作品站得住腳，如果這也是自私，那也是詩人不顧一切想把詩寫好的必要手段。

我寫過一篇文章叫〈詩人與阿 Q──越界試寫輕型武俠詩的心境〉，這一點我想每個寫詩的人都不得不承認，詩人都是自我的精神勝利者，尤其發表了一首詩以後，就自我感覺偉大的不得了！我說詩人不過是連刀都提不起來的文弱書生，一個阿 Q 而已，一首詩就能使你偉大起來嗎？事實上，不只是我，連詩人老祖宗屈原也是，〈離騷〉除了發發牢騷以外，對國家有任何幫助嗎？如果真的是愛國詩人，他為什麼不去執干戈以衛社稷，最後還投江一走了之，不慚愧嗎？（不好意思，我在亂講。）我最近寫了一首詩〈後現代殺機〉，藉撲殺蚊子來諷刺後現代，後現代情境就是這樣，殺人的工具前衛得乾淨俐落，還要處處留下美名芳香，這是我對後現代的認識……本來還想介紹一個未來主義。「未來主義」比現代主義、後現代主義早的太多，而且比這些個後來的主義恐怖太多了，因為沒有時間，我就此打住不再講了。

**辛勤：**剛剛向明老師為我們回答了許多問題，不知道各位有沒有發現，向明老師對生命的態度非常熱情。我覺得他對人性的寬容，對事理的幽默詼諧，也樹立了我們人生另外一種學習的方向和態度。今天我們很高興，也謝謝向明老師。

──選自《海星詩刊》第 6 期，2012 年 12 月

# 訪問向明先生

◎郭乃菁<sup>*</sup>

時間：2012 年 8 月 22 日
地點：臺北市，向明先生吳興街寓所

　　問：請問您對現代詩的想法是否深受覃子豪先生的影響？影響最多的是哪些方面？

　　答：影響我最深的其實就是一段話，他說：「詩不僅是情感的書寫，詩人他也不僅是一個字句的組織者。情感可以將詩引發，當詩發現了之後，情感便成為剩餘價值。字句只是詩的表現工具，沒有詩，字句成為無的放矢。詩是游離於情感與字句以外的東西，這個東西是一個未知，在未被發現之前、像是一個假設正等待我們去求證。」這段話是在他的最後一本也是最好一本詩集《畫廊》的序言。這段話讓我認識詩是「無中生有」的結果，也就是一種未知，一個假設，讓我們去求證。這才是「創作」，真正好詩，一定是創作，前所未有的新品。

　　問：在《新詩百問》一書中，讀到您對於「圖象詩」相當不以為然，您是否還是站在不認同的立場？

　　答：我們中國文字本就是一種圖像文字，用圖像文字創作出來的詩，是靠意象來表現，「意」就是我們要寫這首詩的意圖，或者思想觀念，它是看不見的，為欲現形必須藉一個相應可感的畫面，也就是一種具體的現

---

*發表文章時為高雄師範大學國文系教學碩士班研究生，現為高雄市新莊國小老師。

「象」來代言。所以我們詩人是用文字的內涵結構來繪圖，讓文字張力在腦中組成的畫面，比用方塊字當積木構成的畫面要高明得多，詩人應該是個藝術家而不是工匠。

問：對於現代詩中的「形式」與「內容」，您認為何者重要？

答：內容與形式是一體兩面，必須相輔相成，配合得天衣無縫，都有它的重要性。

問：關於覃子豪老師在《論現代詩》中所提及的詩的意境、意象、境界，您是否認為「意境」就是「境界」，而將其分為意境與意象兩種？

答：關於這個問題我已在「新詩百問」的第 27 問作過詳盡的解釋，意境是屬於形而上的，是指一首詩在情、理、形、神各方面都達到美感極致的要求，是我們中國古典詩的一種特有美學講究。而意象是一首詩寫得成功的技術條件，如何使「意」得到「象」的巧配，使得詩看起來「外形凝練，內涵深詠」，讀起來不隔，且有共同語言和共同趣味在。

問：您在詩話中曾提到「詩貴真誠」，可否告訴大家您是如何判斷一首詩真誠與否？

答：「詩」其實是一個寫詩人的心聲吐露，用最華麗的語言，用最高明的技巧，如果心緒不正，絕對可以看出那是一種虛偽的掩飾。詩人最不能說謊，他的詩會露馬腳。

問：出自《青春的臉》中的〈種子〉一詩，是否帶有鄉愁的影射？


一
我們可能祇是一撮卑微的種子
出發時，忽略了天候的審視
落腳點的崎嶇
沒有看清，一蘇醒便是
一生，一筆永遠無法抹去的
大地的落塵

四

泥土是我們的近親

天空是我們的遠鄰

我們總是懷著遠行的大志

把自己攀成

時間的

枝幹

而糾纏我們的根鬚說：

你是屬於這裏的

你那裏也不能去

五

任江河呼嘯在眼睫

任山嶽縱橫在腳跟

我們終究祇能脫胎成一林樹

站在這裏

披星戴月的站在這裏

望著，手足無措的望著

路被一個個

巨大的天空

活生生的吞噬

——〈種子〉

答：應是一種宇宙的鄉愁，非小我的鄉愁。

問：為何您會想創作〈生態靜觀〉這長達一百首的組詩，這是一首長詩嗎？每一首短詩之間是否隱含了何種關聯或暗示，為何您會將這些短詩放在一起，它的編號順序是否帶來什麼樣的含意？

　　答：每個寫詩的人都會遭遇到必須能寫長詩的挑戰，否則會被認為寫詩的功力不行，更有人認為凡大詩人，必定會有一首長詩寫出來。我不曾有做大詩人的夢，只想本分做一個寫詩的人，每種詩都得嘗試。早年我一直想寫一首長詩，題目叫做〈暗流〉，意在尋找我們中國為什麼一直這麼積弱，一定有一股暗流在其中作祟。長詩看來雖難，傳統的長詩無論中外都有一根主幹作全詩的發展中樞；都有一部故事情節貫穿前後。我不想寫那些神話或歷史英雄人物的長詩。而且〈暗流〉也無法做成故事情節來寫，所以一直不敢動筆，直到前幾年發現在一個總主題之下，以組詩方式表現，也可寫成句斷意不斷的長詩，洛夫的〈漂木〉即是以這種方式表達。這種方式的最大好處是每組短詩都因篇幅短，必須十足是真詩的質素，不像長詩可以滲水，變成散文的分行。我的〈生態靜觀〉便是以這種企圖表現出來的，而且全都以六行詩的形式寫出來，也是一種對自己的挑戰。

　　問：您在《詩中天地寬》一書中，有多達九篇論及詩的題目，知道您相當重視詩的題目，請問您〈生態靜觀〉底下的組詩以編號為題，是否是您「無題」的一種嘗試，還是仍是「有題」的一種？

　　答：詩的「題目」從來無人研究，連學院中也從未有人拿來作研究論文。我在 1970 年代即發現其中並不簡單，有很多不同的理由或原因來訂下一首詩的題目，因此就有《詩中天地寬》那九篇論詩題的文章。〈生態靜觀〉是那首長詩的總題目。

　　問：您認為一首好的現代詩最重要的條件是什麼？

　　答：不論什麼詩最重要的是要感人，不能使人笑，也要使人哭。不能戳到人家的痛處，也要搔到人家的癢處，不哭不笑，不痛不癢，等於白費功夫。

——選自郭乃菁〈向明詩觀研究〉

高雄師範大學國文教學碩士班碩士論文，2013 年 2 月

# 航向詩人：向明

◎李進文*

## 穩、準、狠

　　對詩人向明來說，寫詩純粹是為了興趣。

　　他不認為寫詩就應該把它當作一項偉大的使命，或賦予某種崇高的意涵。從古至今，歷史上出現過千千萬萬的「詩人」，但真正能經過時光的淘洗，而在史冊上留名的詩人少之又少。

　　所以，他從來就沒有想過要成為什麼「偉大」的詩人，而是純粹為了個人的嗜好，他覺得，唯有詩才能讓他真切地表達情感和思想。

　　向明出版過多本膾炙人口的詩集，喜歡他的詩的讀者，年齡和類型跨越得相當廣泛，原因在於他個人的獨特詩風。他以「穩、準、狠」三個字作為他寫詩的圭臬。「穩」指的是對文字的駕馭力和紮實的知識修養；「準」是指意象的精確；「狠」乃意味著創意。

　　他認為創意是寫詩的最高境界，他不喜歡重複自己，同時也不喜歡年輕一輩的寫手重複前行代的風格，這也是他擔任過無數次文學獎評審時的一個重要考量指標。

　　「我們這一輩太守成了」，向明說，過去因為政治因素，造成創作上的不自由，而現在這麼民主開放，是多麼難得的契機！所以他在創作時恨不得每樣都去嘗試它一下，包括各種形式、內容和議題都去寫寫看，成不成功是另一回事，重要的是，要不斷向創意挑戰。

*發表文章時為明日工作室總編輯，現為聯合文學出版社總編輯。

　　他始終認為，年輕人要開闢出一塊自己的新生地，而不是跟著老一輩走。創作應該是一種全新的誕生，而不是複製一個影子。

## 讓詩來決定一切

　　「我的基本風格始終是不變的。」在創作態度上，他說「詩就是以最節省的語言，表達最高的意境」，否則詩就與散文無異了；對於外在環境的干擾，向明仍以一貫的堅持來面對，例如當年現代詩潮風起雲湧，現代派、超現實主義等爭論和紛擾向他襲來，而他對自己的「風格」則堅持始終如一。

　　他不慣於爭執，向明常說的一句話是：「讓詩來決定一切」。換言之，所謂詩的好壞、詩的長短、詩的價值，必須經過時間的考驗，時間篩剩下的就是好詩，就是值得永恆留存的東西。

　　對於自己的詩，有沒有特別鍾情的作品和詩集？向明說，他出版的每一本詩集，至少對他自己而言都有特殊的意義和價值。以他嚴謹的創作態度，每一首詩會發表出去，勢必要自信是最好的，否則就對不起自己，也對不起讀者。

## 暗流

　　有人「批評」向明沒有寫過「長詩」巨構，向明坦言，他確實沒有寫過「長詩」，但是，首先「長詩」的定義就見仁見智。他說，最常用長詩來架構的就是「史詩」，但是史詩的構成，往往屬有許多散文的成分，那就像是俗話說的「灌水」，不符合他對詩質的要求。

　　事實上，在向明的心目中，對長詩的要求是和他對短詩的要求一樣的嚴酷的——要符合「穩、準、狠」三大要素，但這對詩人來說，確是一項超高難度的挑戰，所以他不是不想寫長詩，而是一直無法在這項高難度的要求下寫出來。

　　向明透露，他心中有一首想了很多年的長詩一直寫不出來，題目叫做

〈暗流〉，寫不出來不代表他已放棄，他還是會再繼續思索推敲下去。為何叫做〈暗流〉呢？向明說，中國的積弱不振，主要來自一股「暗流」，暗流不除，光明難顯。然而要完成這樣一首長詩，需要很多的內容來演繹和闡釋，更重要的是必須歸納出一個主要原因，可是這個「原因」，迄今他還沒有找到。

## 詩就是測謊劑

詩格和人格，常常是相互彰顯和影響，在談到他個人的性格特質時，向明說：寫詩者應該是最不會撒謊的人，因為詩就是測謊劑，不管你願不願意，詩中總會透露出詩人的思想和情緒，庶幾無所遁形。

「有人說我個性溫柔敦厚」，向明笑著說：「是不是這樣？我太太最清楚了。」他形容自己有時候也很「頑固」，但是，他的頑固都是在大方向上頑固，對於他所堅持的事，他會義無反顧，全力以赴，例如在現代詩論戰時，紀弦遭到圍攻，可是屬於現代派的成員，鮮少主動站出來為紀弦辯駁，勇敢站出來幫紀弦的反倒是藍星詩社的成員，因為他們對於現代派的某些主張是認同的，對此，向來「溫柔敦厚」的向明，後來一遇有人誤解卻又顯得奮不顧身了！不過他對於一些毫末細節，倒真是不太在乎的。

## 解決瓶頸

詩人的靈感不是無所不在，也不是呼之即來揮之即去，而是會不斷碰見瓶頸，再突破瓶頸，又碰見瓶頸──詩人常常陷入這種痛苦和快樂的糾葛之中。

當碰到瓶頸時，向明的作法是，「擺著！」有耐性地讓時間去沉澱，例如他那首不斷被各種詩選收錄的〈瘤〉，就擺了五年，這中間不憚其煩地修改再修改，寫詩需要多大的耐力和韌性啊！他務必要讓每一個字都擺在最適當而不可取代的位子。

那麼，還有那些作品仍被向明「擺著」呢？他說，有一首詩他迄今還

擺在心中，一直難以終篇。觸發點是他兒子大學畢業要當兵，結果抽到的是傘兵，對於孩子抽到這「特殊」的兵種，向明的夫人分外緊張，這中間的惶惑感觸一再引發向明寫詩的衝動，他在思索，孩子為何要冒這個險，是為了國家？還是為了個人？值得嗎？他聯想到孩子的誕生就好像是跳傘一樣，從母親的子宮下來，沒有選擇的餘地，不管這新生命願不願意，都必須去向對一個陌生的世界──。

## 欣賞普希金

除了詩創作，向明所著的《新詩 50 問》與《新詩 後 50 問》，已成了重要入門書，該書博引中西，旁徵古今，經消化後再以淺白的文字寫出，其詩人的內涵是受到一致肯定的。那麼，向明平常都讀些什麼書呢？他說，他讀的書很廣也很雜，話題一轉即笑說，他平常在家的時候，幾乎是沒有什麼娛樂的，通常看完新聞以後就進書房了，讀書是他最大的樂趣。

最近他嗜讀的一本書是錢鍾書所寫的《宋詩選注》，除了讓他對宋詩的精彩處有進一步的了解外，同時錢鍾書的選詩態度，可以作為臺灣各種詩選的參考，他還因此寫了一篇〈讀序心得〉，特別是對錢鍾書為宋詩選注的序大加讚譽。

在創作上，一路走來由於他讀的和接觸的東西很多很雜，很難說得清楚哪個作者或誰的作品對他的影響最深，不過，他倒是對普希金相當欣賞，普希金的文字淺近平易，語言明朗樸實，這很符合向明的創作理念。

由於向明自習英文頗有成績，他在閱讀時可以直接打開「另一扇窗」，他很鼓勵年輕寫手，多學一種外文，這等於為自己多開一扇文學的窗。

## 關於網路文學

平常向明早上六點多就起來了，自己煮早餐，然後就是看報紙，對看報紙他有個習慣是一次都看好幾份，而且是「鉅細靡遺」，透過這個窗口，他可以有許多的思索和聯想。九點以後就是他的寫作、閱讀和作品的修改

整理時間，中午小寐之後，喝杯咖啡，再繼續未完成的工作。

　　最近他特別關心和研究的是兩岸詩學的發展。

　　至於對網路文學的看法，他相當肯定網路文學未來可能開拓出的各種樣貌，只是目前還不成熟，但由於網路太自由，太不受限制，也衍生出不少缺點，例如許多作品不分良莠地蜂湧而上，形成像蜉蝣生物一樣地朝生暮死，作品的生命太短暫了，有一些好作品也因此被淹沒，未來他希望網路文學也能發展出一套評鑑系統，可以把好作品留下來。

　　　　　　　　　　　　　　　　──選自《藍星詩學》第 7 期，2000 年 9 月

# 試論向明的詩

◎洛夫*

在臺灣的前期現代詩人群中，向明一直被視為步態穩健，風格篤實，最喜於將生活素材提煉為詩，化腐朽為神奇的詩人。由於他的語言雖淺近而富詩趣，在妙手巧織之下，我們往往從他的作品中驚覺到，我們四遭平庸而僑俗的生活竟然如此充滿著美、善意、詭異，以及使人歎息，激憤，和沉思的東西。近日細讀他的新著《青春的臉》，這種感受尤為強烈。但我更有一項新的發現，即表面上他雖極度審慎而節制地處理詩的語言，以期句構盡量求其單純，求其精練，但骨子裡卻蘊藏著一股勃鬱剛毅之氣，故他自稱為「保守」與「激進」雙重性格的矛盾組合，我則認為這不僅只是指他接受現代文學的外來影響而言，實際上是有他人格與詩風的根據的。他在作品中雖極少使用那些感覺尖銳的意象，但無論如何我們不能把他歸類為小天小地的婉約派抒情詩人，他有些詩甚至相當知性，譬如〈釘〉：

無非是錘擊
無非是作用力加反作用力
無非是我鐵質的尖銳
　對抗彼木石之薤粉
無非是奮不顧身的挺進，挺進
　作為一種鋼鐵的生命
　唯深入始可生根

*本名莫洛夫，詩人、評論家，《創世紀》的創辦人之一，現旅居加拿大溫哥華。

　　　　挺進向茫然無知

　　　　深入向堅實冰冷，行進間

　　　　鐵與鐵鏘然而鳴，不是憤怒

　　　　火光四濺也不是憤怒

　　　　無非是激情的宣佈

　　　　一種崩潰，已開始在彼之體內產生

　　　　…………

　　釘子具有尖銳，強悍，勇猛的陽剛形象，同時也是一種進取精神的象徵，更富有冷靜、孤絕，雖千萬人而吾往矣，九死而不悔的複雜性格。以這種題材入詩，如作者強於感性，他很可能會處理得咬牙切齒，血脈賁張。向明並非無情，只是他把自己的熱情作了適切的約制，使得情理交融，以致〈釘〉便成了一首表面平靜而內部沸騰的詩。這首詩也許是在表現作者的精神內涵，但重要的是他運用「釘子」這個暗喻，使得抽象而獨特的意志力具象化，客觀化，而成為一種普遍經驗，於是才能產生感人的力量。

　　向明的詩大多在言志，都是有感而發，發而有節，可說具有我所謂「冷詩」的屬性。他的作品通常為一組暗喻所掩飾，故讀者在表層上看到的可能只是一個面具。暗喻本身就有其象徵性，故多言外之意。整體來說，向明某部分作品既富知性，但不概念化，雖出之象徵手法，其含義並不曖昧。我認為這主要是因為他能從真實人生中取材，成詩之後卻又與人生保持一種若即若離的距離，致使讀者生出一份親切感，但當你準備去接近那種似曾相識的現實時，它又飄然而逝，杳不可即，這就是詩中的味外之旨。試讀〈靶場那邊〉、〈充耳篇〉等，你就會有此體味。深入人生，體驗現實，勢必有所不滿，但向明對情緒的把握頗有分寸，如〈夜話〉、〈晨間的紀事〉等，詩中有抗議，卻聽不到憤怒的喧囂。

　　向明的好詩多屬小品，精緻而機心獨運，所用意象也相當準確，如〈書〉、〈春燈〉、〈冷〉、〈春〉、〈感覺中〉等首。這些作品雖非巨型建築，

卻具樓臺亭閣之勝，自成格局，各有丘壑。例如在〈冷〉詩中，他作了如
此安排：

> 入夜。小小的斗室
> 一盞小小的燈
> 鳳蓋般的擁著
> 一個小小的影子
> 就可天可地的
> 出唐
> 入宋
> …………

既寫寒夜蕭瑟之感，同時也表現了擁孤燈讀書的樂趣，燈小影子亦小，但
斗室乾坤大，寂寞中自有其伸展自如的天地。聊聊數筆，如此輕描淡寫，
卻能達到言簡意賅的效果。

　　不過，我覺得他表現得最好，最豐富，也最動人的，是那些與生命有
關的作品，而那些通常是以形而下事物來的寫形而上的精神層面，〈瘤〉與
〈苦楝樹〉兩詩正屬於這類作品。詩，不論採用何種形式，表現於何種風
格，它不是主觀地映現作者的心境，便是客觀地反射普遍的人生，因此，
詩本質上就是一面鏡子。但如要充分發揮鏡子的功能，詩就必須做到使
「自我」、「現實」、「詩藝」（包括意象，節奏，結構等）三者融為一體。詩
中僅有「自我」與「現實」，那就產生了今天所謂的社會寫實詩，如僅有
「自我」與「詩藝」，那又不免掉進抒小我之情的浪漫漩渦，如僅有「現
實」與「詩藝」，而缺乏「自我」，和隨「自我」而生的真摯性與獨特性，
則這必然是一首矯飾，機械，有如塑膠花的偽詩。

　　〈瘤〉這首詩曾多次被討論過，但由於表現手法較為曲折，致引起了
見仁見智的評析。無疑的，這首詩的主旨乃在苦陳一個詩人的創作心路歷

程。作者肯定詩的蠱惑力，但也飽嚐吟詩之苦。這種創作的痛苦，古人體驗尤深，故有「二句三年得，一吟雙淚流」（賈島），「生應無輟日，死是不吟詩」（杜筍鶴），「日日為詩苦，誰論春與秋，一聯如得意，萬事總忘憂」（僧歸仁），「吟妥一箇字，撚斷數莖鬚，險覓天應悶，狂搜海亦枯」（盧延讓）等句。這些寫的都是古人吟詩成癖，狂搜險覓，終而陷入詩的深淵而不可自拔的感歎。現代詩人寫吟詩之苦，顯然比古人表現得更具體，更生動，也更深刻。向明即以「瘤」這種絕症作為暗喻，以具現艱苦的創作過程，這就不止於情緒的發洩，實際上已表現了「苦吟」經驗的本身。這首詩雖以「瘤」為主要象徵，但隨著詩情的發展，又出現了「蟬蛻」、「掌上的繭」，和「一張薄薄的紙」等次要象徵。這三者所引發的痙攣，痛苦，消瘦，孤寒等各種不同層次的感覺，必然會使讀者產生切膚之痛。尤其詩中第三節：

而且，你頑固如掌的一枚繭

剝去一層

另一層

又已懷孕

更表現出除之而後快，但又迷戀成癖，只好在此忍受創造（懷孕）之苦的那種微妙的矛盾心理。像這種現代表現手法，顯然比「一吟雙淚流」，「撚斷數莖鬚」如此浮面的描寫生動深刻多了。

　　其次，我認為這首詩之所以足堪玩味，主要得力於它的戲劇結構：首先是潛藏體內視為絕症的瘤，繼而發展為一隻脫蛻的蟬，然而轉化為一枚掌上頑固的繭，受盡折磨之後，無非是要把詩人瘦成一張薄薄的紙；事件節節推進，戲劇性也次第加強，最後非常突兀地出現了逆高潮──這就是詩，或者說，這就是一首詩的誕生過程。讀詩至此，我們不免一聲輕噓，繃緊的情緒為之一鬆。如僅就結構而言，向明這首〈瘤〉，與鄭愁予的〈錯

誤〉實有異曲同工之妙。

　　至於〈苦楝樹〉一詩，正是一面反射作者心境的鏡子，如說它是一個象徵，藉以暗示現代人的精神空虛與茫然無助，也許更為恰當。一株孤立無援的苦楝樹，在秋日，在四野無人的曠野，悶不作聲地與風雨苦鬥，而它發出的掌聲竟如同：

　　　　越　飛　越　遠　的　雁
　　　　　　　　　　陣

　　似此一字橫排的形式，以往曾在詩壇流行一時，但大多與詩情的發展缺乏有機關係，而被視為故作姿態，看多了難免生厭。可是向明用在此處卻有其表現上的必要，因一則形似長空飛行的雁陣，益增秋日荒涼寂寥之感；再則暗示掌聲越來越軟弱無力。此處的掌聲漸漸轉化為雁陣，確是神來之筆，給人羚羊掛角，無跡可尋的印象。此詩唯一的敗筆是「瘦成周夢蝶式的苦楝樹」之句，因周夢蝶只是一位特定個人，雖為當代名詩人，但其普遍性尚不足以代表現代人的苦難共象，用於此處，可能會影響詩境界的開展。

　　《青春的臉》這個集子中的好詩猶多，無法一一細解，但另有〈戰士〉一詩，不能不略加評介。在我所讀到的所謂「戰鬥詩」中，這首詩恐怕是刻畫軍人形象與精神最為傑出的一首。以往我們讀這類作品，心中所喚起的只是一種由「固定反應」所產生的概念化的軍人，而向明卻能利用生動的意象，寫出一個軍人為愛憎而戰鬥，為責任而流血的精神。作者在最後幾行寫道：

　　除了安息日
　　他總是把自己
　　編在一本厚厚的冊頁裏

你若問他
連那一頁，也已
忘記

　　這似乎是對軍人命運的哲學式的探討，作者的觀點顯然出於宿命論，這個問題頗值得讀者深思。但無論如何，這首詩所表現的知性深度，顯非處理同樣題材的其他作品所能企及。

　　近十年來，臺灣的詩風大變，在所謂「社會寫實」的文風影響之下，詩的主題性加強，詩人的社會意識重於文學意識。從好的方面看，詩的內涵日漸契入現實，詩的思考性取代了浪漫而無節制的感性，詩的語言也更接近日常用語。取法乎上者往往能達到深入淺出，言近旨遠的境界，不僅追求詩意的確切表達，同時也重視詩藝的提升。但遺憾的是，取法乎下以致矯枉過正的現象更為普遍；創作固然鄙視神思與機心，也不講求品質管制，以致語言粗糙，趣味低俗，更無所謂個人風格了。尤其有一種人，以能趨於散文式的明朗而沾沾自喜，全然缺乏詩藝的價值觀。這是今天詩讀者一致公認的新危機。

　　在少數幾位取法乎上，慣以生活入詩而又能窺得詩之奧祕的現代詩人中，我認為向明是其中最能把持定力，保持清醒，不願隨波逐流的一位。《青春的臉》是他十年內作品的結集，十年僅得詩 70 首，可見其創作態度的嚴謹。我曾有「寫詩如吐痰」和「寫詩如吐血」之說，以喻詩人創作心態是否真誠，向明詩中多含血絲。這正是他感時憂世的真情反射，至於他對語言的提煉，意象的掌握，和結構的經營，都能獨出匠心，得其環中；而他能在詩中適度地詩以知性的約制，尤足以證明他是一位進而介入現實，出而批評人生，兼顧文學使命與社會使命的現代詩人。

——選自向明《向明自選集》
臺北：黎明文化公司，1988 年 5 月

# 讀向明的《新詩一百問》

## ◎洛夫

　　向明的新著《新詩百問》即將由爾雅出版，囑我為序。接到他寄來的原稿，我便狼吞虎嚥地日夜研讀，愈讀愈有興味，幾乎忘了作序的原來任務。對我個人而言，讀《新詩百問》的益處，是使我在一夜之間對帙卷浩繁的中西詩學和詩話作了一次要點式的重溫，更從向明個人的創見中找到了一把解惑的鑰匙，不時會推桌而起，暗呼「深獲我心」！

　　向明除了心存靈性，情思蘊藉之外，更以慎思明辨見長，以數十年的創作經驗，摸透了詩之體與用，而把所學、所思、所體悟到的詩學理論，寫成了一篇篇簡要而周延，精粹而全面，既富創意而又具學術性的現代詩話，完成了多年前我想做而未能做成的大工程。這些詩話看似漫無體系的即興式「答客問」，但所涉及的有關問題，層面甚廣，既包括詩的本質層面，諸如神思、意境、形而上思考、意象、語言、節奏、象徵與超現實的概念等；也包括了詩的技術層面，諸如句構、建行、標點、詩的聲光、詩的朗誦、後現代詩、都市詩、女性詩、隱題詩等，幾乎搜羅殆盡，無所不談，正如李瑞騰所說：「向明多少年來在各處講詩，蒐集了許許多多詩的問題，趁此機會大清理，百問而千萬答，則結集而成的書便是手冊、指南一類的現代詩學工具書了。」

　　詩，是一種邂逅，神和物的巧遇。詩話則可說是一種不帶地圖的漫遊。向明的《新詩百問》還不僅如此，他雖不帶地圖，卻攜有指南針，為在詩國漫遊者指點一個方向，雖不是放之四海而皆準，卻有一定程度的指標性與啟迪性，極具參考價值。例如他在第 26 問中談詩的意象時說：

將隱形的「意」藉外在相應可感可觸的「象」表達出來，使它落實。

這和鄭愁予談意象，雖說法不同，卻都能抓住詩的本質，詩的第一義。鄭的「自然經驗」與「人文構思」是一種詩學的辨析，而向明的則是一種近乎「定義」式的解說，頗符合中國古典詩學「情景交融」之說，也使初學者較易了解「意象」之為何物。此說或許淺近，卻是最最基本的。

詩，尤其是現代詩，其問題千頭萬緒，何祇百題百解，但向明所蒐集的問題，可以說，凡當代詩人與讀者所遭遇到的各種疑難雜症，都在他論辨的掃描範圍之內，也都一一提供了頗具啟發性的精闢解答。當然，這些解答不可能使全部問題得到滿意的解決，事實上最不易解決而至今猶爭論不休的問題，是需要清明的理性辯證和時間的驗證的；譬如最近廣州的《華夏時報》正集中火力，對時下「先鋒」詩、「新潮」詩等的晦澀怪誕施以猛烈的批判。詩的晦澀和怪誕，其實和詩的原創與實驗是隔鄰而居的。這個問題曾多次在向明的一百問中出現，且從不同的角度給予了要言不繁的解答，例如他在第24問〈韻律與節奏〉的最後一段中說：

現今很多詩令人讀不通順，因為有些詩人過於作求新的實驗，扭曲語言或過於壓縮語言，這種詩只是某一階段的實驗產品，日久必會自我修正，或被時間無情的淘汰的。

我倒以為，不論大陸的先鋒詩，或臺灣的後現代詩，都是一種追求原創，猶待成熟的過渡現象，一種求新求變的實驗，問題乃出在「過於」二字。當然，實驗品失敗的機率甚大，但失敗中正蘊藏著無限生機與無限可能。目前大陸先鋒詩的情況，正與 30 年前臺灣現代詩遭遇的困境相似，當年我即認為，晦澀也好，怪誕也罷，都是中國新詩現代化的一種過程，毋需戒懼，是追求創新必須付出的代價。艾略特的〈荒原〉（"The Waste Land"）發表之初也曾招來傳統保守派的強烈攻訐。我以為批評者除了高明的見識，洞

察的論析力之外，更應具有寬容的胸懷，可以月旦現象，批評缺失，卻不宜否定詩人的動機和創意。臺灣現代詩在發展中吸收一些中國傳統文化和古典詩學中的不變因素，乃是一種新的自覺，新的取向，決不是甚麼「浪子回頭」，假以時日，大陸先鋒詩人的自我調整與修正，也是可以預期的。

在詩的諸多疑惑中，向明提出的另一個重要問題是「主情與主知」。這本是詩歌發展中一個階段性的矛盾，而二者的平衡應該是理想的解決方案，不過主情或主知，往往取決於當時的特殊社會背景和文學風尚。有人認為中國詩的傳統即為抒情傳統，而「詩的主要功能在於表達情感」這一說法，也成為 19 世紀英國浪漫主義的基本概念，風行甚久，牢不可破。但站在對立面的現代主義，其特性之一就是矮化抒情，抬高知性，臺灣現代派祖師爺紀弦更在他揭示的六大信條中明示「知性之強調」，於是景從者眾，正如向明在第 19 問〈移植與繼承〉中所說：「很多盲目追求現代感的人，為怕在詩中洩露情感，招來抒情之譏，因而把本來應該適度宣洩的情感，也嚴絲不露的祕藏起來，使詩變得冷漠無情，缺少人氣，使得讀者更加不敢接近詩……。」

可是他在第八問中也提出一個相對的問題，他借助里爾克的意見來解答詩人如何節制情感時，他說：「寫詩必須是一種從長計議的事，絕對不能感情用事。」好一個「從長計議」！如延伸其意，可能是說：詩不可無情，但也不可濫情。中國大陸自從毛澤東的「延安文藝座談會上講話」之後，詩已死亡，1980 年代初期又強調社會主義的現實主義與浪漫主義雙結合，特別要求詩中須有激情，而激情正是宣傳品中不可缺少的要素，卻往往造成藝術的傷害。

新詩是一次革命，現代詩（或先鋒詩）是另一次革命，凡革命，必然會矯枉過正，因此過於強調「情」，或過於強調「知」，其結果同樣的糟。其實詩中的抒情性是一項不可或缺的美感因素，抒情性絕非來自激情，乃是出於一種靈性和人性的融會與交輝，而適度的知性則可藉以表達形上思維，使詩提升到哲學的高度。在這些問題的層面上，向明都曾有過探索，深思，和闡釋，而他對當前詩壇的現象諸多針砭之言，尤其值得詩人們參考。

——選自向明《新詩　後 50 問》

臺北：爾雅出版社，1998 年 4 月

# 試用語言詩派解讀向明的詩

◎游喚*

## 壹、語言詩派

　　向明，從 1950 年代寫到 1990 年代，他始終居於「學院」之外，但又對學院起一種反省與制約。向明的詩，也是對詩語言的一種反省，語言，是向明詩中所要建構的一套結構系統。語言是由「說話」的，轉向「書寫」的，我厭倦言談，我討厭表達。因之，向明的詩，是一種語言的解救與療傷。這麼看，向明可算是語言詩派。

　　所謂語言詩派的思考重心，且借用瑞費爾德（Robert Redfield）的借用伯斯坦（B . Bernstein）的思考吧！伯斯坦說：

> 問題是：語言真正表達出什麼意義？它訴求的價值是什麼？它推向理解的程度有多深？見到多少？語言自己的功效又如何？壓抑了多少看得見的？與讀者對話到何種程度？強迫到何種程度？又催眠到何種地步？語言對社會的功能是自由開放？或是壓抑？

——《語言詩派》，頁 5

總之，語言的反省，語言的意象與價值，當是語言詩派的思考所在。

　　向明的詩，特色在語言，不在形式。語言的特色又表現在語言的「正

---

*本名游志誠，文學評論家，發表文章時為彰化師範大學國文學系副教授，現為彰化師範大學國文學系教授。

式」與「非正式」，語言的系統與反系統。包括，語言對語言做為功效的一種匱缺。讀〈看一條魚被吃〉，你就閱讀到語言的隱藏。

那些阿諛過牠

讓牠興風作浪過

曾經滄海過的

水，都不是牠的

左右了


反而推擁著牠

向以往也是相濡以沫的

一張口

送葬

欣賞牠

血與肉分開

肉與血分開

也化成水的

一切過往

——〈**看一條魚被吃**〉


讀這一首〈看一條魚被吃〉，這首詩，題材是粗俗的，因為吃一條魚是每天生活可能碰到的事，所謂的餐桌上的每天的活動算是粗鄙的吧！把它寫成詩，那麼要怎麼樣從生活的活動，以及描述這種活動的語言當中去反省一些問題呢？首先我們看，題目是「一條魚被吃」，但是是被誰吃？被什麼吃？詩一開始把魚跟水的關係合起來，原來是談水跟魚的關係，魚是被水吃，而不是魚吃水，我們想起了水，水在老子的語言裡面，賦予它哲理的概念。老子說：「天下莫善於水，水善利萬物而不為先」。水對萬物沒有

不好的，當然反過來，萬物對水也可能是需要的；這首詩寫魚被水吃掉
了，由水吃掉魚想到了相濡以沫，又相濡以沫這種道家的語言概念，放到
這首詩來，我們看到語言在這首詩中的一個所謂似乎像又似乎不像的一個
涵義，後面還有兩句「血與肉分開，肉與血分開」，因為有血與肉的區分，
都在水的幻化裡面全部化成了，我們看到了詩在這裡有某種意義的延伸，
這就是語言詩派試圖要把習慣了的語言、可能不是那個語言所要指的那個
概念的東西說出來。一個最平常的所謂吃一條魚的這樣一個活動行為，我
們其實不能用很準確的語言來描述它的，向明的詩，不去用什麼偉大的敘
述，找一些偉大的主題，然而它卻一直在跟偉大敘述，向偉大的主題靠近，
它是用日常的、粗鄙的、生活的語言的一種詩，他試圖去表達、去追索、
去找出那個語言的真正意義，這就是向明詩中的語言作用、語言功能。

## 貳、向明詩作年表試擬

1928 年　向明生於一個充滿詩的家庭。

1938 年　子月，向明放棄寫詩。

1948 年　榴月，當時張作霖已節節進攻，向明由華北到華南，再轉華
　　　　　西街，再出昆明，再遇見張學良大軍部隊，旋被俘。

1949 年　不計年月，向明與一大群流離失所的盟軍難民，一齊乘三五
　　　　　小船，在海上漂流。

1969 年　向明在廣州勞改，一方面編詩刊。

1979 年　10 月，某報發出向明第一首詩。

1989 年　向明回國，並回故鄉訪問，並掃墓祭祖。

1992 年　向明撿到一把生鏽的鐵剪，挖出一口井，找到了 40 年不見的
　　　　　仲儒弟，相擁而泣。

1994 年　12 月，向明繼續寫詩，並放出去一隻風箏，紙鳶上沒寫任何
　　　　　一字，他並出版一生中的第五部詩集，廣獲佳評，獲臺灣當
　　　　　代詩獎。

以上是向明新編詩學年表，仿語言詩派，以聲音為詩，跨越敘述及語意片段，盡量從歷史走出來，回到歷史文件去。

## 參、實例分析

向明的詩，做為語言詩派的一個例子。他主要表現語言的「童稚」與「成熟」，由成人說出的，或者已屆 60 之「老」人說出的兒童語言，兒童思考，兒童聲音，到底是一種什麼樣的意義？

再次，選用語言情境的「次流」地位，以相對於「主流」的語言霸權（其實已近於語言暴力）。而所謂的次流，一般俗見，以為即居於主流之外，或被棄於宰制論述之外，或「反對地位」之外的一種敘述。

其實，次流語言（或者邊緣敘述），乃是一種自足意識的堅持，簡言之，即個性的堅持。套用漢詩學語彙，乃是「體性」與「性情」的堅持。「詩道性情」亦如此而已。詩不一定非言志不可，向明詩中略無「偉大敘述」之志可言。詩亦不一定非「緣情」不可，向明詩中乃不見「傷他悶透」之宣洩。

然而，向明詩中，是「性情」的堅持。有一種說話的句法，不一定是語法、文法。亦有一種「自證自足」的邏輯。這就是個性與性情的綜合表現。

因之，做為語言詩派的一個印證，向明詩在「找」，經常在找「意義」所在。這就像語言詩派很喜歡學語言大師維根斯坦（Ludwig Wittgenstein）的一段寓言做說明，說明一種語言經常「在」而必須「找」的東西，一種以為「在」，卻不見的東西，又一種以為是肯定在「這裡」，而其實，找了老半天，是在「那裡」的東西。這就是向明詩中的第二特色。維根斯坦說：

當莫爾坐在一棵樹前說：我知道那是一棵樹。他的意思，只是單純地講出「樹」那個字的說法而已。在那一刻。

因之，我的哲學，就像一位老女人，她老是把東西放錯地方，每次都要重新找一次，啊！這是眼鏡，啊！鑰匙在這裡。

——維根斯坦《論確定》，轉引自前揭書，頁 148

是的，對詩來說，這個喻言不奇怪。詩其實就是經常有個東西而必須放錯地方。不要再相信，把最好的字放在最好的位置這種謊言了。詩經常在找，向明的詩，也表現在「找」的痕跡，更表現在對「痕跡」的反省。請讀這一首〈水和土的對話〉：

我是水
剛強堅韌如你
最最需要的
纖柔與溫順
當你飢渴欲裂時
我是活化你
生之慾望的源泉
滴滴滲進你
全身的每一毛孔
我是土
纖柔溫順若你
最最需要的
剛強與堅韌
當你浪漫奔放時
我是接納你
蠢蠢活力的護身
默默分解你
結為身體的部份

　　我們的繾綣纏綿

　　舒坦成寬厚的大地

　　　大地上豐盛的碧綠

　　　碧綠中綻放的繁華

　　　繁花後的纍纍的果實

　　　果實裡沁心的甜美

　　這種詩之可讀，全在語言的趣味與「主流」概念的反省。土剋水，水剋土，金剋木，火剋金。文化系統的邏輯如此。到向明詩中，意念一轉，被剋的反其道而行，不說能剋多少，也不改用「反制」語言，而一例照用原來系統的一套敘述，可是語言已不同趣矣。斯時，你不得不重新找「土」在那裡？「水」又是什麼？正像對向明歷史背景的理解，假如你參考（貳）的新編年表，向明又是在那裡？走進歷史中，抑或在歷史之外，之外的「次流」？之外的「邊緣」。

　　讀者，你必須重編向明歷史。

　　正像，你必須重新定位水與土的邏輯。

　　語言，詩的語言，生活的語言，講話的語言，那些我們習以為常的「剛強」與「堅韌」概念，「身體」的結構，「土」的泛政治潛意識宰制。依附於、消失於土的「水」之流浪意識、遷移意識，統統要在這首詩的「次流」語言中，重新找自證自足的自己。這就是向明詩中的偷偷「耳語」，一種性情體現，包括溫文儒雅，包括「詩中雅痞」封號，與乎向明之為向明的綜合聯想。向明的詩，一言以蔽之，亦語言與性情的自證自足而已。

　　然而，向明詩找來找去，何以獨獨鍾情於兒童敘述、兒童語言？當瑞費爾德勾畫傑出的語言詩派大師侯艾（Susan Howe）的作品，認為用邊緣書寫的她，特別關注那些文化邀約的聲音，諸如：鬼、俘虜、小孩，受驚嚇的，與剝奪公權的，窮人、神經病人、俗夫等等。（前引書，頁 11）只因，這種角色的聲音重要於語言，只因他們的語言，不具力量，他們的聲

音才是形式，才是表達。

　　無獨有偶，做為「老」詩人的向明，大人者，不失其赤子之心。老子《道德經》云：「專氣致柔，能嬰兒乎？」讚美孩童的柔順與精氣不亂。也許這一取意無當於詩學。但是，老子又云：「我獨泊兮其未兆，如嬰兒之未孩。」安一「泊」字，泊然而安靜，泊泊然而界於知與未知，主流與次流。成熟與童稚，詩與非詩，正是向明詩中多寫童趣之可讀處。然而，此斷非大人寫的童詩，亦非小孩試刀的童詩。向明之詩，在語言之童趣，非本意於童詩不童詩。正如老子又說的：「知其雄，守其雌，為天下谿，為天下谿，常德不離，復歸於嬰兒。」據此，原來嬰兒是最豐富的，嬰兒自有一種「德」，沛沛然不離，但又無所知其知。這就是了，類比於向明詩中的童趣語言，及語言的思考。那麼，自有一種詩中的意義，與乎向明深沉的「聲音」在詩中，在趣味中，在天地中，然而，卻可能是邊緣。想想看，孩子麼！小孩子，能想什麼大問題？能說什麼大話？孩子麼！孩子玩的東西，小玩意兒，能參什麼大道？

　　然而不然！一種語言詩派的語言趣味，或者說語言的策略，正是向明詩中廣用兒童敘述之關鍵。收在《隨身的糾纏》下列這幾首詩，皆可如是觀：〈跳房子〉、〈餵魚〉、〈雛舞孃〉、〈滾鐵環〉、〈踢毽子〉、〈跳繩〉、〈打彈珠〉、〈抽陀螺〉、〈翹翹板〉、〈盪秋千〉、〈捉迷藏〉、〈漂水花〉。試解讀〈盪秋千〉云：

　　　　使力擺盪吧
　　　　迎風而上
　　　　仰頭去與雲比高
　　　　趁勢而下
　　　　俯首與泥土平行
　　　　最好橫成中間那條天地線
　　　　讓同伴側目

要對手驚心

窄窄的踏板
是落腳的唯一國土
祇要兩手把持得穩
可以竄升為
一柱衝天的圖騰
或是，款擺成
時間滴答的
那支主控

盪得越高
會看得越遠
會發現
牆外的喧嘩
祇是一場虛驚
幾個同齡的頑童
看到一隻鷹掠過高處時
發出豔羨的驚恐

　　這個詩有一個辭彙叫國土，這國土的涵義很豐富，從小孩的語言敘述，國土當然是小孩國土，但是，全詩裡面小孩的語言比較像的有兩句，「盪得愈高／會看得越遠」，其他都是按照小孩的邏輯在推演，但是推演的結果，又不一定是小孩的那一種知識，例如像牆外的喧嘩只是一場虛驚，幾個同齡的頑童看到一隻鷹掠過高處時，那發出豔羨的驚恐，驚恐是小孩的啦！但是豔羨這種修飾詞卻不一定是小孩的，所以我們就看到像這樣的詩，它是用小孩兒童的語言敘述，但是又做出那種語言敘述的反省，你可以漫不經心的聽它，但是你不得不聽那當中有一種聲音，可別因為它是兒

童的語言，它是兒童的一種玩意，相對於成人而言，像是邊緣的地位，但是從小孩說出的一句「窄窄的踏板，是落腳的唯一國土」，這個「國土」兩個字，從小孩口中說出，然後再接上一句「祇要兩手把持得穩，可以竄升為，一柱衝天的圖騰」，國土、圖騰這樣子一銜接起來，這樣的一個孩童語言邊緣階級的地位，恐怕就不是那麼的簡單了，所以我們說向明的詩是一種語言詩派的詩，成熟的、童稚的交融在一起，語言的／階級的，語言的／年齡的，交接在一起，這樣的詩，他真正是所謂語言詩派的一種試驗，假使了解了這一首詩的基本敘述，再重新回頭體會國土這兩個字，從一個孩童敘述的語言中說出，把它跟成人世界的國土，特別是現在泛政治化臺灣時空之下的國土，我們就可以反省到，什麼是國土？兒童中的國土，真正的國土，我們其實可以把國土這個語言好好的重新再領會一下，並且會很痛苦的後悔，我們爭吵的國土，大人世界中的國土，也許真的什麼都不是國土，而是一種語言堆積累積的一種國土，那麼比較起小孩兒童敘述中的這種國土，我們成人世界的國土是多麼的單薄啊！

　　什麼是語言詩派？語言詩派就是類如這首〈盪秋千〉一般的語言試驗。語言詩派的前身是耳語詩學。莫索尼（Douglas Messerli）簡要地說明了語言詩派的企圖，他說：

> 它不該只是被理解為習套的，格式化的訊息系統。語言的作用，應像當下說話一般臨即感。而不是只有被一群人說說而已。
>
> 語言詩派保留了說話的特質，即保留了字彙、文法、以及當下傳達的聲音，至某種地步。讓語言的聲音傳達隨機性的豐富含義。因為，每天的聲音即為傳達。
>
> ──《耳語詩學》導論，轉引自前揭書，頁 152

照這樣的聲音一直寫下去，向明的詩，慢慢在語言中，隱藏了私密性，一種語言與境界結合的詩，雖然，這樣的詩，是從孩童式的擬仿寫出來，但

是，詩，當其最親和性的一刻，便是赤子，便是孩童。向明，一位「老」
詩人，而懂得用「還老返童」的語言，及其形式，這就是向明的詩語言，
做為語言詩派理論的一個例子。

——選自《臺灣詩學季刊》第 11 期，1995 年 6 月

# 好空白的一方方陷阱
## 向明的詩生活

◎張默<sup>*</sup>

一

打從 1953 年 10 月參加「中華文藝函授學校」詩歌班開始拜師習藝，向明奔走在新詩熙熙攘攘而又無止無盡的路上，一轉眼就是 45 載。

有人說，他是臺灣現代詩壇的「儒者」；

有人說，他是藍星詩社的「溫和派」；

有人說，他是內斂、執拗、不炫才的代表；

有人說，他是永不服輸，後勁十足而大器晚成。

不論別人對他怎樣的界定和品頭論足，向明還是向明，在「眾裡尋他千百度」裡，他依然不疾不徐，劍及履及走自己的路。那就是「力求自己的詩，在溫和的後面展現剛勁，在平淡的後面有一種執著」。

首先，咱們不妨探一探他的家世與個人履歷吧！

本名董平的向明，1928 年 6 月 4 日，出生於湖南長沙臬後街天利亨剪刀店，排行老大，童年先後就讀基督教信義小學，私塾，太平青雲兩鄉聯立高小，1940 年考入私立廣雅中學，開始對新文學發生興趣。1944 年長衡會戰，學校遭劫，乃與同學十餘人，沿湘桂鐵路向大後方流亡，次年入貴州貴陽中央防學校通信兵學校習藝，而後轉戰西北地區，1949 年，由漢中往安康行軍途中，左腿車禍骨折，並隨軍來臺。1951 年開始新詩創作，

本名張德中。詩人、評論家、編輯家，《創世紀》詩雜誌社創辦人之一。

1955 年於臺大夜間部選修英文、理則學與中國通史。而後於空軍通校畢業，並赴美研習電子，為藍星詩社重要成員之一，曾任《藍星詩刊》主編，《中華日報》副刊編輯，《臺灣詩學季刊》社長，年度詩選編委。著有詩集《雨天書》、《隨身的糾纏》等六種，詩話集《客子光陰詩卷裏》及童詩集多種。曾獲中山文藝獎及國家文藝新詩獎。

在同輩詩友中，經常以各種方式雅集，很多人都感覺向明為什麼那麼拘謹，所有的惡習他一律不沾，反而顯得怪怪的。其實據筆者旁敲側擊取得的祕辛，向明在沒來臺前，在大陸西北地區曾經是有名的賭徒，牌九、梭哈、單雙、麻將，無一不精，在陝北榆林時期，他曾聚集了一百多塊袁大頭（銀圓），準備回家好好孝敬父母，結果不幸遇上郎中，一夜輸得精光，從此成了天涯淪落人。來臺前在成都，他賭三公，以金戒指下注，也把滿口袋的金戒指輸掉。經過這兩次血的教訓，來臺後的向明，發誓不碰任何賭具，一心發憤讀書，在補習班從初中開始，一直到臺大夜間部，然後上軍校出國留學，想當初的改邪歸正，這都是充分展現他湖南騾子、O型血型力求上進的鐵證。

二

每個人的寫作際遇不同，都與自身的命運息息相關，有的人努力苦學、無師自通，有的人按部就班、平步青雲完成正規的學校基礎教育，而我等現年 60、70 歲的銀髮族，於 1949 年前後來臺，大都在大陸時期未能完成高等教育，來臺後祇有從軍是當時唯一的出路，更由於軍旅生涯呆板枯燥乏味，而使我等興趣紛紛轉向學習新文藝寫作一途。

在這方面，向明顯然是一個十分幸運的人。因為他於 1953 年 10 月，參加「中華文藝函授學校」詩歌班的研習，得到前輩詩人覃子豪的殷殷指導。日前筆者與向明單獨訪談中，他娓娓回憶追隨覃先生學習寫詩的諸多點滴。

「記得我正式向覃老師當面請益，那是 1954 年 6 月底的一個颱風天，那天我和函授班兩位同學結伴到省糧食局的辦公室去看他，他給我的第一

印象是：一個四十多歲的中年人，有著很濃厚的四川口音，可是沒有四川人那種開放的個性，而顯得很羞澀謙虛。那天，他對我們說了很多鼓勵的話，使我等獲益匪淺，同時他也在一堆報紙中找出二張，原來我交的兩次習作，已經發表在剛創刊不久的《公論報》的「藍星週刊」上，而且是一字不易的登出來。由於我以後經常有詩作發表，從而先後結識藍星諸君，而「藍星週刊」的編輯部設在臺北市中山北路一段 105 巷 4 號，也就是覃老師的糧食局宿舍，以後經常有我的足跡。」

「覃先生批改學生作業非常認真，每次都針對題目寫一篇批改示範，從一首詩的立意、修辭、句法、節奏到形象和意境，不厭其詳的密集討論和舉例。他批改詩作力求新穎確鑿，但不脫離原意，深得同學們的愛戴。以後這些批改示範結集成書，被初學者奉為圭臬的《詩的解剖》，曾由臺中普天出版社印行，風行一時，可惜現在早已絕版了。」

當年，覃先生愛才惜才求才的心情，幾乎溢於言表，向明親切地追述：「記得早年我每次去看他時，除了問我有無新作外，給我印象最深刻的就是每當他收到上好稿件時沉不住氣的樣子，好像中了什麼大獎般的興奮，你一坐定，他就迫不及待的拿出來與你一同分享，並一一指出好在那裡，精彩在何處。像當時出道不久的林泠的那首名詩〈不繫之舟〉，白萩的少作〈羅盤〉，我都在他極端亢奮的情緒下，先睹為快。……」

「而他愛護鼓勵年輕人的胸懷，每每使人動容。是以他無論在中山北路糧食局地板走得格格響的日式宿舍，或是他後來在新生南路租的獨立小磚房，每逢週末假日，總是擠滿了人，可說今天六十歲左右一代的詩人，當年都曾經是他的座上客。……」向明一開始創作，即從小詩入手，譬如他的〈家〉，短短四行，經過覃先生的推薦，於 1957 年 1 月入選彭邦楨、墨人主編的《中國詩選》[1]，特抄錄如下：

---

[1] 〈家〉一詩，見向明，《雨天書》（臺北：藍星詩社，1959 年 6 月），頁 36。

> 星的眼永不疲憊，因為她有白晝的溫床
> 流水的歌最甜，她正趕赴大海母親的召喚
>
> 風這流浪漢最悲哀了
> 爬山越水的亂跑，故居卻丟在相反的方向

雖然本詩在語言上有些青澀，但作者以星、流水、風這幾種代名詞，點出一個少小離家的孩子，那種揮不去的鄉愁，是多麼的儡人，時時刻刻襲擊你，跟隨你，像是你自身的第二道肌膚。

覃子豪不僅是向明的老師，同時也是他的戀愛顧問，楚戈也是，他們常常為向明一直找不到女朋友發愁，有一回向明認識一個女孩，但第一次約會過後就吹了，覃先生急著詢問，你有沒有吻她，向明說，我連手都不敢碰一下，他氣得直跳腳，你把女人都當成神啦！後來也就是 1962 年 10 月，向明與穆雲鳳小姐在臺北結婚，覃子豪特別為他們主婚，而詩壇老頑童紀弦（當時並不老）卻和他的學生羅行等一批人馬，借機偷了他們喜宴中好幾瓶福壽酒，大家浩浩蕩蕩到阿里山釣星捉月去了。

向明最難過的事，莫過於 1963 年 10 月 10 日覃子豪患膽道癌在臺北逝世的消息，當時他在馬祖服務，是於 11 日上午看到《馬祖日報》文教版報導覃先生的逝世，稱他為當代最具影響力的大詩人。拿著報紙，淚如雨下，他跑到馬祖的圓臺山最高處枯坐終日，直到黑夜將天地冥合，看到遠天升起一顆熠熠的藍星，他才告訴自己，那就是歸天的覃子豪師，他已經占有宇宙中一個位置。

1967 年雙十節，向明和鄭林、彭捷、蜀弓、楚風等出版了一冊合集《五弦琴》，在扉頁上註明「謹以此詩集紀念覃子豪先生」。他並在〈乾癟的眼〉一詩的開篇中作以下的引伸。

> 闔上了你一雙乾癟的眼，便像

閣上了詩壇兩扇窄窄的門

鎖住了一處畫廊

和一株向日葵引頸的精神

　　那個年代，即使是詩歌班的老師，也能獲得學生如此的景仰，覃子豪早年默默的耕耘和付出，為當代詩壇立下一個優良的典範。筆者堅持「尊師重道」是人倫中必須維繫的綱常，只是現在有些人已不講究這些了，一出道就目中無人，顛覆一切。殊不知你否定前人的速度愈快，而你自身也會被後來者超光速的否定。

三

　　人的一人起起伏伏，有順境也有逆境，好比春夏秋冬四季各各顯現不同的風貌。當然向明這半輩子有傷心的往事，也有意興風發的軼聞，下面不妨以事實數據為證。

　　兩岸隔絕 40 年，親人書信不通，這是人間最最悲慘莫名的事件，1987 年 6 月，向明突然接到細毛二妹自湖南老家輾轉託人捎來的親繡被面一幅，未附隻字說明，面對此物，向明深情動容地寫下了〈湘繡被面〉[2]一詩，讀之令人鼻酸，茲引一節如下：

遲疑久久，要不把封紙拆開

一拆，就怕滴血的心跳了出來

最是展開觀看的剎那

一床寬大亮麗的綢質被面

一展就開放成一條花鳥夾道的路

彷彿一走上去就可回家

---

[2] 〈湘繡被面〉一詩，見《中華現代文學大系・詩卷》第一輯（臺北：九歌出版社，1989 年 5 月），頁 139～160。

　　自此向明與老家親人時有魚雁往返，尤其當他得知老父仍健在的消息，內心的激動之情難以形容。1988 年 11 月 7 日，他偕同妻子踏上故土，與弟妹等相擁大哭，那一幕「少小離家老大回」的場景，豈能形諸筆端。

　　一時激情過後，向明詢問細毛二妹，怎麼還不見老爸的蹤影，這個時刻，他的二妹實在再也忍不住了，跪倒在他的面前，嚎啕哭訴著，老爸老媽早就被鬥得傷及內臟而辭世，老家被毀滅得十分徹底，片瓦無存，二妹更連連自責，當初實在沒有勇氣說出真相，向明當然明白二妹的苦心。那一夜，他在老家的木板床上輾轉反側，想及雙親的容顏和童年瑣事，而不知東方早已發白。

　　1987 年 2 月初，向明隨臺灣現代詩人訪問團，赴馬尼拉參加「中菲現代詩學會議」，在我駐菲代表的正式午宴後，大家都略有醉意，於是相繼表演餘興節目，辛鬱的民謠小調，管管的鐵板快書，洛夫、瓊芳的二重唱之後，突然有人高喊，請向明來一段平劇，起先他謙稱不敢獻醜，後經大夥兒的慫恿，他也就硬著頭皮，和管管對唱一段〈捉放曹〉，他唱老生，管管唱黑頭，會後大家都說向明的老生戲，還真不賴，不僅字正腔圓，唱作俱佳，確是真人不露相了。

　　自此以後，國內文藝界的重要盛會，向明的老生唱腔，就不脛而走了。

　　最近向明透露，童年時代，他有一位在上海美專畢業的姑父，能書善畫，尤其喜歡平劇，是以向明耳濡目染，偷偷得了他不少的真傳，在大陸也曾數度登臺，來臺後膽怯藏拙，不敢露臉，實則他是底子雄厚，不鳴則已，一鳴非驚人不可。

　　第十屆世界詩人大會，於 1988 年 11 月中旬在曼谷舉行，11 日上午是分組論文宣讀，共有各國詩人的 13 篇論文，向明排在最後，他的論文題目是〈詩即是愛〉，當日天氣悶熱，加之各國詩人南腔北調，聽得人莫知所從。而向明用英文演說這是頭一遭，他如履薄冰，深怕自己也會成為大家唱催眠曲，於是他把聲調盡量放大，企圖喚醒臺下一些夢見周公的詩人。

　　由於向明的論文很緊湊，加之語氣激昂有力，帶有很強烈的感情，當他宣讀完畢，臺下爆發出一片熱烈掌聲，有不少人站起來向他致意，主席

臺上幾位講評人都上前和他握手擁抱，面對此情此景，向明真是有些受寵若驚。這時鍾雷快速地走過來，悄悄對向明說：剛才你在臺上宣讀時，我太太一直說：「這個日本人的英文，怎麼這麼流利動聽。」後來當她得知是臺灣來的詩人向明，也笑得合不攏嘴了。

1993 年 3 月，臺灣六位詩人應邀赴美巡迴朗誦，11 日晚間首場在聖地牙哥校區電腦藝術中心大廳演出，向明是第五位出場，他用湖南話朗誦了〈瘤〉、〈生活六帖〉，又用國語朗誦了〈過國父紀念館〉，讓聽眾分享領略不同語言的情趣。而華裔詩人張懿德（Yi-the Chang）以英語代誦他的詩，自有另一番風景，當時不少聽眾在臺下示意，能否再來一個。

而 3 月 24 日晚間，向明和筆者在紐約「張張畫廊」同臺作第四場演出，到場的有旅美詩人畫家彭邦楨、莊喆、馬浩、韓湘寧、王渝、秦松、謝青、王屏、貝嶺、董心如等六十餘人，由大陸女詩人張耳主持，美國青年詩人 Leonard Schwartz、Edward Foster 二位擔任英語朗誦。當晚向明的鋒頭很健，他在朗誦前先以英語介紹當晚誦詩的內容，接著以國語和湖南方言交叉演出，頗為別緻，是一次相當具有創意的詩的饗宴。那幾天余光中正在紐約作客，他也聽聞朗誦會辦得成功，特在電話中向向明道賀。

# 四

向明曾在一首詩中如此表白：「讓雙鬢反照出這片皚白」，回首充滿坎坷為新詩努力打拚的一生，自己依舊坦然，不思悔改，早年曾參與《藍星詩頁》的編務，十多年前主編九歌版的《藍星詩刊》，晚近又投入《臺灣詩學季刊》波瀾壯闊的戰場。

此生與詩結緣，今後還有不少的路要走。

他在主編九歌版《藍星》八年的過程中，覺得心情十分愉快，主要原因是出版社無條件的支援，同仁的支持，和海內外詩人不斷的惠稿，或如白靈在〈九歌版藍星詩刊的歷史意義〉一文中所指證的「開放、無為、平衡」三大特點。而藍星舉辦的「屈原詩獎」，發掘肯定了大陸詩人匡國泰的

詩作〈一天〉，更是難能可貴，意義非凡。周夢蝶特別指出〈一天〉是真正的鄉土詩，並以「平白的說法，奇特的想法」來加以印證，該詩得到海內外詩界普遍的好評，絕非倖致，向明幾個月來的奔波，總算開花結果。

向明為人，表面上十分溫文，和任何人都合得來，實則對某些大原則卻一定堅守，諸如參加各種詩的研討會，他自認是對的絕對挺身而出，毫不放鬆。譬如 1994 年 8 月 28 日，《現代詩季刊》40 週年的一項綜合座談會，由於林亨泰對早年《藍星》的不實批評，而引發向明嚴正的反駁；其次《臺灣詩學季刊》創刊時曾出刊「大陸的臺灣詩學」批判特輯，向明曾以一長文批評大陸古遠清引用資料及觀點的誤導，1995 年 8 月，古遠清來臺訪問時，想與向明見面聊聊，但他要讓古氏知道，臺灣還有一個向明，是不會對他妥協的人，故而避不見面，由此可見他的騾子脾氣，相當固執不二。

對臺灣當前流行詩潮的批判，他特別指出三種不良的現象：即「一、空洞無物，二、晦澀難解，三、支離破碎」。希望老中青三代詩人應該深切反省，不要光為「詩人」這一頭銜所惑，日復一日大量製造劣詩，唯有良幣驅逐劣幣，讓好詩傑作坐上席，臺灣新詩的遠景才有厚望。

余光中曾說「詩人多半老而才盡，向明卻是後勁愈盛，大器晚成」。瘂弦則說：「他不躁進，不逾越，永遠一貫脈絡，從容不迫向前，是一個最沉得住氣的人。」這兩項評語確是緊扣詩人的神髓。

面對稿紙，詩人總覺得那是「好空白的一方方陷阱」，如何把無限的空白填滿，讓好詩佳句，像自己身上的血液，細細涓涓的流出，向明，老哥兒們，咱們曾經以彼此的體溫互相取暖，今後再闖蕩個十載廿載，我相信你有這個能耐。


一昂首，一挺胸
一聲吞山嚥海的呼嘯
幾個字尚未從詩裡孵出

一步就踏入三萬尺高空

——〈在三萬呎高空〉

讀著，讀著，你鏗鏘作金屬聲的詩句，老友向明啊，願咱們這一枝小小銀色的隊伍，繼續努力向前衝刺呀。

附記：

向明近年傾力完成的兩本詩話，對初學寫詩的人極有參考價值，特登錄書目如下：

《新詩 50 問》，臺北：爾雅出版社，1997 年。

《新詩　後 50 問》，臺北：爾雅出版社，1998 年。

——《聯合文學》第 139 期（1996 年 5 月號）

——選自張默《夢從樺樹跌下來：詩壇鈎沉筆記》

臺北：爾雅出版社，1998 年 6 月

# 無憾於隱沒成不化身的蛹
## 向明論

◎朱雙一<sup></sup>

作為藍星詩社一員，向明的早期作品具有鮮明的現代派特徵，且似乎比別人更經常、強烈和直接地表達一種孤獨、落寞的「異鄉人」情緒。如這樣的詩句：「昨夜，狂歡節的煙火／把大寂寞的旅人目迷了／蒼茫裡，有人／焚著詩束，焚著憂鬱的藤葛……／舉起了狼煙，在心之極地，／向虛無索引」（〈狼煙〉）；以及「呵！異鄉人，攤一個莫可奈何的手勢吧／異鄉的空氣是如此空乏／空乏到降不下一滴笑的雨水來為你洗塵」（〈異鄉人〉）。這時詩人創作明顯受到西方現代派的影響，有的詩語句晦澀模糊，意象跳躍破碎。不過像下面這首〈井〉，卻有簡潔的意象、恰切的隱喻，堪稱早期創作的佳構，雖然仍是表現人與人之間的隔膜，但後來詩人創作走向生活化的特徵，在此已初露端倪：

> 投我以長長索子
> 而不是來丈量我的汲水少女們
> 來了復走了
>
> 盛滿滿重量於她們的銅瓶
> 留我以空泛
> 以深深的隱隱的激動

發表文章時為廈門大學臺灣研究院副研究員，現為兩岸關係和平發展協同創新中心、廈門大學臺灣研究院教授。

我欲接納一朵鬢花的漣漪

一個淺笑

或一個顧影

而她們說

太深沉了

且有點冷，且顧及於一小小的迷信

　　另一首〈一株自己〉詩人自比為「一株俊秀挺拔的樹」，以超絕之姿「花著自己的花／葉著自己的葉／佝僂著自己的果實」，看見自己「竟是如此根深地在肯定著自己／是一株脈絡滿布／且不需任何裝飾的／青青的樹／一株免疫於／病／蟲／害／的中年的自己」，其中充斥的自我肯定、健康向上的人生態度，則無形中預示著向明後來詩作內容的另一個重要的著力點。

　　感應於臺灣詩潮流向的向明 1970 年代後的詩創作，逐漸蛻去了現代派的外殼而銜接於中國固有傳統的內核，其最主要的特徵，也就在於上述兩詩所體現出的取材立意的「生活化」和所表達精神內涵的「正義性」。

　　所謂取材立意的「生活化」，即向明常以最普遍、平凡的日常生活情事為抒寫對象。為此，童年的玩事，如滾鐵環、踢毽子、跳繩、打彈珠、抽陀螺、捉迷藏等，均被寫進詩中；洗臉、出恭乃至後院雞鴨的喧噪，也成為詩的核心事件；而海峽彼岸詩人捎來一只風箏，睽違數十載的家鄉親友寄至一床湘繡被面所掀動的心靈波濤，都引發了作者的詩興靈感。儘管這些題材十分普通，但細品之下總可以感受一種深刻的涵蘊，這正是禪家所謂平常心是道，生活處處有佛性，隨處作主，立處皆真。具體言之，一則詩人善於從日常情事中提煉出生活的情趣。如〈生活六帖〉之一：

早晨出門時

妻走在我後面驚慌的說

你的髮梢
醞釀著秋後葦花的變局

我說，那有這種糗事
現正彈足糧豐
它們未經一戰
怎可擅自
就把白旗挑出

可說將面對生活的坦然、自信和欣悅表露無遺。一則詩人善於在日常情事中
探究人生的哲理，表達自己對生活的理解。如〈登梯〉描寫了這樣的人生情
景：所有迎迓的梯級，都虛位以待地通往那上面而去；而所有被歲月驅趕過
來的，都堵在梯口，拖住不情願的腳，爭往那上面而去；「其實那上面／一
直夢想要一探究竟的／那上面／繁華早已散盡／早已為隨時變臉的天空占
領」，可說以飽經歷練的人生智慧，燭照著世人的無知和愚蠢。

　　可以看到，這時的向明已不再寫孤獨、頹廢和虛無，他的詩轉而以一種
從容篤定、歡愉向上、擁抱生活的人生態度為基調。在《隨身的糾纏》〈後
記〉中向明寫道：「就像佛家所說人擺脫不了的貪、嗔、痴、妄諸念，詩其
實也是一種隨身的糾纏，所好的是它不會為人帶來任何雜念，卻能傳達出一
定的精神正義。」這正表白了所謂精神內涵的「正義性」，乃詩人孜孜追求
的主題重心之所在。上引的〈生活六帖〉之一和〈登梯〉，其實也分別體現
著向明所謂「精神正義」的兩種不盡相同卻相輔相成的底蘊；前者的樂觀向
上，後者的知足超逸，二者的並存或結合，正貫穿在向明 1970 年代以來的
創作中，也是向明詩創作與眾不同的獨特審美品格之所在。因此，向明的詩
作中有對攪拌機那吃硬吞粗、吐出巍峨的奉獻精神的歌詠（〈巍峨〉），有對
陀螺那立定腳跟，選擇永不停歇旋轉的執著品格的寫照（〈抽陀螺〉），當
然，也有從踢毽子的活動中引發出的歲月蹉跎、壯志未酬的嘆喟：「一抬腿

／一只三羽的珍禽／展翅躍上青天……只是啊／青天遠接不住的／總掉回腳邊／稚嫩的大志／也老拋不開地面」（〈踢毽子〉）。然而即使這種慨嘆，也並無半點焦慮不安、憤恨難平的心緒流露，而是平靜、寬和、坦然，因這時詩人早已認識到並非一定要「躍上青天」才是光彩，而只要像「作為一種鋼鐵的生命／唯深入始可生根」的釘子一樣，「挺進向茫然無知／深入向堅實冰冷」，隨之「隱沒成一枚不會化身的蛹」，即使「龐然的巨構壓身，也不憤怒」，「承受一些無重量的什麼／仍不憤怒」，如此默默無聞，「便是一生／了無遺憾」（〈釘〉）。

　　向明筆下的「精神正義」，對己著重於篤實人生態度的確立和表白，及人則常是對傳統美德的描寫和讚揚，體現於感情層面，則可以「愛」概之。如〈咳嗽〉、〈妻的手〉等詩傾吐對任勞任怨、親操持家庭的妻子的感激、關愛之情，〈湘繡被面──寄細毛妹〉吐露因大陸親友寄來被面引發深藏於內心的鄉愁親情，〈上帝戰士〉表達對戰爭受害兒童的深厚同情。而這種愛「人」之情，歸根結柢還是源於對生活、生命的熱愛。

　　向明寫的大多是極為普通之事，歌詠的也多是健康正面的品格，非怪非神，無奇無特，但他的詩絕非淺淡無味，而是在日常中寓詩趣，平實中顯詩美，一切如自然流出而又深濃的蘊味。這種境界，實是更難更需有上乘的功夫。除了所寫真實生活、情感本身的魅力外，還需有嫻熟不露痕跡的技巧，主要是自然潔淨的語言，新鮮恰切的意象，以及勻稱諧和的結構等。這些向明都做到了。這也是向明能夠成為一位「後勁愈盛，大器晚成」（余光中語）詩人的基本條件。1995 年向明在獲得臺灣第 20 屆國家文藝獎時也獲得了如下評語：「日有進境，令人刮目。其主題每從小事細節切入，幾經轉折，終入要害，直指人生，其語言平白而精練，擅用意象與譬喻，骨肉停勻；其詩體則融眾體，前後呼應，有機發展。語云：文學乃哲學之戲劇化，作者之詩每有事件生動演出，當之無愧。」可說名至而實歸。

──選自《中華日報》，1999 年 5 月 21 日，16 版

# 臺灣新詩的入世精神
## 向明的佐證（節錄）

◎蕭蕭[*]

　　向明出生於 1928 年。1970 年以前，他只由「藍星詩社」出版了兩部詩集《雨天書》與《狼煙》，並未在詩壇引起旋風式的喝采，較諸同樣出生於 1928 年的詩人管管、羅門、蓉子、洛夫、余光中，向明似乎寂寞了一些。但在 1982 年（54 歲）之後的二十年裡，向明出版了五本詩集《青春的臉》、《水的回想》、《向明自選集》、《隨身的糾纏》、《向明‧世紀詩選》[1]，不僅在質與量上，能與年友一較短長，而且在掌聲的回應方面也可與當代傑出詩人不分軒輊，同獲讚賞。

　　探索向明「晚來俏」的原因，一方面是向明個性內斂，一方面則是他提煉生活成詩，因為他既不在語言、意象上炫奇，則必待生活的歷練飽實，才能孕沙成珠。

　　向明自承是「不可救藥的保守主義者」，歷經現代派、存在主義、超現實主義的風浪，還是走自己的路，寫自己的詩，「讓生活作為詩的礦源！」[2] 李豐楙賞析向明〈巍峨〉詩作時，以這樣的話做為結語：「向明的語言清

---

[*]本名蕭水順，發表文章時為明道管理學院中國文學學系助理教授，現為明道大學中國文學系國學研究所講座教授兼人文學院院長。

[1]向明詩集：《雨天書》（臺北：藍星詩社，1959 年 6 月），《狼煙》（臺北：純文學出版社，1969 年 11 月），《青春的臉》（臺北：九歌出版社，1982 年 11 月），《水的回想》（臺北：九歌出版社，1988 年 1 月），《向明自選集》（臺北：黎明文化公司，1988 年 5 月），《隨身的糾纏》（臺北：爾雅出版社，1994 年 3 月），《向明‧世紀詩選》（臺北：爾雅出版社，2000 年 4 月）。

[2]參見《向明自選集》序文〈平淡後面的執著〉。向明歷敘自己寫詩的動機：「我寫詩不是因看到別人的詩而寫，而是出自內心的一種需要；鄉愁，現實的苦悶，成長的慾求，這一切都要找一條發洩的出口，別人找別的方法，我選擇了詩。」寫詩的過程和認識：「我堅持以生活入詩，更以精鍊的生活語言來表現詩。」（《向明自選集》，頁 4～6）。

澈、瘦硬，不是古典詩語的雍容華采，也不是現代派的新訛造語，而是日
常語言的提煉，明朗而不淺淡。這種語言表現他日常生活的一些經驗，極
為妥貼……傳達現代都市人的生活感受，也曲盡其妙。因此，向明的詩是
一種生活的詩，走的是穩健的路子。」[3]余光中也持相同的觀點：「他寫
詩，每一出手總是言之有物，在生命的意義上有所探索，在嚴肅的問題上
有所堅持；至於語言，則夠用就好，而且用在刀口上，無意逞才而大肆鋪
張。他的招牌似乎不怎麼耀眼，但店裡的貨色是經挑的。」（《隨身的糾
纏》，頁 177）。

## 一、身心的安頓

　　向明的詩是生活的詩，入世的詩，我們試看《雨天書》中的兩首佳
構，以找出向明最初的思考脈絡：

　　　　極目的山瘦得像入冬駱駝的脊項
　　　　怪難堪卻仍要肩負這一天風雨的

　　　　而你小屋的淚卻接成長竹
　　　　門的嘴唇緊閉

　　　　快觸發太陽的憤怒呀
　　　　你發霉的記憶需要曝晒

　　　　　　　　　　　　　　　　　　——〈雨天書〉，《雨天書》，頁 7

　　　　有著炊煙的小店是旅人渴念的家
　　　　那裏，那撲鼻的乳香，店主的溫情……

　　　　我想我們也該有座小店在盡頭了

---

[3]李豐楙，〈賞析向明的〈巍峨〉〉，見《中國新詩賞析》第二冊（臺北：長安出版社，1981 年），頁
　237～244。

我囊中的口糧已罄，代步的蹄鐵已經磨損

——〈小店〉，《雨天書》，頁 48

綜觀這兩首詩，我們可以找到詩中的真實：其一，向明的詩之現實，凡常而不反常，山、風雨、趕路、炊煙、小店、乳香，就是這樣的平凡事件，沒什麼特殊的平常日子。其二，向明詩中的景物、器物、事物、人物，都非龐然大物，這兩首詩的主體都是小屋、小店，向明往往在細膩處見真情。其三，向明的作品喜歡以「具象」與「抽象」、「物象」與「人象」相互結合而成詞：「肩負風雨」、「小屋的淚」、「門的嘴唇」、「太陽的憤怒」、「觸發憤怒」、「曝晒記憶」、「發霉的記憶」、「代步的蹄鐵」，形成情景交融，物我合一。其四，這兩首詩都在前半段以現實的真實情節入詩，後半段則自自然然提昇為精神層面的擴展、衍伸、激盪、迴響、轉化，〈雨天書〉從現實的櫛風沐雨，轉而為記憶的喚醒，〈小店〉從真實的小店溫馨，轉而為人生目標的企求，第三行「有座小店在盡頭」的「小店」早已不是有著炊煙、有著乳香的小店，而是生命驛站的尋覓，身心安頓的終極追求。

依循著這最初的軌跡，我們將可發現向明溫文爾雅的生活美學，儒家的生活美學。

## 二、物我的諧和

向明是臺灣詩壇的儒者，他的詩觀顯現了儒者的堅持：「在生命的意義上有所探索，在嚴肅的問題上有所堅持。」「在溫和的後面表達剛健，在平淡的後面有一種執著。」[4]因此，以他的作品做為儒家生活美學的宣示，恰如其分。如〈大地的歌〉（《水的回想》，頁 74～75），大家認為「大地」永恆不變、不動，有仁者安於理而厚重不遷之象，向明則強調「大地」時時刻刻在吸納、發表，有智者達於事而周流不居之象。如〈讀〉這首詩表達

---

[4]向明，〈向明詩觀〉，《向明‧世紀詩選》，頁 5。

天與人，物與我的諧和，這種諧和卻來自於殘缺命運、悲哀心情的共同體認，前段是「萬物一命」：「讀樹的野心／讀山的溫順／讀河的宿命／讀海的拘謹／讀燈的苦悶／讀花的容忍／讀鳥的孤寂／讀蟲的沉默／讀草的憤怒／讀魚的盲目／讀雲的鬱結／讀雨的放縱／讀風的無聊／讀人的空洞」。後段則是「一己全空」：「讀妳臉上的深淵／讀兒女笑聲中的腐蝕／讀老闆眉宇間的陰晴／讀上帝無邊無際的無所不在／讀自己是一片／無字，無聲／既無封面，也無冊頁的／天空」（《青春的臉》，頁 46～48）。同杯一哭，或者是同悲一窟，都是齊物之情，諧和之心，美的演出。

　　「大地」，仁與智的徵象，如果縮小為人倫關係，應該就是母親、妻子。向明寫〈妻的手〉（《青春的臉》，頁 193～194），在「寒玉」的柔嫩與「枯枝」的粗澀中道盡妻的苦辛，比起 1963 年（結婚第二年）所寫的〈粧臺篇〉（《狼煙》，頁 72～73）：「粧臺有鏡，照不見寂寞／粧臺無聲，聽得見永恆」，自有不同的美。新婚的美，美在妻的「明眸」、「頷首」，中年以後的美，美在妻的深情的「手」——向明在另一首〈咳嗽〉詩（《青春的臉》，頁 170～172）裡，在他高天厚地驚雷似的咳嗽聲中，出現的，「仍然是妻／以及妻那一雙／捧著一盅微溫白開水的／無助的／手」，這「手」的美，美在深情，深情就是善——善，可能表現為犧牲（柔荑成枯枝），可能表現出溫馨（手捧著溫開水），都是寬厚、溫潤的儒家生活美學。

　　「大地」，終究是一個龐大的象徵，向明後來又選擇了一個卑之又卑的生理現象——「出恭」，做為詩觀表達的另一種策略：

　　寬衣解帶

　　把腋下的「反敗為勝」翻至折頁

　　好一場

　　正襟危坐的

　　除舊

　　佈新

　　艾柯卡的祕笈剛一露招

　　腹內一陣痙攣

　　挾泥沙以俱下的

　　竟有一首

　　徹夜都消化未了的

　　現

　　代

　　詩

——〈出恭〉，《水的回想》，頁 100～101

此詩，活脫脫就是生活真實的寫照，生理現象的白描。然則，向明為什麼選擇了一個如此不登大雅之堂的事項，來調侃他所至愛的現代詩？簡單的回答，也不過是：真實的生命，生命的真誠。出恭（其實太文雅了！）不正是每個真實生命的例行公事嗎？真誠表達，在藝術上就是一種美。敢於為出恭寫詩，敢於將「出恭」與「詩」畫上等號，這樣的「生命真誠」是向明的另一種執著，另一種生活美學。

　　當然，我們也可以將向明「以詩觀詩」的這一首〈出恭〉解釋為：他美化了「醜」、「臭」、「污」、「穢」，反敗為勝，除舊佈新，糞土也可以變黃金。不過，美學的本質仍然基於一個「真」字，所以，「現代詩」可以「挾泥沙以俱下」，「徹夜都消化未了」。「現代詩」不完全是好的，不完全是美的，不完全是香的，不完全是正經的、鄭重的。但它應該是「真」的執著，執著於生命的「真」：「唯天下至誠，為能盡其性；能盡其性，則能盡人之性；能盡人之性，則能盡物之性；能盡物之性，則可以贊天地之化育；可以贊天地之化育，則可以與天地參矣。」（《中庸》第 22 章）向明所做的就是「盡其性」，詩思的探索而已。

## 三、中庸的期許

　　真情流露是真，但儒家的真，卻又希望是「中和」之象：「喜怒哀樂之未發，謂之中；發而皆中節，謂之和。中也者，天下之大本也；和也者，天下之達道也。致中和，天地位焉，萬物育焉。」（《中庸》第一章）

　　憤怒、唾棄、鄙夷的情緒，如何抒發？向明奮力啐出一口痰，還「噹」的一聲——

　　　　奮力啐出的
　　　　一口痰
　　　　噹的一聲
　　　　落在天安門的
　　　　某層石階上

　　　　有人用眼睛說
　　　　好險
　　　　這枚憤怒的子彈
　　　　走了四十年
　　　　還不會
　　　　轉彎

　　　　　　　　　　　　——〈痰〉，《隨身的糾纏》，頁 67～68

奮力啐出一口痰，還「噹」的一聲——事實不真，情緒則逼真的一聲「噹」。非得如此，不足以表現心中的憤怒。「這枚憤怒的子彈走了四十年還不會轉彎」，這是湖南脾氣的真率，不吐它一口痰，何以化消心中四十、五十年的不快！詩中「有人用眼睛說」，是「道路以目」之意，敢怒不敢言的地區，啐它一口痰吧！這，不美，卻是生活的真，詩的真。因此，在〈困

居〉這首詩中，向明看見雷根和戈巴契夫虛偽地握手，聽到一國兩制的讕言，他以廚房的「油鍋」、「火辣」、「爆炒」象徵心中的震怒，發之於行動：

> 怎麼回事呢
>
> 這世界
>
> 我猛然摘下一隻拖鞋
>
> 朝空擲去
>
> ──〈困居〉，《水的回想》，頁 125～127

朝空擲去的那當兒，應該配有類似「他媽的」這樣的氣話，才過癮。但向明讓它隱藏在讀者心中，讀詩時一起爆炸出來！

　　隱隱然未爆而出的情緒，向明以排比句式列出了〈八種情緒〉（《隨身的糾纏》，頁 37～39）：「門打開後被風砰然猛關的情緒」、「正在發燒劈頭澆以冷水的情緒」、「母親不在鑰匙突然又找不到的情緒」、「徹夜失眠一早就被拉去遊行的情緒」、「突然停電一句詩被腰斬的情緒」、「跑了一半喊回來重新起步的情緒」、「聲音正大麥克風被踢斷了線的情緒」、「虛火上升還他媽的飽灌陳年高粱的情緒」，粗糙，狂野，不得不發洩出來的情緒。向明也以最原始的方式吶喊出來，他臚列了這八種情緒而不加任何說解，不安排任何情境，不延伸任何可能，惱怒的情緒蹦跳而出。

　　儒家的生活美學以不偏不倚，適得其中的「中庸」為高，因此，即使是懊惱，我們也可以感受到向明詩中隱忍自己的那份耐力。怒氣，能知節制，怨氣，更能有所約制了！向明《隨身的糾纏》中有兩首「寄仲儒弟」的詩作，詠物帶情，悲中帶嘆，深沉如大海的怨哀中卻只露出小小一角的冰山，而以巨大卻無形的力量在海底深處撞擊我們，讀這兩首詩而不受內傷，幾無可能：

> 什麼都不剩了

你說　什麼都不剩

浩劫後　祇留下這

有口難言的井

邁著　彷彿兒時

母親剛汲水為我濯過的雙足

躡躡上前

不待分說

井便迎面向我傾吐

滿腔鬱積的

寒冷

待再上前

看清了我的枯槁

才釋懷的

冷靜成一隻　讓我痛苦的

淚瓶

　　　　　　　——〈井——寄仲儒弟之一〉,《隨身的糾纏》,頁 25～26

你說　這就是

我們董家現在唯一的祖產

一方鐵砧

近前一看

遺落在這泥地的角落裏

鬱鬱的

重重的

不恰似我此時沉落的心

你說　這就是

祖父曾經賴以維生的

一方鐵砧

我再近前看清

那不就是你麼

承受過錘擊

迸發過火花

滿是歲月永遠抹不掉的烙痕

　　　　——〈一方鐵砧——寄仲儒弟之二〉，《隨身的糾纏》，頁 27～28

此二首寫作日期相近，都以「你說」開始，遠離家鄉 40 年，故鄉事無由得知，必靠二弟告知。此二詩也都有「上前」、「再上前」以看清的動作，在疑與信之間多了一番轉折，是情怯，是更深的心傷。「井」之有口難言，滿腔陰冷，「鐵砧」之承受錘擊，滿身烙痕，拈引來象徵兩岸隔絕期間，家鄉與二弟橫遭折磨，竟是如此貼切！這樣的貼切是時代的苦難，詩人的悲情所鑄成。向明的詩作往往來自生活中的觀察、體驗，在平凡的事物中見人之所未見，而能發人之所未發。井與鐵砧，誰未見過？但又有誰能將這樣平凡的日常事物結合上時代的悲痛！向明的生活美學，盡在其中。

　　早期，向明有一首以詩觀詩的作品，詩題為〈瘤〉（《青春的臉》，頁 38～40），詩分五段，前四段都在講「瘤」這種絕症，久年無法治癒，過敏，頑固，吸取人的精華，最後一段，情勢一轉：

最後，你無非是

要把我瘦成一張薄薄的紙

紙上的一些什麼

凡掃過的日月

競相含淚驚乎

這才是詩

由「瘤」而逆轉為「詩」，令人無限訝異，天差地遠的兩樣事物，竟然在不知不覺間轉換過來，讀者不能不重頭再讀一遍，以「詩」為第二人稱的你再讀一遍，一面讀，一面讚嘆，愛上詩不是久年無法治癒的嗎？詩人不是對季節、植物、動物都敏感的嗎？詩不是一首一首不斷創作出來的嗎？詩不是各類藝術中精華裡的精華嗎？詩，讓日月驚呼！向明的生活美學如此呈現為詩，令人驚呼！

一張「破軍氈」，一頂「救軍帽」，向明感傷：「一個兵士，只能讓歲月壓傷」！

一面「鼓」，生來就是要忍受捶擊的，他卻以「鼓」自喻：「捶擊得再兇，也仍祇是一副表情坦然的面孔，一種無手可還的寬容。」

一籃「吊籃植物」，讓他感慨：「不願著地的寄居的藋草，只會緬懷昔日的家園，難於認同眼前的窩巢。」

能在「瘤」之內裡找到「詩」的人，什麼樣的「生活」之中不能發展他的「美學」？向明以詩觀詩，其實正是以物觀理，余光中在簡評向明〈隔海捎來一隻風箏〉時，說「古典的詠物詩，一面巧於狀物，一面卻要由於自述，明暗烘托，表裏相生，即物即我，卻又不能說破。」而向明「則半明半暗，欲吐還吞，抒情的線索出入於物、我之間，另有一番境界。」

余光中發現：向明其人其詩，正是儒家不惑、不懼、不悔的自許；正是儒者生活美學的體現；真誠的生命，沒有猶豫，沒有退怯，充實的美。因此，以向明的生活美學作為佐證，余光中的儒家入世美學體現更為明晰、周全。

——選自蕭蕭《臺灣新詩美學》
臺北：爾雅出版社，2004 年 2 月

# 比人早起的頭髮

## 我讀向明近期的詩

◎蕭蕭

　　距離 2007 年 6 月 3 日我為前輩詩人、《臺灣詩學》季刊社首任社長向明先生，舉辦「儒家美學的躬行者——向明先生八十壽慶學術研討會」，且出版專論發行，匆匆已過七年了。其後每年一度的濁水溪詩歌節，我都會策劃活動，向詩壇前輩致敬，敦請年輕學者撰述高規格論文，肯定他們在詩壇的成就。向明是這一系列活動的第一名，最早致敬的對象。

　　從余光中開始，很多人喜歡用「向晚愈明」這一句話形容向明 60 歲以後的表現，沒錯，我覺得向明前輩不只是前輩，而且是一位前行者，近十年來，他在創作上的質與量沒有任何前行代詩人可以跟他匹敵，此十年間出過兩本詩集《閒愁》、《低調之歌》，還與艾農、朵思、曹介直等七人出過四本合集，每一集子總有 10 至 15 首詩；此十年間，他在兩岸三地之間的行動也少有人如此頻繁，以臺灣詩的推廣工作來看，連續在《臺灣新聞報・西子灣副刊》創立「新詩一百問」專欄，在《人間福報》開闢「詩探索」，《中華日報》副刊上與讀者「好詩共賞」，《青年日報》副刊新寫「窺詩手記」，所以能陸續推出《新詩百問》、《客子光陰詩卷裏》、《走在詩國邊緣》、《窺詩手記》、《詩來詩往》、《我為詩狂》等詩話專書；電腦網路上的活絡幾乎與少壯派詩人無異，甚至許多詩人望塵莫及。向明，不是年歲上的前輩，而是詩壇開疆闢土的前行者，86 歲的年紀，平面、紙本、網頁，龍一般上天入海，龍一般呼風喚雨。

　　譬如說，2007 年我以「儒家美學的躬行者」尊稱他，但他何嘗受限於

這個小小的稱號。曾進豐教授就曾在詩集《閒愁》的序中說：「詩儒」之稱恐不足以概括，儼然乃「俠者」之流。曾進豐長期與周夢蝶、曹介直、向明等長者定期聚會，宴飲之上，觥籌之間，也正是真情流露之時，向明舉箸之後，舉筆如舉劍之義，必然時有所見，儒者之仁、俠者之義大約就一表一裡，融而為一了。等到《低調之歌》出版，所有的讀者都看到書名的「低調」，以為這就是大家習知的「不願張揚，不想引人注意」，更年輕一代的詩人李進文的序卻看到「叛逆才是向明詩國的王道」，他說：「（向明）詩風於儒雅中潛伏針鞭，文字於簡單處內蘊深意。」鴻鴻的評也發覺「棒棒糖的盡頭」，其實是一個顛覆「儒雅」形象的大逆襲，全書恐怕只有書名「低調」，內容實在是尖銳得不得了、高亢得不得了。上天入海，呼風喚雨，向明，龍一般無可捉摸、無法預測啊！

或許，我們可以這麼說，溫柔敦厚固是成功處世、圓滑做人的應有形象，但詩人這枝詩筆、驅使這支筆的詩心，昂起頭來應該以「天下家國為己任」，低下頭去也要與周遭低卑的生命共呼吸。所以，既是仁者、儒者，也無妨是俠士、義士，近年來的向明，我們看見那一把燒旺的火在他內心深處燒著，燒出兩岸詩壇所有的眼睛都嚮往的一片明。

早在上一世紀的 1988 年，我曾以「由生活中提煉詩的質素，向平凡裡索求詩的偉岸」論述向明，源自生活陶冶、反應現實感受的基調，似乎至今未曾偏倚。最近他蒐集了近十年的詩作，編纂為《早起的頭髮》，仍然依循這樣的軸線在滾動，就像熊國華在評述《低調之歌》時所說，向明的低調是「目光放低、姿態放低、心境放低」：

> 目光放低，指詩人更多地關注社會現實和弱勢群體。
> 姿態放低，指詩人不以大家自居高高在上，而把以往成就當作起跑線，不斷超越自我，創新求變。
> 心境放低，指詩人老之將至，淡薄名利，追求人性的本真與自在。

　　這三低之說，相當符合與《低調之歌》創作期相當的這一部詩集《早起的頭髮》，更符合孔子「戒之在得」（《論語・季氏第十六》）的教訓，但我們也感受到一股崛起的力量，在馴服的、低調的氛圍中，老而彌堅的一撮革命、造反的意志。試讀這首主題詩〈早起的頭髮〉：

　　　　尚未脫離夢境的
　　　　早起的一小撮頭髮
　　　　想要造反麼？
　　　　硬挺挺的像那些革命黨人

　　　　尚不知道爬梳的厲害
　　　　尚未嘗過扣帽子的苦悶
　　　　更沒經過剪燙定型的折騰

　　　　當然，也沒聽過阿 Q 說過
　　　　抗拒會殺頭的
　　　　傳聞

革命、造反，其實都是一種浪漫，一種夢想，這一撮頭髮之所以異軍突起，不就是帶著不馴服的叛逆個性。這一撮異軍突起的頭髮，何妨視為向明自我的寫照，除了 1949 年的時代苦難，爬梳使其一致、剪燙使其定型的制式教育、思想檢查，扣帽子所暗示的白色恐怖統治，在事過境遷之後，都具備了戲謔的本質，戲謔是另一種不馴服的表現，向明將現實臺灣曾經遭受的苦難，轉化為頭髮的爬梳、剪燙、嘲諷、戲謔，不一而足。甚而推遠歷史的背景，留髮不留頭、留頭不留髮的阿 Q 式的辮子，也拿來做為另一種佐證，另一種可笑的威嚇。然而，這一小撮頭髮不知悉，不畏懼，堅持著革命黨人的意志，堅持著夢境的理想，硬挺挺地挺立著，這就是「早起」的頭髮，先知的遭遇，前行者的奮力一搏。

　　若是，向明的生活之詩、現實之作，累積了 65 年的長篇圖卷，就不僅是個人情志的抒發，而是臺灣歷史壯闊波瀾裡的浪花。《早起的頭髮》，似乎更需要比頭髮早起的人，發現這種幽微之處。

——2014 年 6 月 4 日蕭蕭寫於明道大學

——選自向明《早起的頭髮》

臺北：爾雅出版社，2014 年 12 月

# 現代中國新詩的特質（節錄）

◎覃子豪*

現在，我要以今年出版的三本詩集來作結論，證實現代中國新詩的特質，已成為自由中國詩壇的一大支柱，沒有這一支柱，中國新詩，便失去了它的特徵，而不能顯示出中國新詩的真正精神來。這三本詩集是：周夢蝶的《孤獨國》，白萩的《蛾之死》，向明的《雨天書》。這三本詩集雖然都是藍星詩社出版，但各有其不同的風格。《孤獨國》的詩，是生活的又是冥想的，寧靜與超脫，是其作品的精神。《蛾之死》的詩，是想像多於生活的感受與體驗，美的追求，是其作品的基調。《雨天書》則完全是屬於現實生活的感受，經驗的表現，代表了在中國苦難的現實掙扎著的青年人的精神。

周夢蝶在其〈索〉一詩中說：

我欲搏所有有情為一大渾沌
索曼陀羅花浩翰的瞑默，向無始！

作者以冥想的姿態出現，卻在〈消息之一〉的詩中表示著：

「火花終歸是要殞滅的！」
不！不是殞滅，是埋伏——

---

*覃子豪（1912～1963）四川廣漢人，詩人、文學評論家、《新詩週刊》、《藍星週刊》創辦人之一，被譽為臺灣詩壇「詩的播種者」、「臺灣現代詩之父」。發表文章時為中國文藝協會詩歌創作研究委員會副主任委員。

的深刻的看法。在〈消息之二〉一詩中，作者卻預示著做為詩人的不滅的精神。

> 然而，當我鉤下頭想一看我的屍身有沒有敗壞時
> 卻發見：我是一叢紅菊花
> 在死亡的灰爐裡燃燒著十字

這純粹是一種東方精神的表現，是佛家的澈悟，是一種涅槃。作者對於這苦難的年代有一種勇士的鬥志與殉道者的虔誠，時代和現實所加諸於詩人的痛苦，能泰然的「納入胸懷」，因為，他有「澈悟的怡悅，解脫的歡快」，他的詩中充分的表現了「無我」的東方精神。他所追尋的是聖者的腳跡，以及「踏破鐵鞋汲汲夢求的真理」。他認為死即是生，在這個時代只有以東方人對人生的觀念，才能對於加諸於自己的痛苦，處之泰然。他是為追求真和美而寫詩，他不僅澈悟真的意義和價值，對於美的認識和創造，尤有獨到之處。

> 觸處是一團渾渾莽莽沉默的吞吐的力
> 這裏白晝幽闃窈窕如夜
> 夜比白晝更綺麗、豐實、光燦
>
> 而這裏的寒冷如酒，封藏著詩和美
> 甚至虛空也懂手談，邀來滿天忘言的繁星……
>
> 　　　　　　　　　　　　　　　——〈孤獨國〉

> 那流遠了的永不再來的過去——
> 神秘地耳鬢廝磨在千萬憶儔魚似的寂寞群裏，
> 聽雄渾而靈明，單一而邃深的潮汐的諧奏
> 日夜在我耳畔吻舐、呢喃、謳吟……
>
> 　　　　　　　　　　　　　　　——〈畸戀〉之四

作者發現自然的神奇與奧祕，握著了永恆的剎那，卻描寫出了時間的悠久，從空虛中吸取真實。表現出大氣磅礡的宇宙的精神。他的詩是自發的，而卻出自於深沉的觀照，與極精微的觀察。出自生活的體驗，亦出自深厚的修養。他的詩，可以配稱福羅斯德（Robert Frost）所說的：

> 他們永不會發現我和以前有什麼改變
> 只有更確信我所想的全是真實。

白萩是三位詩人中最年輕的一位，卻有出色的表現，〈羅盤〉一詩，充分表現出這位青年詩人的新銳之氣。

> 握一個宇宙，握一顆星，在這寂寞的海上
> 我們的船破浪前進，前進！像脫弓的流矢

氣勢有如惠特曼，這首詩是多少受了惠特曼〈開拓者！啊，開拓者！〉的影響。作者確能賦予新的內容。〈歷史〉一詩，就顯示了作品有進一步的成熟。

> 迴轉於時間的軸心
> 馱萬物輪循著「生」「死」之門
> 那造物者留下來的定律
> 鐘擺不停地向窗外的世界宣布
>
> 於是窗外有花在嘆息．枯萎
> 於是腐朽的骨物又在春風裏復活
> 於是現實的痛苦伴落日沉淪
> 於是愛情伴著新月散步於森林間……

作者把這一抽象的「歷史」命題，予以具象化，讓讀者對歷史有一個新的完整的認識。〈瀑布〉一詩，亦為其佳作，這代表作者初初入世的銳氣，作者僅憑了這種銳氣來寫詩，所缺少的是生活的認識與體驗。他僅有的是書本上的智識，故而「給洛利」的有關愛情的十首詩中，對愛情的表現，則顯得浮泛無力，看似有其深刻性，而作者的筆觸卻未深入裏層。缺少對愛情的新的認識與發現。缺少從心靈深處自發的動機，只是作者對愛情渴望的一種表現。是渴望與想像的混合，不是深切的感受。《蛾之死》的作者，在「真」一方面未把握得著，卻在追求一種尚未出現過的美，對於已存在的美，作了有一種批判的態度（見後記）。因而在〈蛾之死〉一詩，他表現出一種造型美。這種表現證明作者對於詩藝的認識尚欠深刻與成熟。詩是語言的藝術，可以容納繪畫和雕刻的因素卻現不能以詩的語言在形式上表現出繪畫與雕刻的特徵。阿波里乃爾（Guillaume　Apollinaire）曾將他的詩，排列成為心形，馬頭形。那不過成為史班德（Stephen　Spender）所說的現代主義比較無聊的一面。以作者的才華橫溢，如正確了對詩的觀念，其將來的成就，是不可限量的。

　　在詩中有顯著的中國新詩的特質的，莫過於向明的作品了。《雨天書》就象徵了中國時代和現實的陰暗與沉悶。作者在〈野地上〉一詩中說：

　　三月的晚上，雨淋著
　　墓碑們哭泣著
　　啊！為什麼不像一株樹
　　老待在這裡久不生根

「老待在這裡久不生根」是暗示流浪人無可奈何的悲哀，沒有家，沒有親人，寂寞一如〈野地上〉的墓碑。而作者說：

　　沒有眼淚，不用叮嚀

　　我必須贖我

　　　　　　　　　　　　　　　　　──〈贖〉

「我必須贖我」這五個字看來很平常，細細的加以體味，方覺出作者沉痛的心情。這寫法的重量頗有筆力千鈞之感。這是作者在生活途中迷失的醒覺，是浮士德受了梅菲米士托謊言的欺騙簽了出賣靈魂的契約以後的醒覺。其實每一個現代人均有「贖我」的需要。這樣的詩，已深入了現代生活的本質。向明的詩，對於現實的憎恨，多於讚美，他「將夢幻者的蜃樓碾碎」，他要像「燭焰」向黑夜挑戰。在〈淚〉一詩中也有極生動的刻劃。

　　潰亂了圍護著湖的密林
　　是溶解期冰層憤怒擴散的張力

而〈門〉一詩，正表現了作者對苦難現實的正視。

　　讓可憐的盆景驕傲室內的優遇吧
　　種子的兩頁綠扉是要開向風雨的

這是時代給予中國青年的不得不有的沉毅。在〈家〉一詩中，作者又在嘲笑自己流浪的悲哀。

　　星的眼永不疲憊，因為她有白晝的溫床
　　流水的歌最甜，她正趕赴大海母親的召喚

　　風這流浪漢最悲哀了
　　爬山越水的亂跑，故居卻丟在相反的方向

這不僅是自嘲，也是他嘲。而〈三月〉正表現了作者匆促的心情：

> 三月去了
> 像畫家匆忙地夾走他繪的風景
> 我無法喚住
> 因為我在疾馳的車中

這暗示著作者的青春在倥傯的時光中逝去，生活的壓力，使作者失去閒逸的心情。《雨天書》所有的作品，全是有感而發，不是幻想，每一行詩，都付予了生活的代價。

　　三本詩，除了《蛾之死》偏重於想像的創造而外，《孤獨國》和《雨天書》均是經驗的表現。這兩本詩，不僅是遣興，而是需要，是化苦惱為力量的需要，是意志發射的需要。因此需要，作品便有了咄咄逼人的生命力。這無疑的是現代中國新詩的特質。這特質在目前詩壇真偽難分的極度混亂的情勢中，是值得重視的。這種特質在過去和現在都比較少見。它的可貴處：就是發掘了生活的本質而訴之於經驗的自覺，且無形的否定了幻想之虛偽。它是以真實否定虛妄；以素樸否定怪誕；以自發否定了造作。它之所以不是寫實，因其能揭示生活與真境中的奧祕。它是作者以新的觀念予現實生活以新的估價。因而，現代中國新詩這種訴之於經驗的自覺，從暴風雨中所磨練出來的一種新鮮、深刻而具有成熟的美這一特質，必然會在混亂的詩壇成為一有力的支柱，繼續反映在西洋詩中所不能看見的中國偉大的現實。它的意義，正如紀德（André Gide）所說：「一國的文學在於其所表達的本國的獨有的精神，才能在世界文學中產生它的意義，才能在世界文學史中占有它的位置。」中國詩人們應該知道認識自己、發揮自己的精神，這種深切的涵義。

——選自《文學雜誌》第 7 卷第 2 期，1959 年 10 月

# 奔向永恆
## 向明詩〈私心〉讀後

◎余光中[*]

> 牆上
> 那座走了近百年的老掛鐘
> 突然敲著我說：
> 「老兄，我要小解。」
>
> 對於，他這隱忍夠久罕有之舉
> 我感到赧然
>
> 然而，我沒有理他
> 必得自私
> 因為，我不能沒有時間
>
> ——〈私心〉

　　哲學家虛子一連三天登壇講學，題目是〈奔向永恆〉。時間被得罪了。第四天清晨他醒來，家裡的鐘錶全罷了工。長針，短針都指向天頂，那姿態不像是祈禱，卻像是指控。

　　他必須搭火車去遠方，好在趕到火車站，還有幾分鐘才開車。但火車開動後，全世界的鐘錶都接著罷了工。他發現從此火車不再停站，只顧向前衝、衝、衝。而車輪寂寂無聲，在虛空中奔馳。司機廣播說：「末站已經

[*]詩人、散文家、評論家、翻譯家，中山大學外國語文學系榮譽退休教授。

過了，誰也不能下車。」虛子惶然四顧，發現車上乘客全是三天來他臺下的聽眾，而坐得越近他的，正是拍掌最熱烈的那些。

他再看上車時帶來的報紙，上端竟已失去日期，車窗上的日影始終沒有移動。

終於他發現「永恆的價值」，只有在時間裡才懂得。他站了起來，準備向他的聽眾宣布新的結論。但似乎太遲了，滿車聽眾，不，奔向永恆的乘客，已決定將他推下車去。

──選自向明《低調之歌──向明詩集》

臺北：釀出版，2012 年 12 月

# 「詩人」與「寫詩的人」
## 我讀《新詩 50 問》之後

◎席慕蓉<sup>*</sup>

這幾天，拜讀了向明先生的新書《新詩 50 問》，好像心思也跟著活潑了起來。

這本書以一問一答的方式，來闡釋詩人對詩的種種看法。50 篇短文旁敲側擊，不知不覺地就把讀者帶到詩的世界裡去了。

當然，對詩的看法，言人人殊，各有妙處，原本就不必一定要完全相同。不過，對於書中的第二問「詩人還是詩匠？」我有些疑點，很想在這裡提出來就教於向明先生。

為了敘述方便，我必須先節錄部分原文：

問：去年秋天的一次「詩的星期五」聚會上，臺上的兩位詩人發表完自己的作品之後，輪到聽眾發問。有一位年輕詩人很小心的提出了一個問題，他問：「詩人和寫詩的人到底有什麼區別？」您當時的看法如何？

答：這個問題一下觸及大部分詩人的隱痛，年輕人的問題絕對不是信口開河，而是深思後的有意一問。當時臺上的詩人白靈無奈的作了答覆。他說：「剛剛開始學寫的人祇能稱作寫詩的人，一直寫到有點年紀，有些成就才能算是詩人。詩人與寫詩的人區別大概就在此。」

白靈的答覆顯然沒有獲得多少掌聲。此後便沒有人再作解釋，直到主持人洛夫上臺作結論時，他才補充了他的看法。他強作笑顏的說：「詩集賣

---

\*詩人、畫家。

得好的人才算是詩人，詩集沒有人要的便是寫詩的人。」這次臺下的掌聲仍然不多，但笑聲盈耳。

當時我也在場，也很想提出我的看法，但一時思緒不能集中，而時間也不允許，只好作罷。但我對白靈和洛夫兩人的解釋卻是不敢敬同的。（中略）

最近讀詩很多，寫詩很少。越讀越覺得詩是一種天真的表現，好時必定天真無邪，詩人越天真寫出來的詩越可貴。（中略）

但天真最容易變質，會腐蝕天真的便是世故。普通人一世故，就會自我墮落，沒有自己的理想。詩人一旦世故就會比庸俗的人更庸俗，各種慾望便會隨之而生。（中略）天真的詩人變得世故以後，一切均是有所為而為，（中略）這時實際他已降格為一個詩匠，專為某種目的而寫，或不得不寫的寫詩的人。

詩人與寫詩的人或詩匠最大的分野便是一個一味天真的去寫，不忮不求，每寫必有創意；一個是被世俗牽著鼻子去寫，常常自作應聲之蟲。

以上是原文的主要內容，現在，我要開始發問了。我的第一個疑點是：也許向明誤會了發問者的原意？

因為，如果「詩人」和「寫詩的人」在向明的答覆中，前者是被肯定的，後者是被否定的話，那麼，發問者的問題應該修改成這樣：「寫詩的人和自以為在寫詩的人到底有什麼區別？」

不過，這樣一來，答案早就明白地擺在問題裡，恐怕也不需要發問了。

因為，詩，只能有一種：就是具備了「詩質」的文字。這種本質，深藏在詩人的心裡，有如美玉深藏在山中或水底一樣，是一種天賦，只能發掘和激發，卻絕對不能無中生有。要在文字裡發揮出這種「詩質」，才能稱為「詩」，要在被稱為是「詩」之後，才能再分為「好詩」與「壞詩」。就像再有瑕疵的玉，依舊是玉，而無論怎麼染色怎麼去用功打磨的石頭，它

的本質永遠也只能是一塊石頭而已。

　　所以，那位發問者在提問題時，也許前提是先肯定了「詩人」與「寫詩的人」寫的都是「詩」，兩者的資質完全相同。

　　如果是在這樣的前提之下，那麼，白靈和洛夫兩位先生的回答其實也言之成理。

　　白靈的回答可以解釋成是一種外在的附加價值。社會對這兩個名詞有不同的認定，如果要成為眾所公認的詩人，寫詩的人確實是需要一些時間和作品的累積的。

　　而洛夫的回答，則可以解釋成是一種內在的心理狀態，是因際遇不同所造成的區別。寂寞的詩人就是一個在沒有人要他的詩集的時候，依舊堅持地寫著詩的人。

　　當然，這兩種回答，仍然必須要在那位發問者的原意是對這兩個名詞都抱持肯定的態度時，才能算是正確的。

　　也就是說，我們假定，在他發問之前，對於「詩」這個字，是曾經謹慎地考慮過的。

　　不過，我們此刻無法找到他再來一問究竟，所以，也有可能，他的原意是比較接近向明所了解的意思——他對「詩人」比較肯定，而對「寫詩的人」隱含了否定的價值觀。

　　如果是這樣，向明的答覆才能算是正確。不過，在其中，我又有些不同的意見。

　　向明說：「詩人越天真寫出來的詩越可貴。」這點我完全同意。但是，「天真無邪」如夏日初發的芙蓉，可貴的就在那一瞬間的冰清玉潔，不過，人生能有幾次那樣的幸福？只要是不斷在成長著的人，心中就會不斷地染上塵埃。讀詩、寫詩，其實就是個體在無可奈何的沉淪中對潔淨的「初心」的渴望。我總覺得，這「渴望」本身，也能成為詩質，飽經世故之後的詩人，如果能夠在滄桑無奈之中還不失他的天真，恐怕是更為可貴的罷。

另外，向明認為，當詩人成為專為某種目的，或不得不寫的寫詩的人時，他已經降格為一個詩匠了。

對於「匠」這個名詞，我總覺得，中國傳統文人，實在是錯用了這個「匠」字。（其實，希臘的亞里士多德，也有著先入為主的歧視心態。）因為，一個能夠真正把他的工作做好的工匠，也需要才情。我們故宮所收藏的那麼多或者精緻或者樸素的美麗器物，都是一些了不起的工匠聚精會神地做出來的。我想，大部分的文人即使你讓他去學三輩子，可能也做不到。所以，把「匠氣」拿來當作次等的文章或者畫畫的形容詞，好像是很貼切，而其實又是很不公平的。

所以，我又回到先前的問題上來了。我們可不可以這樣說——當一個詩人淪落到專為某種目的，或不得不寫的時候，他就已經不能再是詩人。

「被世俗牽著鼻子去寫」的東西，就不能再稱為詩，詩人降格之後，便只能成為「自以為還在寫詩的人」。

當一位詩人變成了自以為還在寫詩的人之後，會因為每個人不同的性格，而讓他此後的生活變成了一場悲劇、喜劇，或者甚至是鬧劇。不過，如果他自己不會發現的話，也不會有什麼嚴重的傷害，頂多是他周圍的朋友有點「鬱卒」罷了。

比較恐怖的是那些從來不是詩人，但是一直以為自己是在寫詩評的人。因為萬一他又非常用功，幾十年下來著作等身，每一座圖書館裡都有他的書，那可真是讀者的大災難啊！

話扯遠了，再回到原處來罷。今天晚上，我把想到的種種先在電話裡說給 C 聽，像繞口令似的解釋了半天之後，她的回答是：

「我聽得都累死了！不過，我倒覺得，『詩人』只是個名詞，而『寫詩的人』裡有個動詞。名詞是別人給你的稱呼，是空的，固定的，遠不如『寫詩的人』裡這個動詞是自己可以控制，可以一直自由自在地寫詩。當然，最好的狀況是：又能是別人心中的詩人，又能不受影響地繼續做個寫詩的人。否則的話，如果只能二選一，我倒寧願做個可以一直寫下去的寫

詩的人，而不是只有一個固定的空空的稱呼──詩人。」

　　好吧！這又來了一種精彩說法！我當即徵求了同意把這段話放在最後。其實，仔細比較一下，她的意見和向明的結論非常相似，只是肯定與否定的對象互換了而已。

　　不知道那位當初發問的年輕詩人現在在什麼地方？會不會看到我們這些意見？不知道，如果有一天，他要在創作的長路上面臨選擇，他到底是選擇名詞呢還是動詞？

──選自《聯合報》，1997 年 4 月 8 日，41 版

# 論向明
## 一棵免於病蟲害的樹

◎古丁*

　　在所有詩人中，向明要算是我認識最早的一位，可以早到民國 34 年我們同學開始，到現在有整整的 30 年之久；而且有一段相當長的時期，我們在同一個單位工作，雖然不在同一個地方；民國 36、37 年他在陝西的榆林和西安，我在寧夏、綏遠一帶。在那個時候，我還不知道向明喜愛文學，直到民國 41 年，我在屏東編一份油印刊物，他在臺北也有一份油印刊物，並且第一次看到的就是他的詩，後來他參加中華文藝函校，結識覃子豪，他的作品從那時起便突飛猛進。他雖也知道我很早就在寫作，但是他知道我用古丁的筆名寫詩，卻遲到民國 46、47 年以後。由此可見，我們雖然認識頗早，在文學上，卻沒有什麼因緣。甚至於到了現在，我們仍然各有一個門戶；他屬於藍星詩社，我則屬於秋水詩刊。

　　我很早就想把向明的作品向讀者作一介紹，因為比較起來，我恐怕仍比別人更多了解他一點；同時我也認為他是最值得介紹的一位，他二十多年來，始終在從事詩的創作，僅以譯介一些兒童文學作品為副。他默默地、誠誠懇懇地寫作二十多年，他的作品始終在穩健中發展前進，他對藍星的作風和目標始終堅守不移。他的作品雖然不多，但每寫一首詩，都是嘔心瀝血的佳構。但是由於受到整個詩壇的影響，他的詩也和別人一樣，同時遭受無人欣賞的命運，而且有時候由於別的詩人惹的禍，連累到他也免不了要受批評家的氣。所以，在詩壇上，他是無辜的受害者之一。

　　我說他的作品同時遭受無人欣賞的命運，是從散文和小說方面比較而

*古丁（1928～1981），本名鄧滋章，湖南瀏陽人，詩人、《秋水》詩刊創辦人、《葡萄園》詩刊創辦人。發表文章時為空軍士官長。

言，這兩種文學作品所擁有的讀者，比新詩多的太多了，相較之下，新詩除了詩人之外，幾乎沒有讀者。這種情形，我以為在以前任何時代是不曾有過的；中國在過去，幾乎凡是讀書人，必懂得詩，也欣賞詩，只有我們這二十年來的新詩，才有被讀書人摒棄的現象。當然這是不能責備讀者的，在民國 38 年到 41、42 年間，新詩還是很受讀者的歡迎，報紙和雜誌上也都刊登新詩。新詩之失去讀者，是在民國 43、44 年以後，新詩的理論越盛，表現的方法越晦澀，讀者便越少，一直到現在，情形還沒有改變。

　　新詩造成這個局面，檢討起來，主要是人為不臧，我們試看這二十年來新詩的發展，可說是陰陽怪氣，很像一個畸形產兒，尤其在理論方面，不可否認的我們有著黃髮碧眼的血統，但又打著民族傳統的旗號；我們走在一切文學的前面，但所彈奏的有時還是西洋 1920、1930 年代的舊曲調；艾略特的屍骨已朽，他的陰魂卻仍然圍繞著我們不散；我們服膺佛洛伊德的學說，但又不能超現實，也現實不起來；我們既是殉道者，也是鋒頭主義；既不甘因襲模仿，創新也力不從心；我們既愛國，也怕觸及政治；想做隱士而塵心未盡；閉戶幽居又不能悠然自得；想清高也怕桂冠無望；我們吵吵鬧鬧，倒像羅曼・羅蘭筆下的窮人家，永遠有嘔叨不完的窮經，過去是焦爛的，未來一片模糊。這種情形，自然要使讀者倒盡胃口，無人來傾聽和欣賞了。

　　也許我們有一種理論，可以為自己壯一壯膽，說新詩並不需要討好讀者，聞他們霉臭的呼吸。但如我們稍微考察一下，便知道這種理論是言不由衷。不僅我們有很多詩人在尋求當世讀者的呼聲，連後世的喝采也不曾放過。雖然後世對我們來說，多麼渺茫，正如英國詩人湯普遜所說的：後世跑到羅馬濟慈的墓前，滴下大粒眼淚，鐫刻華美的誄詞，也只能使蛆蟲們躬身致謝，對那長眠的少年詩人，縱然掬盡萬人的眼淚，也潤澤不到一根枯骨。然而，即使那樣渺茫，有些詩人仍頗有自信地在尋求那種迷信和安慰，像煞有介事似的，鄭重地去為他的後世做著種種的準備，好像歷史中的座位已預訂好了，只等兩腿一伸，就有大群的後世讀者簇擁上來，將

他推上寶座，頂禮膜拜。

　　說新詩不要讀者的支持，這不是大家心中要說的實話，我們看看在晦澀之後，現在居然有人要回到大眾化的路上去，就可以看出大眾的心理。雖然大眾化是一條走不通的路子，因為普羅意識在中國已有一段很長的歷史了，對於年長的一代，一點也不新鮮。而且現在大陸上的共黨，正在以一國一黨的政治力量在徹底地推行，結果如何，我們現在大家都看得到，是同晦澀一樣，同樣把藝術扼殺掉了。我不相信我們此時此地的詩人，有更大的能力，把大眾化實行的更徹底，更有價值。

　　詩之大眾化，是和晦澀一樣，為走向另一個極端的一條死巷。也是一切的革命都是另一個專政的開始；這不是理論的問題，而是事實的問題。新詩的真正晦澀始自對潛意識理論的應用；在理論上，潛意識代表了「真」，同時詩的表現最高手法是象徵。對於這個理論，佛洛伊德在其精神分析中有一個很好的例子可供參考。在他的臨床試驗中，有一個病人曾經忽然想起一個數目 426718，這個數字的忽然出現，當然是潛意識的表現，它代表或象徵某一意義。根據佛洛伊德的分析及對病人的了解，認為患者曾聽到一個笑話，說「你的鼻子患黏膜炎，若請醫生看，要 42 天才可醫好，若不請醫生看，便要過六星期才好」；因為 42=6×7，恰好是六星期。他又根據病人的情況，作了另一種分析；他說患者有七個兄姊，患者排行最小，老三和老五跟他不合，如同死敵，他幼年時曾希望他們早死。故 426718 數目中獨缺少了 3 和 5 兩個數字；又如果他的父親不死，尚可能生第八個孩子。這整個的數字之含意就是患者希望第三、第五兩兄姊早死，以代替父親的亡故，此外他不希望自己是最小的，他希望還有一個弟弟。這個分析當然言之成理，如果患者不承認有那些意思在內，那表示因為它是潛意識，患者當然不知道，否則就不是潛意識了。這種理論應用到詩的表現上來，詩也就變成自己根本不知道在表現什麼，否則就不是潛意識的表現，而讀者欣賞詩，當然也就只有靠自己去猜了，你猜它是什麼，它就是什麼了。

　　由這種理論，使我想起幾百年前，英國的哲學家培根所說的話：「人們往往愛以自己所最羨慕的意念，或自己最喜歡研究的科學，來渲染自己的思想、意見同學說；他們往往照這些意念和科學，給別的事物以一種極不真實、極不適當的色彩。因此柏拉圖便以神學，亞里士多德便以倫理學，新柏拉圖蒲魯塔克以及其餘的人們，便以數學，摻雜在他們的哲學中」。照這個批評的邏輯，我們的詩人則以精神分析摻雜入詩學，給詩披上一層非真實的色彩。

　　一切好的詩，都應該是象徵的，余煥棟在〈王漁洋神韻說之分析〉一文中，引梁宗岱的話說：「所謂象徵，是藉有形寓無形，藉有限表無限，藉剎那抓住永恆。」所以象徵不是修辭學上的隱喻暗喻之意，而是更深奧更高一層，前面我引佛洛伊德的一個例子，以一組數字象徵了不同的意義，在理論上固然無懈可擊，可是藝術的表現在於它的純粹性，以精神分析學用到詩的技巧上，它就不是純粹的詩了，縱然它是一種很好的理論。

　　我說上面這些話，並不是要否定別人的價值，我只是指出藝術上的革命也和政治上的革命一樣，往往做得太過而使破壞多於建設。藝術上的表現，常常只求恰到好處，過與不及，都有害處；我們的新詩二十年來一直在革新，在試驗，所以也往往破壞多於建設。但幸好我們並非所有的詩人都在革新，都在破壞；事實上，破壞者畢竟是少數，多數詩人可能都在建設。美國哈佛大學教授魯衛士（John Livington Lowes）在〈詩中的因襲與革命〉（見商務印書館出版之《現代詩論》）一文中開頭便說：「藝術是依著兩條對立的道路，經過各個階段，向前推動。這兩條道路中，有一條是建設的路，有一條是革命的路；或者一條是建造者的路，其他的一條是探險者和前驅者的路。」我們的新詩顯然也是在這一法則下被推動，所不同的，或者說所不幸的是，建設者的路常常被探險者的聲浪所淹沒，因此讓讀者所看到的，好像只有破壞，只有革命，而不斷地發生反感。這就好像一個海洋，表面上的波浪是能令人看到的，而沉潛在波浪之下所進行的工作，往往被別人忽略了。

在這看起來波浪驚險的局面下，向明是沉潛在水面下默默地進行藝術創作中的一個，也是屬於建設中最重要的一個。他的作品不僅是他個人的成就，也是詩壇的。我讀他的詩，從最早到最近的，都認為是最好的作品。在作風上，雖然他也隨著革新求變而有不同的表現，但他穩健的作風，始終使他做到恰到好處，保持一定的水準。因此我覺得我們所希望所需要的詩與詩人，應該就是像向明一樣；這也是我寫此文的一個最大目的。

向明從 48 年起，共出過三本詩集，其中之一《五弦琴》是他和另外四位詩人鄭林、彭捷、蜀弓、楚風等合刊的集子。另外的兩本是《雨天書》和《狼煙》。這幾本集子，合起來的作品還不滿 100 首，在數量上，比起別人出過十本八本詩集來說，真是小巫見大巫，不能相比了，難怪以前有人因自己的多產，而要強調偉大的詩人，作品多是條件之一；這種說法，當然是為了往自己臉上貼金，因為事實上，它的可靠性不大。古來傳世的詩人和作品，其偉大與否，以量為標準的不多。我們只能說，有偉大的作品產生，自然是越多越好，如此而已；硬說是必須的條件之一，則未必。我們試想，若作品無價值，量多又何益？故嚴格地說來，量不是偉大的價值標準，否則，今天有人寫了萬言詩，豈不是很偉大了。

向明的作品不算多，但卻勝過出過很多詩集的人，他的作品都是以全神貫注、嘔心瀝血寫出來，不是一夜可以寫好幾首的浮濫作品。他的每一首詩，都有一個完整的形式，有嚴密的結構，有真實的感情，有準確的語言和優美的音樂和韻味。幾乎一切詩的優點，在他的詩中都具備了。

我們知道，向明沒有提過什麼理論上的問題，他和多數沉默的詩人一樣，只在尋求一種美的事物；這種美並不是如批評家那種學究式的理解，而是他傾聽繆斯自己所說的：「美是我們看見了便喜愛的東西。」這不需要什麼理論來支持，它存在於我們每個人的心中，或任何事物中，只要我們能在適當的時候，和適合的狀態中發現它，就可以了。所以美是人人能夠認識和可以理解的東西。靠了理論才存在的，決不是我們需要的美；一種

美要用理論來強迫自己和別人去接受和相信，那是妄費心機，永遠達不到
目的。

　　向明沒有提出過什麼理論，並不表示他沒有主見和思想，在他的詩
中，除了對時代，對自己的命運，對生活與興趣的描述外，他也表示了對
詩的態度。他在「藍星週刊」200 期時，在題名〈藍星〉一詩中便這樣寫
道：

　　　　路易王朝褪色的飾物
　　　　萊因河畔狂飆突起的餘燼
　　　　世紀末頹廢者不死的幽靈

　　　　不，不的，他們在否定

　　　　一些不眠於六十年代低氣壓下的眼睛
　　　　在原子塵的混濁裏
　　　　在太空船的相思裏
　　　　交感出古中國心靈的脈動

　　這詩不僅是寫作者自己，而且明顯地他是在代替著藍星的一群詩人發
言。他以堅定的口吻說「他們在否定」，所否定的就是那從西洋移植過來的
褪色的飾物，狂飆運動的餘燼，世紀末的頹廢的幽靈；他們是一群在現代
文明中清醒的人，要在現代科學的陰影下，交感出古中國心靈的脈動。換
句話說，向明不是西方現代主義、超現實主義的模仿和崇拜者，他要走的
是代表中國精神和文化的路線。中國的傳統文化和精神是什麼？是禪境佛
境，是怡然自得，是物我兩忘，是浩然正氣，是不屈不撓，是含蓄蘊藉，
是威武不能屈，富貴不能淫。這一切，都可以從向明的詩中讀到。例如他
在〈簷滴〉中的：

　　隕落的，是殉道者凝聚的血花

　　隕落的，是光耀的星體的碎粒

　　當風雨的大軍擠過低沉的黃昏

　　我躍出了夢的蝸居，縱身呼應

　　這是何等的捨我其誰的氣概，是何等清醒的靈魂深處的呼聲。這種氣概是中國讀書人的標準人格和理想。具有這種氣概、這種思想和感情的詩，我們在他的〈日子〉、〈等待〉、〈壓縮的夢〉、〈畫〉、〈孤島〉、〈燭焰〉等一連串的詩中，都可讀到。由此也可看出，作者實際上也是寫戰鬥詩的能手，他的〈啊！引力，昇起吧！〉便曾獲得國防部最早的新詩獎。這詩以「啊！引力，昇起吧！」連貫著四個意象，即「昇向燈的心蕊，昇向螞蟻的小腿，昇向船的槳，昇向喇叭的唇……」而表現作者戰鬥的願望。全詩簡潔有力，是戰鬥詩中最含蓄最好的作品。

　　向明也和我們大多數詩人一樣，是時代的受難中，大部分青春都在戰爭中耗損掉，生活是艱苦的，但他的靈魂是不屈的，驕傲的，他在〈釋〉這首詩裡說道：

　　貼金的讚美不要，風可將它腐蝕

　　摻色的頌歌不要，時間會將它遺忘

　　帶繭的粗手沒有夢過女王的親吻

　　偉大的建造裡，我是一名默默的工匠

一個工匠是卑微的，他把自己比喻為一個工匠，他的帶繭的手在從事偉大的建造，不需要也不希望任何報酬，他只是這個時代的奉獻者；就像我們大多數人一樣，沒有奢侈的夢想，只想這個國家能夠進步，這個民族能夠復興強大，人民能夠幸福；個人是渺小的，微不足道的，但總想盡一己之

力，能為這個時代和國家做一點什麼。唯一令人憂心的，恐怕就是年歲的增長，時光易逝，歲月一去不返，青春不再了。這種感受，向明自然也不例外，他在〈年〉一詩裡，把這種感受寫得最真切，「冷冷地被吞噬去一半的感覺，……美好漸漸的消蝕，腐朽漸漸的形成」。

這時，向明還只是三十左右的年青人；他還是初初體驗到生命中最美好的一段的消逝，還沒有警覺到如何把握現在，到了他的另一首詩〈中年初旅〉，情緒就不一樣了，發現自己頭上已出現了白髮，發現自己「你將什麼也不是，如果，尚吝惜燃亮一根火柴，或者仍不性急的推開這門，走出去」。他已警覺到要趕快把握時機，要有些作為。這種感受，正是人之常情。王國維說能寫真實物真感情者，謂之有境界。向明的詩便是如此，幾乎無一首不是寫得真景物真感情，他的詩之所以耐讀，所以有境界，其原因也在此。

向明的詩能寫情、寫景，也善於言志和說理；可以說他用詩表現了這一切，已到了隨心所欲的地步。在《雨天書》這本集子中，大部分的詩都是言志的，他寫物寫景，並不真寫景寫物，而是藉景物以言志，在《狼煙》集子中，這樣的詩仍然不少，但他的表現更尖銳，題材也更廣泛。他寫景的詩像〈富貴角之晨〉，讀起來簡直像欣賞一幅畫；他對守舊的思想，他對盲目地追求現代和虛無，也都用詩當作標鎗，投射了出去，而且總是投中它的要害；他的戀來臨時，他寂寞的日子成為過去，一種平靜、至美的心境，便充滿他的詩中；他在美受訓時，也寫了一些異國情調和對來自太平洋這一岸的懷念和他的歸心似箭的舊詩。總之，他的詩並不多，但卻如此豐富，如此值得我們一讀再讀。古人論詩，以為好詩是字字響，句句響。「我攜此石歸，袖中有東海。」即為字字皆響，句句皆響，是為句中眼，詩中眼。若以此論向明的詩，他的詩也堪稱為字字響，句句響，無一首不是好詩。所謂字字皆響，是指用字妥當，每能恰到好處，而詩境全出。這樣的詩是要有真才實學，才能做到。

我說向明的詩善以物言志，志高學厚，詩才能不流於平淡。郭紹虞在

論〈朱子之文學批評〉中引《鶴山大全文集》第 49 卷說：「夫才命於氣，氣稟於志，志立於學者也。」即可作最好的詮釋。朱子論文也以學、志、氣、辭為立論中心，學粹則志大，志大則氣厚，氣厚則辭易正；反之，學駁則志小，志小則氣薄，氣薄則辭險邪。用這個標準以衡量今日之詩，則不難辨邪正、厚薄、大小、深淺之分。我們常聞有詩人好以學者或大詩人自居者，其實正是學駁志小，氣薄而辭險邪而已。

我以此文論向明的詩，是無法把他的優點和許多好詩一一指出的；我前面所舉他的詩，只是為了討論上的需要，實際上還不是他詩中的精品。因此，我希望凡愛好以及關心新詩的人，能夠自己去仔細的一讀。並且拿了他的詩去和同時代詩人的作品客觀地作一比較，我相信讀者將會發現，他所擁有的好詩，會超過任何一位詩人所擁有的，他是在我們這個時代中真正地走著建造之路的詩人。用他自己的詩來說，他也是一個不需要任何裝飾而又能免於病蟲害的一棵年輕的樹，他的未來是會提供新詩更多貢獻的。

——民國 65 年元旦完稿於楊梅

——選自《秋水詩刊》第 9 期，1976 年 1 月

# 人間的意象與想像
## 以向明詩作為例

◎簡政珍[*]

　　臺灣的詩人與讀者經常陷入一種「迷思」，誤以為詩純粹是想像的發揮。詩當然展現想像，但是所謂「純粹」的想像，卻可能是想像不足所穿戴的面具。關鍵在於：這些想像是否有人生與現實的參考點。一個斷了線的風箏，表象飛得很高，但終必墜落。會放風箏的人，能讓風箏飛得高，與風雲辯證，但線的另一頭卻在人間，在人的手中。放風箏是人以線控制風箏，還能在高處演練各種姿態的藝術。沒有鬆緊調變的「控制」，就沒有藝術。

　　詩作亦然。沒有現實與人生的參考點，所寫作的意象，如「我嘴巴吐出一個太陽」，「貓在我體內掉了一根螺絲」，空有「想像」的假象，卻經不起檢驗。等而下之，在詩行中玩弄形式的遊戲，故意空一格，故意讓文字少了偏旁，故意用一些電腦的符號取代文字，「詩行」的行進故意落掉幾行，文字與意象刻意／任意的排列組合，都可以美其名為「後現代時代」想像的發揮。

　　當然，玩弄文字遊戲而美其名為「想像」，硬要詮釋，還是可以找到措辭與理論的根據，甚至可以從人生中找到點滴的立足點。嘴巴裡不可能有太陽，但「我嘴巴吐出一個太陽」中的「太陽」，可以宣稱是一種比喻，表示熱情。整個詩句的意象表示「我講出充滿熱情的言語」。同理，貓肚子裡不可能有螺絲，但我們也刻意為「貓在我體內掉了一根螺絲」中的「螺絲」找到詮釋的說詞：「螺絲」暗喻關鍵生命的零件，這個零件已經轉到人

[*]發表文章時為亞洲大學人文社會學院院長，現為亞洲大學外國語文學系講座教授。

體，因此貓的生命機能也危在旦夕。

　　任何不在現場的物象，跳脫時空的限制，而隨意拿來當作比喻，是早期藝術創作慣用的手法。20 世紀初，強調對比剪輯的艾森斯坦（Sergei Eisenstein），為了呈現帝俄時代沙皇屠殺老百姓的殘暴，在屠殺的場面中，穿插了屠宰牛的畫面，但現場並沒有牛。原來這是個比喻。但現今只有十幾流的導演才會如此拍攝電影，當作大學電影社團學生的「處女作」，還很難差強人意。

　　真正的創意來自於現場景象巧妙的運用。李安的《臥虎藏龍》裡，李慕白與俞秀蓮遊走江湖尋找玉嬌龍。有一景，兩個人在畫面右邊騎馬由遠而近，左邊一潭湖水，漁夫在撒網。細緻敏銳的觀眾看到這一景必然有所感動與感慨。電影一開始，李慕白已經向俞秀蓮表明想要封劍歸隱山林；所謂歸隱山林，正是當前畫面左邊漁夫生活的寫照，但是他必須要走右邊這一條路，去尋找盜劍的玉嬌龍，去捲入江湖的風暴。事實上，這條路的終點，就是他的死亡。漁夫撒網是李慕白心存退隱的隱喻，而這個隱喻在鄉野人間的現場，不是從外太空來的天兵天將。

　　當前大部分的電影導演有這樣的自覺：想像的展現，比喻與符號的襯托與指涉，要以現場的景象自然呈現，才能顯現真正的創意。刻意為之的技巧意味其技巧有問題，因為這可能是編導缺乏運用現場的想像力，才需要以凸顯的技巧遮掩。

　　但臺灣詩的創作者與讀者卻還在「崇拜」這類刻意為之的寫作。好似1950、1960 年代部分玩弄超現實遊戲的詩人，被選上「十大詩人」後，變成傳世的仙丹。超現實的寫作，也經常搬出畫家達利當作護身符。殊不知首創超現實的思維是創新的想像，一再複製模仿超現實是缺乏想像。臺灣的詩壇的讀者還在崇拜那些模仿、套用文字遊戲理論的詩人。

　　追根究柢，我們的詩讀者因為對於詩的「敬畏」，而造成對想像的迷思，以填補內心的虧缺。由於「想像」被炒作成又鹹又辣的一道菜，讀者習慣這樣的口味後，自然而動人的意象已經沒有感覺。事實上，如此的

「詩教育」情境，已經使許多詩讀者漸漸喪失想像力。自稱有想像力的讀者，不妨以上述《臥虎藏龍》的片段作自我的檢驗。許多讀者對於那個畫面的情境可能視若無睹，更多的人還懷疑是否有這個畫面，因為他們只能觀賞影片裡的「大動作」。

假如如此豐富的電影影像看過去都沒有感覺，對於那些取自現實而深入人心的意象會有反應嗎？可以想見這樣讀者只能在類似「我嘴巴吐出一個太陽」的詩行，以及文字刻意耍弄拼貼的「大動作」裡，找到想像力的依托。

在 1950、1960 年代「超現實」時代，向明與大荒是兩位比較能以「現實」意象碰觸人生的詩人。所謂現實書寫，並非一般讀者僵化的反應，誤以為只是寫實的報導。玩弄超現實或是所謂前衛遊戲，可能是欠缺想像面對人間。但描寫現實，卻只是寫實報導，更是想像嚴重的匱缺。現實與想像的結合，是現代詩最值得書寫的篇章。

但，結合現實景象與想像力的創作甚具挑戰性，因為意象要扣緊現場的狀態，又要以這種狀態延伸隱約的意涵。意象必須具有雙重面向，詩因而需要雙重的說服力。另外，在詩行的進展上，兩種面向也能相互對應滋長。這些意象有兩種型態。一種是想像出來意象，在實景與非實景之間，一種是存在於現場，有活生生的輪廓。

## 一、在實景與非實景之間的意象

假設以「鞋」命題，如此的詩行：「隨著運氣／在人的腳下過活／為了蛇蠍的慾望／曾經荊棘穿孔／為了一個濫情的場景／曾經豪邁地／踢起污濁的水花」。「蛇蠍」的意象可能是想像出來的，以物象取代「惡毒」的理念又包容如此的理念，「實」中有「虛」；但是在鞋子走過荊棘而被刺穿的過程中，也可能有蛇蠍在現場。事實上，假如把蛇蠍當作是實景，更能因為其「咬刺」的特性，進一步與「穿孔」的意象呼應。第二組意象「污濁的水花」是對典型「江邊惜別」的再書寫，將隱約的諷喻藏在「污濁」的措辭裡。

　　假設我們以「失眠」為題，如此的意象：「一條記憶深處／爬出來的毛蟲／搔癢午夜黏貼木床的肌膚」，毛蟲可能是現實裡的想像，但卻是思維裡的真實。這是「虛」依附「實」的說服力。詩中人因為這條毛蟲而失眠，因為它爬過記憶的傷口，搔動人心。「黏貼木床的肌膚」一方面是夏天睡覺時流汗的實景，一方面暗喻心思在又癢又痛的往事中，肌膚所滲出的冷汗。

　　向明 1980 年代有一首〈出恭〉[1]，意象以現實的景象為主，但穿梭其中的，讓詩顯現力度的，是一些介於實景與非實景之間的意象：

寬衣解帶

把腋下的「反敗為勝」翻至折頁

好一場

正襟危坐的

除舊

佈新


艾科卡的祕笈剛一露招

腹內一陣痙攣

挾泥沙以俱下

竟有一首

徹夜都消化未了的

現

代

詩

──《水的回想》，頁 100～101

---

[1]本文所討論的向明詩作，分別引自《水的回想》（臺北：九歌出版社，1988 年 1 月）與《陽光顆粒》（臺北：爾雅出版社，2004 年 12 月）。

本詩以詩襯顯現實人間的普世價值中，夾雜了幽默的暗諷。「反敗為勝」、「除舊佈新」都是現實裡讓人耳根發燙的呼籲，也是社會走向的預定目標。但這個目標是在「出恭」的時候進行，遠景的芬芳夾雜異味。詩在表象人生正面取向的行程中，進行反面的拉扯。將艾科卡《反敗為勝》折頁夾在腋下進入廁所，表面上，是詩中人上廁所前就已經在看這一本書，上廁所仍然愛不釋手，想繼續看。但在語境的佈置上，卻是有意無意的曝顯詩中人所代表的社會價值，無時無刻想「成功」，想「反敗為勝」的傾向。以出恭的「正襟危坐」，反諷「除舊佈新」的意圖。「出恭」當然是「除舊」，排除體內的排泄物，應合「反敗」的企圖。排除排泄物後，心神氣爽，這是「佈新為勝」的表徵。但這樣的過程，卻是異味衝鼻，暗襯普世價值的腐臭。

　　第一節的意象是實景以及以想像為隱約的反諷佈局。第二節的意象則介於實景與非實景之間。排泄物很難說是「泥沙」，雖然這一切可能來自於塵土而歸之於塵土。但「挾泥沙以俱下」，有現實土石流的景象，而土石流是場災難。換句話說，按照名人的祕笈所做的除舊佈新可能是一種災難。但更大的災難，也是更大的反諷，是排泄物中最冥頑不化的是「現代詩」。不論是泥沙如何沖刷，它總是難以消化。

　　但現代詩是排泄物，是暗示詩中人要去除掉現代詩，才能除舊佈新，反敗為勝，還是不論艾科卡的祕笈再引人入勝，也難以消化詩中人對現代詩的執著。答案既是也非。有趣的是，從看秘笈到出恭的過程，詩中人的心中的思維辯證，已經是一首現代詩。因而，現代詩的「出恭」，既是除舊也是佈新。

　　本詩的可貴，在於暗諷人生的價值觀時，文字上沒有是非對錯的價值論斷，使詩不被簡化成目的論的書寫。[2]詩保持一種意象語言的沉默，讓沉默引領眾聲交響。這種不作議論的詩作，是書寫人間成敗的關鍵。向明一

---

[2]有關「目的論」的討論，請參閱拙作《臺灣現代詩美學》（臺北：揚智文化，2004 年 9 月），頁 84～91。

些比較好的詩作中，即顯現這種傾向。例如，諷刺安全島的不安全，詩也只是以這樣的意象結尾：「我行至中途的這座島上／污染侵我右肺／噪音襲我左耳／而島的名字／叫做／安全」（《陽光顆粒》，頁 35）；諷刺人的心口不一，表裡不符的〈對稱〉也只是以這樣的詩行呈現：「所以大多的語言極不對稱／上唇章蓋的是唵嘛呢吧瀰吽／下唇脫口溜出＃＠＄％LQ／都在趕流行的失語症」（《陽光顆粒》，頁 131）。

## 二、現場的實景

現場的實景要賦予想像與思維的縱深，是對詩人最大的考驗，但卻被一般讀者所忽視。試看如此的詩行：「國喪日那天／防波堤上的風箏飛得特別高」，以風箏的上揚，反襯人心情的下墜。風箏迎風自在翱翔，無視人間的生離死別。防波堤暗示島國臨海面對彼岸，細緻的讀者當會想到國喪是否會帶來動亂與危機？再看：「昨日妳的言語夾帶大量的口沫／今天果然爆發如此的風雨」，昨日的口沫與今日的風雨都是實景，經由詩行的連結似乎造成因果關係。印證人生，夾帶口沫的言語可能暗藏人事的風暴，以自然的風雨襯顯。這是昨天的「因」，造成今天的「果」。

向明有一些實寫實景，虛指人生的詩值得注意。〈影子〉如此的詩行：「永遠跟著別人／一步／一趨的／絕非磊落的好漢／／有種的／就站出來／曝光」（《陽光顆粒》，頁 204）。意象幾乎就是全然的實景，勾勒出影子傳神的姿容；但語言造境，卻暗指人生。人心中有些幽微的暗影與祕密，不敢曝光。但是也因為不敢曝光，祕密永遠縈繞意識，如影隨形。

有關曝光的理念，向明也寫了另一首小詩〈蚊子〉：「只會偷襲／不敢曝光／／只需嗡嗡兩聲／便會激怒你／重重地／給自己一巴掌／／牠躲在角落裡／偷看」（《陽光顆粒》，頁 220）。這又是一幅逼真傳神的實景。和上述〈影子〉不同的是，本詩的重點不是人生意義的追尋，而是展現詩的趣味與效果。因此，雖然「偷襲」與事後「偷看」的本質類似小人的行徑，但讀者若是將蚊子視為小人的具體象徵，而將此引伸詮釋成詩的「主

題」，詩的趣味將喪失殆盡。詩呈顯出人生無可奈何、啼笑皆非的一景，但其趣味走向，無意演練君子與小人之別，更無意以詩中人「給自己一巴掌」引發對蚊子的深仇大恨。

　　向明在《陽光顆粒》詩集裡有一首〈傳真機文化〉可進一步用來探討：

　　親愛的
　　我的心跳
　　隔著遙遠的昨日
　　永遠祇能給你
　　一個無聲的 COPY

　　率皆如此
　　即使我
　　更親愛的前世
　　在沒有回房前
　　也祇能收到
　　傳不出心跳的一紙
　　Copy

　　你要相信呵
　　我仍活在距離以外
　　有時不得不與學舌的鸚鵡
　　結成連理

　　　　　　　　　　　　　　　　——《陽光顆粒》，頁 60～61

　　題目定為〈傳真機文化〉，直接面對當代文化。以如此的文化來處理傳統的情愛課題，詩立即進入「新舊辯證」的命題。面對「舊」題材，如何

展現「新」，是詩能否「現代」的關鍵。而能否「現代」，除了新的生活素材的引入詩境外，詩心與詩學注入與釋出，尤具關鍵。

但首先，即使題材的「現代性」或是「當代性」對甚多的詩人已經是極大的難題。許多「現代詩」實際上是古詩詞散文化的重複。表現憤怒則「拔劍」，表現氣魄，則是「騎馬奔騰」。約會必然黃昏後，送別必然長亭復短亭。思緒綿綿，愁腸百轉，意象與情境重複又重複。

向明以傳真機切入老舊的情愛題材，單單命題已經穩穩站在「新」與「創意」的基礎上。第一節「我的心跳」比「思念的情緒」較具意象性。傳真機無法「傳真」思念對方時的心跳，因為在無聲的 copy 裡，心臟跳動的聲音已瘖啞。沒有感情的機器怎能傳達肉體的觸動感，更何況當下的傳真，和昨日思念的悸動，已經拉開時間的距離，原有的脈動已經減少了密度。

最後一節，則是空間上距離的佈局，所營造的反諷。相思的對象不在身邊，因而就近取材的舉止，曝顯了情愛另一種本質，一種人間刻意遮掩，但卻真實存在的本質。更反諷的是，鸚鵡變成愛情的替代對象。意象上，鸚鵡的選擇頗有深意，因為其「學舌」的特質，類似傳真機機械性的 copy。換句話說，詩原來透過傳真機，傳達時間與空間距離外的戀人，但結果是，傳達愛情的「工具」，變成愛情的對象。其次，詩中人所著重的愛情，但在現在「傳真機文化」下，性靈與身軀的觸動感已經機械化。

本詩的第二節在意義的歸屬上，較難定位。但卻展現了向明詩作的另一個潛在面向。詩行中「即使我／更親愛的前世」的身分，模稜兩可。可以是「我」，也可以是「我」親愛的戀人。因此，接到 copy，是我也可能是他者。詩行中留下語意難以定奪的空隙。

以上的詮釋，讓詩學的論述，進入另一個課題。首先，也許作者「我更親愛的前世」的身分，書寫時心中早有定位，但詩心與詩作，動機與成品上的反差，是美學上極豐碩的空間。詮釋者要在語境上去推敲拿捏，不必去問作者的創作意圖。作者詩心理所當然的認定，並不一定是詩學上的答案。其次，第二節「在沒有回房前」，除非「回房」有其特定的習慣語意

涵，否則作為一個意象，不一定有其必然性。「房」字與情愛似乎有關，但其引發的聯想，沒有意義的封口與排他性，用其他的意象取代似無不可。

　　但意義的開放性，並不意味詩是隨意為之的產物。以上所討論的身分，由於沒有定位，更讓詩多了一層可能性，「我」與親愛的對象「都」難於跳出傳真機文化的陰影。至於回房的意象，既讓讀者與愛情甚至是做愛產生聯想，又讓這個聯想留下令人質疑的問號，因為這不是排他性的定論。

　　如此的觀察，顯現向明這首詩，在詩行中留下意義的空隙甚至是縫隙。[3]詩在釋出意義時，有「是」與「不是」的雙重傾向。上述的〈出恭〉，除了「正反」、「是與不是」的糾葛外，還有寬廣的嬉戲空間。這些都是後現代雙重視野的精神。[4]後現代的顯現，並不一定要刻意在詩行中留下有形的空白，也不一定要以隨意的排列組合，耍弄有形的文字遊戲，更不必有意去配合標籤，對號入座，才叫做後現代詩。向明，和其他一些詩人，並非有意當「後現代詩人」，但是後現代的雙重視野已經滲入其意象思維，但一般以明顯的標籤檢視作品的讀者或是評論家，大都視而不見。盲目崇拜脫離人間的想像是臺灣詩壇的悲哀；將外來的理論簡化成條列式標籤，並依此作為評論的導向，是臺灣詩壇的另一個悲哀。

──選自白靈、蕭蕭主編《儒家美學的躬行者──向明詩作學術研討會論文集》
臺北：萬卷樓圖書公司，2007 年 12 月

---

[3] 有關空隙與縫隙的討論，請參閱《臺灣現代詩美學》第 6 章，頁 163～194。
[4] 〈後現代的雙重視野〉是《臺灣現代詩美學》第二部「後現代風景」的前言，也是該書的第 5 章，頁 143～162。

# 身體、纏繞與互動
## 從向明的童詩看文學時空的指向

◎夏婉雲\*

## 一、引言

　　詩是向明（1928～）生命的道場，寫詩、評詩、講詩是他修行的方式，這其中有他老師覃子豪的影子，但向明做得更含蓄、更低調、更謙虛、也更徹底。覃子豪以壯年過世時，向明人在馬祖，[1]那是他生命中極大的遺憾，但他這一生所做的並不比覃子豪少，年到八十，他仍奮進不懈，甚至成為網路世界中「最老的年輕人」，上網下網，[2]為諸多愛詩人撥疑解惑、影響力擴及兩岸三地，從不知疲倦為何物。

　　當然，與向明同時代的詩人太多了，1949 年 200 萬人跨海大遷徙時，那種特殊的、很難再有的「歷史時空」，使得諸多軍人和流亡學生因「物理時空」的巨變和隔絕，扭曲了、形變了他們的「心理時空」，進而催化形成了只有在那一代才有的特出的「文學時空」、「藝術時空」，作家、詩人、藝術家輩出成了那詭異時空下，方能誕生的奇蹟。而那時向明自十幾歲離家已多年，征戰陝西、內蒙、舟山群島地區，多次與死神擦肩而過，他的土地經驗、戰爭體認是大陸來臺同輩詩人中除了沙牧（本名呂松林，1928～

\*作家、評論家。發表文章時為中華民國兒童文學學會理事，現為輔仁、淡江大學中國文學系助理教授、中華民國兒童文學學會常務監事。

[1]張默，〈好空白的一方方陷阱〉一文，參見張氏所著《夢從樺樹上跌下來》（臺北：爾雅出版社，1998 年 6 月），頁 47。
[2]向明對網路的觀點可參見其〈詩人的新天地──網路〉一文，見向明所著《詩來詩往》（臺北：三民書局，2003 年 6 月），頁 234。

1986）、文曉村（1928～2007）之外最早的、磨難也最深的一位，何況在貧
瘠的時代他早已與無線電、通訊結了不解之緣，³那幾乎預告了「詩」在後
來會成為他向殘酷的命運發射的一通通「人生的無線電通訊」。由於他離家
極早，又經戰事多年的折磨，他企圖保有的童年形象、母親的影子、家的
感受也最迫切，他是他同時代詩人中除了楊喚外，以童詩形式書寫童年的
經驗和感受最多的一位。收在他 1997 年出版的童詩集《螢火蟲》中第一首
〈家〉⁴及其他四首，均曾發表於 1956 年《公論報》「藍星週刊」上，後來
收於成人詩集《雨天書》⁵中，另外此集中尚有多首寫童玩的詩作早已收在
1994 年出版的成人詩集《隨身的糾纏》中，⁶因此那些詩並不是為兒童寫
的，就像他著名的朗誦詩〈仁愛路〉不是專門為兒童寫的卻仍適合兒童朗
誦一樣，⁷尤其他的那些童玩詩對兒童仍有重大的啟示性，甚至可以說是老
少咸宜的。

　　向明以他的身體，深刻地磨擦過他年少時的土地，那成了他終身「要
跳脫」但又難以真正擺脫的「隨身的糾纏」，⁸後來那些土地、親人、和老
家糾纏的影像分散、化身、轉移為諸多他身邊的老鄉和文學夥伴，他們由
青年、中年、老年，始終相隨他左右，成了他的朋友和敵人──事實上也
可看作他的「影子」或分身──使得他一生都得與之相互纏繞、分享、互
動、和對抗，那恐怕也是他會從激烈的現代主義走向溫和的現代主義的理
由、以及一生固定守在詩的道場上奮戰不懈的原因。⁹而這種特殊「歷史時
空」所營構出的「物理時空」、「心理時空」，必然有別於其他時代不同「指

---

³關於這段「輝煌豐富的歲月」的簡述可參見向明〈詩的奮鬥〉一文，見其所著《我為詩狂》（臺
　北：三民書局，2005 年 1 月），頁 213。
⁴向明，《螢火蟲》（臺北：三民書局，1997 年 4 月），頁 8。
⁵向明，《雨天書》（臺北：藍星詩社，1959 年 6 月），另參見《向明・世紀詩選》卷一（臺北：爾
　雅出版社，2000 年 4 月），頁 3～9。
⁶見本文第四節的討論，這些詩均參見向明，《隨身的糾纏》（臺北：爾雅出版社，1994 年 3 月）。
⁷此詩多次在舞臺上由小學生演出，效果極佳，參見白靈「詩的聲光」網站的影片
　（http://www.ntut.edu.tw/~thchuang/s/index.htm），詩另見向明，《青春的臉》（臺北：九歌出版社，
　1982 年 11 月），頁 156。
⁸向明，〈跳繩〉一詩中的句子，參見《隨身的糾纏》，頁 37。
⁹向明，《我為詩狂》，頁 217。

向」的「文學時空」，本文即擬單純以向明的童詩為例，說明詩如何會成為他再不可更替的生命道場，並試圖由時空角度、及與身體知覺纏繞互動的關係去理解童詩，以有別於過去採用虛實、意象、情景的分析方式。

## 二、向明童詩中的時空困境

### （一）從物理時空、心理時空、到文學時空

　　詩是文學的一種文體，文學又是藝術的一類，但藝術或文學的「時空」究竟比生活或歷史的「時空」更接近真實或更脫離現實，自古以來即是一個不斷向兩頭擺盪的問題。有時社會潮流因「時空」轉變而向現實主義（包括寫實主義／自然主義／古典主義）靠攏，下一個不同的「時空」可能又向浪漫主義（包括象徵主義／現代主義）盪過去。前者注重再現、客觀、或寫實，或甚至強調「為人生而藝術」、要對社會發生教化作用；後者注重表現、主觀、或虛幻，主張「為藝術而藝術」的美學表現形式。兩頭擺盪的原因其實皆與「政治時空一再變化」有關。

　　而在詩中，「時空」一詞其實正可融合過去詩理論中常論及的虛實、情景、意象等詞彙，即使「世界上最難使之『屈服』的東西，莫過於時空」（方勵之）[10]。在過去，中西方的天文學、哲學、玄學、文學、宗教因研究「時空」而偉大，在現代，近代的物理學、天文學、數學、光電學、奈米科學、心理學更因研究或至大或至小的時空」而進步。諾貝爾物理學獎得主理察·費曼（Richard P . Feynman）博士在 47 年前（1959 年）即預言可濃縮 40 冊大英百科全書於一根針頭，這豈不是早已預言至大時空微縮於至小的可能？[11]也因此，現代的繪畫、視覺藝術、電影、建築，都間接直接要在時間和空間上

---

[10]方勵之，《宇宙的創生》（臺北：亞東書局，1988 年 8 月），初版，頁 191～192。

[11]楊龍傑，〈微小世界與微機械〉，《科學月刊》第 351 期（1999 年 3 月），頁 190～197。本文以理察·費曼的演講切入微小世界與微機械的課題，並依序闡述為何變小的理由、如何變小的工藝技術（room at the bottom），其中以大英百科全書全給寫在一根針頭上之例為開始，陸續揭示了超微電子顯微鏡、微小計算機、微小工廠、原子重組等縮小化微小世界的理念。以及何物變小的研發實例，最後以「小至何境？」作為文章的總結。

加以探索，而文學（包括童詩）的研究，也將終因加入時空學而豐盛龐大。

　　由於我們永不能越過自身的認知條件而妄言能對「客觀時空」或「客觀世界」、「客觀宇宙」（亦即「時空自身」、「世界自身」、「宇宙自身」）有任何真正的掌握，亦即永不可能排除其他觀察條件或主觀的介入。因此，談論中的「時空」、「世界」、「宇宙」，只能代表某一種觀點。「時空」、「世界」、「宇宙」本來就不是一可清楚地標明的對象，而是人於認識當前的對象事物時必須設定的界域。然而我們的感官只能認知具體事物以及事物間的空間關係，但卻不能認知空間本身。空間自體是無形無狀的空虛的存在，感官絕不能認知如此空虛空間。物理學考察的空間應限定於具體的物理相對空間，心理空間又是有賴身體置身生物空間乃至物理空間。至於時間知覺，我們也不具有能認知時間的特有感官，只能依據具體事象的變化過程來認知時間的繼起關係。時間知覺只是限定於如此事象間的時間關係，並無法認知時間本身。因此時間自體相較於空間自體更為空虛，心理時間自當依賴於這種相對時間。因此我們談論所謂「時空」時不外是一種「時空觀」，而非時空自身。雖然如此抽象，但從人的眼中卻又必須要「看」出一個「世界」、「宇宙」和「時空」，即因「如此生活內容才有『定向』，生命才具有『意義』」。[12]且由於心理因素的主觀性的介入，其相對性的多樣相就更加複雜。因此，物理事物或心理事象介在於其間的空間關係與時間關係就均成為相對性的。其間的關係或可如表一所示：

## 表一、客觀時空與主觀時空的相對性[13]

| 客觀時空（主要是空間） | 物質（含能量） | 物理時空 | 為天文時空的基礎 | 自然界 | 相對地為實有時空 |
|---|---|---|---|---|---|
| 主觀時空（主要是時間） | 精神（含意識） | 心理時空 | 為人文時空的基礎 | 人文界 | 相對地為虛無時空 |

---

[12]關子尹，〈宇宙、世界和世界觀〉，見陳天機、許倬雲、關子尹主編，《系統視野與宇宙人生》（香港：商務印書館，1999 年 10 月），頁 46～47。

[13]參考曾霄容，《時空論》（臺北：青文出版社，1971 年 3 月），頁 436～437。另行整理。

　　然而畢竟藝術或文學涉及的時空不等於現實生活的時空，現實與物理世界或物理時空有關，藝術文學則是由客觀的物理時空（事、物／多與自然和社會活動有關）獲得印象後進入內在主觀的情感或理性思維中，先形成心理時空的一些累積。而一旦企圖將上述由感覺活動到心理活動，以詩文表現時，才有所謂的表現活動可言。[14]此時即會將物理時空與心理時空的各種體認、知覺等予以整理，透過想像、和藝術手法表現成詩文，此詩文的時空顯然已不同於原來未經轉換或處理的心理時空內涵、或原初在物理時空所獲得的經驗，它們之間的進程或許可以如下表二予以說明：

**表二、創作的感覺、心理、表現活動的過程表[15]**

創作過程：感覺活動 ⟶ 心理活動 ⟶ 表現活動
　　　　　（物理時空）　（心理時空）　（文學時空）

| 詩 | | | |
|---|---|---|---|
| 象（景、實） | | 意（情、虛） | |
| 事 | 物 | 情 | 理 |
| 感覺活動 | | 心理活動 | |
| 客觀 | | 主觀 | |
| 偏向物理世界（物理時空） | | 偏向心理世界（心理時空） | |
| 以此為主時偏向再現說 | | 以此為主時偏向表現說 | |
| 強調為人生而藝術 | | 強調為藝術而藝術 | |
| 偏向現實主義（社會）／<br>自然主義（自然） | | 偏向浪漫主義／象徵主義／<br>現代主義（個人） | |
| 表現活動 | | | |
| 文學時空 | | | |
| 出入於「物理時空」與「心理時空」之間 | | | |

　　每個人都會在自身所處的物理時空（自然／社會）中生活，且也都會

---

[14]參考白靈，《一首詩的玩法》（臺北：九歌出版社，2004 年 9 月），頁 24。
[15]本表參考白靈，《宇宙大腦的一點燐火──瘂弦詩中的神性與魔性》（臺北，大安出版社，2007 年 5 月），頁 14。並加入時空說法，另行重製。

慢慢建構出自身的心理時空（個人），有時因所受教育、文化薰陶不同，經歷、年紀與天資也人人有異，因此其心理世界（時空）也都難以相互揣測，這也可看出藝術文學存在的必要性。正是因個人其他諸如想像力、創造力、藝術手法的差異，所以歷經幾千年，我們仍可透過文學作品建構的時空一窺他人在物理時空的閱歷和經驗、內在心理時空的差異、和轉換成文學時空時手腕的優勝之處。

### （二）向明的成人詩也可以是童詩的原因

比如以向明童詩集《螢火蟲》的第一首詩〈家〉為例——那也是他寫得極早的一首童詩[16]——即可看出他一生的、也是他那一代人最大的「時空困境」：

> 星星的眼睛永遠不會疲倦，
> 因為它有白晝的溫床。
>
> 流水唱著甜甜的歌，
> 它正趕赴大海母親的召喚。
>
> 風這流浪漢最悲哀，
> 爬山涉水的亂跑
> 家卻丟在相反的方向。

引言中已說明向明此詩起初並非為兒童寫的，且早已發表於 1956 年，其原貌為四句：

> 星星的眼睛永遠不會<u>疲憊</u>，因為她有白晝的溫床
> <u>流水的歌最甜</u>，她正趕赴大海母親的召喚

---

[16]向明，《螢火蟲》，頁 8。

風這流浪漢最悲哀了

爬山<u>越水</u>的亂跑，<u>故居</u>卻丟在相反的方向。[17]

　　兩者意思全同，只將文詞改得更適應兒童的口語，但童詩的「家」的形象似乎更突顯。而向明在 40 年後所以將之歸為他 1997 年出版的童詩集的第一首，顯然有感於「家」對於兒童成長的重要意涵，並提醒兒童有「家」是多麼幸福的事，尤其離開「母親」就會如同離開「愛之本源」那樣的痛楚，而那正是他一生最深刻、再也無可取代的感受。當然兒童不見得能體會這許多，尤其更難明白向明當年寫此詩的時空背景和避免落入政治指摘而必須採取的象徵隱喻，但詩中多層次的時空因數卻讓向明此詩即使事隔 50 年仍可熠熠發光。

　　詩中的關鍵句是「家卻丟在相反的方向」，渴望的是「趕赴母親的召喚」，對向明而言是事實的陳述，是親身宛如流浪漢般的浪跡海角天涯；對兒童而言此處卻可能成了一個疑問句和勾起他們的好奇心：「哪裡是風的家？」由於隱喻遂產生了歧義，作者真正關心的是有所假託的喻依（流浪漢／我；是特殊歷史時空下必須隱藏的假託），兒童關心卻是自然事物來源的喻旨（風），於是二者對「家」的理解乃有了差異：一是流浪漢的來處，一是自然事物的來處；然而兒童對「家」的觀念顯然會因間接地對流浪漢的進一步體會而鞏固，於是此詩成為童詩的疑惑（風的家在何方？）和可能（凡事皆有起源，風的形成亦然，尤其大型的颱風或颶風），或可因得到兒童的好奇心之被勾起（包括前四句）而獲得化解。

　　此詩分三段，第一段寫天，第二段寫地（海），它們均有所倚靠，星星白天睡溫暖的床，因此夜晚醒來睜眼不會疲倦，流水奔向大海歸處，因此敢唱甜甜的歌；第三段寫天地之間無所倚靠的風＝流浪漢＝隱藏的作者（「＝」代表二者有內在聯繫而非相等），因無所歸依而倍感悲哀，爬山涉

---

[17]向明，《向明‧世紀詩選》，頁 7。

水，離家越來越遠。「家」在此詩中成了「可靠性」「可依賴」的事物，這其中，家＝母親＝溫暖的床＝甜甜的歌＝不會疲倦，它是物理時空（眼睛、床、歌、流水、海）與心理時空（「永不」疲倦、唱、召喚、悲哀）相互聯繫之處。因為「家」是最能夠讓人信賴之空間，也是我們「用」得最頻繁之處所，「在家」的感覺會讓人感覺舒適，即因其可依可賴的「可靠性」，反之若是感覺不舒適，即因其不可靠；而能令人信賴之事物，才能使我們與事物打交道時自由地活動。

　　海德格（Martin Heidegger，1889～1976）認為此種「可靠性」[18]的基礎是因其存在於一廣大「界域」的「世界」之中，也可說是聯結了各種事物的「時空感」，乃至即後來梅洛－龐蒂（Maurice Merleau–Ponty，1908～1961）所說的「空間的情境化」（包含了時間的內在意識延伸）[19]。海德格其意是說，任何世上之事物或用具皆非單獨孤立的存在於物理時空中，而是「互有因緣」的，「相互指引」的，亦即彼此之間存在一種內部的聯繫。比如釘子與鐵錘、鐵錘與錘打、錘打又與修繕互有因緣，修繕又與屋子、屋子與家互有因緣，一如此詩中的「家」是與上述諸多其他「互有因緣」的存在（如床、眼睛、母親、流浪漢）而存在的。這種「家」與看不見之感受（此詩中之「永不」疲倦、溫暖、甜甜）的彼此「內在聯繫」（存在於直觀式的心理時空中，是身體所知覺出的，尤其是觸覺和運動覺），實際上就構成我們生活的「界域」。因此，我們對「家」（此處是抽象的用具）的「信賴」之依據並不在家屋本身，而在作為可「內在聯繫」之「界域」的世界中。亦即事物的自在存在（具體如一般器物，抽象的如家）必須於「世界」中發生運動（梅格－龐蒂稱為身體與之共存、或纏繞與互動）中獲得其意義的。而此運動或互動的顯現又都必須在「天／地」兩大世界區域中進行的，一如此詩中之星星／白晝／夜（天）與流水／大海（地）。這

---

[18]海德格著；孫周興譯，《林中路》（*Holzwege*）（上海：譯文出版社，2004 年 7 月），頁 19。

[19]參見夏婉雲，〈當下、空間情境化與童詩寫作〉一文中的討論，見《臺灣詩學學刊》第 8 期（2006 年 11 月），頁 156～157。

兩大區域是始終處於既顯又隱、既對抗又共屬的交互運動中，此詩中即表現在夜／日、流水／海、風／山水的相互運動關係中，而這就是事物（包含家）能自在自持地存在的依據。「物」（包含家、故居、風、流浪漢）既然存在於「天地之爭（互動、纏繞、運動）」中，就只有借助於藝術或「作品」將此「運動的過程」宛如當下發生似地固定下來，才能夠認識其存在；[20] 且不僅用具（包括屋、家）的存在要通過藝術作品方易得到體驗，一般物之存在（如此詩中的星、河、海、風）也須借助於作品方能為我們所體驗。

向明諸多的童詩也都是他成人詩的移轉或化妝，其中充滿了自少離家後對家和原鄉深切的渴望，那宛如人子渴望回到母親懷抱的心境，成了他創作最大的源泉和動力，加上身體打滾過的大地景象事物人影糾纏他一生，那種欲反哺而不可得的感受使其赤子情懷自動延伸至自身都難以明白的層次，他在 50 歲時寫了一首他媽媽才聽得懂的詩作〈懷念媽媽〉，極為童言童語：「什麼事／都想告訴媽媽──／昨夜著涼了／鞋子有點打腳／老闆誇我好／頭髮一梳就掉一大把……／／什麼事／都是媽媽教的──／吃飯要端碗／走路不哈腰／常想別人好／切莫說大話……／／從五歲活到了五十歲／什麼事都想告訴媽媽／記得媽媽說的每一句話／永遠也少不了媽媽／還沒有發現／誰可以代替媽媽」，此詩清晰明朗，卻是痛徹心扉的感受，寫的是十五、六歲之後離鄉背井、此後再也沒見過母親的中年人心境，是向明個人的、卻也是那整個世代數百萬人的心境，而此種一生的隱痛是後幾代人很難明白的、永遠也難以明白的。

## （三）向明童詩中展現的時空困境

向明及那一代人，即因被迫背離他們「可靠的」家，此事物的喪失，代表的是人與其兒童至年少「內在聯繫」的世界界域的完全背離，亦即身體與其最倚賴、與之纏繞、互動的世界的全然抽離，此體驗在 1950、1960

---

[20] 參見海德格著；孫周興譯，《林中路》，頁 37～45。

年代那政治檢查無所不在的白色恐怖時代，若非借境天與地之間相互運動的關係又如何得以抒發？而〈家〉一詩中的時空變化正應和著向明少小離家老大仍回不了的心境：

**靜態時空**（時間慢）**──▶ 動態、融洽的時空**（時間加快）**──▶ 時空變化難捉摸**（時間更快）

（星夜／白晝；在家／和諧）　　（流水／大海；想家／意欲和諧）　　（風／山水；有家難回／和諧的翻轉）

　　前兩段和諧的物理和心理時空（空間情境上身體可與之纏繞互動）進入第三段後，即翻轉為難料難捉摸的物理和心理時空（進入內在時間意識的纏繞互動、和想脫離糾纏的矛盾中），此種和諧的翻轉所產生的「時空困境」，對作者向明及那一整代人而言，結果只有像封存於甕中的米開始發酵，痛苦地發酵，此後在作者自我建構的「文學時空」中成功地轉化成酒，要不就是任其在時空中慢慢凋零、老去、腐壞。

　　而這首詩能成功地成為老少咸宜的一首成人詩和童詩的原因，即是從不同方向──對兒童是自然物理時空現象造成的趣味性、對成人而言是心理時空保有安全的困難──均可觸及對「家」之「可靠性」的感受，最終是對「家」營構的世界界域或時空感有了嶄新的體驗，向明個別的命運在此詩的「文學時空」中成功地展現了那一代人的時空困境，卻也同時獲得兒童更普遍地對天地風（風代表人）三者互動的體認、使其對自然事物更貼近地觀察，比如星夜與白晝的關係、流水與大海的關係、風與山水的關係及形成的原因等等，接著才是主旨家、及與之相連繫的床、母親、流浪漢、溫暖、甜甜、悲哀等的進一步體認，但那並非向明創作此詩的原有路徑，向明在 1957 年寫此詩時是寫他在那當下的悲哀感和對政治檢驗的規避，這與很多成人的童詩則是借回憶童年、或觀者其他兒童而創作有很大差異，因此向明此作不能不說是童詩寫作的一項奇蹟。而底下將持續討論的他的其他童詩多少都帶有這種特殊時空困境下才會產生的特質，這與其他成人的童詩與特殊歷史時空經常脫離，有很大的區隔。

## 三、向明童詩時空中的影子哲學

### （一）公共時空與人為時空的交光互攝

　　文學建構的時空是與生活的物理時空、和感應的心理時空相互糾纏不清的，但表現為作品時不見得會將其所處的歷史時空含括於內。龔鵬程認為若將文學與歷史相比，則它們「最主要的差別，在於它們的時空觀念並不相同」[21]。他說歷史形象必須建立在時間空間的座標上，而歷史時空「是一個公共的、自然的時空，而且，也是唯一的，不可改變亦不可替代」[22]，他說的是歷史時空的不可逆性。而文學作品中的事實，則被安排在「一個特殊的人造時空——作品——中，在這個時空裡，時間與空間是獨立自存的……它其中的事件，可以自為因果，自為起始與結束」[23]，他說的「文學時空」被具體呈現在作品中，卻是「人造的」——可與歷史現實時空不同、勇於不同、獨立自存，「自為因果」、即不怕誰畏懼誰地呈露於世。他又說：「如果作者又有意識地將它在實際公共時空中的感受和經驗，放入其中時，它就變成了公共時空與人為時空的交光互攝，既成就了文學創作，也顯示了歷史中人的活動，所以，反而彰顯了歷史的意義。」[24]他強調的「交光互攝」，顯然不是單指個人心理時空的勇於表現，更彰揚了「文學時空」中也可以、更應該一部分再現「歷史（社會）時空」中被遮掩、欺瞞、矯飾、乃致人人懼怕的真相。否則在「物理時空」中的現實世界中仍有「非本真的」事實無法以真相存在，真相被控制在某些人手上，無法還原，遂形成人的侷限、無力、和面對生命的「萬古愁」和渺茫感。這意義就在於「文學時空」不只是「美」，也應不忘卻「真」和「善」。亦即如本文第二節表二所顯示的，表現活動時，「文學時空」除了應自由出入於「物理時空」與「心理時空」之間，曼妙的結合二者，而若能同時達到「公共

---

[21] 龔鵬程，《文學散步》（臺北：漢光出版社，1985 年 12 月），頁 168。
[22] 同前註，頁 168。
[23] 龔鵬程，《文學散步》，頁 168。
[24] 龔鵬程，《文學散步》，頁 168～169。

時空與人為時空的交光互攝」自是更具時代意義了。

　　但亞里士多德似乎沒有龔鵬程那樣樂觀認為有「交光互攝」的可能，他只是平實地認為：「藝術並不是像歷史學家那樣敘述已經發生的事情，而是敘述可能發生的事情」。[25]此即他在《詩學》所說的「已經發生的事情」多半只是「個別的、偶然的」，「可能（或然）發生」或「必然發生」的事情，才更具普遍性。所以亞里士多德相信「詩偏重於敘述一般，歷史則偏重於敘述個別」，[26]個別則不易再發生，不可逆性，故無參考價值；一般，則可能再發生，則具可逆性、循環性、具參考價值；他又說，即使詩人選用歷史題材，也會從中挖掘「符合或然律（可能性）或必然律的事情」——只有這樣，才成其為詩人或者「創造者」。因此他才會說：

　　為了詩的效果，一件雖然不可能，但卻令人相信的事優於一件雖然可能，但卻不讓人相信的事。……因為典型應當高於現實。[27]

　　亞里士多德得出了不同於柏拉圖摹仿說的結論，亦即：藝術不僅可以表現真理，而且詩比歷史更為真實。這個「文學時空」所展現的真實，一方面呼應了「物理世界」中未來的可能性、也呼應了「心理世界」普遍人性的真實本質。已然之事不必可再得，未然和將然之事只要是人性之渴望、想像之所及，符合或然律和必然率，無不可入於「文學時空」之中，則亞里斯多德顯然已使文學具有了各種可能的超越性了。然而龔鵬程上述「公共時空與人為時空的交光互攝」——亦即莫忽視歷史籠罩在個人身上的陰影——未嘗不可視為詩人表現共相與殊相均能無所不能的一大考驗。

## （二）向明童詩中歷史時空的影子

　　向明除了前節所引童詩〈家〉隱含有特殊歷史時空驅迫其流浪的影

---

[25]亞里士多德，《論詩》（即《詩學》一書）（臺北：慧明文化公司，2001 年 12 月），頁 30。
[26]同前註，頁 30。
[27]亞里斯多德，《論詩》，頁 59。

子，在很多詩中亦隱藏了這樣的陰影。由於 1949 年翻轉了幾百萬人的物理和心理時空，使其前後的時空斷裂、而無法聯繫（「把家丟在相反的方向」），心境痛苦不堪，亟欲一抒胸悶為快，但詩人寫這樣的感覺時卻迫於政治陰逼搜查，必須改以象徵暗示的方式呈現，比如與〈家〉同一時間（1956 年 2 月）發表的成人詩〈車〉、〈燈〉，說的都是那特殊時空下的困境與自救，他是借著歷史時空的影子來指責歷史的。比如〈車〉：「通往花谷的欄柵被看守者的頑固落鎖了／幸福的窄門卻又與我的體積成反比／／於是這車便有著誤落盆底的甲蟲的困惑了／有著兜不完的圈子，有著爬不過的陡峭」，[28]或比如〈燈〉：「窗外悄來的夜色把我的憤怒逼燃了／擁一木屋我有透視宇宙的目力／／你渺小的燭光不要哭泣呀／在另個星系我們是視為同體的」，[29]兩詩中的「看守者」、「夜色」皆與那當下的歷史時空的翻轉和壓抑有關，於是車成了蟲、透視宇宙目力的只是渺小的燭光；前一詩寫困境如在盆底，後一者寫內在的目力仍可抵擋漆黑夜色對燭火的圍剿。而底下表三所列的幾首童詩也皆是 1956 年同一時期成人詩的小幅度改動（為了適應兒童的語言程度），其原作也都隱含著借著歷史時空的影子來指責歷史的元素，但在童詩中此歷史時空的影子顯然淡了許多，但畢竟仍躺在那裡，不能視而不見，它們是「公共時空與人為時空的交光互攝」下故意「打淡」或「使之轉彎」後的產物：

### 表三、向明童詩與成人詩比較舉例

| 成人詩原作（均四行；皆發表於 1956 年） | 童詩形式（皆出版於 1997 年） | 時空關係 |
|---|---|---|
| 〈窗〉[30] | 〈窗〉[31] | 成人詩原作的「窗」是移 |

[28]向明，《向明・世紀詩選》，頁 5。
[29]同前註，頁 4。
[30]向明，《向明・世紀詩選》，頁 6。
[31]向明，《螢火蟲》，頁 10。

| | | |
|---|---|---|
| 孤立於土牆上的窗是懷念者<br>呆意的嘴<br>不喚住雍容華貴的雲，不招<br>呼披著誘惑長髮的雨<br><br>煩躁時，它把鄰家解意的笛<br>音迎過來<br>高興時，它把心靈的口哨吹<br>出去。 | 高踞在土牆上的窗，像小<br>哥哥那張呆呆的嘴，<br>招不來雍容華貴的雲，<br>喚不住披著誘惑長髮的<br>雨。<br><br>煩躁時，它把鄰家美妙的<br>笛聲迎過來，<br>高興時，<br>它把心靈的口哨吹出去。 | 動不了的時空困境，末兩句是自我解脫的方式。此處窗＝嘴＝懷念者＝孤立＝呆意，較接近懷鄉情境，「不喚住」、「不招呼」是主動的對翻轉後時空環境誘惑的推拒。童詩則較接近兒童對兄長戀愛心境的描述，「招不來」「喚不住」是被動的失意。甚具趣味性。 |
| 〈門〉[32]<br>讓可憐的盆景驕傲室內的優<br>遇吧<br>種子的兩頁綠扉是要開向風<br>雨的<br><br>關不住的呀！當歌鳥輕啄銅<br>環的時候<br>關不住的呀！當春雷吆喝起<br>程的時候 | 〈種子〉[33]<br>讓嬌貴的盆景，<br>享受室內的舒適吧！<br>種子的兩扇綠扉，<br>是要迎向風雨的<br><br>關不住的呀！<br>當歌鳥喚醒黎明的時候。<br>關不住的呀！<br>當春雷吆喝起程的時候 | 成人詩是對「門」的渴望，以及被「關住」的反抗，表面批判「可憐的盆景」，像是別人的時空困境，卻也是自身亟欲避免的寫照，可看作自我救贖的自勉語。童詩則鼓舞性很強，尤其第二、六行的童語反不如原作有創意，且原作的「門」比後來的「種子」更具時空隱喻性。 |

---

[32]向明，《向明‧世紀詩選》，頁3。
[33]向明，《螢火蟲》，頁13。

| 〈筆〉[34] | 〈我的筆〉[35] | 成人詩「冰冷的木屋」、「小 |
|---|---|---|
| 不是牧鞭，揮不來牧羊女<u>銀</u><u>鈴的淺笑</u><br><br>不是蘆笛，和不上<u>秋天悲哀</u>的交響<br><br>冰冷的木屋裏筆是一支銀亮的燭光<br>把自大的夜趕出去，把角落裏<u>小蟲的</u><br>意志點亮 | 不是長長的牧鞭，<br>揮不來牧羊女銀鈴般的笑聲。<br><br>不是短短的蘆笛，<br>和不上秋蟲們悲哀的交響。<br><br>小小的書房裏，<br>筆是一支銀亮的燭光。<br>把自大的夜趕出去。<br>把角落裏渺小的我，<br>意志點亮。 | 蟲的意志」才是原意，是被有如「自大的夜」之時空壓制下的心境。前兩句的牧鞭、牧羊女、蘆笛之體驗也是其身體所親臨，但對臺灣的兒童可能有隔閡，對大陸兒童則或不會。 |
| 〈釋〉[36] | 〈工匠〉[37] | 成人詩是在時空困境下對 |
| 貼金的讚美不要，風可將它腐蝕<br><u>摻色的頌歌不要，時間會將</u>它遺忘<br>帶繭的粗手沒有夢過<u>女王的</u>親吻<br>偉大的建造裡，我是一名默默的工匠 | 貼金的讚美不要，<br>風可將它腐蝕<br><br><u>假意的</u>頌歌不要，<br>時間會將它遺忘<br>帶繭的粗手，<br>沒有夢過天使的親吻偉大的建造裡，<br>我是一名默默的工匠 | 自我身分卑微但能有風骨的自勉。「沒有夢過」表示連潛意識都能自我肯定。題旨「釋」有「釋懷」、「自我詮釋而不假手他人的讚美」、乃至「自我釋放」之意。童詩則有勉勵兒童甘於平凡但需建構自我特色的鼓舞特質。 |

---

[34]向明，《向明・世紀詩選》，頁8。
[35]向明，《螢火蟲》，頁14。
[36]向明，《向明・世紀詩選》，頁9。
[37]向明，《螢火蟲》，頁16。

以上四首成人詩中都有困境中欲自求出口之意，而且能動力都沒有很大，幾乎是靜態的，均是以小抗大的，比如以「窗」對「土牆」、以「種子兩頁綠扉」對「風雨」、以「筆」對「冰冷的木屋」、以「工匠」對「風」、「時間」、「女王」、「偉大的建造」，是時空困局中的自我拯救形式，無力而無奈的自我拯救形式，此特質在後來的不同時空中當然也可轉而視為自我審視人生行徑方式的詩作品。但如果明白此特質有其歷史時空意義時，對讀者閱讀的感受應該是多添上一層次的，即使在童詩中亦然。

### （三）身體與影子的糾纏互動

筆者在〈當下、空間情境化與童詩寫作〉一文中，曾提及現象學家梅格－龐蒂特別注意到兒童的自我與他人互相「存在著一種內部的聯繫」，且也只有兒童保留了最多的「無名的集體性」、或混同特質，而脫離此特質即是試圖去「區分自我與他人」，但此種區分卻「永不可能充分完成」，此特質的逐步喪失即是天真的喪失、創造力的失落、和社會化的開始。[38]而由於多數與向明同一批來臺的詩人多在年少時期，面對的是相近的歷史時空、相同的物理時空的隔絕與斷裂、相像地皆沉浸在有家回不得的廣大鄉愁營構出的心理時空中，他們彼此之間遂有了一種命運同悲同哀的「內在的聯繫」、「無名的集體性」、和始終處於無以脫離、拉開此岸與彼岸的夢境之中，那是「永不可能完成」區分的糾纏與矛盾。整片大陸的土地遂成了他們「無名的集體性」的共同根源、似真似幻的夢境，而老家，他們誕生的家屋，此後在時間的內在意識中延伸，成為他們創作的最大動力。

加斯東・巴舍拉（Gaston Bachelard，1884～1962）認為：

> 我們誕生的家屋，並不只是讓一個居所有了身體（活了），它也是讓種種的夢有了身體，它的每一個角落都是做日夢的棲息處——，既使這棟家屋消失後，這些價值仍留存下來。無聊的、孤寂的、日夢的集中地，繡流

---

[38] 夏婉雲，〈當下、空間情境化與童詩寫作〉一文中的討論，見《臺灣詩學學刊》第 8 期，頁 156～157。

為一，形構出夢的家屋。[39]


　　沒錯，1949 年後整片大陸形構出他們龐大「夢的家屋」，舉凡他們兒童至年少身體知覺觸及過的，均影子似跟隨他們，相互糾葛。童年家屋的一點一滴即是他們夢的寄託，梅洛－龐蒂即說身體的知覺是藝術創造的關鍵，它是理性介入前的所謂「前理解」區域，因為它可直觀地將向明等人在兒童至年少那一大堆「可見的」知覺轉換為「不可見的」的存在而存入身體中，藝術創造時又把此「不可見的」轉換為「可見的」作品。[40]而具有那種感受的每一具身體（同時期來臺的親朋好友）也都化為那夢境的影子，踩踏在臺灣這座島上，在時空中綿延流動，彼此面對面時，就宛如看見彼此的分身和影子，那種身體與影子的糾纏互動、相抗、既相斥又相吸的矛盾心理，持續他們一生。向明在不少童詩中表現了這些影子的威脅，尤其是在相同歷史時空背景下一起成長、一起寫詩的詩人，對向明而言，那些人亦敵亦友、是他亟欲擺脫的又擺脫不了過去的影子。比如在成人詩〈影子〉一詩中他寫：「永遠跟著別人／一步／一趨的／絕非磊落的好漢／／有種的／就站出來／曝光」[41]，這其中「隨身糾纏」的不只是影子而已，而似是意有所指，其中「一步一趨」四字是關鍵，此詞也可寫成「亦步亦趨」，用以形容事事仿傚或追隨別人的人，此小詩有不願他人緊纏不休，其實亦隱含脫身而去、能從此輕鬆自在自如之意。而到了童詩同名〈影子〉一詩時，則成了：


　　我走一步，

　　他也走一步。

[39]加斯東・巴舍拉著；龔卓軍、王靜慧譯，《空間詩學》（*The Poetics of Space*）（臺北：張老師月刊社，2002 年 9 月），頁 137～139。
[40]王岳川，《現象學與解釋學文論》（山東：山東教育出版社，1999 年 4 月），頁 106。
[41]向明，《陽光顆粒》（臺北：爾雅出版社，2004 年 12 月），頁 204。

我跳一下，

他也跳一下。

我站在那裡唱歌，

他也站在那裡，

咿咿啞啞。

好討厭呵！

他總是有樣學樣。

好沒個性！

總是躲躲藏藏。

好奇怪呵！

他總是不敢站出來，

給大家看看。[42]

　　此詩改以一至三段的戲劇化動作呈現，反而童趣橫生，有回到真正地面影子的效果，而四、五兩段則保留了原成人詩的諷刺意味，也有自我警戒、希望能拉開彼此距離，從此輕盈而去的味道。這種想自身體與影子的糾纏互動脫離的心境，還可以另一首寫「比高」的成人詩看出：「翻過峰頂的一朵雲／一眨眼就無聊的飄走了／／他大概不想跟誰／更無聊的比高」，這「一朵雲」有自況意味，詩中的「誰」是來糾纏要與他較勁的人，雲已夠高，不必再與誰互比，於是甚覺無聊地飄走了。此四句後來再度轉化為童詩時反而更有深意：

一株小草想，

拼命往上長吧，

---

[42]向明，《螢火蟲》，頁 28。

長到超過一叢野菊的高度。

一叢野菊想，
拼命抽枝開花吧，
開到超過一根藤蔓的高度。

一根藤蔓想，
拼命往上攀爬吧，
爬到超過一棵松樹的高度。

一棵松樹想，
拼命伸長枝幹吧，
伸到超過一座山丘的高度。

一座山丘想，
拼命弓起背脊吧，
弓起超過天上星星的高度。

而天上的星星眨著眼睛說：
高高在上好冷呵！
如果我只有，
一株小草的
高度。[43]

——〈比高〉

　　此詩在空間的拓展上以高度為主，由小草而菊而藤而松而山而星，視野和涵蓋面也隨著期望而擴大，所需的時間顯然也逐漸更為漫長、甚至在可能性上趨於虛擬和虛幻。如此把好高騖遠的人性特質，借諸物欲在時空

---

[43] 同前註，頁 30。

中有所變化的心態以戲劇性偕擬方式展現，可說發揮得淋漓盡致。尤其末尾更是一大反諷，把高處不勝寒的孤獨無依以強烈的天上與地下的對比予以呈現，更何況天地間高度只是如時空般地處於一相對性的運動關係，並無絕對性差異可言，比的「高」（高雅、高貴、或本領，又可能暗指詩藝或成就）看似當下空間占據的上下範疇（人氣、知名度），實則時間的主動選擇更為恐怖（歷史過程的淘汰，且有幸與不幸、機運亦一因素），非一時的「高度」（當代的論評）可決斷，因此其意義性不是一成不變的。此詩借時空的相對性寫出人性愛憎、互相較勁的可笑和可憫，卻以童詩方式表現時，反較原成人詩成功許多，如果說童詩是向明成人詩的影子，則此詩影子的表現還勝出原成人詩不少，其成功可能在能否擺脫過度隨身的糾纏、而更為輕盈自在的關係；上述〈影子〉一詩亦有此傾向。

## 四、向明童詩中的文學時空指向

### （一）文學（含童詩）時空與身體知覺的位置

　　文學建構的時空有賴真實生活的時空座標做為出發點，再倚靠個人才具予以轉換（超脫／錯綜／變形）、擴大（空間）或拉長（時間），但它要達到的並不是生活局部的真實，而是要經過綜合概括，反映生活整體的真實。此種綜合、概括、反映的本領若無身體知覺做為這一切的基砥，則其意識的意向性也不可能將諸種時空中的事物予以涵蓋。因此此一路徑即是一種對自我與時空互動的自覺過程。

　　宇宙中的物質（包括能量）經由因緣際會到發展出生命，再由生命發展出生物的意識，進而由「意識的自覺」（「意識到自己」之意識）發展到「精神」；此「精神」不僅成為意識的自覺，亦可視為對物質本身的自覺，乃至身體知覺在天地時空中運動的自覺。此「精神」不僅能夠回溯到物質發生之根源的虛無時空（無盡的宇宙時空），此「精神」還能夠回溯「物質」發展到「意識」、再到「精神」本身的路徑。於是可說，精神乃宇宙的

一種自覺方式，「宇宙發展史」亦則可視為「宇宙自覺的發展史」。[44]則由物質、到生命、到意識、到精神（現象學認為融合了肉身）的關係，可說是各種時空的演進過程，如表四：

表四：從物質、生命、意識到精神的關係表

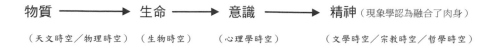

物質 ⟶ 生命 ⟶ 意識 ⟶ 精神（現象學認為融合了肉身）

（天文時空／物理時空）　（生物時空）　　（心理學時空）　　　　（文學時空／宗教時空／哲學時空）

　　就自然、社會、個人的三角關係來看，「自然」包含了「天文時空」、「物理時空」、與「生物時空」，「社會」包含了「歷史時空」，「個人」則包含了「心理時空」。而含攝以上各種時空的則純理性是「哲學時空」，含攝以感性為主的是「宗教時空」、「藝術時空」，感知合一但又稍偏重感性的是「文學時空」。因此現代文學時空（含童詩的時空）在宇宙時空與文化時空發展路徑中的位置，可以下列圖一看出其衍變和關係：[45]

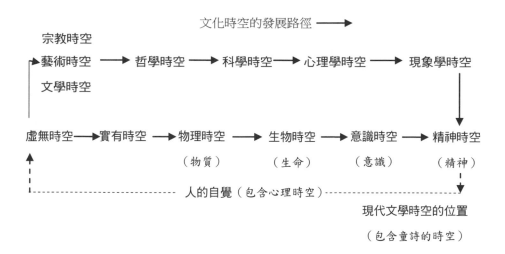

圖一：文學（含童詩）時空在與宙時空與文化時空發展路徑中的位置

---

[44]曾霄容，《時空論》，頁 405。
[45]同前註，參考頁 215～493 的討論，自行製作。

　　圖一展現了人類由「不自覺」的文化時空是由最早的各種宗教（神話）、藝術、文學不分的人與宇宙處於混沌同一中起身（即前述無名的集體性），慢慢地試圖區分自身與他者（在科學則是地球與天體的關係），在科學逐漸發達時代，將各部分自全體逐漸分離出去，以為可以透過理性掌持、理解一切（那就像自以為地球是宇宙中最進步的天體），其後在對宇宙時空的進一步認知後（比如宇宙至少有 1000 億條如我們銀河系般的星系，乃至近日已發現 20.5 光年有一如地球的天體），才自覺出沒有什麼是絕對的、中心與邊緣是相對的、任何事物之間都存在一種「內在的關係」，無法將自我與他者完全區分，乃至並無法將身體與精神予以全然二元化一般。此項發展與兒童身心發展的路徑極為相似，而身體知覺成了上述自覺過程的重要關鍵。

　　「知覺」並非是一種孤立的、外部刺激的結果，而是知覺者所經歷的內在狀態的總和。梅洛－龐蒂強調「知覺因素」的重要性，因為一個人的知覺是接受世界、社會、現實和自己的一種基本模式，知覺與超越於意識之外的世界有著無可分離的內在聯繫。「知覺」正是梅洛－龐蒂的知覺現象學研究的關鍵之處，也是兒童最能呈現自身能量的地方。他以知覺為對象，透過知覺去發現本能、自我與他人的聯繫，以及自我意識、氣質、語言等存在的根基。一個藝術家或哲學家不僅應該創造和表現一種思想，還要喚醒那些把思想植根於他人意識的體驗，而藝術品就是將那些散開的生命結合起來。作品使得生命變成了一種「審美歷險」。語言並不以符號的意蘊為終點，而是以呈現「事情本身」為旨歸，在童詩中即是諸多形象的畫面化。於是身體世界成了梅洛－龐蒂眼中所謂藝術奧祕的謎底，因為身體既是能見的，又是所見的。我的身體之眼注視著一切事物，它也能注視自己，並在它當時所見之中，認出它的表現的另一面。所以，身體在看的時候能自視，在觸摸的時候能自觸，是自為的「見」與「感」。軀體領會自身，構成自身並把自身改造為思想的形式，這是童詩中常出現混同自身、他人、與世界形成一體的成因。真正的藝術家，就是通過形形色色的藝術

方法去表現那不可表現者，去把人們所忽略的自明之理，揭示為一種可見的「震驚」，並以一種幾乎荒誕的方式去表現現實，而完整地呈現這個被人們見慣不驚的世界。[46]肉體通過感覺的綜合活動去把握世界，並把世界明確地表達為一種意義，諸多看似各自無意義的事物因此一欲使之互動的意向性而生龍活虎起來，此種天真正是兒童最大的本領。

我們由前節所舉向明的童詩〈影子〉一詩中唱歌時「咿咿啞啞」、「有樣學樣」、「好沒個性！總是躲躲藏藏」、「好奇怪呵！他總是不敢站出來」等句，去形容身體與影子互動的關係時，即隱含了自身與他者之間始終存在著一種「無名的集體性」、因彼此維繫著微妙的「內在關係」，而「永遠無法完全區分」；而向明將原作成人詩中對他人緊跟不放、模仿他人行徑的批判性詩句，轉移為兒童自身身體與影子的遊戲關係，即是上段所說「肉體通過感覺的綜合活動去把握世界」，其轉移的可能即在梅洛－龐蒂所說身體世界乃藝術奧祕的關鍵，自身身體即隱括了自我與他人的各種可能，於是其成人詩與童詩的關係宛如身體與影子的關係似的。

又比如〈比高〉一詩中，從小草到菊到藤蔓到松樹到山到星等諸事物，都不會有如詩中所述的任何想法，向明再一度把他在成人世界與他者的互動、相抗關係，改以身體能知覺的「拼命往上長」、「抽枝開花」、「向上攀爬」、「弓起背脊」、「眨著眼睛」、「好冷」等詞綜合了天地之間諸多事物的時空關係，去把握自身與他者難以說明白的糾纏，此詩即將「被人們見慣不驚的世界」重新「以一種幾乎荒誕的方式」予以綜合把握，給予不同的時空位置，因而也間接表現了向明心中的「現實」，鬆綁了他原有的糾纏而得以暫時脫身、亦即得以進入現象學所謂的「綻出」、「整全」、或「澄清」等的短暫本真存在的體悟中。[47]

---

[46]王岳川，《現象學與解釋學文論》，頁104。

[47]參見夏婉雲，〈時間的擾動──從意向性與時間性分析兩首童詩〉一文中的討論，見《臺灣詩學學刊》第7期（2006年5月），頁34。

## （二）變形、拉長、縮小、擴大的文學時空

　　當詩人由「與現實歷程相關」的「消極式的時空」進入「借託臆想」之「積極式的時空」（張曉風）。[48]前者於藝術呈現時多與現實主義的再現或自然主義的模仿手法有關，後者則與浪漫主義、象徵主義、現代主義的表現手法有關。而由「消極式」到「積極式」可說即由所處的「外現的時空」，意向為一「內化的時空」，亦即詩人透過其擬物的描寫，打破時序或物理視野、錯綜或對照古今場景，借鑑歷史和記憶突顯現世之寂寥感，對存在處境發出哀鳴或不平。[49]如此寄意託興於其所構成的時空場域中，並透過時空存在之「過程化」手法[50]，以達成感受上的時空移動或交融。如此文學時空就常不受上述天文時空、物理時空、生物時空、心理學時空（比心理時空範圍窄）、歷史時空、乃至哲學時空所左右，它常透過變形、拉長、縮小、擴大等不同手法，不為其他時空所圍限，開展出突破各種時空的創新性，因而常處在不確定或曖昧之中，此即第三節曾提及的，於文學時空裡，時間與空間是獨立自存的，可以自為因果，自為起始與結束，它與各種時空的關係和指向或可綜合之，以下圖二表示之：[51]

---

[48]見張曉風，〈中國詩中時間與空間並峙的現象——乾坤萬裏眼，時序百年心〉，《古典文學第十一集》（臺北：學生書局，1990 年 12 月），頁 68。

[49]楊慶豐，〈詩歌藝術中「時空意識」之思考——以《離騷》為例〉，《南華大學文學所研究生學刊》文學前瞻第 2 期（2001 年 1 月），頁 16～34。

[50]夏婉雲，〈時間的擾動——從意向性與時間性分析兩首童詩〉，《臺灣詩學學刊》第 7 期（2006 年 5 月），頁 35～36。

[51]參酌以上討論及圖一。

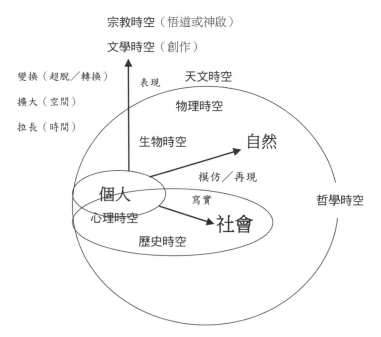

**圖二：物理時空、心理時空、文學時空相互關係圖**

　　向明在 1990 年代初期寫了系列的「童玩詩」，當時並未以童詩視之，只是借其童年及身體知覺極為親近的兒時記憶，抒發其一生命運的險阻、幸、與不幸，後來由於部分尚適合兒童閱讀，才將這些詩作拉入其童詩集中，如〈踢毽子〉、〈跳繩〉、〈打彈珠〉、〈翹翹板〉、〈盪秋千〉等均是，而且均為原貌，無一字更替，並未如前二節所舉童詩例在語言上有少數改動以適合兒童閱讀，而如〈滾鐵環〉、〈捉迷藏〉、〈抽陀螺〉、〈跳房子〉、〈漂水花〉、〈隔海捎來一隻風箏〉等與童玩或兒童遊戲有關的詩作，由於牽扯的人事物更為複雜，則未收入。後者比如〈抽陀螺〉一詩其實理應仍可歸為童詩，或適合小六或國一的學生看，但並未收入其童詩集中，而因此詩與其他童玩詩皆有關，故特列於下以見其他：

　　一旦、一旦被縛的生命

自一雙手中脫險

突來的自由呵

瞬間的選擇，你是

跌個跟蹌

跌成一枚失速的星子

還是，立定腳跟

趁勢旋轉


旋成一支地軸

牽著無數的眼睛

看你頂天立地的

堂堂獨立表演

還是，就這樣永不停歇

旋去一生

讓抽身的鞭子

痛成

恆動的能源

——〈抽陀螺〉[52]


從童詩的角度看，這是一首寫陀螺從被繩索綑綁（首句）、放開（二、三句）、不旋或旋（四至八句）、到旋轉至倒下的姿勢（九至 14 句）、到繼續以鞭抽打還可續轉（末三句），把整個童玩過程寫得相當細膩。但由成人詩的角度看，則由詩句中「被縛的生命」、「脫險」、「瞬間的選擇」、「趁勢旋轉」、「旋去一生」、「抽身的鞭子」等辭彙可看出，向明寫的是自身在歷史時空中僥倖未失速，而幸定立定腳跟、得以堂堂獨立表演的過程，而且只要自我鞭笞將可旋轉完一生，這是與其同一代人許多人只因「瞬間的選

---

[52] 向明，《隨身的糾纏》（臺北：爾雅出版社，1994 年 3 月），頁 127。

擇」的方向不同，而失速、跌個踉蹌，失卻了自我表演的機會（比如面對
1949 年的物理時空斷裂時所作的選擇），那些人相對於向明而言是更多數
的，因此整個抽陀螺的過程是殘酷的時空的選擇的內化，是綜合其一生的
感慨、感傷於一支陀螺上！一邊由外向世界的空間旋轉和短暫的時間停留
去描述一支陀螺，一邊卻是由當下的陀螺於空間的短暫旋轉、和其一生長
時間的抽痛體認結合，去描述一整個時代的轉折和失落。如此相互輝映，
使得此詩呈現出上段所說「打破時序或物理視野、錯綜或對照古今場景，
借鑑歷史和記憶突顯現世之寂寥感，對存在處境發出哀鳴或不平」，這樣的
童詩（雖然向明未將之歸入）顯然其時空指向大大不同於他人的詩作。

　　而被向明歸入其童詩集中的其他的童玩詩，大致都有略似傾向，且皆
如第二節所說，其運動方式皆處在「天地之爭」中，比如：

一抬腿／一隻三羽的珍禽／展翅躍上青天／／再一抬腿／一顆觸天的大
志／飛了出去探險／／永不饜足的／抬腿揚手／抬腿揚手／忙忙碌碌地
／翻攪著黃金的童年

──〈踢毽子〉前三段[53]

只要注意／躍起時，動如脫兔／落地時，輕若飛燕／任颼颼的風聲／耳
旁威脅的獰笑／你得鎮靜如風雨圍攻的那尊塑像／那管它，要跳脫的／
是怎樣隨身的糾纏／保持一種清醒的立姿／天地都不能圍限

──〈跳繩〉後半[54]

這頭的我／雙腳一伸／想要趁勢躍上青天／那頭的你／兩腿一縮／處心
要把地殼震動

──〈翹翹板〉第二段[55]

窄窄的踏板／是落腳的唯一國土／祇要兩手把持得穩／可以竄升為／一

---

[53] 向明，《隨身的糾纏》，頁 121。另收入向明，《螢火蟲》，頁 34。
[54] 向明，《隨身的糾纏》，頁 123。另收入向明，《螢火蟲》，頁 36。
[55] 向明，《隨身的糾纏》，頁 137。另收入向明，《螢火蟲》，頁 38。

柱衝天的圖騰／或是，款擺成／時間滴答的／那支主控／／盪得越高／
會看得越遠／會發現／牆外的喧嘩／衹是一場虛驚／幾個同齡的頑童／
看到一隻鷹掠過高處時／發出艷羨的驚恐

──〈盪秋千〉後二段[56]

　　這些童詩（也是成人詩）以身體的「知覺過程」（踢毽子的抬腿揚手、
跳繩的躍起和落地、翹翹板的雙腳一伸或兩腿一縮、盪秋千的盪得越高會
看得越遠）體現了時空的存在感，其對當下短瞬童玩之細節的「意向性」
描述，又涵容了個人所處時空的特殊的、長至一生的體認和感受，這樣的
童詩是具有生活的厚度、和生命的深刻思維的。這些詩中，多數由其所經
驗過的時空中取材，再經由所臆想的時空之變形、拉長、縮小、或擴大，
於是毽子成了珍禽會飛出去觸天，盪秋千的人成了一隻鷹飛過高處讓同伴
驚訝，跳繩的人要跳出的是遮天蓋地之隨身的糾纏，陀螺成了一支地軸可
以牽著無數隻眼睛，向明借著童玩在「時空」中的上天下地，使得兒童對
童玩的認知既從身體的互動開始，也進而再由身體的知覺與時空中其他事
物的五官接觸互動，逐漸擴展他對世界的認識，突破各種時空的侷限，更
深入地指向他生命中自生的各種生命能力，而這正是向明以其漫長的生
命，具體地濃縮、體現在這些小童玩詩上的重要貢獻。

## 五、結語

　　詩是向明向殘酷的命運發射的一通通「人生的無線電通訊」，他年少投
入通訊兵時就得以電波與四方電臺來往聯繫的背景，使得他到年近八十依
然可以藉指尖按鍵盤在網路世界中與年輕詩友輕鬆互動，這種與人在空
中、網路中頻繁互動的行徑，他那一代人中恐怕他是唯一的一位，他的詩
即是他的身體與這世界糾纏、互動過程化的記錄和回應。由於他離家極

---

[56]向明，《隨身的糾纏》，頁139。另收入向明，《螢火蟲》，頁42。

早，又經戰事多年的折磨，他企圖保有的童年形象、母親的影子、家的感受也極迫切，他是他同時代詩人中除了楊喚外，以童詩形式書寫童年的經驗和感受最多的一位。向明以他的身體，深刻地磨擦過他年少時的土地，那成了他終身「要跳脫」但終究難以全然甩脫的「隨身的糾纏」。向明個別的命運在他諸多童詩的「文學時空」中展現了那一代人的時空困境，卻也同時又能使兒童更普遍地對天地人三者之互動有更深切的體認、對自然事物更貼近地觀察。他早期的四行詩後來轉移為童詩，那其中隱含了在那當下的時代悲哀感和對政治檢驗的規避，這與很多成人的童詩往往則是借回憶童年、或觀察其他兒童而創作、且與特殊歷史時空經常脫離，有甚大區別。

而多數與向明同一批來臺的詩人多在年少時期，面對的是相近的歷史時空、相同的物理時空的隔絕與斷裂、相像地皆沉浸在有家回不得的廣大鄉愁營構出的心理時空中，他們彼此之間遂有了一種命運同悲同哀的「內在的聯繫」、「無名的集體性」、和始終處於無以脫離、拉開此岸與彼岸的夢境之中，那是「永不可能完成區分」的糾纏與矛盾。此種糾葛極接近兒童成長時的赤子天真心態，遂能於其一生的時間中在內在意識中持續延伸，因此也成為他不歇地創作的最大動力。

而他創作於 1990 年代的一系列童玩詩，常能借著童玩建構於「時空」中上天下地的能量，使得兒童經由身體的知覺與時空中其他事物的綜合接觸，逐漸擴展他們對世界的認識，突破各種時空的侷限，更深入地指向他們生命中自生的各種生命能力，而這正是向明在童玩詩上特殊的體現方式。

——選自白靈、蕭蕭主編《儒家美學的躬行者——向明詩作學術研討會論文集》
臺北：萬卷樓圖書公司，2007 年 12 月

# 向明詩作的形式特徵與內容意涵

以「詩選」為例

◎林于弘[*]

## 一、前言

　　該如何引介或選評一位創作超過 50 年的詩人和他的作品呢？從 1951 年開始創作的向明，也正是如此的典型。以他在臺灣出版的個人中文詩集來看，從《雨天書》（1959 年）開始，到《狼煙》（1969 年）、《青春的臉》（1982 年）、《水的回想》（1988 年）、《隨身的糾纏》（1994 年）、《向明‧世紀詩選》（2000 年），以及最近的《陽光顆粒》（2004 年），處處可見詩人的多樣面貌。此外，尚有散文、詩話、詩選、譯著、童話、童詩等超過 30 本以上的專著，也呈現向明豐富的創作類型。

　　身為重要元老詩社——「藍星詩社」的核心人物，向明的詩作也不時呼應（或抗拒）這半個多世紀來，有關臺灣現代詩壇的堅持與遞變。他曾明確表示：「我視理論如敝履，決不跟著別人的笛音起舞。」、「我堅持以生活入詩，更以精鍊的生活語言來表現詩。」、「我尊敬每一位從事詩的創作者，我主張我們祇在詩藝上競爭。」[1]而這和他在《向明‧世紀詩選》中，以手寫製版的卷首詩——〈蒲公英〉，也可互為因應。

　　　　把一生

　　　　　一生中最美好的部份

[*]詩人，臺北教育大學語文與創作學系教授。
[1]向明，〈向明詩觀〉，《向明‧世紀詩選》（臺北：爾雅出版社，2000 年 4 月），頁 5。

　　　　嘽嘽落落的

　　　　隨風散盡之後

　　　　就擁有著光禿的自己

　　　　淨看

　　　　他人的形形色色了


　　　　就知道

　　　　就知道自己

　　　　只是大地任何一角

　　　　最最微不足道的

　　　　一株蒲公英

　　　　曾經努力生活過，也有

　　　　小小的付出[2]


　　這種「有所為、有所不為」的想法，正是向明卑微卻又崇高的堅持，然而詩人的想法與作為，在編選者的心中是否也能彼此符合，其實是另一個需要深入檢驗的問題。因此本文即以「詩選」為對象，檢驗向明在「詩選」中所呈現的形式特徵與內容意涵。

## 二、「詩選」的意涵與價值

　　文學社會學者埃斯卡皮（Robert Escarpit）認為：「所有文學活動都是以作家、書籍和讀者三者的參與為前題。總括來說，就是作者、作品及大眾藉著一套兼有藝術、商業、工技各項特質而又極其繁複的傳播操作，將一些身分明確（至少總是掛了筆名、擁有知名度）的個人，和一些通常無從得知身分的特定集群串連起來，構成一個交流圈。」[3]爰此，文化資源的

---

[2]向明，〈蒲公英〉，《向明・世紀詩選》，頁 2～3。原刊於《水的回想》（臺北：九歌出版社，1988 年 1 月），頁 72～73。

[3]侯伯・埃斯卡皮（Robert Escarpit）著；葉淑燕譯，《文學社會學》（臺北，遠流出版社，1990 年

分配與爭奪，也就成為誰能取得文化生產與消費主導的關鍵，而這些少數的權威聲音，往往能主導風潮，甚至影響大多數人的觀點。是以如葛蘭西（Antonio Gramsci）的「文化霸權」（culture hegemony）觀念，也表達出試圖支配者的強勢作為與旺盛慾念的可能，而典律的生成，也就成為實踐此一企圖的重要象徵。

　　在文學典律化的過程中，資源分配是最主要的核心關鍵，這也就是誰能取得主導文化生產與消費管道的問題。透過典律的形成與典範的塑造，極少數的權威聲音不僅能掌控潮流，同時也能影響大多數人的價值判斷，因此文學選的編輯與詩人所競逐的正是此一時空延伸的支配力。

　　「詩選」的編纂也可說是此一動機的具體表徵，因其對詩壇的權力運作、潮流風尚與個人創作，都會產生相當程度的影響。加上「詩選」都擁有固定的編輯理念和市場，因此詩選的行銷普遍就比個人詩集來得穩定。基本而言，「各種詩選的選材範圍各有不同，不過在詩作的揀選上，作品優劣應該是唯一的考量，而這也該是任何一本詩選所要極力標榜的首要原則。」[4]是以「詩選」的標竿作用，也就成為不同個人或族群表達思想的重要園地。

　　詩選的類型、種類繁多，諸如以主題內容掛帥的《反共抗俄詩選》、《情詩一百》，以詩社派系區隔的《龍族詩選》、《藍星詩選》，或是以年度斷代的《七十一年詩選》、《1982 年臺灣詩選》，以及根據形式架構為準的《小詩選讀》、《可愛小詩選》等等，凡此以年齡、性別、形式、語言等特殊條件為選錄標準的各種詩選，一概不列入討論，且為考量時代上的質量需求，本研究將以 1980 年以後出版，並以具備：塑造經典、跨越時代、取樣普遍等原則的「詩選」，作為研究底本。

---

　12 月），頁 1。
[4]林于弘，《臺灣新詩分類學》（臺北：鷹漢文化公司，2004 年 6 月），頁 98。

## 三、「詩選」中向明詩作的選錄狀況

依據之前明列的條件限制，本研究列入分析的「詩選」合計有 18 種，
而其書名、編選者、出版者、出版年月，及其選錄向明詩作的相關狀況，
亦一併統計如下（參見表一）：

**表一：「詩選」中向明詩作選錄狀況一覽表**

| 書名 | 編選者 | 出版者 | 出版年月 | 選錄詩作 |
|------|--------|--------|----------|----------|
| 《感月吟風多少事——現代百家詩選》 | 張默 | 臺北：爾雅 | 1984.09 | 1.〈煙囪〉<br>2.〈巍峨〉<br>3.〈瘤〉 |
| 《中國新詩賞析（二）》 | 林明德、李豐楙、呂正惠、何寄澎、劉龍勳 | 臺北：長安 | 1985.04 | 1.〈巍峨〉 |
| 《現代中國詩選 II》 | 楊牧、鄭樹森 | 臺北：洪範 | 1989.02 | 1.〈你之羅馬〉<br>2.〈野地上〉 |
| 《中國現代詩》 | 張健 | 臺北：五南 | 1989.04 | 1.〈展〉<br>2.〈詩人〉<br>3.〈窗外〉<br>4.〈野菠蘿〉<br>5.〈馬尾松〉<br>6.〈一株自己〉 |

| 《中國新詩淵藪（中）——中國現代詩人與詩作》 | 王志健 | 臺北：正中 | 1993.07 | 1.〈啊！引力，昇起吧！〉<br>2.〈富貴角之晨〉<br>3.〈門外的樹〉<br>4.〈蔦蘿〉<br>5.〈成人的憂鬱〉<br>6.〈時間〉<br>7.〈感覺中〉<br>8.〈他們手無寸鐵在血泊中〉 |
|---|---|---|---|---|
| 《新詩三百首 1917～1995（上）》 | 張默、蕭蕭 | 臺北：九歌 | 1995.09 | 1.〈午夜聽蛙〉<br>2.〈巍峨〉<br>3.〈湘繡被面〉 |
| 《中華新詩選》 | 中華民國新詩學會 | 臺北：文史哲 | 1996.03 | 1.〈雨天書〉<br>2.〈富貴角之晨〉<br>3.〈菩提樹〉<br>4.〈車馳勝興〉<br>5.〈過國父紀念館〉 |
| 《中華新詩選粹》 | 中華民國新詩學會 | 臺北：文史哲 | 1998.06 | 1.〈窗外的加德麗亞〉<br>2.〈盪秋千〉<br>3.〈隔海捎來一隻風箏〉 |
| 《天下詩選 II：1923～1999 臺灣》 | 瘂弦 | 臺北：天下文化 | 1999.09 | 1.〈隔海捎來一隻風箏〉 |

| | | | | |
|---|---|---|---|---|
| 《新詩讀本──臺灣現代文學教程》 | 蕭蕭、白靈 | 臺北：二魚文化 | 2002.08 | 1.〈午夜聽蛙〉<br>2.〈隔海捎來一隻風箏〉<br>3.〈捉迷藏〉 |
| 《當代文學讀本──臺灣現代文學教程》 | 唐捐、陳大為 | 臺北：二魚文化 | 2002.08 | 1.〈吊籃植物〉 |
| 《現代百家詩選 1952～2003（新編）》 | 張默 | 臺北：爾雅 | 2003.06 | 1.〈巍峨〉<br>2.〈瘤〉<br>3.〈革石篇〉 |
| 《世紀新詩選讀》 | 仇小屏 | 臺北：萬卷樓 | 2003.08 | 1.〈黃昏醉了〉 |
| 《現代詩精讀》 | 游喚、徐華中 | 臺北：五南 | 2003.09 | 1.〈東勢林場紀遊之一〉 |
| 《中華現代文學大系（貳）──臺灣 1989～2003 詩卷（一）》 | 白靈 | 臺北：九歌 | 2003.10 | 1.〈跳房子〉<br>2.〈雛舞孃〉<br>3.〈隔海捎來一隻風箏〉<br>4.〈跳繩〉<br>5.〈捉迷藏〉<br>6.〈或人的記憶〉<br>7.〈秋天的詩〉<br>8.〈太師椅〉 |
| 《現代新詩讀本》 | 方群、孟樊、須文蔚 | 臺北：揚智 | 2004.08 | 1.〈家〉<br>2.〈瘤〉 |
| 《臺灣現代文選──新詩卷》 | 向陽 | 臺北：三民 | 2005.06 | 1.〈風波〉<br>2.〈捉迷藏〉 |

| 《二十世紀臺灣詩選》 | 馬悅然、奚密、向陽 | 臺北：麥田 | 2005.08 | 1.〈富貴角之晨〉<br>2.〈瘤〉<br>3.〈蔦蘿〉<br>4.〈馬尼拉灣的落日〉<br>5.〈可能〉<br>6.〈滾鐵環〉 |
|---|---|---|---|---|

　　在前列 18 種的諸家詩選中，共選錄 44 首不同時期、不同類型的向明詩作，其中〈一株自己〉、〈太師椅〉、〈他們手無寸鐵在血泊中〉、〈可能〉、〈吊籃植物〉、〈成人的憂鬱〉、〈你之羅馬〉、〈車馳勝興〉、〈或人的記憶〉、〈東勢林場紀遊之一〉、〈門外的樹〉、〈雨天書〉、〈秋天的詩〉、〈革石篇〉、〈風波〉、〈家〉、〈展〉、〈時間〉、〈馬尼拉灣的落日〉、〈馬尾松〉、〈啊！引力，昇起吧！〉、〈野地上〉、〈野菠蘿〉、〈湘繡被面〉、〈窗外〉、〈窗外的加德麗亞〉、〈菩提樹〉、〈黃昏醉了〉、〈感覺中〉、〈煙囪〉、〈詩人〉、〈跳房子〉、〈跳繩〉、〈過國父紀念館〉、〈滾鐵環〉、〈盪秋千〉、〈雛舞孃〉等 37 首單獨出現的詩作此不贅述；至於重複出現的〈隔海捎來一隻風箏〉、〈瘤〉、〈巍峨〉、〈捉迷藏〉、〈富貴角之晨〉、〈蔦蘿〉、〈午夜聽蛙〉等七首，則依其出現次數多寡排序，並詳列選錄「詩選」的名稱，一併呈現於下（參見表二）：

表二：「詩選」選錄向明詩作兩次以上之詩作及其對應「詩選」一覽表

| 次數 | 詩作名稱 | 選錄詩選名稱 |
|---|---|---|
| 4 | 〈隔海捎來一隻風箏〉 | 1.《中華新詩選粹》<br>2.《天下詩選Ⅱ：1923～1999》<br>3.《新詩讀本——臺灣現代文學教程》<br>4.《中華現代文學大系（貳）——臺灣 1989～ |

| | | 2003 詩卷（一）》 |
|---|---|---|
| 4 | 〈瘤〉 | 1.《感月吟風多少事──現代百家詩選》<br>2.《現代百家詩選 1952～2003（新編）》<br>3.《現代新詩讀本》<br>4.《二十世紀臺灣詩選》 |
| 4 | 〈巍峨〉 | 1.《感月吟風多少事──現代百家詩選》<br>2.《中國新詩賞析（二）》<br>3.《新詩三百首 1917～1995（上）》<br>4.《現代百家詩選 1952～2003（新編）》 |
| 3 | 〈捉迷藏〉 | 1.《新詩讀本──臺灣現代文學教程》<br>2.《中華現代文學大系（貳）──臺灣 1989～2003 詩卷（一）》<br>3.《臺灣現代文選──新詩卷》 |
| 3 | 〈富貴角之晨〉 | 1.《中華新詩淵藪（中）──中國現代詩人與詩作》<br>2.《中華新詩選》<br>3.《二十世紀臺灣詩選》 |
| 2 | 〈薜蘿〉 | 1.《中華新詩淵藪（中）──中國現代詩人與詩作》<br>2.《二十世紀臺灣詩選》 |
| 2 | 〈午夜聽蛙〉 | 1.《新詩三百首 1917～1995（上）》<br>2.《新詩讀本──臺灣現代文學教程》 |

　　以上的〈隔海捎來一隻風箏〉與〈捉迷藏〉雖然是後出的作品，但是在晚近編選的「詩選」中，也得到不少關愛的眼光，至於〈富貴角之晨〉、〈瘤〉和〈巍峨〉，則屬於歷久彌堅的長銷之作。

## 四、「詩選」中向明詩作的形式特徵

就〈隔海捎來一隻風箏〉、〈瘤〉、〈捉迷藏〉、〈富貴角之晨〉、〈巍峨〉、〈蔦蘿〉、〈午夜聽蛙〉等七首在「詩選」中曝光度較高的詩作言，其分布的時間屬性、選錄於詩選的狀況，以及收錄於向明個人詩集的情形，其實也各有差異（參見表三）：

表三：「詩選」選錄向明重要詩作及其發表與收錄個人詩集狀況一覽表

| 詩作 | 首次發表時間及刊物 | 收錄於向明詩集情形 |
|---|---|---|
| 〈富貴角之晨〉 | 1962 .03，《中華日報》副刊 | 《狼煙》<br>《向明‧世紀詩選》 |
| 〈瘤〉 | 1975 .06，《藍星季刊》新 3 號 | 《青春的臉》<br>《向明‧世紀詩選》 |
| 〈巍峨〉 | 1975 .07，《秋水詩刊》第 7 期<br>1975 .05，《中華日報》副刊 | 《青春的臉》<br>《向明‧世紀詩選》 |
| 〈蔦蘿〉 | 1977 .07，《秋水詩刊》第 15 期 | 《青春的臉》<br>《向明‧世紀詩選》 |
| 〈午夜聽蛙〉 | 1987 .07 .12，《聯合報‧聯合副刊》<br>1987 .09 .15，香港《當代詩壇》創刊號 | 《水的回想》<br>《向明‧世紀詩選》 |
| 〈隔海捎來一隻風箏〉 | 1992 .06 .10，《聯合報‧聯合副刊》<br>1992 .07，《藍星詩刊》第 32 期 | 《隨身的糾纏》<br>《向明‧世紀詩選》 |
| 〈捉迷藏〉 | 1993 .09 .14，《中國時報‧人間副刊》<br>1993 .09，《臺灣詩學季刊》第 4 期 | 《隨身的糾纏》<br>《向明‧世紀詩選》 |

就時間的分布情形言，〈富貴角之晨〉是 1960 年代的作品，〈瘤〉、〈巍峨〉、〈蔦蘿〉則是 1970 年代中期的作品，〈午夜聽蛙〉是 1980 年代的作品，〈隔海捎來一隻風箏〉和〈捉迷藏〉則是 1990 年代前期的作品。總的

來看，從 1960 到 1990 年代，向明各有不同的代表作入選，可見其創作的延續與精進。

再就發表的刊物來看，《中華日報》、《聯合報》、《中國時報》等報紙副刊，以及《藍星》、《秋水》與《臺灣詩學》等詩刊，是向明入選「詩選」作品的主要出處，而這也和他平時習慣發表作品的園地相互呼應。

最後，有關這些詩作收錄於向明個人詩集的情形為：《狼煙》一首，《青春的臉》三首，《水的回想》一首，《隨身的糾纏》兩首。另外，在上世紀末出版的《向明‧世紀詩選》則收錄此處全部的七首詩作，可見這七首詩不僅僅受到編選者的青睞，作者自身對於這些作品的認同，也是顯而易見的。

不過，有關向明新作《陽光顆粒》（2004 年）尚未見收錄相關詩作的原因，應該是時間問題。一般詩作從發表、出版到被討論、重視，往往需要不少時間的淘汰洗選，因此「詩選」所呈現的詩人作品，往往也是詩人已經備受肯定的「舊作」，所以在一般具有經典企圖的大型詩選中，詩人的新作往往相對罕見，因此詩選和詩人的新作很容易呈現「時間差」的遲延現象，這在拉長整體的觀察時間之後，就能明瞭這個因時間差異所衍生的問題。

接下來，再從〈富貴角之晨〉、〈瘤〉、〈巍峨〉、〈蔦蘿〉、〈午夜聽蛙〉、〈隔海捎來一隻風箏〉、〈捉迷藏〉等七首詩作，在形式特徵的部分，分別加以解析（參見表四）：

表四：「詩選」選錄向明重要詩作之段數、行數一覽表

| 詩作名稱 | 形式特徵 |
| --- | --- |
| 〈富貴角之晨〉 | 4+4+4+4=16 |
| 〈瘤〉 | 5+1+4+10+6=26 |
| 〈巍峨〉 | 10+8=18 |
| 〈蔦蘿〉 | 3+3+5+4=15 |

| 〈午夜聽蛙〉 | 33+3=36 |
| 〈隔海捎來一隻風箏〉 | 10+10+10=30 |
| 〈捉迷藏〉 | 3+3+3+3+3+4=19 |

　　有關形式特徵的部分，以下將從段數、行數，及用韻等部分，分別進行分析。首先在分段的部分，這七首詩作最少分兩段，最多則分六段；至於行數的部分，最多是 36 行，最少是 15 行。此外，有關分段的部分，這七首詩作各有不同。如〈富貴角之晨〉是全詩四段，每段四行的整齊形式，而其句末的「近、雲、銀、伸、鏡、重、明、夢、晨、程」，也可見嘗試以「ㄣ、ㄥ」用韻的企圖。

　　〈捉迷藏〉同樣是形式雷同的結構，前五段每段都是三行，每段的第一行都是「我要讓你看不見」，至於各段第一、三行的末尾分別是：「見、剪、見、煙、見、欠、見、顏、見、天」，押「ㄢ」韻的意圖非常明顯，甚至最後一段以「終究，這世界還是太小／一轉身就被你看見了／你將我俘虜／用盡所有傳媒的眼線」[5]總結，似乎也考慮聲情的要求。

　　〈隔海捎來一隻風箏〉共分三段，每段十行也相當整齊，這三段的第一行分別是：「就讓自己再年輕一次吧」、「可能嗎？再一次年輕」、「可能嗎？也許可以再一次年輕」，這也屬於「換句話說」的變化。另外，其句末使用「箏、鵬、重、輕、撐、聲、箏、沉、辰、引、輕、坪、影、靈、箏、睛」，也可以看出向明嘗試用「ㄥ、ㄣ」韻的痕跡。

　　〈午夜聽蛙〉一詩共 36 行，但是前 35 行卻都以「非」字開頭，進行連串的否定辯證：

　　非吳牛

　　非蜀犬

5 向明，〈捉迷藏〉，《向明‧世紀詩選》，頁 120。原刊於《隨身的糾纏》（臺北：爾雅出版社，1994年 3 月），頁 148。

　　非悶雷

　　非撞針與子彈交媾之響亮

　　非酒後怦然心動之震驚

　　非荊聲

　　非楚語

　　非秦腔

　　非火花短命的無聲噗哧

　　非瀑布冗長的串串不服[6]


　　這種排比的句型結構,具有連續複杳的效果,也可以看出作者的巧心
安排。同樣的,〈蔦蘿〉第三段也運用排比和重複的技巧:


　　以破瓦缽為家

　　以防盜窗當天梯

　　以紅色的小喇叭花吹出

　　向上

　　向上[7]


　　至於〈巍峨〉的首段,也可以看見類似的安排:


　　我吞砂石

　　我嚼水泥

　　我大桶大桶的喝水

　　我是那巨口大腹的

---

[6]向明,〈午夜聽蛙〉,《向明‧世紀詩選》,頁 90。原刊於《水的回想》,頁 159～160。

[7]向明,〈蔦蘿〉,《向明‧世紀詩選》,頁 47～48。原刊於《青春的臉》(臺北:九歌出版社,1982
　年 11 月),頁 86。

攪拌機
吃一切硬的
　　粗糙的
　　未曾消毒的
在不停的忙碌中
在不停的歌唱中[8]


　　以上局部使用排比重複的字詞語句，也經常可以在向明其他的詩作中
呈現，這也是他非常喜歡的一種表達方式。另外，有關對比形式的建構，
則可以從〈瘤〉得到印證：

我吸取天地之精華
你吸取我
我口含閃電
你發出雷鳴
我胸中藏火
你燃之成燈[9]


　　作者利用「你」、「我」之間的對比，也可以加深論證的深廣度，並藉
以提升詩作的張力，而這些看似平常的段落結構與字句安排，也正是向明
看似平凡詩作中的不平凡特色。
　　整體而言，向明詩作在形式特徵的部分並不明顯，在分段或行數的設
計上，他並不著重外在形式的刻意經營，而是配合詩作的意義或情境，搭
配不同的段數或行數安排。至於在押韻和修辭技巧的部分，向明雖不強求
押韻，也不刻意迴避，但是在必要的時候，他也經常選擇用韻，畢竟「詩

---

[8]向明，〈巍峨〉，《向明‧世紀詩選》，頁45。原刊於《青春的臉》，頁41～42。
[9]向明，〈瘤〉，《向明‧世紀詩選》，頁43。原刊於《青春的臉》，頁39～40。

如有韻味，會使人自動去親近詩，也易於記憶。」[10]另外在修辭的部分，重複與排比的形式經營，也是向明詩作常見的特色。

## 五、「詩選」中向明詩作的內容意涵

有關向明〈富貴角之晨〉、〈瘤〉、〈巍峨〉、〈蔦蘿〉、〈午夜聽蛙〉、〈隔海捎來一隻風箏〉、〈捉迷藏〉等七首詩作，在內容意涵上普遍具有「託物興寄」的特色。〈富貴角之晨〉是其中唯一的寫景詩作，從「伸右手出去，右首是／太平洋，一大片薄薄的銀／當你無意的一伸／可以撈起一方湛藍的菱鏡」[11]的寫景筆法，表現也非常亮麗。至於「直到讀遍了滿滿的一頁早晨／才輕快地握著今天啟程」[12]的結尾，則展現作者積極樂觀、奮發進取的精神。

〈瘤〉也是向明早期非常知名的詩作，由「你是潛藏於體內的／欲除之後快的／那一種瘤」破題，以造成讀者的「誤解」，但是作者把寫詩的習慣和如瘤的絕症相比擬，直到末尾：

> 最後，你無非是
> 要把我瘦成一張薄薄的紙
> 紙上的一些什麼
> 凡掃過的日月
> 競相含淚驚呼
> 這才是詩[13]

這才一舉闡明寫詩的艱辛，並闡釋寫詩為何也是「久年無法治癒的絕症」。如此「詩」與「病」的辯證似同又異，似異又同，更可以讓讀者明白

---

[10]向明，〈音容俱杳說新詩〉，《藍星詩學》第 7 期（2000 年 9 月），頁 3。
[11]向明，〈富貴角之晨〉，《向明・世紀詩選》，頁 26。原刊於《狼煙》（臺北：純文學出版社，1969 年 11 月），頁 64～65。
[12]同前註，頁 65。
[13]向明，〈瘤〉，《向明・世紀詩選》，頁 43～44。原刊於《青春的臉》，頁 40。

寫詩的嘔心瀝血的艱苦，以及類似絕症般不可救藥的難以自拔。

　　〈巍峨〉也是一種由實而虛的寫法，具體的內容是在表現「攪拌機」的豪邁氣勢，以及其對現代建設的具體成就感，而這在工業極度發展的臺灣都市來說，更讓我們有一種莫名的感慨與感動：

　　拔地而起
　　堂皇硬朗的一種
　　佔領
　　它的名字叫做
　　巍峨[14]

　　作者透過問答的技巧，建構「巍峨」的形象，並且以鏡頭跳接的手法，呈現「拔地而起／堂皇硬朗的一種／佔領」的突兀，令人對文明的力量感到驚訝讚嘆。

　　至於〈薜蘿〉則是一首歌詠植物的詩作，作者藉由一株纖弱薜蘿的強韌生命意志，呈現積極成長提升的力量，「以紅色的小喇叭花吹出／向上／向上」三句看似樂觀，但是結尾「而你居然不知道／上面是四樓／即使是月落／也亮麗在老遠」，卻表現出另一種無知的蒼涼，令人不勝唏噓。

　　〈午夜聽蛙〉在形式設計和內容安排上，皆有作者獨具的慧心。首先，這是一首因聽覺所引發的思維辯證。向明選取諸多的典故及傳說後加以排除，表現天地間各種聲音的展現。「這些看似枯燥的否定辯證，便是向明『以小見大』的超凡技巧，透過微不足道的『蛙聲』所獲致的體會，這其實便是詩人對生命歷程的質疑與論辯。」[15]至於最後的：

---

[14]向明，〈巍峨〉，《向明・世紀詩選》，頁46。原刊於《青春的臉》，頁42。
[15]方群，〈長洲孤月向誰明？──《談向明：世紀詩選》〉，《藍星詩學》第8期（2000年12月），頁145。

　　　非惟夜之如此燠熱

　　　非得有如此的

　　　不知所云[16]


　　這不但翻轉了之前漫長的種種假設，也讓天地萬物的歸類屬性，回到最原始的狀態。蛙聲畢竟只是蛙聲，詩人的徒勞費神，也許是一種不合時宜的暗示，於是當一切回到原點，所有的不知所云似乎也變得理直氣壯了。

　　〈隔海捎來一隻風箏〉的寫作有其特殊時空人物及背景，作者在附註自言：「海峽對岸同名詩人向明，最近托人捎我一隻風箏，未附任何言語，揣度其用意，遂成此詩，聊作答謝。」這也是一首詠物言志的詩，首段「暗示得好深長的一分期許／儼然，年輕時遺落的飛天大志」，寫青年時不知天高地闊的豪情。次段「起落升沉了多少起落升沉／居高不墜總羨日月星辰／愛恨割捨不了的是／那些拘絆拉扯的牽引」，寫中年飄泊羈絆的無奈感慨。末段「所有的啄喙，所有的箭矢／就請對準這隻老不折翼的風箏／看牠幾番騰躍，一路揚升而上／看牠一個俯衝下去，從此捨身下去」則是自身氣力不逮的感今傷昔。這首創作一方面是有自勉勉人的答贈意義，另一方面也是對理想與現實的感慨，作者在詠物的同時，也投注個人深刻的感情，交融物我之間的密切情懷。

　　〈捉迷藏〉則是向明「遊戲系列」的作品之一（〈跳繩〉、〈盪鞦韆〉），這首詩是以「我要讓你看不見」當成每一段的第一行，表現出捉迷藏的遊戲本質。接著作者依序以「連影子也不許露出尾巴／連呼吸也要小心被剪」、「把所有的名字都塗成漆黑／讓詩句都悶成青煙」、「絕不再伸頭探看天色／縮手拒向花月賒欠」、「用蟬噪支開你的窺視／以禪七混淆所有容顏」、「像是鳥被卸下翅膀／有如麥子俯首秋天」，分別安排「躲藏」的要

---

[16]向明，〈午夜聽蛙〉，《向明・世紀詩選》，頁92。原刊於《水的回想》，頁162。

件，然而這諸多的努力，卻因為

> 終究，這世界還是太小
> 一轉身就被你看見了
> 你將我俘虜
> 用盡所有傳媒的眼線[17]

　　這裡一語道破「我」的無所遁逃於「傳媒的眼線」。由此反觀，世界不大、傳媒太多，所以沒有躲藏的空間，這可能是詩人寫作的巧合，但更可能是向明有意的反諷。

　　就以上的詩作觀察，不論是在題材的選擇，布局的安排，或是意象的建構等等，都能塑造詩人平易樸實的作品內容及寫作風格。

## 六、結論

　　詩是一個人思想情緒的無聲表達。而人的思想情緒又莫不受其周遭的一切變化而起波動。[18]

　　就「詩選」中的向明系列詩作觀察，在形式特徵方面，向明雖不致力於塑造形式或格律上的特色，但是當某些需求存在時，也不會刻意迴避形式及格律的規範。他曾明確指出：「我們今天的現代詩會落到人人見而畏之，人人都對之莫測高深，便是詩人太過自由的結局。」[19]因此利用押韻，或是結合排比、重疊等修辭技巧，以營造詩作聲韻或內容的意義，也經常可以在向明的詩作中發現。向明自己也認為：「一首詩的完成，準確與新鮮是追求的兩大重點。所謂：『語不驚人死不休』也不外乎是求準確求新鮮。」[20]他是這個理想的服膺者，也是這個理想的追求者。

---

[17]向明，〈捉迷藏〉，《向明・世紀詩選》，頁 120。原刊於《隨身的糾纏》，頁 148。
[18]向明，〈後記〉，《水的回想》，頁 175～176。
[19]向明，〈音容俱杳說新詩〉，《藍星詩學》第 7 期，頁 3。
[20]向明，〈向明詩觀〉，《向明・世紀詩選》，頁 5。

　　至於在內容意涵的部分，向明喜歡採取生活周遭的類型題材以入詩，並往往從具體的外在物象，逐步延伸向內在心靈的探索。方群認為：「向明的語言以『清淨平淡』為宗，作品也多以生活體驗為主。」[21]陶保璽也認為：「他善於在抒情性的敘事之中，以清明、簡練、頗具詩趣的語言出之，將靈魂寫真，容涵於讀者對詩的審美語言感悟之中。」[22]至於沙穗則表示：「向明的詩表面上看，文字平淡、結構稀鬆……他的詩絕非『單純的平淡』。換句話說，平淡只是他表現技巧的一種方式。」[23]向明自己也明言：「……對世事的敏銳度，對美醜的分別心，對弱勢的關懷感，一點也未因體能老化而遲鈍，這些仍是我詩意象處理的基本素材。」[24]是以「向明用歲月所提煉的生活體驗，反而更能禁得起時間的考驗，而散發出成熟的芳香與智慧。這些細火慢燉的詩作，也許沒有太多的辛辣刺激，但是在看似樸拙平凡的內容和技巧，卻蘊藏著更多值得品味的咀嚼。」[25]

　　基本而言，本研究是以抽樣的方式，管窺向明詩作的奧祕，雖然取樣的數量不多，但是這些被歷來「詩選」反覆錄用的作品，應該也可以在向明超過 50 年的創作長卷中，留下最醒目的標誌與紀錄。

——選自林于弘《群星熠熠——臺灣當代詩人析論》

臺北：秀威資訊科技公司，2012 年 12 月

---

[21]方群，〈長洲孤月向誰明？——《談向明：世紀詩選》〉，《藍星詩學》第 8 期，頁 145。

[22]陶保璽，〈張望青春的臉，原是一隻老不折翼的風箏——對向明詩作內蘊及藝術探索的掃描與賞鑒（下）〉，《藍星詩學》第 8 期，頁 196。

[23]沙穗，〈時間長廊——談《青春的臉》〉，《臺灣新聞報·西子灣副刊》，1982 年 12 月 16 日。

[24]向明，〈為詩奮起為詩狂〉，《陽光顆粒》（臺北：爾雅出版社，2004 年 12 月），頁 18。

[25]方群，〈長洲孤月向誰明？——《談向明：世紀詩選》〉，《藍星詩學》第 8 期，頁 144～145。

# 向明論：無常月，奈何天

◎章亞昕*

　　向明本名董平，湖南長沙人，曾任《藍星》主編、《中華日報》副刊編輯、《臺灣詩學》季刊社社長、臺灣「年度詩選」主編、新詩學會理事，著有詩集《雨天書》、《五弦琴》（藍星五人合集）、《狼煙》、《青春的臉》、《水的回想》、《向明自選集》、《向明自選詩集》（貴州人民出版社）、《隨身的糾纏》、《碎葉聲聲》（中英對照）、《向明・世紀詩選》、《陽光顆粒》等；詩話集《客子光陰詩卷裏》、《新詩 50 問》、《新詩 後 50 問》，譯詩集《來自迦南地的聲音——以色列女詩人阿達・阿哈羅麗詩選集》，童詩集《螢火蟲》等，此外還有童話、散文著作。生於 1928 年，與洛夫、余光中、羅門同年，我曾如此描述他們的創作：「水清魚戲無常月，風靜鳥談奈何天。花開蝶舞纏綿日，雪落梅香寂寞年。」由於青少年時節趕上「二戰」，隨後見證「冷戰」，其閱歷多於閱讀，寫作也是情生文為主，始於沉思人生的無常、無奈，然後有詩興。前無古人的境遇需要別出心裁的表達，獨樹一幟的寫作依賴閱讀經驗的積累，故繼承與創新同在：一方面心路歷程決定創作道路，一方面寫作心態決定藝術風格。歷盡滄桑無常月，然後痛定思痛奈何天，其詩意遂如陳年佳釀歷久彌香。

　　向明為人溫文儒雅，創作老當益壯，擅長運用生活意象，詩作風格頗受師長覃子豪的影響，趨於平中見奇，意在言外，宛若綿裡藏針。像〈小店〉：「有著炊煙的小店是旅人渴念的家／那裡，那撲鼻的乳香，店主的溫情……／／我想我們也該有座小店在盡頭了／我囊中的口糧已罄，代步的

*發表文章時為山東大學文學院教授，現已退休。

蹄鐵已經磨損」，浪子情懷化入還家的渴望。構思寫實與象徵兼而有之，從生活情境提煉創作心境，從創作心境生發詩歌語境，為生存傳神寫照，詩意感人至深；所以其詩與時俱進，可以大器晚成。故沈奇指出：「向明詩的特質，正源自那份自始純正而向晚愈明的心境：於視點則以小見大，落於日常；於語言則簡約平實，不事鋪張。向明寫詩，多以小構而少見巨制，其選材也小事大題，此非關能力而仍在心境。實則小構之難並不亞於巨制，能於短詩小令中見大旨趣者，更需功力。向明的小詩，能見大的容量，社會的、人生的、自然的，皆於日常小題中做耀眼的閃光。話說得不重不響亦不多，內在的分量卻很足，常如一枚久炙橄欖，要很長時間，才品得盡那綿長的心意。」[1]可見情之深處就在意象的隱處，其中包孕著言外之意，無聲而能勝有聲。如〈煙囪〉這首詩：

> 沒有聲音
> 一條冒火的喉嚨
>
> 沒有聲音
> 一條污染了的喉嚨
>
> 沒有聲音
> 一條僵直了的喉嚨
>
> 也許下面在醞釀著什麼吧
> 總之
> 正正經經的
> 呼吸了這麼久
> 就是

---

[1] 沈奇，〈向晚愈明──論向明兼評其詩集〉，《沈奇詩學論集‧卷 3‧臺灣詩人論評》（北京：中國社會科學出版社，2005 年），頁 296～297。

### 沒有聲音

　　煙囱自然沒有聲音，可這「沒有聲音」，又是在複沓中不斷被強調的語音。它顯然不是廢話，或者影射當局，或者傳達了環保的意向。詩人無中可以生有，實中可以寓虛，而煙囱的意象甚至給我們一種吸劣質煙的感覺，吞雲吐霧非但沒有帶來靈感，反而習慣成自然，把自然汙染或者官場積習當成一種類似抽菸那樣見怪不怪的現象，就成為對人格的隱喻。洛夫說：「向明的詩大多在言志，都是有感而發，發而有節，可說具有我所謂『冷詩』的屬性。他的作品通常為一組暗喻所掩飾，故讀者在表層上看到的可能只是一個面具。暗喻本身就有其象徵性，故多言外之意。整體來說，向明某部分作品既富知性，但不概念化，雖出之象徵手法，其含義並不曖昧。我認為這主要是因為他能從真實人生中取材，成詩之後卻又與人生保持一種若即若離的距離，致使讀者生出一份親切感，但當你準備去接近那種似曾相識的現實時，它又飄然而逝，杳不可即，這就是詩中的味外之旨。」[2]語不欲犯，思不欲痴，詩人化政局為家常，用意象來象徵自己的生活感悟，造成含蓄的詩意，如「年輪」，是內在的，更是深刻的。〈可憐一棵樹〉便是如此：「先是／風以十七級的蠻力強暴／繼之／雷剪咬牙切齒的／凌遲／呆呆地從不知道／誰要對一棵樹／這麼殘酷／／而今／他用僅剩的幾枝斷臂／在怒指／／生命的真相曝光後／一圈圈的年輪／從癡肥的民國／可以一直窺視到／乾瘦的／光緒」。「樹」的意象，乃是心路歷程的象徵，化命運為年輪，變災難為意態，便舉重若輕。抒情主人公對於生命存在的狀況，對於歷史與命運的反思，實極深刻。那感人之處即是生命體驗的深刻之處，似乎平淡而內蘊豐滿，乃是向明以小證大的詩歌境界。

　　新詩百年，戰亂百年，高揚人文精神遂成為百年新詩最重要的使命之一。於此，向明有其重要貢獻，而且慎終追遠，創作道路與心路歷程同

---

[2]洛夫，《詩的邊緣》（臺北：漢光文化事業公司，1991 年），頁 121。

步，又是其個性特色所在。

# 一、探索期

　　向明歷時 60 年的詩歌創作可分為三個階段：探索期、拉升期、巔峰期。19 世紀 50 年代和 60 年代屬於探索期，以早期詩集《雨天書》和《狼煙》為其代表。在臺灣詩壇，這是以鄉愁詩為內容、以現代詩為號召的藝術時期，探索之風盛極一時，向明卻執著於情感的抒發、意象的刻畫。這種選擇與藍星詩社的風氣有關，也與覃子豪的詩學有關。但是，與詩壇時尚相比，這幾乎是以不探索為探索。他說過：「現代派如火如荼的那一陣子，眼看周遭的朋友都一個個去加盟，我固執地沒有把答覆加盟的回信寄出去。同時我似乎是個不可救藥的保守主義者，而首先是懷疑自己的知的程度，我連縱的繼承都沒繼承到，如何接受橫的移植？我還是寫我自己的詩。存在主義在臺灣出現時，詩壇像患了流行性感冒。但儘管我也深感機械文明所帶來的威脅，儘管我對宗教的懷疑，我仍不敢跟著喊上帝已經死亡，人可單獨面對生命。後來又來了超現實主義，也很時髦了一陣子。我很贊同超現實主義的揚棄一切形式上的因襲，也贊同求新求變，但要我把意識心智的活動擺在一邊，去挖掘出下意識裡的那些非理性的東西示人，我懷疑這是創作。我還是走我自己的路，寫我自己認為的詩。」[3]在青壯年時期立足自我腳踏實地，自然有得有失：得者是擇善固執，自有福報；失者是不肯趨時，難免一時冷清。這種冷靜的藝術探索，其實成就了扎實的個性，保證了作品的價值。

　　第一部詩集《雨天書》是 19 世紀 50 年代的作品，當時流行紀弦的新現代主義，向明卻別有追求，詩集中那些經營意象的四行詩值得關注，如〈門〉、〈燈〉、〈車〉、〈窗〉、〈筆〉、〈釋〉等，一詩一象頗具匠心，並且飽含哲理，往往是家國互喻。由此出發，逐漸生成了向明虛實相生、巨細兼

---

[3]向明，《向明・世紀詩選》（臺北：爾雅出版社，2000 年 4 月），頁 4。

顧的抒情思路。唯其風月無常無奈才成為抒情的動力。於是眾生難活的時代裡，便孕育出包蘊生活美學的意境。譬如〈門〉如是說：

> 讓可憐的盆景驕傲室內的優遇吧
> 種子的兩頁綠扉是要開向風雨的
>
> 關不住的呀！當歌鳥輕啄銅環的時候
> 關不住的呀！當春雷吆喝起程的時候

抒情主人公認為意象是溝通心靈與外界的門戶，所以詩意構成心靈成長的基點，創作與生活若合符契。於是，〈門〉是「目」的象徵，〈窗〉是「口」的象徵，〈筆〉是「燭」的象徵，意象如眉如目，〈雨天書〉強調被埋沒的「記憶」：「極目的山瘦得像入冬駱駝的脊項／怪難堪卻仍要肩負這一天風雨的／／而你小屋的淚卻接成長行／門的嘴唇緊閉／／快觸發太陽的憤怒呀／你發霉的記憶需要曝晒」。表現情懷是生活的一部分，敞開自己是追求的一部分，以此作為創作的起點，自然有遠大的未來。〈家〉說「風這流浪漢最悲哀了」，〈窗〉這意象在於「煩躁時，他把鄰家解意的笛音迎過來／高興時，他把心靈的口哨吹出去」。然後，筆成為燃亮意志的「燭光」（〈筆〉），作者表白說：「我是一名默默的工匠」（〈釋〉）。自然〈井〉的命運就是詩人的遭遇：由於「深沉」受到冷遇的抒情主人公期待被「丈量」，嚮往共鳴的「漣漪」。探索的姿態造成身世感與現實感的互動，成就大器晚成的姿態。有的詩人開端就是頂點，有的詩人則穩步向上——詩集《雨天書》中的作品屬於 1950 年代，第一部詩集對於向明是探索的起點而非創作的高峰，現實感與身世感相互對照遂有了開闊的發展空間——悲劇的時代和悲哀的命運原本是相通的。

拋開 1967 年五人合集《五弦琴》不談，詩集《狼煙》屬於詩人探索期最重要的收穫。詩集中主要是 1960 年代的作品，超現實主義正在行時，余

光中則開始探索新古典主義，向明不為所動，依舊走寫意為主的創作之
路。就才學膽識而論，洛夫以其才和膽見長，余光中以其學和識過人，向
明的追求有膽有識，志向更近於建構中國的現代詩或者現代的中國詩，依
稀可見他後來加盟《臺灣詩學季刊》，致力於整合詩壇填平代溝的發展趨
勢；十年磨一劍並非閉門造車，詩作與時俱進，然變中有不變處。只是隨
著鄉愁的日益濃重，此刻筆下多了幾分寒意，猶如〈秋歌〉所說的：「扔每
片寂寞出去／以歌，以頻變的舌葉／知道麼？這裡秋已經包圍著我們。」
寫意的意象和寫實的形象相互轉換，使得闊大處與精細處相互映襯，虛虛
實實，易入宜感而難以窮盡。向明畢業於空軍通信電子學校，又結業於美
國空軍電子研究中心，所以他說：「我在軍中一直是一個務實求精的後勤技
術軍官，不但生活起居與一般軍人不同，既是與耽於想像的文學也幾乎是
南轅北轍，極不搭調。為了不放棄自小即喜愛的詩文學，我必須時常努力
調整自己，在夢與現實之間周旋。因此我早期的詩常常會表現這種夾縫中
的苦悶。」[4]那「周旋」的過程，便是探索的過程。從清新到博大，從單純
到雄健，從簡約到繁複，展示創作道路上依稀隱約的心路歷程。自言其
短，反見其長；十數載寫詩盤馬彎弓，終能以巧勝人。儘管謹言慎行，儒
雅忠厚，但是歲月無常、人生無奈，那感慨不想說卻不得不說，傾吐之際
欲說還休，又吞吞吐吐，結局乃是福澤深厚，以一當十。吞吐之間形成的
張力，讓詩意反覆纏綿，終不許一語道破；然後語不欲犯，思不欲痴，正
是修辭立其誠，於大象無形、大巧不工後，一瓣心香淡遠悠長，成就了向
晚愈明的詩藝傳奇。

　　臺灣詩壇的歷史經驗之一，是詩體的成熟期往往需要十年左右。珍惜
傳統的詩人往往左右逢源，穩健的創新者總是事半功倍，對此詩集《狼
煙》可以為證。〈今天的故事──兼覆阮囊〉，那首詩是對詩壇的鳥瞰，以
七種「精靈」意象描繪臺灣的思鄉詩歌創作群體，由此而呈現詩壇「今天

---

[4]向明，《新詩 後 50 問》（臺北：爾雅出版社，1998 年 4 月），頁 114。

的故事」。借表情說冤情，那阮囊似乎就是第七種精靈：

> 有那麼一種精靈
> 常常想去躺在地平線上，去修正自己的屈度
> 去隨手抓拾些遺落的文化
> 去驚詫另一座地平線的發現
> 然後患一陣子不太小的懷鄉症
> 而卻常常被搜捕
> 常常被壓以一巨夜的重量
> 有那麼一種精靈

　　阮囊是山東濟寧人，與向明同年出生。他為人低調，可能與當時山東人險惡的政治處境有關。對此種政治生態，王鼎鈞曾經說過：「煙臺聯中冤案尤其使山東人痛苦，歷經 1950 年代、1960 年代進入 1970 年代，山東人一律『失語』，和本省人之於『二二八』相同。」[5]向明這幾句詩出自現實與身世的互動，看似雲淡風輕，背後卻是難言的千古奇冤。阮囊的代表作是〈半流質的太陽〉，臺灣《幼獅文藝四十年大系》的新詩卷，就以「半流質的太陽」命名。在這首詩中，詩人在週末隔海遙望夕陽──相當於遙望大陸，於是「半流質的太陽」就在淚眼中閃爍。抒情主人公遂進入與太陽對話的語境：

> 你不喜歡吃魚
> 我不喜歡魚骨的結構
> 魚不喜歡我們看海
> 海不喜歡希臘的沉船

---

[5]王鼎鈞，《文學江湖》（臺北：爾雅出版社，2009 年 3 月），頁 31。

你說，存在也是一組連鎖反應，也是玩了又玩的積木遊戲

　　太陽不會殺生「吃魚」，詩人「不喜歡」箭鏃的形象，「魚」逃避捕撈者，「沉船」則汙染大海。當戰爭成為一種「存在」，生命便成為兒戲，悲劇命運卻難以逃避。這是一首夢境與實境、現實與超現實若合符契的佳作。向明曾經這樣感嘆：「晚唐詩人唐溫如唯一的一首傳世之作〈題龍陽縣青草湖〉：『西風吹老洞庭波，一夜湘君白髮多。醉後不知天在水，滿船清夢壓星河。』即是一首夢境與實境、現實與超現實配合的天衣無縫的超高藝術手法作品，我們的新詩能有此表現的好像還不多。」[6]他以〈今天的故事〉回覆〈半流質的太陽〉，並非沒有可能。在〈異鄉人〉這首詩中，也有類似的感嘆：「無數個大戈壁渴著在你的眼睫裡／在這年代的帽與衣領的荒地間／呵！異鄉人，你不要希冀笑的雨水。」荒蕪的生活方式，便在思鄉的語境裡領悟荒漠。這種探索既大膽又穩健，誠然是寧靜以致遠。從實境到夢境，借助創造力高揚想像力，借助想像力高揚生命力，開啟了詩意化的心靈之旅。

## 二、拉升期

　　1970 和 1980 年代構成向明詩歌藝術的拉升期，以中期詩集《青春的臉》和《水的回想》為其代表。在臺灣詩壇，這是一個鄉土詩、都市詩相繼風行的發展階段，面對代溝老詩社、老詩人都在進行自我調整，《創世紀》詩社採取了洛夫和簡政珍的雙主編制，以整合前行代與中生代的創作；向明也在這偏重務實的藝術時期逐漸形成了以意為根、以象為本、海納百川、擇善而從的創作態勢。注重求真的詩人更加適應比較務實的詩風。詩集《青春的臉》出版後受到廣泛的好評，也在情理之中。前面所舉〈小店〉和〈煙囪〉都是出自這部詩集。其中好詩頗多，如〈老者——遊

---

[6]向明，《新詩 50 問》（臺灣：爾雅出版社，1997 年 2 月），頁 37。

覽車上之一〉諷刺年高位尊的當權人物：「寫一生的歲月在自己的白髮上／好一筆萬里江山／彷彿一抖動／便會抖出一個／幸福的花甲來」——歲月如霜雪，一生事業卻是交了「白卷」；而「萬里江山」，更是海峽對面的世界；只有「幸福的花甲」讓天下人領悟當權者「遊覽」人生的恬不知恥的做人境界。此詩與〈少婦——遊覽車上之二〉搭配，「一片薄薄的口香糖／黏黏的／貼在一條胳臂上」，更令人叫絕。

　　詩集中最好的作品是〈瘤〉，臺灣詩評家蕭蕭指出：「詩分五段，前四段都在講『瘤』這種絕症，久年無法治癒，過敏，頑固，吸取人的精華，最後一段，情勢一轉……由『瘤』而逆轉為『詩』，令人無限訝異，天差地遠的兩樣事物，竟然在不知不覺間轉換過來，讀者不能不重頭再讀一遍，以『詩』為第二人稱的你再讀一遍，一面讀，一面讚嘆，愛上詩不是久年無法治癒的嗎？詩人不是對季節、植物、動物都敏感的嗎？詩不是一首一首不斷創作出來的嗎？詩不是各類藝術中精華裡的精華嗎？詩，讓日月驚呼！向明的生活美學如此呈現為詩，令人驚呼了！」[7]〈瘤〉的第五節如下：「最後，你無非是／要把我瘦成一張薄薄的紙／紙上的一些什麼／凡掃過的日月／競相含淚驚呼／這才是詩。」回過頭再看全詩，詩人彷彿項莊舞劍，句句意在沛公，不即不離卻處處靈機閃爍。「瘤」的意象作為標題，就與全詩正文形成對話關係，病態的人生帶來悲劇體驗，讓人、讓事、讓體驗、讓感悟籠罩灰色的情調；然後有感而發，讓絕望的情緒化入抒情的境界，「蟬蛻」的意象是化蝶的靈感。抒情主人公所謂「懷孕」、所謂「精華」無非寫構思心態；「閃電」與「雷鳴」乃至「藏火」與「成燈」皆為構思過程——重要的是一切籠罩在痛苦之中！「我」之「瘦」便是「春蠶到死絲方盡，蠟炬成灰淚始乾」。詩窮而後工，那關於病的感悟，就是靈感根源所在。

　　所謂生活美學，無非走出回憶、面對現狀的創作態度。1996 年張默曾經指出：「臺灣現代詩歷經 1950 年代的鄉愁情結，1960 年代的歐風美雨，

[7]蕭蕭，〈向明的詩與生活美學〉，《向明・世紀詩選》，頁 15～16。

1970 年代的鄉土吶喊，1980 年代的傳統回歸，1990 年代的後現代迷思，以及同時即將邁向世紀末的詭譎與未知。」[8]對照創作，可以發現他幾乎遠離了所有的時尚陷阱。這種幸運其源於務實的天性，腳踏實地，步步前行，不求嘩眾取寵，反而形成了鮮明的創作特色。私人信件中，向明曾經對筆者表示，認為在選他的作品時，太過關注拉升期的藝術成就，而對於後來巔峰期的拓展有所忽略。仔細對照《向明·世紀詩選》，我發現他的長處其實在於跨代交流，從而超越了社會轉型期代溝模式的局限，故這部詩選集也成為本文寫作的重要依據。因為編年的詩集有助於知人論世，生活美學也可以理解為與時俱進、勇登高峰，發掘人的生存、人的活法。《青春的臉》揭示三種人格，除了「遊覽車」上的遊戲者和長了「瘤」的思考者之外，還有仁愛者，如詩作〈青春的臉〉中所說的「母親」和〈妻的手〉中的「妻」。抒情主人公有愛有憎且推己及人，故能以其一身而兼具仁者之壽與智者之樂，成就生活美學的精神境界。

　　我確實偏愛詩集《青春的臉》，在為謝冕先生編輯《百年新詩》之「社會卷」時，選向明兩首都出之於此，一是〈巍峨〉，入選著眼其事件的普遍性，本文未提這首詩則由於要談「遊覽車」形象——〈巍峨〉重要事件，即房地產商人對於空間的「占領」；「遊覽車」則直指人心的陰暗處。差別在於，本文談詩內人情為主，「社會卷」更關注社會現象的普遍性；〈青春的臉〉屬於前行代話題，〈妻的手〉思路則多見於中生代之手。這種現象可以稱之為跨代溝寫作，即左右逢源兼顧傳統與創新。〈青春的臉〉道：「好長好長喲／卅五年歲月的這條／時間的長廊／長廊的盡頭始終張望著／母親那張／青春的臉」，讓我想起管管的〈多了或少了的歲月——紀念父母親〉；〈妻的手〉討論「凝若寒玉的柔嫩」，因為對家人的愛心而變得猶如「欲斷的枯枝」，則屬於中生代詩人的日常話題。跨代溝寫作助於揚長避短、取長補短，例如蘇紹連的驚心散文詩〈七尺布〉，既堅持了代溝立場，

---

[8]張默，《臺灣現代詩編目》（臺北：爾雅出版社，1996 年 4 月），頁 379。

調侃洛夫的超現實寫作，又借鑑洛夫「以傷口歌唱」的技法，以跨代溝寫作技法表現代溝題材，令人耳目一新。不再強調探索的姿態而是注重對於人性的探尋，就造成身世感與歷史感的共鳴。《青春的臉》這部詩集將身世意象、現實意象、歷史意象熔於一爐，發掘人性中深刻的一面，便深入人心、引人入勝。不過向明的歷史感，在詩集《水的回想》中表現得更加充分。

　　《水的回想》展示了中年的覺悟，表現為左右逢源的史詩意識。1970年代代溝衝突下現代詩與鄉土詩形成對抗態勢，《青春的臉》卻超然獨立，以其互補性的跨代溝寫作見長；1980 年代都市詩出現，老中青的現代詩、鄉土詩、都市詩形成三足鼎立態勢，而且後起的青年詩人與寫現代詩的老詩人呈現「隔代親」，就形成融會貫通的詩壇整合機遇。原來當社會轉型期告一段落，世代對峙就可轉向隔代對話。臺灣詩壇的對話方式之一，就各詩社輪流坐莊編輯年代詩選。1985 年編《七十三年詩選》（亦即 1984 年臺灣詩選），1991 年編《七十九年詩選》（即 1990 年臺灣詩選），1993 年編《八十一年詩選》（即 1992 年臺灣詩選），讓向明頗為受益，成為從事世代對話的起點。從此後詩思大進，以意象聚焦能力過人見長，我曾戲言此人應該是雷達專業的專家，因其作品表現超人的意象捕捉能力。其實這種聚焦能力也屬於編碼能力的一部分，導致了身世意象、現實意象、歷史意象的深度解讀以及三類意象的融會貫通，並且在聚焦過程中凸顯出人性的幽微之處。

　　身世意象如〈吊籃植物〉：「從前他們說／你是一株不用著地的／移植的藋草／不再思念故土／貪戀現成的營養和食料／／現在他們卻說／你是一株不願著地的／寄居的藋草／只會緬懷昔日的家園／難於認同眼前的窩巢／／你的枯槁能為你說什麼呢／你委實不想說什麼了吧／在這樣的氣溫下／反正離鄉背井的這麼久／說什麼也不好。」等於說吊蘭無根，但是吊蘭有心；不見故土，然而難言鄉思。那沉默情懷是無奈的，當局倡導戰鬥詩，指責詩人忘鄉，後來高層「寄居」成習卻抱怨詩人思鄉。「你的枯槁能

為你說什麼呢」，那就是身世意象了——盡在不言中的悲劇命運，化作乾枯
的詩思！身世與歷史共鳴，遂有「無常月」，亦即戰亂中顛沛流離的人生道
路，身不由己甚至朝不保夕的心路歷程。

　　現實意象如〈生活六帖〉，其一說白髮「醞釀著秋後葦花的變局」，暗
示時間的局限；其二沉思「墨盡鋒殘的筆」到底還有多少戰鬥力，暗示空
間的局限；其三說「欲望」讓自己難以「寧靜」，暗示精神的局限；其四遂
寄情於「唐詩的佳釀」、「宋詞的寒玉」、「晚明小品的清泉」，然而還有「油
盡燈枯」這個藝術的局限；其五，「銅鐘」干擾畫面，花香難以持久，抒情
主人公如何逃避「時間的暗器」；其六總結道：「天空以各種好看／與不好
看的臉色／示意它的／寬容與／涵廣／／痴心嚮往的／是樹與人／樹在拼
命伸展仍搆不到時／會放出鳥去探詢／而你呢？／人」——環境、社會、
時空、人群，都在暗示人類個體的局限性，「樹」靠成長超越局限，靠
「鳥」的飛翔超越大地，人生所求則盡在想像中，未來在想像中向詩人敞
開，所以「人」只有把詩放出去！生活的現實感充滿概括力，又很富於概
括性。比較 1970 年代臺灣偏重寫實的鄉土詩作品，向明的現實意象顯然更
勝一籌。

　　歷史意象如〈水的回想——懷屈原〉：「不能看到水／看到水，便想起
你／空有明礬般自己／沉清渾濁的憧憬／／不能好好渡過五月／到了五
月，便想起／寫詩是多麼的不輕鬆／像你，肩起一個楚國那麼大的沉重／
／雖然，你早已化水了／但你永遠也不會有水的屬性／要有，也總是逆流
而上／固執成千年不化的寒冰。」這是 1983 年詩人節的作品，這位湖南人
是屈原的老鄉，1949 年端午之後便有家難歸。此際百感交集：上溯風騷之
源，回想詩人宿命，心潮起落難平。莫非歷史總這個樣子，憤怒出詩人，
悲情化詩篇，詩人氣質與湘人風習息息相通，詩追歲月發龍舟，情化江湖
洗乾坤；離騷自古傳佳話，「清白」二字最精神。「奈何天」就此滲透歷史
感，構成筆下的歷史意象。

　　似水流年亂世悲哀，讓歷史感籠罩現實感和身世感。現實累積成為歷

史，命運組合構成社會，由此形成抒情的大局觀、想像的整體性、境界的一致感。意象的聚焦能力由此而生，〈湘繡被面──寄細毛妹〉整合身世意象和現實意象，藝術魅力彷彿洛夫〈雪地秋千〉。洛夫道：「我們降落／大地隨之撤退／驚於三十里的時速／回首，乍見昨日秋千架上／冷白如雪的童年／迎面逼來。」向明則如是說：

> 遲疑久久，要不把封紙拆開
> 一拆，就怕滴血的心跳了出來
> 最是展開觀看的剎那
> 一床寬大亮麗的綢質被面
> 一展就開放成一條花鳥夾道的路
> 彷彿一走上去就可回家
>
> ──〈湘繡被面──寄細毛妹〉

詩的〈後記〉說：「日前細毛二妹自湖南老家輾轉托人帶來親繡被面一幅，未付隻字說明，因有感而草作此詩寄之。」那是 1987 年的事情，只能借題發揮說，這是「好耐讀的一封家書」，儘管「不著一字」卻繡著「四十年睽違的歲月」，好想回家不過「路的盡頭仍然是海」。背井離鄉的身世，有家難歸的現實，以及對於親人團聚的期待，同樣繡進字裡行間。這正是臺灣開放探親的前夜，也是詩歌中期與後期之間的轉捩點！

〈午夜聽蛙〉整合了現實意象和歷史意象：「非吳牛／非蜀犬／非悶雷／非撞針與子彈交媾之響亮／非酒後怦然心動之震驚／非荊聲／非楚語／非秦腔／非火花短命的無聲噗哧／非瀑布冗長的串串不服／非梵唱／非琴音／非魔歌／非過客馬蹄之達達／非舞者音步之恰恰／非嬰啼、亦／非鶯啼／非呢喃、亦／非喃喃／非捏碎手中一束憤懣的過癮／非搗毀心中一尊偶像的清醒／非燕語／非宣言／非擊壤／非街頭示威者口中泡沫的灰飛煙滅／非蕃茄加雞蛋加窗玻璃的嚴重失血／非鬼哭／非神號／非花叫／非鳳

鳴／非……／非非……／非非非……／／非惟夜之如此燠熱／非得有如此的／不知所云」。如此編碼能力，讓我聯想到此岸的非非主義詩歌。此詩可見向明的不明之明，唯其「午夜」體驗，令「向明」二字象徵對光明的追求。詩思非此非彼又亦此亦彼，不僅是地域性的也不盡是個人性的；既不限於情緒性的，更不限於藝術性的；如癡如醉，如怨如怒，戰事已是昨日黃花，抗議未必解決問題，那問題是現實的，更是歷史的。冷戰陰影壓在心頭，蛙鳴水畔詩入夢境，似非而是若即若離。抒情主人公形似痴漢、神若天魔……寫實又超現實，見證詩人編碼技術已經出神入化，標誌詩歌拉升期結束，將要步入創作的巔峰階段。

## 三、巔峰期

　　1988 年後為向明詩歌藝術巔峰期，其創作可以世紀末詩集《隨身的糾纏》和新世紀詩集《陽光顆粒》為代表；進入巔峰期的標誌，是主持《臺灣詩學季刊》；世代對話的主要內容，是《新詩百問》（本文對此從略）。詩人以其學與識見長，目光常常聚焦於世運，詩思則強調了歷史感與現實感的互動。此刻臺灣詩壇開始進入網絡時代，呈現山高月小、水落石出的藝術景觀。有短跑型詩人，也有中長跑型詩人，向明卻彷彿跑馬拉松的高手，現在他該開始衝刺了。因此「向明寫的大多是極為普通之事，歌詠的也多是健康正面的品格，非怪非神，無奇無特，但他的詩絕非淺淡無味，而是在日常中蘊詩趣，平實中顯詩美，一切如自然流出而又有深濃的韻味。這種境界，實是更難，更需有上乘的功夫。除了所寫真實生活、情感本身的魅力外，還需有嫻熟不漏痕跡的技巧，主要是自然潔淨、新鮮恰切的意象，以及勻稱諧和的結構等。這些向明都做到了。這也是向明能夠成為一位『後勁愈盛，大器晚成』（余光中語）詩人的基本條件。1995 年向明在獲得臺灣第 20 屆文藝獎時也獲得了如下評語：『日有進境，令人刮目。其主題每從小事細節切入，幾經轉折，終入要害，直指人生，其語言平白而精練，擅用意象與譬喻，骨肉停勻；其詩體則融眾體，前後呼應，

有機發展。語云：文學乃哲學之戲劇化，作者之詩每有事件生動演出，當之無愧。』可說名至而實歸。」[9]飛龍在天信非偶然，邁入巔峰期的他面臨難得機遇：因為退休可以在詩壇大顯身手，可謂得天時；此刻臺灣解除戒嚴令並且開放報禁，文壇呈現解構與多元態勢，可謂得地利；適時推出《臺灣詩學季刊》，可謂得人和。

　　詩集《隨身的糾纏》正是由近及遠，有細緻入微的意象和咫尺千里的想像。近取諸身，思接千載，其巔峰期涉及世運逆轉，通過抒情主人公歷史感與現實感的互動，盡情揮灑聚焦與編碼的專長。「解除戒嚴令和開放報禁這兩個重大事件，對臺灣新詩發展產生了巨大的衝擊波。可以說，19 世紀 80 年代是一個因解除戒嚴而導致解構、多元的時代。幾十年來那種脈絡分明的階段性主潮更迭已被多元發展所取代。無論是鄉土文學，還是現代文學乃至早已式微的『戰鬥文學』，均不可能像過去那樣東山再起，高踞於文壇之勢。」[10]此刻沒有流行色可以依憑追隨，要有所成就須靠扎實的藝術功力，精巧而細膩的抒情遂呈現構思之所長。如〈鷹擊——徐正賜畫作配詩〉以落日喻鷹，然後「鷹擊」便是對詩人構思的隱喻；又如〈墜葉〉乃生命的象徵，抒情主人公生命的有限性「如一組誤編的程式／一捺即失的游標／一位崩盤的數字」，卻被「一朵八瓣具足的青蓮」托起，隱喻詩人因詩意而進入永恆。詩意就是「隨身的糾纏」，這種動感格外令人驚喜！隨之呈現一連串小巧騰挪型的意象，譬如運動系列詩歌作品：詩人將〈跳繩〉之「繩」稱為「隨身的糾纏」，而且〈捉迷藏〉中的「我」被發現是由於「傳媒的眼線」，〈盪秋千〉更加意味深長：「窄窄的踏板／是落腳的唯一國土／祇要兩手把持得穩／可以竄升為／一柱衝天的圖騰／或是，款擺成／時間滴答的／那支主控」與此呼應是兩位向明隔海對話的〈隔海捎來一隻風箏〉，乃「生命中不可承受之輕」——「可能麼？再一次年輕／風骨當然

---

[9]劉登翰、朱雙一，《彼岸的繆斯——臺灣詩歌論》（江西：百花洲文藝出版社，1996 年 12 月），頁228～229。
[10]古遠清，《臺灣當代新詩史》（臺北：文津出版社，2008 年 1 月），頁396。

還是當年耐寒的風骨／又硬又瘦又多稜角的幾方支撐／稍一激動還是撲撲有聲／仍舊愛和朔風頑抗／好高騖遠不脫靈頑的一隻風箏／起落升沉了多少次起落升沉／居高不墜總羨日月星辰／愛恨割捨不了的是／那些拘絆拉扯的牽引」，依舊是詩心與詩意的糾纏！有輕就有重，想像如清風，情義如大地，二者之間的張力構成了「隨身的糾纏」。〈一方鐵砧——寄仲儒弟之二〉說這鐵砧是董家唯一的「祖產」，又說是弟弟的象徵：「我再近前看清／那不就是你麼／承受過錘擊／迸發過火花／滿是歲月永遠抹不掉的烙痕」——沉重的過去正是心靈的傷痕，情之所在便是詩之所在。看破無常月，參透奈何天，情愈真，思愈奇，後期的詩思愈是動人心魄。

　　巔峰期的成就便來自這種生活美學的妙境，從《隨身的糾纏》到《陽光顆粒》兩本詩集從運動主題轉入生命主題，形成了編碼專業的新空間：慎終追遠為生命編碼，這是一條從編碼專家到隱喻大師之路，作品由此獲得易親和性、可傳遞性、抗磨損性，具有高後傳率。其實詩人創作彷彿編碼，離不開謹慎、快捷、決斷、投入和智慧，要集中精神力量做全身心的一搏，藝術的選擇意味著精神生命存在方式：生活就是詩意，寫詩就是寫心。以一顆至剛至正的心面對生活，遂產生了生活美學。心正詩亦正，所有意象都閃閃爍爍，照亮了當下。意象就在身邊，生活中處處有真情，情感即體驗，情感即感悟，情感就是生活。世界豈能事事如意？但詩藝可以精進，詩境可以圓融，此即生活美學精要所在——生活在詩意之中，以其圓融的詩心照耀世界！這種心態與《臺灣詩學季刊》的創刊有關，世紀之交乃臺灣詩壇多事之秋，詩集出版印數甚至數以十計，洛夫和瘂弦去了加拿大，侯吉諒和簡政珍先後退出《創世紀》，只有張默獨撐大局。「《臺灣詩學季刊》創刊於臺灣詩壇疲軟的 1992 年年底。那時連續出版 8 年的《藍星》因經濟拮据休刊，『年度詩選』因打不開銷路無疾而終。在詩壇興起一片詩亡之嘆的情況下，《臺灣詩學季刊》的『竄起』，打破了詩壇沉寂的氣

氛。」[11]詩壇精英打破門派界限，形成優化組合。向明老而彌堅，身先士卒，從事詩歌創作如此，面對藍綠對峙如此，展開隔岸論戰依然如是。筆者曾經被拖入「詩戰場」，並且因此開始了 1990 年代以來的港臺詩歌研究。這是題外的話，我想說的是這個刊物影響了《陽光顆粒》的創作心態：身為該季刊的社長，資格最老，幹勁最大，每期都有詩有文，幾位同仁中作品發表率最高，讓《臺灣詩學季刊》充分發揮了跨世代整合的作用。後期創作不求名利只為詩魂，從老當益壯到大器晚成，再到「向晚愈明」，也正是水到渠成。

　　大道至簡，「陽光顆粒」乃是「向明」二字亦即熱愛生命的象徵。前面〈可憐一棵樹〉就是詩集《陽光顆粒》中的作品，〈擦不乾的眼淚〉中告別詩友的「毛巾」，本是「舊痛新愁」的載體！追求「在溫和的後面表達剛健，在平淡的後面有一種執著」。[12]以最簡單的意象寄托最深厚的情感，詩藝歷盡滄桑千錘百煉終於爐火純青。如〈抱孫心得〉（之一）：

時常
小孫兒一吵鬧
就在他的小嘴裡
塞進一只奶嘴

這方法真靈
馬上就止住了
他的淚水，和

哭聲

原來‧真好笑

---

[11]古遠清，《臺灣當代新詩史》，頁 448。
[12]向明，〈為詩奮起為詩狂（代序）〉，《陽光顆粒》（臺北：爾雅出版社，2004 年 12 月），頁 14。

我們的長大
都經過這樣的
連騙帶哄

一代又一代青年被「聖戰」騙上戰場，那是沉痛的冷戰體驗！詩人說：「我絕不荒廢對詩的精力投注。雖然年歲已高，好多同好已不幸故去，但我對世事的敏銳度，對美醜的分別心，對弱勢的關懷感，一點也未能因體力老化而遲鈍，這些仍是我詩意象處理的基本素材。」[13]對冷戰的抗議首推〈說與秦俑〉——「該站起來了／沒有了敵人／也沒收了兵器／還放的什麼／空槍」；〈廚餘三昧〉之一〈菜屑〉則影射藍綠對抗——「這是哪一門子的／趕盡殺絕呵／盡挑青綠的幼齒／卻把生命之源的老弱／拋棄在外」；更有〈阿土去釣魚〉表達「保釣」的主題。借貌寫心，〈陽光顆粒〉的副標題是「謝瘂弦」，感謝他送「冬日烘手用的暖爐」，那是溫暖的象徵，也是「友誼的見證」，即「陽光顆粒」意象。歲月有痕，詩人有根。湖南老鄉中，向明像詩僧八指頭陀，力主菩薩行建僧教育會，寫白梅詩借詩言志，最後以身護教。所謂編碼，所謂聚焦，無非以生命釀出陳年老酒，非以度數驚人，非以數量嚇人，感人處本是精神修養的令人心儀處，詩意呈現了世人難以企及的精神境界！

一息尚存，自心不息，便是「陽光顆粒」精義所在。盛名之下無虛士，春夢秋雲交游零落，詩人卻坦然面對戰爭陰雲籠罩下的天下大道。於是，向明對余光中說：「一路行來，鬱鬱蔥蔥／人生的路標不斷往上攀升／終點那如謎的數字／越看越步步接近／恐懼麼？一點也不／但看你我行過七十／猶是虎虎生風／你的光源愈來愈強勁集中／望之儼然，灼灼有神／迎面來的都稱道此光夠狠／不像我直到老來／才開始向明／你說幸喜不是向冥」（〈行過七十——賀光中七十華誕兼自壽〉）。「明」，意味著將心路歷

---

[13]向明，〈為詩奮起為詩狂（代序）〉，《陽光顆粒》，頁 18。

程化作歷史感悟，生命體驗和戰爭體驗便渾然一體。〈水的自殺──觀瀑有感〉的悲壯境界是化勢能為動能，化歷時性為共時性，置之死地而後生，臨終一躍「激情卷起風雲」，便形成凌絕頂的巔峰氣象。一方面〈大家都要走了〉，一方面〈外面的風很冷〉，二者間卻是坦然的情懷和坦蕩的心態。每位詩人都有心中下一站，一旦集體臨近終點，無論生命的樂章如何動人，卻不得不面對休止符，那真是情何以堪；可是他一往情深又淡然相對，此向明之所以為「明」。

──選自《詩探索》（理論卷）2012 年第 4 輯
桂林：灕江出版社，2013 年 3 月

# 燃起一株詩的「狼煙」

## 評介向明《狼煙》詩集

◎鍾禮地[*]

一

我總覺得讀詩，如果給予作品一種定論，那是頗為危險的事。至少那種「定論」裡摻雜了許多主觀的成分，而使其他的讀者為其「定論」所拘束，對於詩作品無形中也是傷害了，那種「定論」不管是褒抑或是貶？

現在讀向明的《狼煙》這個集子，迫使我不得不作一次「冒險」，提出我的看法，當然也免不了主觀的成分。這個集子收了 40 個作品，是不是為他的 40 不惑之年一種巧合的紀念，我不敢確定，但這些作品確實經過了他美和力的創造，使之呈現為如此的風貌與精神。這種風貌與精神也就是作為不惑之年的詩人，在這個時代的激流中一種心靈的擊響。正如他在〈狼煙〉的第一節裡說：

> 讓我納入你的信仰吧
> 一個初民語向一個拓荒人
> 我的眼睛裏藏著
> 你的路，你的信心……

---

[*]本名黃仲琮（1923～1994），筆名羊令野、鍾禮地等，安徽涇縣人。詩人，散文家。詩宗社、《南北笛》、《詩隊伍》雙週刊創辦人、《現代詩》復刊後首任社長。發表文章時為國軍戰鬥文藝工作隊詩歌隊隊長，《青年戰士報・詩隊伍》週刊主編。

向明在詩之新大陸，正是一位「拓荒人」。這種懇植的精神，拓開了他自己的一條康莊的「路」，一顆堅定的「信心」。因而的語言是自己的「初民語」，是一種創造了的聲音世界，嚮導著我們奔赴他舉起的「狼煙」。

　　正因為不惑之年，是一種果實的成熟，就作品來說，向明亦復如此。當然一個詩人，他的心總是一枚青果，有清新的苦澀，而甘味卻留於舌根。他總是期待著一個美好的世界。他在〈遲暮——一枚菓子想〉這首詩裡，說出他的願望：

> 如果這美，這渾圓可以更迭
> 它將寧取最初
> 讓稚弱再次頂撞宇宙
> 再次以青青的生澀
> 昭告一段遠遠的預期

詩人究竟要「預期」什麼呢？他告訴我們「不再天真的肯定。」要把詩的果樹，或者說生命的果樹，那種美必須使之更迭；就如同果核，有其再生的春秋，給出這世界春華秋實來。詩人的生命之樹上，所結出的人生之果，乃包容了永恆不息的成長，在諸多的事物之中，默默地孕育著。這顆詩心，正是一個無言的宇宙，它覆載著天地，並育著萬物。我想向明從他的詩心上舉起的一柱「狼煙」，正是預期了他對這個現實世界戰鬥的警號，也指出了金簇般的筆鋒所要衝刺的對象。

二

　　詩人專攻電子通信的，他的訊號發布在詩的陣地上，也是令人振奮的。我們讀他的〈晨光〉就有這種感受：

> 迎接你，以合抱宇宙的胸襟

　　吸取你光芒的利箭

　　射透吧！我內裏藏無數腐朽

　　那些歲月的積塵

對於光明的畫面，他以所有血液去塗抹，不僅是一種容忍，他要以「晨
光」洗滌自己的腐朽。我們在諸般事物之中，總是有限的一個生命，總是
為一些世俗的「積塵」蒙蔽著他的靈心，我們常不自覺地納垢藏汙，為無
知所愚弄，這是多麼可悲的。因而詩人勇於接受「晨光」的利箭，射透那
些「腐朽」，洗滌那些時間的汙點，成為嶄新的面貌，注視著那些未知的世
界。

　　就另一方面說，「現代」正是「你的影子補綴不了你的瘡孔」那般令人
憂傷，詩人究竟屬於人間的，不是仙或神，他的感受如同你一樣顫慄於時
代「暗流的奔瀉」！在〈或人的憂鬱〉中，向明對於傳統和現代的交替之
間，他警告著一些摔不出「陳年的雞肋」的人，在那裡「啃永明的風範」
和「嚼天寶的餘韻。」日新又新，時間永在更迭中遞給我們一些新的事
物，我們總不能拒絕，或者逃避；一個新的世界恆在我們現代人手裡建築
起來；傳統文化固屬於我們的豐厚的資產，可是發掘這些資產，使之成為
現代的「建築」，則不是「泥古不化」那般固執，那般矯揉。那麼！我們就
需要把傳統和現代的泥土，揉塑為一個新的偶像，賦予它一個跳躍的生
命！兩者之揉塑，就需要新的形式，才能創造出新的內容，詩人在此處告
給我們「狼煙」的警號也是突出的。

　　對於西洋文明，詩人在〈第七日〉裡燃著「筆的火種將舉起藍色的烽
煙。」那是一個中國詩人在陌生的異域所感受的假日，在密西西比的河
岸，他照映著自己的容顏，總感到「北美洲的天空沒有我們的神」，不為十
字架招降，並謝絕「一切鐘聲的邀請。」他以一些偶拾形象，深入地浮雕
出中國知識分子所堅持的信仰和他所奔赴的路。雖然周遭的事物圍困著壓
迫著詩人心靈，但是「一座小小的東方」仍然在詩人的心中升起，支持著他

理想的天宇，那種鄉愁卻叩響我們的心弦。〈第七日〉只是一個假期，從畫面看這首詩，那是一種淺酌，或者是低吟，可是你如果觸及深處，你將會被它吸引且被震顫，一種文化的交戰，就在那字裡行間開展。這不是旅遊記事，更不是樂不思蜀的情緒，我們聽到了向明的刻刀在凌遲自己的聲音。

三

　　富貴角是臺灣北部的極地，和南部的鵝鸞鼻相映生輝。詩人生活於斯土，感受於斯土。因而〈山語〉正是「繞江海而來的」迴聲：

　　　　此間、崩潰過萬頃之風雨
　　　　　　崩潰過萬頃之史冊
　　　　　　　　萬頃之晴，萬頃之陰
　　　　而萬頃之我何其悻悻
　　　　　　　　何其默默
　　　　于此一渺小之星體
　　　　看天河涸竭於左、獵戶迷失於東

　　中國詩人，揉自然於人生，總見出靈秀所鍾，自然之境，人生之境，頓然開廓。心之所至，下則為河嶽，上則為日星，握大千於一掌之中。向明把這個作品塑成如此的〈山語〉，不僅是觀照而已。這種湖海的豪邁，以及山嶽的渾厚，也不是自然界的浸染所能及，我總認為一個詩人的胸襟，必須能包容億萬宇宙，否則小家碧玉，只是秀韻有餘，而雄偉則不足。雕蟲小技，豈僅壯夫不為？！

　　因而〈山語〉，有鐵板銅琶唱大江東去的氣韻，也正象徵出我們詩人的崢嶸嶙峋之姿。我們如與山對語，我們就在它的聲音裡，自己也升為一座山。這真是李白說的：「相看兩不厭，唯有敬亭山」了。向明在〈空白〉中說：「我竟是這麼甯靜，定於一，而一不被連繫。而你在其中。而我在其

中。」我們讀〈山語〉，也有如此的感受之境，使我們在無聲的〈山語〉中
為其溶解。

　　就美學上看，這是雄偉美，當然纖秀之美也是美，卻不及雄偉之美的力
量，給人感受之深沉而鉅大。中國古代的宮殿，長城的建築，其聳入雲霄，
其蜿蜒萬里，使人油然而生偉大莊嚴之感。其所極致，乃一美感存乎其中。

　　當然這種雄偉之美，不一定表現對象為一偉大事物就產生一種雄偉之
美，一朵花，一粒沙，同樣可表現出它的廣大的世界來。

　　向明的〈問鏡者〉，僅是從一面妝鏡中表現其所觀照，雖為纖秀美之
屬，卻寫來多姿多采：

　　粧臺間的時序
　　莫測如海洋帶
　　晨間是春，黃昏是冬
　　晨間是冬，黃昏是春

　　就這樣妝飾了這面妝鏡的春和冬之更迭。這一時序的變換，正映出鏡
中人的面貌，如春之花，如冬之雪，也映出鏡中人心裡的起伏，是如何的
急驟於憂傷與喜悅之間。

　　人的生理上的青春，誰也不能「駐顏」的，誠如向明在〈中年初旅〉
中說：「驟然，迎首已蕭蕭霜降。大地的邀宴上，誰也不會永是盛裝的賓
客。」生命的青春，究竟還是握在我們每個人自己的手裡。看是如何去保
持那顆童心？

## 四

　　我在前面說過，向明乃一不惑之年的詩人，也是成熟了的詩人，因而
他的詩，是以自己營養自己的。他的語言，有他自己的韻律和風貌。雖然
在同時代的詩人中，也許有一些相互的和聲，但那也是經過咀嚼了的，或

者變奏了的。所以他自許為「以超絕之姿，在花著自己的花，葉著自己的葉」（〈一株自己〉）。在現代中國詩的土壤中，他種植了「一株自己」。紅花綠葉中，復結出纍纍的果實給我們攀摘：

　　　　驟然。看見自己
　　　　竟是如此根深地在肯定著自己
　　　　是一株脈絡滿佈
　　　　且不需任何裝飾的
　　　　青青的樹
　　　　一株免疫於
　　　　病
　　　　蟲
　　　　害
　　　　的中年的自己

　　這一節〈一株自己〉的詩行，就是向明這個不惑之年的詩人展示給我們的「狼煙」，最好的表白，和註腳。我想所有讀《狼煙》的人，在向明〈一株自己〉的詩之果樹之下，不僅是咀嚼果實之美，同時也將會悟到人生真實處。

——民國 59 年 1 月 17 日

——選自《青年戰士報》，1970 年 1 月 31 日，8 版

# 棒棒糖的盡頭
## 讀向明的《低調之歌》

◎鴻鴻<sup>*</sup>

　　年紀漸熟時，你希望別人如何看待你？德高望重備受尊敬？親切溫柔如沐春風？機車頑固死不悔改？還是你學到的其實是，不再在意別人的眼光？

　　向來有「詩壇儒者」之稱的向明，出身軍旅，早年靠寫作追求心靈自由。自修英語考取留美學電子科技，返國後在軍中任工程師，直到上校退役。年過 80 之後，創作力越來越旺盛，也越來越出人意表。他的最新詩集《低調之歌》（2012 年 12 月・釀出版）就是一個顛覆「儒雅」形象的大逆襲。全書恐怕只有書名「低調」，內容實在是尖銳得不得了。而「低調」其實也是一種語帶雙關的反諷，詩人願意和世上最低卑的生命站在一起，唱出「無力者」的曲調。

　　有低，就有高。高與低的分野，來自階級與社會結構造成的不平等。居高者占據了資源與權力，推動時代往利己的方向改變，低微者平日被剝削，卻不甘俯首稱臣。畢生處於極端講究位階的軍中，向明對此感受力特別敏銳，於是他寫老兵、寫老友、更寫「老」這個現象，出言不遜，酸辣不擋，讓人讀得過癮，忍不住大喊：「老得好！」

　　在這個幼稚化的年代，大家努力追求「不知老之將至」的境界，然而向明不但坦然接受年老，還歌頌年老。他以一篇痛快淋漓的〈老至吟〉聲稱，「老」有如無賴、神偷、精靈，即使大家努力用手術、運動、補品試圖返老還童，都無法阻擋。詩人反而提倡「視老如親，待它如忘年的友人」。

*本名閻鴻亞，詩人、導演、《衛生紙+》詩刊主編。發表文章時為臺北藝術大學戲劇系兼任講師、黑眼睛文化出版社及黑眼睛跨劇團總監，現為臺北藝術大學電影創作學系助理教授、黑眼睛文化出版社及黑眼睛跨劇團藝術總監。

這可不是故作瀟灑，詩人深明老的悲苦，在〈落塵〉這首詩中，還俏皮地自我調侃：

> 通透的肉眼老化成了玻璃水晶
> 遺憾從此不識繁華的過眼煙雲
>
> 咬合不再滿嘴鬆脆而係遍植的假牙
> 怕從此再難軟硬通吃了吧？

從前被欺哄說只有年輕時努力奮鬥，老來才有福可享。然而這資本主義神話的正向思考，卻可能是場騙局。詩人發現勞苦的盡頭，未必有甘泉迎接：

> 流水沒有盡頭，江湖只是過路
> 棒棒糖的盡頭肯定只剩一根光棒棒
>
> ——〈盡頭〉

然而他卻不因此而喪志，反而在認清萬事終歸徒勞之後，挺而為更弱勢者發聲。「吞下一大筐怨氣」後，竟回應以「吐出無數個響屁」，針對世上的眾多不公不義，率然揭竿。就像杜甫自己的茅屋被風吹破，還在念念要為天下寒士找庇蔭；向明以一首〈打房謠〉為無殼蝸牛抱屈，諷刺政府拿打房當口號，對豪富只如動根寒毛，而被都更迫遷的平民，卻仍無立身之地。

不平則鳴，反而帶來創作無窮活力，成了心靈的威而剛。他痛斥那些「鐵了心的、吃果子不拜樹頭的、只信權位的、製造仇恨的」：

> 就讓他們腐爛吧，他們腐爛掉

　　會給土地帶來肥沃

　　會給人間帶來收成

　　　　　　　　　　　　──〈就讓他們腐爛〉


　　這詛咒好嚇人呀！背後卻是對被侮辱與被損害者的滿懷慈悲。他看見新世界的榮景，建立在舊社會的摧毀上：「諸多固有文化崩盤被打成無業／文創興許賺錢成為新興物業」。詩人有三種反應。一種是忍痛：「即使刺刀在肋骨間打洞／也不喊痛／只當誰在影子上刺青」。一種是靠信念支撐：「沒有月色／只要天花亂墜的幻想還在／沒有了棒棒糖／只要青青的甘蔗田還在」。而最後一種，則是怒吼反抗：「我不會給你們噴香水／偏要給你們潑硫酸」！

　　看似瘋言瘋語，向明卻無比清醒。詩集開卷的〈菩提讖〉，就有這麼透澈的自省：

　　真正慈悲不了的是

　　我們手無寸鐵

　　卻要去打傷一隻蚊子和其家小

　　而且要口唸

　　阿彌陀經三千萬遍


　　年紀到了，才能這樣透澈地寫出人生的矛盾。不但痛罵世間的不公不義，也反省自己。向明不但直言干犯眾怒，也不怕自剖惹人訕笑。這樣坦蕩的低調之歌，越唱越嘹亮，越唱越清新。

　　　　　　　　　　　　──《熟年誌》第 27 期，2013 年 6 月

　　　　　　　　　　　　──選自向明《早起的頭髮》
　　　　　　　　　　　　臺北：爾雅出版社，2014 年 12 月

# 賞析向明的〈巍峨〉

◎李豐楙*

我吞砂石

我嚼水泥

我大桶大桶的喝水

我是那巨口大腹的

攪拌機

吃一切硬的

　　　　粗糙的

　　　　未曾消毒的

在不停的忙碌中

在不停的歌唱中

你們看見麼？

我嘔心瀝血的

就是那一大片蒼茫空白處

拔地而起

堂皇硬朗的一種

佔領

它的名字叫做

巍峨

*發表文章時為政治大學中國文學系副教授，現為政治大學宗教研究所講座教授、中央研究院中國
文哲所兼任研究員。

　　向明的〈巍峨〉，民國 64 年發表於《中華日報》副刊後，被選入《六十四年度詩選》[1]，後來《八十年代詩選》也選了這一首詩[2]，它確是一首有味道的小詩。向明在老藍星時期即已開始寫詩，先後出版有《雨天書》、《狼煙》等詩集，《藍星》復刊後，他還繼續寫，穩健的繼續寫，正如他自承的，他「是一個保守激進派」──「所謂保守者，我不大容易為外來的狂瀾所衝動，只能有所選擇的接受；所謂激進者，我極力贊成詩的求變求新，只要是中國的，不悖傳統的，我認為都值得嘗試。」[3]這段詩觀很可表明他的創作態度。因為他不易為外來狂瀾所衝動，因此，當臺灣現代詩熱衷於西化的時期，諸如其代表《七十年代詩選》即未選這類作品。其實，向明的詩，在題材、語言都有一己堅持的風格，尤其《藍星》復刊後，他的作品自有其格調，〈巍峨〉可做為其典型之一。

　　詩題〈巍峨〉，寫的是臺灣社會現代化過程中的一種感覺。做為詩人，他的心靈要比一般人更靈敏，像觸鬚一樣感受一種時代的變革。生活在現代的都市，其風景線日更其貌，尤其在建築師的手中，一種全新的輿圖一一出現，取代昔日紅磚瓦房的古典風貌，代之以「堂皇硬朗」的一種現代感。向明即捕捉這一分微妙的感覺，將它具體活現的表現出來。〈巍峨〉一詩不是從電影遠鏡頭攝取其角度，而由特寫的近鏡頭入手，然後突然跳接，獲致一種蒙太奇效果。這是卓越的「求變求新」的現代手法，但絕不是曾經流行一時的超現實之亞流的故作奇詭。

　　詩分兩節，將現代建築的主角之一──攪拌機予以擬人化。自小見大，見微知著，是一種巧妙的手法。一節即以近鏡頭仔細映現攪拌機的形象，表現其勞動哲學；二節即跳接勞動後的具體現象，採遠鏡頭，向集中注意力於攪拌機動作的眼睛逼壓而來。這一切卻透過攪拌機的「見事眼睛」，不是作者現身於讀者與作者之間，而是隱藏起來，是個稱職的穿針引

---

[1]中國現代文學年選編輯委員會編，《中國現代文學年選》詩卷（臺北：巨人出版社，1976 年 8 月）。

[2]紀弦等編，《八十年代詩選》（臺北：濂美出版社，1976 年 6 月）。

[3]向明，〈向明詩觀〉，《中國現代文學年選》詩卷，頁 30。

線的引導者。他指引讀者的眼睛到攪拌機之上，化身為物，他要所有眼睛注意「我吞砂石／我嚼水泥／我大桶大桶的喝水」，只有三個勞動的動作就具現一種神聖的氣派，其下才點明主角的身分——「我是那巨口大腹的／攪拌機」。至此作者換了另一寫法，把吞、嚼、喝的動作，概括以一「吃」字；把砂石、水泥以及大桶大桶的水，說成「一切硬的／粗糙的／未曾消毒的」，這回應「巨口大腹」一意象，很有勞動漢子的爽朗、大度——吃喝一切、容納一切。末二句具體顯現現代勞動者的生活哲學：「在不停的忙碌中／在不停的歌唱中」；忙碌是勞動的苦，歌唱是勞動的樂，是一種苦中作樂。詩人通過一部現代機器表現現代勞工的生活感受。但這艱辛的忙碌不是沒有意義的，二節即表現其存在的價值。首用提問法：「你們看見麼？」你們正指全神貫注於攪拌機的動作，你們催眠般往復於那些反覆的忙碌歌唱，忽然鏡頭一轉，超越時空，遇見其果。「嘔心瀝血」四字已夠寫出一節所蘊含的。鏡頭中逼現出來「就是那一大片蒼茫空白處／拔地而起／堂皇硬朗的一種佔領」。拔地而起，堂皇硬朗，一種突兀而上之感，一種立體整面之感，前者說明蒼茫空白之突然消失，後者則對照蒼茫空白的強烈不同效果，以四字相對。「蒼茫空白」著重空間的質感，顏彩是灰白色調，至於音響則為唇舌相擦的低調；與之相對的「堂皇硬朗」，是高調，是音響的實感。至於「佔領」二字，把現代都市風景線的革命性變貌，鮮活點出。它完全表現現代人的精神狀態，一種尖銳的勇猛的破壞與建設。如果以佔領對照蒼茫空白，則一為現代的強力之欲望，一為往昔的保守的自然，這是人類存在時空的變化。末二句畫龍點睛——「它的名字叫做／巍峨」，巍峨的崇高感、偉大感，是現代人的精神堡壘。在這首詩中，作者以它為題，說明了他要表現的有多層次意義：勞動者投身忙碌與歌唱之中，能提升其存在的，就是這麼一種完成後的精神的卓越之感；其次，社會（或說是自然）的變化是必然的，昔日的平面、自然，將為立體、人工所取代。即是必然的現象，因此歌詠中有感喟，但終究是肯定其意義的。

　　向明的語言清澈、瘦硬，不是古典詩語的雍容華采，也不是現代派的

新詰造語，而是日常語言的提煉，明朗而不淺淡。這種語言表現他日常生活的一些經驗，極為妥貼，像〈煙囪〉，格調即與〈巍峨〉相近，至於〈窗外〉，傳達現代都市人的生活感受，也曲盡其妙。因此，向明的詩是一種生活的詩，走的是穩健的路子。

——錄自《中國新詩賞析》

——選自向明《青春的臉》
臺北：九歌出版社，1982 年 11 月

# 剖析向明〈門外的樹〉之意涵結構

◎尹玲[*]

　　本文基本上是延續筆者近年來的研究方向之一：文學社會學中高德曼「發生論結構主義」的文學分析方法及其在中國詩歌上的實踐。

　　關於高德曼的生平、其思想背景及其理論和方法之形成與發展，在拙著《文學社會學》（臺北：桂冠圖書公司，1989 年 8 月）第五章〈文學的辯證社會學──高德曼的「發生論結構主義」〉中有詳盡之論述；第六章〈以高德曼理論剖析東坡詞之世界觀〉則是以此方法運用到東坡詞的分析上。此外，筆者亦曾應用同一方法闡析現代詩──洛夫的〈清明〉，發表於《臺灣詩學季刊》第五期（1993 年 12 月）。本文為筆者再一次以高德曼的研究方法應用到中國詩歌上的實踐，企圖在眾多的文學批評方法中理出一條新的通路；此次的分析對象為向明的〈門外的樹〉。高德曼的分析方法中，最重要的一點是研究者必須在他所研究的作品中尋找並闡明其意涵結構，也就是使讀者聽懂作品的、具意義的結構。

　　我們先來看向明這首〈門外的樹〉：

> 爭吵得非常擾人的
> 門外那些永遠長不高的
> 不知名的樹
> 三三兩兩的
> 一個集團，一方組織似的

[*]本名何金蘭，發表文章時為東吳大學社會研究所兼任教授，現為淡江大學中國文學系榮譽教授。

當風過後
爭吵得確實擾人

也許是在談論著風的顏色
風的存在風的分量風的種種
一陣風在它們中間穿梭而過
它們手裡卻一個也沒有
掌握著風

這也不算什麼
倒是那種莫名的力量
卻把它們吹得前仰後撲的
看不出它們一丁點
該成為一株堂堂的樹的
屬性


# 一、總意涵結構

向明的這一首〈門外的樹〉選自他的詩集《青春的臉》。全詩共分三
節：第一節七行，第二節五行，第三節六行。

經過閱讀和理解之後，我們認為這一首詩的境域是建立在下面這個意
念之基礎上：大自然中的「風過樹偃」一如人世間或社會上一些沒有主
見、沒有定力的人，總是人云亦云、隨風轉向。因此，大自然的價值一如
人的價值便取決於：在「外在的動態空間」和「內在的靜態自主」這兩者
之間，如何採取主／客的姿態、立場和掌握主動／被動的優勢轉換，保有
美／醜形象、以確定人在社會上（如樹在大自然中）的重要性和存在價值。

雖然全詩的總意涵結構是建立在「外在動態空間／內在靜態自主」這
樣的一個主要架構上，但是在分析的過程當中，我們發現它其實還可以衍

生出許多具有雙重特性、不但互相對立而且還互相滲透、互相解構再建構的矛盾元素結構「動／靜」、「主（重要）／客（無名、貶抑）」、「變動／不動」、「主動／被動」、「正面／負面」、「安靜／喧嚷」、「虛有／實存」、「隱藏／顯現」等，貫穿全詩。

首先我們先分析第一節的頭七行：

從詩句來看，作者要詠的似乎是題目上也標明的「樹」，但實際上，詩中的真正主角是「風」。七行之中，寫樹的有六行，寫風的只有短短四字一行「當風過後」，可是這輕描淡寫的簡單動詞「過」，卻引起樹「擾人」的「爭吵」。「主／客」位置結構在此就已互相解構再建構：表面上的主是實際上的客，詩中的客卻又反客為主，主動帶起風潮。

（一）第一句雖然是「樹」的形容句子，但事實上它是重複第七句的，它擔負開場白的任務（同時也具有與第七句環扣的作用）：每次「風過」，樹就會「爭吵擾人」，在此，一方面是「動／靜」（風／樹）的對立，但同時又是「安靜／喧嚷」（風／樹）的矛盾。（至於是什麼樹、為什麼吵、怎麼吵、吵什麼，則由第二行至第六行的詩句解釋）。

（二）這些樹是「長不高的」：相對於其他會隨時間「變化」而「長得高」的「樹」（或是第三節第五行的「堂堂的樹」）而言，它們是「沒有長進」、甚至是「不動」的——變動／不動（動／靜）。

（三）它們是「不知名的」：在有名有姓、重要的、堂堂的樹之相較下，它們是無名小卒；或即使有名姓，也是無人知曉的——形雖「顯現」，實際是「隱藏」（無名）。

（四）因為「長不高」、「不知名」，所以必須「三三兩兩」聚在一起壯膽。「三三兩兩」明顯帶貶意，特別是與獨立的風或屹立的堂堂的樹相比的話——正面／負面（風／樹）。

（五）「三三兩兩」在一起，看起來好像是「一個集團」、「一方組織」，但事實上，只「似」而不是——實存／虛有。

（六）因而，每當風過，樹就爭吵——主動／被動。

　　（七）這些爭吵「確實」擾人：緊扣回第一句，證實並加強；加深「非常擾人」中的厭惡之意——安靜／喧嚷或正面／負面。

　　第二節的五行詩中，以「虛／實」、「實／虛」的結構最為明顯突出：一方面解釋第一節中樹爭吵的內容（雖實而虛），另一方面則對樹「長不高」、「不知名」、「三三兩兩」等負面特性以「虛而實」的技巧手法予以強調。

　　（一）樹在「爭吵」什麼呢？「也許」是在「談論」著「風的顏色」：「談論」是「實存」的事，但「也許」二字又把它「虛有化」了，「也許」凸顯這些樹的完全不具重要性，它們爭吵、談論什麼事都無關緊要，因為無人在意，無人傾聽。「也許」、「談論」在此就是實而虛、虛卻實的一個結構。

　　（二）它們談論著「風的存在」、「分量」、「種種」（還有前一句的「顏色」），卻沒有風的「聲音」，因此：

　　1.與「喧嚷」爭吵的樹相比，風是「安靜」的。

　　2.但事實上，風吹過是有其「聲音」的，可是喧鬧、膚淺的樹並不注意去聽，而只管表面的「顏色」、「存在」、「分量」等問題，以致於風過之後，誰也不知風說了什麼，誰也掌握不住風。風的「種種」顯現卻虛有，風的「聲音」隱藏但實存。風雖虛而實，樹雖實而虛（完全掌握不到風）。

　　（三）一陣風實實在在在它們中間（實）穿梭而過（虛）：風「主動」且「變動」，樹「被動」又「不動」，風擦身過也抓不住。

　　（四）「它們手裡」（實），「卻一個也沒有」（虛）：「三三兩兩」、「一個集團」、「一方組織」、「似的」樹（因無任何作為、不起任何作用，故雖「實存」卻形同虛有），卻沒有一個掌握住明明來了又走了的風——風因抓不住、看不見、摸不著、甚至聽不到其聲音而有如「虛有」，可是它又同時是「實存」的，因為它「穿梭而過」，更重要的是第三節第二行與第三行的「力量」。

　　（五）「掌握」——實而虛，掌是實的，沒有握住，故又是虛的；「著

風」——虛卻實，掌握不住的風，卻又的的確確存在。

　　第三節的六行一方面是「風過」的實證，另一方面也是「樹」醜態出盡、原形畢露的實證；在此，總意涵結構「外在動態空間／內在靜態自主」的意義呈現得最完整、表達得最清楚，同時，「虛／實」、「主動／被動」、「正面／負面」、「隱藏／顯現」等結構元素也呈最飽滿的狀態：

　　（一）「這也不算什麼」：接上一節「一個也沒有／掌握著風」之意，語氣輕描淡寫、用字口語淺白，輕飄飄的句子卻擔負凸顯後面五句全詩最主要意思的責任；這一句越是輕淡，越能襯托風來的「莫名力量」和使樹「前仰後撲」的威力之猛；看似「虛」卻是「實」的句子。

　　（二）看不見、掌握不住的風（虛）反而（「倒」）具有「莫名的力量」（實）：虛實同源，並且是第一句「實」的實證。

　　（三）樹的全部負面特性完全表露無遺，是全詩最能表現作者之主要意旨和總意涵結構的一句：風是外在空間動態的力量，並且主動帶動「風潮」，變動且主動；而樹在此情況下未能把持「內在自主」，反而被動的處於屈從地位，隨風搖擺，前仰後撲。正因此句為總意涵結構最明顯之詩句，才有後面三句對樹的批判。

　　（四）風吹即舞的「樹」，自然是「無一丁點」（堂堂的樹是屬性），此句乃針對下一句樹顯現出來的負面形象所作的判語，「外在運轉／內在自主」的結構是隱含的，而且也是從相反的角度、另一個層面來建立發揮；因是否定句，故表面上是虛的，卻又暗含肯定另一面的實，即第五句。

　　（五）此句是「內在自主」結構理想的體現，內在自主應該是「堂堂」的，與前面所有描寫「門外的樹」的特性相反的。這一句與上一句的虛／實結構正好又是互相瓦解再互相建構的例子，第四句表面是虛有的，但又暗含著肯定另一面的實；而此句「該成為一株堂堂的樹的」看起來似是實存，實際卻是完全虛有，因「門外的樹」「看不出它們一丁點」……。此外，這一句與第一節中多句對樹特性的描寫正好前後遙遙呼應……它們無一丁點「堂堂」屬性，所以它們只是一些「永遠長不高」、「不知名」、

「三三兩兩」瞎混的樹。

（六）此句只有兩個字「屬性」，是全詩最短的一句，卻又是全詩最重要的意思所在：有什麼樣的「屬性」，就會成為什麼樣的樹，也是對「外在變化／內在自主」這樣一個結構或屬性的要求和冀望。兩個字而另起一行正是要特別強調其重要性，同時也凸顯「門外的樹」無堂堂屬性、隨風而倒的可恥、可憐與可悲。

另外有一點要注意的是：標題為「門外的樹」，顯然還有一個「門內的」？如果是門內的樹，必然是「一株堂堂的樹」，其「屬性」是與「門外的樹」完全相反的，也因此門外的樹永遠也只能待在門外，未得其門而入，無法或未能「入門」的；但由於第一節第一行和第七行兩次提到「擾人」，因而很明顯的，「門外的樹」擾的是「門內的人」；不管是樹是風，只不過是門內一雙眼睛的舞臺人物，而樹是丑角，完全沒有自我，聽從風的號令作出各種可笑的動作。風雖是詩句中的主角，但實際上，全詩真正的主角是門內那雙眼睛，不必露面，不需作聲，批判的眼神無論從旁觀看或從高處俯看，都可以觀察入微、主控全局。這門內的樹（或人）才是整首詩總意涵結構中「外在變動／內在自主」理想的實現者或是想像中的實現者。

## 二、部分結構

詩中有一些比較小的元素或結構，包括在總意涵結構之中，其作用是為強化總結構而使詩的意義更為明顯，以此詩為例，它們多為加強總結構中某一組元素特性，尤其是凸顯樹的負面特性，再通過「外在變動／內在自主」這個總意涵結構呈現的世界觀，來判定它在宇宙間的存在價值。

我們先看第一節：

（一）

1.第一句的「非常」二字：增加「爭吵擾人」的程度──樹的負面形象。樹的負面形象越鮮明，「門內的」正面形象就會越突出，以達到對「自主」、「自我」這種境界的間接說明。

2.「門外」：表示樹只能在「門外」嚷嚷罷了，無法「入門」。「永遠」：不但此時長不高，而且「永遠」也長不高；無論外界如何變化，它們永遠沒有定力、沒有自我。除負面意思之外，兼具判刑意味。

3.「似的」：「集團」、「組織」都暗含「理性」、「系統」、「制度」等較正面的意思，但「似的」二字全部將之解構，更證明第四句「三三兩兩」的真實性：三五成群、隨聚隨散、無組織、無制度、散漫無章。

4.「確實」：第七句呼應第一句，「確實」比「非常」更具肯定性和真實性，更能顯出爭吵擾人的可厭程度。樹的負面形象之關鍵全在於「風過樹吵」，換言之，就是喪失「自我」。「確實」二字也間接確定了詩中意涵結構的意義。

（二）

1.第二節第一句的「也許」：前面我們分析過，「也許」二字在總結構中扮演「虛」的角色，同時也凸顯樹的不被重視；「也許」談論風的顏色，「也許」別的；其「不確定性」卻「確定」了樹的負面價值。

2.基本上是第一句的延續、是「談論」的補語。此二句中對風的描寫：「顏色」、「存在」、「分量」、「種種」實質的正面價值肯定與第一節對風的形容恰成對比。凸顯風的存在價值隱含批判的負面價值。

3.「在它們中間」：強化樹的無能。風並非「從旁」、「偷偷」、「溜過」，而是「在它們中間」堂而皇之「穿梭而過」。

4.「卻一個也」：「三三兩兩」眾多的樹，「卻一個也沒有」掌握著風，比「它們手裡沒有掌握著風」的負面力量增強數倍。

（三）

1.「倒是」那種「莫名」：被風吹得「前仰後撲」、「爭吵談論」不休的樹，對這股力量感到「莫名」，凸顯樹的「無知」。「倒是」推翻前面一句和第二節的意思，也就間接強化後面這幾句的力量，彰顯樹的無骨氣。

2.「看不出」：諷刺味濃，比用「完全沒有」更能明確和明顯寫出樹的外表和內在是如何的不相符，看起來粗壯的樹，卻是「看不出」、「風吹就

倒」：增加樹的負面價值。

　　3.「該」：作為一株樹，原該「堂堂」屹立風中；而「門外的樹」卻全「不該」成為隨風扭擺的小丑；「該」字強化「門外的樹」「不該」的事實。

　　經過上文的分析，我們可以看到詩中許多看似普通的字彙事實上都有自己的角色，總意涵結構的掌握使我們能讀懂一篇作品，而細微的部分結構卻使我們能夠更深入理解詩句與詩句間或詞與詞間的緊密性和連貫性。

　　在〈門外的樹〉中，樹和風的演出角色是對立的。詩中，寫樹所用的筆墨要比風多些，樹是眾多的（三三兩兩、集團、組織）、有形的、形象清楚鮮明（爭吵、擾人、長不高、前仰後撲）；而風是單獨的（一陣風、風）、無形的、形象不十分清楚（顏色？存在？分量？種種？只有力量才是確定的），可是特性和形象完全相反的樹和風在詩中的角色卻是與其外表剛好對調過來：風是動的、變動且主動，樹則是靜（在此指靜止之意）的、不動且被動；但在這種形樣中，動和靜（以及其他對比）都有一種矛盾和弔詭藏身其內。說風是動的，因為它「吹」過；樹是靜的，因為它們站著等風吹；可是風吹過之後，風就變成「靜」的，而原本靜的樹則變成「爭吵」、「擾人」、「談論」不休、「前仰後撲」的「動」；在「安靜／喧嚷」、「顯現／隱藏」中亦是如此：風有微風、和煦的風、安靜的風，但發起威來的風就成了狂風、暴風、兇猛的風、喧嚷的風；安靜時它可能是隱藏的，喧鬧時則是顯現的。至於樹，平時是安靜的，起風時是喧嚷的；平時是屹立顯現的，在大風中卻又全然隱藏自己，完全聽從風向風潮的號令指揮。其他如「主／客」、「主動／被動」、「變動／不動」或「虛有／實存」等對立結構的情況亦莫不如此。

　　然而，樹和風也不過是詩中舞臺上的角色罷了，實際上正如我們在前面指出過的，隱在門內的眼睛、也就是作者，才是全詩的真實主角，他主控全局，真正能夠面對外在不斷變動風向的世界而仍主動主導「內在自主」，確定自己「該」與「不該」的分際，塑造明確的自我形象，肯定自己

在社會上的屬性、重要性和存在價值。

除此之外，有一點必須注意的，那就是上述分析提到的這些對立結構，事實上是從「外在動態空間／內在靜態自主」一個基本的意念和意涵結構所延伸出來的；外在動態空間是我們身處的社會、環境，不同的風吹往不同的方向，時時變換更迭，如何在這樣一個不斷變動的空間裡把持住內在的自主，掌握著風而不是在風向中迷失、也不隨風撲仰是此詩透過總意涵結構和許多部分結構企圖表達出來的世界觀。

大陸詩評家在一篇評向明詩的文章中談到這首〈門外的樹〉，他認為是「他（向明）嘲諷那些沒有定力的前撲後仰的樹，也表現了詩人的自我形象……特別是 1950 年代至 1960 年代，晦澀虛無之風勁吹，惡性西化了時髦的傳染病，不少作者隨風而偃，患了嚴重的流行感冒……。」

將此詩範圍限在詩壇內固然有其時代背景的歷史因素，但我們以為向明此詩（一如他大部分的詩）社會意義甚大，應將範圍擴大到整個社會層面，社會批判意味更濃，其意義和價值也許會更大些。

透過上面對向明作品的分析，我們以為，高德曼的「發生論結構主義」詩歌分析方法雖然有其可行性，但事實上仍有許多侷限性；由於研究者專注於闡明詩中的意涵結構與部分結構，反而忽略了其他層次上面的美學分析。正如每一種文學研究方法，高德曼在開始時是為了分析法國 17 世紀的古典悲劇而設計了這樣一套方法，因此他在研究哈辛的悲劇時可以作得相當出色，但應用到詩歌分析上則顯不足。事實上，如我們在前面指出的，向明的詩社會意義甚濃，如果能夠再加上社會學角度的探討，也許可以使這些分析更豐富更完整些。但若要作社會學觀點的剖析勢必要對向明詩集（多本）中的每一首詩都予以分析之後才能進行，而這些是我這篇論文寫作時間和篇幅都未能容許的。

──選自《臺灣詩學季刊》第 11 期，1995 年 6 月

# 「家鄉／異地」之「內／外」糾葛

剖析向明〈樓外樓〉

◎尹玲

一

　　正如大部分評詩者與讀者所公認和讚美的，在臺灣現代詩壇上，向明是一位非常特別的詩人，他不但熱愛寫詩，也編詩、評詩、研究詩，為詩所付出的愛心、精神和力量，數十年來始終如一。他創作以及待人處世的方法態度，溫文儒雅的樣貌舉止，更贏得「詩壇儒者」[1]的稱號。

　　在如此一位熱心愛詩者的筆下，呈現的詩作觸角遍及世間萬種層面，無論是寬的、廣的、大的，或是窄的、狹的、小的，表面也許平淡，用詞可能平常，不詭譎、不賣弄、不矯揉、不造作、不投機、不取巧、不囉嗦，不嘮叨，然而其深度卻是一樣的不可思議，尤其是詩中最關鍵的那一句詩眼，往往是一針見血，出乎讀者意料之外，令人印象難忘。

　　例如，以筆者曾分析過的向明那篇〈門外的樹〉來說，全詩也只不過是在描述「門外」那幾棵「樹」罷了，但字裡行間簡單素淡的文字和語氣之中，所迸發出來的那股力量卻是狠狠擊中社會上每一個不同的階層、喜愛「搖擺」或「東倒西歪」的「樹」，最關鍵的詩句就是「倒是那種莫名的力量／卻把他們吹的前仰後撲的／看不出他們一丁點／該成為一株堂堂的樹的／屬性」[2]。

　　此次筆者在向明眾多作品中選擇〈樓外樓〉作為剖析的對象，最重要

[1]張默、蕭蕭編《新詩三百首》對向明的「鑑評」中即有「向明素有詩壇儒者之稱」的評語，見張默、蕭蕭主編，《新詩三百首》上冊（臺北：九歌出版社，1995年9月），頁378。
[2]尹玲，〈剖析〈門外的樹〉之意涵結構〉，《臺灣詩學季刊》第11期（1995年6月），頁139～146。

的原因，除了此詩如此撼動人心，詩中「家鄉／異地」糾葛的意涵結構如
此清楚明顯之外，還因為這種無法詮釋、無力言說的痛楚重重直擊我心。
在太平歲月之中出生長大的人也許還可以從詩歌語言文字感受到那種悲
哀，但「扭絞揪裂」的心底疼痛，可能只有「有幸」「具備」同等「際遇經
驗」或「經歷條件」的人才能透澈理解。

二

　　本文擬以呂西安・高德曼（Lucien Goldmann，1913～1970）於 1947 年
所制定的「發生論結構主義」理論及研究方法進行〈樓外樓〉詩的剖析。

　　1989 年由臺北桂冠圖書公司出版的拙著《文學社會學》[3] 一書中，筆者
以第五章共 63 頁（頁 73～136）的篇幅闡述高德曼生平及「發生論結構主
義」自始自終的理論來源和制定經過並評析其理論之優缺得失；同時嘗試
以此研究方法應用到中國古典詩詞的分析上，於第六章剖析東坡詞[4]。之
後，1993 年 6 月文化大學主辦的「中國現代文學教學研討會」上，筆者開
始試圖以此方法進行剖析現代詩，第一篇分析洛夫的〈清明〉[5]，發表於會
議中，曾引發熱烈討論。隨後陸續以此理論探討向明〈門外的樹〉、林泠的
〈不繫之舟〉[6]、蓉子的〈我的粧鏡是一隻弓背的貓〉[7]、敻虹的〈我已經走
向你了〉[8]，還有淡瑩的〈髮上歲月〉[9]，以及香港羈魂的〈看山・雨中〉、

---

[3] 此專著全名為《文學社會學理論評析——兼論中國文學上的實踐》，簡稱《文學社會學》（臺北：
　桂冠圖書公司初版，1989 年 8 月）。
[4] 見拙著《文學社會學》第六章，「文學社會學理論在中國文學的應用——以高德曼理論剖析東坡詞
　之世界觀」，頁 139～188。
[5] 〈洛夫〈清明〉詩析論——高德曼「發生論結構主義」方法之應用〉一文刊登於《臺灣詩學季
　刊》第 5 期（1993 年 12 月），頁 104～112。
[6] 〈繫與不繫之間——剖析林泠的〈不繫之舟〉〉，臺北淡江大學「第二屆東亞漢學國際學術會議」，
　1997 年 11 月 14～15 日，刊於《臺灣詩學季刊》第 22 期（1998 年 3 月），頁 7～12。
[7] 〈女性自我意識：主體／幻象／鏡象／主體——剖析蓉子〈我的粧鏡是一隻弓背的貓〉一詩〉，中
　國詩歌藝術學會主辦「兩岸女性詩歌學術研討會」，1999 年 7 月 4 日，刊於《臺灣詩學季刊》第
　29 期（1999 年 12 月），頁 144～161。
[8] 〈眾弦俱寂裡之唯一高音——剖析敻虹〈我已經走向你了〉一詩〉，收入國立彰化師範大學國文系
　主編，《臺灣前行代詩家論》第六屆現代詩學研討會論文集（臺北：萬卷樓圖書公司，2003 年 11
　月），頁 43～57。
[9] 〈屈服抑或抗拒？——剖析淡瑩〈髮上歲月〉一詩〉，淡江大學中文系主辦「中國女性書寫國際學

〈鑿〉[10]和〈一切看來是那麼實在〉[11]。

最早以高德曼的理論和方法應用到中國詩歌（古典和現代）的分析上，最主要因素是希望能在眾多理論與方法之中，介紹並嘗試當時在臺灣尚未有人注意到、尚未熟悉的「文學社會學」繁複理論和方法之一，尤其是 1990 年代初期，臺灣的高中、國中才剛開始現代詩的教學，特地引介此一新方法以觀看是否能稍微有些許的助益。1997 年以〈繫與不繫之間〉為篇名，分析林泠的〈不繫之舟〉，發表之後兩年，筆者擔任之現代詩教學班上有幾位同學，敘述他們高中班上的老師即以筆者於此文中的剖析為他們詮釋了〈不繫之舟〉。

此外，筆者於研究所開的「文學社會學專題研究」課堂上也有部分同學希望能運用此方法來探討臺灣現代詩或現代文學，為這塊小園地交出至少到目前為止的一份成績單，並還繼續在努力耕耘當中。

三

在進入〈樓外樓〉的剖析之前，為了讓本文的讀者能稍微了解高德曼的研究方法，儘管曾經在某幾篇論文中闡述過，仍願在此稍作說明。

高德曼於 1947 年即已建立一套研究文學的方法，是藉著盧卡奇（György Luk'acs，1885～1971）早期著作的傳播、還有對辯證法的了解和對畢亞傑（Jean Piaget，1896～1980）的心理學及認識論的研究而設定的。最早定名為「文學的辯證社會學」（Sociologie dialectique de la littérature），後來正式命名為「發生論結構主義」（Structuralisme Génétique）。自 1947 年

---

術研討會」，1999 年 4 月 30 日～5 月 1 日，收入淡江大學中文系主編，《中國女性書寫國際學術研討會論文集》（臺北：學生書局，1999 年 9 月），頁 1～18。

[10]〈剖析香港詩人羈魂〈看山・雨中〉和〈鑿〉二詩），韓國江原大學校「第三屆東亞漢學國際學術會議」，1998 年 9 月 25～26 日。

[11]〈存活於「虛無」中之「實在」——剖析羈魂〈一切看來是那麼實在〉一詩），香港中文大學「香港文學國際研討會」，1999 年 4 月 15～17 日，收入《淡江人文社會學刊》第 5 期（2000 年 5 月），頁 1～15。

至 1970 年高德曼去世時止，他始終以此研究方法進行他自己的所有研究，從未改變。

　　高德曼的理論特別強調社會學與歷史觀密不可分的關係，重視社會生活對文學創作的影響、思考文學作品與主宰著作品產生的社會背景之間的關係。他認為文學是作家「世界觀的表達」，是「對現實整體一個既嚴密，又連貫且統一的觀點」。身為行動主體的人類與其所處之客體環境之間，大部分時候總會出現或產生某種無可奈何（例如向明於〈樓外樓〉中所表達的）、殘酷慘痛的困境，為了突破此狀況，主體肯定會以某行動來尋求一個「具意義的解答」，即是創造出一個平衡來，再從這個困境中改變世界。只是這種平衡化的傾向永遠具有不固定和暫時的特性，因為主體與客體之間的特殊狀況會不斷出現，「平衡化」也就不斷以此辯證方式重複延續下去。將此尋求應用到文學創作上，就成為文學辯證社會學；寫作者於創作中試著尋找「具意義的解答」與「具意義又緊密一致的結構」，這個結構即高德曼稱之為「意涵結構」的元素。

　　高德曼的研究著作大部分以戲劇和小說作為研究對象，例如《隱藏的上帝》（_Le Dieu cach_）是以法國 17 世紀巴斯噶（Pascal）的《思想集》（_Pens es_）和拉辛（Racine）的悲劇為主；《論小說社會學》（_Pour une sociologie du Roman_）則探討法國20 世紀馬爾侯（Andr Malraux，1901～1976）的小說。由於其他評論者批判高德曼的研究方法只適合用於戲劇和小說，故高氏於去世前一年即1969 年特地下了一番功夫去分析貝爾士（Saint－John Perse）和波特萊爾（Charles Baudelaire）的詩，不過他自己認為那只是一個開始，其中尚有許多疏漏之處，需要改進。然而高氏於 1970 年逝世，故未能繼續其詩歌研究。

　　本文即是根據高德曼所作之詩歌分析方法來進行剖析向明之〈樓外樓〉，首先理解詩歌文本，繼而解釋，從中闡析尋找全詩之總意涵結構，隨後再從文本之中的每一個可能，釐出並確定所有部分結構（即微小結構）的元素及其在詩中所扮演的角色、所起的作用。

## 四

不遠千里直奔

樓

　　　外

樓

只為品嚐那久違的

西湖醋魚

東坡肉

我那被清淡高纖洗劫過久的胃

居然抗拒這精緻的美味

喂，師傅

給我來碗蚵仔麵線

師傅看了看我，又

看了看窗外平靜的西湖

恍然的說：

原來你們離家太久

──〈樓外樓〉，民國 90 年 8 月 29 日《中國時報》副刊

### （一）總意涵結構

　　經過閱讀、理解與解釋，我們認為向明的〈樓外樓〉全詩的境域是建
立在下列的意念之上：那是一種因「外在環境」──這其中牽涉到整個大
時代的動盪與變化──的種種演變而形成並深遠影響到小老百姓（當然包
括作者）的「內在心理」；這個影響深刻和深沉的程度足以讓大部分的可憐
人民被迫離鄉，「故鄉」因而被迫烙印於記憶之中。數十年之後，終於，
「外在環境」藉著時間、政治、局勢、觀念種種因素而不得不改變的狀況

下，老百姓總算有幸重返「家園」；問題是思念了多年歲月的「家鄉」，久離之後再度投入它「溫暖」的懷中時，童年和少年時期的那種溫馨美好感覺竟然遍尋不著，置身「故土」卻有流落「異邦」的怪異感受：原本的「內」此刻偏像永遠搆不到的「外」；而反過來的另一方面，少年時代被迫「暫時」投宿、寄人籬下的「異地」，卻已不知從什麼時候開始，不知不覺、無知無覺或後知後覺的狀況之下，早已悄悄地自千里之「外」、遙遠的「外」、陌生的「外」、令人傷痛無比的「外」，彷彿已完全融入身體之「內」、精神之「內」、思想之「內」、心靈之「內」，變成穩穩的、無法掙脫的、不能不承認的、熟悉的不能沒有的、雖非根植卻也已「差不多」的「內」。因此，當「內」變成「外」而「外」已變成「內」時，「家鄉」是「異地」而「異地」也早成為「家鄉」。

　　這種「內／外」長期糾葛的二元對立正是〈樓外樓〉於長久的精神心靈承受後所發出來的哀痛呼喊，表面平靜輕鬆，內裡沉重難承。全詩的總意涵結構正是由這種「內／外」的碰撞、掙扎、矛盾、衝突、不斷的上演、辯證、逃躲、又再次上演，無法解決、無法言說、無法中斷，更無法結束而形成。「內／外」來而去，去又來的結果，是「家鄉／異地」的辨認困難，最後終於完全陷入一種無法自救，也無法求救的複雜煎熬困境，彷彿整個地球再也無「家鄉」也無「異地」，甚至連日思夜想的「家鄉」美食，竟然會於突然之間化為一種「無法下嚥」、「遭到抗拒」的「食物」而已。

　　這種似是而非、卻又似非而是的難堪難纏難解已在漫長（真實與心理、具體和抽象）、彷彿無窮無盡的歲月當中演變成頑固堅韌無比的糾葛：你說我是「異鄉」嗎？我就有本事讓你不管是在有知有覺或是沒知沒覺或是半知半覺、完全抗拒或是心甘情願或是半願半不願的狀況之下，全部吸收我的一切，你現在的所謂「習慣」，是屬於在我領盤上的「習慣」，無論是衣、住、行、言語、意識、行動、思想、甚至是民以為天的「食」。而另一端則是，你說我是「故鄉」嗎？可悲可嘆的是可憐的你少小被迫不得不離家，心不甘情不願，戰亂烽火，連動盪都不足以形容的鋪天蓋地的災

難，罩在每一個小老百姓的頭上、勒緊他們的喉頭、塞閉他們的鼻孔、掩蓋他們的耳朵，只剩下大概還稍微看得見的眼睛，勉強還走得動的雙足，雙手舉著不是你那個年紀該玩的槍枝，其他的東西，可能也沒什麼是珍貴的了，因為你連「故鄉」的泥土也來不及抓一把，就隨著不知總數是多少的人，擁著、擠著、推著、踏著、踩著、爬著，往還有一絲空氣的地方搶過去，往還有一小縫隙的地方滑進去，要比其他所有的人都要眼明腳快、醒目地衝上已經離岸但你腳程犀利尚可的船，管它是大是小，管它已塞滿人，只要能載我遠離「此地」（「此地」總是「家鄉」吧！）、受傷慘重的「此地」，航向自由明亮，還有一絲希望的「他鄉」。哭啼、嚎叫、眼淚、鼻涕、撕心、裂肺、肝腸寸斷等等，是多軟弱的文字詞彙，無力描繪你那深不見底沉重的悲啊！「家鄉」、「故鄉」在來不及多瞧一眼時，便已化為多遙多遠、連夢中都見不到、不曉得是否真正「存在」的「某處」而已。歲月流逝、時光漂白，一切與此「某處」有關的，只剩下「依稀」、「彷彿」、「好像是」、「大概吧」、「可能呀」、「也許是」、「不太記得」、「恐怕」、「似乎」、「真的嗎？」、「不知道」。數十年的光陰裡，你與「某處」處在兩個完全隔絕的絕緣體內，你對「某處」的了解，除了幼時的記憶之外，就是「當時」能看得到的、聽得到的「報導」，當然也還可以加上你的「意願」「以為」和「想像」。你能接觸到的，只有「此處」的每日變化，從最早的艱苦奮鬥、到中期的處變不驚、至後來的經濟發展、繁榮現代、富裕建設，而「某處」的驚天動地，媲美天方夜譚那不可思議的千變萬化，又豈是隔著兇險萬分的海峽這端的你所能知悉理解？

　　數十年如數十世紀漫長逝去，你深埋心底的願望（你原不敢奢望能夠「實現」的）終於在某一天讓你真正地去實現，讓你將久違的「內」穩穩地擁入懷中，再次咀嚼聞名世界的美味佳肴。然而，你如何能預料得到，「內」已於不知何時成了非常飄渺的「外」，而原本陌生遙遠的「外」，竟然是你身處「內」地時唯一要求希望擁有的「外→內」。「內／外」糾葛不但明顯呈顯，並將永生糾纏，無法解脫。

這種意念貫徹〈樓外樓〉全詩，從第一節的「不遠千里直奔」就可看出長久別離之後的焦急，為的只是「品嚐」多少年未碰過的兩道菜：西湖醋魚和東坡肉。然而，這種久離的「內」在第二節居然會變成被「抗拒」的「外」，不但「抗拒」，而且「完全拒絕」，因為第三、第四兩句竟然是「我」置身在「內」的「家鄉」而要求一碗在「外」的「他鄉」食物：「蚵仔麵線」；明明知道是不可能的事情，卻向在「內」的師傅開口，這不正是「內／外」糾葛之下已忘記何處是家鄉，何處是異地，或是以為自己已經習慣的「食物」應該隨時隨地可得，或是真的已將「內」、「外」、「此處」、「他處」完全混淆不清了？

第三節師傅簡單的一句「原來你們離家太久」卻道盡兩岸的沉重哀痛。「離家太久」難道只有把「西湖醋魚」和「東坡肉」換成「蚵仔麵線」而已嗎？不是的，嚴重的是「抗拒」、「精緻」、「美味」，原因是「清淡」、「高纖」、「洗劫」、「過久」。作者是道了實情？讚美？諷刺？挖苦？窗外的西湖依然「平靜」，不能「平靜」的是浮沉「內／外」糾葛之間多少歲月的「心」啊！

## （二）微小結構

〈樓外樓〉一詩幾乎每一句都清楚呈現「內／外」糾葛的微小結構：

**第一節：**

第一行：「不遠千里直奔」充分表達「內」、「外」之間的距離：「千里」；心焦：「不遠」、「直」、「奔」；每一個字都說明久別之後的急欲重見，從「外」衝回「內」。

第二行的「樓」與第四行的「樓」都比第三行的「外」高一格，除了點名是「樓」（非平地）之外，也間接說明是「高一等」的，也是第二節第二句「精緻」和「美味」的伏筆。

第三句的「外」在此表面上是「樓外樓」的餐廳名字，但作者的排列方向無形中顯現出「外」的意思來。「外」是「內／外」的「外」，同時也是高高在上的「外」，非能力所及的「外」，已在「習慣」之外的「外」，不

及己的「外」，無法無緣無能再擁之入懷的「他鄉」的「外」。

　　第五句：「只為」表達急於返「內」的原因，也是日久思念的「美味」所驅使。「品嚐」不但說明第六、第七句的菜名，令作者「直奔」之後所要做的事情，同時也告訴讀者這兩道菜的「高」和「貴」，必須「品嚐」而非「大吃」。「久違」顯示「外在環境」形成「內在心理」的不得不如此。如果不是數十年前的時代因素，作者會「久違」「樓外樓」的「西湖醋魚」和「東坡肉」嗎？會將身邊的「內」幻化成夢中的「外」嗎？

　　第六句和第七句標名「內」之所在，「樓外樓」的招牌菜，「西湖」的重要，此兩道菜的可貴「不遠千里直奔」的重要原因，也間接說明時代背景、人民心理、「內」「外」既清又不清的面貌。

　　第一節充滿由「外」奔向「內」的各種關鍵元素。

**第二節：**

　　第一句說明因身處「異地」太久而形成由「外」變「內」的原因和因素：「清淡」、「高纖」說明「外」在漫長歲月之下所給予的「習慣」。「洗劫」帶著濃厚的「外」意味，是褒？是貶？是中性？是迫不得已？是無可奈何？「過久」則表達「時代」壓迫之下不得不的「時間之長」，「胃」原是自己或自己的，本來可以決定「內」或「外」吧！但被「洗劫過久」之後，你還能肯定你原本深愛的「內」地「美味」敵得過「外」鄉（又變成「內」）的料理嗎？

　　第二句：「居然」說明了「外在環境」影響「內在心理」的不可理解或不可思議的反應。

　　「抗拒」正是「內／外」糾葛受到「家鄉／異地」產生錯亂混淆的關鍵動詞。「不遠千里直奔」而來之後「居然」會「抗拒」？在正常的時代、環境、局勢之下可能會發生嗎？多嚴重多沉重的「內／外」效果啊！

　　「精緻」是對「內」食物的形容，「美味」是對「內」食物的感覺；然而，「抗拒」之後，這「精緻美味」還能守住原來的「內」之地位嗎？或是已由「內」變「外」的形成，而由第四句的「蚵仔麵線」取代？

　　第三句的「喂，師傅」扮演的是「內／外」糾葛之下說明「現實」的角色：第一點，他是處在「內」的「家鄉」地點；第二，他只能為客人烹調「內」的「西湖醋魚」和「東坡肉」而非「蚵仔麵線」；第三，他點明「家鄉」「西湖」的「平靜」，你「心湖洶湧」與他或西湖何干？第四，他找出「內／外」糾葛最重要的原因：「離家太久」。

　　第四句：說明「內」變「外」之後，「外」也變成了「內」；原本追求不易的「西湖醋魚」和「東坡肉」就在「我」所在的「西湖」「樓外樓」眼前桌上時，「我」所想的、所要的卻又是千里之「外」的「蚵仔麵線」，多諷刺又多酸苦的心理轉變！

第三節：

　　第一句的「看了看」與第二句的「看了看」將「我」和「西湖」並排，但「西湖」有「平靜」的形容詞，缺少形容詞的「我」，可想而知。

　　第三句的「恍然」再次說明師傅的重要：如非他「恍然」，誰能理解「我」為何如此矛盾怪異？

　　第四句的「原來」說明了師傅理出原委的重要因素，而「離家太久」除了將全詩的關鍵原因釐清，但更重要的是，這四個字也將兩岸50年的歷史糾葛和上億人民的心頭苦楚道盡；然而，釐清原因之後，〈樓外樓〉的作者可以將其間的各種痛處完全忘去嗎？或只是更加深心底已堆積了近兩萬個日夜的沉重而已？

# 五

　　向明於1987年8月18日曾在《聯合報》副刊發表〈湘繡被面——寄細毛妹〉，當時兩岸尚未正式開放，因此詩中出現的沉痛詩句非常多：「好耐讀的一封家書呀／不著一字／摺起來不過盈尺／一接就把一顆浮起的心沉了下去／一接就把四十年睽違的歲月捧住」，或是「海隅雖美／終究是失土的浮根／久已呆滯的雙目／真須放縱在家鄉無垠的長空」，還有「路的盡頭仍然是海／海的面目，也仍／猙獰」，將1987年那個年代的無可奈何及

累積了 40 年的傷痛真實的表達出來。14 年之後，民國 90 年 8 月 29 日刊
於《中國時報》副刊的〈樓外樓〉，已經是可以返回「家鄉」的時候，從尚
未開放的痛苦無奈漫漫歲月到能來去自如的逍遙自在快樂時光，儘管〈樓
外樓〉詞彙語氣淺白平淡輕鬆，然而我們讀到的、理解的、感受到的，卻
仍是作者心頭千迴萬轉的千變萬化，其間的矛盾掙扎、辛酸悲苦，再多的
文字語言也難以描述清楚。我們非常同意向陽在《九十年詩選》[12]頁　166
「編者案語」中所說的：「既是『不遠千里直奔』，則屬異地，然異地又原
本是家鄉，於是本詩演出了異地與家鄉的矛盾辯證。西湖醋魚和蚵仔麵
線，一為西湖美味，一為臺南料理，『被清淡高纖洗劫過久的胃』終究抗拒
前者而選擇後者，日久者時間，日久他鄉（臺灣）成故鄉，地遠者空間，
地遠家鄉如異地，『離家太久』從而成為這種矛盾心情的詮解。奇與趣俱
成，有無奈，有宿命，也有認同與回歸的躊躇，但沒有答案，留給天地解
決。」

　　向陽的結語正如我們在前文剖析中所指出的，〈樓外樓〉全詩建構在
「家鄉／異地」的「內／外」「糾葛」的意涵結構上，既是「糾葛」，就永
無解開之日。

## 參考書目：

- Lucien Goldmann,*Le Dieu caché*,Paris:Gallimard,1959.

- Lucien Goldmann,*Pour une Sociologie du roman*,Paris:Gallimard,1964.

- Lucien Goldmann,*Le structuralisme génétique*,Paris:Denoël/Gonthier,1977.

- 何金蘭，《文學社會學理論評析──兼論中國文學上的實踐》，臺北：桂冠圖書公
　司，1989 年 8 月。

- 何金蘭，〈洛夫〈清明〉詩析論──高德曼「發生論結構主義」方法之應用〉，《臺灣
　詩學季刊》第 5 期，1993 年 12 月，頁 104～112。

---

[12]見焦桐主編，《九十年詩選》（臺北：臺灣詩學季刊雜誌社，2002 年 5 月 5 日），「編者案語」中之
　向陽評語，頁 166。

- 何金蘭，〈剖析〈門外的樹〉之意涵結構〉，《臺灣詩學季刊》第 11 期，1995 年 6 月，頁 139～146。

- 何金蘭，〈繫與不繫之間——剖析林冷的〈不繫之舟〉〉，臺北淡江大學「第二屆東亞漢學國際學術會議」，1997 年 11 月 14～15 日，刊於《臺灣詩學季刊》第 22 期，1998 年 3 月，頁 7～12。

- 何金蘭，〈剖析香港詩人羈魂〈看山‧雨中〉和〈鑿〉二詩〉，韓國江原大學校「第三屆東亞漢學國際學術會議」，1998 年 9 月 25～26 日。

- 何金蘭，〈屈服抑或抗拒？——剖析淡瑩〈髮上歲月〉一詩〉，淡江大學中文系主辦「中國女性書寫國際學術研討會」，1999 年 4 月 30 日～5 月 1 日，收入淡江大學中文系主編《中國女性書寫國際學術研討會論文集》，臺北：學生書局，1999 年 9 月，頁 1～18。

- 何金蘭，〈女性自我意識：主體／幻象／鏡象／主體——剖析蓉子〈我的粧鏡是一隻弓背的貓〉一詩〉，中國詩歌藝術學會主辦「兩岸女性詩歌學術研討會」，1999 年 7 月 4 日，刊於《臺灣詩學季刊》第 29 期，1999 年 12 月，頁 144～161。

- 何金蘭，〈存活於「虛無」中之「實在」——剖析羈魂〈一切看來是那麼實在〉一詩〉，香港中文大學「香港文學國際研討會」，1999 年 4 月 15～17 日，收入《淡江人文社會學刊》第 5 期，臺北：2000 年 5 月，頁 1～15。

- 何金蘭，〈眾弦俱寂裡之唯一高音——剖析敻虹〈我已經走向你了〉一詩〉，收入國立彰化師範大學國文系主編《臺灣前行代詩家論》第六屆現代詩學研討會論文集，臺北：萬卷樓圖書公司，2003 年 11 月，頁 43～57。

- 張默、蕭蕭編，《新詩三百首》，臺北：九歌出版社，1995 年 9 月。

- 焦桐主編《九十年詩選》，臺北：臺灣詩學季刊雜誌社，2002 年 5 月 5 日初版。

——選自白靈、蕭蕭主編《儒家美學的躬行者——向明詩作學術研討會論文集》

臺北：萬卷樓圖書公司，2007 年 12 月

# 論向明的〈生態靜觀〉

兼及小詩的問題

◎鄭慧如<sup>*</sup>

一

　　本文討論向明未集結的組詩：〈生態靜觀〉，[1]兼及小詩的相關問題。包括〈生態靜觀〉所展現的思考、〈生態靜觀〉在向明創作生命裡的位置、意象和說明的關連、小詩的特質，以及向明的小詩和他人的比較。

　　向明和小詩的淵源，從他許多論詩的散文可以窺見一斑。向明一再提及沈尹默、冰心、廢名、卞之琳、非馬、勞倫斯等中外詩人的小說創作，[2]他自己也和友人編過小詩選，[3]於散文中屢言「小」之種種；[4]而在實際創作上，向明幾十年來的詩作，其體制也以小見稱。民國以來風行一時的小詩，某些詩人曾經仿做的俳句，以及 1990 年代以後，臺灣某些文學獎倡導的小詩，可以找到向明與小詩的關連。[5]

　　〈生態靜觀〉是由 100 首小詩組成的詩組，每首六行。如果去掉標號，

逢甲大學中國文學系教授。

[1]向明，〈生態靜觀〉，收於《臺灣詩學學刊》第 3 號（2004 年 6 月），頁 278～285、《臺灣詩學季刊》第 4 號（2004 年 11 月），頁 299～306。

[2]參見向明，〈此馬非凡馬〉、〈靈光一閃的捕捉〉、〈被時間淹沒的白話小詩〉等文。收入向明，《和你輕鬆談詩：向明新詩話》（臺北：詩藝文出版社，2004 年 12 月），頁 46～55、160～162、163～165。

[3]參見向明、白靈合編，《可愛小詩選》（臺北：爾雅出版社，1997 年 2 月）。

[4]例如向明，〈小，也是我的小〉，《和你輕鬆談詩：向明新詩話》，頁 28～30。

[5]小詩之小，首先是從形制上而言，各家說法大抵傾向十幾行左右的長度，每行的字數且不能過多；其次從形制衍申到功效上，小詩有「麻雀雖小，五臟俱全」的意味。因為受到字數和行數的限制，小詩考驗詩人的留白技巧與清醒的頭腦。另外，它在結構上的簡約，對自由詩灌水的稀釋文字是一種提醒。

或按照心路歷程重新整理，〈生態靜觀〉無妨看做一首長詩。向明把生命中有機的片段或不可或缺的靈光一閃組成結構嚴整的作品，可以說以行動實踐了「寫一首比生命稍微長一點的詩」的願望。[6]以飽經滄桑的徹悟之姿，向明打造了一個疏離世事的環境和專心創作的形象。不過向明之所以可能選擇外於現實利害的角度來下筆，以建立並維持私人的創作自由，固然出於自己的堅持，更無法摒棄外界的支援。如果真能隔絕外界的影響，向明也就無法閉門創作而猶能對應他所感知的「世紀的爆破」。[7]「生態」指向日常生活種種；「靜觀」的「靜」，一則代表心態的沉著，一則代表時間的靜止。心態的沉著和時間的靜止不只是向明在〈生態靜觀〉所表達的感受，也是最符合作者個人利益的情況。這種情況持續越久，越能維繫向明對生命情調的抉擇，讓他以自由的私人時間任情執筆。因應小詩形式上的短小，〈生態靜觀〉的取題也深具休閒的本質。不言「警世」而曰「靜觀」，乃是對生常生活所規範的世界，進行逆反的思索，從而發掘表面彷彿而實際區隔的人生真相。

在尚未集結的作品中，〈無聊檔案〉可說是〈生態靜觀〉的類似表現。提挈出「無聊」一詞，則更說明了所作取自瑣碎無奈及此生無大事的感受。從「無聊」到「靜觀」，作者的某些心態是一致的：「無聊」的「悶」和「靜觀」的「閒」前後貫串了這兩首組詩。一悶一閒，就時間的掌控來說，雖然相反，就其指向的感受卻相通。悶源自俗累、不順心，出於事冗而不見意義，以及被雜事包圍，無法脫困的無聊感。在向明的詩作裡，無事可做的無聊感更出自大事無可為的自知之明，而寫作則是向明對抗無聊的方式；以「靜觀」為提撥無聊的動力，正可以刺激追求自我存在的價值。〈生態靜觀〉和〈無聊檔案〉不同之處在於：〈無聊檔案〉不厭其煩地強調自己的無聊，並預設讀者的無聊，在心理上是在憎惡與眷戀交織的情緒中，處於停滯的狀態；〈生態靜觀〉則在出發點上以一種「邊緣」而「逸出」的特質。作為情思的載體和觀看的角度，總題已然表現了作者外於秩序的潛在質素。

---

[6]向明，〈一首詩主義〉，《和你輕鬆談詩：向明新詩話》，頁218～219。
[7]「世紀的爆破」為向明在〈生態靜觀〉第100則首句的話。原詩參下文。

二

　　小詩以形式上的短小呼應內涵的精簡，很適合向明清新的風格。此種人格與詩格的對照，向明尤其表現在《水的回想》以後的詩作。《陽光顆粒》中的〈麻辣小詩〉和〈一群小詩〉可以說是〈生態靜觀〉的先聲。他擷取生活的片段，以剪輯式的意象結構表現無所迴避的風景；尤其擅長搔抓生活的痛處，轉譯表象的娛樂效果為現實的投射，寓批評於創作。在從容、簡潔中展現的力量固然是向明作品一貫的手法，而向明詩作最讓人感動的，主要仍然是對生活的態度，以及在回應生活時，所流露的人格特質：例如《陽光顆粒》中的〈忍術〉、〈對稱〉、〈走在前面〉、〈轉世的摩西〉、〈別看我，阿富汗女郎〉。這些形式短小的作品逼視大環境的現實，諷諭欺世媚俗的歪理或質變的負面效應，正是以筆為劍的著例。

　　小詩以各種艾略特所謂的「對於無法言說的突襲」形塑「真實」，讓人回味，予人啟發，卻也時而拋來詩人清唱之餘哀怨的眼神，或是不請自來、揮之不去的嗡嗡聲。展讀五四時期或 1930、1940 年代的小詩，在作者刻意製造的氛圍中，讀者甚至彷彿掉入線裝書裡。1960 年代之後，臺灣某些現代意識較明朗的詩人，剪輯後有如默劇演出的詩行，其作秀式的展現，往往弱化了詩行中或者可以更豐富的意涵。例如羅青的〈水稻之歌〉，在每兩行為一節、共 16 行的作品中，意像太一致性地面對鏡頭。[8]即使從生活出發，如果只藉詩行賣弄機智，或表現浮滑的性情，也不易如實反應事物的本質。冰心的作品恆為靈犀一動的結晶；廢名偏好在詩行中鎔鑄哲思；卞之琳在徐緩的語調中展現其圓熟；非馬習於以迅雷不及掩耳的意象轉折詩思，表現其慧黠。然而這些以小詩創作著稱的詩人，其用以表現豐富內蘊的零碎思想，卻未必是現世或現實的經驗；其意像固然訴諸感官，或者未曾發生，逕以夢境或想像為詩人唯一的真實，或者是另一種「絕對的真實」。就向明來說，他

---

[8]羅青，〈水稻之歌〉，《水稻之歌》（臺北：大地出版社，1981 年 7 月），頁 29～30。

的小詩從現實的釀造到想像的發酵，向明總是自日常生活中取材，以一個意象為焦點，或以一個觀念為主幹，作焦點式而非並列式、主幹式而非層遞式的演出。向明的詩，所有的理想都在人間釀造，有些夢在人間發展，有些現實在夢境中遺忘。別人用來興瀾的，向明借以助勢；別人烘托以為諷境的，向明則逕以直抒。向明的小詩表現出清明的精神力。他極少使用曲筆，不以夾纏的意象混淆視聽，也很少用隱喻。比起同代的詩人，向明的筆下絕不出現見首不見尾的長蛇陣；也反對詩行太長的余光中，在單一的主題下仍時常擺起嘉年華式的文字盛宴；同樣提倡小詩的白靈，在意象的處理上往往玩起藏頭不露尾的迷藏。這些在向明的小詩裡一律找不到。向明的清，一清見底，沒有煙幕彈；而他的辣也展現他「豁出去」的釋然。

三

　　和向明自己的小詩作品相較，〈生態靜觀〉的 100 首小詩有概念化、抽象化的傾向，排比句的使用比較頻繁，說明的意味也較高。雖然向明在他的多本詩話性的著作中，一再表示：「現代主義的高深語言」、「意象堆疊出來的不得其門而入的語言」，以及「淺白的抒情語言」如何折衷運用，是對詩人的一大考驗；[9]然而在向明半世紀以來的創作裡，「堆疊意象」從來不是他的苦惱，倒是所謂「現代主義的高深語言」和「淺白的抒情語言」這兩種語言的調性，在向明的創作生命中各有輕重。大致上，向明年輕時的詩作密度較高，主旨比較隱約，節奏較緩；《隨身的糾纏》之後，越來越偏向說明性和敘述性，主旨日趨顯著，結句常以斷然的收束代替自在的搖曳。就詩人與讀者的通路而言，如此的風格導向無寧較貼近讀者，因為讀者之所不能與不耐的那部分，向明已經體貼地代他們完成。「向晚愈明」的「明」，[10]既是詩名的日彰，也是詩語的日暢。他越來越老辣，放懷落筆，也越來越彰顯一個

---

[9]參見向明，〈詩的超現實〉，《新詩 50 問》（臺北：爾雅出版社，1997 年 2 月），頁 91～93；向明，〈新詩人的警訊〉、〈談詩的「個人話語」〉，《我為詩狂》（臺北：三民書局，2005 年 1 月），頁 145～148、203～210。

[10]「向晚愈明」為余光中對向明詩作的評語。

統一的心靈。「說什麼」在向明的詩中從來不是問題,「會不會說得太多」卻慢慢成為問題。向明一向主張的,詩以意象和散文、小說區別,[11]這意象的重要性,在向明的創作中,已經由主到從,在工具式的位階上,服務於詩人的磊落和血性。

〈生態靜觀〉有多首作品,就在以意象為引子、以說明為歸趨的寫法下,從警句向箴言和道德教訓傾斜。六行之中,前三行以意象營造一個概括主題的場景,後三行統合前三行具備擬人作用的意象為第二節,將詩行引入包覆式的概念,使詩行的意象由物類的輪廓萃取為觀念,以見內在情意的轉化。其結構是以表面的單向陳述演繹為主意象和詩人的微型對話,好比一場對話疊合在一張嘴裡。詩人的主觀情意已賦予意象明確的功能,加上短句子的力道,以六行結構的詩作,詩意在清澈和了無雜質之外,幾乎沒有迴旋的空間。於是讀者可望得到的閱讀趣味,只能在較少數的雙關意涵中領略。例如:


6

陀螺一生在追求一個圓

終點即是起點

起點即是終點


遺憾的是

空有獨立的自信

缺乏平衡的支撐[12]


主要意象:陀螺,其舞姿端在單腳旋轉,因為缺乏平衡和其他支點,其驚險的美感才是陀螺的魅力所在。詩行的第二節,「遺憾的是/空有獨立的自信

---

[11]參見向明,〈跳舞與走路〉、〈概念是否成詩〉,《新詩 50 問》,頁 11~13、115~117;向明,〈詩與散文的糾纏〉、〈意象是詩的一切〉,《和你輕鬆談詩:向明新詩話》,頁 225~227、228~229。
[12]收於《臺灣詩學季刊》第 3 號,頁 278。

／缺乏平衡的支撐」,「遺憾」和「空有」的語氣中,顯然在對於陀螺本質的體認之外,更有言外之意,以為「平衡」比「獨立」要緊,這就已經逸離原來意象的特質,而為發話者主體聲音的偽裝。

　　向明在〈生態靜觀〉中常運用排比。排比句形式上的放開手腳、無所不往,予六行的小詩以麻利的印象,硬朗、銳利而不恍惚若夢。例如:

　　7
　　不要緊張
　　風對著
　　搖搖欲墜的果實說

　　祇是來掂掂你
　　成熟的重量
　　不要緊張[13]
　　58
　　畫把夜消耗掉
　　大海被細流消耗掉
　　口水把人生消耗掉

　　丈八蛇矛被三寸釘消耗掉
　　不信麼?我的正氣
　　被你的無恥消耗掉[14]
　　86
　　風不能為雲彩定位
　　水不能為泥土定位
　　激流不能為倒影定位

---

[13]收於《臺灣詩學季刊》第 3 號,頁 279。
[14]收於《臺灣詩學季刊》第 4 號,頁 300。

地圖豈能為夢土定位

兀鷹何德為天空定位

除了自己，誰能為誰定位[15]

第七則的主意象：風，亦可視為自我意識的遁化。風加速成熟的果實墜地，在這自然現象中，詩人的意念滲透到風吹拂果樹的表現，發落出對話效果般的戲劇性。詩人首先抽身靜觀，復以澄定的距離照應意象質素之外的情事線索，顯現上下對稱的結構，於是雖然只有小小的六句，開頭的起句和最後的結句已不處於同一個思想感情的平面上。第 58 則論述「消耗」，正面意涵的被負面意涵的事物消耗掉，「晝／夜」、「大海／細流」、「口水／人生」、「丈八蛇矛／三寸釘」都是用作手段的明喻，目的在凸顯終句：「我的正氣被你的無恥消耗掉」。因為結句點明題旨，往前看四組明喻本應是兩兩相對，而且各當合於正面及負面的價值判準，然而除了「口水／人生」那一組稍與「無恥／正氣」暗承，其他三組意象從單句讀來並不和「無恥／正氣」有意義上的依傍，「晝／夜」、「大海／細流」還可能有互補的意謂，種種可能，卻在最後一句被斷然繳清。第 86 則以「定位」為焦點，選取風之於雲彩、水之於泥土、激流之於倒影、地圖之於夢土、兀鷹之於天空，以對照小我之於人生。不同於第 58 則的是，此則意象之間聯絡照應比較緊密，幾個放在前面的意象都有流動或導引的特性，以此特性作為「自己」和「生命」之間的關聯，則有暗示生命需改變和目標的意味。

　　〈生態靜觀〉最耐人尋味的是對於老境和黑暗的筆觸。向明寫桑榆晚景，從苦痛處出發而別有寬解。[16]他或者從自然界，或者從年輕的生命，或者從老化的現象下筆，從生活的蕪雜和粗糙中透一口氣，出以「垃圾堆上放風箏」（卞之琳語）那樣的高音。寫黑暗則燭照令人無奈的政治或社會層

---

[15]收於《臺灣詩學季刊》第 4 號，頁 304。

[16]尚可參看向明的〈走在前面〉、〈賣老〉、〈行過七十〉、〈老來〉、〈老去〉、〈大家都要走了〉，收於《陽光顆粒》（臺北：爾雅出版社，2004 年 12 月）。

面，發露淡淡的微笑。一如向明其他的詩，從來不擅長描頭畫角，也少見跨行，每一句子都是一個頓挫，情緒的調控似乎在下筆之際即已決定，形式表現了詩人的清醒和堅強，以及文義格局的圍限。反而在寫「不可說」和「黑暗」的時候，詩人才會多留些餘地，詩行也因而更有餘味。例如：

> 36
> 一片葉子追著一片葉子
> 無奈的往下沉淪
> 這便是秋天帶來的騷動
>
> 要怎樣才快樂得起來呢
> 已經獻出了初春的青澀
> 還得準備接受寒冬的晚景[17]
> 96
> 不要滋潤我了
> 眼角的魚尾紋皺巴巴的懇求
> 時間打烊　自會游走
>
> 隨手一攏髮際
> 頭皮屑落如紛紛春雨
> 是誰？　又欲將我碾磨成齏粉？[18]

第 96 則以頭皮屑和魚尾紋描寫老態。因為主體聲音的分化構成內在的對話性，生動的語氣削弱了對「老」的顧影自憐。此則第一節的魚尾紋尚有布景的作用，可為第二節春雨紛紛般的頭皮屑烘托氣氛。因為魚尾紋當作前置意象，「隨手一攏髮際」這個平常的動作不但適時維持了意脈的行進方向，又

---

[17]收於《臺灣詩學季刊》第 3 號，頁 283。
[18]收於《臺灣詩學季刊》第 4 號，頁 306。

稍稍在語勢上頓了一頓，平添一種茫然的情致，而最後一句以詰問為感喟的
形式，就對前面五行做出了響應和推測。第 36 則從落葉繽紛的秋天著手，
一轉入第二節，立刻發現第一節的落葉意象只處在次要地位。在這幾則中，
主題是意象的最初和最終目的，一旦完成促成主題的階段式任務後，意象就
不再影響發話者的心境，也不再帶領詩行的進行。

　　因為〈生態靜觀〉的意象使用側重意義上的考慮，以六行分割的前後兩
節，很多地方差不多形成一對一的關係，100 首小詩因此打上鮮明的向明風
格的烙印。它們沒有累贅失準的筆觸，而恆以形式的紀律表現出向明的智性
傾向。例如：


51
你說　衹聽到
砰　砰兩聲
整個人便倒地不醒

那人低聲問　那算
月落？　還是
星沉？[19]

100
世紀的爆破於焉圓滿完成
每個人的胸口上
都有至少三公分的烙印

沒有人知道兇手是誰
除了那裂嘴而笑的疤痕
可惜　早已經消音[20]

---

[19]收於《臺灣詩學季刊》第 4 號，頁 299。
[20]同前註，頁 306。

第 51 則的「砰／砰」兩聲，第 100 則的「世紀的爆破」、「三公分的烙印」、「裂嘴而笑的疤痕」、「消音」，呼應此地的政治現實，但是詩人不指實，而以幾個牽連的意象牽動讀者的想像。第 51 則，在「砰／砰」兩聲之後，詩行進入奇詭的境地。「月落」、「星沉」是被「砰／砰」兩聲定義的，作者藉「彗星撞地球」一般的意象，寫「砰／砰」的聲音之響與力道之猛，「低聲問」卻又弔詭地寫盡此事的不可說。「那算」一詞表現了發話者的戲謔。「那算／月落？還是／星沉？」，語氣頓在短句中、原來顯示一個意義單位的地方，表現出積極組織新意義、調控新節奏的手段，其吸引力在於犯禁和耳語交織而成的快感。

　　第 100 則在「於焉」以下，轉入曖昧而牽延的語氣。詩行以語氣的轉折行進，從「於焉」的大局已定，到「每個人胸口至少有三公分的烙印」的「傷痕」之深廣、「沒有人」的故作神祕、「疤痕裂嘴而笑」的惡行惡狀、「可惜」的惆悵感、「消音」的無法對證，這首作為終篇的〈生態靜觀〉第 100 則，以「爆破」作為詩篇的開端，卻以頗具代續效果的「可惜，早已經消音」作為結束。第二節輾轉相承的三句，在文義上並非因果相續，更饒有興味。一、二句可看做倒裝。為了強調謂語：「沒有人知道兇手是誰」，向明改變正常語序，而將主語：「除了那裂嘴而笑的疤痕」置於第二句，變成謂語在前，主語在後，讀起來就有停頓而造成的懸疑之感。謂語如此一經提前，結句的：「可惜，早已經消音」就接在主語：「除了那裂嘴而笑的疤痕」之後，讓人容易解讀成：「可惜，早已經消音」的主詞是「疤痕」，而誤以為詩人的意思是：「可惜疤痕已消音」；定睛一看才發現另一層「爆破」：「疤痕裂嘴而笑」，乃因「兇手已消音」，而其實本來就不會出聲的「疤痕」，原本也不需「消音」。「疤痕」是「兇手」造成。「疤痕」無法發聲；「裂嘴而笑」既是寫其形態，也指向「疤痕」的主人，「兇手」有能力開口說話但是被「消音」，而一般認知中的「兇手」，通常不會到處張揚自己逞兇的事蹟，則何「消音」之有？如此一來，被造成痛苦的卻「裂嘴而笑」，不敢大放厥詞的反而被「消音」，那麼誰在說話？誰是兇手？誰被消音？誰造成傷痕？種

種矛盾，也就是此詩的著意與得意之處。

　　〈生態靜觀〉時而出以正言若反的手法，銳利感的意象為詩行營造了乖反的氣質。100 首詩作例皆表現了向明對自我心象的剖視和對生命主題的沉思。在富有現實感的語言中，向明也排除了模糊不清的浪漫詩意，以沉思的姿態表現了穩定的風格。特別寫生命的凋萎過程和不容放棄的光明意念，令人動容。例如：


　　18

　　妙功說：心還很空曠

　　淨與不淨

　　不過是高浪平波一綫間

　　真是奇妙

　　她那一頭青絲

　　便這樣一念之間　　不見[21]

　　52

　　不要走來

　　我是紅燈

　　無法讓你暢所欲行

　　不要走來

　　我是綠燈

　　再往前走便是陷阱[22]

　　91

　　影子在夜間最寂寞了

　　所有的光霸佔住僅有的活動空間

---

[21]收於《臺灣詩學季刊》第 3 號，頁 280。
[22]收於《臺灣詩學季刊》第 4 號，頁 299。

祇留角落讓它繼續逃亡

凡走不出黑暗的必將滅絕
凡走不出自己的內心必將陰暗
凡不甘抹黑的必須守住陽光[23]

第 18 則寫了悟的代價；第 52 則和 91 則是從生活中的小事物領略出的事
理。徹悟以青春為代價，向明寫來很踏實，就中所憑藉的不是想像力而是見
解。不過在第 52 則和 91 則中，曉暢的文字藏著糾纏的思維，就大非單刀直
入的樣子。第 52 則以交通號誌表現人生的行止。在「紅燈停，綠燈行」的
既定印象中，兩節首句例為「不要走來」。「紅燈止步」若是人人知道的規
矩，就不必對行人疾呼「不要走來」；而「綠燈通行」既是常規，表示應可
前進無阻。紅綠燈不約而同地對行人呼喊「不要走來」，表示多數的行人不
看標誌，一味只知道往前疾行，故而紅燈的呼喊是提醒，而綠燈的呼喊是警
告。第 91 則在第一句就表現了常理的悖反。影子和光是相生相成的，比起
白天遍照天下的太陽光，夜晚局部的人為光線更能突顯出「影子」。首節寫
影子「畏光」，在各種角度的光線中不得不蜷縮一隅，往角落「逃亡」，意指
在各式光線的照耀下，「影子」只有在角落才能逼顯，故覺「寂寞」。不過這
意義上的糾葛，到了第二節即明朗化。原來「影子」和「黑暗」並非指向同
一意涵，「角落」才是。擬人化的「影子」其實是第二節省略了主詞的人。
因為唯有如此解釋，「不甘抹黑」、「守住陽光」才說得通。在「主題正確」
的前提下，如果前後兩節的主詞互為借代，則第一節的主詞：「影子」代入
第二節的首句，變成：「凡走不出黑暗的影子必將滅絕」，邏輯上是否合理似
乎也就不該太計較了。因為向明在此詩中，對於借來當比方的意象只準備個
概略，而概略必然意味著忽略。讀者不能期望享受精雕細琢的眼福。

---

[23]收於《臺灣詩學季刊》第 4 號，頁 305。

## 四

　　向明以〈生態靜觀〉表現了他對人文襟抱、文化環境、政治社會現象的反應。〈陽光顆粒・序〉說的：「溫和後面的剛健，平淡後面的執著」在六行為結構的詩組中表現無遺。他以意象牽引主題，朝向無所迴避的風景，火力集中，不瞻前顧後也不拖泥帶水；他腳跟點地，興在象中，往安身立命處撿拾小畫面，下筆卒然而成。就主題來討論向明作品不容易出以新意，因為向明詩作的主題幾乎都不是新的；而無論是鄉愁或生活，「就地取材」這種老掉牙的論調，很難顯出向明的好──雖然即使有東西讓人去撿，也不是那麼簡單就能到手。

　　當「匠人們左一行右一行打造詩句／撒得滿地狗碎雞零」[24]，向明仍從容自如，穩如等在一旁的定音鼓，隨時準備當頭的一擊。他作品中的不肯曲阿，使得他不免武斷；雖然他不必為了不知道在哪裡的知音疲於奔命，卻也使得自己的半世紀創作，在這個以異為常的時代中，因為清白而特別刺眼。向明的〈生態靜觀〉以兩節之間的小空白做為思考的醞釀，承接以說明性的語言，表現了不老的冒進感，以及幾乎是嚼飯餵人的諷諭力。身為一個有擔當的詩人，他替讀者做的功課已經太多。

──選自白靈、蕭蕭主編《儒家美學的躬行者──向明詩作學術研討會論文集》
臺北：萬卷樓圖書公司，2007 年 12 月

---

[24]向明，〈一群小詩・問題〉，《陽光顆粒》，頁 212。

# 輯五◎
## 研究評論資料目錄

# 作家生平、作品評論專書與學位論文

## 專書

1. 〔白靈，蕭蕭主編〕　　儒家美學的躬行者——向明詩作學術研討會論文集
　臺北　萬卷樓圖書公司　2007 年 12 月　325 頁

　本書為向明詩作研討會論文集。全書共收 10 篇論文：簡政珍〈人間的意象與想像——以向明詩作為例〉、劉正偉〈諷喻的詩生活——向明《水的回想》評析〉、鄭慧如〈論向明的〈生活靜觀〉——兼及小詩的問題〉、何金蘭〈「家鄉／異地」之「內／外」糾葛——剖析向明〈樓外樓〉〉、林于弘〈向明詩作中的現象與意涵——以「詩選」為例〉、郭楓〈燦爛在雪線以上的語言花——論向明其世其人其詩〉、曾進豐〈以溫柔樣態烘培人間情味——論向明《陽光顆粒》的詩藝與詩意〉、虞慧貞〈巨掌與寬厚——試析向明詩作的鄉愁關懷〉、夏婉雲〈身體、纏繞與互動——從向明的童詩看文學時空的指向〉、謝輝煌〈試窺向明的新詩話〉。正文後附錄〈議程表〉、〈向明（董平）先生履歷〉、〈求不到的恩寵——向明詩作學術研討會答謝詞〉。

## 學位論文

2. 虞慧貞　　向明詩的現實關懷研究　　高雄師範大學國文學系國文教學碩士班
　碩士論文　林文欽教授指導　2008 年 6 月　363 頁

　本論文以向明詩作中的「現實關懷」精神為研究主題。框定詩人已出版的詩集作品為對象，爬梳其中蘊涵現實關懷的詩作，按照鄉愁、民族、社會三種不同類型歸納，並予以賞析評論。旨在以詩人作品為經，詩學論述為緯，剖析其詩作之實踐成效與詩觀之開創精神，展現向明關懷現實的憂患意識。全文共 8 章：1.緒論；2.向明小傳；3.鄉愁關懷；4.民族關懷；5.社會關懷（上）；6.社會關懷（中）；7.社會關懷（下）；8.結論。正文後附錄〈向明年表〉、〈訪問向明先生〉。

3. 黃朝雄　　向明及其現代詩研究　　臺南大學國語文學系　碩士論文　張惠貞教授指導　2012 年 12 月　367 頁

　本論文以向明之詩作為研究對象，分析作家作品分期，歸納創作題材與藝術特色。全文共 6 章：1.緒論；2.向明小傳；3.向明的詩作分期；4.向明詩的題材類別分析；5.向明詩的藝術特色分析；6.結論。正文後附錄〈向明著作年表〉、〈訪問向明老師紀錄〉。

4. 郭乃菁　　向明詩觀研究　高雄師範大學國文教學碩士班　碩士論文　林文欽
　　教授指導　2013 年 2 月　218 頁

本論文即以向明詩話為主要研究範圍，將向明的詩學觀點作一系統性的整理研究。
全文共 6 章：1.緒論；2.向明略傳與文學歷程；3.向明的形式創作理論；4.向明的語
言表現理論；5.向明的主題論；6.結論。正文後附錄〈向明年表〉、〈訪談向明記
錄〉。

5. 陳政華　　向明詩學及其實踐　高雄師範大學國文學系　碩士論文　曾進豐教
　　授指導　2014 年 7 月　290 頁

本論文主要針對向明之詩集、詩話論著，作一完整而有系統的研究。全文共 7 章：1.
緒論；2.向明詩生活；3.向明詩之分期及其特色；4.「鑑賞論」及其表現；5.「創作
論」及其表現；6.「功能論」及其表現；7.結論。正文後附錄〈向明年表（1928
—）〉、〈向明詩作編目、編年〉、〈向明研究資料彙編〉、〈演講內容〉、〈訪
談紀錄〉、〈網路問答〉。

## 作家生平資料篇目

### 自述

6. 向　明　　後記　狼煙　臺北　純文學出版社　1969 年 11 月　頁 89—90

7. 向　明　　向明詩觀　八十年代詩選　臺北　濂美出版社　1976 年 6 月　頁 30

8. 向　明　　後記　青春的臉　臺北　九歌出版社　1982 年 11 月　頁 201—204

9. 向　明　　《青春的臉》後記　藍星季刊　新第 15 期　1983 年 1 月　頁 121—124

10. 向　明　　我的詩路歷程——平淡後面的執著　創世紀　第 61 期　1983 年 5
　　月　頁 24—25

11. 向　明　　重頭歌韻響琤琮——《七十三年詩選》導言　文訊雜誌　第 16 期
　　1985 年 2 月　頁 199—204

12. 向　明　　自食其力的享受　人生船　臺北　爾雅出版社　1985 年 7 月　頁
　　36—37

13. 向　明　　找一扇窗　創世紀　第 72 期　1987 年 12 月　頁 10

14. 向　明　　後記　水的回想　臺北　九歌出版社　1988 年 1 月　頁 175—178

15. 向　明　無聲的表達——寫《水的回想》執著於詩的理想　九歌雜誌　第 83
期　1988 年 1 月　2 版

16. 向　明　平淡後面的執著（代序）　向明自選集　臺北　黎明文化公司
1988 年 5 月　頁 3—6

17. 向　明　現代詩壇的困境　文訊雜誌　第 44 期　1989 年 6 月　頁 35—37

18. 向　明　向明詩觀　秋水詩選　臺北　秋水詩刊社　1989 年 7 月　頁 65

19. 向　明　童年的夢——一塊銀元　中國時報　1993 年 2 月 22 日　27 版

20. 向　明　一塊銀元　童年的夢 1　臺北　時報文化出版公司　1993 年 8 月
頁 21—23

21. 向　明　一塊銀元　甜鹹酸梅　臺北　三民書局　1994 年 1 月　頁 111—113

22. 向　明　客子光陰詩卷裡（代後記）　客子光陰詩卷裏　臺北　耀文圖書公
司　1993 年 5 月　頁 229—231

23. 向　明　寫在《甜鹹酸梅》之前　甜鹹酸梅　臺北　三民書局　1994 年 1 月
頁 1—2

24. 向　明　永不服輸——後記　隨身的糾纏　臺北　爾雅出版社　1994 年 3 月
頁 171—173

25. 向　明　生龍活虎的臺灣詩壇現況——在國際華文詩人筆會上的發言　臺灣
日報　1996 年 11 月 1 日　23 版

26. 向　明　後記　新詩 50 問　臺北　爾雅出版社　1997 年 2 月　頁 203—206

27. 向　明　設問與解惑——寫在《新詩創作百問》上篇出版前　臺灣新聞報
1997 年 3 月 2 日　13 版

28. 向　明　寫詩的人　螢火蟲　臺北　三民書局　1997 年 4 月　〔1〕頁

29. 向　明　詩的體驗和觀察　聯合報　1998 年 6 月 17 日　37 版

30. 向　明　文學價值取決於文學本身——有感臺灣氾濫的文學獎　文訊雜誌
第 168 期　1999 年 10 月　頁 54—55

31. 向　明　向明詩話　爾雅詩選　臺北　爾雅出版社　2000 年 4 月　頁 165

32. 向　明　向明詩觀　向明‧世紀詩選　臺北　爾雅出版社　2000 年 4 月　頁

4—5

33. 向　明　詩人近況　八十九年詩選　臺北　臺灣詩學季刊社　2001 年 4 月　頁 256

34. 向　明　詩人近況　九十年詩選　臺北　臺灣詩學季刊雜誌社　2002 年 5 月　頁 257—258

35. 向　明　詩外另一出口——關於《走在詩國邊緣》　青年日報　2002 年 11 月 16 日　10 版

36. 向　明　詩外另一出口　走在詩國邊緣　臺北　爾雅出版社　2002 年 11 月　頁 1—2

37. 向　明　循「序」漸進，還是迷途徬徨？——我的讀序心得　走在詩國邊緣　臺北　爾雅出版社　2002 年 11 月　頁 11—16

38. 向　明　窺詩者言　窺詩手記　臺北　禹臨圖書公司　2002 年 12 月　〔2〕頁

39. 向　明　三寫夕陽　人間福報　2003 年 2 月 13 日　11 版

40. 向　明　詩人近況　九十一年詩選　臺北　臺灣詩學季刊雜誌社　2003 年 4 月　頁 257—258

41. 向　明　亂世文章不值錢　詩來詩往　臺北　三民書局　2003 年 6 月　頁 78—81

42. 向　明　〈隔海捎來一隻風箏〉——詩情‧聲情　讓詩飛揚起來　臺北　幼獅文化公司　2003 年 8 月　頁 59—61

43. 向　明　談詩的「個人話語」　文訊雜誌　第 216 期　2003 年 10 月　頁 11—13

44. 向　明　詩的奮鬥（1—4）　中華日報　2003 年 11 月 1—4 日　23 版

45. 向　明　詩的奮鬥　我為詩狂　臺北　三民書局　2005 年 1 月　頁 211—233

46. 向　明　詩歌藝術貢獻獎得獎感言　詩歌藝術　第 9 期　2003 年 12 月　頁 13

47.　向　明　唯一的童年照　文訊雜誌　第 224 期　2004 年 6 月　頁 96

48.　向　明　詩人近況　2003 臺灣詩選　臺北　二魚文化公司　2004 年 6 月
　　　　　　　頁 297

49.　向　明　百無一用是詩囊（代序）　三情隨筆　臺北　秀威資訊科技公司
　　　　　　　2004 年 8 月　頁 2—4

50.　向　明　和你促膝談詩（增訂版後記）　和你輕鬆談詩：向明新詩話　臺北
　　　　　　　新藝文出版社　2004 年 12 月　頁 249—251

51.　向　明　為詩奮起為詩狂（代序）　陽光顆粒　臺北　爾雅出版社　2004 年
　　　　　　　12 月　頁 1—18

52.　向　明　三聲〈咳嗽〉　我為詩狂　臺北　三民書局　2005 年 1 月　頁 125
　　　　　　　—127

53.　向　明　詩人近況　2004 臺灣詩選　臺北　二魚文化公司　2005 年 3 月
　　　　　　　頁 272

54.　向　明　記第一次寫歌詞　中華日報　2005 年 9 月 14 日　23 版

55.　向　明　詩人與愛情的問與答　中華日報　2006 年 1 月 17 日　23 版

56.　向　明　詩人近況　2005 臺灣詩選　臺北　二魚文化公司　2006 年 2 月
　　　　　　　頁 257

57.　向　明　詩的快樂何處尋？　文學人　第 11 期　2006 年 5 月　頁 12—15

58.　向　明　青春的瞬間——無憂的笑顏——向明　臺灣文學館通訊　第 12 期
　　　　　　　2006 年 9 月　頁 20

59.　向　明　水泥叢林的七「閒」人——《食餘飲後集》（代序）　食餘飲後集
　　　　　　　臺中　財團法人瑪利亞社會福利基金會　2007 年 6 月　頁 1—3

60.　向　明　求不到的恩寵——向明詩作學術研討會答謝詞　儒家美學的躬行者
　　　　　　　——向明詩作學術研討會論文集　臺北　萬卷樓圖書公司　2007 年
　　　　　　　12 月　頁 323—325

61.　向　明　詩的掙扎　明道文藝　第 381 期　2007 年 12 月　頁 104—107

62.　向　明　詩觀　我們一路吹鼓吹　臺北　爾雅出版社　2007 年 12 月　頁 30

63. 向　明　有詩為證——《地水火風》代序　臺灣詩學吹鼓吹詩論壇　第 6 期
　　　　　　2008 年 3 月　頁 49

64. 向　明　一本詩的參考書——《新詩百問》新版補記　文訊雜誌　第 272 期
　　　　　　2008 年 6 月　頁 13—14

65. 向　明　後記　新詩百問　臺北　爾雅出版社　2008 年 7 月　頁 258—260

66. 向　明　一本詩的參考書——改版補記　新詩百問　臺北　爾雅出版社
　　　　　　2008 年 7 月　頁 10—12

67. 向　明　得獎趣談　文學人　第 16 期　2008 年 11 月　頁 107—109

68. 向　明　父女聯彈《生態靜觀》詩話集　文學人　第 18 期　2009 年 5 月
　　　　　　頁 56—57

69. 向　明　滄桑我的一九四九——說與小友 PK 聽[1]　中華日報　2010 年 1 月 1
　　　　　　—15 日　B7 版

70. 向　明　滄桑一千天：我的一九四九——說與小友 PK 聽　湖南文獻季刊
　　　　　　第 38 卷第 2 期　2010 年 4 月　頁 83—95

71. 向　明　詩之困「惑」——早年新詩論戰的一件公案　無邊光景在詩中——
　　　　　　向明談詩　臺北　秀威資訊科技公司　2011 年 7 月　頁 18—22

72. 向　明　我寫異類災難詩——並作 911 事件的後設揣測　中華日報　2011 年
　　　　　　9 月 11 日　B7 版

73. 向　明　詩人與阿 Q——越界試寫輕型武俠詩的心境　文訊雜誌　第 315 期
　　　　　　2012 年 1 月　頁 17—19

74. 向　明　低調也有歌（代後記）　低調之歌——向明詩集　臺北　釀出版
　　　　　　2012 年 12 月　頁 117—122

75. 向　明　捕詩難於捕魚——記寫〈第一次吃到自己手抓的魚〉　文訊雜誌
　　　　　　第 327 期　2013 年 1 月　頁 210—215

76. 向　明　「三民」助我成長　新文壇　第 30 期　2013 年 1 月　頁 70—73

77. 向　明　詩觀　喧譁——食餘飲後（四）　臺中　財團法人瑪利亞社會福利

---

[1]本文後改篇名為〈滄桑一千天：我的一九四九——說與小友 PK 聽〉。

基金會　2013 年 2 月　頁 11

78. 向　明　〈變壞〉作者自述　2012 臺灣詩選　臺北　二魚文化公司　2013
年 3 月　頁 115

79. 向　明　意外出詩人　文訊雜誌　第 332 期　2013 年 6 月　頁 104—106

80. 向　明　喧嘩一片──《食餘飲後詩合集》之四　新文壇　第 32 期　2013
年 7 月　頁 39—40

81. 向　明　我對新詩的認知──回答一位研究生的問題　海星詩刊　第 10 期
2013 年 12 月　頁 11—15

82. 向　明　讀向明的詩〈讀〉──向明附識　臺灣詩學吹鼓吹詩論壇　第 18
期　2014 年 3 月　頁 204—205

83. 向　明　現代詩近況的問與答　海星詩刊　第 12 期　2014 年 6 月　頁 11—
14

84. 陳政華記錄　演講內容　向明詩學及其實踐　高雄師範大學國文學系　碩士
論文　曾進豐教授指導　2014 年 7 月　頁 271—274

85. 向　明　《雨天書》的故事　葡萄園　第 203 期　2014 年 8 月　頁 34—35

86. 向　明　向明詩觀　外面的風很冷：向明世紀詩選　北京　中央編譯出版社
2015 年 1 月　〔1〕頁

87. 向　明　〈「家鄉／異地」之「內／外」糾葛〉向明讀後按語　海星詩刊
第 15 期　2015 年 3 月　頁 14—15

88. 向　明　感謝爾雅・使我向晚愈明　文訊雜誌　第 357 期　2015 年 7 月　頁
128—130

89. 向　明　詩的歷練與發現───一次詩獎評審的發言整理　海星詩刊　第 17
期　2015 年 9 月　頁 11—14

90. 向　明　詩的追求，永無止境──寫在《詩・INFINITE》出版之前　文訊雜
誌　第 362 期　2015 年 12 月　頁 29—31

## 他述

91. 〔彭邦楨，墨人主編〕　　向明簡介　中國詩選　高雄　大業書店　1957 年 1
月　頁 24

92. 張　默　　向明的詩——編者的按語　感月吟風多少事　臺北　爾雅出版社
1982 年 9 月　頁 378

93. 〔九歌雜誌〕　　書緣‧書香〔向明部分〕　九歌雜誌　第 61 期　1986 年 3
月　4 版

94. 〔九歌雜誌〕　　書緣‧書香〔向明部分〕　九歌雜誌　第 67 期　1986 年 9
月　4 版

95. 張國立　　大植物園主義者——向明　中華日報　1987 年 2 月 18 日　11 版

96. 李豐楙　　向明　中國新詩賞析 2　臺北　長安出版社　1987 年 2 月　頁 235

97. 〔九歌雜誌〕　　書緣‧書香〔向明部分〕　九歌雜誌　第 83 期　1988 年 1
月　4 版

98. 〔九歌雜誌〕　　書緣‧書香〔向明部分〕　九歌雜誌　第 93 期　1988 年 11
月　4 版

99. 〔九歌雜誌〕　　書緣‧書香〔向明部分〕　九歌雜誌　第 94 期　1988 年 12
月　4 版

100. 蕭　蕭　　即使只是一根針，地球也知道——速寫向明　中央日報　1989 年
10 月 3 日　16 版

101. 蕭　蕭　　即使只是一根針，地球也知道——速寫向明　隨身的糾纏　臺北
爾雅出版社　1994 年 3 月　頁 179—183

102. 蕭　蕭　　即使只是一根針，地球也知道——速寫向明　閒愁——向明詩集
臺北　釀出版　2011 年 7 月　頁 161—164

103. 穆雲鳳　　滿好的咧——我家老爺子向明　聯合報　1990 年 5 月 27 日　29 版

104. 張　默　　揚蹄前奔，那騾子——側寫向明　文訊雜誌　第 58 期　1990 年 8
月　頁 113—115

105. 穆雲鳳口述；陳冠亞記錄　　向明 vs.穆雲鳳——相知相許，一條姻緣路　方

格子外的甜蜜戰爭——愛人 VS.作家　臺北　海風出版社　1991年 11 月　頁 110—116

106. 李元洛　月是故鄉明——詩人向明領獎小記　長沙日報　1991 年 12 月 18日　3 版

107. 瘂　弦　現代詩人與酒——飲者點將錄〔向明部分〕　國文天地　第 81 期1992 年 2 月　頁 45—46

108. 張　默　你是被風被雨被貧瘠揉的細細的一株蔦蘿——側寫向明　自立晚報　1992 年 7 月 11 日　19 版

109. 瘂　弦　新詩話——序老友向明的箚記　現代詩　復刊第 19 期　1993 年 2月　頁 24—26

110. 瘂　弦　新詩話——序老友向明的箚記　客子光陰詩卷裏　臺北　耀文圖書公司　1993 年 5 月　頁 1—5

111. 瘂　弦　新詩話——讀向明的論詩箚記　聚繖花序（1）　臺北　洪範書店2004 年 6 月　頁 135—139

112. 瘂　弦　新詩話——序老友向明的箚記　和你輕鬆談詩：向明新詩話　臺北　新藝文出版社　2004 年 12 月　頁 13—16

113. 袁瓊瓊　質的排行榜——客子光陰詩卷裏　聯合報　1993 年 7 月 1 日　35版

114. 穆　欣　向明——擁抱詩作不放的作家　臺灣新聞報　1993 年 8 月 18 日14 版

115. 蕭　蕭　詩人與詩情——為《幼獅文藝四十年大系‧新詩卷》的幾位作者造像〔向明部分〕　幼獅文藝　第 484 期　1994 年 4 月　頁 74

116. 李元洛　杏花消息雨聲中——臺灣詩人向明印象　臺灣新聞報　1994 年 5月 20 日　15 版

117. 邱　婷　嚴肅的軍旅生涯裡展開創作——向明詩作「愈老愈侑」　民生報1995 年 7 月 18 日　42 版

118. 吳秀鳳　愛畫畫的女兒長大了——向明藉尊重培養子女獨立自主的個性

文訊雜誌　第 128 期　1996 年 6 月　頁 41—42

119. 謝貴芝　給夢一把梯子——記爾雅「新詩三書」發表座談會〔向明部分〕
文訊雜誌　第 139 期　1997 年 5 月　頁 87—88

120. 張國治　大海的容顏——有贈向明前輩　金門日報　1998 年 5 月 3 日　5
版

121. 少林子　功在詩壇的董平——有關向明詩人與我底點滴　世界論壇報
1998 年 6 月 20 日　9 版

122. 羅　門　向明？向暗？向黑？　臺灣詩學季刊　第 23 期　1998 年 6 月　頁
140—151

123. 〔中華民國新詩學會編〕　向明作品　中華新詩選粹　臺北　文史哲出版
社　1998 年 6 月　頁 46

124. 舒　蘭　五○年代詩人詩作——向明　中國新詩史話（三）　臺北　渤海
堂文化公司　1998 年 10 月　頁 405—408

125. 劉建化　首創品牌的先鋒——贈詩人向明　詩瀾東迴　臺中　文學街出版
社　1999 年 3 月　頁 94—95

126. 〔姜耕玉選編〕　向明　20 世紀漢語詩選（三）　上海　上海教育出版社
1999 年 12 月　頁 181

127. 〔編輯部〕　向明小傳　向明・世紀詩選　臺北　爾雅出版社　2000 年 4
月　頁 1

128. 林峻楓　投影在你的窗口　中華日報　2000 年 9 月 28 日　19 版

129. 李進文　航向詩人——向明　藍星詩學　第 7 期　2000 年 9 月　頁 14—18

130. 〔人間福報〕　六月四日：「詩壇儒者」——向明出生　人間福報　2001 年
6 月 4 日　9 版

131. 李　鹽　向明參加詩人徐志摩研討會　中國時報　2001 年 12 月 1 日　39 版

132. 林德俊　《走出阿富汗——看中亞及周邊國家民間趣事》　中央日報
2002 年 1 月 12 日　18 版

133. 蕭蕭，白靈　向明簡介　臺灣現代文學教程：新詩讀本　臺北　二魚文化

公司　2002 年 8 月　頁 116—117

134.〔編輯部〕　　關於本書作者　走在詩國邊緣　臺北　爾雅出版社　2002 年
11 月　頁 175

135. 楊　明　　向明印象　詩刊　2002 年第 13 期　2002 年　頁 53—54

136.〔中國詩歌藝術協會〕　　獲獎者：向明先生簡介　詩歌藝術　第 9 期
2003 年 12 月　頁 12

137.〔編輯部〕　　向明小傳　陽光顆粒　臺北　爾雅出版社　2004 年 12 月　頁
292

138. 陳去非　　詩人陳千武和向明——我的啟蒙師和授業師　明道文藝　第 346
期　2005 年 1 月　頁 99—101

139.〔蕭蕭主編〕　　詩人簡介　優游意象世界　臺北　聯合文學出版社　2006
年 6 月　頁 52

140.〔乾坤詩刊〕　　向明簡介　乾坤詩刊　第 41 期　2007 年 1 月　頁 46

141. 鐵　牛　　永遠展翅奮飛的鷹——我所敬仰的八十歲詩人向明（上、下）
人間福報　2007 年 6 月 10—11 日　15 版

142.〔艾農，張國治編〕　　向明簡介　食餘飲後集　臺中　財團法人瑪利亞社
會福利基金會　2007 年 6 月　頁 5

143.〔乾坤詩刊〕　　大師簡介　乾坤詩刊　第 44 期　2007 年 10 月　頁 1

144.〔編輯部〕　　向明（董平）先生履歷——向明小傳　儒家美學的躬行者—
—向明詩作學術研討會論文集　臺北　萬卷樓圖書公司　2007 年
12 月　頁 293

145.〔封德屏主編〕　　向明　2007 臺灣作家作品目錄　臺南　國立臺灣文學館
2008 年 7 月　頁 163

146.〔編輯部〕　　向明小傳　新詩百問　臺北　爾雅出版社　2008 年 7 月　頁
261

147.〔張國治主編〕　　向明　七絃——食餘飲後集二　臺中　財團法人瑪利亞
社會福利基金會　2009 年 3 月　頁 17

148. 陳延宗　　向明、方群端節菹金談詩　文訊雜誌　第 285 期　2009 年 7 月
　　　　　　　頁 109—110

149. 胥　嚴　　詩心常青春，鄉情永不泯——臺灣詩人向明訪首都師範大學中國
　　　　　　　詩歌研究中心記　中國詩歌研究動態　2009 年第 2 期　2009 年
　　　　　　　頁 332—335

150. 辛　鬱　　他為自己點起一盞長明燈——簡述向明　文訊雜誌　第 295 期
　　　　　　　2010 年 5 月　頁 45—48

151. 辛　鬱　　他為自己點起一盞長明燈——簡述向明　我們這一伙人　臺北
　　　　　　　文訊雜誌社　2012 年 7 月　頁 60—66

152. 隱　地　　詩的糾纏　人人都有困境，讀一首詩吧！　臺北　爾雅出版社
　　　　　　　2010 年 9 月　頁 36—38

153. 隱　地　　詩的糾纏——向明今年有兩詩入年度詩選　乾坤詩刊　第 56 期
　　　　　　　2010 年 10 月　頁 122—126

154. 古遠清　　「相逢一笑泯恩仇」——「兩岸作家臺北對話文學」散記〔向明
　　　　　　　部分〕　臺灣文壇的「實況轉播」：一位大陸學者眼中的臺灣文壇
　　　　　　　臺北　秀威資訊科技公司　2013 年 7 月　頁 269—272

155. 張騰蛟　　向明：《狼煙》　書註　臺北　爾雅出版社　2013 年 11 月　頁 49
　　　　　　　—51

156. 〔編輯部〕　　向明小傳　早起的頭髮　臺北　爾雅出版社　2014 年 12 月
　　　　　　　頁 212

157. 〔編輯部〕　　向明小傳　外面的風很冷：向明世紀詩選　北京　中央編譯
　　　　　　　出版社　2015 年 1 月　〔1〕頁

158. 隱　地　　詩的糾纏　外面的風很冷：向明世紀詩選　北京　中央編譯出版
　　　　　　　社　2015 年 1 月　頁 160—167

159. 林錫嘉　　知名詩人向明先生　華文現代詩　第 4 期　2015 年 2 月　〔1〕頁

160. 吳亞順　　詩人向明：綿裡藏針，終成「儒俠」　海星詩刊　第 18 期　2015
　　　　　　　年 12 月　頁 23—26

161. 隱　地　　二十九個名字——向明　深夜的人　臺北　爾雅出版社　2015 年
　　　12 月　頁 152—153

**訪談、對談**

162. 向明等[2]　　中國詩人的道路　現代名詩品賞集　臺北　聯亞出版社　1979 年
　　　5 月　頁 3—26

163. 向　明　　在無限的時空裡流動——與辛鬱談現代詩　中華文藝　第 136 期
　　　1982 年 6 月　頁 96—105

164. 向明等[3]　　《藍星》‧《創世紀》‧《笠》三角討論會　臺灣精神的崛起——
　　　《笠》詩論選集　高雄　文學界雜誌　1989 年 12 月　頁 350—
　　　375

165. 余光中等[4]　　詩人節談詩　藍星詩刊　第 28 期　1991 年 7 月　頁 137—150

166. 向明等[5]　　並存與競爭——兩岸文學座談會　文訊雜誌　第 96 期　1993 年
　　　10 月　頁 73—79

167. 邱　婷　　向明的甜鹹酸梅‧平實真摯‧四十載詩海浮沈筆未輟‧十幾年深
　　　入淺出寫散文　民生報　1994 年 3 月 26 日　29 版

168. 向明等[6]　　現代詩教學座談會　臺灣詩學季刊　第 8 期　1994 年 9 月　頁 41
　　　—50

169. 王偉明　　夢與現實之間——答偉明十二問　詩雙月刊　第 36 期　1997 年
　　　10 月　頁 73—80

170. 王偉明　　夢與現實之間——向明答十二問　詩人詩事　香港　詩雙月刊出
　　　版社　1999 年 8 月　頁 240—252

171. 王偉明　　夢與現實之間——向明答客問　藍星詩學　第 7 期　2000 年 9 月

[2]主持人：羊令野；與會者：商禽、向明、張默、蓉子、高大鵬、蘇紹連、桓夫、管管、吳望堯、
羅行、羅門、辛鬱、岩上、碧果、陳家帶、梅新、向陽、彭邦楨；紀錄：蕭蕭。
[3]主持人：白萩；與會者：羅門、向明、張健、張默、辛鬱、管管、張漢良、張堃、林亨泰、白
萩、李魁賢、李敏勇、郭成義、陳明台、季紅、喬林、羅青、向陽；紀錄：陳明台。
[4]與會者：余光中、王士祥、羅門、李瑞騰、簡政珍、翁文嫻、白靈、蕭蕭、鍾玲、向明。
[5]與會者：李瑞騰、夏鐵肩、洛夫、向陽、陳信元、向明、蕭蕭、白靈、李元洛；紀錄：林麗如；
攝影：封德屏。
[6]主持人：李瑞騰；與會者：葉維廉、尹玲、白靈、向明；記錄整理：鄒桂苑。

頁 19—28

172. 馮季眉　懂得等待的詩人——專訪向明先生　文訊雜誌　第 146 期　1997
年 12 月　頁 67—70

173. 周夢蝶等[7]　網路‧世代‧性別——詩現象面面談　中央日報　1998 年 5 月
30 日　22 版

174. 林峻楓　觀照詩的華陀——訪詩人向明　青年日報　1999 年 9 月 16 日　15
版

175. 陳智弘　生活是最真實的詩——專訪詩人向明　北市青年　第 209 期
2000 年 3 月　頁 14—19

176. 林德俊　年度詩選的推手——訪詩人向明　聯合報　2000 年 11 月 3 日　37
版

177. 林麗如　一起走遍千山萬水——資深作家談書寫與閱讀——向明：體驗網
路無藩籬　文訊雜誌　第 264 期　2007 年 10 月　頁 85—86

178. 紫　鵑　網路詩世界的最老悠遊者——專訪前輩詩人向明先生　乾坤詩刊
第 44 期　2007 年 10 月　頁 6—15

179. 虞慧貞　訪問向明先生　向明詩的現實關懷研究　高雄師範大學國文學系
國文教學碩士班　碩士論文　林文欽教授指導　2008 年 6 月　頁
352—358

180. 辛勤等[8]　跨世代的火花——專訪詩人向明　海星詩刊　第 6 期　2012 年
12 月　頁 11—24

181. 黃朝雄　訪問向明老師紀錄　向明及其現代詩研究　臺南大學國語文學系
碩士論文　張惠貞教授指導　2012 年 12 月　頁 365—367

182. 郭乃菁　訪問向明先生　向明詩觀研究　高雄師範大學國文教學碩士班
碩士論文　林文欽教授指導　2013 年 2 月　頁 215—218

---

[7]與會者：周夢蝶、向明、白靈、羅任玲、顏艾琳；紀錄：余亮。
[8]與會者：辛勤、也思、子雅、涂沛宗、陳少、林立雄。

183. 向明等[9]　　文學森林裡的各種綻放可能——「文訊 30：世代文青論壇接力賽」第二場　文訊雜誌　第 335 期　2013 年 9 月　頁 84—85

184. 陳政華　　訪談記錄　向明詩學及其實踐　高雄師範大學國文學系　碩士論文　曾進豐教授指導　2014 年 7 月　頁 274—280

185. 陳政華整理　　網路問答　向明詩學及其實踐　高雄師範大學國文學系　碩士論文　曾進豐教授指導　2014 年 7 月　頁 280—281

186. 陳文發　　小兵扛大槍　中華日報　2014 年 8 月 25 日　B4 版

187. 〔蕭仁豪主編〕　　對話——向明╳楊佳嫻　鄉愁與流浪的行板　臺北　中華文化總會　2014 年 11 月　頁 17—31

188. 紫　鵑　　網絡詩世界的最老悠遊者——專訪前輩詩人向明先生　外面的風很冷：向明世紀詩選　北京　中央編譯出版社　2015 年 1 月　頁 168—179

## 年表

189. 〔編輯部〕　　向明（董平）先生履歷——年表　儒家美學的躬行者——向明詩作學術研討會論文集　臺北　萬卷樓圖書公司　2007 年 12 月　頁 297—311

190. 虞慧貞　　向明年表　向明詩的現實關懷研究　高雄師範大學國文學系國文教學碩士班　碩士論文　林文欽教授指導　2008 年 6 月　頁 339—357

191. 〔編輯部〕　　向明寫作年表　隨身的糾纏　臺北　爾雅出版社　1994 年 3 月　頁 185—195

192. 〔丁旭輝編〕　　向明寫作生平簡表　向明集　臺南　國立臺灣文學館　2008 年 12 月　頁 136—137

193. 黃朝雄　　向明著作年表　向明及其現代詩研究　臺南大學國語文學系　碩士論文　張惠貞教授指導　2012 年 12 月　頁 348—364

---

[9]主持人：楊佳嫻；與會者：白靈、向明、李維菁、林文義、徐國能、許榮哲、楊平、趙天儀；紀錄：郭正偉。

194. 郭乃菁　　向明年表　向明詩觀研究　高雄師範大學國文教學碩士班　碩士
論文　林文欽教授指導　2013 年 2 月　頁 203—214

195. 陳政華　　向明年表（1928—）　向明詩學及其實踐　高雄師範大學國文學
系　碩士論文　曾進豐教授指導　2014 年 7 月　頁 181—200

196. 陳政華　　向明詩作編目、編年　向明詩學及其實踐　高雄師範大學國文學
系　碩士論文　曾進豐教授指導　2014 年 7 月　頁 201—253

## 其他

197. 孫長仁　　向明主編《藍星》‧甘苦參半　聯合報　1992 年 4 月 1 日　25 版

198. 王平山　　向明在詩卷中度光陰　聯合報　1992 年 12 月 19 日　43 版

199. 吳　浩　　向明榮獲國家文藝獎　文訊雜誌　第 118 期　1995 年 8 月　〔1〕
頁

200. 吳　浩　　向明榮獲國家文藝獎　評論十家　臺北　爾雅出版社　1995 年 11
月　頁 217—219

201. 鄒蘊欣　　首屆詩歌藝術獎頒獎——紀弦、鍾鼎文、尹玲、向明、涂靜怡獲
殊榮　中央日報　1996 年 9 月 1 日　7 版

202. 郭士榛　　中國文協頒五四文藝獎章——包括星雲獲文化貢獻獎以及朱炎、
向明獲文學獎等另 19 人獲獎章　中央日報　2006 年 5 月 4 日　13
版

203. 羅智華　　五四文藝節‧星雲大師獲文化貢獻獎——另榮譽文藝獎章由朱
炎、向明、黃光男等分獲‧慈惠法師等獲藝文工作獎　人間福報
2006 年 5 月 4 日　6 版

204. 郭士榛　　中國文協頒五四文藝獎章〔向明部分〕　中央日報　2006 年 5 月
4 日　13 版

205. 〔民生報〕　文藝節獎章今頒發〔向明部分〕　民生報　2006 年 5 月 4 日
A9 版

206. 陳希林　　文藝獎章，黃光男等獲頒〔向明部分〕　中國時報　2006 年 5 月
4 日　E8 版

## 作品評論篇目

### 綜論

220. 古　丁　　論向明———一棵免於病蟲害的樹　截斷眾流集　臺北　長歌出版
　　　　　　　　社　1980 年 6 月　頁 136—144

221. 古　丁　　論向明———一棵免於病蟲害的樹　古丁全集・評論　臺北　秋水
　　　　　　　　詩刊社　1983 年 6 月　頁 299—308

222. 小　民　　向明的詩　臺灣新生報　1982 年 12 月 4 日　8 版

223. 洛　夫　　試論向明的詩（上、下）　中華日報　1983 年 1 月 5，6 日　10 版

224. 洛　夫　　試論向明的詩　創世紀　第 60 期　1983 年 1 月　頁 36—39

225. 洛　夫　　試論向明的詩　詩的邊緣　臺北　漢光文化公司　1986 年 8 月
　　　　　　　　頁 119—127

226. 洛　夫　　試論向明的詩　向明自選集　臺北　黎明文化公司　1988 年 5 月
　　　　　　　　頁 254—262

227. 張騰蛟　　讀寫生活筆記——橄欖——品品向明的詩句　臺灣新聞報　1983
　　　　　　　　年 1 月 20 日　12 版

228. 張　健　　自由中國時期：中期——向明與商略　中國現代詩　臺北　五南
　　　　　　　　圖書公司　1984 年 1 月　頁 102—103

229. 上官予　　五十年代的新詩〔向明部分〕　文訊雜誌　第 9 期　1984 年 3 月
　　　　　　　　頁 42—43

230. 李魁賢　　說夜不夜，說青春不青春　鍾山詩刊　第 6 期　1985 年 6 月　頁
　　　　　　　　12—13

231. 李元洛　　屹立於時間的風中——論臺灣詩人向明的詩　芙蓉月刊　第 3 期
　　　　　　　　1988 年 3 月　頁 123—129

232. 王志健　　新詩的再出發——「藍星」詩人——向明　文學四論（上）　臺
　　　　　　　　北　文史哲出版社　1988 年 7 月　頁 279—281

233. 李元洛　　獨立蒼茫自詠者——向明詩作欣賞　文藝生活雜誌　第 8、9 期合
　　　　　　　　刊　1988 年 8 月　頁 104—106

234. 古繼堂　　藍星詩社和它的詩人群——向明　臺灣新詩發展史　臺北　文史
　　　　　　　　哲出版社　1989 年 7 月　頁 254—261

235. 穆　欣　　向明：找到一個發洩的出口　臺灣新聞報　1991 年 6 月 4 日　13 版

236. 朱雙一　　現代主義詩歌運動的第一次高潮〔向明部分〕　臺灣新文學概觀（下）　廈門　鷺江出版社　1991 年 6 月　頁 124

237. 無名氏　　詩的星期五——兼評向明的詩　臺灣日報　1992 年 9 月 18 日　9 版

238. 蕭　蕭　　青銅的尊嚴——論向明　現代詩廊廡　彰化　彰化縣立文化中心　1993 年 6 月　頁 32—41

239. 王志健　　摘星的與提燈的——向明　中國新詩淵藪（中）　臺北　正中書局　1993 年 7 月　頁 1742—1755

240. 〔張超〕　　向明　臺港澳及海外華人作家辭典　江蘇　南京大學出版社　1994 年 12 月　頁 526

241. 蕭　蕭　　向明的詩與生活美學（上、下）　臺灣新聞報　1995 年 3 月 2—3 日　14 版

242. 蕭　蕭　　向明的詩與生活美學　臺灣詩學季刊　第 11 期　1995 年 6 月　頁 126—133

243. 蕭　蕭　　論向明的詩與生活美學　雲端之美・人間之真　臺北　駱駝出版社　1997 年 3 月　頁 108—124

244. 蕭　蕭　　向明的詩與生活美學　向明・世紀詩選　臺北　爾雅出版社　2000 年 4 月　頁 6—17

245. 游　喚　　試用語言詩派解讀向明的詩　臺灣詩學季刊　第 11 期　1995 年 6 月　頁 160—167

246. 蕭　蕭　　《新詩三百首》詩人鑑評選刊〔向明部分〕　臺灣詩學季刊　第 12 期　1995 年 9 月　頁 160—161

247. 〔中華民國新詩學會〕　　向明詩創作觀　中華新詩選　臺北　文史哲出版社　1996 年 3 月　頁 369

248. 張　默　　好空白的一方方陷阱——向明的詩生活探微　聯合文學　第 139 期　1996 年 5 月　頁 146—152

249. 張　默　　好空白的一方方陷阱——向明的詩生活　夢從樺樹上跌下來：詩

　　　　　　　　壇鈎沉筆記　臺北　爾雅出版社　1998 年 6 月　頁 37—54

250. 劉登翰，朱雙一　　無憾於隱沒成不化身的蛹——向明論　彼岸的繆斯——
　　　　　　　　臺灣詩歌論　南昌　百花洲文藝出版社　1996 年 12 月　頁 225—
　　　　　　　　229

251. 李瑞騰　　序——百問而千萬答　新詩 50 問　臺北　爾雅出版社　1997 年 2
　　　　　　　　月　頁 1—5

252. 李瑞騰　　百問而千萬答　臺灣新聞報　1997 年 3 月 2 日　13 版

253. 謝輝煌　　輕提燈籠照詩心——讀向明先生的童詩　螢火蟲　臺北　三民書
　　　　　　　　局　1997 年 4 月　頁 4—5

254. 張　健　　藍星詩人的成就——向明　明道文藝　第 274 期　1999 年 1 月
　　　　　　　　頁 124

255. 朱雙一　　無憾於隱沒成不化身的蛹——向明論　中華日報　1999 年 5 月 21
　　　　　　　　日　16 版

256. 方　群　　謙謙向明　中央日報　2000 年 5 月 18 日　22 版

257. 賀少陽　　讀向明的《世紀詩選》和其他的詩　乾坤詩刊　第 15 期　2000 年
　　　　　　　　7 月　頁 32—36

258. 陶保璽　　傾訴親情，向明詩中第一輪朝陽　臺灣新聞報　2000 年 8 月 24 日
　　　　　　　　B7 版

259. 陶保璽　　張望青春的臉，原是一隻老不折翼的風箏——對向明詩作內蘊及
　　　　　　　　藝術探索的掃描與賞鑒（上、下）　藍星詩學　第 7—8 期　2000
　　　　　　　　年 9，12 月　頁 29—40，174—204

260. 陶保璽　　張望青春的臉，原是一隻老不折翼的風箏——對向明詩作內蘊及
　　　　　　　　藝術探索的掃描與賞鑒　臺灣新詩十家論　臺北　二魚文化公司
　　　　　　　　2003 年 8 月　頁 222—262

261. 丁旭輝　　溫文儒雅見真醇——論向明的詩　藍星詩學　第 19 期　2003 年 9
　　　　　　　　月　頁 183—196

262. 丁旭輝　　溫文儒雅見真醇——向明的詩　淺出深入話新詩　臺北　爾雅出

版社　2006 年 9 月　頁 35—46

263. 蕭　蕭　臺灣新詩的入世精神——向明的佐證　臺灣新詩美學　臺北　爾
　　　　　雅出版社　2004 年 2 月　頁 67—82

264. 古遠清　簡論湖南籍的四位臺灣詩人——風格篤實的向明　理論與創作
　　　　　2007 年第 3 期　2007 年 5 月　頁 63—64

265. 簡政珍　人間的意象與想像——以向明詩作為例　儒家美學的躬行者——
　　　　　向明詩作學術研討會　臺北　臺灣詩學季刊社，臺北教育大學語
　　　　　文與創作學系，明道大學中國文學系　2007 年 6 月 3 日

266. 簡政珍　人間的意象與想像——以向明詩作為例　儒家美學的躬行者——
　　　　　向明詩作學術研討會論文集　臺北　萬卷樓圖書公司　2007 年 12
　　　　　月　頁 1—11

267. 林于弘　向明詩作中的現象與意涵——以「詩選」為例　儒家美學的躬行
　　　　　者——向明詩作學術研討會　臺北　臺灣詩學季刊社，臺北教育
　　　　　大學語文與創作學系，明道大學中國文學系　2007 年 6 月 3 日

268. 林于弘　向明詩作中的現象與意涵——以「詩選」為例　儒家美學的躬行
　　　　　者——向明詩作學術研討會論文集　臺北　萬卷樓圖書公司
　　　　　2007 年 12 月　頁 71—95

269. 郭　楓　燦爛在雪線以上的語言花——論向明其世其人其詩　儒家美學的
　　　　　躬行者——向明詩作學術研討會　臺北　臺灣詩學季刊社，臺北
　　　　　教育大學語文與創作學系，明道大學中國文學系　2007 年 6 月 3
　　　　　日

270. 郭　楓　燦爛在雪線以上的語言花——論向明其世其人其詩（上、下）
　　　　　鹽分地帶文學　第 11—12 期　臺北　2007 年 8，10 月　頁 190—
　　　　　200，196—204

271. 郭　楓　燦爛在雪線以上的語言花——論向明其世其人其詩　儒家美學的
　　　　　躬行者——向明詩作學術研討會論文集　臺北　萬卷樓圖書公司
　　　　　2007 年 12 月　頁 97—133

272. 虞慧貞　　巨掌的寬厚——試析向明詩作的鄉愁關懷　儒家美學的躬行者——
　　　　　　　向明詩作學術研討會　臺北　臺灣詩學季刊社，臺北教育大學語
　　　　　　　文與創作學系，明道大學中國文學系　2007 年 6 月 3 日

273. 虞慧貞　　巨掌與寬厚——試析向明詩作的鄉愁關懷　儒家美學的躬行者——
　　　　　　　向明詩作學術研討會論文集　臺北　萬卷樓圖書公司　2007 年 12
　　　　　　　月　頁 191—240

274. 夏婉雲　　身體、纏繞與互動——從向明的童詩看文學時空的指向　儒家美
　　　　　　　學的躬行者——向明詩作學術研討會　臺北　臺灣詩學季刊社，臺
　　　　　　　北教育大學語文與創作學系，明道大學中國文學系　2007 年 6 月
　　　　　　　3 日

275. 夏婉雲　　身體、纏繞與互動——從向明的童詩看文學時空的指向　儒家美
　　　　　　　學的躬行者——向明詩作學術研討會論文集　臺北　萬卷樓圖書
　　　　　　　公司　2007 年 12 月　頁 241—277

276. 謝輝煌　　試窺向明的新詩話　儒家美學的躬行者——向明詩作學術研討會
　　　　　　　臺北　臺灣詩學季刊社，臺北教育大學語文與創作學系，明道大
　　　　　　　學中國文學系　2007 年 6 月 3 日

277. 謝輝煌　　試窺向明的新詩話　儒家美學的躬行者——向明詩作學術研討會
　　　　　　　論文集　臺北　萬卷樓圖書公司　2007 年 12 月　頁 279—289

278. 丁旭輝　　向明詩解讀　文學臺灣　第 65 期　2008 年 1 月　頁 238—248

279. 洛　夫　　序　新詩百問　臺北　爾雅出版社　2008 年 7 月　頁 1—5

280. 李瑞騰　　百問而千萬答　新詩百問　臺北　爾雅出版社　2008 年 7 月　頁
　　　　　　　6—9

281. 〔丁旭輝編〕　　解說　向明集　臺南　國立臺灣文學館　2008 年 12 月　頁
　　　　　　　122—135

282. 陳瑞山　　向明詩作英譯之研究[10]　廣譯：語言、文學、與文化翻譯　第 2 期

---

[10]本文研究向明詩作英文翻譯及現況。全文共 3 小節：
　1.A=Brief=Survey=of=English=Translations=of=Modern=Chinese=Poetry=from=Taiwan；

2009 年 1 月　頁 65—106

283. 朵　思　　《七絃》──序〔向明部分〕　七絃──食餘飲後集二　臺中　財團法人瑪利亞社會福利基金會　2009 年 3 月　頁 13

284. 丁旭輝　　時代與生活的投影：細品向明的詩[11]　現代詩的風景與路徑　高雄　春暉出版社　2009 年 7 月　頁 105—125

285. 陳芳明　　現代詩藝的追求與成熟──現代詩的抒情傳統〔向明部分〕　臺灣新文學史　臺北　聯經出版公司　2011 年 10 月　頁 439—440

286. 劉正偉　　其他藍星詩人及其早期作品析論──向明及其作品析論　早期藍星詩社（1954—1971）研究　佛光大學文學系　博士論文　黃維樑教授指導　2012 年 1 月　頁 104—110

287. 林于弘　　向明施作的形式特徵與內容意涵──以「詩選」為例[12]　群星熠熠：臺灣當代詩人析論　臺北　秀威資訊科技公司　2012 年 12 月　頁 29—47

288. 〔張國治，須文蔚〕　　向明簡介　喧譁──食餘飲後（四）　臺中　財團法人瑪利亞社會福利基金會　2013 年 2 月　頁 10

289. 章亞昕　　向明論：無常月，奈何天[13]　詩探索・2012・第 4 輯・理論卷　桂林　灕江出版社　2013 年 3 月　頁 50—65

290. 陳政華　　搆不到的從前──論向明的「傷逝」書寫　輔仁大學中國文學系 101 學年度第二學期教師學術研討會　臺北　輔仁大學中國文學系主辦　2013 年 6 月 19 日

291. 陳政華　　搆不到的從前──論向明的「傷逝」書寫　輔大中研所學刊　第 29，30 期　2013 年 10 月　頁 71—94

---

2.About=the=English=Translations=of=Hsiang=Ming's=Poems；3.Conclusion。

[11]本文探討向明詩作中不同題材的表現手法與意境。全文共 5 小節：1.時代烙印與反戰思想；2.生活的諸般況味；3.自我生命與自然生命的思索；4.諷刺批判與現實關懷；5.對土地的感謝。

[12]本文以「詩選」為對象，檢驗向明在「詩選」中所呈現的形式特徵與內容意涵。全文共 6 小節：1.前言；2.「詩選」的意涵與價值；3.「詩選」中向名詩作的選錄狀況；4.「詩選」中向明詩作的形式特徵；5.「詩選」中向明詩作的內容意涵；6.結論。

[13]本文分析向明詩作，並為其創作分期。全文共 3 小節：1.探索期；2.拉升期；3.巔峰期。

292. 陳政華　論向明詩的前景化[14]　問學　第 17 期　2013 年 6 月　頁 113—136

293. 蕭　蕭　比人早起的頭髮——我讀向明近期的詩　早起的頭髮　臺北　爾
雅出版社　2014 年 12 月　頁 3—7

294. 蕭　蕭　向明的詩與生活美學　外面的風很冷：向明世紀詩選　北京　中
央編譯出版社　2015 年 1 月　頁 1—10

分論

◆單行本作品

詩

《雨天書》

295. 夏　菁　詩的悲哀——周夢蝶《孤獨國》及向明《雨天書》讀後感　聯合
報　1959 年 10 月 2 日　6 版

296. 夏　菁　詩的悲哀——周夢蝶《孤獨國》及向明《雨天書》讀後感　窺豹
集——夏菁談詩憶往　臺北　秀威資訊科技公司　2013 年 1 月
頁 65—75

297. 覃子豪　現代中國新詩的特質〔《雨天書》部分〕　文學雜誌　第 7 卷第 2
期　1959 年 10 月　頁 30—34

298. 覃子豪　現代中國新詩的特質〔《雨天書》部分〕　論現代詩　臺中　普
天出版社　1971 年 11 月　頁 217—219

299. 覃子豪　現代中國新詩的特質〔《雨天書》部分〕　新詩播種者：覃子豪
詩文選　臺北　爾雅出版社　2005 年 10 月　頁 226—230

《五弦琴》

300. 趙天儀　《五弦琴》〔向明部分〕[15]　裸體的國王　臺北　香草山出版公司
1976 年 6 月　頁 255—257

《狼煙》

301. 鍾禮地〔羊令野〕　燃起一株詩的《狼煙》——評介向明《狼煙》詩集

---

[14]本文就前景化理論中「失協」與「失衡」的概念，分析向明詩作。全文共 4 小節：1.前言；2.書
寫視覺的失協；3.語句反覆的失衡；4.結語。
[15]本書為向明、彭捷、楚風、鄭林、蜀弓五人合著，以此詩集紀念覃子豪。

　　　　　　　青年戰士報　1970 年 1 月 31 日　8 版

302. 羊令野　　燃起一株詩的《狼煙》──評介向明《狼煙》詩集　千手千眼集
　　　　　　　臺北　大林出版社　1978 年　頁 12─22

## 《青春的臉》

303. 張騰蛟〔魯蛟〕　　談《青春的臉》[16]　中央日報　1982 年 12 月 9 日　10 版

304. 魯　蛟　　欣見向明出書　秋水詩刊　第 37 期　1983 年 1 月　頁 4

305. 張　默　　《青春的臉》　民眾日報　1982 年 12 月 5 日　12 版

306. 沙　穗　　時間長廊──簡介向明詩集《青春的臉》　臺灣新聞報　1982 年
　　　　　　　12 月 16 日　12 版

307. 趙天儀　　溫柔敦厚的聲音──評向明詩集《青春的臉》　中華日報　1983
　　　　　　　年 2 月 21 日　10 版

308. 墨　人　　求新而不立異──讀向明《青春的臉》　中央日報　1983 年 3 月
　　　　　　　18 日　12 版

309. 羊令野　　向明的《青春的臉》　臺灣日報　1983 年 4 月 1 日　8 版

310. 劉滌凡　　無情眾生有情詩──賞析向明詩集《青春的臉》　民眾日報
　　　　　　　1983 年 4 月 5 日　10 版

311. 落蒂〔楊顯榮〕　　火星四濺的鐵砧──我看向明詩集《青春的臉》　中華
　　　　　　　文藝　第 148 期　1983 年 6 月　頁 42─46

312. 落　蒂　　火星四濺的鐵砧──我看向明詩集《青春的臉》　書香滿懷　臺
　　　　　　　北　文史哲出版社　2015 年 2 月　頁 227─231

313. 辛　鬱　　從生活出發──淺談向明的《青春的臉》　文訊雜誌　第 2 期
　　　　　　　1983 年 8 月　頁 96─99

314. 辛　鬱　　從生活出發──淺談向明的《青春的臉》　藍星詩刊　第 17 期
　　　　　　　1983 年 10 月　頁 145─149

315. 司馬司賢　　讀《青春的臉》──一本特別的現代詩　書的世界　第 6 期
　　　　　　　1984 年 1 月　頁 28─31

---

[16]本文後改篇名為〈欣見向明出書〉。

316. 沙　牧　　從生活出發，向生命求證——《青春的臉》賞析　中華日報
　　　　　　　1985 年 3 月 13 日　11 版

317. 小　民　　簡潔之美——《青春的臉》溫和雋永　九歌雜誌　第 58 期　1985
　　　　　　　年 12 月　4 版

### 《水的回想》

318. 小　民　　簡潔雋永的詩風——讀向明新詩集《水的回想》　臺灣日報
　　　　　　　1988 年 3 月 5 日　8 版

319. 麥　穗　　向未來宣戰的詩章——讀向明的詩集《水的回想》　中華日報
　　　　　　　1988 年 4 月 18 日　15 版

320. 麥　穗　　向未來宣戰的詩章——讀向明的詩集《水的回想》　秋水詩刊
　　　　　　　第 58 期　1988 年 4 月　頁 4—7

321. 白　靈　　一隻蛙坐在心頭上——評向明詩集《水的回想》　文訊雜誌　第
　　　　　　　36 期　1988 年 6 月　頁 144—147

322. 邵燕祥　　「一枚子彈」及其他——小評向明著《水的回想》　藍星詩刊
　　　　　　　第 20 期　1989 年 7 月　頁 76—78

323. 落　蒂　　悲傷的旅人——評《水的回想》　中華日報　1990 年 2 月 9 日
　　　　　　　14 版

324. 麥　穗　　堅強的意志，現實的氣息——《水的回想》餘味無窮　九歌雜誌
　　　　　　　第 118 期　1990 年 12 月　2 版

325. 〔文藝作品調查研究小組〕　　《水的回想》　書林采風　臺北　國家文藝
　　　　　　　基金管理委員會　1992 年 6 月　頁 23—24

326. 劉正偉　　諷喻的詩生活——向明《水的回想》　儒家美學的躬行者——向
　　　　　　　明詩作學術研討會　臺北　臺灣詩學季刊社，臺北教育大學語文
　　　　　　　與創作學系，明道大學中國文學系　2007 年 6 月 3 日

327. 劉正偉　　諷喻的詩生活——向明《水的回想》評析　儒家美學的躬行者—
　　　　　　　—向明詩作學術研討會論文集　臺北　萬卷樓圖書公司　2007 年
　　　　　　　12 月　頁 13—35

328. 落　蒂　　悲傷的旅人——讀向明詩集《水的回想》　書香滿懷　臺北　文
史哲出版社　2015 年 2 月　頁 240—244

## 《向明自選集》

329. 姜　穆　　評《向明自選集》　臺灣新聞報　1988 年 10 月 8 日　12 版

330. 姜　穆　　評《向明自選集》　藍星詩刊　第 18 期　1989 年 1 月　頁 126—
130

## 《隨身的糾纏》

331. 熊國華　　平淡而有深趣——讀向明詩集《隨身的糾纏》　中央日報　1994
年 10 月 1 日　16 版

332. 熊國華　　平淡而有深趣——讀向明詩集《隨身的糾纏》　臺灣詩學季刊
第 11 期　1995 年 6 月　頁 156—159

333. 熊國華　　平淡而有深趣——讀向明詩集《隨身的糾纏》　理論與創作
1995 年第 3 期　1995 年 6 月　頁 72—73

334. 沈　奇　　向晚愈明——評向明和他的詩集《隨身的糾纏》　臺灣詩學季刊
第 11 期　1995 年 6 月　頁 147—155

335. 沈　奇　　向晚愈明——評向明和他的詩集《隨身的糾纏》　臺灣詩人散論
臺北　爾雅出版社　1996 年 11 月　頁 178—194

336. 沈　奇　　向晚愈明——論向明兼評其詩集《隨身的糾纏》　沈奇詩學論集
——臺灣詩人論評　北京　中國社會科學出版社　2005 年 8 月
頁 293—303

## 《向明‧世紀詩選》

337. 保　真　　繼承屈原的現代詩人——讀《向明‧世紀詩選》　民眾日報
2000 年 5 月 5 日　13 版

338. 無名氏　　植根生活的詩——讀《向明‧世紀詩選》　臺灣新聞報　2000 年
5 月 29 日　B8 版

339. 謝輝煌　　與新詩纏綿五十年《向明‧世紀詩選》在求新求變雙軌上行進
中華日報　2000 年 6 月 13 日　18 版

340. 沈　奇　　向明之「明」──讀向明詩集《向明‧世紀詩選》　自由時報
　　　　　　　　2000 年 8 月 10 日　39 版

341. 沈　奇　　向明之「明」──讀《向明‧世紀詩選》　臺灣詩學季刊　第 32
　　　　　　　　期　2000 年 9 月　頁 138──140

342. 沈　奇　　向明之「明」──讀向明詩集《向明‧世紀詩選》　綠風詩刊
　　　　　　　　2000 年第 5 期　2000 年　頁 125──127

343. 沈　奇　　向明之「明」──讀向明詩集《向明‧世紀詩選》　拒絕與再
　　　　　　　　造：兩岸現代漢詩論評　臺北　三民書局　2001 年 2 月　頁 213
　　　　　　　　──217

344. 沈　奇　　向明之明──評《向明‧世紀詩選》　沈奇詩學論集──臺灣詩
　　　　　　　　人論評　北京　中國社會科學出版社　2005 年 8 月　頁 304──307

345. 洪淑苓　　詩的純度、深度與廣度──《向明‧世紀詩選》評介　臺灣日報
　　　　　　　　2000 年 8 月 18 日　35 版

346. 洪淑苓　　詩的純度‧深度與廣度──《向明‧世紀詩選》評介　藍星詩學
　　　　　　　　第 9 期　2001 年 3 月　頁 154──156

347. 洪淑苓　　詩的純度深度與廣度　現代詩新版圖　臺北　秀威資訊科技公司
　　　　　　　　2004 年 9 月　頁 95──97

348. 吳　當　　一條溫婉的溪流──讀《向明‧世紀詩選》　明道文藝　第 295
　　　　　　　　期　2000 年 10 月　頁 38──41

349. 吳　當　　一條溫婉的溪流──讀《向明‧世紀詩選》　兩棵詩樹　臺北
　　　　　　　　爾雅出版社　2001 年 12 月 20 日　頁 23──31

350. 方　群　　長洲孤月向誰明?──談《向明‧世紀詩選》　藍星詩學　第 8
　　　　　　　　期　2000 年 12 月　頁 144──147

351. 落　蒂　　詩不驚人誓不休：談向明的詩路（上、下）　臺灣時報　2001 年
　　　　　　　　7 月 11，12 日　21 版

352. 落　蒂　　詩不驚人誓不休──評《向明‧世紀詩選》　藍星詩學　第 11 期
　　　　　　　　2001 年 9 月　頁 148──151

353. 落　蒂　　詩不驚人誓不休——從《世紀詩選》看向明詩作中的生活美學
　　　　　　　兩棵詩樹　臺北　爾雅出版社　2001 年 12 月　頁 17—21

354. 落　蒂　　詩不驚人誓不休——評《向明‧世紀詩選》　臺灣新聞報　2003
　　　　　　　年 6 月 3 日　16 版

《陽光顆粒》

355. 林德俊　　《陽光顆粒》書介　中央日報　2005 年 1 月 8 日　17 版

356. 綠　原　　向明新作《陽光顆粒》讀後　詩網路　第 19 期　2005 年 2 月　頁
　　　　　　　40—42

357. 綠　原　　為詩奮起為詩狂——向明新作《陽光顆粒》讀後　文訊雜誌　第
　　　　　　　232 期　2005 年 2 月　頁 28—29

358. 綠　原　　為詩奮起為詩狂——向明詩集《陽光顆粒》讀後　閒愁——向明
　　　　　　　詩集　臺北　釀出版　2011 年 7 月　頁 151—154

359. 邵燕祥　　雪晴窗下遠人詩——讀向明《陽光顆粒》　文學世紀　第 48 期
　　　　　　　2005 年 3 月　頁 74—75

360. 邵燕祥　　雪晴窗下遠人詩——讀向明《陽光顆粒》　中央日報　2005 年 4
　　　　　　　月 3 日　17 版

361. 邵燕祥　　雪晴窗下遠人詩——讀向明《陽光顆粒》　外面的風很冷：向明
　　　　　　　世紀詩選　北京　中央編譯出版社　2015 年 1 月　頁 152—159

362. 邵燕祥　　雪晴窗下遠人詩——讀向明詩集《陽光顆粒》　閒愁——向明詩
　　　　　　　集　臺北　釀出版　2011 年 7 月　頁 155—160

363. 魯　蛟　　豐收十年間——看向明詩集《陽光顆粒》及其他　乾坤詩刊　第
　　　　　　　34 期　2005 年 4 月　頁 91—92

364. 文曉村　　拇指山下品麻辣——淺讀《陽光顆粒》　更生日報　2005 年 7 月
　　　　　　　31 日　9 版

365. 文曉村　　拇指山下品麻辣——漫說向明的另一面　臺灣詩學吹鼓吹詩論壇
　　　　　　　第 1 期　2005 年 9 月　頁 72—74

366. 文曉村　　拇指山下品麻辣——漫說向明的另一面　雪白梅香費評章　臺北

臺灣商務印書館　2006 年 1 月　頁 10—17

367. 文曉村　《陽光顆粒》中的麻辣味——慢說向明的另一面　早起的頭髮
臺北　爾雅出版社　2014 年 12 月　頁 192—199

368. 曾進豐　以溫柔樣態烘焙人間情味——論向明《陽光顆粒》的詩藝與詩意
儒家美學的躬行者——向明詩作學術研討會　臺北　臺灣詩學季
刊社，臺北教育大學語文與創作學系，明道大學中國文學系
2007 年 6 月 3 日

369. 曾進豐　以溫柔樣態烘培人間情味——論向明《陽光顆粒》的詩藝與詩意
儒家美學的躬行者——向明詩作學術研討會論文集　臺北　萬卷
樓圖書公司　2007 年 12 月　頁 135—189

## 《閒愁——向明詩集》

370. 曾進豐　愁非等閒——序向明詩集《閒愁》　閒愁——向明詩集　臺北
釀出版　2011 年 7 月　頁 3—12

371. 曾進豐　愁非等閒——序向明詩集《閒愁》　外面的風很冷：向明世紀詩
選　北京　中央編譯出版社　2015 年 1 月　頁 180—191

372. 李進文　一片閒愁共笑忘——推薦書：向明詩集《閒愁》（秀威資訊）　聯
合報　2011 年 10 月 1 日　D3 版

373. 謝輝煌　閒人・閒事・閒愁——向明《閒愁》讀後　中華日報　2011 年 10
月 9 日　B7 版

374. 謝輝煌　閒人、閒事、閒愁——向明《閒愁》獨後　新文壇　第 26 期
2012 年 1 月　頁 17—22

375. 魯　雅　《閒愁》　自由時報　2011 年 10 月 24 日　D9 版

376. 林明理　深冬裡的白樺——讀向明詩集《閒愁》　秋水詩刊　第 153 期
2012 年 4 月　頁 19—21

377. 林明理　深冬裡的白樺——讀向明詩集《閒愁》　用詩藝開拓美：林明理
談詩　臺北　秀威資訊科技公司　2013 年 1 月　頁 195—199

378. 洛　夫　滿紙都是閒愁——來信告知詩集《閒愁》讀後　低調之歌——向

明詩集　臺北　釀出版　2012 年 12 月　頁 133—135

## 《低調之歌——向明詩集》

379. 李進文　向時光說分明——推薦書：向明詩集《低調之歌》　聯合報
2012 年 12 月 15 日　D3 版

380. 李進文　向時光說分明——序向明詩集《低調之歌》　低調之歌——向明
詩集　臺北　釀出版　2012 年 12 月　頁 9—17

381. 銀之匙　《低調之歌》　自由時報　2013 年 1 月 9 日　D9 版

382. 楊　風　向明前輩的《低調之歌》　海星詩刊　第 7 期　2013 年 3 月　頁
22—23

383. 鴻　鴻　棒棒糖的盡頭——讀向明的《低調之歌》　人間福報　2013 年 8
月 20 日　15 版

384. 鴻　鴻　棒棒糖的盡頭——讀向明的《低調之歌》　早起的頭髮　臺北
爾雅出版社　2014 年 12 月　頁 200—204

385. 熊國華　向明愈晚——讀向明詩集《低調之歌》　中華日報　2014 年 3 月
12 日　B4 版

386. 熊國華　向明愈晚——讀向明詩集《低調之歌》　葡萄園　第 202 期
2014 年 5 月　頁 69—72

387. 熊國華　向晚愈明，低調發聲——析向明詩集《低調之歌》　早起的頭髮
臺北　爾雅出版社　2014 年 12 月　頁 205—210

## 《早起的頭髮》

388. 陳　謙　讀向明詩集《早起的頭髮》　文藝月刊　第 253 期　1990 年 7 月
頁 19—21

389. 向　陽　讀向明詩集《早起的頭髮》　中華日報　2015 年 1 月 16 日　B4
版

390. 魯　蛟　讓詩來說話——讀向明的新詩集《早起的頭髮》　文訊雜誌　第
351 期　2015 年 1 月　頁 148—149

391. 曾琮琇　雞鳴不已：向明的晚期風格——推薦書：向明《早起的頭髮》（爾

雅出版） 聯合報 2015 年 2 月 14 日 D3 版

392. 向 陽 讀向明詩集《早起的頭髮》 華文現代詩 第 4 期 2015 年 2 月 頁 36

## 散文

### 《客子光陰詩卷裏》

393. 謝輝煌 杏花消息雨聲中——向明著《客子光陰詩卷裏》讀後 臺灣詩學 季刊 第 4 期 1993 年 9 月 頁 149—152

394. 謝輝煌 杏花消息雨聲中——向明著《客子光陰詩卷裏》讀後 中央日報 1993 年 10 月 21 日 15 版

### 《甜鹹酸梅》

395. 邱 婷 向明的《甜鹹酸梅》平實真摯 民生報 1994 年 3 月 26 日 29 版

396. 白 靈 筆力自然雄渾 在閱讀與書寫之間：評好書 300 種 臺北 三民 書局 2005 年 2 月 頁 70

### 《新詩 50 問》

397. 小 民 讀向明《新詩 50 問》的領悟 青年日報 1997 年 3 月 28 日 15 版

398. 小 民 讀向明《新詩 50 問》的領悟 書評 第 29 期 1997 年 8 月 頁 28—29

399. 席慕蓉 「詩人」與「寫詩的人」——我讀《新詩 50 問》之後 聯合報 1997 年 4 月 8 日 41 版

400. 謝輝煌 新栽楊柳三千里——評介向明新著《新詩 50 問》 臺灣新聞報 1997 年 5 月 11 日 13 版

401. 謝輝煌 新詩的三輪車伕——推介向明《新詩 50 問》 爾雅人 第 103、 104 期合刊 1998 年 1 月 1 日 2，3 版

### 《新詩 後 50 問》

402. 謝輝煌 一覽眾山，盡得風流——推介《新詩 後 50 問》 金門日報

1998 年 6 月 14 日　5 版

403. 鄭喻如　　敲開詩國大門——《新詩　後 50 問》　聯合報　1998 年 6 月 15 日
41 版

404. 孫維民　　詩，一門精密嚴謹的學問——關於《新詩　後 50 問》　臺灣新聞
報　1998 年 7 月 11 日　13 版

405. 張　默　　向明《新詩後 50 問》　1998 臺灣文學年鑑　臺北　行政院文建會
1999 年 6 月　頁 264—265

406. 張　默　　展現個人智慧的詩話集——向明《新詩　後 50 問》　文訊雜誌
第 165 期　1999 年 7 月　頁 37—38

### 《走在詩國邊緣》

407. 落　蒂　　意外的驚喜　青年日報　2003 年 1 月 25 日　10 版

408. 落　蒂　　意外的驚喜——讀向明《走在詩國邊緣》　書香滿懷　臺北　文
史哲出版社　2015 年 2 月　頁 28—31

409. 謝輝煌　　麝過春山——向明《走在詩國邊緣》讀後　文訊雜誌　第 207 期
2003 年 1 月　頁 24—25

### 《窺詩手記》

410. 喬　　　向明出版《窺詩手記》，詩的幽微氣魄一覽無遺　臺灣新聞報
2003 年 1 月 8 日　6 版

411. 洪淑苓　　新詩的下午茶——向明《窺詩手記》評介　臺灣詩學學刊　第 1
期　2003 年 5 月　頁 234—236

### 《詩來詩往》

412. 瘂　弦　　鉤稽沉珠，闡舊闢新——序向明詩話集《詩來詩往》　中央日報
2001 年 7 月 17 日　18 版

413. 瘂　弦　　鉤稽沉珠，闡舊闢新——《向明詩話》新貌　臺灣詩學季刊　第
36 期　2001 年 9 月　頁 166—169

414. 瘂　弦　　鉤稽沉珠，闡舊闢新——序向明詩話集《詩來詩往》　詩來詩往
臺北　三民書局　2003 年 6 月　〔7〕頁

415. 瘂　弦　　鉤稽沉珠，闢舊闡新——向明詩話新貌　聚繖花序（1）　臺北　洪範書店　2004 年 6 月　頁 277—282

416. 白　靈　　深入淺出遊詩國　在閱讀與書寫之間：評好書 300 種　臺北　三民書局　2005 年 2 月　頁 240

417. 落　蒂　　詩來詩往趣味多——讀向明《詩來詩往》　書香滿懷　臺北　文史哲出版社　2015 年 2 月　頁 70—72

《三情隨筆》

418. 謝輝煌　　桃花流水總關情——向明《三情隨筆》讀後　全國新書資訊月刊　第 75 期　2005 年 3 月　頁 41—42

《我為詩狂》

419. 隱　地　　《我為詩狂》評介　中央日報　2005 年 1 月 1 日　17 版

420. 隱　地　　《我為詩狂》　一艘船　臺北　爾雅出版社　2005 年 2 月　頁 255—257

421. 向　陽　　捕魚入網，捕詩入書——序《我為詩狂》　我為詩狂　臺北　三民書局　2005 年 1 月　頁 1—4

422. 林黛嫚　　捕詩半世紀的漁夫詩話　在閱讀與書寫之間：評好書 300 種　臺北　三民書局　2005 年 2 月　頁 296

《詩中天地寬》

423. 謝輝煌　　詩中日月照乾坤——評介向明新書《詩中天地寬》　文訊雜誌　第 247 期　2006 年 5 月　頁 86—87

《無邊光景在詩中——向明談詩》

424. 王常新　　無邊光景詩話中　全國新書資訊月刊　第 162 期　2012 年 6 月　頁 47—49

兒童文學

《螢火蟲》

425. 洪淑苓　　童詩的田園取向——向明、敻虹的童詩集評介　現代詩　復刊第 30—31 合刊　1997 年 12 月　頁 89—92

426. 洪淑苓　　童詩的田園取向——向明、夐虹的童詩集評介　現代詩新版圖
　　　　　　　臺北　秀威資訊科技公司　2004 年 9 月　頁 215—218

## 民間故事

### 《走出阿富汗——看中亞及周邊國家民間趣事》

427. 賴素鈴　　旅行蒐集中亞民間故事向明新書呈現多元觀點　民生報　2002 年
　　　　　　　1 月 7 日　A5 版

428. 林德俊　　從小故事走進生命的大智慧——讀向明《走出阿富汗——看中亞
　　　　　　　及周邊國家民間趣事》　2002 年好書推薦　臺北　弘智文化公司
　　　　　　　2002 年 11 月　頁 83—87

## ◆多部作品

### 《新詩 50 問》、《新詩 後 50 問》

429. 洛　夫　　一把解惑的鑰匙——讀向明的「新詩一百問」　聯合報　1998 年
　　　　　　　4 月 13 日　41 版

430. 洛　夫　　讀向明的「新詩一百問」　新詩後 50 問　臺北　爾雅出版社
　　　　　　　1998 年 4 月　頁 1——7

431. 丁文智　　恰好——有感向明的「新詩百問」　青年日報　1998 年 12 月 19
　　　　　　　日　15 版

432. 謝金榮　　靈思巧趣、博喻釀采的現代詩話——論向明的「新詩一百問」
　　　　　　　書評　第 51 期　2001 年 4 月　頁 15—17

## 單篇作品

433. 龔顯宗　　我欣賞的一首我國現代詩〔〈或人的憂鬱〉〕　笠　第 22 期
　　　　　　　1967 年 12 月　頁 51—52

434. 柳文哲〔趙天儀〕　　詩壇散步——《五弦琴》〔〈乾瘦的眼〉部分〕　笠
　　　　　　　第 22 期　1967 年 12 月　頁 64

435. 覃子豪　　向明及其〈啊，引力，昇起吧！〉　覃子豪全集 2　臺北　覃子豪
　　　　　　　全集出版委員會　1968 年 5 月　頁 402

436. 王志健　　五十年代的詩潮〔〈啊，引力，昇起吧！〉部分〕　傳統與現代

之間　臺北　眾成出版社　1975 年 12 月　頁 62—64

437. 蕭　蕭　導讀向明的〈瘤〉　現代詩導讀（導讀篇二）　臺北　故鄉出版社　1969 年 11 月　頁 57—58

438. 蕭　蕭　〈瘤〉解析　現代詩入門　臺北　故鄉出版社　1982 年 2 月　頁 301—303　本文後改篇名為〈一首哲思類的詩〉。

439. 蕭　蕭　一首哲思類的詩〔〈瘤〉〕　青春的臉　臺北　九歌出版社　1982 年 11 月　頁 211—215

440. 蕭　蕭　一首哲思類的詩〔〈瘤〉〕　向明自選集　臺北　黎明文化公司　1988 年 5 月　頁 250—253

441. 古遠清　〈瘤〉賞析　臺港現代詩賞析　鄭州　河南人民出版社　1991 年 3 月　頁 76—78

442. 吳　當　向明詩選〈瘤〉　國語日報　1996 年 2 月 10 日　4 版

443. 吳　當　詩的魅力——試析向明〈瘤〉　新詩的智慧　臺北　爾雅出版社　1997 年 2 月　頁 1—5

444. 楊顯榮　愛詩成痴——〈瘤〉的賞析　國語日報　2001 年 9 月 27 日　5 版

445. 陳仲義　空白：佈局章法中的「活眼」〔〈瘤〉部分〕　現代詩技藝透析　臺北　文史哲出版社　2003 年 12 月　頁 216—217

446. 〔蕭蕭主編〕　〈瘤〉詩作賞析　優游意象世界　臺北　聯合文學出版社　2006 年 6 月　頁 53

447. 涂靜怡　〈五張嘴〉　秋水詩刊　第 2 期　1974 年 4 月　頁 11—13

448. 涂靜怡　〈五張嘴〉　怡園詩話　臺北　文泉出版社　1982 年 1 月　頁 13—17

449. 張騰蛟　藝事小論——向明的一首詩〔〈樹的語言〉〕　張騰蛟自選集　臺北　黎明文化公司　1978 年 6 月　頁 363—369

450. 楊宗翰　再生的樹：現代詩的有情草木（下）〔〈樹的語言〉部分〕　臺灣詩學季刊　第 16 期　1996 年 9 月　頁 120

451. 劉　菲　讀詩聯想之三〔〈樹的語言〉〕　評詩論藝　臺北　詩藝文出版

社　1999 年 3 月　頁 150—151

452. 張　默　單一與豐繁——談現代詩的意象（上、下）〔〈煙囪〉部分〕
臺灣時報　1978 年 11 月 29—30 日　12 版

453. 古遠清　〈煙囪〉賞析　臺港現代詩賞析　鄭州　河南人民出版社　1991
年 3 月　頁 74—75

454. 楊顯榮　無聲的喉嚨：談〈煙囪〉　國語日報　2000 年 7 月 8 日　5 版

455. 落　蒂　無聲的喉嚨——析向明〈煙囪〉　詩的播種者　臺北　爾雅出版
社　2003 年 2 月　頁 28—31

456. 菩　提　淺析向明的詩〔〈外雙溪聽鳥〉〕　中華文藝　第 109 期　1980
年 3 月　頁 26—29

457. 文曉村　〈富貴角之晨〉評析　寫給青少年的新詩評析一百首（上）　臺
北　布穀出版社　1980 年 4 月　頁 202—203

458. 文曉村　〈富貴角之晨〉評析　新詩評析一百首（上）　臺北　黎明文化
公司　1981 年 4 月　頁 222—223

459. 向　陽　〈富貴角之晨〉作品導讀　青少年臺灣文庫 2——新詩讀本 2：太
平洋的風　臺北　國立編譯館　2008 年 12 月　頁 123

460. 張　默　徐緩與急速——談現代詩的節奏〔〈靶場那邊〉部分〕　無塵的
鏡子　臺北　東大圖書公司　1981 年 9 月　頁 74

461. 辛　鬱　向明的〈靶場那邊〉——隱喻式的反戰詩　更生日報　2011 年 11
月 6 日　11 版

462. 辛　鬱　向明的〈靶場那邊〉——隱喻式的反戰詩　新文壇　第 26 期
2012 年 1 月　頁 46—48

463. 辛　鬱　一首隱喻式反戰詩——向明詩〈靶場那邊〉賞析　低調之歌——
向明詩集　臺北　釀出版　2012 年 12 月　頁 129—132

464. 古　丁　〈春〉和〈訂書機〉　秋水詩刊　第 32 期　1981 年 10 月 30 日
頁 5—8

465. 李豐楙　賞析向明的〈巍峨〉　青春的臉　臺北　九歌出版社　1982 年 11

月　頁 205—210

466. 李豐楙　〈巍峨〉賞析　中國新詩賞析 2　臺北　長安出版社　1987 年 2
月　頁 238—241

467. 李豐楙　賞析向明的〈巍峨〉　向明自選集　臺北　黎明文化公司　1988
年 5 月　頁 245—249

468. 劉瑞蓮　美的堂皇，美的硬朗──〈巍峨〉賞析　藍星詩刊　第 32 期
1992 年 7 月　頁 88—91

469. 朱雁光　〈巍峨〉賞析　世界華人詩歌鑑賞大辭典　太原　書海出版社
1993 年 3 月　頁 213—214

470. 麥　穗　試析懷念母親的詩〔〈青春的臉〉〕　青年戰士報　1983 年 1 月
12 日　10 版

471. 落　蒂　長廊盡頭張望著的臉──談向明的詩作〈青春的臉〉　大家來讀
詩──臺灣新詩品賞　臺北　文史哲出版社　2012 年 2 月　頁
157—159

472. 麥　穗　漫談方言入詩──從向明的〈老者〉談起　秋水詩刊　第 39 期
1983 年 8 月　頁 12—15

473. 麥　穗　漫談方言入詩──從向明的〈老者〉談起　詩空的雲煙：臺灣新
詩備忘錄　臺北　詩藝文出版社　1998 年 5 月　頁 176—181

474. 李　弦　思索人生〔〈檻內之獅〉〕　1983 臺灣詩選　臺北　前衛出版社
1984 年 4 月　頁 209

475. 李　弦　思索人生──試評向明的〈檻內之獅〉　九歌雜誌　第 83 期
1988 年 1 月　2 版

476. 趙天儀　向明的〈小精靈〉　商工日報　1984 年 5 月 30 日　9 版

477. 趙天儀　〈行過花市〉賞析　當代臺灣詩人選‧九八三卷　臺北　金文圖
書公司　1984 年 5 月　頁 44—45

478. 和　權　沒有答案的質詢──試論向明的〈上帝戰士〉　商工日報　1985
年 5 月 19 日　9 版

479. 和　權　　試論向明的〈上帝戰士〉　藍星詩刊　第 4 期　1985 年 7 月　頁
　　　82—86

480. 和　權　　試論向明的〈上帝戰士〉　論析現代詩　香港　銀河出版社
　　　1988 年 11 月　頁 129—133

481. 和　權　　試論向明的〈上帝戰士〉　華文現代詩鑑賞　臺北　新銳文創
　　　2012 年 10 月　頁 246—251

482. 蕭　蕭　　〈生活六帖〉編者按語　七十二年詩選　臺北　爾雅出版社
　　　1985 年 6 月　頁 8—9

483. 〔文鵬，姜凌主編〕　　向明——〈生活六帖（其一）〉——簡析　中國現代
　　　名詩三百首　北京　北京出版社　2000 年 1 月　頁 518—519

484. 李瑞騰　　〈晨起二三事〉編者按語　七十四年詩選　臺北　爾雅出版社
　　　1986 年 4 月　頁 218

485. 孫家駿　　向明的〈車馳勝興〉　藍星詩刊　第 11 號　1987 年 4 月　頁 80
　　　—81

486. 謝輝煌　　一條揮出去的長鞭——向明〈車馳勝興〉讀後　中華日報　1999
　　　年 7 月 16 日　16 版

487. 蜀弓〔張效愚〕　　逐臭之詩〔〈出恭〉〕　藍星詩刊　第 6 期　1987 年 4
　　　月　頁 73—77

488. 張　默　　晶瑩剔透話小詩——近期（民國四十年以後）小詩抽樣選錄
　　　〔〈黃昏八行〉部分〕　小詩選讀　臺北　爾雅出版社　1987 年
　　　5 月　頁 23—24

489. 張　默　　向明／〈黃昏醉了〉　小詩選讀　臺北　爾雅出版社　1987 年 5
　　　月　頁 61—64

490. 葉日松　　〈黃昏醉了〉——賞析　國語時報　1989 年 10 月 22 日　13 版

491. 〔沈花末主編〕　　〈歲月十四行〉賞析　鏡頭中的新詩　臺北　漢光文化
　　　公司　1987 年 7 月　頁 49

492. 張漢良　　〈午夜聽蛙〉編者按語　七十六年詩選　臺北　爾雅出版社

1988 年 3 月　頁 122

493. 蔣　匡　〈午夜聽蛙〉賞析　世界華人詩歌鑑賞大辭典　太原　書海出版社　1993 年 3 月　頁 216—217

494. 鄭慧如　新詩的音樂性——臺灣詩例〔〈午夜聽蛙〉部分〕　兩岸現代詩學國際學術研討會　臺北　佛光人文社會學院文學研究所，當代詩學研究中心主辦　2003 年 12 月 6—7 日　頁 6

495. 李元洛　天涯就有未歸人——讀臺灣詩人向明的〈湘繡被面〉　湖南文學 1988 年第 3 期　1988 年 3 月　頁 61

496. 李元洛　向明詩〈湘繡被面〉賞析　新詩鑒賞辭典　上海　上海辭書出版社　1991 年 11 月　頁 1015—1017

497. 吳　當　〈湘繡被面〉——寄細毛妹[17]　國語日報　1996 年 2 月 11 日　13 版

498. 吳　當　一幅湘繡情萬情——試析向明〈湘繡被面〉　新詩的智慧　臺北　爾雅出版社　1997 年 2 月　頁 41—46

499. 黃　梁　新詩點評（八）——〈湘繡被面〉——寄細毛妹　國文天地　第 137 期　1996 年 10 月　頁 93—94

500. 李漢偉　臺灣新詩的懷鄉之情〔〈湘繡被面——寄細毛妹〉部分〕　臺灣新詩的三種關懷　臺北　駱駝出版社　1997 年 10 月　頁 130—132

501. 李翠瑛　向明〈湘繡被面〉一詩鄉愁　翰林文苑天地　第 23 期　2003 年 11 月　7 版

502. 李翠瑛　好耐讀的一封家書——向明〈湘繡被面〉一詩的鄉愁　細讀新詩的掌紋　臺北　萬卷樓圖書公司　2006 年 3 月　頁 103—113

503. 蕭　蕭　向明〈湘繡被面〉賞析　揮動想像翅膀　臺北　聯合文學出版社 2006 年 6 月　頁 36—40

504. 李元洛　一枚詩的落日——讀臺灣詩人向明〈馬尼拉灣的落日〉　美育

---

[17] 本文後改篇名為〈一幅湘繡情萬情——試析向明〈湘繡被面〉〉。

1988 年第 3 期　1988 年 6 月　頁 22

505. 李元洛　一枚詩的落日——讀詩人向明〈馬尼拉灣的落日〉　藍星詩刊
第 16 期　1988 年 7 月　頁 74—78

506. 李元洛　〈馬尼拉灣的落日〉賞析　新詩鑒賞辭典　上海　上海辭書出版
社　1991 年 11 月　頁 1014—1015

507. 周　桀　向明的〈馬尼拉灣的落日〉　藍星詩刊　第 22 期　1990 年 1 月
頁 48—51

508. 洛　夫　〈釘〉　中國新詩鑒賞大辭典　南京　江蘇文藝出版社　1988 年
12 月　頁 999—1000

509. 于慈江　〈馬尾松〉賞析　中外現代抒情名詩鑑賞辭典　北京　學苑出版
社　1989 年 8 月　頁 698—699

510. 周　粲　評向明〈落日與椰子〉　青年日報　1989 年 9 月 25 日　14 版

511. 蓉　子　賞析向明的詩〈爆竹〉　青少年詩國之旅　臺北　業強出版社
1990 年 1 月　頁 70—71

512. 蘇　蘭　〈爆竹〉——詩情・聲情　讓詩飛揚起來　臺北　幼獅文化公司
2003 年 8 月　頁 192—193

513. 蕭　蕭　〈七孔新笛〉編者按語　七十八年詩選　臺北　爾雅出版社
1990 年 2 月　頁 211—212

514. 張　健　談向明的〈讀〉　文學的長廊　臺北　幼獅文化公司　1990 年 8
月　頁 137—140

515. 張　健　讀向明的詩〈讀〉　臺灣詩學吹鼓吹詩論壇　第 18 期　2014 年 3
月　頁 202—203

516. 古遠清　〈家〉賞析　臺港現代詩賞析　鄭州　河南人民出版社　1991 年
3 月　頁 74

517. 吳　當　心事付橫笛，家在萬重雲外——試析向明〈家〉　中央日報
1996 年 1 月 11 日　18 版

518. 吳　當　心事付橫笛，家在萬重雲外——試析向明〈家〉　新詩的智慧

臺北　爾雅出版社　1997 年 2 月　頁 201—204

519. 古遠清　〈妻的手〉賞析　臺港現代詩賞析　鄭州　河南人民出版社
1991 年 3 月　頁 78—79

520. 思　陽　新感覺與傳統美——賞析〈妻的手〉　語文報　1992 年 3 月 23 日
2 版

521. 夢　如　秋葉無聲——淺析向明的〈墜葉〉　藍星詩刊　第 28 期　1991 年
7 月　頁 48—51

522. 吳　當　向明詩選〈墜葉〉　國語日報　1996 年 3 月 9 日　13 版　本文後
改篇名〈生命的交戰——試析向明〈墜葉〉〉。

523. 吳　當　生命的交戰——試析向明〈墜葉〉　新詩的智慧　臺北　爾雅出
版社　1997 年 2 月　頁 75—79

524. 方　閒　好厲害的一口痰——讀向明的詩〈痰〉　青年日報　1992 年 1 月
5 日　14 版

525. 鄧榮坤　天空與山也蹲下來——談余光中、羅門、向明的〈漂水花〉　藍
星詩刊　第 30 期　1992 年 1 月　頁 112—115

526. 郭　龍　穿上蟋蟀的衣裳——從詩人余光中、羅門、向明的〈漂水花〉想
起　藍星詩學　第 3 期　1999 年 9 月　頁 179—188

527. 李瑞騰　〈登天安門〉編者按語　八十年詩選　臺北　爾雅出版社　1992
年 4 月　頁 248

528. 湯玉琦　「萬方俱寂」！？——讀向明的〈室內〉　臺灣新聞報　1992 年
11 月 4 日　13 版

529. 李紅兵　〈雨天書〉賞析　世界華人詩歌鑑賞大辭典　太原　書海出版社
1993 年 3 月　頁 214—216

530. 古遠清　兩岸文學交流不應存在「敵意」——兼評向明先生的〈不朦朧，
也朦朧〉　臺灣詩學季刊　第 2 期　1993 年 3 月　頁 40—44

531. 古遠清　兩岸文學交流不應存在「敵意」——兼評向明先生的〈不朦朧，
也朦朧〉　華文文學　1995 年第 1 期　1995 年　頁 37—39

532. 謝輝煌　　漫談向明的〈捉迷藏〉　臺灣詩學季刊　第 11 期　1995 年 6 月
　　　　　　　頁 134—138

533. 謝輝煌　　評向明的〈捉迷藏〉　評論十家　臺北　爾雅出版社　1995 年 11
　　　　　　　月　頁 207—216

534. 尹　玲　　剖析向明〈門外的樹〉之意涵結構　臺灣詩學季刊　第 11 期
　　　　　　　1995 年 6 月　頁 139—146

535. 吳　當　　向明詩選〈滾鐵環〉　國語日報　1996 年 2 月 24 日　4 版

536. 吳　當　　滾動人生的鐵環——試析向明〈滾鐵環〉　新詩的智慧　臺北
　　　　　　　爾雅出版社　1997 年 2 月　頁 117—120

537. 吳　當　　試析向明〈隔海捎來一隻風箏〉　國語日報　1996 年 2 月 24 日
　　　　　　　13 版

538. 吳　當　　放一隻生命的風箏——試析向明〈隔海捎來一隻風箏〉　新詩的
　　　　　　　智慧　臺北　爾雅出版社　1997 年 2 月　頁 47—52

539. 麥　穗　　令人心動的一首詩——話向明的〈隔海捎來一隻風箏〉　詩空的
　　　　　　　雲煙：臺灣新詩備忘錄　臺北　詩藝文出版社　1998 年 5 月　頁
　　　　　　　189—193

540. 張　默　　〈隔海捎來一隻風箏〉解析　天下詩選 2：1923—1999 臺灣　臺
　　　　　　　北　天下遠見出版公司　1999 年 9 月　頁 151—155

541. 吳　當　　試析向明〈夏日〉　國語日報　1996 年 3 月 9 日　13 版

542. 吳　當　　生命的源泉——試析向明〈夏日〉　新詩的智慧　臺北　爾雅出
　　　　　　　版社　1997 年 2 月　頁 121—124

543. 吳　當　　打開一扇亮麗的門——試析向明〈門〉　更生日報　1996 年 3 月
　　　　　　　17 日　20 版

544. 吳　當　　打開一扇亮麗的門——試析向明〈門〉　新詩的智慧　臺北　爾
　　　　　　　雅出版社　1997 年 2 月　頁 205—208

545. 司徒杰　　〈井〉賞析　臺港抒情短詩精品鑑賞　河南　河南文藝出版社
　　　　　　　1996 年 11 月　頁 189—190

546. 簡政珍　概念化與超現實經驗——五、六〇年代詩的物象觀照〔〈井〉部分〕　臺灣現代詩美學　臺北　揚智出版社　2004 年 7 月　頁 58—60

547. 范靜媛　雙〈井〉繾綣——由同題詩作〈井〉來看向明的詩與人　臺灣詩學吹鼓吹詩論壇　第 5 期　2007 年 9 月　頁 52—55

548. 辛　鬱　〈天葬的哀歌〉小評　八十五年詩選　臺北　現代詩季刊社　1997 年 6 月　頁 61

549. 辛　鬱　〈傳真機文化〉賞析　八十六年詩選　臺北　現代詩季刊社　1998 年 5 月　頁 79—80

550. 〔游喚，張鴻聲，徐華中編著〕　〈東勢林場紀遊〉賞析　現代詩精讀　臺北　五南圖書出版公司　1998 年 9 月　頁 143—146

551. 游　喚　經典詩的確立〔〈東勢林場紀遊〉部分〕　臺灣詩學季刊　第 25 期　1998 年 12 月　頁 159—162

552. 莫　渝　封存生命和記憶〔〈舊軍帽〉〕　國語日報　1999 年 3 月 11 日　5 版

553. 莫　渝　〈舊軍帽〉　新詩隨筆　臺北　臺北縣文化局　2001 年 12 月　頁 139—141

554. 蕭　蕭　〈太師椅〉賞析　八十七年詩選　臺北　創世紀詩雜誌社　1999 年 6 月　頁 128—129

555. 余宗信　魚化石‧詩之戀——談向明的〈化石魚〉　遼寧經濟日報　1999 年 8 月 5 日　4 版

556. 吳　當　期待悠閒的茶香——試析向明〈下午茶〉　中央日報　2000 年 1 月 26 日　25 版

557. 吳　當　期待悠閒的茶香——試析向明〈下午茶〉　拜訪新詩　臺北　爾雅出版社　2001 年 2 月　頁 143—146

558. 余光中　〈外面的風很冷〉賞析　八十八年詩選　臺北　創世紀詩雜誌社　2000 年 3 月　頁 94

559. 余光中　遇見一首詩（11 首）〔〈外面的風很冷〉部分〕　臺港文學選刊　第 223 期　2005 年 6 月　頁 50

560. 吳　當　先知的召喚——試析向明〈虹口公園遇魯迅〉　中央日報　2000 年 4 月 19 日　25 版

561. 吳　當　先知的召喚——試析向明〈虹口公園遇魯迅〉　藍星詩學　第 6 期　2000 年 6 月　頁 164—168

562. 吳　當　先知的召喚——試析向明〈虹口公園遇魯迅〉　拜訪新詩　臺北　爾雅出版社　2001 年 2 月　頁 175—181

563. 麥　穗　寫詩應縝密思考，小心求證——讀向明〈為乾坤祈福〉有感　乾坤詩刊　第 14 期　2000 年 4 月　頁 44—47

564. 陳義芝　聽見各種各樣的歌——讀八月份「臺灣日日詩」〔〈聽蟬〉部分〕　臺灣日報　2000 年 9 月 8 日　35 版

565. 常　青　沁人心脾的美感、情感和語感——向明〈小夜曲〉品味　閱讀與寫作　2000 年第 4 期　2000 年　頁 12—13

566. 向　陽　小太陽與大風景——解讀《臺灣日報》副刊三月份「臺灣日日詩」〔〈航行感覺〉部分〕　臺灣日報　2001 年 4 月 22 日　21 版

567. 向　陽　小太陽與大風景——解讀《臺灣日報》副刊三月份「臺灣日日詩」〔〈航行感覺〉部分〕　浮世星空新故鄉：臺灣文學傳播議題析論　臺北　三民書局　2004 年 1 月　頁 181—182

568. 蕭　蕭　〈新五官論〉編者按語　八十九年詩選　臺北　臺灣詩學季刊雜誌社　2001 年 4 月　頁 72

569. 文曉村　〈白色螞蟻〉點評　中國詩歌選 2001 年版　臺北　詩藝文出版社　2001 年 6 月　頁 74

570. 向　陽　〈樓外樓〉編者案語　九十年詩選　臺北　臺灣詩學季刊雜誌社　2002 年 5 月　頁 166

571. 何金蘭　「家鄉／異地」之「內／外」糾葛——剖析向明〈樓外樓〉　儒

家美學的躬行者——向明詩作學術研討會　臺北　臺灣詩學季刊
社，臺北教育大學語文與創作學系，明道大學中國文學系　2007
年6月3日

572. 何金蘭　「家鄉／異地」之「內／外」糾葛——剖析向明〈樓外樓〉　儒
家美學的躬行者——向明詩作學術研討會論文集　臺北　萬卷樓
圖書公司　2007年12月　頁55—70

573. 尹玲（何金蘭）　　「家鄉／異地」之「內／外」糾葛〔〈樓外樓〉〕　海
星詩刊　第15期　2015年3月　頁12—14

574. 麥　穗　請不要放下你的筆——讀向明的〈大家都要走了〉有感　葡萄園
第156期　2002年11月　頁43—45

575. 鄭慧如　詩可以怨——二月份「臺灣日日詩」之一面〔〈走在前面〉部
分〕　臺灣日報　2003年3月17日　23版

576. 白　靈　〈隱喻〉編者案語　九十一年詩選　臺北　臺灣詩學季刊雜誌社
2003年4月　頁29

577. 蘇　蘭　〈仁愛路〉詩情‧聲情　讓詩飛揚起來　臺北　幼獅文化公司
2003年8月　頁196—197

578. 王光明　冷戰時代的內心風景——論六十一七十年代的臺灣現代詩——抒
情與知性（下）〔〈野地上〉部分〕　文學世紀　第33期　2003
年12月　頁48

579. 董克勤　命中靈魂某個部位——讀向明〈事故〉　青年日報　2004年3月
30日　10版

580. 董克勤　命中靈魂某個部位——讀向明的短詩〈事故〉　藍星詩學　第21
期　2004年3月　頁178—180

581. 嶺南人　向晚愈明——讀向明的〈行過七十〉　中華日報　2004年5月14
日　23版

582. 向　陽　〈天國近了〉賞析　2003臺灣詩選　臺北　二魚文化公司　2004
年6月　頁82—85

583. 簡政珍　導論——臺灣現代詩美學的發展〔〈窗〉部分〕　臺灣現代詩美學　臺北　揚智出版社　2004 年 7 月　頁 5—6

584. 陳明台　現實中的詩情與詩意——評八月份「臺灣日日詩」（下）〔〈樹的傷痛〉部分〕　臺灣日報　2004 年 9 月 22 日　17 版

585. 鄭慧如　虛實之際——九月份「臺灣日日詩」讀後（上、下）〔〈定位〉部分〕　臺灣日報　2004 年 10 月 27—28 日　17 版

586. 陳義芝　〈天真三題〉賞析　2004 臺灣詩選　臺北　二魚文化公司　2005 年 3 月　頁 135

587. 岩　上　詩的現實切入與疏離——我讀十月份的《臺灣日日詩》〔〈風車〉部分〕　臺灣日報　2005 年 11 月 24 日　21 版

588. 白　靈　〈詩的記憶〉賞析　2005 臺灣詩選　臺北　二魚文化公司　2006 年 2 月　頁 166

589. 陳義芝　〈春燈〉賞讀　為了測量愛　臺北　聯合文學出版公司　2006 年 6 月　頁 17

590. 傅　予　陰之亮度——讀詩人向明的〈陰〉詩抒感　青年日報　2007 年 3 月 14 日　10 版

591. 傅　予　陰之亮度——讀詩人向明的〈陰〉詩抒感　葡萄園　第 174 期　2007 年 5 月　頁 56—57

592. 張　默　從〈夕陽〉到〈雨林〉——「五行詩」讀後筆記〔〈夜〉部分〕　小詩‧牀頭書　臺北　爾雅出版社　2007 年 3 月　頁 131

593. 鄭慧如　論向明的〈生態靜觀〉——兼及小詩的問題　儒家美學的躬行者——向明詩作學術研討會　臺北　臺灣詩學季刊社，臺北教育大學語文與創作學系，明道大學中國文學系　2007 年 6 月 3 日

594. 鄭慧如　論向明的〈生態靜觀〉——兼及小詩的問題　儒家美學的躬行者——向明詩作學術研討會論文集　臺北　萬卷樓圖書公司　2007 年 12 月　頁 37—53

595. 黃維樑　向明‧向明——讀向明的六行體長詩〈生態靜觀〉　中華日報

2007 年 6 月 3 日　C5 版

596. 黃維樑　　向明向明　乾坤詩刊　第 43 期　2007 年 7 月　頁 110—114

597. 黃維樑　　向明向明——讀〈生態靜觀〉短詩群　華文文學　第 6 期　2007
年 12 月　頁 68—69

598. Kukikodan　　向明詩，董心如圖·〈生態靜觀〉　自由時報　2009 年 3 月 25
日　D13 版

599.〔焦桐主編〕　　〈天燈〉作品賞析　2006 年臺灣詩選　臺北　二魚文化公
司　2007 年 7 月　頁 62

600. 朵　思　　以心靈的節奏回應詩的現實〔〈尷尬〉部分〕　笠　第 263 期
2008 年 2 月　頁 99

601. 向　陽　　〈私心〉編案　2007 年臺灣詩選　臺北　二魚文化公司　2008 年
3 月　頁 32—33

602. 余光中　　奔向永恆——向明近作〈私心〉讀後　聯合報　2007 年 6 月 3 日
E7 版

603. 余光中　　奔向永恆——向明詩〈私心〉讀後　低調之歌——向明詩集　臺
北　釀出版　2012 年 12 月　頁 137—139

604. 向　陽　　〈秋天的詩〉作品導讀　青少年臺灣文庫 2——新詩讀本 1：春天
在我的血管裡歌唱　臺北　國立編譯館　2008 年 12 月　頁 46

605. 李敏勇　　〈大地之歌〉作品導讀　青少年臺灣文庫 2——新詩讀本 3：天門
開的時候　臺北　國立編譯館　2008 年 12 月　頁 104

606. 張　默　　對〈阮囊並不羞澀〉一文的回應　文訊雜誌　第 302 期　2010 年
12 月　頁 19

607. 喬　林　　向明的〈眾生合十〉　人間福報　2011 年 10 月 3 日　15 版

608. 曹介直　　樹或者神木——讀向明〈來者見招〉第四招後　中華日報　2011
年 12 月 14 日　B7 版

609. 李　林　　倨傲的靈光——向明詩〈軒轅〉賞析　低調之歌——向明詩集
臺北　釀出版　2012 年 12 月　頁 125—128

610. 麥　　穗　　也來逐逐臭——為向明〈不堪春解手〉續貂　新文壇　第 32 期　
2013 年 7 月　頁 60—66

611. 林錫嘉　　感念這一條番薯〔〈番薯之歌〉〕　華文現代詩　第 2 期　2014
年 8 月　頁 38—39

612. 向　　明　　如何以詩丈量時間〔〈老來〉〕　海星詩刊　第 16 期　2015 年 6
月　頁 12—14

## 多篇作品

613. 覃子豪　　兩首素色的詩〔〈馬尾松〉、〈野菠蘿〉〕　覃子豪全集 2　臺北　
覃子豪全集出版委員會　1968 年 5 月　頁 634—637

614. 張　　默　　安安靜靜的巍峨——讀向明的〈煙囪〉及其他〔〈煙囪〉、〈家〉、
〈瘤〉、〈靶場那邊〉〕　臺灣時報　1981 年 6 月 5 日　12 版

615. 張　　默　　安安靜靜的巍峨——讀向明的〈煙囪〉及其他〔〈煙囪〉、〈家〉、
〈瘤〉、〈靶場那邊〉〕　創世紀　第 56 期　1981 年 6 月　頁 58
—60

616. 張　　默　　安安靜靜的巍峨——讀向明的〈煙囪〉及其他〔〈煙囪〉、〈家〉、
〈瘤〉、〈靶場那邊〉〕　無塵的鏡子　臺北　東大圖書公司　
1981 年 9 月　頁 124—129

617. 張　　默　　〈翻書〉、〈妻的手〉編者按語　七十一年詩選　臺北　爾雅出版
社　1983 年 3 月　頁 54

618. 向　　陽　　〈吊籃植物〉、〈夢訪草堂〉編者按語　七十三年詩選　臺北　爾
雅出版社　1985 年 3 月　頁 21—22

619. 向　　陽　　〈蝴蝶夢〉、〈隨風飄去〉編者按語　七十五年詩選　臺北　爾雅
出版社　1987 年 3 月　頁 119

620. 楊顯榮　　長廊盡頭張望的臉——讀〈五張嘴〉、〈爆竹〉、〈鼓〉　臺灣日報　
1987 年 6 月 15 日　12 版

621. 蕭　　蕭　　分析向明的〈上樓・下樓〉及〈吊籃植物〉　文藝月刊　第 229
期　1988 年 7 月　頁 64—72

622. 余光中　〈隔海捎來一隻風箏〉、〈虹口公園遇魯迅〉編者按語　八十一年
　　　詩選　臺北　現代詩季刊社　1993 年 6 月　頁 65—66

623. 余光中　簡評〈隔海捎來一隻風箏〉和〈虹口公園遇魯迅〉　隨身的糾纏
　　　臺北　爾雅出版社　1994 年 3 月　頁 177—178

624. 洛　夫　〈在三萬呎高空〉、〈捉迷藏〉編者按語　八十二年詩選　臺北
　　　現代詩季刊社　1994 年 6 月　頁 76

625. 杜十三　〈可憐一棵樹〉、〈窗外的加德麗亞〉小評　八十三年詩選　臺北
　　　現代詩季刊社　1995 年 5 月　頁 115

626. 〔張默，蕭蕭主編〕　　〈午夜聽蛙〉、〈巍峨〉、〈湘繡被面——寄細毛妹〉
　　　鑑評　新詩三百首（一九一七——一九九五）（上）　臺北　九歌出
　　　版社　1995 年 9 月　頁 377—379

627. 古繼堂　蚌殼與珍珠——評向明組詩「隨身的糾纏」〔〈滾鐵環〉、〈踢毽
　　　子〉、〈跳繩〉、〈打彈珠〉、〈抽陀螺〉、〈捉迷藏〉、〈登梯〉〕　文
　　　訊雜誌　第 125 期　1996 年 3 月　頁 7—10

628. 洛　夫　無聊檔案二首——小評（〈高腳杯〉、〈雪天〉）　八十四年詩選
　　　臺北　現代詩季刊社　1996 年 5 月　頁 167—168

629. 沙　穗　被面無語‧鐵砧有淚——談《向明‧世紀詩選》中的兩首詩
　　　〔〈湘繡被面〉、〈一方鐵砧〉〕　文訊雜誌　第 177 期　2000 年
　　　7 月　頁 21—23

630. 沙　穗　被面無語‧鐵砧有淚——談《向明‧世紀詩選》中的兩首詩
　　　〔〈湘繡被面〉、〈一方鐵砧〉〕　藍星詩學　第 7 期　2000 年 9
　　　月　頁 8—13

631. 沙　穗　被面無語‧鐵砧有淚——談向明《世紀詩選》中的兩首詩〔〈湘
　　　繡被面〉、〈一方鐵砧〉〕　臍帶的兩端　屏東　屏東縣文化局
　　　2004 年 10 月　頁 48－54

632. 吳開晉　對客體物象的人格化——向明海洋詩三首賞析〔〈海上〉、〈海的
　　　憂煩〉、〈孤島〉〕　中國海洋文學大系：二十世紀海洋詩精品賞

析選集　臺北　詩藝文出版社　2002 年 4 月　頁 196—197

633. 陳幸蕙　〈蒟蒻〉、〈踢毽子〉芬多精小棧　小詩森林：現代小詩選 1　臺北
　　　幼獅文化公司　2003 年 11 月　頁 73

634. 向　陽　〈風波〉、〈捉迷藏〉賞析　臺灣現代文選・新詩卷　臺北　三民
　　　書局　2005 年 6 月　頁 79—81

635. 陳幸蕙　〈生活六帖之三〉、〈還鄉的短章之二〉、〈雄雞〉向星輝斑斕處漫
　　　溯　小詩星河：現代小詩選 2　臺北　幼獅文化公司　2007 年 1
　　　月　頁 80—81

636. 利玉芳　語言的價值——262 期詩作賞析〔〈尷尬〉、〈貼〉部分〕　笠　第
　　　263 期　2008 年 2 月　頁 89

637. 李敏勇　〈爭奪〉、〈浦公英〉作品導讀　青少年臺灣文庫 2——新詩讀本
　　　4：我有一個夢　臺北　國立編譯館　2008 年 12 月　頁 64，66

638. 落　蒂　秋後葦花的變局——談向明的〈生活六帖〉、〈吊籃植物〉　大家
　　　來讀詩——臺灣新詩品賞　臺北　文史哲出版社　2012 年 2 月
　　　頁 225—227

639. 袁忠岳　向明詩二首賞析〔〈馬尼拉灣的落日〉、〈井——寄仲儒弟之
　　　一〉〕　詩探索・2012・第 4 輯・理論卷　桂林　灘江出版社
　　　2013 年 3 月　頁 66—70

640. 朔　星　春深幾許・看老樹奇花——談向明《隨身的糾纏》中的三首小詩
　　　〔〈跳房子〉、〈山中回來〉、〈餵魚〉〕　人間福報　2013 年 7 月
　　　23 日　15 版

641. 朔　星　春深幾許，看老樹開花——談向明《隨身的糾纏》中的三首小詩
　　　〔〈跳房子〉、〈山中回來〉、〈餵魚〉〕　臺灣詩學吹鼓吹論壇
　　　第 17 期　2013 年 9 月　頁 281—286

## 作品評論目錄、索引

642. 〔張　默主編〕　作品評論引得　感月吟風多少事　臺北　爾雅出版社
　　　1982 年 9 月　頁 378

643. 向　明　　作品評論引得　向明自選集　臺北　黎明文化公司　1988 年 5 月　頁 264—266

644. 〔臺灣詩學季刊編輯〕　　向明作品評論引得　臺灣詩學季刊　第 11 期　1995 年 6 月　頁 122—125

645. 〔編輯部〕　　向明詩評索引　向明‧世紀詩選　臺北　爾雅出版社　2000 年 4 月　頁 147—152

646. 〔張默主編〕　　作品評論引得　現代百家詩選　臺北　爾雅出版社　2003 年 6 月　頁 111—112

647. 〔編輯部〕　　向明（董平）先生履歷——重要評論資料　儒家美學的躬行者——向明詩作學術研討會論文集　臺北　萬卷樓圖書公司　2007 年 12 月　頁 311—322

648. 〔丁旭輝編〕　　閱讀進階指引　向明集　臺南　國立臺灣文學館　2008 年 12 月　頁 140—141

649. 〔封德屏主編〕　　向明　臺灣現當代作家評論資料目錄（一）　臺南　國立臺灣文學館　2010 年 11 月　頁 529—554

650. 王為萱，陳姵穎，陳恬逸　　「《文訊》300 期資料庫」作家學者群像——向明　文訊雜誌　第 334 期　2013 年 8 月　頁 69

651. 陳政華　　向明研究資料彙編　向明詩學及其實踐　高雄師範大學國文學系碩士論文　曾進豐教授指導　2014 年 7 月　頁 255—269

652. 〔編輯部〕　　向明詩評索引　外面的風很冷：向明世紀詩選　北京　中央編譯出版社　2015 年 1 月　頁 146—150

## 其他

653. 李瑞騰　　臺灣現代新詩發展的趨勢——考察之二：《八十一年詩選》〔向明部分〕　「海峽兩岸文學創作與研究新趨勢」研討會　南京　南京大學　1993 年 7 月 11—12 日

654. 李瑞騰　　臺灣現代新詩發展的趨勢——考察之二：《八十一年詩選》〔向明部分〕　文學的出路　臺北　九歌出版社　1994 年 9 月　頁 83—

　　　　　　　87

655. 張春榮　　《可愛小詩選》那裡可愛？　中央日報　1997 年 5 月 14 日　21
　　　　　　　版

656. 張春榮　　那裡可愛──向明、白靈編《可愛小詩選》　文學創作的途徑
　　　　　　　臺北　爾雅出版社　2003 年 7 月　頁 183—185

657. 張春榮　　靈光乍顯──讀向明、白靈編《可愛小詩選》　北師語文教育通
　　　　　　　訊　第 5 期　1997 年 6 月　頁 46—48

658. 愛　亞　　《可愛小詩選》評介　爾雅人　第 108、109 期合刊　1998 年 11
　　　　　　　月　2 版

國家圖書館出版品預行編目資料

臺灣現當代作家研究資料彙編. 75, 向明 / 白靈編選. --
初版. -- 臺南市：臺灣文學館, 2015.12
　面；　公分
ISBN 978-986-04-6398-9 (平裝)

1.向明 2.傳記 3.文學評論

863.4　　　　　　　　　　　　　104022667

【臺灣現當代作家研究資料彙編】75
# 向明

發 行 人　陳益源
指導單位　文化部
出版單位　國立臺灣文學館
　　　　　地　　　址／70041 臺南市中西區中正路 1 號
　　　　　電　　　話／06-2217201　　　　　傳　　　真／06-2218952
　　　　　網　　　址／www.nmtl.gov.tw　　　電子信箱／pba@nmtl.gov.tw

總 策 畫　封德屏
顧　　問　林淇瀁　張恆豪　許俊雅　陳信元　陳義芝　須文蔚　應鳳凰
工作小組　白心瀞　呂欣茹　郭汶伶　陳欣怡　陳映潔　陳鈺翔　張傳欣　莊淑婉
編　選　白　靈
責任編輯　林沛潔　呂欣茹
校　　對　呂欣茹　林沛潔　陳欣怡　陳映潔　陳鈺翔　張傳欣　莊淑婉
計畫團隊　財團法人台灣文學發展基金會
美術設計　翁國鈞・不倒翁視覺創意
印　　刷　松霖彩色印刷事業有限公司

著作財產權人　國立臺灣文學館
　　　本書保留所有權利。欲利用本書全部或部分內容者，須徵求著作財產權人
　　　同意或書面授權。請洽國立臺灣文學館研究典藏組（電話：06-2217201）

經銷展售　國家書店松江門市（02-25180207）
　　　　　國立臺灣文學館－雪芙瑞文學咖啡坊（全面 85 折優惠，06-2214632）
　　　　　國立臺灣文學館藝文商店（全面 85 折優惠，06-2216206）
　　　　　三民書局（02-23617511、02-2500-6600）
　　　　　台灣的店（02-23625799）　　　　　府城舊冊店（06-2763093）
　　　　　南天書局（02-23620190）　　　　　唐山出版社（02-23633072）
　　　　　草祭二手書店（06-2216872）　　　　五南文化廣場（04-22260330）

初版一刷　2016 年 3 月
定　　價　新臺幣 500 元整
　　　　　第一階段 15 冊新臺幣 5500 元整　　第二階段 12 冊新臺幣 4500 元整
　　　　　第三階段 23 冊新臺幣 8500 元整　　第四階段 14 冊新臺幣 5000 元整
　　　　　第五階段 16 冊新臺幣 6000 元整
　　　　　全套 80 冊新臺幣 24000 元整

GPN　1010500058（單本）　　ISBN　978-986-04-6398-9（單本）
　　　1010000407（套）　　　　　　　978-986-02-7266-6（套）

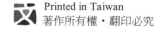